Harold Brodkey

ENGEL

Nahezu klassische Stories

Band 2

Deutsch von
Dirk van Gunsteren
Jürg Laederach
Helga Pfetsch
Angela Praesent

Rowohlt

Veröffentlicht im Rowohlt Taschenbuch Verlag GmbH,
Reinbek bei Hamburg, September 1993
Copyright © 1991 by Rowohlt Verlag GmbH,
Reinbek bei Hamburg
«Stories in an Almost Classical Mode»
Copyright © 1976, 1977, 1983, 1985,
1986, 1988 by Harold Brodkey
Umschlaggestaltung Nina Rothfos
Gesamtherstellung Clausen & Bosse, Leck
Printed in Germany
1690-ISBN 3 499 13318 0

Inhalt

Das Schmerzkontinuum 9

Weitgehend eine mündliche Geschichte
meiner Mutter 43

Verona: Eine junge Frau spricht 183

Ceil 193

S. L. 215

Die Musik des Kindermädchens 283

Die Zweikämpferinnen 347

Die Jungen auf ihren Rädern 401

Engel 453

*Für
Ellen und Elena und
meine Ann Emily*

Das Schmerzkontinuum

Mama führte mich Besuchern manchmal nackt vor. Meine Schwester Nonie bietet mich oft Mädchen an, die mit ihr spielen wollen – sie dürfen dann mit mir spielen, Familie spielen.

Sie dürfen mich an- und ausziehen. Das andere Mädchen wird dann manchmal gefühlsselig, ist aufgewühlt, geschäftig, sprachlos. Ich darf sein Haar anfassen, meine Wange an seiner reiben, es küssen, sogar auf den Mund.

Es ist aufreizend, gemocht zu werden, Dinge zu fühlen – eine dicke, erstickende Decke, die mich stolpern läßt, mich zu Fall bringt, und dann rolle ich auf ihr herum, drücke sie platt – es ist ein Federbett – und sehe, wie sie sich aufrichtet, sich wieder bauscht.

Manchmal stolziere ich mit vorgestrecktem Bauch herum: Ich mag es, wenn man mich auf den Bauch küßt, ihn streichelt; manchmal lasse ich mich in den Schoß des Mädchens plumpsen oder in seine Arme, und ich winde mich, springe dann wieder auf, laufe davon, verstecke mich; manchmal lauere ich in einem Versteck: Ich springe hervor und bin, was die Erwachsenen «wild» nennen.

Nonie und ich gehen hinaus in den Wind. Oben auf dem Hügelrücken drehen sich riesige Windschaufelräder, gewaltige, skelettartige Turbinenschaufeln; sie drehen sich und wirbeln alles auf und durcheinander.

Ich bin bemantelt und behost, behosenträgert, einge-
schnürt mit Schnallen und Reißverschlüssen, beknopft,
bemützt, behandschuht, eingepackt bis zur Atemnot in
dicke, warme, aufgeblähte Isolierungsmassen.

Ich bin ein künstliches Dickerchen – eingesperrt.

Ich schaffe es, meine Mütze abzunehmen: meine Kopf-
haut kribbelt: mein weißliches Haar peitscht und schnalzt
hin und her: meine Nase brennt in der eisig wehenden,
flatternden Luft.

Während ich das tue – mit behandschuhten Händen
meine Mütze abnehme –, schlurfe ich. Nonie sagt: «Du
gehst wie ein Baby – ach, du kannst einfach nicht richtig
gehen – du bist so blöd . . .»

Meine große, jetzt windgefüllte Jacke. Sonne und Wind
reizen meine Augen. Ich blinzle. Ich wende den Kopf hierhin und dorthin – ich sehe Dinge – ruckartig – unzusam-
menhängend – Gänge, Korridore des Tages.

Unsere Seitenveranda steht auf gemauerten Stützen, die
hinter immergrünen Büschen verborgen sind. Nonie muß
mir die Eibenzweige zurückbiegen und festhalten: Sie
schiebt mich mit den Knien vorwärts, schubst mich seitlich
mit der Wade zu einer Lücke in einem Spalier aus grünen
Latten (die diagonal vernagelt sind). Die gebrochenen Latten enden in nacktem, ungestrichenem, splitterigem Holz,
das zackig ist wie die Flammen von Küchenstreichhölzern.
Die meisten Schmerzen fühlen sich zumindest teilweise so
an, als hätte man sich am offenen Feuer verbrannt. Ich ge-
nieße die Windstille hier unter dem Haus.

Das Haus ragt über mir auf, mit hölzernen Wänden,
monströs, scheinbar schief, widerhallend.

Es ist beinahe heiß hier unten (für mich in meinen dikken Sachen, der ich ohne Mütze dahocke: Das Haus strahlt
sehr wenig Wärme ab: es muß an der Stickigkeit, an der
Unbewegtheit der Luft hier unten liegen).

Das Schmerzkontinuum 11

Nonie, nur teilweise sichtbar durch das schiefe Muster des Spaliers, ist riesig; ihr Kopf ist nicht zu sehen. Das Licht fällt waagrecht ein; es ist schwach dort, wo ich bin, ruht stärker auf ihr. Sie bückt sich. Das wäßrige Licht von hier drin leckt ihr über die Knie, über die Hand, die vorgreift, um sich an einem Pfeiler abzustützen: vornübergebeugt kriecht sie herein.

Ein unmäßig feiner, wirbelnder Staub bedeckt den Boden – wirbelnd, wenn man darauf bläst; es ist ein staubartiger Schmutz, unbehelligt vom Wind: Er ist feiner, trockener und widerlicher als jeder andere Staub, den ich je gesehen habe. Er bedeckt den braungelben, häßlichen Boden, den ekligen Unter-dem-Haus-Boden.

Eine karierte Reisedecke, alt und übelriechend, ist hier unten, und ein verbeulter Wasserkessel liegt schräg in einer kleinen Mulde. Außerdem ein Löffel, ein Besenstiel, eine schmutzige Puppe, ein Loch: über seinen schrundigen Rand rieselte gelegentlich flüsternd Staub, glitt weiter und fiel hinein.

Die verhältnismäßige Dunkelheit, Stille, Heimlichkeit und Leichenschauhausstimmung sagten sehr deutlich: JETZT-WIRD-GESPIELT.

Wenn wir in ihrem Zimmer spielten, beendete sie oft das Spiel, indem sie verkündete: «Du bist ungezogen gewesen – ich muß dich bestrafen.»

Dann legte sie mich übers Knie.

Mein nackter Hintern schien Augen zu bekommen und irgendwie in die Luft und auf Nonies erhobene Hand zu sehen, die eine Puppe hielt, mit der sie mich schlagen wollte. Ihre Hand wiederum schien ein Auge zu sein, das mich ansah.

Wenn der Schlag leicht war, dann war alles gut: Nonie würde mich wieder anziehen, und die Zeit würde weiter vergehen. Sie würde vielleicht versuchen, ihre Hausaufgaben zu machen, und dabei einschlafen – lassen Sie es mich so ausdrücken: Einmal stieg sie auf ihr Bett, setzte sich im Schneidersitz hin, machte ihre Schulbücher auf und schlief im Sitzen ein: Sie schnarchte ganz leise und jungmädchenhaft; ich schlich auf Zehenspitzen zurück in mein Zimmer.

Aber wenn die Puppe mich traf und es so war, als wäre ich mit Staub bedeckt, der heftig aufwirbelte und sich verteilte, wobei jedoch jedes Stäubchen glühte und ein Gefühl in sich trug, das *ich* fühlte; oder wenn es so war, als wäre ich ein Klavier, auf dem man herumklimperte, das man malträtierte und auf das man einhackte – dann schossen unvermutete Teile in mir los und schwirrten herum, und ich war von Klängen erfüllt, und dies alles mündete in einen Schmerz, einen gesichtslosen Stein oder eine Mauer, in schiere Verstocktheit, und dann erlag ich einem unerträglichen Ansturm des *Unsinnigen*: ein Großteil der Welt war unverständlich, war Unsinn, Zeitungsblätter, Blätterwerk, ein Erwachsener, der einen Korridor entlangrannte – ich hörte Geräusche, sah Verschwommenes: ich wußte nicht, daß es ein Erwachsener war, war mir nicht bewußt, daß jemand oder etwas *rannte*. Das Lineare, das Verständliche, war zart – war etwas für *Kinder*. Was das *Unsinnige* betraf, so hielt man sich sehr zurück – jedenfalls ich. Das Unsinnige war *eine andere Welt*. Der kleine, stechende Schmerz lag jenseits jeglichen Sinns: *Nonie hat mir weh getan*; Verständnislosigkeit, Adrenalin und Schmerz flossen zusammen und nebeneinanderher; oder vielmehr: sie bildeten sich, materialisierten sich auf einmal in dem Reagenzglas, in der einzigartigen Einheit eines Kinderkörpers. Es gab nicht eben viele echte Reaktionsmöglichkeiten, ob automatisch oder bewußt, aber im Lauf der Zeit wuchs mit mir auch mein Repertoire und hinterließ einen Bodensatz von Rubriken und Vermutungen, mit denen die Nächte und

Das Schmerzkontinuum

nächtlichen Träume spielen konnten – die Nächte waren ausgefüllt mit Betrachtungen. Einmal, in Nonies Zimmer, verzerrt sich das Gesicht des Kindes, es setzt dazu an loszu-heulen: «Sei nicht so blöd, das war doch bloß ein Spiel», sagte sie und nahm mich in den Arm.

Ein andermal rollt das Kind sich außer Reichweite, kriecht unters Bett. Ein weiterer Nachmittag: Das Kind stößt einen Nachttisch um. Und hier jetzt, in einem ande-ren Licht, tritt es nach seiner sitzenden Schwester, hält seine Hose fest, während sein mit Augen versehener war-mer Hintern sich hellwach und empört weigert, still zu sein, und hinter ihm still lospupst.

Sie läßt kein anderes Leben zu.

Wenn ich mich nicht trösten lassen will, knöpft sie mir die Sachen mit Gewalt zu. Wenn ich ihr entwische, sagt sie, daß sie gerade mit mir aufs Klo gehen wollte und daß ich versucht hätte, in ihr Zimmer zu machen – zu pinkeln. Eine Lüge ist dazu da, ausgesprochen zu werden; sie soll verstanden werden – sie ist nicht wie die Wahrheit, deren Äußerung Auslassungen, Bezugnahmen, eben lauter Dinge einbegreift, die anders sind als sie selbst. Eine Lüge tröstet und schmeichelt mit augenfälligen und annehmba-ren Inhalten; manche Lügen, die andere uns erzählen, er-weisen unserer Bequemlichkeit, unserem Zorn ihre Reve-renz.

Im Nachmittagslicht sagt sie zu mir: «Du bist doch bloß ein Baby – du mußt tun, was ich dir sage – ich kann dir Schwierigkeiten machen.»

Das stimmt: Sie bringt es fertig, daß Mama und Papa seufzen und eine Weile nichts von mir wissen wollen.

Wenn Papa und Mama anfangen, über Nonie zu spre-chen, dauert es nicht lange, und sie gehen aufeinander los: «Du hast sie verzogen.»

«Du bist eine lieblose Mutter.»

«Dir ist ja egal, was mit anderen Leuten passiert – du bist derjenige, der in diesem Haus verantwortungslos ist.»

«Du bist egoistisch.»

«Du behandelst sie wie ein Püppchen.»

«Du hast keine Ahnung, wie man sie behandeln muß.»

«Du gibst es selbst zu, du richtest dich mit deinen eigenen Worten; ach, Charlie, du kannst nicht mal streiten.»

Es ist besser für sie, wenn sie Nonie akzeptieren; und überhaupt: So, wie die Dinge auf dieser Welt liegen, können wir uns gar nicht sicher sein, ob Nonie wirklich so schrecklich ist.

Aber eines ist klar: Papa wird sie nicht zurechtweisen: er trägt fußstampfend keine Schuld: er ist die Unschuld selbst. Manchmal weint er, verfällt in Hilflosigkeit und tiefen Kummer, wenn Nonie in ihren Wutanfällen ausfallend genug wird. (Gewitter machen sie hysterisch, und dann wirft sie ihm und Mama Dinge vor, die sie zufällig mitgehört oder hinterbracht bekommen hat; sie macht sich in die Hose, sie kreischt und windet sich und sagt: «Gott wird euch töten – *mir* wird Er nichts tun.» Sie schreit ihn an: «Geh raus – laß dich vom Blitz erschlagen – mach, daß das Gewitter mich in Ruhe läßt.») Für Papa gibt es keine Mittellage: Er kann sich nur um seine Familie kümmern, wenn ihr nichts Böses anhaftet; er kann nur für Leute etwas empfinden, die er für unschuldig hält. Wenn es den Anschein hat, als fiele in diesem Haus etwas Böses, etwas Unangenehmes vor, regt er sich sehr auf. «Ich versteh das nicht», sagt er voller Verzweiflung, «ich versteh das nicht.»

Manchmal bekommt er dann einen Wutanfall: Er stampft mit dem Fuß auf und schreit – so daß die Möbel ein bißchen zur Seite rücken –, die Schule sei schuld, oder Mama. «NONIE IST EIN GUTES MÄDCHEN!» Er schreit: «IRGEND JEMAND MACHT SIE KAPUTT.» Dann beru-

Das Schmerzkontinuum

higt er sich; er sagt: «Ich habe Schmerzen in der Brust – ich kriege keine Luft.»

Er legt die Hände an die Brust; in seinen Augen steht Entsetzen; es ist beängstigend, wie satt er dann eine Zeitlang alles hat.

«Er hat mehr Angst vor Nonie als vor irgend jemandem sonst», sagte Mama.

Nonies Handelsware war Unschuld.

Und deren Gegenstück: Anschuldigungen, Grausamkeit.

Papa pflegte zu sagen: «Am besten, man rührt nicht dran.» Und: «Nonie ist ein prima Mädchen – und damit Schluß.» Es war Liebe und Nicht-Liebe. Er wollte nicht über sie nachdenken.

Wenn Nonie mit anderen Kindern spielt, geht das Kindermädchen nachmittags mit mir nach draußen. Wenn ich Nonie sehe, renne ich auf sie zu, und sie läuft rot an und schreit: «Weg, holt ihn weg, ich bin beschäftigt...»

Wenn ich nicht wegging, sondern dastand und sie – verständnislos – anstarrte, und wenn das Kindermädchen, das dick war, sich Zeit ließ, kam Nonie auf mich zu und gab mir einen Stoß, daß ich auf den Hintern fiel (sie schlug mich so gut wie nie vor Zeugen; sie hatte gelernt, daß das unklug war). Manchmal befremdete die Leute das, was sie tat – oder sie zeigten ihr unumwunden, daß sie nicht damit einverstanden waren; dann gab sie mir die Schuld: *Immer* verdarb ich ihr alles.

Im großen und ganzen war ich besser dran, wenn sie eine anständige Schlappe erlitten hatte.

Wir spielen unter der Veranda, und dann sagt Nonie mir, ich soll mich auf die Reisedecke legen; es folgt der komplexe Ablauf des Ausziehens: Sie zieht mir die Hose des Schneeanzugs herunter, schiebt Oberteil und Hemd hinauf. Ich bin fast nackt.

Sie will so viel Spaß an mir haben wie Mama. Aber außerdem will sie wissen, aus welchem Grund ich so geliebt werde.

Nonie piekte mich mit einem Zweig in den Bauch: «Du hast eine Blinddarmentzündung: Ich muß dich operieren.» Über meinen Schwanz sagte sie: «Der ist albern.» Sie piekte mich mit ihrem Zweig. Ich wand mich. Ich schob ihre Hand weg. Sie schob mir den Zweig ins Ohr. Ich wehrte mich; dann hörte sie auf, und wir spielten – ich glaube, sie war eine Pilotin, die beim Flug durch ein Gewitter eine Blinddarmoperation vornahm. Schließlich versuchte sie, mir den Zweig in den Mund zu stecken: Ich drehte den Kopf weg: sie packte meine Nase, hielt sie fest, drückte sie zu: ich machte den Mund auf, um Luft zu kriegen: der Zweig, die Rinde, der Staubgeruch – er hatte im Staub gelegen – drangen in meinen *Mund*, berührten den Gaumen: ich würgte.

Nonie schlug nach meinen rudernden Armen und Beinen. «Tu, was ich dir sage! Du mußt tun, was ich dir sage! *Wir spielen ein Spiel!*»

Sie hielt meine Nase fest und steckte mir Dreck in den Mund: «Das ist Essen – iß – du mußt aufessen.»

Ich dachte immer, die Gebärfähigkeit gehe mit einer angeborenen Geduld gegenüber, ach, Erforschungen des Körpers einher, mit einer Neugier auf das Wesen des Schmerzes, auf das Wesen von Mut und Unterwerfung. Doch nichts am Mittelschichtsdasein hält dazu an; das Mittelschichtsdasein besteht aus Privilegien, besteht daraus, daß einem Schmerzen erspart bleiben. Vielleicht werden die Frauen aus der Mittelschicht deswegen zornig, ungeduldig, verschlossen, drehen irgendwie durch, weil ihnen Schmerz und Mühsal verwehrt bleiben, und Schmerz und Mühsal dürfen Frauen nicht verwehrt werden. Bei Männern aus der Mittelschicht deutet nichts auf vergleich-

Das Schmerzkontinuum 17

bar blutige Dichotomien und vergleichbar schwere Schicksale und Verwandlungen hin (die Männer aus der Unterschicht sind die Soldaten; aber vielleicht wird es ja keine Kriege mehr geben). Vielleicht hatte Nonie den Geschmack des Todes im Mund, vielleicht schmeckte er unerklärlicherweise nach Dreck: und darum war sie darauf aus, mir Dreck in den Mund zu stopfen, so lange, bis sie sah, ob der Beerdigungsgeschmack mich zum Würgen bringen würde, so lange, bis ich ihr Schicksal teilte und ihr ein echter Bruder war – vielleicht haßte sie auch einfach *Dinge* oder wollte das, was sie so oft erfüllte, diesen Horror, den sie zum Beispiel bei Gewittern empfand, einmal manifestiert sehen.

Darauf steuerte sie bei unseren Spielen immer hin; früher oder später sagte sie *immer* zu mir: «Sei tapfer – warum bist du nicht tapfer?»

Sie betrachtete sich als Heldin.

Die Erwachsenen hielten sie mit Einkaufen und Reiten, mit Tennis, Musikunterricht und sorgsam geplanten Nachmittagen in Gesellschaft jüdischer Mädchen aus anderen Vororten auf Trab, um zu verhindern, daß es Nonie langweilig wurde, daß sie sich in eine Gräfin aus einem alten, blutrünstigen Stück verwandelte.

Sie grub den Zweig, ein falsches Stethoskop, in das weiche Fleisch zwischen meinen Beinen, hinter meinen Eiern.

Ich erinnere mich plötzlich – ich trete in ein Kontinuum ein – ein Kontinuum des Wissens, eindringlich, aber ausdruckslos – eine Art von Nonie-macht-manchmal-schlimme-Sachen-und-diesmal-hat-sie-es... vielleicht übertrieben.

Ich verfüge über ein begrenztes Repertoire an Kampftechniken: Ich rapple mich hoch, in meinen dicken Sachen, mit meinem nackten Bauch – oder nein: Ich wälzte mich herum, auf ihr Bein oder vielmehr neben ihr Bein, und stieß mit meinen behandschuhten Händen nach ihr; sie drückte meinen Kopf zurück – mein Hals war verbogen; es tat weh – nicht sehr, aber ich verfing mich in einem Netz, in einem Sieb der Wut: Ich wurde durch ein Sieb gepreßt, und heraus kam blanker, summender, ausschwärmender Haß: Ich pinkelte auf ihr Bein.

Sie wußte es nicht – sie bemerkte es nicht; und dann bewegte sie sich, weil sie es nicht wußte; und dann kam ihr ein Verdacht – und sie stieß mich so heftig weg, daß ich für kurze Zeit das Bewußtsein verlor – und sie schrie: «WAS HAST DU GEMACHT?»

Und: «DU WAGST ES?»

«DIR WERD ICH'S ZEIGEN!»

Sie fängt an, mich zu schlagen, hält aber irgendwann inne und rubbelt ihr Bein mit der Reisedecke ab.

Unbeholfen, eilig stehe ich auf, halte die Hose des Schneeanzugs mit den Händen fest. Ich stehe da und denke: *Lauf, lauf* – und dann, auf einmal, aber langsam auf einmal, kommt mir das Gefühl, das alle anderen Gefühle verdrängt: daß ich nackt bin und *hier* bin – unter der Veranda, in dieser Stille, diesem Staub, mit ihr.

Plötzlich findet ein gewaltiger und unerwarteter Entzug statt: Wo Leute in der Nähe sein sollten, sind keine: Mit Schreien kann ich Nonie keine Angst einjagen, denn hier besteht keine Verbindung zu den Bewohnern der Welt und der Zukunft. Dies hier ist etwas anderes. Dies ist eine Spielhöhle. Es ist unsicher und seltsam hier.

Ich machte eine kurze, kindliche Bestandsaufnahme der Fertigkeiten, Stärken und Mittel, die mir zu Gebote stehen mochten, meiner Verbündeten, meiner Fähigkeit, in jemandem – irgend jemandem – Liebe zu erwecken.

Was wird dieses Mädchen mich lehren? Was kann sie mich jetzt glauben machen? In was kann sie die Welt in diesem Augenblick verwandeln?

Das Schmerzkontinuum

Es ist kein guter Augenblick.

Watschelnd mache ich mich davon; sie sieht auf, läßt die Decke fallen, rutscht auf dem Hintern hinterher; sie weiß nicht, daß sie nachahmend ein Epos in Szene setzt, die Gefangennahme durch einen Riesen oder eine Sirene, oder daß dies hier eine Höhle ist; sie hält mich mit einem Bein auf: Grunzend zwingt sie mich zurück, sie stößt mich, sie pfercht mich ein, sie wirft mich nieder, so daß ich auf der verknuddelten Decke sitze – das alles tut sie mit ihrem fleischigen, rundlichen Bein.

Neugier mildert Furcht. Die Unwissenheit – das *Was jetzt?* – fühlt sich eigenartig biologisch bedingt an. Ebenso die Angst vor der Konfrontation mit ihr. Ich blicke sie finster an. Ich sehe ihr direkt ins Gesicht und blicke sie finster an. Das erregt mich – und steigert meine Wut: Vielleicht werde ich diesmal die Gefahr meistern, sie könnte mit mir machen, was sie will.

Ich stehe auf, sehe einen langen Besenstiel im Staub liegen und packe ihn.

Die Luft ist kalt und prickelnd – an meinem Bauch, meine ich. Mit einer Hand hebe ich den Besenstiel – und schlage damit an den Verandaboden. Die Schwingungen, die durch das Holz schießen – irgend etwas schlägt mir den Stiel aus der Hand. «Haha, sieh dich an – du bist so blöd.»

Das gefällt ihr.

Wenn man hilflos ist – oder unterlegen –, kann man wüten, soviel man will – man ist immer noch unschuldig.

Die faktische Unfähigkeit, jemandem weh zu tun, kommt den Leuten, die einem das anmerken, komisch vor – man ist dann komisch.

Es durchzuckt einen, eine Hitze, ein blinder Nebel der Unterwerfung und Nicht-Unterwerfung unter das Komischsein, unter die Tatsache, daß man (wuterfüllt) derjenige ist, dem weh getan werden kann, der verletzlich ist.

Ich hebe den Besenstiel wieder auf und stochere im feinen Staub, schlage danach, staube sie ein: Ich will sie schmutzig machen.

Sie greift mit beiden Händen nach dem Besenstiel: Sie zieht – und weg ist er; der Besenstiel ist mir entwunden.

Ihr Rücken ist durchgestreckt: In ihrer Haltung sind noch die Kraftlinien ihres Besenstielraubs zu erkennen.

Ich bücke mich und scharre in dem lockeren, feinen Staub. Er enthält Flocken mit zackigen Rändern, Schuppen alter Fassadenfarbe (das sind die Flocken), harte Stückchen Metallfolie. Planierraupenartig harkende Finger kratzen ihn zusammen, werfen ihn. Er hängt wie mit großer moralischer Empfindsamkeit zwischen Nonie und mir. Sie wedelt ihn fort, pustet ihn weg. Es ist schrecklich, ein Manöver auszuprobieren, das überhaupt nicht klappt. Ich bücke mich und wühle mit den Fingerspitzen in dem kotzfarbenen Unter-dem-Haus-Staub.

Der kleine Klumpen, den ich werfe, zerfällt in der Luft: hypnotische Flottillen schweben dahin; die Luft ist erfüllt von gebremstem Staub. Sie wedelt ein paar Bröckchen beiseite – duckt sich – aber eines landet auf ihrer Wange.

Der Augenblick wird sehr lebendig und erscheint vergrößert. Sie lehnt sich, auf die Arme gestützt, zurück (der Besenstiel ist in ihrer Hand; sie benutzt ihn nicht) und tritt nach mir: Sie streckt ihr plumpes, rundliches Bein und ihren Fuß aus und tritt mir gegen die Brust (die für sie nicht sehr hoch ist).

Wo sie mich trifft, bildet sich so etwas wie ein Knoten im Holz, ein stumpfes, weniger empfindliches Ding in mir, so scheint es zunächst, mit zackigen Rändern, ausgebleicht. Es läßt sich in *mir* nieder, in dem, was dieses ordentliche-seidige-spielzeugartige-schnelle-oder-was-auch-immer-Ding-das-ich-hinter-und-unter-meiner-Kehle-bin enthält. Ich oder vielmehr meine Brust und die umliegenden

Das Schmerzkontinuum

Bereiche werden der Feuerprobe eines ungewohnten Pochens ausgesetzt: Das Holz nährt das Feuer: es ist ein unangenehm stacheliges, knotiges, krabbeliges, verdrehtes Gefühl in mir: der Schmerz ist im Zentrum am stärksten, aber am beunruhigendsten an den Rändern, wo er mich zu bedrängen und einzuengen scheint.

Was in mir unversehrt ist, scheint zu schreien oder kurz davor zu sein – es sind Schreie, die das Versehrte in mir abspalten sollen, aber auch Mitgefühl und Überraschung ausdrücken.

Das Versehrte in mir ist unselig und entehrt.

Solange der Augenblick fortdauert, ist Nonie für mich vollkommen, unsagbar geheimnisvoll. Es gibt keine in Worte faßbare oder vorstellbare Erklärung: Es ist einfach klar – wenn auch überraschend –, daß sie diese Person ist.

Die Zweischneidigkeit dieser Erfahrung des Verletztwerdens – und des Wissens darum – verursacht mir heftiges Herzklopfen.

Nonie trat mich noch einmal – in den Magen. Mit einem erstickten Blubbern fiel ich auf den Hintern.

Mama wird sagen: «Ich werde nicht Partei ergreifen! Ich kann ihn nicht in Schutz nehmen – ich hab anderes zu tun – er ist der Junge – er muß lernen, mit ihr auszukommen – er muß lernen, das Leben so zu nehmen, wie es ist.»

Aber sie wird Nonie erpressen und sie mit einem kalten, ja angewiderten Blick bedenken.

Nonie *beschließt*, über meine Atemnot zu lachen – man kann direkt sehen, wie ihr Gesicht ein Komitee bildet und zu einer Entscheidung kommt. Als sie in Gelächter ausbricht, stürze ich mich auf sie, obwohl ich nicht ganz bei mir bin und keine Luft kriege. Plötzlich ist der Besenstiel – sie hält ihn in einer Hand – an meiner Brust: Dann packt sie ihn mit beiden Händen und schubst mich zurück. Als sie schließlich damit zustößt und mich an der Brust trifft, geschieht das beinahe wie aus Neugier und wie zur Unterstreichung, als ein Experiment, als eine besondere Art von Witz: er-ist-ein-Baby; es ist eine Art Ordnungschaffen, eine Art Aufräumen – vielleicht ein intellektuelles Aufräumen – wie wenn man zwei Dinge geometrisch zur Deckung bringt.

Ihre witzelnde Ordnungsliebe läßt Wut und ein Gefühl des Verstoßenseins in mir aufkommen; ich verstoße sie aus meinem kindlichen Bewußtsein: Sie ist nicht mehr real: sie ist ein *Feind*.

Die – für sie – gängige Rechtfertigung lautet: *Er ist verzogen* und *Er ist mir auf die Nerven gegangen.*

Haha, sieh mal, was ich mache – und dann wird ihr Gesicht streng – und dann ernst, aber mit einem überlegenen Ausdruck: *Er ist eine solche Nervensäge.*

Sie war, in einem moralischen Sinn, davon überzeugt, daß ich ihr niemals Schwierigkeiten machen dürfe.

Sie gab mir erneut einen leichten Stoß gegen die Brust, dann noch einen, ein bißchen stärker. Kleine Klumpen, Stoßbeulen, bildeten sich, wie geschwollene Moskitostiche: sie umnebelten mir nicht das Hirn, veranlaßten mich aber, erstaunt zu blinzeln. Sie schlug mich härter, sie stieß fester zu, vielleicht im Rahmen eines Experiments zur Adjustierung meines Gesichtsausdrucks, meiner Einstellung und meiner Zuneigung: sie wollte dem Umstand, daß ich sie verängstigte, ein für allemal ein Ende setzen.

So war das.

Wenn man eine Art Schmerz spürt – der einen nicht überwältigt und nur teilweise in Rage gebracht hat – weil einem durch schnelle Stöße mit dem abgerundeten Ende eines Stocks die Luft wegbleibt – dann empfindet man hauptsächlich ERSTAUNEN.

Das ERSTAUNEN liegt zum Teil nahe bei eingepferchter Wut, Ungläubigkeit und Wut: Das Denken reagiert un-

Das Schmerzkontinuum

glaublich langsam: sein Fortkommen wird mit jedem Stoß gebremst: es nähert sich langsam einer Mauer, einem Schrei, einem anderen Seinszustand.

Man wartet darauf, daß eine Handlung sich erklärt, sich definiert, daß dieses – *namenlose* – Ereignis eine vermittelbare Ursache zeigt, die ich verstehen kann. Aber in dieser Minute geschieht nichts, was ursächlich zu sein scheint – außer daß ich mit ihr gestritten habe.

Also ist sie nicht fair. (Schließlich habe ich ihr nicht weh getan.)

Sie versetzt mir weiter Stöße, in schneller Folge, keine festen jetzt; sie ist auf der Hut: Sie stößt mich, um den Schrei zu unterdrücken, den ich ausstoßen will; sie läßt ihn mir im Hals steckenbleiben.

ERSTAUNEN und Wut zerren so an mir, daß ich zu Bewegungen ansetze, die zu vollenden ich zu überrascht bin.

Ich bin im Netz dieser unfertigen Bewegungen gefangen, ich bin eingepfercht und gefangen – im Netz ihrer Fähigkeit, sich zu ... verteidigen.

Der Teil von mir, der diese Stöße bekommt, ist noch nicht ich – meine Identität ist zu ungefestigt und schlicht: Nonie *schlägt* Mama-Papa-die-Familie.

Inzwischen zwängten mich Empfindungen ein wie Steine, die in einen schweren, stinkenden, fleckigen Segeltuchsack gestopft werden.

Der schlichte Schmerz ... war offenkundig nicht zur *Betrachtung* geeignet: Man übersah ihn – und schnitt Nonie Gesichter – und schlug in seinem Sack um sich.

Es ist schmutzig – da ist Schmutz – auf den Nerven, um das Herz, in der Lunge: Jeder der Schmerzen leidet, sehnt sich nach Sepsis. Es ist schon halb wie im Grab: ich bin niemandem etwas wert: in mir ist hölzerner, steinerner Schmerz. Ich bin unrein, unschön. Ich war aus erschütterter Reizbarkeit und Formlosigkeit gewirkt.

Mein Zeitgefühl war gestört – das hier geht nun schon ewig so: Hoffnung und Ortsgefühl sind durcheinander: Wo bin ich? Wut, ätzend hochkochende Wut bewirkt, daß meine Augen scheinbar punktartig hervorspringen, hervorstehen und mit den Spitzen dieser Punkte winzige, unbegreifliche Bereiche von Nonies Körper berühren, einen Wangenbogen, Wimpern. In meiner Brust schmerzen unbekannte Dinge: Leber, Herz, Milz – diese *Lichter*: werden sie durchgerüttelt, dann phosphoreszieren sie; in mir befinden sich Organe von stumpf schimmernder Häßlichkeit. Ich bin außerordentlich rein, man ist rein, man besitzt keinen Willen: Der Schmerz scheuert – belehrt – erhebt einen – auf eine höhere Ebene – in eine Höhe, die Übelkeit bewirkt. Das Herz beginnt mit Schlagseite zu watscheln.

Der Besenstiel hat buchstäblich das Herz aufgerüttelt.

Auf einmal und ohne wahrnehmbaren Übergang gleitet man – glitt ich – in eine graue, ölige, schummrig beleuchtete Hülle aus fast totalem Schmerz. Ich könnte sagen, meine mißliche Lage nahm meine Aufmerksamkeit dermaßen gefangen, daß mir jegliche vertraute Empfindung entfiel und abhanden kam, daß mir die Unmittelbarkeit der Schmerzlosigkeit abhanden kam. Schmerzlosigkeit schien unendlich weit entfernt.

Ich befand mich im Schmerzkontinuum.

Noch war ich mir dessen nicht ganz bewußt – ich war einfach lose eingehüllt in… in ein irgendwie öliges, schmutziges, halb durchsichtiges, gummiartiges Gefühl der Erschütterung und des Verlusts jeder normalen Verbindung zum Leben. Gewisse Bereiche der körpereigenen Logik setzten – zeitweilig – aus, so etwa die logische Erwartung, ja Gewißheit des nächsten Atemzugs oder der visuellen Wahrnehmung. De facto handelte es sich um den Zusammenbruch eines Großteils der gewöhnlichen Er-

Das Schmerzkontinuum

wartungen, um eine Reihe von Adjustierungen: Schmerz bewirkt höllische Adjustierungen – sie erscheinen ganz und gar endgültig – im Schmerz ist man höllisch weit entfernt vom Licht Gottes. Dort kann man hassen. Glück ist dort inexistent – ist aussetzende Aufmerksamkeit, aussetzende Intelligenz – ist alberner, grinsender, fratzenschneidender Unsinn. Man ist befreit von der väterlichen Sorge und der freundschaftlichen Bemühung und der Unwissenheit um das eigene Glück. Man ist insofern befreit, als man bedrückt ist, und was sich aus dem Geist, aus dem Körper aufschwingt, ist nicht vom Selbst gewollt: man gebiert... ein mit dunklen Blumen bestandenes Feld... verschiedene Schreie, die ausgestoßen oder nicht ausgestoßen werden, verschiedene Knirschlaute, verschiedene starre Wutblicke.

Erinnerungen, die im Zustand des Glücks oder der Schmerzlosigkeit unmöglich sind, versammeln sich und erschaffen eine ganze Welt, ein Kontinuum, das zurückreicht bis zu den Anfängen. Hundsköpfige Erscheinungen, drohende Schemen, weit zurückliegende Schläge und Gewissensbisse bedrängen heiß, widerlich und stinkend die Sinne. Sie sind uralt und können ihre Gestalt verändern.

Ich glaube auch, daß das Vorhandensein dieser Schmerzerinnerung – ich meine die Vollendung des Schmerzkontinuums in seiner Manifestation als realere Welt, als vielleicht realere Welt – sich im Gesicht abzeichnet: Ich glaube, daß Nonie es – in meinem Gesicht – sah, und ich glaube, von da an wuchs ihr Interesse an dem, was sie tat: wuchs die Spannung ihres Interesses an dem, was mit mir geschah.

Dieses Interesse war mit einem Pflichtgefühl übertüncht – einem Pflichtgefühl, das aus zwei Strängen bestand, heidnisch und animalisch: aus einer Verpflichtung gegenüber ihr selbst, dem Tageslicht und dem Winter und aus

einem gesellschaftlich definierten, damenhaften Pflichtgefühl: Sie war eine Krankenschwester, ein Kindermädchen, das mich davon abhielt, Böses zu tun: sie erteilte mir
eine Lektion: sie sorgte für Gerechtigkeit in der Welt.

Sie hatte einen Blick, als scheuerte sie etwas – etwas
Faulendes – weg, einen irgendwie erregten Blick. Sie war,
mehr als zuvor, entschlossen, beschäftigt – zufrieden und
beschäftigt.

Mein Rücken, den der Besenstiel nicht berührt hat, prik-
kelt und zuckt.

Ich muß sie einfach anstarren.

Plötzlich holt sie kurz aus und schlägt mir den Stiel seitlich gegen den Kopf.

Der Schädelknochen vibriert, erschauert in kurzen
Schwingungen. Ich merke nicht, daß ich verletzt bin. Mein
Kopf und meine Augen – und mein Mund – werden von
dürren, schimmernden, kalten, länglichen Schmerzemp-
findungen bestürmt und schlingen sie in sich hinein.

Die Empfindungen wirbeln und klingeln (wie Münzen
auf einer Marmor- oder Glasplatte), werden aber fast sofort dick wie schmutzige Putzlappen im Keller, naß und
schmierig: sie werden dick und fest und ekelhaft in mir.

Die Luft hier, unter der Veranda, beginnt sich gegen
mich zu kehren: Sie klemmt meine wunden Stellen zwischen ihre feinen, stickigen, heiß-kalten Schwingen; sie
packt mit ihren scharfen, fetzenden Klauen wunde, ge-
schlagene, halb abgeschürfte Haut: sie scheuert mit
schneidender Kälte, sticht nach den eingenähten, sich ver-
krampfenden Sternen von Hitze und Schmerz. Dennoch
empfinde ich keinen Unglauben.

Was sieht Nonie im Gesicht des Kindes? Vielleicht wirft
das, was sie dort sieht, ein Licht auf ihr Leben.

Wände aus schlaff herabhängendem, faltigem, schlei-

Das Schmerzkontinuum
27

migem Ölzeug erheben sich rings um mich her. Ich kann kaum etwas sehen. Ich keuche jetzt.

Sie sagt: «Siehst du, du weißt nicht, wie man spielt, du spielst nicht richtig mit, ich kann dir weh tun und du mir nicht.»

Hier kommt mir zum erstenmal der Gedanke – und mit ihm eine überwältigende Wut –, daß sie mich nur hierhergebracht hat, um das zu tun. Daß sie mir weh tun *wollte*.

Wir sind Bruder und Schwester.

Ich bin benommen, wütend und getroffen in meiner zunehmend animalischeren augenblicklichen Verfassung.

Nonie stand jene Art religiösen Gefühls, das Einst-kannte-ich-das-Glück-aber-es-ist-mir-weggenommen-worden-und-wird-mir-wieder-zurückgegeben-werden ausdrückt, ins Gesicht geschrieben.

Die Abneigung, die ein Kind gegen jemanden hat, äußert sich oft so, daß es ihn ausradiert, ihn aus seinem Geist verbannt: «Wiley, merkst du nicht, daß Nonie mit dir redet . . . ?» Ich sah und hörte sie nicht: sie wirbelte davon, als würde sie von einem verkehrt gehaltenen Fernrohr auf Distanz gebracht: Die Entfernung verlieh ihr etwas Merkwürdiges: *meiner Schwester*. Ihr Schmerz existierte für mich ebensowenig wie ihre Freude. Ich kümmerte mich nicht darum, ich wußte nicht, daß es das gab – ihr Leben, ihre Rechte. Sie war ein schwammiger Fleck, wie eine radierte Stelle, an der das Papier pelzig ist und man ein gelbliches Oval und ein Loch sieht, durch welches das Licht schimmert.

Die knochigen Finger der Winterluft.

Der Geruch von Nonies marineblauem Schulmädchenmantel. Der Geruch ihres Mantels. Ihres Haars.

«Ich bin die Gute – du bist der Böse», sagte sie, als sie mich mit ihrem Besenstiel gegen die Brust stieß.

Aber ihr Gesicht hatte einen bösartigen Ausdruck; er sollte mir Angst einjagen – *sieh mich an und fürchte mich. Sie ist doch bloß ein Kind*...

Wie soll sie es schaffen, nicht unter die Knute zu geraten?

Sie hatte nichts Böses im Sinn. Doch, hatte sie wohl.

Dies ist meine erste, unsichere Erfahrung mit dem Bösen.

Wenn ich daran zerbräche – und schuldig wäre – und hilflos...

Strafbare Handlungen, Behandlungen unterliegen Moden und Normen.

Unter der Veranda befand sich, wie eine Art Anästhetikum, eine göttliche Gegenwart. Auch sie spürte das.

Sie stößt mir den Besenstiel fest genug in den Bauch, daß meine Hände hilflos herumrudern und mein Kopf zu wakkeln beginnt: Es gibt keine Luft: Sie hat die ganze Luft weggenommen, sie in einen Korb getan und ihn hinter ihrem Rücken versteckt: Ich kann keine Luft abhaben... sagt Nonie.

Sagen wir, daß Liebe sie belebt.

Sie sagte: «Ich habe gesunden Menschenverstand.»

Nicht bei dieser Gelegenheit – bei einer anderen, in einem Wohnzimmer, einem Wagen, einem fahrenden Wagen.

Sie redet, um sich eine Welt zu erhalten, in der sie einen Platz hat, für die sie nicht ungeeignet ist. Die Ego-Welt der Träume, ausgedehnt auf ihr Wachleben: Sie war wie Baudelaire, wie Proust.

Indem man sich im Gefühl des Das-ist-schlimm-ich-werde-nichts-fühlen-ich-werde-nicht-weinen-ich-werde-warten-bis-es-vorbei-ist (das heißt: Ich werde nicht versuchen, das, was hier geschieht, zu verstehen) einrichtet,

Das Schmerzkontinuum 29

unterbricht man die Verbindung zwischen sich und dem Quälgeist: man verdirbt das Spiel: alles was der Quälgeist weiß, verschafft sich in sinnloser Knüppelei, in dreinschlagender Verrücktheit Ausdruck.

Und in einigen Zonen des Schmerzkontinuums ist es leicht, das zu tun, jemanden hinter sich zu lassen, ihn zu verlassen – und da ist er dann, allein. Ich warf alles ab, was mich zu ihrem Komplizen machte.

Wer wird sie fortan lieben? Ich habe ihre Hoffnungen zerstört, so daß sie sich nun fortwirft: Sie ist kaum mehr als dies: ein Mädchen mit einem Besenstiel.

Jetzt schleicht sich in *ihren* Atem ein unregelmäßiger, keuchender Rhythmus ein: größere Selbstgerechtigkeit, bedrängte Selbstgerechtigkeit: Sie setzt zu einem halb gemurmelten Pseudogelächter an und steigert sich dann hinein: Sie lacht halblaut, in ätzendem Ton, um mir die Säure ihres Es-ist-für-sie-eine-Kleinigkeit-mich-zu-besiegen einzutrichtern.

Sie beugt sich vor: Sie will klar sehen.

Sie adjustiert... das Ambiente – den Eindruck, den ich bei dieser... Episode mache: Es ist schrecklich für mich, wenn ihre Augen mein Gesicht mustern, wenn sie seltsam zusammengekniffen und klaren Blicks Wirkung und Erfolg oder Wirkungs- und Erfolglosigkeit ihrer Adjustierungen meiner Person studieren.

Sie fand sich gewöhnlich nicht dumm, vielleicht fand sie sich nie dumm – sie hatte nur das Gefühl, unschuldig, bedroht, eben ein Mädchen zu sein.

Ich weiß, daß ich nur dann versucht war, gewalttätig zu werden, jemandem den Schädel zu spalten, wenn sich – aus meiner Sicht, nach meinen Normen – jäh meine unzweifelhafte Überlegenheit offenbarte – wenn sie so offensichtlich war, daß meine Vorsicht sie nicht länger ignorieren konnte: Irgendeine sich unglaublich lang hinfläzende

Dummheit in dem Menschen, den ich zu respektieren versuche, schiebt sich unübersehbar ins Blickfeld: Meine egoistischen Überlegenheitsphantasien bewahrheiten sich auf einmal: auf einmal tritt diese Erkenntnis ans Tageslicht: und sie wird ignoriert, mit Füßen getreten, für immer verschleiert. Die Logik der Überlegenheit verlangt, daß sie anerkannt wird. Blutvergießen ist ein Versuch, die Welt mit einer schlüssigen, augenfälligen Logik zu versehen.

Ich glaubte nicht, daß sie mir weh tun würde – oder, um genau zu sein, ich hatte nicht den Verdacht, daß noch mehr Schmerzen, größere Schmerzen folgen würden.

Sie bewegte den Besenstiel: stieß damit zu – er tanzte vor meinen Augen. Wider Willen wurden meine Nerven darauf aufmerksam, reagierten darauf: Sie hatten zwar keine Belebung erfahren, doch immerhin den Triumph gehabt, die Hauptsache zu sein, der Vorhang, der alles filterte – den Schmerz, die schmerzende Erregung der Nerven, sollte ich sagen – und dieser Schmerz und die Erregung beeinflußten jetzt den glühenden Klang des Pulsschlags im Kopf: Das-Leben-ist-schlimm, schmerzte der Puls mit jedem Pochen. Meine fixierte, nicht hypnotisierte, aber beschränkte Wahrnehmung; die Konzentration auf diesen tanzenden Besenstiel so dicht vor meinem Gesicht; der Schmerz oder die Schwellung an der Seite meines Kopfes; die jetzt verworrenen, einander überlagernden Schmerzen verschiedenster Art auf und in meiner Brust – sie waren wie ein lärmendes Flirren, dann wieder wie die Nacht, die Nacht unter freiem Himmel, ein Schwall von Gemurmel, von Drohungen vielleicht, eine Reihe ausladender Bäume, überhängend, raschelnd – das Rascheln der Empfindung.

Meine Verachtung für Nonie entsprang einer Unfähigkeit zu glauben, einer bloßen Vermutung: Sie blufft.

Ich brauche keine Angst vor ihr zu haben, wenn sie mir nicht weh tun kann.

Das Schmerzkontinuum 31

Aber inzwischen zuckt mein Gesicht, ganz wider Willen: Ich empfinde einen schmerzhaften Vorgeschmack auf Schläge, eine schmerzhafte Vorstellung von Schlägen, eine Vorstellung, die sich auf frühere Erfahrungen gründet, etwa Stürze auf Betonboden und dergleichen: Aber ein solcher Sturz ist hier in einen ... in einen *Witz* verwandelt worden: Ein Witz ist Du-kannst-nicht-schreien-denn-das-hier-ist-ein-Witz: Das heißt, die Komik dabei entspringt einer Unfähigkeit, einer absoluten Unfähigkeit zu verletzen oder zu töten. Ich bin zwar bereits verletzt – aber diese Verletzung ist ebenso geistiger wie körperlicher Natur: es ist die Rückführung in die Welt des Schmerzes, in das Schmerzkontinuum meines Lebens. Doch ich bin wieder auf den Beinen, ich schreie nicht, ich schaffe es, Nonie zu verachten. Das hier ist kein absoluter Witz – ich kann sie immer noch dafür hassen –, aber ein Witz ist es trotzdem, ein schlechter Witz: Es ist, soweit ich das beurteilen kann, nicht der Tod.

Als der Besenstiel sich meinem Gesicht näherte, begann die Haut, die ihm am nächsten war, meine Gesichtshaut, kreisförmig zu schrumpeln, sich zu kräuseln – mich packte, wie in Erwartung eines Schlages, Kälte, die Kälte eines bevorstehenden Schocks, einer Anästhesie, einer zielgerichteten und zugleich ziellosen Anästhesie, einer Erniedrigung.

Dann verwandelte sich die Kälte in etwas Scheuerndes – als wenn ich gefallen wäre, ohne mich ernsthaft zu verletzen (keine Gehirnerschütterung, keine blutende Nase) –, etwas Scheuerndes, das ein zermürbendes Hitzegefühl erzeugte und nicht zuletzt von der Erniedrigung des Sie-hat-mich-denken-lassen-daß-ich-gleich-geschlagen-werde (aber-dann-doch-nicht) kam. Wut, ein bißchen verwässert durch Hilflosigkeit, durch die Sorge darüber, was als nächstes passieren wird, die Wann-wird-das-aufhören-

Sorge, verrinnt in einem stechenden, reinen – das heißt: leichten und kindlichen Schweiß, einem glatten, schrecklichen Schweiß des Es-ist-vorbei, was dumm war, denn hier kommt der Besenstiel schon wieder: Ich haßte diese – flammende – Dummheit, den demütigenden und erbitternden Verdruß darüber, derartig zu einer Puppe reduziert zu werden – verschrumpelt, kalt, wundgescheuert, der Wut weit geöffnet –, auch den Verdruß darüber, diesen Quälgeist jemals gemocht zu haben, so dumm gewesen zu sein, hierherzukommen: oder, um es in Begriffen auszudrücken, die den unformulierten, welche mich durchströmten, näherkommen: den Verdruß darüber, nicht gewußt zu haben, daß-Nonie-*immer-schon*-so-böse-war, schon-immer-*so*-böse-war, vergessen zu haben, daß so etwas passieren könnte, daß das Leben so schlimm sein kann.

Immer heißt für ein Kind nicht jede Minute, sondern ist bloß ein Versuch, die Erkenntnis auszudrücken, daß dies manchmal, mehr als einmal, passiert, daß die Dinge eine solche Wendung nehmen können, wenn man sich nicht widersetzt und die Stacheln aufstellt.

Ich erinnere mich an ein verrücktes Wiederaufleben von Stolz, als der Besenstiel – zwischen den Finten – zurückgezogen wurde, obwohl ich Schmerzen empfand, an ein verrücktes Abtun des Schmerzes, teilweise jedenfalls, und des oben Beschriebenen, und das alles wurde ersetzt durch ein wahnsinnig stolzes Beinahe-Hochgefühl, ein babyhaftes Sie-muß-mich-mögen – Jetzt-wird-das-hier-aufhören-Hochgefühl: Ich sah sie – und den Stock nur am Rande – mit einer ungelenken, entspannten, babyhaften *Gelassenheit* an – und voller Unglauben: ein Kind, das Du-mußt-jetzt-aufhören-und-von-mir-bezaubert-sein machte.

Der Stolz also, die Entfernung zwischen mir und dem echten Abgrund, gab ihr dann das Gefühl, gescheitert zu

Das Schmerzkontinuum 33

sein, ließ sie die mädchenhafte Ungeduld des Es-ist-noch-nicht-ordentlich empfinden.

Der Besenstiel näherte sich.

Meine Haut zuckte.

Der Besenstiel näherte sich weiter.

Es folgte ein kurzer, gewaltiger Augenblick, ausgedehnt durch den Unglauben, die plötzliche Einsicht, daß Unglauben hier fehl am Platz war: Man ist so erstaunt – so weit geht die Adjustierung –, wenn man weiß, daß der Besenstiel eine Linie überschritten hat und zustoßen wird oder könnte: Das Erstaunen hatte die Form konzentrischer Kreise, war ein unausgesprochenes *Oh* des Erkennens wie durch ein Fernrohr (nicht durch einen Feldstecher), des Aufsteigens durch die ovalen oder kreisförmigen Schichten des Schlafbewußtseins in den Wachzustand: Diese überraschende und schmerzhafte Ausdehnung des Egos ging zugleich teilweise mit der überraschenden und schmerzhaften Ausdehnung von Öffnungen für den Schmerz einher. Ein neugeborenes Kind besitzt vielleicht keine Sinne, oder es macht kaum Gebrauch davon. Ebenso hatte auch ich einen Augenblick, eine Sekunde lang keine Sinne, nur unerträgliche Schmerzen.

Nonie war ein *Boden*, die Luft ein Baumstamm: Erinnerst-du-dich-an-rauhe-Baumrinde-und-daran-dagegen-gestoßen-zu-werden-oder-dagegen-zu-fallen? Es war fast so, als fragte ich mich das. Das Bewußtsein, daß hier Kräfte wirkten, daß Verwirrung über das Wesen der Existenz herrschte, daß vieles möglich und dieses und jenes (einschließlich der eigenen Person) unbeugsam war – dieses Bewußtsein nahm alles und nichts wahr: Nonie, ihre Hand, die den Stock gepackt hielt, das Spalier; nahm es nicht visuell wahr, sondern als Teil der gewaltig ausgedehnten sensorischen Welt, während sich deren Wesen in allumfassenden Verlust und Schmerz verwandelte: Später konnte das alles interpretiert werden; im Augenblick tat es nur weh.

Möglicherweise hatte ich mich bewegt, hatte gezuckt und war deshalb in den Stoß hineingeraten.

Aber man wußte, daß sie es getan hatte.

Der Besenstiel traf mich. Die Haut an der Stirn ist dünn über den Knochen gespannt: die Augenbraue eines Kindes neigt zum Zucken: die Augenhöhle, das Auge schließt sich schnell, blinzelt schnell. Unglauben – Nonie ist doch ein *Boden*, ist nicht *menschlich* – und schließlich Zorn und Wut und Schmerz – *Sie hat mich getroffen* – münden nahtlos in Schwindelgefühl; kein sauberes Schwindelgefühl: Man stand kurz davor, in schlierigen Schleim zu fallen.

Es könnte an einer falschen Vorstellung davon gelegen haben, in was sich die *Luft* verwandelt hatte: am Rückgriff auf ein in früherer Kindheit angesiedeltes Gefühl heftigen oder extremen Schmerzes – ein Gefühl für die Rauheit und Fremdheit der Luft, wie vielleicht nach der Geburt. Mein Hochgefühl war jedenfalls ganz und gar zunichte.

Manche Kinder lernen schon sehr früh, wie Falken zu leben, gefühllos zu kreisen oder mit ihren kurzen Beinen dahinzustelzen, so gut sie können.

Andere haben ein komplizierteres Verhältnis zum Schmerz-in-der-Welt: Ihr stolzer Gang ist reiner Bluff, sie wähnen sich sicher in ihrem Charme oder ihrer Härte: dann sind sie verletzlich, so daß Schmerz und Zerstörung zu Lernzwecken sehr angebracht erscheinen.

Ich war bereits alt genug – vier, würde ich sagen –, um übelzunehmen und um dem Baby in mir nur höchst ungern zu erlauben, sich wieder in den Vordergrund zu drängen: gewisse Rückfälle in eine vergangene Phase, in ein früheres Selbst, waren etwas, dem ich mich widersetzte, so gut ich konnte.

Das Schmerzkontinuum   35

Aber vielleicht tat ich es, um *sie* zu reizen – um mich der zwanghaften Anziehung durch den *Boden* zu widersetzen.

Weder gab ich klein bei noch schrie ich – später lernte ich, aus taktischen Gründen sofort loszubrüllen, zu übertreiben, so zu tun, als stünde mein Tod unmittelbar bevor, als hätte er schon die Hand nach mir ausgestreckt.

Aber jetzt verharrte ich in der Pose des Stolzes, des personifizierten Stolzes: Du-hast-mich-nicht-gebrochen; Ich-kann-dich-noch-immer-abblitzen-lassen.

Der Besenstiel traf in die Augenhöhle, die flache, kindliche Knochenrundung um das weiche Auge. Mein Mund öffnete sich weit.

Mein Schrei (und vielleicht mein Aussehen) veränderte sofort das Spiel, die Atmosphäre, ihre Bedeutung: Mein Schrei zerriß Nonie; oder stieß einen Schrei aus ihr heraus: Sie schrie: «DU HAST MICH DAZU GEZWUNGEN!»

Und sie schrie: «DU BIST REINGERANNT! DAS HAST DU ABSICHTLICH GEMACHT!»

Es ist möglich, daß sie biologisch darauf eingerichtet war, das Wachttier einer Herde zu sein, Ausschau zu halten, Furcht zu zeigen und laut Alarm zu geben, sich binnen eines Augenblicks zu verwandeln; und ich war möglicherweise darauf eingerichtet, ein Jäger zu sein, Schläge einzustecken und sie, solange er seine Beute, angreift, zu ignorieren. Das ist natürlich schwer zu sagen.

Doch jetzt verteidigte sie sich selbst, die Familie, gegen die falsche Anschuldigung in meinem getroffenen Auge, in meinem Schrei: Sie war in gewisser Hinsicht – und nur kurz – auf moralische Weise hysterisch: Um mich zu bestrafen, um mich abzuwehren, stieß sie ein zweites Mal zu.

Mit dem Besenstiel.

Beim Schreien hatte ich den Kopf gehoben – ich meine, ich hatte ihn in den Nacken gelegt. Vielleicht wollte sie mich erneut ins Auge stechen, aber diesmal erwischte sie ein Nasenloch – mitten in meinem Gesicht fand mit einem schmatzenden, hölzernen Geräusch eine unordentliche Verschiebung statt.

Teil ihres *Experiments* war ein sozusagen stümperhafter Versuch, einen Stoß auf männliche Weise anzubringen – aber sie hatte sich die diesbezüglichen männlichen Attribute nicht angeeignet: sie hatte mich getroffen wie ein Mädchen. Es war ein bißchen so, als wäre man unter Wasser und sähe, wie jemand einen Stock ins Wasser steckt und damit nach einem stochert: man sieht eine Maske, einen Schild aus gebrochenem Licht: in diesem Fall bewirkte die Lichtbrechung, daß sie ein *Boden* war, ein stümperhaftes Mädchen mit einer Maske.

Aber ihre Identität war für mich randvoll mit Geschichte. Ein anderes Mädchen – das heißt, wenn Nonie ein anderer Typ Mädchen, ein witziges, ein zum Lachen neigendes gewesen wäre und das gleiche getan hätte, dann wäre die Bedeutung dieser Stöße eine andere gewesen: Nonies Unschuld wäre proportional zu ihrem, äh, Wert-für-mich gewesen: beinahe in Prozent auszudrücken, eine fünfundzwanzigprozentige Schuld, ein kleinerer Horror.

Aber Nonie hatte als Mensch keinerlei Wert für mich, es sei denn, sie gab sich Mühe, nett zu mir zu sein, oder, wenn sie sich keine Mühe gab, sie fühlte sich zu mir hingezogen oder brauchte mich.

Jetzt hatte sie gestümpert – bei einem anderen Mädchen hätte ich den Eindruck gehabt, daß es mich nicht hatte treffen wollen; aber in diesem Fall war es eben so: *Nonie hat mich getroffen.* Mein Bewußtsein ihrer Schuld war total, war absolut.

Absolut? Nur in gewisser Weise. Das erste Gefühl war teilweise wie ein Schlag mit einem in Stoff gewickelten Eisen-

Das Schmerzkontinuum

rohr – ein Es-ist-unmöglich-daß-sie-mich-getroffen-hat, ein Das-ist-nicht-passiert-Gefühl.

Das rasche Eintreten des Schocks, des körperlichen Schocks, der Betäubung, führte vielleicht zum geistigen Schock, zu dem Gefühl, daß dies unmöglich war, und den damit verbundenen moralischen Anklängen: Das Unmögliche ist entweder Magie oder ein Traum.

Wir sind so verzweifelt auf die Logik angewiesen, daß das Unwahrscheinliche so gut wie immer zutiefst verbrecherisch ist. Je unwahrscheinlicher etwas ist, desto mehr bläht es sich, wie schon die Calvinisten fanden, zur Grandezza der Verderbtheit auf.

Die dicken Blütenblätter von Gallenbitterkeit und Betäubung, von halber Übelkeit und geistiger Blindheit waren so unschuldig und unwissend wie die einer jeden Blume, waren aufblühende Finsternis. Ich lebte nicht unter Menschen, die Schmerz für unvermeidlich hielten: Schmerz war nicht jahrelang unberechenbar allgegenwärtig gewesen.

Ich war bereits in gewisser Weise ein modernes Kind, ein Kind der Mittelschicht; und ich erwartete sofortige Heilung: ich erwartete, daß dies gar nicht geschehen war, daß es sich als unwahr erwies.

Aber zugleich war da – ist da nur die allerleiseste Hoffnung, daß der Schmerz jetzt aufhören wird, sofort; es besteht nur eine sehr geringe Chance, daß dies nicht schlimm ist, nicht wirklich schlimm ist, nicht wirklich ist.

Ein seltsamer, raumloser, fast zeitlos schwebender, kreisender, allmählicher Abstieg in die Lichtlosigkeit fand statt: ein Abstieg in die Zeit, ein Abweichen von der Zeit: es ist unerträglich, dieses endlose, schmierige Gleiten.

Es tut weh – nur ein bißchen –, aber so sehr, daß jetzt gegen diese langsame Erkenntnis, wie sehr es weh tut, nur Resignation oder Hilflosigkeit hilft.

Dieses überschattete Warten und Unwissen ist jetzt von der stumpfen Erinnerung an eine Reihe von dumpfen Stößen eingehüllt: Ich *höre* sie jetzt, bemerke sie erst jetzt: Damals spürte ich sie: Jetzt spüre ich – die Zeiten sind durcheinander – die Folgen: schmatzend-hölzerne Geräusche und die der wild ausschlagenden Nerven; die Geräusche halten Übelkeit erregend an: die Erinnerung daran steckt naß und faserig in meinem Bewußtsein.

Aus meinen Augen sehe ich Nonie, Nonies *fleischfarbenes* Gesicht aufflackern: Hauptsächlich sehe ich einen grauen, nebligen Bausch, einen schmutzigen Wattebausch, der mir (wie es scheint) in die Augen oder Augenhöhlen, in die Augäpfel selbst gedrückt worden ist: ein feuchtes, drückendes Grau: Es gibt keine Farben (Farben sind eine besondere Dreingabe zum Wohlbefinden). Meine Lippen sind übernatürlich trocken. Durch meine Kehle zieht zäh die Luft.

Auf einmal ist da so etwas wie das Keuchen eines geschwollenen, entsetzten, hysterischen *Gewebes* – aber es wird begraben, zugeschüttet von irgendeinem verrückten Jagdinstinkt in mir: Ich glaube, ich erwarte, daß Jungen und Mädchen verschieden sterben.

Ein Kind hat eine unklare Angst vor dem Tod, ein wortloses Ist-das-der-Tod, so wie ein Kind Ist-das-der-Zirkus sagt.

Tiere in der Manege.

Ich bin im Begriff zu gebären – den Tod zu gebären.

Empfindungen drängen in mich hinein und aus mir heraus und in alle Richtungen: ich bin voll: ich bin eine Vollversammlung von Empfindungen: ich bin aufgebläht vor Übelkeit, vor Selbstaufgabe, vor *Ich lasse los*, nicht im Sinne eines ausformulierten Satzes, sondern so, wie ich meine Faust öffne: Ich werde mich gegen nichts wehren: alles kann aus mir austreten, mir genommen werden –

Das Schmerzkontinuum

und ich nehme an, daß mir auch alles eingepflanzt werden könnte.

Zugleich brandete plötzlich Unversöhnlichkeit auf, unheilbare Unversöhnlichkeit.

Schwache Unterströmungen und Krämpfe von Angst und gewalttätigen Regungen strichen unter der Resignation vorbei, unter der Ebene des Loslassens, des gewollten Sichfügens (von dem ein Teil auch ungewollt war).

Vielleicht wäre es treffender, wenn ich sagte, mein Schmerz machte mich mehr und mehr mit sich vertraut.

Es ist keine Metapher oder Sprachfigur und auch kein Dünkel, wenn ich sage, daß, während diese Vertrautheit das Zentrum und die Peripherie meiner Aufmerksamkeit gefangennahm, alles andere, was ich zu wissen schien, an Bedeutung verlor und im geographischen Sinne vergessen wurde: das heißt, in meiner Aufmerksamkeit war kein Platz mehr dafür.

Mein Name, die Wertschätzung des Tageslichts, die Gültigkeit einer jeden Logik, die über eine bündige Feststellung wie *Es tut weh* hinausgeht, haben keinen Bestand mehr, sind wertlos geworden. In mir ist der fleischige, saure Eintopf eines würgenden, unabweisbaren Bewußtseins davon, daß ich mich tief in der Wirklichkeit und innerhalb der Grenzen des Schmerzes befinde: er erstreckt sich vor und hinter mir, unablässig, ohne Erinnerung an, ohne Hoffnung auf einen anderen Zustand: Dies ist, wie gesagt, das Schmerzkontinuum.

Die Nerven werden immer wahnsinniger: wahnsinnig vor Verkrampfung, Fluchtreflexen, Gefühlsregungen, Geheul, Hitzewallungen, Weichheit (einer Faäuligkeit), Unwissenheit.

Das war es, was sie wollte.

Die Wirklichkeit einer inneren Schädigung gehört in eine andere Welt: Hier ist nichts *richtig* außer der eigenen

Schmerzlosigkeit – oder dem eigenen Tod: dem Ende des Bewußtseins. Der Schmerz braucht nicht kartographiert zu werden, es sei denn, man hat beschlossen, vor ihm zu fliehen: Und dann wird er nur kartographiert, damit man einen Weg an seinen Rand finden kann, um die Welt noch einmal zu betrachten. Wenn Frauen der Inbegriff der Wachsamkeit sind, dann ist der Schmerz für sie vielleicht schlimmer. Nach meinen bisherigen Erfahrungen mit dem Leben braucht ein Mann seinen Schmerz gar nicht zu bemerken oder zu verstehen oder zu beobachten oder zu kartographieren. Er versucht zu funktionieren, und wenn er nicht funktionieren kann, ist er schon so gut wie tot: der Schmerz tötet ihn gewissermaßen vorzeitig.

Alles in mir ist falsch: alles in mir gibt kreischende, wummernde Geräusche von sich, alles ist gedämpft, ist Fertigwerden mit Aussetzern, unterdrückter Anspannung, Schwellungen, unkluger Verkrampfung – mit Prellungen, Verknotungen. Alles senkt sich herab und lastet auf dem Selbst, schrumpft ein und hinterläßt eine wunde Höhlung: Man würgt innerlich überall, am Überfluß, an der Leere. Die Entfernung von hier zur Schmerzlosigkeit ist astronomisch.

Ich kann solche Entfernungen nicht überwinden, sie sind zu groß.

Vielleicht werde ich für immer hierbleiben. Ich bin schon so gut wie tot. Ich fange an zu weinen.

Ein wenig funktionierte ich doch. Ich schaffte es, an dem in meine Augen gestopften grauen Bausch vorbeizusehen: Ich spürte Nonies starren Blick – ihren Abscheu, ihre Zufriedenheit, die abscheulich war – ihren Sieg und ihren *starren Blick*.

Ich hebe die Hand ans Gesicht. Dieses Gefühl, daß Nonie mich ansieht, diese zielgerichtete, langsame, verängstigte, beklommene Bewegung meiner Hand und die

Das Schmerzkontinuum

Tatsache, daß ich nicht ohnmächtig werde, bedeuten, daß ich auch im Schmerzkontinuum *existiere* – bedeuten, daß ich nur gewissermaßen tot bin, daß ich nur teilweise ein Geist bin.

Es mag eine schwere Beleidigung für das Identitätsgefühl sein, daß man lernt, mit dem Schmerz zu leben wie mit Schmutz oder der Armut.

Ich hob die Hand ans Gesicht. Mir wurde bewußt, daß es da in dem Tumult des allgemeinen Schmerzes ein schreckliches, schales Tropfen gab, Fäden und Flecken von etwas schleimig Warmem auf meinem Gesicht, auf meinen Lippen: ein albern filigranes, schlängelndes, schleichendes, kriechendes Gewucher mit winzigen Tümpeln darin: ein verstohlener, miserabler Ausfluß des Lebens.

Ich faßte mit der Hand hin.

Ich muß gewußt haben, was es war, aber ich zweifelte.

Ich sah meine Hand an: Meine Sicht war gedämpft und grau, mit Flecken von Klarheit darin: Ich sah noch-glitzernde, rotgesprenkelte graue Fäden, aber ich konnte nicht wirklich Farben sehen: Ich sah Blutklümpchen, schwere, tränenförmige Tropfen.

Ah, jetzt wird die phantastische Falschheit, die alles in mir erfaßt hat, von einer ziemlich kalten Angst überdeckt – wegen des Blutes. Die Übelkeit von der räumlichen Verlorenheit, vom Wo-bin-ich, Wo-bin-ich, von dieser Desorientiertheit, lag nun unter einer kalten, mit Händen zu greifenden Angst: unter fließenden Laken und Verschiebungen von Kälte – von kalter Resignation. Ich bewege meine Arme, allerdings nur ganz sacht: ich bewege sie, um mich von den kalten Laken zu befreien: aber sie lassen sich nicht abstreifen, diese Laken.

Es ist Blut. Es ist Blut.

Etwas Ausgewachsenes taumelt durch mich hindurch: Ich rieche einen Gestank – wie von Elefantenkot in einem engen Korridor: einen erstickenden Gestank. Nichts in mir ist annähernd so bedeutend wie Blut.

Schmerz ist unbedeutender als Blut.

Auf einmal verändert sich die Tapferkeit: aus Tapferkeit wird Ich-werde-diesen-Schmutz-aushalten-und-auch-den-der-noch-kommt.

Es ist, als gäbe es nun keine Hilfe mehr. Ich gehe: Ich suche nach Hilfe – aber sie ist eine eiskalte Formalität, diese Suche nach Hilfe. Es werden andere Schmerzen folgen, ein ganzer medizinischer Ablauf, der nicht mit dem Schürfen von Verbandstoff auf vernähten Wunden aufhört. Krämpfe infolge der Einnahme von Antibiotika, schlechter Schlaf, das Erwachen zum Geruch von Antiseptika, der einem den Magen umdreht – die Übelkeit wird wieder und wieder aufsteigen. Blut bildet die Grenze zu einer besonderen Ernsthaftigkeit. Oder Ernstlosigkeit: dem Blödsinn ständig neuer Erschütterungen und taumelnder Beengtheit (man ist eingesperrt), dem Blödsinn von Ohnmachten, Schwächeanfällen, Bewußtseinsausfällen, dauerhaftem und vorübergehendem Gleichgewichtsverlust, dem Blödsinn der Falschheit: Es gibt sogar ein Jucken, das *Krankheit* ist – das Übelkeit erregt und Verzweiflung nach sich zieht.

Man ist durchgedreht, stumpfsinnig, resigniert, eben menschlich.

Nonie stößt ein vogelähnliches Kreischen aus, sie wirft einen Arm in die Luft, sie wird ohnmächtig.

Ich gebe ein merkwürdiges lautes Atemgeräusch von mir – ich weiß nicht.

Ich mache mich auf die Suche nach dem, was mir jetzt noch an Trost bleibt.

Weitgehend eine mündliche Geschichte meiner Mutter

I

Es ist schon etwas Seltsames an Stimmen in der Erinnerung – wenn man sich die Erinnerung als Kammer vorstellt, als Befindlichkeit oder Verfassung des Verstandes, und der Verstand läuft wie eine Maschine oder ein toller Sprinter, so ungefähr: Die Stimme da drinnen, die erinnerte Stimme ist fremd – in meiner Erinnerung jedenfalls. Da gibt es unmodulierte, graue Töne und nicht erkennbare Wörter – ich meine, es herrscht ein höchst seltsames Gebrabbel, in dem sich die Wörter weder voneinander noch von dem grauen, gedämpften Rauschen des Verstandes unterscheiden lassen, der sich ständig erinnert, ständig läuft.

Manchmal lassen sich auch mit großer Anstrengung die Worte nicht klar einstellen, obwohl ich zu wissen meine, wovon die Gestalt – unscharf beleuchtet, etwas verschwommen – gerade spricht; und wenn ich die Gestalt lösche, wenn ich nur die akustische Erinnerung zulasse, höre ich oft Wörter, Wendungen, Satzfetzen (selten einen ganzen Satz), und ich höre eben nicht die Stimme der Person, die einst diese Wörter gesprochen hat; ich meine, die Melodie fehlt, der eigentliche Klang, Tonfall und Tonhöhe, die Nuancierung, die Art der Atemführung (woran man eine Stimme am Telefon erkennt): nichts davon ist da. Doch plötzlich taucht dann in meinem Kopf ein Satz auf; und irgendein Ordner, irgendein Archivar sagt: *Meine Mutter hat das gesagt... Haha*, denke ich leutselig; *klar, stimmt ja; das ist ihre Stimme* – aber es ist nicht ihre Stimme, es sind nur ihre Worte – und ein Teil von dem, was sie meinte.

Manchmal ist da auch ein Raum; und der Raum ist ein Konglomerat von Räumen, in denen ich sie gesehen habe; die Erinnerung füllt diese Räume, aber mit Zeug aus verschiedenen Jahren, verschiedenen Epochen, verschiedenen Tageszeiten, so daß das Licht dort, wo sie steht, sich von dem unterscheidet, das mich umgibt, den Beobachter, der zurückgekehrt ist in diesen Raum, der so nie existiert hat, in dieses Kompendium von Räumen. Manchmal spricht die eigene innere Stimme – ich habe einen Ansager, der sich in meinen Träumen oft meldet und der, wenn ich wach bin, von Zeit zu Zeit allerlei Sprüche von sich gibt: *Junge, bist du fertig* – solche Dinge. Und manchmal spricht er für die unscharf beleuchtete Gestalt, die unhörbar redet – er spricht für sie, wie sie einmal für mich sprach, als ich noch sehr klein war; er sagt Dinge wie *«Eins kann ich mir zugute halten –»*, eine ihrer Lieblingsphrasen in einer bestimmten Phase ihres Lebens; und dann geht vielleicht so etwas wie ein Blitzlicht los, und das ganze Grau wird auf einmal farbig – ein bißchen verblichen vielleicht in dem grellen Licht, aber ziemlich echt; und ich bekomme den Klang der Stimme meiner Mutter zu fassen, oder beinahe zu fassen, ihre wirkliche Melodie, und eine einzelne Rede von ihr im richtigen Tonfall statt des sonstigen Wäschekorb-Wusts aus Dutzenden ihrer über die Jahre gehaltenen Reden, miteinander vermengt und ohne den einstigen Beiklang. Wenn ich dann mit diesem flüchtigen Bild arbeite, wenn ich es mir immer wieder vornehme, dann finde

Weitgehend eine mündliche Geschichte   45

ich womöglich in der Erinnerung einen Sessel, auf dem sie saß, als sie diese Stimme hatte und nicht eine spätere: dann setze ich sie hinein wie eine Puppe, und auf einmal bin ich ganz klein und laufe auf sie zu; sie hat einen grauen Tweedrock und eine weiße Bluse an, vielleicht aus Seide, vielleicht nur aus glänzender Baumwolle, oder ein schwarzes Kleid mit sehr großen, modernistischen, gelbgrün verschmierten Blumen darauf; man hört etwas – nicht ihre Stimme, sondern den sonderbaren inneren Widerhall, fast die Aufzeichnung der Stimme einer jüngeren Frau; ihre Worte sind unklar, werden aber einen Augenblick später versuchsweise, unsicher von dem Ansager beigesteuert – von dem Zeremonienmeister meiner Träume, dem Meister der Unterweisung, die man in Träumen empfängt. Gelegentlich sind es Worte der folgenden Art: «Manchmal lüge ich gern», sagt sie.

«Die Leute sagen –» Das ist eine Wendung, die sie sehr oft benutzte; *«Die Leute»* in *«Die Leute sagen»* sind die Hüter der Wohlanständigkeit. Es gab wenigstens drei verschiedene Arten von Wohlanständigkeit, die sie interessierten – die von bestimmten alten, orthodox oder fast orthodox jüdischen Frauen, von greisen Tanten oder Cousinen zweiten Grades kontrollierte; die von unseren Nachbarn kontrollierte; und die Wohlanständigkeit, die von den zwei oder drei Schichten der jüdischen «Gesellschaft» in der nahegelegenen Großstadt kontrolliert wurde, in denen sie sich bewegte, als ich klein war und wir in einer kleinen, noch nicht zum Schlafvorort gewordenen Stadt wohnten, vielleicht sechzig Meilen von Der Stadt entfernt. *«Die Leute sagen*, eine Frau ist so, wie sie sich verheiratet: da ist was dran, obwohl ich so weit nie gegangen bin. Aber ich würde schon sagen, was für einen Mann man hat, macht etwas aus, und mit dem, den ich mir ausgesucht habe, hatte ich kein Glück.»

Meine mündliche Geschichte von ihr – *meine* von *ihr* – wird mithin so beginnen, daß mein Vater spricht: mit häufigen Unterbrechungen.

Mein Vater, S. L. Cohn – gewöhnlich S. L. genannt: Wenn Leute, die Jiddisch sprachen, Ärger machen wollten, nannten sie ihn *Esel* – mein Vater war Mitte Dreißig, als ich ihn kennenlernte. Als ich adoptiert wurde. Ich sollte erwähnen, daß ich, wenn ich eine «mündliche Geschichte meiner Mutter» schreibe, eine mündliche Geschichte der Zeit meine, zu der Leah – oder Leila – Cohn (sie änderte ihren Namen) meine Mutter war; und überdies nur eines Teils dieser Zeit. Im Grunde nicht eine Geschichte ihres Lebens insgesamt, sondern lediglich dessen, was angedeutet wurde – es wurde immer angedeutet, es gäbe da noch mehr, als ich wüßte oder beim besten Willen (den ich vermutlich nie aufbrächte) je in Erfahrung bringen würde.

Ich glaube, mein Vater galt allgemein als äußerst gut aussehender Mann, überwiegend – was Haar und Haut angeht – aprikosenfarben und mit kastanienbraunen Augen. Er war kräftig, muskulös – «ein Kriegsheld», wie Leila oft hervorhob.

Jetzt möchte ich die Stimme einer Frau einfügen, die von Leila, aus einer Zeit, die zehn Jahre nach dem Ende dieser Geschichte liegt, als sie nur ganz flüchtig in einer so rasch vergehenden, so gut beleuchteten Verkörperung oder Lebensstufe existierte, daß diese – um die Bildebene zu wechseln – Bühne zu kippen, in Flammen aufzugehen, von der Erleuchtung des Zusammenbruchs überflutet zu sein scheint. Sie sprach melodramatisch – dies war eine Frage des Stils, des Wortschatzes und der Überzeugung; sie sprach, wenn sie eine Geschichte erzählte, wie ein Trivialroman; sie war verbal weder begabt noch originell; daher sind in ihren Mitteilungen oft ganze Existenzen komprimiert, aus Gründen, die weniger mit ihrer Sicht der Dinge zu tun haben als mit ihrem Wunsch, interessant zu wirken oder mit ihrer Furcht, die Dinge könnten tatsächlich so stehen, wie sie es melodramatisch behauptete. Gesichter, Häuser verschwinden: ein blühender Birnbaum wird niemals erwähnt; Wutanfälle, durchgeackerte Themen, Gedanken im Bett werden in einem Atemzug und einem Klischee zusammengefaßt – «S. L. wollte einen Sohn». Wenn ich wollte, könnte ich das Melodram verwässern, zu dem vorstoßen, was *ich* für wahrscheinlich halte, aber noch möchte ich das nicht; ich werde es ein wenig später versuchen.

Sie spricht – mit einer geschwätzigen, irgendwie angestrengt intelligenten Stimme: sie spielt Intelligenz. Ohne es zu wissen, imitiert sie vielleicht Tacitus oder eher, auf ihrem gesellschaftlichen Niveau, irgendeinen lokalen Stil, den sie als aristokratisch knapp versteht, und kombiniert diese Imitation mit dem, was sie von Seifenopern und Filmhandlungen weiß: «Wir nahmen dich zu uns, als du ungefähr anderthalb Jahre alt warst.» Sie sagt oft «du warst». «Du warst in einem entsetzlichen Zustand. Deine Mutter lag im Jüdischen Krankenhaus im Sterben, In Xton» – der nächsten Stadt. «S. L. hatte mich verlassen. Ich werfe es ihm nicht vor; es war nicht leicht auszukommen mit mir; ich hatte ihn nicht aus Liebe geheiratet – der Mann, den ich liebte, taugte nichts, ein Egoist, aber diese Art Mann hat mir immer gefallen. Ich war nie religiös, aber ich glaubte nicht an Scheidung. Bist du schon so groß, daß ich dir erzählen kann, warum S. L. mich verlassen hat? Na ja, zum Teil war die Rosenblüte dahin, aber ich hatte zwei Söhne gehabt, die starben – als Babies. Beide Male war ich nicht zu Hause; ich führte immer ein eigenes Leben. Das eine Mal ist das Baby vielleicht vernachlässigt worden. Und deine Schwester [ihre leibliche Tochter Nonie] – die war noch zu jung; es war ganz und gar meine Schuld, weil ich alles ihr überlassen habe; und das war einmal. Die Wahrheit ist, die Todesfälle waren unerklärlich: sie schmerzten mich. Aber S. L. hatte kein Mitleid mit mir, er machte mir Vorwürfe. *Ein* Todesfall, verstehst du, war schlimm, aber zwei – mein Gott. Damals sagte ich, es sei eben Pech gewesen, aber S. L. wollte mir nicht glauben. S. L. mochte auch Nonie nicht. Er verließ uns beide: er zog zu einer liederlichen Frau. Um dir die Wahrheit zu sagen, ich hatte schon lange ein Auge auf dich; ich habe deiner Mutter Geld für dich geboten; ich dachte, für Geld täte sie alles – sie war verrückt nach Geld. *Dir* war sie eine gute Mutter; sie mochte dich, sie liebte dich; aber zu deinem Bruder war sie furchtbar; den mochte sie nicht. Verstehst du, keine Adoptionsstelle wollte mich und S. L. auf die Liste setzen, außer ganz unten, weil wir kein religiöser Haushalt waren, und diese Adoptionsleute sind alle religiös. Also, um die Wahrheit zu sagen, das ist zum Teil gelogen – so habe ich es immer den Leuten erzählt –, in Wirklichkeit haben sie natürlich ein Gespräch mit mir und S. L. geführt und einen Blick auf Nonie geworfen, und wir haben ihnen nicht gefallen: wir amüsierten uns zu gut; die Leute dort waren neidisch; ich war zu hübsch; S. L. war zu selbstsüchtig. Und Nonie war wie S. L.s Familie, nicht sehr helle: sie war in der Schule ein Jahr zurück und ziemlich launisch. Um dir die Wahrheit zu sagen, sie war wie S. L.s Mutter: Er sagte immer, der Krieg und seine Mutter hätten ihn erledigt; er wolle nur ein bißchen Frieden, sonst nichts. Eins kann ich mir zugute halten, und das spreche ich aus, da sag ich die Wahrheit – zu Eltern taugten wir wirklich nicht, aber er wollte Kinder; und so tolle Eltern sind andere Leute auch nicht. Mein Vater war in Ordnung, aber meine Mutter war genau, was S. L. sie immer nannte – ein Apfelkern, zum Ausspucken. Mich selbst habe ich nie als Mutter betrachtet, um ehrlich mit dir zu sein. Aber damals hatten wir

Weitgehend eine mündliche Geschichte 49

Geld, und ich wußte, welche Schulen gut waren, und ich kannte eine Menge netter Leute; ich konnte ein gutes Kindermädchen einstellen – ein Kind würde es bei uns nicht gerade schlecht haben, und wenn doch – schau mal, dein Vater konnte nicht lesen und schreiben, er war Trödler und ein Schläger dazu; zu der Zeit trank er. Er taugte nichts – er spielte und tyrannisierte jeden; er hielt sich nicht mal sauber; er war verrückt – weißt du, er hatte sehr feine Geschwister, saubere, anständige Leute, und sein Vater war ein sehr strenger, wie sagt man gleich, ein imposanter Mann – *ich* mochte ihn *nicht*, den Vater: Wenn du mich fragst, war er kalt und gemein. Und wer war schon deine Mutter? Ein Niemand war sie. Zufällig hatte ich sie gern; ich fand, es spräche viel für sie, sie hätte viel zu bieten, aber sie war Immigrantin, sie sprach mit Akzent, sie interessierte sich nur dafür, diese elende Altwarenhandlung in dem kleinen Ort zu führen und Geld zu verdienen; sie wußte nichts, und womöglich würde sie was dazulernen, aber wer wußte das schon? Jemand wirklich Lernfähiges, das bin *ich*. Sie war aus der alten Heimat – ein Greenhorn ohne Startkapital. Sie war abergläubisch; ihr Vater war so eine Art Rabbi – einer von der verrückten Sorte, kein regulärer; er belegte sie mit einem Fluch, für den Fall, daß sie je aufhören würde, orthodox zu sein, und den Fluch fürchtete sie. Und was sollte das überhaupt, eine gescheite Frau wie sie geht hin und heiratet einen wie deinen Vater? Die Leute haben sie gewarnt; sie wollte nicht hören. Ich hatte sie gern; ich fragte sie danach; sie sagte, sie hätte vor nichts Angst. Sie war sich sicher, er würde sie zu schätzen wissen; sie wollte keinen Mann heiraten, der einem Greenhorn wie ihr einen Gefallen tun würde – wenn jemand einem anderen einen Gefallen tat, dann wollte das immer sie sein. Sie sagte, sie brauche einen Halt – ein Geschäft. Also heiratete sie einen Verrückten. Warum hätte es dir bei uns nicht zumindest

genauso gut gehen sollen wie bei solchen Leuten? Eins
will ich dir sagen: als Geschäftsfrau war sie ein Genie;
mein Bruder Henry hat das gesagt, und das einzige, wovon Henry was verstand, waren Geschäfte und Geld; sie
hat sich bei jedem Respekt verschafft, und nicht bloß weil
sie so schneidig war; es war ihr egal, was die Leute über
sie dachten; sie flirtete nicht; ihr waren zwei Dinge wichtig – du und Geld. Aber du warst der Grund dafür. Nun ja,
sie kam mich immer besuchen, und S. L. war verrückt
nach dir; du und deine Mutter, ihr wart euch so nah, und
du warst so schön – einfach schön. S. L. ist immer nach
dem Äußeren gegangen, immer. Und als sie nun krank
wurde – ich werde dir die Geschichte ganz erzählen. Dein
Vater hielt es nicht aus; er war wie ein Kind, ein böses
Kind; alle hatten Respekt vor deiner Mutter; sie versteckte
Geld vor ihm; da verprügelte er sie eines Abends und
nahm sie mit Gewalt, und als sie feststellte, daß sie
schwanger war, sagte sie, sie werde abtreiben, Gott hin
oder her; aber sie glaubte an diesen Fluch; und sie wurde
krank. Dann fing sie an, Leute zu bitten, dich aufzunehmen – was mit dem anderen Jungen geschah, kümmerte
sie nicht: deine Mutter war nicht sentimental; sie strich
ihn glatt von der Liste, aber um dich machte sie sich Sorgen; nur wollte dich keiner nehmen. Siehst du, manche
Leute, ihre Leute, waren neidisch auf sie gewesen, weil
sie es zu Geld gebracht hatte – und vielleicht hatte sie es
auch nicht mit ihnen geteilt. Und vielleicht waren sie neidisch, weil sie dich geliebt hatte – du weißt nie, wie häßlich die Leute einmal werden können. Aber andere Leute,
freundlichere Menschen, fürchteten sich vor deinem Vater – er hatte schon Leute umgebracht; ich weiß nicht
mehr, wen: einen Mann, zwei Männer; es war Notwehr,
darum mußte er nicht ins Gefängnis, aber er war wirklich
gewalttätig–, und sie fürchteten sich vor dem Blut, das

du in dir hattest; sie hatten Angst, du würdest Unglück bringen, und überhaupt dachten alle, du würdest ohnehin sterben; du hast viel geschrien, als deine Mutter verschwand, und dein Vater ging brutal mit dir um; deine Kinderfrau war betrunken; du wolltest nicht mehr sprechen und nicht mehr gehen – du wolltest nichts essen. Deine Mutter wollte nicht, daß ich dich nahm – sie sagte, ich sei nicht seriös –, aber welche Wahl hatte sie schon? Ich machte mich auf den Weg und holte dich trotzdem. Mein Gott, du hattest überall wunde Stellen und blaue Flecken – ich mußte mich übergeben. Ich hatte meine Mutter bei mir; sie wusch dich; ich brachte es nicht über mich, dich anzufassen; die Kinderfrau war da, brüllte betrunken herum, versuchte mich zu schlagen – ich brüllte lauter als sie, machte ihr Angst mit dem Zuchthaus, wegen Kindsmord; das war vielleicht eine Szene, kann ich dir sagen; mein Herz *hämmerte*. Ich wußte, wenn ich dich aufnähme, wenn S. L. hören würde, daß ich dieses kranke Kind im Haus hatte, würde er glauben, ich hätte ein gutes Herz, er hätte sich in mir geirrt, und würde helfen wollen – er war sehr gefühlvoll, er lebte für nichts als Gefühle, wenn du mich fragst. Nun, er kam tatsächlich angerannt. Er kam zurück zu mir, aber geliebt hat er dich. Oh, wie er dich geliebt hat...»

Von nun an führe ich das Wort in dieser Geschichte, dieser mündlichen Geschichte; ich werde sie ordnen, sie planen.

Anfänglich konnte nur das Kindermädchen, das sie für mich einstellten, eine Französin aus dem Elsaß namens Anne Marie, mich zum Essen bewegen, mich füttern, ohne daß mir übel wurde. Dann schaffte es Nonie – sie war klein für ihr Alter und kam mir vor wie ein Kind. Dann S. L. und schließlich Leila. Sie hatten auch ein großes Haus gemietet – ein recht schönes Haus –, und alle waren nett zu den anderen und sorgten für eine angenehme Atmosphäre, als Beitrag zu dem Versuch, das stumme, gebrochene Kind zu pflegen und wiederaufzurichten.

Sie freuten sich sehr, als ich zum erstenmal wieder ging, als ich das erste Mal versuchsweise lächelte. Ich würde sagen, sie erlebten – ach, Selbstachtung, und Glück.

Es ist kaum daran zu zweifeln, daß sie mir das Leben gerettet haben.

In Träumen gibt es keinen Verlust ohne vorangegangenes Glück.

II

Nonie mochte mich immer weniger, als ich kräftiger wurde, eigentlich wurden sie und ich sogar Feinde; und als ich einmal mit ihr allein war, gelang es ihr, sei es aus Versehen oder mit Absicht oder aus einer Verbindung von beidem, mich zu verletzen – körperlich zu verletzen, meine ich. Und den körperlichen Schmerz konnte ich ertragen, nicht aber den seelischen Schmerz darüber, daß Nonie solch ein Mensch war und kein Blitz sie erschlug. In diesem einen Fall machte die Verletzung es notwendig, daß ich genäht wurde. Mir war schlecht vor Trübsinn, vielleicht sogar vor kindlicher Verzweiflung, angesichts des Gestanks der Medikamente, des Juckens und Kratzens, der Kruste ständigen Unbehagens, des Scheuerns, des an Mullbinden und mir klebenden blutigen Schorfs; und von dem Gefühl, weder Halt noch Mitte zu haben, jeglicher Unbill ausgeliefert zu sein, die einen nach tätlichen Angriffen und physischer Schädigung beherrscht. Ich konnte die Welt nicht ertragen. Ich besaß keinen Beweis für menschliche Güte,

Weitgehend eine mündliche Geschichte 53

keine inneren Bilder davon, die mich tröstend hätten für das entschädigen können, was ich empfand. Immerhin hat Verzweiflung eine betäubende Wirkung.

S. L. versuchte mich in jenen Tagen oft genug zu trösten, aber ich hörte ihm nicht zu. Eines Nachmittags weckte er mich aus meinem unbehaglichen Schlummer, hob mich aus dem Bett – mich, der ich aus Stichen, Schorf, Verbänden und einem von schlechten Träumen schmerzenden Kopf bestand.

Er zog mich selbst an.

Zunächst behielt er den Hut auf. Nach einer Weile nahm er ihn ab. Er führte mich die Treppe hinunter. Er hielt mich am Handgelenk mit seiner riesigen, rauhen, leicht verschwitzten Hand – seiner ausdruckslos einen Sinn suggerierenden Hand, gegen die ich nichts tun konnte, schon gar nicht mit Worten, außer sie von Zeit zu Zeit in mich gekehrt und ausdruckslos anzustarren – und zerrte mich drängelnd auf eine Komm-spielen-macht-Spaß-Weise mit; aber es tat physisch weh, die Bewegungen zogen an der Haut rings um die Stiche, und außerdem vertraute ich ihm nicht mehr.

Also gab ich keine zögernden Ich-liebe-dich-aber-ich-möchte-das-nicht-Laute von mir; sondern ich stieß Ich-mag-das-nicht-du-quälst-mich-Laute aus, die ihn immer – *immer* – peinlich berührten.

Und er *war* peinlich berührt – aber er gab nicht nach.

Aus der Stille des Hauses traten wir durch die Vordertür in die großmäulige, summende, grelle Nachmittagshitze eines Sommertags im mittleren Westen hinaus; wir gingen ein paar Schritte zur Auffahrt und stiegen in seinen Wagen.

Ich weiß nun, daß Mamas Wagen kaputt war; sie hatte ihn kaputtgefahren. Das Licht drang von überallher in Papas Wagen, prallte von den Metallflächen ab und traf hart mein verbundenes Gesicht, hier wie ein Baseballschläger, dort wie Splitter, anderswo wie ein gelbliches Holzbrett. Ich sagte nichts. Mein Vater ließ den Motor an, und wir fuhren eine der drei Straßen auf der Anhöhe entlang, auf der unser Haus lag, an ausladenden, stillen Häusern vorbei, die an diesem Tag allesamt in blendendgrelles Licht getaucht waren. Nichts konnte man direkt ansehen, so schmerzhaft wurde man geblendet.

Ich vermute, das *Ich* kann sich in der Erinnerung so frei bewegen wie in Träumen, seine Verbindung mit den Dingen verändern, die Stärke seiner Bezogenheit, seine Schwebehöhe. Ich kann mich an das Gesicht meines Vaters so erinnern, als wäre auch ich an jenem Tag ein Mann gewesen; oder ich kann mich an das erinnern, was das Kind sah; das Gesicht seines Vaters verschwimmt: es wird groß, rückt aufwärts, kippt, ist kinnlastig; ich sehe die unteren Bögen seiner Brillengläser, ich sehe seine Nasenlöcher; seine Miene ist rätselhaft, ein wenig beängstigend – das Kind sieht das, ist aber zu schwermütig, um zu verstehen: es *sieht* lediglich, sonst tut es nichts.

Die Reifen erzeugen auf dem klebrigen, halb geschmolzenen Teerbelag der Straße klatschende Geräusche. Wo die Straße am Rand der Anhöhe in Schwüngen abwärtsführt, stehen, in unregelmäßigen Abständen, einige Häuser zwischen uns und dem Blick auf die Stadt in der Ebene. Hier brennt die Sonne gnadenloser. Wir kurven weiter und immer weiter hinunter in noch heißere Zonen, in die Unterstadt, und parken vor dem Schaufenster eines Buick-Händlers, und Papa sagt: «Wie wär's, hast du Lust, deiner Mutter ein Auto zu kaufen?»

Eine Wand im Ausstellungsraum des Händlers war vom Boden bis zur Decke eine Spiegelfläche; es war der größte Spiegel, den ich je gesehen hatte. Und zwei Wände des Ausstellungsraums waren gläserne Wände zwischen mir

und der Welt; und auf ihnen spiegelte sich beunruhigend
viel wider. Der Fußboden war so blank, daß sich meine
Beine und mein bandagierter, spähender Kopf (mit breiten
horizontalen Wellen und in beträchtlicher Verzerrung)
darin wiederholten. Lack und Chrom der riesigen Wagen
um mich her spiegelten gleichfalls. Die Anzahl und Streu-
ung und Mannigfaltigkeit der Spiegelungen forderte weniger zu unendlicher Eitelkeit auf als zu unendlicher Stu-
dierbereitschaft.

Die Verkäufer – es gab zwei – waren sehr dünn, kleiner
als mein Vater, sehr gut angezogen, aber nicht so gut wie
S. L. Sie waren gewinnend: gutaussehend, ohne Wärme zu
versprechen, nur Eindringlichkeit, Begeisterung; ich war
zu wund, zu verwundet, um mir ihre Aufmerksamkeit her-
beizuwünschen, ihre lauten, in falscher Zuneigung und
falscher Bewunderung an mich gerichteten Stimmen.
Auch nicht ihre physischen Aufmerksamkeiten: mich zum
Beispiel hochzuheben, damit ich einen Kühlerschmuck sehen konnte. Mein Vater sagte: «Jetzt mal aufgepaßt. Damit
ihr Bescheid wißt, Jungs –» Und er zog einen Packen Geld
aus der Tasche und sagte: «Der junge Mann hier möchte
sechstausend Dollar für einen Wagen ausgeben, für seine
Mutter.» Er sagte zu mir: «Schau her: das hier sind Tau-
send-Dollar-Scheine, Alan.» Er händigte mir das Geld
aus, ich schaute darauf, dann nahm er mir das Geld fort,
faltete es, schob es mir in die Hemdtasche und sagte etwas
wie: «Du bist ein reicher Mann – du kannst es dir leisten,
den Herren hier zu zeigen, wie sehr du deine Mutter
liebst.»

Das Geld knisterte in meiner Hemdtasche, blähte sie
und drückte auf meine Brust. Die Spiegel um mich her
schienen lautlos zu knistern. Wenn ich atmete – zwinkerte
– mich umdrehte – flackerten Spiegelungen. Die Verkäufer klopften mir auf die Schultern; einer oder beide gingen

in die Knie, um zu sagen: «Ein guter Sohn, stimmt's?» Papa sagte später: «Sie haben Aas gerochen. Rohes Fleisch. Sie wußten, daß wir zum Geldausgeben dort waren...»

Ich ging fort von den Verkäufern: der eine blieb in der Hocke, ein Knie nach vorn, eines nach oben; ich ging in dem Flackern dahin, in dem tückischen Gewitter sich wandelnder, mit Perspektiven spielender Abbilder und Reflexionen all der Spiegel und spiegelähnlichen Flächen, die mich umgaben; und überall sah ich ein beschädigtes Kind – aus irgendeinem Grund war mein Abbild mir mit meinen Verbänden, in Verkleidung, auf eine Weise glaubwürdig, wie es mein Spiegelbild nicht war, wenn ich ungezeichnet, ohne Verbände davorstand.

Die Stimme meines Vaters, ländlich-unmusikalisch – es ist leichter, den Klang der Stimme meines Vaters auszugraben, wie ich sie in Erinnerung habe, obwohl sich mir der Klang, der wirkliche Klang auch seiner Stimme entzieht –, war zugleich überaus bejahend, beharrlich gutmütig; sie beharrte darauf, daß *man* gutmütig sein sollte – der Klang erfüllte den Ausstellungsraum nicht mit theatralischem Pomp, sondern mit pädagogischem Impetus. Papa sagte zu mir: «Such dir irgendeinen Wagen aus, der dir gefällt, junger Mann – irgendeinen. Du hast genug Geld, um ihn zu bezahlen – genug, um ein Pferd damit zu ersticken.»

Ich blickte auf – verständnislos. Sein Gesicht hatte damals immer den Ton reifer Aprikosen, eine sommerliche, leicht geschwollene Üppigkeit – eine dickliche Selbstzufriedenheit-und-Wut, die mir wie ein Geheimnis über den Rücken lief (manchmal mochte ich sie nicht; aber ich atmete sie ein oder wurde davon durchbohrt und behielt sie dann in mir); nun war da – ein Unterton – eine metallische Schneide, mehr oder weniger versteckt, hastig und exotisch, wie eine Schlittenkufe; er fuhr Schlitten, an einem

Weitgehend eine mündliche Geschichte   57

heißen Tag, inmitten der Spiegel: eine Talfahrt-Erregung (man lag auf einem Schlitten; jemand lag auf einem; man erstickte fast; das Abenteuer war weiß und flüchtig; man war zugleich schwindelerregend unvollkommen und berauschend vollkommen – auf dem Schlitten, auf dem Schnee); die Schlittenkufe war ein... ein Prunken... damit, wie leicht zugänglich Geld für ihn war, daß er diese Männer – moralisch? Auf Grund von purer Wohlanständigkeit, auf Grund von Geld? – beherrschen konnte: Abenteuer, wie er sie verstehen konnte, gingen, solange ich ihn kannte, immer in unzusammenhängenden Fortsetzungen vonstatten, und jede gab er beharrlich als abschließend aus.

Ich erinnere mich an den schwachen Gestank der Wagen, an den männlichen Geruch nach Talkumpuder und Eau de Cologne. Alle anderen Gerüche übertrumpfte und durchdrang Papas sonnenverbrannt-blonder Geruch – ein immer mit Hitze verbundener Geruch, mit Sonnenhitze, Heizkörperhitze, der Hitze seines Fleisches, seines Blutes. Ich sah Spiegelungen auf seinen Brillengläsern: und da war der Duft seines Sommeranzugs, mit scharfen Falten, beige, sorgfältig gebügelt.

Der Ausstellungsraum war ein Ort, wo ein kleiner Junge still zu stehen hatte, weitgehend auf die Erwachsenen zu warten hatte, während er, nur in Grenzen begreifend, *ausspionierte*, was vorging. Falls er etwas täte, würde jemand sagen: «Du da, laß das – du tust dir sonst weh.»

Doch das Geld, das gefaltet (und nach Papier riechend) in meiner Tasche steckte, nicht weit von meinem verbundenen Kinn, nicht weit von meinen Augen und meiner Nase und von der Verrücktheit meines Vaters, brachte die Welt zum Kippen und machte mich zum Herrscher über diesen Erwachsenenort.

Zunächst war ich mir nicht sicher, ob er es deichseln

konnte, ob das Geld es deichseln konnte. Zum Teil glaubte
ich ihm deshalb nicht, weil ich angefangen hatte zu lernen,
daß man ihm in gewisser Hinsicht nie glauben durfte.
Seine Liebe war trügerisch; ich vermute, zu den ersten
Dingen, die man als Kind lernt, gehört es, «Ich glaube dir
nicht» zu sagen, oder wenn nicht zu sagen, so doch zu denken, mit höflich abgewandtem Gesicht.

Ich wollte kein Idiot sein. Ich war halbwegs seekrank von
dem Spiegelgeflacker. In ihrem tiefsten, harten Sinn glich
die Tatsache, mit der er mich konfrontierte, glich der Akt,
den ich nun ausführen konnte, meiner Lage, wenn ich zu
dem Dutzend Kinder auf einem Rasen gehörte, die still da-
standen, die noch nicht zu spielen begonnen hatten.

Die Aufmerksamkeit von Verkäufern zu *besitzen* – wieso
sollte das eigentlich aufmunternd wirken?

Außerdem wollte ich nicht, daß Leben stattfand, ich
wollte nicht aufgemuntert werden. Etwas zu wollen, etwas
zu genießen, zu genießen, was mein Vater da tat, hätte bedeutet, wieder mit allen Nerven, aufgewühlt, die furchtbaren Überraschungen und anschließenden Nicht-Überra-
schungen meines gewohnten Lebens zu empfinden, statt
finster und halb wahnsinnig alles zu erdulden, nichts zu
genießen, Schmerzen kaum wahrzunehmen, nach Art eines verwundeten Kindes ohne Hoffnung zu sein.

Aber es war eine Versuchung. Die Entscheidungsgewalt
eines Erwachsenen zu haben. Der Körper des Kindes
straffte sich wie der eines Hundes, vor dessen Augen mit
einem Stock gewedelt wird. Ich war fast willens, dies zu
wollen, es wenigstens halbherzig zu wollen: mich dazu herabzulassen, es zu wollen – ohne Anmut, nur halb bei der
Sache, nicht wie ein Hund, sondern wie ein Kind, ein miß-
trauisches, verwöhntes, hübsches Kind.

Die Zuneigungen meines Vaters waren durchsetzt mit
Heuchelei; er war ein älteres Kind, rebellisch, voller Un-

kraut, voller Schmutz – er schaute von der Seite über mich hinweg. Er war in gehobener Stimmung und atmete – weich – eigensinnig – rundlich – aprikosenfarben – heftig in der klimatisierten Luft; sein Benehmen signalisierte forsche Zähigkeit, Lust an seinen Rechten als Kunde, ruppige Unbedingtheit. Er stand im Zentrum des Geschehens; er war zugleich hart und weich, er verkörperte *Ich will*, *Ich kann* und *Ich entscheide*, dazu noch den merkwürdigen Nachtrag *Ich-bin-kein-schlechter-Mensch-und-ich-werde-dieses-Kind-glücklich-machen*.

Schenkte er mir lediglich Macht? Macht für den Augenblick, wie wenn man beim Räuber-und-Gendarm-Spielen eine Spielzeugpistole in der Hand hat? Illusionäre Macht? Manchmal kommt es mir im Rückblick so vor, als hätten wir eine Liebesaffäre gehabt, ähnlich der von Erwachsenen; und dies war ein Augenblick wie im Film, wenn ein Mann mit seiner Geliebten nach Monte Carlo reist und ihr atemberaubenden Glanz verleiht, sie nahezu krönt.

Er schenkte mir die Verkäufer, ihren Stolz, diesen Ort als Spielplatz. Er machte ein Gebinde daraus, er kontrollierte einen Teil der Erwachsenenwelt, er stampfte ihn flach und hielt ihn – für mich – an, damit ich draufklettern und spielen konnte, wie ich wollte.

Er gab sich erhaben über die Gier, was die Verkäufer anfeuerte – er ging nicht gern vorsichtig mit Geld um; er lachte über Autos, über die Verkäufer, über ihre Welt, über Erwachsene. Die Verkäufer wurden immer unaufrichtiger, öliger und giftiger: jeder von ihnen machte sich unter einer Schicht von Ehrerbietung über meinen Vater lustig. Es war, als könnte ich unter einen Tisch oder unter ein gespanntes Tuch gucken und sehen, was sie da trieben: Sie haßten uns.

Sie mochten nicht eifrig mitwirken an meines Vaters Plan, dem verletzten Kind Freude zu bereiten.

Ich war erfreut; ich war stolz, schämte mich für uns, probte Arroganz. Ich amüsierte mich sozusagen fürchterlich. Ich berührte die Metallflächen eines Wagens – hinterließ Fingerabdrücke – ich fand es falsch von meinem Vater, daß er so viel Feindseligkeit erweckte, aber es war belebend, so stolz zu sein. Halbherziges Vergnügen, persönliche Überlegenheit – über Leute wie diese, über Sparsamkeit, Fingerabdrücke, die Lebensweise dieser Leute – wurmten, fraßen sich in mich hinein, gaben mir allmählich Auftrieb und Mut.

Weiterhin sah ich überall Spiegelungen: Ein Kind mit Verbänden kniete neben einer Radkappe, blickte auf eine Stoßstange und war in beiden zu sehen; jeder Wagen war mit Abbildern von mir bedruckt, wenn ich mich ihm näherte. Einmal nahm ich das Geld aus der Tasche, entfaltete es, hielt es vor den Spiegel und sah mir die Verdoppelung an.

Zuletzt betrachtete ich die Wagen in Spiegel: Ich ging am Spiegel entlang und stach mit dem Finger nach einem Teil des gespiegelten Wagens oder legte meine ganze Hand darauf.

Ich bat Papa, mir zu helfen, in einen der Wagen hineinzukommen. Er forderte mich auf, einen der Verkäufer dazu aufzufordern. Sie kamen beide an. Einer machte die Wagentür auf, und sie hoben mich – einer hob mich – auf den Sitz hinter dem Lenkrad. Ich packte das Lenkrad und schaute durch die Windschutzscheibe. Ich kletterte wieder hinaus, ging zu Papa, nahm ihn bei der Hand und blieb einfach so stehen.

«Bist du soweit?» fragte er. «Willst du den?»

Ich nickte. Ich hatte DEN BLAUEN ausgesucht.

Papa bestand darauf, daß sie uns sofort und auf der Stelle mit dem blauen Wagen nach Hause fahren ließen – er sagte, er würde ihn am nächsten Tag zum Übergabe-Service vorbeibringen, er setzte sich über die Verkäufer und den Geschäftsführer hinweg; eine Wand, ein Teil der Wand, hob sich, und wir fuhren eine Rampe hinunter ins Sonnenlicht, das wie ein kratzender Serge-Stoff überall ausgerollt war und alles einhüllte. Fetzen von in der Mitte verblichenem, erstarrtem Licht waren über Lampenpfähle gehängt, über Aluminiumblenden, über alles Sichtbare aus Metall und Glas. (Die Minderwertigkeit anderer Leute zeigte sich an der Minderwertigkeit ihrer Tröstungen.) Mir war schlecht von dem unfairen Widerstreit zwischen Aufregung und der grauen Verkrampfung einer verwundeten Seele. Angefüllt mit prallen, verschiebbaren Teilen, strömte der Wagen Gerüche und Außergewöhnlichkeit aus. Ich hörte das Pochen der Reifen auf der Straße.

Die Straße ging in eine Linkskurve und wurde so steil, daß man, wenn man gut gelaunt war, angesichts dieses Anstiegs der Fahrbahn ganz aufgeregt wurde, weil der Wagen womöglich einen Salto rückwärts schlagen würde. Man bekam große Augen: Man stieg auf die Knie, man starrte geradeaus – und wartete.

Sehr rasch geschah es, daß im Fenster auf der Seite meines Vaters Autodächer auftauchten, ein weites Stück Himmel mit Schornsteinen darin, die fernen Pfeiler einer Brücke; die angenehme, stillschweigende Vereinfachung wirkte, als wische eine Hand eine Stadt weg und schaffe einen freien, vergeistigten Raum für die Reichen, für die auf außergewöhnliche Weise Getrösteten.

Papas Streich oder Spiel – mich den Wagen kaufen zu lassen – schien in der Erinnerung wirklicher, humorvoller abzulaufen. Leid-mit-Hoffnung ist, wie wenn man als ziemlich kleines Kind auf etwas klettert: Man kann sich die Knie aufschrammen, außer Atem kommen und obendrein Angst kriegen; aber man ist irgendwo, es gibt noch etwas anderes als Leid: Vielleicht gibt es um das Leid einen Ring aus dem Gefühl, etwas geleistet zu haben.

Der Glaube, daß es Glück, oder Zärtlichkeit, gibt – nicht der hysterische Glaube dessen, der umzingelt ist oder unter Druck steht, sondern die Überzeugung des Wissenschaftlers im Kind, des Egoisten im Kind, daß es derlei tatsächlich gibt –, dieser Glaube schmerzt allerdings, aber auf gutartige Weise. Er tut so weh wie die sichere Rückkehr, nachdem man geglaubt hat, man wird nie mehr runterkommen von dem, worauf man geklettert ist, und man kommt runter und steht schnaufend da, erschrocken, stolz und erleichtert. Die Realität steht dann, wenn man nicht sehr einfältig ist, älteren Kindern zu, und tatsächlich fühlt man sich älter; man spürt den Luftzug, kriegt Gänsehaut; die Haut der Seele ist sehr wund; die Haut des Herzens prickelt von Ich-weiß-nicht-was.

Ich saß auf den neuen Wagenpolstern; ich stemmte die Hände neben den Schenkeln auf den Sitz; ich blickte zu meinem Vater auf: er hatte den Hut auf, hielt den Kopf ein wenig geneigt; er *fuhr*. Er war mit sich zufrieden. Ich hatte kein Gefühl dafür, daß unter dem Wagen Straße war oder daß die Straße vor dem Wagen mit irgend etwas verbunden war, mit der Erde zum Beispiel oder mit der Stadt unter uns; die Straße war eine Hängebrücke, eine irgendwie im Zwischenraum schwebende Lasche, die in die freundlichen, lichten, luftigen Gefilde der Leute hineinragte, die *Glück* hatten.

Es war nicht meine Aufgabe, die Topographie unserer Anhöhe zu kennen: all das überließ ich meinem Vater.

In dem Gefühl, flüchtig von Wundern gekostet zu haben, kniete ich auf dem Sitz, während wir aufstiegen in den Leib des Sonnenlichts und in die Kirchenstille der vermögenden Häuser auf der Anhöhe. Mein Vater, der in göttlichen Dingen oft sentimental wurde, sagte: «Das Leben ist 'ne Schüssel Kirschen, Gott ist im Himmel, die Welt ist in Ordnung.»

Das Veränderliche sollte niemals von Unveränderlichkeit künden.

Auf Papas Gesicht lag nun eine gewisse schlaffe, menschliche Wonne, eine Ich-hab's-dir-ja-gesagt-Miene.

Der menschliche Aufruhr, den das in mir entfachte, seine Fürsorge, der schlagende Beweis für die Stärke von Papa und seiner Brieftasche, unser ungeheures Familienglück, die Länge seiner von da bis dort unten (zum Gaspedal) reichenden Beine, sein leichtes Schwitzen, während die Wagenbelüftung unauffällig pustete und dröhnte – all dies gefiel mir sehr.

Wir bogen in die Auffahrt zu unserem Haus ein: der Kies spritzte.

«Drück so auf die Hupe, daß deine Mutter es hört», sagte Papa.

Das tat ich.

Der Ton schwärmte aus, von mir aufgehetzt. Ich war Der-Junge-auf-meines-Vaters-großem-Schoß. Die Knöpfe seines Anzugs preßten sich in mein Hinterteil, wenn ich auf die Hupe drückte.

«Das reicht», sagte er.

Meine Schwester, Nonie, erschien am Fenster und rief hinaus: «Was ist los? Warum hupt ihr?»

«Hol deine Mutter, komm raus und schau dir an, was wir hier haben, schau dir an, was wir für *euch* haben», sagte Papa.

Ich hörte die Haustür aufgehen – o mein Gott, diese längst vergangenen häuslichen Geräusche! Dann knallte die Fliegendrahttür – und Mama sagte: «Nonie, laß die Tür nicht knallen.» Dann SCHRITTE. Auf der Vorderveranda.

Schatten erschienen, zuckten fast um die Wette über Schritten, über Kies dahin. Diese Geräusche sind deutlich, sind nicht wie Stimmen in der Erinnerung, und deutlich ist auch der Anblick von Mama im schwarzen Kleid mit einem großen, großen Kragen aus so etwas wie Spitze; und sie sah aus, als brauche sie unverzüglich Schutz, unverzüglich, vor der Sonne, vor der Hitze: sie war feucht und vollbusig und saftig und schwach. (Nonie hatte fette Beine und Hüften und ein babyhaftes Gesicht; sie war wie aus Gummi, für das Leben im Freien gemacht.)

Mama hatte oft einen sanften *Das-Leid-beginnt*-Blick. Es war ein Blick heftigen, aber gedämpften Ärgers. Mama war innerlich angegriffen von – *allem*; sie war empfindlich gegen – alles: Sie war endlos damit beschäftigt, angegriffen zu sein; sie war eine melodramatische Erscheinung: aufgemacht in Schwarz-, Weiß- und Rottönen, üppig, launisch, überhitzt ausdrucksvoll, eine Treibhausblüte – wie läßt es sich vermitteln, ihr veraltetes Gebaren, ihre Koketterie, ihr höchst kodifizierter, artifizieller Stil, *im Freien* zu sein (sichtbar für die Nachbarn), bereit, mit S. L. zu flirten?

Und dann der Ärger, der Gewalt über sie gewinnt, eine höhnische, verrückte Wut: der Wagen gefiel ihr nicht. Als sie und Nonie auf der zweitletzten Stufe angekommen waren, von der aus sie den Wagen sehen konnten, sah ich, daß Mama Make-up trug und daß ihr Gesicht lieb war – zu Papas Begrüßung –, aber es kräuselte sich; und sie sagte mit einer halb ärgerlichen Stimme, deren genauer Ton verloren ist, aber er war voll des Tadels: *«Was hast du jetzt wieder angestellt, S. L.?»* Vielleicht sollte man ihr keine Worte zuschreiben, sondern nur erstaunten Ärger. Das Sonnenlicht malte Schatten unter Mamas Augenbrauen und in ihren Mund und unter ihr Kinn: Die Schatten über ihren Augen glichen einer Maske: sie war ein sanfter, maskierter Bandit. Sie hatte S. L. erklärt, sie wolle einen kleinen Wagen, leicht zu handhaben und zu parken. Ich habe ihren Ärger, oder vielleicht ihre Stimme, wie eine Schar Krähen in Erinnerung, die düster dahinsegeln und alles attackieren, auf alles einhacken, alles fressen – sogar lebendige Augen. Ich blinzelte. Oder sie wurde in die Enge getrieben – nicht von tragischen Mächten, von trivial-tragischen Begebenheiten: von Erschwernissen; wurde so heftig in die Enge getrieben, daß Unflätiges aus ihr herausspritzte, sogar im Freien, wo die Nachbarn sie hören konnten; sie wurde eine Spur wahnsinnig vor Erbitterung. Nachdem ich aufgemuntert worden war, konnte ich es zuerst nicht glauben, daß so prompt darauf etwas Unangenehmes geschehen konnte, und mich befiel jene für Erwachsene furchtbare Heiterkeit, die zum Teil Verlegenheit oder Entsetzen ist – aber kein ernstes Entsetzen; wenn man in solchen Momenten laut lacht, wenn da jemand ist, der nicht wirklich wütend ist, sondern sich nur belästigt fühlt wie Mama, dann sagt er, was ich glaube, daß sie sagte: «Vermutlich ist es doch ganz schön, ein Kind zu sein.»

Manchmal starrte Mama mich an, wenn ich lachte. «Er findet uns unterhaltend», sagte sie dann.

Papa sagte etwas wie: «Leila, das ist ein guter Wagen, ein Buick, das ist der beste –»

Sie wandte ein, er höre ihr nie zu. Als Papa zu ihr sagte, sie kränke mich, ich hätte den Wagen ausgesucht, erwiderte sie, sie wolle nicht, daß ein Kind ihr ihren Wagen aussuche. Sie sagte, sie und Papa seien keine Kinder mehr. Sie sagte, Papa mache aus allem einen Witz, und das Leben sei *kein* Witz.

Ich wandte mich von einem Erwachsenen zum anderen. Meine Verbände erzeugten ein Geräusch, wenn ich den Kopf bewegte.

Mama sagte: «Ich habe dir gesagt, daß Einparken nicht meine Stärke ist. Das Ding da taugt zu nichts, außer um alte Frauen zu jüdischen Beerdigungen zu karren –» Sie sagte: «Ich gehöre nicht zu dieser Sorte Frau, S. L.» Diesen Satz weiß ich noch: Sie versuchte, der Situation und ihrem Ärger die Spitze zu nehmen und alles in Koketterie zurückzuverwandeln.

Papa sagte: «Kannst du denn nie dankbar sein? Was ist nur mit dir los – mußt du jeden unglücklich machen? Liebst du denn niemanden?»

Nonie sagte: «Mir gefällt er auch nicht, Papa – mir gefällt die Farbe nicht.»

Ich raste los und trat nach ihr. Sie sprang zur Seite. Mama legte mir die Hand auf die Schulter und sagte: «Laß sie, Alan; wenn ich helle Augen hätte wie du, gefiele mir ein blaues Auto auch – die Farbe steht dir.»

Nonie machte inzwischen die Wagentür auf, die hintere; doch die Scharniere waren nicht festgemacht worden, und die Tür ging immer weiter auf, wackelte, begann sich vom Wagen zu lösen; während Nonie hinglotzte, aufkreischte und wieder aufkreischte, hing die gesamte Tür schwankend in der Luft, kippte seitlich ab, schwebte und stürzte scheinbar zugleich schwer auf den Boden, dem Kies zu, wo sie knirschend aufschlug und weiterrutschte und sich unter anhaltenden, scharrenden Geräuschen den Lack verkratzte ...

Als es wieder still war, spürte ich die Grimasse auf meinem Gesicht. Ich starrte auf die Tür am Boden. Mama sagte: «Mein Gott! Nehmen sie den Wagen jetzt noch zurück? Wieso hat die Tür das gemacht, S. L.? Wie nennt man das, wenn eine Tür so was macht?»

Papa, der annahm, jemand sei daran schuld – es mußte jemand schuld daran sein – brüllte blindlings Nonie an: «WAS HAST DU MIT DER TÜR GEMACHT?»

Nonie brüllte zurück: «NICHTS HAB ICH DAMIT GEMACHT!»

Armer Papa. Er kam zu mir, packte mich an der Schulter und zog mich von Mama fort. Große Strenge und Lüg-mich-nicht-an-Gesinnung sprach aus seiner Miene. Er brüllte *mich* an: «WAS HAST *du* MIT DER TÜR GE-MACHT?»

Er versuchte, der Sache auf den Grund zu kommen.

Papa sagte oft: «Wir sind allesamt Narren und Clowns – wir müssen aus Mißratenem das Beste machen.»

III

Meine Mutter glaubte, ein richtiger Bürger eines richtigen Landes zu sein – im Gegensatz zu der grauenhaften klau-strophobischen und hilflosen Getto-Existenz –, wirklich in Amerika der Mittelschicht anzugehören und von den Rabbis loszukommen, heiße, *modern* zu sein, scheinheilig, irgendwie kriminell nach den Maßstäben des Alten Testaments, gewissermaßen-kriminell, mit Stil, in untadeliger Wohlanständigkeit, immer die Nerven behaltend, Durchblick zur Schau tragend und konsequent ironisch bis hart an die Grenze des Nervenzusammenbruchs ein Leben der kostspieligen Vergnügungssucht führend, mit Tempo, gerissen und doppelzüngig.

Sie war dazu bereit. Sie war ein halber Profi darin. Sie bewunderte Leute, die im Amerikanersein besser waren als sie: «Ehrlich gesagt, gesellschaftlich bin ich eine Aufsteigerin – ich lerne noch.» Ihre aufrichtigste und ernsthafteste Hochachtung galt Leuten, die in der Weise, die sie bewunderte, protzig ihren Erfolg vorführten:

«Auf der gedeihen keine Fliegen – die weiß, worauf es ankommt.»

Wir lebten in einer kleinen Stadt – einer Kleinstadt im

Mittelwesten, aber mit Luft und Spielraum: es war eine halbwegs aufgeschlossene Hafenstadt am Fluß, mit einer erkennbaren Oberschicht, die sich im Gefühl von Freiheit und Weltgewandtheit zumeist in nahen oder fernen Städten amüsierte.

Mama wechselte ihr Aussehen nach der Jahres- und Tageszeit, je nachdem, ob wir Besuch hatten oder nicht, nach ihrer Stimmung, nach dem gesellschaftlichen Rang der angekündigten Besucher: natürlich bleibt etwas, oder vieles, gleich an einer Frau, wie immer sie angezogen ist, aber das Gleichbleibende läßt sich nicht ausdrücken, ist, wo es um Mama geht, meines Wissens Das Unausgedrückte. Als ich noch klein war, wirkte sie zwar in jedem einzelnen gegebenen Moment genau sichtbar, verschwamm jedoch im Verlauf einiger Stunden in einem Strom von Verwandlungen: wie sie sich kleidete, ob und wie sie sich schminkte und frisierte – all das war beim Frühstück anders als am Nachmittag, beim Abendessen, am Abend oder zur Schlafengehenszeit. Es gab niemanden sonst, der sich so wahrnehmbar, so aufwendig verwandelte. Sie sagte: «Ich weiß nicht, es ist alles soviel Arbeit – ich finde, ich muß härter arbeiten als S. L. – keiner hält mir zugute, wieviel Arbeit das ist.» Ihre körperliche Expressivität bestand darin, daß sie zwischen diversen Moden hin und her schnellte und von Spiegeln abprallte und sich darauf vorbereitete, *es zu schaffen* – das war ihr Ausdruck.

Wie sie angezogen war und welche gesellschaftliche Rolle sie in einem gegebenen Moment verkörperte, hatte Einfluß auf ihre Art, mich zu küssen: Der Kuß, den man von der Landmädchen-Frau mit wunden Füßen erhielt, die sich zu Hause ausruhte, war deutlich anders als der, den einem die groß aufgemachte, von Brillanten funkelnde Dame-unterwegs-zum-Dinner gab, und es amüsierte sie, daß man den Kuß der einen dem der anderen vorzog – zum

Beispiel den der weniger aufrichtigen und unaufmerksameren dem Kuß der ernsthafteren. Sie hatte eine unverhohlen geschäftsmäßige Haltung zu ihren vielen Stilen; in den Jahren, in denen ich sie kennenlernte, besaß, täuschte vor oder entfaltete sie eine offen selbstbewußte, überdrehte, ironische Attraktivität: *Ich schaffe es; ich bin jemand, in den sich Leute verlieben;* und dann ein fragender Seitenblick: *Fällst du auch drauf rein?*

Ihre Gesichtszüge waren ansehnlich – regelmäßig und nicht artifiziell. Das Besondere an ihrem Aussehen war eine diskrete Schwüle, etwas Hitziges und Weiches, eine mitternächtliche Blässe und Düsternis. Vielversprechend, aber was versprach es? Romantik. Leidenschaft. Ich-weiß-wie-man-sich-vergnügt. Paß-auf-ich-habe-Temperament-und-Macht. All dies wurde, wenn sie zum Ausgehen gekleidet war, mit einem leicht unsicheren Humor verbrämt, den sie sich aneignete, und mit einer angestrengten, wenig verläßlichen mittelwestlichen Höflichkeit, die wie ihr Humor je nach den augenblicklichen Umständen und nach dem Rang der Personen wechselte, mit denen sie gerade zusammen war und die sie auf verschiedene Weise beeindrucken wollte.

Als ich sie kennenlernte, war sie dreiunddreißig Jahre alt: sie erzählte allen, sie sei einunddreißig. Und dann wurde sie vierunddreißig. Und fünfunddreißig. Die Jahre, die sie «unter dem Gürtel» hatte (so sprach sie darüber), wurden immer mehr.

Ich kannte sie völlig anders, als wie sie über sich sprach – ich wußte von ihr auf traumartige oder isolierte oder innerliche Weise: oder von außen, kannte sie einfach als Person, die sich als die-freundlichste-Frau-auf-der-Welt-obwohl-ich-hübsch-bin aufspielte, die sich als Gequälte und Unglückliche darstellte und provinziell-trotzig ihren Status als unbestreitbar romantische, attraktive Frau wahrte. Sie war eine Person, die ich jeden Tag sah, eine Mutter, ein Wesen, das Besuche machen ging.

Sie war natürlich einmal ein junges Mädchen gewesen. Ein Mädchen lernt sehr früh, daß es unschuldig-und-hilf-los ist, verletzlich – das lernt auch ein Junge, aber niemand betrachtet das Mädchen deswegen als Versagerin, wohingegen ein kleiner Junge den Eindruck gewinnt, er sei mädchenhaft. Nichts wird von Mädchen erwartet außer Dingen, die sie beinahe sofort können (abgesehen vom Kindergebären), so daß fast alles, was ein Mädchen tut, als gutgemacht, als frühreife Leistung begrüßt wird; es gibt kaum eine Frau, die nicht das nach männlichen Maßstäben unverdiente und lähmende Gefühl hat, vorzeitig gereift zu sein. Mama hatte es – vielleicht haben es mehr als die meisten Frauen.

Mama behauptet manchmal, sie habe ihr gutes Aussehen erfunden, und es koste harte Arbeit und erfordere «Nerven»: Manchmal sagte sie, sie sähe einfach zufällig gut aus. Sie konnte sich nicht entscheiden, ob sie Glück oder Schläue zugebilligt haben wollte. Ihre Haltung, ihre Kleidung, ihr Lächeln – alles diente dazu, die Leute an ihr gutes Aussehen zu erinnern: Warum hält die Frau dort den Kopf zur Seite geneigt? Oh, sie ist sehr hübsch, nicht?

«Ich komme damit durch, ich weiß, wie man damit durchkommt», sagte sie.

Sie hatte von Natur aus ein grandioses, wirklich prachtvolles, wenn auch ortsgebundenes Repertoire an Stimmungen, das sie einsetzte, um aus ihrem Aussehen, «solange es hält» (ihr Ausdruck), «rauszuholen, was nur geht» (ebenfalls ihr Ausdruck), und sie hatte ein heimliches, eigensinniges, nahezu verrücktes Repertoire an Stimmungen, das mit einer Ich-bin-eine-Prophetin-Attitüde zusammenhing: Ich-bin-verrückt-aber-ich-blicke-durch-und-man-sollte-auf-mich-hören.

Mama war ehrlich, jedoch alle paar Minuten auf andere Weise, je nach den Umständen, ihrer Stimmung und den Leuten, die um sie waren. Sie log auch, aber selten mit sonderlicher Hinterlist – eher gab sie einem, wenn sie log, zu verstehen: *Nimm's mir ab, oder laß es bleiben.*

Immer sagte sie: «Das Leben von Frauen ist entsetzlich», aber sie sagte es je nach ihrem Alter in unterschiedlichem Ton. Immer umgab sie ein Haremsgeruch – sie war niemals aus dem Schutz ihrer Familie und dann dem ihres Mannes herausgetreten –, und dem Haremsgeruch war ein Hauch von Gewährenlassen, von Schattendasein und häufig von Klage beigemischt: er haftete ihrem Ton an, dem unterschiedlich stark trotzigen, prahlerischen oder verführerischen Unterton ihrer Stimme beim Sprechen. Das Spektrum der Klage reichte vom Sanften, fast Matten bis zur mänadenhaften Raserei, zum Ich-würde-dich-umbringen-wenn-ich-ungeschoren-davonkäme. Sie sagte oft: «*Mich* kann keiner zwingen, irgend etwas zu tun.» Sie konnte davor warnen, sie wie ein Spielzeug zu behandeln, indem sie drollig wohlwollend oder mit wahnsinnigem Zorn und flackerndem Blick sagte: «Ich habe in dieser Stadt eine Menge zu sagen.»

Sie machte für sich nie logische Strenge geltend, nur Intelligenz. Sie sagte: «Das Denken hat keiner mir beigebracht – ich mußte es mir selber beibringen», und überdies bestand das Leben nach ihrem Gefühl aus nichts als Unlogischem und Widersprüchlichem. Sie sagte oft: «Alles ist ein großer Witz, wenn du mich fragst», und: «Der Witz ist, daß nichts ein Witz ist – du kannst nichts durchgehen lassen.»

Ihre öffentliche und private Strategie beruhte weitgehend darauf, daß sie ihr Unglück zur wichtigen Frage erhob: War sie glücklich, dann meinte sie es als gesellschaftliche Geste, als Schmeichelei. Manchmal weigerte sie sich, unglücklich zu sein, um zu unterstreichen, daß eine Niederlage für sie ausgeschlossen war. Manchmal wollte sie unter keinem anderen Gesichtspunkt als dem der Niederlage betrachtet werden – daß sie scheiterte und immer wieder scheiterte und sofort Hilfe brauchte, Hilfe oder Vergebung.

«In dieser kleinen Stadt bin ich Königin», sagte sie versonnen, oder drohend, oder im Scherz, oder als grausamer Scherz über sich selbst: ich konnte als Kind nicht dazwischen unterscheiden; und in meiner Erinnerung scheinen in ihr immer wenigstens zwei Empfindungen zu herrschen, wenn sie es sagt – vielleicht drei, wenn man die Langeweile mitzählt. (Sie äußerte auch Enttäuschung über sich, weil sie nicht versucht hatte, «mein Glück in einer großen Stadt auf die Probe zu stellen».)

Sie schob im Stehen und Gehen die Hüften heraus – sehr gewagt. Sie war schnell, schnell und skrupellos in Bewegungsstil und Denken – aber manchmal drückt die Erinnerung sie auf ein japsendes Zeitlupentempo hinunter, wobei ihre Bewegungen beim Gehen den Körper so bündeln, daß er sich leise selbst zu applaudieren scheint und sich dann sündhaft und gehemmt zugleich den Blicken des Publikums öffnet oder entgegenwölbt... Die Leute starrten sie an: Kinder vor allem. Hunde bellten sie an – bellten gegen den dramatischen Wirbel an, den sie erzeugte. Sie sagte: «Mein Leben lang sind die Leute vor mir gekrochen, wegen meines Aussehens und – entschuldige, wenn ich damit angebe – meines Köpfchens. Das war völlig schwachsinnig, wenn du mich fragst, völlig – wie heißt das gleich – substanzlos.»

Sie erzählte mir: «Ich war immer die Schönheit in der Familie... Eins muß ich meiner Mutter zugute halten – sie nahm's mir nicht übel, daß ich Vaters Liebling war – sie hat nie mit mir um ihn gekämpft.»

Über ihre eigene Tochter sagte sie: «Ich hatte Glück – einem Mädchen bedeutet das viel: Jetzt soll ruhig Nonie an der Reihe sein.» Das hieß, sie ließ Vertrautheit zwischen Nonie, meiner Schwester, und Papa zu. Papa kam nicht immer gut mit Nonie aus, und Mama langweilte sich oft mit Papa, so daß es komisch war, sich zu überlegen, worin die Großzügigkeit eigentlich bestand. Nonie war elf Jahre älter als ich.

Mama vermittelte mir den Eindruck, es gebe für sie bestimmte wichtige Ziele, ernste Pflichten, Vorhaben, bei denen es um Leben oder Tod ging, wohltätige Absichten, von denen ganze Existenzen abhingen, schwerwiegende Intrigen, gerissene Geldgeschäfte, die sie ganz in Anspruch nähmen. Es gab in ihr auch Nischen von ernster, düsterer Ehrlichkeit, Pessimismus, trübe Einsichten in die menschliche Seele, welche die Form einer etwas trägen Allwissenheit annahmen («Kein Mensch ist *wirklich* nett», sagte sie gern), und eine trübe Milde und Ratlosigkeit, von der ein Kind nichts wissen sollte, so daß sie manchmal zu mir sagte: «Achte nicht auf mich. Geh jetzt – leb dein eigenes Leben.» (Manchmal befolgte ich diesen ausdrücklichen Befehl.)

Es hieß, sie habe den Tod meiner richtigen Mutter mit herbeigeführt – indem sie den Lebenswillen der Kranken brach, meiner richtigen Mutter meine Zuneigung stahl: «Du warst für deine Mutter der einzige Lebenssinn.» (Einmal sagte Leila zu mir: «Nur eine Sache macht mir angst – was ich deiner Mutter angetan habe.») Und dann war da ihr Drang, für die Öffentlichkeit hübsch zu sein, gleichsam alles zu unterbrechen und zu dominieren – *aufgepaßt jetzt, alle Hände zucken auf mich zu – alle Blicke fallen auf mich – jetzt halt – nicht anfassen – na, meinetwegen, faßt mich ein bißchen an – jetzt weg da – ich weiß nicht – ich muß lachen – mein Gott, was für ein Durcheinander...*

Ihr Stil, der Moral die Stirn zu bieten, war, glaube ich,

der einer Jüdin, aber um den Schein zu wahren, verschleierte sie dies, indem sie gewisse kleinstädtische Protestantinnen imitierte, die sich gesellschaftliche Macht anmaßten, persönliche Freiheit von jeglicher Schuld und das Recht, andere schuldig zu sprechen. Letzteres gelang Mama nie; sie kam darin allenfalls bis zu dem Exposé: «Die Wahrheit ist – wenn du schon fragst – wenn du mich fragst –»

Meine Vermutung wäre, daß ihre Auflehnung mit Verachtung für den jüdischen Grundsatz begann, eine Frau solle niemandem Anlaß zum Sündigen geben. Sie sagte: «Ich bin keine Heilige; ich mag keine Heiligen; die Heiligen kommen mit mir nicht klar . . . ich ordne mich nicht in eine besondere Kategorie ein – ich bin kein Ausbund an Tugend – deswegen war ich immer beliebt – deswegen holen sich Männer bei mir Rat.»

(Manchmal sagte sie: «Sie holen sich Rat bei mir, weil ich hübsche Augen habe.»)

Sie verfügte über viele Klischee-Ebenen; eines ihrer häufigsten Redemuster war ein Spiel – sie liebte es, neue Freunde zu erobern, jemanden zu verführen und zurückzuerobern und sich erneut gefügig zu machen (oft stieß sie Leute offenbar von sich, damit die Jagd weiterging, damit sie wieder eine Beute zu umgarnen hatte – oder um zu sehen, ob sie *damit durchkäme*: ein weiteres starkes Interesse von ihr, das andere ihrer Bestrebungen überlagerte und sich mit ihnen verhedderte); das Spiel deutete an, *ich weiß, zu welcher Sorte du gehörst, es macht mir nichts aus, mich täuschst du nicht, du brauchst es auch gar nicht zu versuchen, denn ich komme keinem moralisch, mir mußt du nichts vorlügen, sag mir ruhig die Wahrheit, ich bin kein Kind mehr, sag mir die Wahrheit, und wir wissen, woran wir sind, na komm schon, vertrau mir, weih mich ein – schau, du brauchst mich nicht zu achten, ich bin genau wie du, ich bin auf deiner Seite, du kannst dich drauf verlassen, daß ich für alles Verständnis habe, was notwendig ist, um im Leben weiterzukommen;* dies machte sie letztlich so verführerisch...

Daß sie keine Spielverderberin und offenkundig respektabel war, daß sie Energie besaß und gut aussah, daß es ihr wichtig war, beschützt zu werden und mit ihren Betrügereien durchzukommen – all dies zusammen ergab verblüffenderweise den Eindruck von aristokratischem Kampfgeist, auf persönlichen Vorzügen beruhend, von unverhohlener, erfolgreicher Gier, von Standesbewußtsein und Gnadenlosigkeit.

Sie war sehr konservativ, und dennoch ermutigte sie jeden – Männer, Frauen, Kinder – sich aufzulehnen. «Sei, wie du bist», sagte sie immer. «Du würdest Augen machen, wenn du wüßtest, was die Leute alles schlucken.»

Sie sagte: »Unscheinbare Menschen müssen sich ständig belügen, aber ich war nie unscheinbar – ich weiß, wie die Wahrheit aussieht – ich weiß, was ich weiß – ich kann nichts für das, was ich weiß.»

(Andere Frauen sagten: «Sie ist weniger attraktiv, als sie meint – sie baut sich eine gute Fassade auf und kommt damit durch.»)

Sie sagte: «Offen gesagt, ich möchte der wahre Gewinner sein – ständig – ich versuche, jedem die Ware zu geben, für die er bezahlt hat... Aber letzten Endes möchte ich gewinnen. Ich finde, hinter dem Fahrer zu sitzen, obwohl man alles besser weiß, macht keinen Spaß – haha.»

Manchmal schien sie sich aus geheimnisvollen Gründen an einem Brennpunkt zu befinden, am Konvergenzpunkt von Strahlen – mit Absicht, als fordere sie solche Hitze zur Bestätigung ihrer Persönlichkeit, als Maßstab ihres Rangs als Frau; Wärme, Hitze – als sei sie in Zobelpelze gehüllt oder in Scheinwerferlicht oder in Leidenschaft.

Sie sagte von unabhängigen Frauen – von denen sie viele schätzte und besuchte und bei sich empfing: «Sie leben wie Prostituierte.» Das hieß, sie kannten keinen Schutz, keine Hilflosigkeit; ihnen wurde nichts *geschenkt*. Ein paar Jahre später wird Papa, wenn er auf mich wütend ist, sagen: «Du bist es nicht wert, bei anständigen Leuten zu leben» und: «Du bist eine kleine Hure!» Er meint damit, ich bin zu abgebrüht und unabhängig, um ein *Nest* zu verdienen.

Mama sagt zu ihrer Tochter: «Du bist nicht liebenswert, und du haßt mich, aber ich sorge dafür, daß du immer ein *Nest* hast – halte mir wenigstens das zugute –, daß dir dieser Rückhalt immer bleibt, dafür sorge ich...»

Wenn Papa sagte, ich sei eine Hure, meinte er, *ich* hätte Geschenke nicht verdient.

Mama sagte: «Ich bin zum Chef geboren.» Das hieß, sie wollte immer, daß andere ausführten, was sie ihnen auftrug, sie delegierte Verantwortung. Zu Nonie pflegte sie zu sagen: «Treib es nicht zu weit, sonst mache ich dir wirklich Ärger –» Sie fand es nie der Mühe wert, Nonie entschlossen entgegenzutreten. «Leben und leben lassen, das ist mein Motto – wenn Nonie dumm sein will, laß sie – sie wird schon noch dazulernen – es liegt an ihr – ihr Mann wird sie lehren, das Alter wird sie lehren, meine Mutter hat viel dazugelernt, als sie alt wurde.» Sie sagte auch: «Sollen sie in der Schule doch sehen, wie sie mit ihr zu Rande kommen, und sich nicht an mich wenden – ich hab Besseres zu tun.» Sie wird andere so lange becircen oder plagen, bis sie etwas für Nonie unternehmen, besonders Papa. «Du meinst, ich tue das gern – ich tu's nicht für mich, S. L.»

Mama wird sagen: «Ich kann's nicht tun, mir sind die Hände gebunden, die Leute trauen mir nicht, bei meinem Aussehen.»

Und: «Ich kann's mir nicht leisten, Leuten zu Dank verpflichtet zu sein – sie nützen mich ohnehin schon aus.»

(Papa wird sagen: «Du läßt mir keine Ruhe.» Mama wird sagen: «Es gibt Dinge, die muß ich tun – das wird von mir erwartet, S. L.»)

«Keiner kann dir beibringen, wie du leben sollst, wenn du ein außergewöhnlicher Mensch bist», sagte Mama. «Du mußt es selbst rausfinden und hoffen, daß es so richtig ist.»

Sie sagte: «Weil S. L. mit mir verheiratet ist, gilt er etwas in dieser kleinen Stadt: Ich bin eine Empfehlung für S. L. – ich will nicht die Trommel für mich rühren, aber hier in der Gegend bin ich wer – was wahr ist, muß wahr bleiben.»

Wenn sie wütend ist und niemand sie hinlänglich besänftigt, verliert sie die Fassung, wird schlampig und bedrohlich: Glaub-bloß-nicht-ich-bin-ein-schüchternes-liebes-Frauchen-und-scheue-mich-zu-hassen-und-Un-heil-anzurichten.

Wenn wir im Einkaufszentrum sind, eilen Leute herbei, um mit ihr zu sprechen. Wenn sie aus unserer Haustür tritt, rufen Nachbarn ihren Namen, schicken sich an, ihr ent-gegenzutraben.

Sie sagt: «Sie wollen ein bißchen was von mir haben.»

Sie sagte zu mir: «Wenn die Leute nur wüßten, wie we-nig sie bieten und wieviel sie fordern, wenn sie für einen schwärmen, dann wären sie nicht so erstaunt, wie sie be-handelt werden, sie sind nämlich selbst dran schuld – ich möchte, daß du mir zuhörst: Ich kann dir eine Menge bei-bringen, auch wenn du ein Junge bist.»

Sie treibt keinen Sport. Sie ist sehr heftig; ihr untrainier-tes Herz schlägt immer, sogar wenn sie sitzt, rasch und gereizt, eben heftig: Es klingt wie gedämpfte Hammer-schläge; wenn ihr Herz hämmert, bedeutet das, daß sie är-gerlich ist und uns die Leviten lesen wird; die Leute sagen, sie habe «ein böses Mundwerk». Vielleicht ärgern sie zu viele Dinge – obwohl sie sich manchmal über etwas ärgert, es aber für sich behält und dann beim nächstbesten Vorfall Wut abläßt, ob Anlaß dazu besteht oder nicht. Sie mag nur sehr kaltblütige Menschen – gute Spieler, abgebrühte Männer und Frauen von Ansehen (oder von gemischtem oder von schlechtem Ruf), die ihren Willen durchsetzen, die vorsichtig Abstand von Emotionen nehmen und über sie lachen, die hartnäckig sind und etwas «leisten»: Leute, die andere täuschen können, «sich durchsetzen» und geduldig sein können, die, wenigstens scheinbar, jeden Anflug von Unwissen hinter dem verbergen, was sie «zuverlässig» wissen. Solche Leute können Mama beruhigen; sie ist süchtig nach solchen Leuten; wenn sie mit ihnen zusammen ist, manövriert sie jedoch fast genauso wie bei anderen – sie möchte sich ihnen nicht ausliefern; sie möchte auch in deren Kreis der Gewinner sein.

Sie mag an Papa die ländliche Glätte und den Egoismus, aber er ist ihr zu schwammig – auch äußerlich: Kaltblütigkeit und eine gewisse Hitzigkeit liegen bei ihm nahe beieinander: Sie bedauert ihn.

Wenn sie nicht unter gelassenen Menschen ist, wenn niemand in der Nähe ist, der ihr einen Dämpfer gibt (wahrscheinlich jemand Grausames und Egozentrisches und in seiner oder ihrer Gelassenheit Zwanghaftes), dann leidet zunehmend ihre Stoßkraft, sie gerät aus der Bahn, und ihre Verdrossenheit wird übermächtig. «Ich kenne keinen, der es wert wäre, daß ich mich an ihm messen könnte!» jammert sie nun: Bei all ihrer Wohlgestalt und Ruhelosigkeit und Redegewandtheit und ihrer aufgeplusterten, aufgesetzten, glitzernden Wichtigtuerei damit, daß sie hübsch ist, geht ihr, einer Frau Mitte Dreißig, sehr oft die Luft aus, außer wenn sie still dasitzt und groß aufgemacht ist.

Sie setzt sich mit Leidenschaft: Sie beginnt langsam oder träge, langweilt sich dann und wirft sich oder fällt mit stolzer Unbekümmertheit nach hinten.

Sie sagte oft: «Mein Aussehen ist mir geblieben – ich hab die Nerven nicht verloren.»

Sie hatte langes, glänzendes Haar; einen spitzen Haaransatz, weiche, weiße Haut, hohe, geschwungene Augenbrauen (deren Form sie täglich veränderte), einen offenen Blick, der, wie man sah, wenn man sich auf die Couch kniete und ihr genau in die Augen schaute, überhaupt nicht vorhanden war: Ihre Augen waren unergründlich, undurchdringlich, foppten einen vorsätzlich mit Schleiern, Hindernissen, mit einem eigenartigen Labyrinth oder einer Lichtlosigkeit hinter der klaren Oberfläche – ein Tumult auf schlecht beleuchteter Bühne, auf der eine Schauspielerin mit einem Gewehr hie und da diesen oder jenen im Publikum niederschoß, ohne daß jemals die Lichter angingen: die Szene blieb ohne Erklärung.

Sie und Papa sagten beide, wenn sie zum Ausgehen zurechtgemacht war, sie sei «in voller Rage» oder «auf dem Kriegspfad».

Sie sagt, sensible Leute seien «abscheulich – sie kümmern sich nur um ihre Gefühle; deine Gefühle sind ihnen schnurzegal».

Sie sagte: «Frauen haben kein gutes Leben» und: «Nur eine Frau zu sein ist interessant.»

Sie sagt, sie sei schlauer als Papa, und: «In Büchern stehen die falschen Dinge – was in Büchern steht, hilft einer wie mir nicht – ich will im Leben etwas machen, ich will *mit meinem* Leben etwas machen.» Sie sagt: «Und überhaupt habe ich zum Lesen keine Zeit.»

In der Sonne runzelt Mama zumeist die Stirn, kneift die Augen zusammen und bietet ihr Temperament auf, um die Leute von dem abzulenken, was Jahr um Jahr mit ihrem Gesicht geschieht – vom Wissen, von den Falten vielleicht; sie bietet sich unaufhörlich an, als Objekt *und* als Macht.

Als sie fünfunddreißig ist, stellt sie noch rascher und eif-

riger Behauptungen auf, und sie äußert Haß mit empören-
der Leichtigkeit, selbst mir gegenüber: «Du hast deine Serviette fallen lassen? Also, ich hebe sie dir nicht auf. Du
bringst mich um den Verstand; ich kann das nicht ertragen;
dann mußt du jetzt eben ohne Serviette essen; na los, be-
klecker dich von Kopf bis Fuß, damit auch alle, die dich so
wundervoll finden, sehen, was für ein Schwein du bist – ich
bin's leid, dein Kindermädchen, deine Friseuse und dein
Werbechef zu sein –» Wenn sie sich so aufführt, starre ich
sie an – und manchmal lache ich. Oder ich strecke ihr die
Zunge heraus. Ich teile irgendein Geheimnis mit ihr – ich
weiß nicht, worin es besteht, aber von Zeit zu Zeit wird es
auf bedrückende Weise wichtig.

Immer häufiger war sie überspannt und knisterte vor
Gereiztheit, manchmal wie ein kreischender Vogel mit
staubigem Gefieder oder, öfter noch, wie ein müder, brüchiger Papierdrachen mit dünnen hölzernen Streben, der
an einem böigen, grauen Tag knattert und ächzt in dem
Wind, der ihn treibt.

Über mich sagte sie: «Er gibt mir Grund, *ihn* gern zu
haben – er ist der einzige, der mir keine Vorwürfe macht.»

Ihre Auflehnung wurde düster und dumpf; und zerstöre-
rischer, glaube ich.

Sie ist nicht gerade sehr redlich. Somit sind ihre Gefühle
für mich amüsant, aber nicht verläßlich; sie besitzt dennoch eine Art von Ehrgefühl; und obwohl ich ihr nicht
traue, vertraue ich ihr in gewisser Hinsicht mehr als jedem
anderen – was vielleicht traurig ist, vielleicht auch nicht.

Sie war der einzige, den ich kannte, der sich nicht darum
kümmerte, was ich dachte, der nicht darauf bestand, daß
mein Denken eine bestimmte Form annehmen müsse. Sie
sagte: «Unscheinbare Leute können keinen in Ruhe lassen.»

Und: «Die meisten Leute fürchten sich davor, einsam zu
sein – das war noch nie mein Problem.»

Weitgehend eine mündliche Geschichte   81

Sie sagte: «Ich verliere jetzt mein gutes Aussehen – mich anzuschauen ist langweilig. Offen gesagt tut es mir nicht leid; ich werde nichts tun, um mein Aussehen zu retten – was vorbei ist, ist vorbei – ich hatte eine Chance für mein Geld – es hat mir nie gefallen – ich möchte jetzt eine Frau sein, die für andere Frauen wichtig ist – Frauen werden mich jetzt eher ernst nehmen, wo ich ein bißchen älter bin – ich bin selbstsicherer geworden . . . Um dir die Wahrheit zu sagen, ich will überhaupt nicht angeben mit meinem Aussehen, aber solange ich jung war und gut aussah, wenn ich es da mal selber sagte – aber darüber zu reden ist so blöd – jedenfalls wurde mir immer ein bißchen übel davon . . . Ich bin kein schlechter Mensch, weißt du: die Leute können über mich sagen, was sie wollen; Neid ist nicht eben selten; aber ich bin nicht schlecht, wenn man die Menschen so nimmt, wie sie nun mal sind.»

«Leila», sagte manchmal eine Frau, «du hast eine Menge Einsicht – eine ganze Menge – das muß ich dir lassen, ich muß dich einfach bewundern dafür, wie du die Dinge siehst.»

«Ja, was die Leute auch sagen mögen, Aussehen und Verstand vertragen sich eben doch. Wenn die Leute sich mit dir unterhalten – das konnte ich immer gut, mich mit Leuten unterhalten –, dann hast du die Chance, dabei zu lernen. Ich prahle nicht gern, aber das will ich doch sagen – ich kenne keinen, der soviel über das Leben weiß wie ich. Oh, ich behaupte nicht, daß ich alles weiß; du kannst mich da mindestens so gut unterstützen wie jeder andere; ich hole mir bei vielen Leuten, bei sehr vielen, Rat; ich weiß, was ich nicht weiß; aber ich weiß über das *Leben* Bescheid – ich hab eine Menge erlebt . . . Ich hab die Absicht weiterzugeben, was ich weiß – an meine Kinder . . . Ist es dir hier vielleicht zu dunkel? Soll ich noch eine Lampe anschalten? Ich würde anderen gern helfen mit dem, was ich weiß.»

Und: «Wenn ich entweder zehn Millionen Dollar haben oder Präsidentin des Jüdischen Wohlfahrtsbundes sein könnte, würde ich keine Sekunde zögern. Wenn Frauen – gescheite Frauen, die etwas tun in der Welt – Frauen, die mich kennen – wenn sie mich genug achten, um mich zur Schatzmeisterin zu wählen – was, wie wir alle wissen, bedeutet, daß ich dann in zwei Jahren Präsidentin bin – dann hätte ich das Gefühl, mein Leben würde dadurch lohnend...»

Ihr Gesicht wurde ein Spur schlaffer: Es wurde vielleicht hübscher: aber es fiel nun, wenn ich das so sagen darf, aus der Geschichte hinaus.

Sie verbrannte sämtliche Fotografien von sich.

Sie war drei Jahre alt gewesen und fünf und sechzehn und fünfundzwanzig. Für nichts davon gab es nun mehr dokumentarische Belege.

Sie sagte: «Es gibt eine Zeit zum Flirten und eine Zeit, wo man damit aufhören muß.»

Sie sagte: «S. L., laß uns umziehen nach –» Sie nannte einen Vorort, der weniger weit von der nahe gelegenen Stadt entfernt war. Sie sagte: «Ich möchte nicht in derselben Stadt alt werden, in der ich aufgewachsen bin.»

Einmal sagte sie zu mir: «Ich wußte genau, wann es an der Zeit war fortzuziehen – fahr hin und frag irgendeinen, die Leute werden dir sagen, wie gut ich aussah. Sie wissen es noch. Sie haben mich später nie mehr gesehen.» Und: «Ich mag die Augen der Leute nicht – ich mag ihnen nicht in die Augen sehen – und ich mag es auch nicht, wenn ihre Augen auf mich gerichtet sind... Hör auf mich: die Menschen sind nicht nett; vielleicht sind sie nett zu einem, wenn man ein Kind ist, aber wenn du schlau bist, traust du ihnen nicht.»

Sie sagte: «Ich war nie eine, die um etwas bittet.»

Weitgehend eine mündliche Geschichte   83

Und: «Es ist mir egal, wie ich aussehe – solange mein Leben interessant ist – und ich führe ein sehr interessantes Leben.»

Und: «Ich weiß, in welchem Alter ich bin – ich hab dieses Kind adoptiert, weil ich wußte, S. L. brauchte was zum Bewundern – Nonie war dick und machte eine sehr schlimme Phase durch . . . Ich frage mich, warum sie den Teufel den Herrn der Fliegen nennen. Mich hat's gejuckt, als ich jung war – ich hab mich toll amüsiert – nichts ist so wichtig, wie gut auszusehen: Wer nie gut ausgesehen hat, weiß nicht, wie das Leben wirklich ist – worum es im Leben eigentlich geht – trotzdem, ich für mein Teil bin froh, von diesem Karussell runterzukommen – es war eine Menge Arbeit, glaub mir, und man muß einiges an Mißachtung von allen möglichen Leuten schlucken.»

Sie hatte die unmittelbare, weltliche Bedeutung einer Frau gehabt, welche Zugang zu «bedeutenden» Männern hatte, die vielleicht auf sie versessen waren: deren Bedeutung war bis zu einem gewissen Grad auch ihre gewesen; sie war so etwas wie ein reisender Hofstaat gewesen, der reisende Hofstaat eines möglicherweise illegitimen Herrschers.

«Alle Herzen schlugen schneller», sagte sie ironisch, «wo ich mich aufhielt . . .» Sie sagte: «Na und, warum nicht? Ich konnte etwas tun für die Leute!»

Das Körperliche war für sie immer eine Mischung aus Gestank, Verlegenheit und Privileg, aus Macht und Heimlichem und Kriminellem – und hinnehmbar, wie so vieles andere. Ich meine damit, daß sie es hinnahm, davon ausgeschlossen zu werden – vielleicht mehr, als sie es mußte. Sie sagte: «Es ist nicht richtig, daß S. L. mich jetzt noch will – er ist kahl, und ich bin nicht mehr jung: ich bin seine Frau – da sollte ihm was Besseres einfallen – haha.»

Es war dabei immer um Vergehen gegangen, um Männer, die sie nicht hätten lieben sollen und zu denen sie nein sagte, um Männer, die zu alt oder nicht standesgemäß oder ihre Brüder waren. Sie war von einer geschlossenen Aura verdüsterter Einsamkeit umgeben, trug die Strahlenkrone der Sünde, die zugleich ein schwebender Glorienschein der Verwunderung war – der Verwunderung über den völlig unerwarteten Umstand, daß Menschen sie begehrten.

Was ist Begierde wert?

Dann ihre Schläue, ihr Trick, die Begierde als selbstverständlich hinzunehmen, all die Dinge, die sie unternahm, um ihren Einfluß zu vergrößern – was war *das* wert?

Ihr Selbstbewußtsein als junge Frau hatte sie ziemlich geheimgehalten oder mit Ironie überspielt, doch nun zeigte sie es offen: «Ich habe aufgehört, das Dummchen zu spielen – die Leute kriegen immer einen Schock, wenn sie herausfinden, daß ich kein Simpel bin... wenn sie merken, daß ich weiß, was ich tue...»

Es war vorgekommen, daß Leute, die Besucher von außerhalb hatten, sie zu uns mitbrachten und daß Mama sie empfing; als es aufs Ende zuging, zerrte sie mich hervor und stellte mich zur Schau, wenn sie fand, sie sähe nicht gut aus: dann schlüpfte sie in die schwüle, ironische Ich-mach-mir-nichts-aus-meinem-Äußeren-ich-werde-älter-ich-bin-die-Mutter-dieses-Jungen-Rolle.

Ich äffte ihre Arroganz nach, aber ich war von Natur aus anders als sie, und männlich.

Sie hatte Papa und zweien ihrer Brüder in deren Geschäften geholfen; sie hatte in politischen Dingen mitgemischt.

Durch ihr Aussehen, ihren Charakter hatte sie eine gewisse Macht über die Menschen in ihrer Umgebung gewonnen, über viele von ihnen – eine Macht, der sie sich nie sicher gewesen war und die klar zu erkennen ihre intellektuellen Fähigkeiten überstieg.

«Wenn du ein bestimmter Typ bist, müssen gewisse Leute dich einfach mögen –» Sie hatte solche Theorien: Sie war sich nicht sicher; es war vorgekommen, daß sie übererregt, allzu hitzig wurde, wenn diese Leute sie wirklich mochten. Sie wußte, daß Verliebtsein Menschen lächerlich macht, und manchmal grausam und gefährlich.

Ihre Macht war nie absolut gewesen, und eine Macht, die nicht immer vorhanden ist, die man nicht immer spürt, kann man selbst nicht leicht bestimmen; und da sie sonderbar und im stillen wirkt, kann sie einen korrumpieren (und gelegentlich belustigen). Eine solche Macht ist *schwarze Magie, Flüchtigkeit, was-weiß-ich*. Manchmal schien es sie nie gegeben zu haben: «Außer S. L. hat nie einer meinetwegen sein Leben geändert – sie haben mir nichts von sich gegeben, was ihnen wertvoll war, also was heißt es schon, daß sie mich gern hatten?» (Aber sie hatten ihr zugehört, ihr Geschenke gemacht und ihr und S. L. geholfen, zu Geld zu kommen.) «Das frage ich dich; ich mußte immer die Gebende sein – mir wär's lieber, die Leute würden mich nicht mögen. wenn ich ehrlich sein soll.»

In einem Staat ist Tyrannei ein Verbrechen, doch bei einer Frau bedeutet es intellektuell gesehen lediglich, daß sie darauf besteht, im Recht zu sein; emotional bedeutet es, daß sie geliebt wird. Im Fall meiner Mutter hing es damit zusammen, daß ihr Denken der Welt hinterherstolperte. Um die Zeit, als ich adoptiert wurde, war sie sich ihrer Verführungskraft schon so wenig sicher, daß sie sich eigens fein anzog und frisierte und sich mit Parfum bestäubte und eine Halskette anlegte, um mit mir zu spielen.

Als ich noch sehr klein war, nahm sie mich zu einem Besuch bei meiner richtigen Mutter mit, die krank war und wie eine Schwerkranke roch, wohingegen Leila ein gutriechendes Kleid anhatte und ihre Tagesbrillanten trug, und das Kind fühlte sich wohler bei ihr als bei seiner Mutter;

und eine andere Frau, die dabeigewesen war, sagte dreißig Jahre später: «Ich fand es furchtbar, das mit ansehen zu müssen – ich konnte Leila danach nicht mehr leiden – sie hatte keinen Sinn für die Gefühle anderer – sie war eine egoistische Frau – keiner hatte ihr je etwas zu verdanken, wenn du mich fragst.»

Mama sagte: «Die Welt ist nicht fair, aber ich verstehe nicht, was klagen da helfen soll.»

(Papa sagte: «Du klagst ununterbrochen.»)

Man nimmt an, daß ältere Frauen viel wissen, auch wie man sich verhalten sollte, aber das ist eine kuriose Annahme, wo doch kaum jemand sie um Rat fragt oder das Verhalten älterer Frauen nachahmt und viele von ihnen verrückt und verzweifelt wirken.

Noch vor kurzer Zeit, vor ein, zwei Jahren, hatten Mamas Rat, ihre Intrigen und Verzweiflung als interessant gegolten. Es hatte ein starkes erzählerisches Interesse an ihrem Leben bestanden. Dies kam zum Teil daher, daß ihr Publikum ihr alles verzieh, was sie tat, weil sie eine *öffentliche* Gestalt war. Doch nun lagen die Dinge anders.

Nun mußte sie wirklich allerlei wissen. Nun war es taktisch sinnvoll, nicht mehr zu erwarten, sie käme mit irgend etwas durch. Wenn Leute sie nun anstarrten, schienen sie sich ihr gegenüber wie lässige Rowdies aufzuführen, während sie sich zuvor wie Kinder von Freunden ihrer Eltern benommen hatten, mit deren Höflichkeit und Nachsicht...

Papa sagte, sie sei schon immer voll Wut gewesen. Ich wußte nie, ob die Ursache ihrer Wut die Art und Weise war, wie mit ihr umgegangen wurde, oder ob sie ein natürliches Talent zum Wütendsein besaß und nun eine Ausrede dafür hatte. Vielleicht war ihre Wut immer in hohem Maße Bestandteil ihrer Vorbereitung auf das Älterwerden gewesen. Sie wurde so verbissen egoistisch, daß wir, die wir

Weitgehend eine mündliche Geschichte 87

sie beobachteten, von ihr abgeschnitten wurden, nicht mehr ihre Verbündeten waren, nicht mehr in jeder Minute mittelbar an allem beteiligt waren, was sie tat, daß wir einfach hoffen mußten, sie sei glücklich, weil sie so hübsch war und obendrein uns gehörte.

Vielleicht wurde Rivalität in uns wach, und wir waren froh, ihrer Macht zu entkommen, und beäugten diebisch die Rechte, die sie einmal besessen hatte und die uns zufallen konnten, wenn wir sie uns nur nahmen und daran festhielten. Sie konnte schlecht ertragen, was mit ihr geschah. Sie drängte einem ihre Launen förmlich auf, teils um ihr Problem in vollem Ausmaß selbst wahrzunehmen. Indem sie sich die Ungeduld anderer mit ihr völlig klar machte und sie noch übertrieb, prägte sie ihrem Nervensystem die reale Lage ein, betrachtete sie und spürte sie noch stärker: dies war eines ihrer Verfahren, lebendig zu bleiben.

Aber es machte einen zu ihrem Feind, ihrem Konkurrenten. Ihre Launen waren jetzt manchmal schwerfällig wie die von Papa, maskulin. Ihr Empfinden war nicht jung; war nicht leichtsinnig – schon gar nicht großzügig.

Man sah die Veränderung an ihrem Gang, oder wenn man ihr nur ins Gesicht blickte. Ihr Bewußtsein von sich war so beherrschend geworden, daß einen, wenn man ich war und ihre Aufmerksamkeit gewann, ein Augenpaar in einem Ich-bin-jetzt-diese-Frau-Gesicht ansah.

Über Ich-bin-jetzt-diese-Frau gelangte sie täglich zu neuen Schlußfolgerungen – und dann änderte sie ihre Meinung; und dieser Wechsel lenkte ihre Aufmerksamkeit auf mich – auf irgendeinen.

Eine Eigenart von ihr war es gewesen, daß sie sich nicht – oder wenigstens lange nicht – um das kümmerte, was die Leute von ihr und ihren Taten hielten, und nun machte es sie rasend, sich darum sorgen zu müssen, wer sie war.

Um die Zeit, als ich zu sprechen und in das mühselige

Geschäft einzutreten begann, Ideen in Umlauf zu setzen und mit ihnen zu schachern, da äußerte Mama, wie alle anderen oft, sie werde *älter*.

Ich weiß noch, wie Mama mit Hungerkuren begann, ihre Frisuren änderte ¬ nicht verzweifelt, aber seufzend, mit List und Verstand; sie versuchte, das zu sein, was sie sich mehr oder minder beiläufig für die Zeit «nach der Blüte» vorgenommen hatte, nämlich «gescheit», kantig, wissend, modisch, *älter* (älter und *umwerfend* – umwerfen, bezwingen, fällen), um neuen Einfluß zu gewinnen, der dem eingebüßten nicht nachstand.

Sie war überhaupt nicht bösartig, während sie an sich arbeitete, aber als sich herausstellte, daß ihr Äußeres nicht auf eine modische Linie zu bringen war, wurde sie launisch, sogar unbändig launenhaft. Dünn wirkte ihr Körper nichtssagend, ohne Stil und elektrisierende Sinnlichkeit; und ihr Gesicht wirkte hager nicht distinguiert und romantisch, sondern offen unbeherrscht – ein überbeanspruchtes Gesicht, ehrgeizig, heiß, rastlos: schlechtgelaunt, selbst wenn sie lächelte. Sie sagte einmal: «Eine der Tragödien meines Lebens war, daß ich nicht chic sein konnte – ich hatte nicht den richtigen Knochenbau dazu. Dabei hätte ich es einzusetzen gewußt – glaub mir –, nur die Chance dazu hat mir gefehlt.» Seufzen. «Ich mußte mit dem auskommen, was ich hatte.»

Papa sagte, sie wolle «Blut sehen», sei «mörderisch» geworden. Sie feuerte Anne Marie, mein Kindermädchen – ich hing ziemlich an Anne Marie. Sobald Anne Marie nicht mehr da war, fand Papa das Haus unbehaglich und war bereit, in den Vorort zu ziehen, in dem Mama wohnen wollte. Niemand hatte mir erzählt, daß Anne Marie fortgehen würde: eines Tages war sie verschwunden. «Benimm dich wie ein Mann», sagte Mama zu mir.

Sie erklärte einem ihrer Brüder, er sei ein «schmieriger Idiot», und einem anderen, er sei ein «ungebildeter Idiot» – sie sagte das in höflichem Ton; sie hatte nicht die Absicht, «sie zu vertreiben – sie sollen nur wissen, daß ich jemand bin, mit dem sie rechnen müssen; ich schütze sie davor, wie Idioten zu wirken.» Aber sie vertrieb sie doch; sie fingen an, sie zu meiden. Bei großer Sorgfalt konnte sie das ein wenig mollig hübsche Aussehen einer Großbürgerin aus der Provinz zustande bringen, mit romantischer Zartheit alternd; oder aber eine propere, klare, gefühlvolle und ruhige Hübschheit mittlerer Jahre – jedoch nichts Jugendliches, nichts Elektrisierendes.

Ich erinnere mich, daß sie immer wieder Phasen hatte, in denen sie sich plötzlich die Eleganz einer Spionin zulegte oder die aufgeklärte und raffinierte Eleganz der erfahrenen Dame, und sie tat das, ob sie gerade mollig war oder nicht; sie begann, Pelze zu tragen, Hüte, die ihr Gesicht beschatteten. Sie tat es *ehrlich* als alternde Frau – «ich bin in dem Alter, in dem man sich übertrieben anzieht: ich muß das Eisen schmieden, solange es heiß ist», sagte sie manchmal mit einem Sarkasmus, der irgendwie abbrach oder in merkwürdig tiefer Resignation versank, fast in Seelenruhe, einer so heftigen Seelenruhe, daß man blinzeln mußte vor Verwirrung darüber, daß sie so wild war im Augenblick.

Sie sagte, sie brauche Geld für Schönheitssalons, für Kleider, für Einladungen: «Wenn man älter wird, kostet es viel mehr, auch nur sein Niveau zu halten . . .» In Wirklichkeit war sie im Begriff, gesellschaftlich eine Stufe höherzusteigen; in gewisser Weise war sie kühner, unverschämter geworden. Was mir Vergnügen machte – Sport zum Beispiel –, brachte sie auf, aber sie wurde nicht laut: Sie spottete in resigniertem Ton darüber und untersagte mir dann müde, ja gelangweilt, Sport ernst zu nehmen. Ich behauptete mich gegen sie, und sie ging in Deckung und nahm sich scheinbar zurück, dachte sich aber Besorgungen und Haushaltspflichten für mich aus, um mich von meinen Ballspielen abzuhalten – sie wollte alles und jeden in der Hand haben: sie hatte Papas Geschäfte in der Hand. Der Stimmung, dem Ton, dem Stil nach blieb sie jedoch *immer* elegisch.

Ihr Gang wurde anders – sehr anders; er wurde schwebend und eleganter; ein, zwei Jahre später jedoch wurde er zielstrebig, einschüchternd und wissend; sie schritt dahin, als wäre sie die Schicksalsgöttin (sie sagte: «Ich bin eine sehr eingebildete Frau, das gebe ich zu»). Wenn ich neben ihr ging, kam ich mir manchmal vor wie neben Granitblöcken, die sich in kleinen Lawinen langsam dahinwälzten. Es war sonderbar für mich als Kind, daß sie sich veränderte. Ich lachte oft darüber, lautlos, aber auch hörbar, weil es mich schockierte oder – ich weiß nicht: vielleicht belustigte, und dann sagte sie: «Du erkennst mich wohl nicht wieder? Du findest, ich hab einen Fehler gemacht? Ich weiß selber nicht, ob mir gefällt, wie ich heute aussehe.» Wenn sie mit schwingenden Hüften ging, dann ganz anders als früher: jetzt wirkte es metronomartig, fordernd; wie sie den Körper verlagerte, das wurde nun bestürzend und unübersehbar komisch, oder lyrisch-komisch (elegische Sexualität ist immer komisch, nehme ich an); zunehmend achtete sie darauf, zu ihren *gesellschaftlichen Verpflichtungen* tagsüber im strammen Hüftgürtel und abgeklärt zu erscheinen.

Es gab eine Zeit von etwa zwei Jahren, während der sie häufig – scherzhaft – über das Älterwerden klagte: «Ich *habe* mal gut ausgesehen», sagte sie zum Beispiel; vor anderen Frauen sprach sie über das Erschlaffen ihrer Haut an Hals und Armen; zu einem Mann, der ihr schmeichelte, konnte sie sagen: «Ach, über all das bin ich allmählich hinaus, Herb; wie wir alle.» Während ich dabei war, mit baumelnden Beinen auf dem Rand ihres Betts saß und zuhörte, sagte sie jemandem – sagte es zu sich, wie zu sich selbst: «Ich möchte gut altern; das ist ein Geschäft wie jedes andere – man bringt es sich langsam bei.» Sie betrieb es ehrgeizig; sie hatte vor, es besser zu machen als alle anderen.

Die Leute sprachen nun anders mit ihr; sie sprachen von ihren Angelegenheiten anders, nicht wie zu einer Sibylle, nicht dunkel und stockend und verlegen oder überstürzt; sie nahmen sich Zeit; sie glaubten, sie müßten «charmant» sein (ihr Umgangsstil war nun insgesamt fließender, höflicher, aufgeschlossener, der einer abgeklärten, glücklichen Frau, die sich mit den Dingen abgefunden und sich schon halb zurückgezogen hatte); sie schien gelassen und aufmerksam zuzuhören. Das wurde von ihr erwartet. Es wurde von ihr erwartet, daß sie ihr Alter durch verführerische Aufmerksamkeit und Sorge um andere, um deren Interessen ausglich; unter vier Augen sagte sie: «Sie zahlen es mir jetzt heim – nicht daß ich es ihnen verüble – ich habe jahrelang alle ausgenutzt – jetzt denke ich gern daran zurück.» (Manchmal sagte sie: «Ich denke ungern daran, wie egoistisch ich war – ich dachte, mir gehört alles. Ich war eine entsetzliche Idiotin. Ich habe das falsche Fundament gelegt.») Sie sagte: «Ich wußte, was kommen würde – ich habe meine Zeit gut genutzt – ich wünschte nur, ich hätte die Leute mehr ausgenutzt...» Sie hatte nun Phasen, in denen ihre Freundlichkeit echt wirkte, in denen sie den Wunsch hatte, andere zu umhegen, Anteil nahm, wenn andere traurig waren – Papa oder Nonie oder ich; aber das war Teil ihres Bedürfnisses, uns zu sagen, was wir tun sollten, und uns zu bestrafen, wenn wir nicht ständig auf sie hörten und taten, was sie sagte; ich leistete Widerstand – man widersetzte sich ihr mit der Wendigkeit eines

Dschungelkämpfers – und sie war imposant, füllig, sorgfältig geschminkt, eine ganze Armee darstellend, oder nun
manchmal auch häuslich verschlampt, mit braunen Lippen und schlaffer Haut, nicht einen Tag jünger wirkend,
maskulin und stark zwar, aber müde und deprimiert, mit
plötzlichen Anflügen wilden Zorns. Selten machte sie sich
die Mühe, sarkastisch zu sein; sie griff direkt an – meinen
Vater etwa so: «Du bist blöd – du warst schon immer blöd –
jeder weiß, daß du blöd bist – warum wirst du nicht endlich
erwachsen und siehst es ein, S. L.?» Sie blickte dabei zu
ihm auf und sagte es fast matt, unpersönlich und kaltblü-
tig, aus einer heißen Wut heraus, die zu ermattet war, um
hysterisch zu werden.

Er sagte: «Du hast ein furchtbares Mundwerk – du bist
eine furchtbare Frau.» Er sagte: «Wir werden älter – das
Beste steht uns noch bevor.»

«Himmel, bist du ein Idiot», sagte sie.

Ihre Wohltätigkeit nahm zu: sie wendete dafür Geld auf,
das für andere Dinge vorgesehen war; es gefiel ihr, daß im
Haushalt finanzielle Unordnung herrschte. Um Kleider
und Taschengeld betrogen, reagierte Nonie mit Schrei-
krämpfen und Wutanfällen; Mama versuchte sie mit anderen Dingen zu bestechen; Mama war der Ansicht: «Für
eine Tochter Opfer zu bringen ist schäbig – das tun Frauen,
die kein eigenes Leben führen.» Doch manchmal machte
sie großes Aufheben um die Opfer, die sie angeblich für
Nonie brachte, eine Art Ich-spiele-gerade-die-Mutter-
und-möchte-Anerkennung-dafür-Nummer. Tatsächlich
wurde sie immer unbeherrschter, ungeduldiger und unbändiger. Was sie auch tat, gab sie als Opfer aus – ihre
Wohltätigkeit, *den Schein wahren, die Familie bewahren*:
alles geschah für uns – «bestimmt nicht für mich: ich habe
nichts davon, laß dir das gesagt sein.»

Nur durch Weglaufen von zu Hause, schien sie andeuten

Weitgehend eine mündliche Geschichte   93

zu wollen, hätte sie ihr Leben retten und es amüsant haben
können. Weglaufen oder Selbstmord oder Wahnsinn – alle
drei Möglichkeiten wären *amüsant* gewesen. Wenn sie
Leute angriff, sagte sie Dinge, die schon einmal *im Scherz*
gesagt worden waren, und wiederholte sie mit unerträglich platter, unverstellter Stimme, oder höflich, mit einem
Gesicht, an dem die Schwerkaft zerrte, oder sanft und flir-
tend, als gäbe sie leere Drohungen von sich: und jedesmal
zuckte Papa zusammen und sagte, sie sei «eine entsetzliche
Frau – du kommst geradewegs aus der Hölle – du bist ein
einziger Fluch...» Wenn sie mich angriff, lachte ich, wie
ich es tat, wenn sie ihr Äußeres veränderte: guck-mal-was-
Mama-da-wieder-macht. Ihre Wildheit glich dem neuen
Über-Überfluß an Unterwäsche (sie hatte immer – nein,
soviel hatte sie früher nicht getragen) oder ihren neuen
Düften (sie roch nun kerniger – körniger, sollte ich besser
sagen). Mein Lachen grenzte an Grauen und an Entzük-
ken – an das Grauen, einen toten Vogel zu sehen, Mama-
in-Schwierigkeiten zu sehen (man brauchte keine große
prophetische Begabung, um zu begreifen, daß sie bald in
Schwierigkeiten geraten würde, wenn sie so war), alles
wirklich verkommen zu sehen und davon befreit zu sein,
sie zu lieben, rausgelassen zu werden wie zu einer Schul-
pause; das Entzücken entsprang denselben Dingen und
war ebenso vieldeutig und verzweifelt. Ich liebte sie noch
immer sehr, aber vor allem, wenn ich sie nicht sah, wenn
ich aus dem Haus war oder wenn sie mit jemand anderem
sprach; wenn sie mit mir sprach, leistete ich Widerstand,
wurde zu einem wirren, widerstrebenden Knäuel: meine
Weise, einem heimlichen Urteil über sie – *sie-ist-unmög-
lich* – Ausdruck zu verleihen.

Ihr Gefühl, sie opfere sich auf, war so stark, daß sie es
richtig fand, alles und jedes mit einzigartiger emotionaler
Zügellosigkeit zu tun; wie sie Forderungen stellte, wie sie

aufbrauste – immer lag darin ein Moment von Und-wenn-ich-mitsamt-dem-Tempel-zur-Hölle-fahre-meine-Wut-ist-jetzt-meine-Schönheit. Sie konnte Dinge schnaubend und erbarmungslos flink abtun – als hübsche Frau – mottenhaft, aufgeblasen, aber verhängnisvoll. Und wenn manche Leute ärgerlich oder abgestoßen waren und sich von ihr zurückzogen, so lachten sie doch auch auf seltsame Weise über sie: In gewisser Weise verlief nun jeglicher Verkehr zwischen ihr und den Menschen in anderen Bahnen.

Papa war sanft und unbeugsam siegreich – sogar wenn es ihr gelang, ihn zu deprimieren und zu erschrecken und hilflos zu machen; er hatte nur zwei Stimmungen für zu Hause, die König-der-Welt-Stimmung und die Nervenzusammenbruch-Stimmung, in welcher letzteren er in seinem Schlafzimmer oder Ankleidezimmer herumschlich und *hsst* machte, wenn ich hereinkommen, ihn umarmen und ihm Gesellschaft leisten sollte, genau wie in Filmkomödien über alte Vetteln oder in komischen Romanen. Merkwürdig war, daß Nonie verbal für ihn Partei ergriff – «Du bist furchtbar zu Papa», sagte sie etwa zu Mama –, ihn aber ignorierte oder an ihm herumnörgelte, wenn er niedergeschlagen war: sie wollte ständig Geld von ihm, was ihn deprimierte.

Er war oft ratlos und summte tieftraurig vor sich hin; er begann, Standuhren und Modellautos zu restaurieren – im Schlafzimmer.

Aber auch dann lächelte er noch oft vor sich hin – als hätte er schließlich doch gewonnen. Sein Aussehen hatte sich ebenfalls verändert, aber er wirkte körperlich noch sehr anziehend; im großen und ganzen verhielt er sich Mama gegenüber nachsichtig. Sie haßte das, glaube ich.

Sie sagte: «Ich muß Kopf und Schultern richtig halten, sonst kriege ich furchtbare Falten.» Man sah, wie erschöpft sie war, nachdem sie ein paar Stunden «ansehnlich für

Weitgehend eine mündliche Geschichte   95

jeden Tom, Dick und Harry, der vorbeispaziert kommt»
durchgehalten hatte. Wenn sie sich gehenläßt, sieht sie –
bösartig aus, entrückt, wie teilweise weggewischt. Wenn
sie sich zusammenreißt, ist sie ein doch recht erstaunlicher
Krüppel, eine Matrone.

Wenn sie abends ausgingen, nachdem sie Papa, während sie sich umzogen, beschimpft oder gegen ihn gesti-
chelt hatte, hüllte sie sich in einen Ich-habe-gelebt-ich-
bin-glücklich-in-diesem-Alter-zu-sein-die-Stürme-lie-
gen-hinter-mir-ich-bin-die-lieblich-Alternde-mit-süßer-
Erfahrung-im-reinen-Wohlgeruch-des-Wissens-und-
all-das-für-dich-Glanz. Ihr gütig-heiteres öffentliches
Matronentum überhöhte sie mit einer romantischen Aura:
*noch-ist-Zeit-für-eine-letzte-tragisch-leidenschaftliche-
und-wichtige-Verbindung-zwischen-uns.*

Ich bin nicht sicher, ob sie es damit ernst meinte – es war
nur ein nützlicher Passepartout-Schlüssel bei jedem Handel. Und manchmal setzte sie es in witziger Form ein, als
gezieltes, satirisch angelegtes Spielchen mit dem anderen
und sich, doch so, daß sie zu verstehen gab: *Du-bist-ein-
Idiot-und-ich-nicht-und-daß-du-ein-Idiot-bist-und-ich-
keiner-ist-eines-der-großen-Vergnügen-in-meinem-Leben-
als-alternde-Frau.*

Manchmal hatte es einen entfernt an Religiöses und an
Predigten erinnernden Es-ist-für-uns-nun-vorbei-be-
greifst-du-das-nicht-Unterton. Und: Laß-uns-in-diesem-
Zwielicht-Buße-tun-erst-du-denn-du-hast-Buße-nöti-
ger-als-ich.

Für Begegnungen am Tage, für Frauen, verwendete sie
eine freundlichere Variante hiervon – eine mehr konspira-
tive, offensichtlicher einsame Variante, eine Tagesva-
riante.

Es gab Zeiten, in denen so auffällig war, daß sie viel verloren hatte, daß ich den Blick abwandte wie von nacktem

Fleisch. Gespräche verdarb sie nun oft, indem sie riskante Dinge sagte, die ihr keiner mehr verzieh – und wenn sie sich andererseits charmant gab, war auch ihr Charme so eingeübt, daß er wie eine geistige Deformation wirkte; und ihre Wachsamkeit war furchtbar, denn sie war unvollständig und wie die eines Vogels, der keine menschliche Sprache spricht: sie war so fasziniert von ihrer Situation, meine ich, überhöhte sie in solchem Maße zum Daseinsgrund, daß sie weder die Stimmung ihres Gegenübers noch, wenn es ein Kind war wie ich, seine Lebensjahre wahrnahm. Sie leistete sich noch immer große Auftritte und machte Verkäufern Vorwürfe oder bot ihnen plötzlich ihre Freundschaft an, doch wie sie es machte, war nun falsch. Dann wurde sie bitter und schwankte zwischen Resignation und dem Drang, es schlau anzustellen oder sich zu rächen – es schlau anzustellen. An manchen Tagen sieht sie jung aus und kleidet sich auch danach, lacht hell: sie wirkt seltsam heimisch und zugleich unsicher auf diesem Boden, der schließlich doch unter ihr einbrechen wird, sobald sich die Müdigkeit auf ihrem Gesicht ausbreitet wie ein Pilz.

Sie sagt mit Entschiedenheit, daß es demütigend ist, sich weiterhin als jung auszugeben.

Sie verklärt oder übertreibt oder sieht aus einem kuriosen Blickwinkel die Stärke und Spannkraft und das Glück von Jugendlichkeit.

Sie sprach von ihrer Weigerung, mit Papa sexuell zu verkehren. Sie sprach davon vor anderen, vor Nonie und mir: «Das alles liegt hinter uns, S.L. – wir haben schlaffe Haut...»

Angenommen, daß er stets zu ihr gekommen war wie ein Tier, dem vorübergehend ein Gott innewohnt, und daß sie dort mehr oder minder schimmernd im Dunkeln lag mit dem, was ihr geblieben war von dem gleichgültigen, auf listig-sanfte Weise unbedürftigen guten Aussehen, das ihn ursprünglich angezogen hatte: angenommen, daß sie, aus Schönheit träge, verlegen zunächst und dann mit Erfahrung, begrenzter Erfahrung, sich dazu aufraffte, seine Erregung zu umfangen, mit Sorgfalt in sich aufzunehmen und dann zu ersticken, sie in die Nacht des Behagens, der Vergessenheit eingehen zu lassen: vielleicht hatte sie seine Leidenschaft immer schon im Boden ihres Stolzes begraben, im prächtigen Mausoleum des Stolzes.

Vielleicht lag ihr nichts an Zärtlichkeit, am kundigen Witz einer Umarmung in der neuen Tonart des Ältergewordenseins: ihr gefiel nur die frühere, glorreiche Barbarei sexueller Anziehung. Vielleicht wollte sie ihn strafen. Vielleicht wollte sie mit ihm brechen, bevor sie dazu verleitet wurde, ihm zu Diensten zu sein, ihn mehr zu begehren, als er sie begehrte.

Ich hatte Zugang zu ihrem Denken, zu den äußeren Veranden und zu einigen inneren Kammern ihres Denkens – doch nur momentweise. Oft verbarg sie sich vor mir: «Es gibt ein paar Dinge, die für ein Kind nichts sind.»

Sie verließ sich nicht darauf, daß ich sie liebhatte.

Oft kann ich zusehen, wie das Nervengewitter sich in ihr zusammenbraut – die Verdüsterung ob ihres Geschicks, die Wolken vorsätzlicher Ruchlosigkeit, oder Selbstgerechtigkeit, mit kriminellen Impulsen durchsetzt: Sie sammelt sich und wettert dann los, der lodernde Ausbruch einer Frau in mittleren Jahren, frevelhaft, *unmöglich*, psychologisch wie ideologisch so umwerfend, wie sie einst körperlich umwerfend gewirkt hatte, *jeden* überwältigend.

Ich glaube, die Leute hatten erwartet, sie werde sich als bessere Verliererin erweisen.

Sie fanden es prickelnd – amüsant – empörend – zutiefst unangenehm – traurig, daß sie in *diesem* Stil alterte. Empörend fanden sie unter anderem, daß sie dabei eine Form von Macht durch eine andere ersetzte, wobei ihnen die neue Form noch weniger verdient vorkam als die frühere – oder verdient nur dann, wenn die frühere ein Opfer gewesen war, das sie gebracht, oder ein Recht, das ihr zugestanden hatte; ich meine, nichts davon war in einem Beruf verdient oder durch eine *Leistung* oder durch Mutterschaft. Dies wußte sie und fand es im Grunde halbwegs gerecht, und auf zerebrale Weise wurde sie extrem mütterlich; sie versuchte, in ihren karitativen Ämtern etwas zu «erreichen»: sie sagte, sie *brauche* eine Aufgabe.

Dabei riß sie die Macht schlicht auf weibliche Weise an sich, ob sie nun gut oder schlecht damit umging.

Sie begründete ihre Rechthaberei mit der Behauptung, die Lehren aus ihrem Leben seien weithin und allgemein anwendbar – ihr Leben sei DAS LEBEN oder WAS DAS LEBEN IST ... Ihr Denken, ihre Sichtweise, ihre Urteile, Erfahrungen und Techniken waren die Fragen, die ihr wichtig waren. Nun ja, warum nicht? In gewisser Hinsicht wurde ihr rückwirkend alles entzogen, weil sie an körperlicher Autorität verlor – sie geriet in Panik. Wie sollte sie auch nicht in Panik geraten? Sie wollte *allgemeingültig* sein und führen, wollte ihr Leben bestätigt sehen, wie es mit Caesars Leben geschah, als er die Macht ergriff.

Die Leute verhexten sie mit dem bösen Blick – auf etwas dergleichen lief es jedenfalls hinaus. Natürlich geschah das oft dann, wenn sie sich gerade gut benahm und wirklich nett, leise, manierlich und besorgt war; dann geriet sie in Wut, weil sie wenig Anerkennung fand (die Leute fürchteten sich davor, ihr zu vertrauen, weil sie von Zeit zu Zeit explodierte, deswegen wollten sie sich nicht ködern lassen, wenn sie nett war), und sie schrieb dem Leben eine Böswilligkeit zu, auf Grund derer man nur Anerkennung fand, wenn man jung war und gut aussah. Manche hatten Mitleid mit ihr – sie versuchte dieses Mitleid oft skrupellos und tückisch auszunützen und denjenigen, der sie bemitleidete, zu berauben und zu betrügen. Von Leuten, die ihr aus dem Weg gingen, sagte Mama, sie seien Spielverderber.

Oder sie seien «keine richtigen Männer» oder «keine richtigen Frauen». Sie fügte ihrem Selbstbild für die Öffentlichkeit ein neues Merkmal hinzu: sie war eine leicht zu bekümmernde, aber kühl denkende Frau, vorwiegend geschlechtslos, aufrecht, die an Sex und sexueller Macht nie Gefallen gefunden, aber den anderen zuliebe jahrelang dabei mitgemischt hatte – doch nun war sie dem entwachsen und frei.

Scheinbar taktvoll behauptete sie – zwischen ihren ungeheuerlichen Wutausbrüchen und grausamen Sätzen –, offener zu denken und weiter zu sehen als andere; eine Frau zu sein, die über jede Anmaßung lächelt, kein Selbstmitleid kennt und niemanden verurteilt. Über eine ihrer Verwandten sagte sie: «Nun, sie war schon immer lesbisch, weißt du; sie hat sich an ihre Würde geklammert; ihr Mann und ihre Kinder tun mir leid – Kinder, die so durcheinander sind, hast du im Leben noch nicht gesehen, lieb, aber durcheinander; der Junge ist zärtlich, und die Tochter ist wie verknotet, so jungenhaft ist sie. Aber wie ich immer sage, leben und leben lassen – *ich* mache keinem einen Vorwurf: das Leben ist hart, aber wir haben kein anderes; wenn man nicht schwach wird, ist es gut.»

Sie sagte: «Ich kann über mich lachen.»

Sie sagte: «Ich weiß, wer ich bin: ich bin Leila Cohn. Man möchte meinen, nach all der Zeit, nach allem, was ich durchgemacht habe, müßte der Name den Leuten eine Menge bedeuten, aber er bedeutet nur mich – klar, ich bin noch wer – haha.»

Sie sagte: «Ich fluche nicht gern, aber Frauen haben einen gottverdammt harten Boden zu beackern.»

Sie wurde verkniffener und intensiver – genau wie es das Vorurteil über Frauen mittleren Alters wollte.

Weniger vernünftig, weniger gut unterrichtet, egoistischer, eigensinniger.

Mama.

Ganz plötzlich mit fünf nahm ich wahr – ich meine, der Gedanke wurde klar, obwohl ich ihn wortlos dachte (ich saß hinten in einem Wagen, sie vorn am Steuer, Anne Marie neben ihr) –, daß Mama nun halb wahnsinnig war vor Ungeduld und vielleicht vor Erschöpfung und wegen irgendeiner Angst und wegen nichts.

Und ein anderes Mal: Ich ging quer über eine Rasenfläche, ich und zwei weitere kleine Jungen; jeder von uns hatte ein Spielzeuggewehr in der Hand, und ich sah Mama mitten auf der Straße entlangrennen, in Ausgehkleidung – Pelz, elegante Schuhe, Hut, Handtasche; irgendwie bewegte sie beim Rennen überwiegend eine Schulter: trotzdem lief sie eigentlich gar nicht so übel, wenn man berücksichtigte, wie untrainiert sie war und wie sie angezogen war; sie rannte nicht schnell, aber anmutig und streckenweise mit so etwas wie körperlichem Sachverstand, obwohl sie auch immer wieder heftig keuchte und ungeschickt dahinstolperte, zum Beispiel wenn sie mit den Schuhen in Ritzen und an Unebenheiten des Pflasters hängenblieb. Ich rannte im Bogen fort von meinen Freunden und hin zu ihr, rannte neben ihr her. Ich weiß nicht genau, ob ich sie fragte, was los sei, oder überhaupt etwas sagte: ich mag mich ihr einfach angeschlossen haben und mit meinem Gewehr neben ihr hergelaufen sein, ganz konzentriert darauf, auf einer Höhe mit ihr zu bleiben.

Später erfuhr ich aus belauschten Gesprächen und weil ich Fragen stellte und lange über die Antworten nachgrübelte (die mir selten viel sagten, wenn ich sie zum erstenmal hörte, so daß ich mir die Wörter und einige der Wortfolgen zu merken pflegte und dann irgendwo hinging, wo

Weitgehend eine mündliche Geschichte **101**

ich allein war und darüber nachdenken – oder nachsinnen – konnte, was die Wörter denn wohl bedeuten mochten im Hinblick auf das wirkliche Leben, auf wirklichen Schmerz), daß sie am Steuer eines Wagens gesessen und sich von dem Fahrer eines Busses bedrängt gefühlt hatte, und in einem Anfall von Wut hatte sie den Bus gerammt; dann staunte sie über den Schaden an ihrem Wagen, und es fiel ihr wieder ein, daß sie über Polizisten nicht mehr die Macht von einst besaß (dies war eine andere Stadt, ein Vorort, und wir wohnten nicht mehr auf einer Anhöhe, sondern in einem leicht feuchten Tal mit sehr großen, Feuchtigkeit speichernden Bäumen), oder vielleicht ertrug sie es nicht, wie die Männer, die sich versammelten, sie ansahen, oder daß einer davon sagte, sie sei eine grauenvolle Fahrerin, jedenfalls beschimpfte sie die Männer, oder einen von ihnen, mit einem obszönen Ausdruck, was ihr Angst vor einer Anklage machte – «Der Richter wird mich für weiß-Gott-was-halten» –, und dann machte sie die Wagentür auf. Aber mittlerweile hatte sich ein Verkehrsstau gebildet; und sie haute ab; rannte zwischen den Wagen und dann zwischen zwei Häusern hindurch und dann die Straßen entlang.

Vielleicht hatte sie Lust zu rennen, ihren Körper zu spüren.

Doch als ich sie sah, als sie in der Nähe unseres Hauses angekommen war, war sie voller Angst und in tragischer Stimmung, ihr Laufstil war tragisch, sie war gehetzt und – ich weiß nicht was noch.

Als wir zu unserem Haus kamen, schloß sie die Tür auf, ohne nach dem Mädchen zu klingeln; sie zog sämtliche Vorhänge zu – vielleicht war das Mädchen nicht da; vermutlich hatte es Ausgang – und Mama zog ihren Pelzmantel aus und ließ ihn hinter einem Sessel auf den Boden fallen, und sie und ich versteckten uns, sie kauerte sich hinter das Sofa, ich mich neben sie: Sie trug ein schwarzes Kleid und ein paar Schmuckstücke; ein Knie hatte sie bis ans Kinn gezogen; eine ihrer Hände mit langen Fingernägeln und einem hübschen, mit Brillanten und Perlen besetzten Ring stützte sie auf den Boden; sie murmelte etwas davon, daß das Mädchen nie hinter dem Sofa saubermachte.

Jemand klopfte an die Haustür; nach den Geräuschen standen vier bis fünf Männer draußen: Mama sagte, das sei die Polizei; zu mir machte sie «psst» und hielt meine Hand mit der einen, die sie frei hatte, und so kauerten wir da, mehr oder minder Auge in Auge, wohl zwei Verschwörer, nicht aber zwei Kinder.

Als sie fortgingen, stand Mama auf, ging zum Fenster und linste durch die Vorhänge. Dann warf sie sich aufs Sofa und blieb dort liegen und streichelte mir den Kopf; als ich sie fragte: «Mama, was war denn los?», hörte sie auf, mir den Kopf zu streicheln und sagte: «Ich werde alt – frag mich nicht – geh hinaus und spiel weiter.»

Ich stand da und überlegte, ob ich stur sein und weiterfragen wollte, oder ob ich ins Freie wollte... Den Ausschlag gab die Düsternis im Raum, in ihr: ich mochte die stickige, verhangene Düsternis in ihr nicht. Ich ging hinaus und blinzelte in die Luft, in das kreisende, abnehmende Spätnachmittagslicht.

Vielleicht währten ihre Erfolge immer kürzer, waren, wenn sie sich einstellten, immer unvollständiger: offenbar verdiente Papa weniger Geld; und obwohl sie sich nicht die Schuld daran gab – sie sagte, er solle nicht nur auf sie hören, er solle auch mal seinen eigenen Kopf gebrauchen; sie sagte, er sei ein lausiger Geschäftsmann und so fort–, schien sie, wie die dunklen Falten eines geheimnisvollen Gewandes, Bedauern an sich zu raffen, eingestandenes Versagen, mangelnde Autorität. Ihre neuen Freunde waren «kälter», sagte sie, rascher zu langweilen, rascher be-

reit, jemanden fallenzulassen, «ohne ihn richtig fallenzulassen – nur haben sie auf einmal keine Zeit mehr, oder sie
fahren nach Florida: willst du nicht mitkommen? Aber du
hast weder die Kleider noch die Fahrkarte dafür, also, was
ist das dann für eine Einladung?» Vielleicht war ihr Wahnsinn letzlich der Wahnsinn der Niederlage.

Aber vielleicht langweilte sie auch der Erfolg, und sie
konzentrierte sich auf die Niederlagen, weil sie Erklärungen boten oder ihrer Stimmung entsprachen: «Ich bin wohl
mit Verlieren an der Reihe, nehme ich an – ich hatte immer
zuviel Glück.»

Außerdem war sie nicht mehr ganz gesund. Sie hatte etwas
an der Gallenblase, etwas am Rücken; sie mußte sich ein
Brett für ihr Bett besorgen; sie witzelte darüber: «Wahrscheinlich ginge es mir wunderbar, wenn ich auf dem Fußboden schliefe»; sie hatte es an der Schilddrüse, oder vielleicht auch nicht; mit ihren Hormonen stimmte etwas
nicht... Sie schob alle «Probleme» – ihre geschäftlichen
Fehler, ihre Wutausbrüche, ihr ungeschicktes Verhalten
den Leuten gegenüber, mit denen sich gutzustellen sie entschlossen war – auf körperliche Schmerzen, körperliche
Störungen: «Ich habe mich zu spät aufgerichtet im Leben –
ich habe mir den Rücken und eine ganze Reihe von Orga-
nen verdorben... Aber ich mußte mich krumm machen,
als ich jung war – ich hatte... du weißt schon... eine starke
Büste – so wie ich war, hab ich die Leute eingeschüchtert –
haha...»

Sie hielt so stur an ihren Intrigen fest, selbst wenn sie nicht
funktionierten, sie versuchte alle zu manipulieren, selbst
ihre Ärzte, sie änderte ständig ihren Stil, sie nahm ständig
eine Maske ab und setzte sich eine neue auf, sie probierte
so viele Formen von Effizienz aus, sogar die von Lady Mac-
beth – ich will damit sagen, sie spielte auch diese Rolle

(«Warum wirst du kein Gangster, S. L.? Damit ist Geld zu machen»; und zu mir sagte sie: «Betrüge mehr – lern es jetzt. Du kannst es noch mal brauchen»; und es war kein Scherz: sie konnte wild werden und mich anbrüllen, wenn ich nicht so kräftig betrog, wie sie mir riet; aber dann sagte sie wieder: «Nun, ich lüge nicht gern – letztlich ist Ehrlichkeit *doch* die beste Taktik») – sie verwandelte sich so oft am Tage und so plötzlich, sie weckte so viele Ängste und Empfindungen in anderen, daß sie tatsächlich hexenhaft war.

Papa sagte zu mir, wir müßten Mama über eine schwierige Zeit hinweghelfen.

Aber er verlor oft die Geduld mit ihr.

Er sagte immer wieder, er liebe sie, aber er sagte es trokken oder sarkastisch, und sie antwortete so beiläufig wie jemand, der sich seiner Schlagfertigkeit sehr sicher ist, mit einer Stimme, die im Vergleich zu seiner Naivität, seiner Dummheit, resigniert sachlich klang; «ich weiß, wie deine Liebe aussieht, S. L. – und ich möchte nur, daß du gut zu mir bist. Liebe mich nicht, sei bloß gut zu mir.»

Papa brüllte sie oft an: «Du bist eine Klapperschlange – du könntest einen Elefanten umbringen mit deinem giftigen Mundwerk – du bist ein furchtbarer Mensch, eine Verrückte – es ist tödlich, um dich zu sein – du kannst dich überhaupt nicht beherrschen – du tust den Leuten gerne weh – du willst, daß es allen so erbärmlich geht wie dir!»

Dann sah sie ihn nur an – sie bedachte ihn mit einem Ehefrauenblick.

Oft schien sie mit ihrem Blick zu sagen: *Du Idiot*, und: *So sieht also mein Leben aus*, und: *Himmel, was habe ich mir da eingehandelt.*

Manchmal funkelte sie ihn auf eine Weise an, daß man das bedrohlich wilde Funkeln echten Wahnsinns in ihren Augen wahrnahm; aber sogar dann hatte ich das Gefühl: *Es ist doch nur Mama.*

Sie blieb immer, was sie auch sagte, eine vertraute, normale Gestalt in meiner Umgebung.

Sie erlaubte es sich, vor Nonie zu sagen: «Ich hab so ein Gefühl, daß Nonie sich mal gut verheiratet – Männer haben dumme Mädchen gern», und Nonie war ohnehin nicht mehr mit Mama zu versöhnen; sie sagte, Mama sei verrückt; sie weigerte sich, auf Mama zu hören; Mama sagte: «Nonie verläßt wie eine Ratte das sinkende Schiff.» Und dann sagte sie anklagend: «Ich will auch leben, Nonie», aber Nonie blieb fest, und kurioserweise achtete Mama sie beinahe dafür – oder Nonie langweilte sie; jedenfalls blieb Nonie fest und ließ Mama nur in ihre Nähe, wenn Mama ihr eine konkrete Gunst erwies, wenn Mama Geld herausrückte oder Nonie die Haare wusch; sonst blieb Nonie unbarmherzig und sagte zum Beispiel: »Du warst mir nie eine richtige Mutter.»

Papa wurde oft nervös, wenn Mama ihm mit ihrem Verfall drohte. Er sagte, sie sei ihm gleichgültig, doch das stimmte nicht ganz. Aber er konnte es nicht ausstehen, wenn sie unbezähmbar war – oft sagte er zu ihr: «Sei doch nicht ständig so verdammt großkotzig – versuch doch mal zurückzustecken.»

Einmal sagte sie zu mir: «Ich verrate dir ein Geheimnis – ich verrate dir, was das Schlimme am Älterwerden ist – nichts macht einem mehr Spaß – man langweilt sich so . . .»

Zu anderen sagte sie: «Jetzt fängt alles erst an, interessant zu werden; ich war eine Idiotin, als ich jung war.»

Sie sagte: «Ich trauere der Vergangenheit nicht nach – aber soviel will ich sagen: ich hatte meinen Spaß, es war nicht gerade toll, aber es machte Spaß.»

Sie sagte «Ich liebe dich» niemals in dem Sinn, daß sie sich oder einem die Absolution erteilte, oder als würde dadurch Zeit ausgelöscht: es war ein Vertrag, eine Sache, die damit einherging, daß man dieselbe Adresse hatte, daß man auf etwas schmutzige Weise von Stolz und Ansehen des anderen abhängig war; es wurde kein Vergnügen damit garantiert; es blieb eine offene Frage, was wirklich damit gemeint war ... abgesehen davon, daß sie einen nicht hungern lassen würde (aber sie würde einen womöglich sterben lassen oder wünschen, man wäre tot).

Sie sagte: «Das ist eine sehr schwierige Zeit für mich und S. L. – *ich bin mir nicht sicher, ob wir sie durchstehen ...*»

Und: «Alle stehen das durch – dann schaffen wir's wohl auch.»

Sie schrie Papa an: «DU BIST MIR KEINE HILFE!»

Sie sagte: «Er gibt sich Mühe, aber er ist zu ... *blöd*, als daß er eine Hilfe wäre.»

Manchmal, wenn es wirklich schlecht um sie stand, stellte sie sich in den Hausflur und brüllte mit hohler, unglücklicher Stimme, mit einer Stimme, in der Herausforderung mithallte und der Appell, an ihrer Seite den Kampf aufzunehmen, aber in einem Krieg, der der ihre war und mit einem nur insofern zu tun hatte, als man von ihr abhängig war: «Ich ... versuche ... die Dinge ... am *Laufen* ... zu halten ... aber ... keiner ... hilft ... mir!»

Über diesem Trakt ihres Lebens stand als Inschrift der größte Teil meiner Kindheit.

IV

Als Kind war ich ein Bukett auf zwei Beinen.

Mama ruft mich herein, damit ich Gäste begrüße: «Hier sind Leute, die dich sehen möchten –»

Die Tür zum Wohnzimmer mit ihrer hohen Grandezza rahmt protzig meinen Auftritt, den ich gemessenen Schritts und starren Blicks vollziehe. Den Raum umgibt ein unregelmäßiger Palisadenzaun aus Knien und ein schwebender, lückenhafter Fries von Köpfen, perspektivisch verkürzt, korrekt, so flächig gesittet und exotisch wie all die herausgeputzten Individuen, die ich nicht wiedererkenne.

Mama sagt: «Gib jedem ein Küßchen – aber keinen vorziehen...»

Es gab Probleme – Unbehagen – rasche, nervöse Scherze schnellten in die Luft wie steife, stachelige Halme, peitschend und schneidend – wenn ich jemanden nicht berühren mochte, jemandem kein Küßchen geben mochte.

Was ich diesen Leuten darreichte, ihnen zum Umarmen anbot, war eine mir gänzlich rätselhafte Substanz, das Buket meiner Kindlichkeit, meine kindliche Wirklichkeit.

Ich hielt ihnen ein *Gesicht* hin, ein Aussehen, das ich nur wahrnahm, wenn ich mich im Spiegel anstarrte. Mein Aussehen war der Grund, warum ich mich in diesem Haus befand... das Gesicht, im Schweigen des Spiegels.

Ich halte ein Gesicht hin, einen Körper, eine mickrige Muskulatur, blondes Haar, etwas namenlos Junges, und all die Dinge im Plural, die Garben und Schichten kindlicher Süße, Verführbarkeit – was immer es sei, halte ich einem weichen, riechenden Leben hin, das sich über mich beugt. Ich werde in Arme geschlossen, um mich ist das laute Knittern und Flüstern gebügelten Leinens. Ich weiß nicht, daß es Leinen ist: ich benenne es jetzt. Damals war es ein angerauhtes, angenehmes Geflecht, eine Verschiebung, ein halb stummer Fleck Unwissenheit in mir.

Nur wenn ich ernstlich verletzt war, fühlte ich mich ganz ohne Macht, war ich die Machtlosigkeit selbst.

Im Wohnzimmer unter Gästen führte meine höfliche Hurenhaftigkeit manchmal zu folgendem: man konnte sich schockierend plötzlich auf einen verstehenden Blick in jemandes Augen gebettet fühlen, einem Blick, der mit der Andeutung in mich drang, daß jemand mehr über mein Leben, über die Umstände meines Kindseins wußte als ich: diese Person konnte mir – Dinge erzählen ...

O Gott, wie verführerisch doch Intelligenz ist: eines der ersten Dinge, die ein hübsches Kind lernt.

Was mir in *meiner* Kindheit immer von neuem auffiel, war die Äußerlichkeit von Sprache. Für mich. Vielleicht weil ich adoptiert war (aber ich war mir damals nicht bewußt, daß ich adoptiert war: ich wußte nicht, was ein Wort, das mit Bäuchen und Geburten verbunden ist, was so ein Wort wie «adoptiert» bedeutet).

Ich konnte das, was – als Sprache – außerhalb von mir war, nicht mit dem in mir verbinden, nicht einmal als Begehren. Mama kann zu mir sagen: «Komm her, ich will dich kämmen.» Ich verstehe nicht, wie es Gesprochenem gelingt, mich zum Gehorchen zu bringen. Ich weiß nicht, wie man das macht, wie man wollen kann, daß Sprache das bewirkt. Wenn ich Mamas Haar berühren möchte, gehe ich zu ihr, hebe die Hand, und sie errät meinen Wunsch, sie steuert den Befehl und den Gehorsam selbst bei. Mein inneres Verhältnis zu allem blieb vorläufig, geisterhaft, trügerisch natürlich, geduldig – alles in mir war verwahrt wie ein Gegenstand, den ich gefunden und mit nach Hause gebracht hatte und der auf kindliche Weise wahrgenommene Attribute besaß, durch flüchtiges oder stetiges Hinschauen entdeckt, an ihm haftend ... unvollständig; auf jedem Etikett stand: *Unvollständig: du wirst es schon noch erfahren. Vielleicht.*

Mir kam nie der Verdacht oder Gedanke, Sprache und meine Gefühle wären eins. Übrigens auch nicht der, daß

Weitgehend eine mündliche Geschichte 109

mir mein Leben gehörte – oder der Schlaf. All dies war eine Überraschung, eine Strafe oder ein Geschenk; und ich drang unbefugt in sie ein wie in einen Schrank mit Weihnachtsgeschenken.

Ich hatte nie das Gefühl, alle übrigen stellten einen Aspekt des Lebens in mir dar; die Welt enthielt andere Menschen – ja, sie bestand aus anderen –, und ich war durch sie mit dem Leben verknüpft: ich war Teil *ihres* Lebens. Wenn ich brav – oder liebevoll – oder fügsam bin, gehöre ich den Leuten mehr als mir, und die Leute wissen das und machen Besitzrechte geltend.

Ich bin ein Bukett und gehöre zu diesem Haus; mir selbst übereignet werde ich, ein eigenständiges Individuum bin ich nur, wenn ich böse bin.

Ungezogenheit, die ich bewußt aufbiete, ist mein wahrer Name für mich selbst.

Ich kann mich an Augenblicke erinnern, in denen ich zugleich wach war und schlief – und dann zu jenem süßen Studium überging, zum Studium des eigenen Lebens, welches die Träume sind, inmitten des Klees miteinander verzahnter Bedeutungen, die nur für mich gelten – der Klee, die Blüte des Schlafs.

Ich erinnere mich, zu früh aufgewacht zu sein, durch die Flure im Haus der Schläfer zu wandern, ins Zimmer meiner Eltern zu tappen.

Ich liege im Bett meiner Eltern. Ihre Körper sind mächtig (beide schlafen) und strömen Hitze aus, und die Laken und die Oberkörper und Arme meiner Eltern sind warm und weit; mir scheint, sie sind rot vor Hitze; und die Laken sind blau, denn die blauen Wände färben auf sie ab, und rosa von der Hitze in den gewaltigen Körpern meiner Eltern – so erscheint es mir.

Die Größenverhältnisse sind zum Verzweifeln – tröstlich – obszön. Das Knie meiner Mutter bedrängt mich

furchterregend (sie weiß, daß mich ihre Knie beunruhigen,
und schubst mich immer mit dem Knie vorwärts, wenn sie
wach ist; sie greift nicht mit der Hand nach mir und zieht
mich, wie es andere Mütter mit ihren Kindern tun: wenn
sie das versucht, brülle ich sie vielleicht an). Solange ich
noch ganz klein bin, halte ich mich stehend am Kopfbrett
des Betts fest und wecke die Schlafenden nicht.

Mein Atem ist winzig im Vergleich zu dem von Mama,
deren Atem klein ist im Vergleich zu Papas riesigem: sein
Atem läßt den Raum erbeben, in einem eigentümlichen,
verstörenden Rhythmus.

Ich steige über Papa hinweg zum Rand des Betts, ich
steige vom Bett, bewege mich auf dem Schlafzimmertep-
pich dahin: ich atme nun anders, da ich zurückblicke zum
Bett, zu den schlafenden Gestalten darauf: sie sind abwesend, lebendig begraben – wohingegen ich ...

Ich bin nun ein Kind, das stehen kann.

Ich schaue aus einem Fenster im ersten Stock und warte
darauf, daß meine Mutter von einem «Arbeitsessen» zu-
rückkommt.

Ich stehe ganz still. Ich warte, und die Luft – erwärmt
vom Sonnenlicht, das durchs Fenster dringt – kitzelt mich.
Es ist, als wäre ich ein Gefangener auf einem alten, staubigen Plüschsofa, oder vielleicht gleicht die Hitze und Stille
und die quälende Ungewißheit für ein Kind einem heißen,
von Mücken umschwirrten See in den Wäldern des Mittel-
westens – so hart ist es, so extrem. Stachlige, entschlossene
Unzufriedenheit scheuert an mir, wie manchmal Papas
Gesicht, wenn er sich nicht rasiert hat. Ich werde eine
Szene machen, wenn Mama heimkommt.

Diese Anstrengung, von der sich mir die Brauen sträu-
ben, diese Entschlossenheit, nicht zu vergessen, daß ich
eine Szene machen will – etwas schuldet man mir dafür:

für das tragische Ungestüm und die stummfilmkomische, leiderfüllte Zielstrebigkeit, obwohl ich doch nur *ein Kind* bin ...

Ich habe mich verändert. Es gab keinen genauen Punkt des Übergangs. Die Veränderung fand in einem gewissen *Zeitraum* statt, im Wachen und im Schlaf. Es ist fast so, als triebe mich ein sehr großes, sich langsam drehendes Rad, ein Wasserrad – dann wäre die Zeit das Wasser; oder meine Beobachtungen wären das Wasser – und hätte mich ans Fenster befördert. Das brave Kind, das ich einmal war, das zu den anderen, zum Haushalt gehörende Kind, kommt nun teilweise in mein Blickfeld; und ich bin sein Wächter, ziemlich streng den Gesetzen verpflichtet, manchmal zufrieden, manchmal grimmig: ein Ritter: ein Schiedsrichter: ein Kind ... Ich bin entkommen – zumindest zeitweilig, wenn ich nicht müde oder krank oder niedergeschlagen bin – in so etwas wie kindliche Unabhängigkeit, wie ich sie jetzt gerade verspüre.

Ich sah ein Auto zu schnell, auf der falschen Spur, die vorstädtische Straße auf der Anhöhe entlangfahren. Mama. Mama in ihrem marineblauen Buick-Coupé. Das Leben in Amerika ist hart: man muß so viel wissen: und es ändert sich ständig – was man wissen muß, meine ich: zum Beispiel, daß Mamas Wagen in diesem Jahr ein dunkler Buick ist.

Wenn sie Auto fährt, atmet sie durch die Nase, oft hochmütig; *dies* bemerke ich: ein Detail, das auf Courage, Wettbewerbseifer und Sachverstand schließen läßt. Sie fährt mit zorniger, drängelnder Arroganz; sie fegt um Kurven; ihr Haar wippt, wenn sie das Fenster runterkurbelt, was sie auf dem Heimweg tut; wenn sie zu Hause losfährt, sind die Fenster geschlossen. Sie überholt jeden anderen Wagen, wobei sie, oft laut, die anderen Fahrer kritisiert, die angeberischen Männer, die feigen Männer. Sie glaubt, Männer verstehen nichts von Autos – das heißt, daß Autos der Macht, der Selbstdarstellung, der Effizienz und der Geschwindigkeit dienen, weil Zeit knapp und oft langweilig ist.

Wenn sie fährt, ist sie nach einer Weile verschwitzt, *realistisch*, halb erschöpft – dann läßt sie gewissermaßen dem Wagen seinen Willen: sie biegt träge um Ecken, wie jetzt gerade: der Buick rollt gut einen Meter auf den Rasen – von da, wo ich stehe und hinunterblicke, sehe ich Mama ungeduldig und viel zu spät das Lenkrad herumreißen, bis der Wagen wieder auf dem Kies der Auffahrt ist.

Ich gebe Mama den Vorzug vor Papa – sie ist interessanter: sie ist gerechter zu mir; ich gehorche lieber ihr als ihm, weil sie einen mehr in Ruhe läßt – tut sie eigentlich gar nicht, aber irgendwie doch –, und sie ist sehr sparsam mit körperlichen Zärtlichkeiten, taucht einen nicht ständig in Dunkel und in die Vergangenheit und in die entsprechenden Zonen in einem selbst; sie redet, und in ihrem Gerede geht es häufig um fair und unfair, ob etwas ihr gegenüber, Frauen gegenüber fair oder unfair ist, aber ich kann das noch eher interessant finden als Papas Zeug über Liebe und brave Jungen.

Mama hatte sehr oft Angst, aber sie ging ungeduldig damit um; sie segelte einfach darüber hinweg; sie schrie oder keifte oder beklagte sich oder lächelte; sie segelte *hinein* in dasjenige, was ihr gerade angst machte – sie war in gewisser Weise schlampig vor Mut, vor Willensstärke. Für Papa war es wirklich furchtbar, Liebe einzubüßen, meine Aufmerksamkeit zu verlieren, von mir (von irgendwem) übergangen zu werden: es machte ihn wütend, zappelig, ruhelos: er hackte dann gutmütig oder schlecht gelaunt auf einem herum, urteilte über einen und bestrafte einen, und zwar so lange, bis man verwirrt war – das gehörte zu den Dingen, von denen er etwas verstand. Wie man jemanden ein-

Weitgehend eine mündliche Geschichte 113

schüchtert. Mama versuchte mich einzuschüchtern, aber
sie war nicht gut darin: ein gewisser Druck strahlte von ihr
aus, aber ich war nicht eingeschüchtert: ich war vorhanden, konnte blinzeln, war unbestreitbar männlichen Ge-
schlechts – männlich zu sein bedeutete für mich insgeheim
das Gefühl zu schmelzen, zu zerfließen, wenn sie mich einzuschüchtern versuchte: «Tu dies-oder-jenes, oder ich
sag's deinem Vater.»

Mama glaubt, Papa wisse mehr darüber, was es heißt,
ein Junge – oder Mann – zu sein, als sie: sie erwartet, daß
ich Papa *Hochachtung* entgegenbringe; sie hat eine bestimmte Vorstellung davon, wie Männer miteinander umgehen: sie glaubt, Hochachtung sei *der* Schlüssel zur Män-
nerwelt, oder sei das Tor zu ihr, oder das Verhalten, durch
welches ein Mann oder Junge Beschützer und Gönner findet.

Mama steigt aus ihrem Wagen.

MAMA IST DA ...

Auf geht's – ich habe mir vorgenommen, Anne Marie
Gerechtigkeit zu verschaffen: Nonie war frech zu ihr. Ich
fange an zu rennen. Die Sicherheitsnadel, mit der mein
Hemd an der Hose festgesteckt ist, steht unter Zug – «Ich
bin es leid, seinen Nabel zu sehen», hat Mama gesagt. Ich
füge mich darein, in meinem Heldentum komisch zu wirken.

Nein, ich füge mich nicht. Noch nicht.

Ich kann ziemlich gut rennen. Nonie sagt jetzt manchmal über mich: «*Er ist kein Baby mehr – er weiß, was er
tut.*» Wenn ich das falsche Gesicht mache, bringen die Erwachsenen mir plötzlich weniger Mitgefühl entgegen und
unterstützen mich nicht mehr – Durchblick tötet in dieser
Umgebung Mitgefühl. Doch Mama ist Sündern, Kriminellen, Beschmutzern, Ketzern und faustischen Menschen
durchaus gewogen und läßt mich nun gelegentlich als

einen davon gelten. Als junges männliches Wesen, nehme ich an, als Kind einer gewissen Sorte, als hübsches Kind – ihr Kind, gemäß diversen Gesetzen.

Wir müssen in der Zeit hin- und herspringen. Als wir von der Anhöhe in die neue Wohngegend ziehen, habe ich großen Erfolg; wenn ich hinausgehe, sind immer zwei, drei und manchmal acht, neun Kinder auf unserem Rasen und warten auf mich; wenn ich auftauche, sagen manchmal ältere Kinder: «Da ist er» – sie lassen mich auf ihren Fahrrädern fahren und sprechen mit mir ... Fast flüstere ich innerlich, fast gehe ich auf Zehnspitzen, so verblüffend ist es, so – *anerkannt* bin ich. Ich empfinde Stolz, empfinde es als Glück, diesen Rang erreicht zu haben, als Triumph. Das ist eine ernste Sache für mich. Ich wende mich gegen meine Eltern, wenn sie sich einmischen. Papa möchte überhaupt nicht, daß ich draußen spiele: «Du läßt dich mit Pöbel ein.» Er spinnt. Mama fällt es schwer, seine Einstellung zu unterstützen. (Sie murmelt: «Er ist eifersüchtig – sonst nichts ...»)

Wenn mich Mama, ihrem Zeitplan gegenüber im Rückstand, zerstreut und hastig und dann in scharfem Ton ins Haus ruft, damit ich gewaschen werden kann – das geschieht für Papa, wir sollen ihn sauber und hübsch empfangen, wenn er nach Hause kommt –, dann möchte ich an manchen Tagen nicht hineingehen. Schließlich tue ich es einfach nicht mehr.

Sie kommt mich nicht holen; sie schickt Anne Marie, solange wir im ersten Haus wohnen, das andere Dienstmädchen, als wir ins zweite Haus gezogen sind; aber ich verstecke mich vor dem Dienstmädchen; Mama schickt Nonie, aber *der* gehorche ich nicht, so daß Mama schließlich Papa schicken muß: sie kann es nicht mehr vor ihm verbergen, daß dem Kind, das sie adoptiert haben, damit er einen Sohn hat, der ihn unterhält und beglückt, nichts mehr an den alten Spielen mit ihm liegt, oder nur noch sehr wenig.

Papa brüllt von der Haustür aus nach mir. Aber ich bin hochmütig – stahlhart – das Kind ist verwöhnt und launisch. Papa kommt mich holen; er ist aufgebracht: «Was soll das, was bildest du dir ein, warum gehorchst du deiner Mutter nicht?»

Nicht wenig von meiner Verachtung für ihn rührt daher, daß er mich zwingt, Mama zu gehorchen, die mich dann ihm überläßt: er ist nicht offen und ehrlich. Ich bin zu Tapferkeit entschlossen und leiste ihm Widerstand, meiner alten Liebe.

Ich brülle: «DAS SPIEL HIER IST NOCH NICHT ZU ENDE! NIE FRAGST DU MICH, OB ICH REINKOMMEN WILL!» Die Nachbarn mischen sich gewöhnlich nicht in die Angelegenheiten anderer ein – doch, sie tun es schon, aber schneller, wenn es sich um S. L. handelt: «He, Sie, S. L., das ist ein prima Junge, den Sie da haben – lassen Sie ihn doch spielen –» (Zum Teil, weil die Kinder zu spielen aufhören, wenn ich fortgehe, oder ihr Spiel erlahmt: dann werden ihre Kinder trübsinnig. Ich bin tatsächlich der kleine König der Straße.) Aber es hat auch damit zu tun, daß sie meinen Vater nicht mögen. Er sagt zu ihnen: «Wir haben unsere eigenen Vorstellungen . . .» Er lächelt sie an, als wolle er sagen, sie müßten ihn schätzen und bewundern – was in dieser Wohngegend taktisch Blödsinn ist . . .

Über das Kind, das ich war, sagte Mama nüchtern: «Ich muß mich nett geben oder ohne Freunde auskommen, aber er ist stur und närrisch wie ein Märzhase und spielt sich auf wie weiß-Gott-wer, aber die anderen Kinder halten ihn nur für was Besonderes. Offenbar gefällt es ihnen so, weiß-der-Himmel-warum – ich weiß nicht, wie er damit durchkommt. Natürlich ist er schön anzusehen – aber ich war auch nicht unansehnlich, als ich jung war, und ich kam nie mit etwas durch.»

Die Kinder, mit denen ich spiele – auch die größeren –, hüllen mich in Billigung ein. Manchmal bringen sie mir ihre Billigung so wund und krank und voreilig entgegen, daß ich überhaupt nicht denken oder leiden oder aufbegehren kann, sondern – geistig – blind vorwärtsstürze und plötzlich zu erwachen scheine – und da liegt der Glanz der Welt vor mir, und ich starre darauf, ganz geblendet von allem, von meinem Glück oder meiner Befriedigung – wie kann man diesen Zustand nennen? Jeder Tag, jeder Moment tanzte und leuchtete; und auch ich muß geleuchtet haben, wie eine Laterne, vor Licht, vor Glück. Ein Erwachsener sagte einmal zu mir, als ich ein sehr junger Mann war: «Du warst das schönste Kind, das ich je gesehen habe – seltsam, daß nichts davon übriggeblieben ist.» Bei unseren Spielen brülle ich: «Oh, du hast mich getroffen – ich sterbe!» Ich werfe die Arme in die Luft, ich zucke krampfhaft, ich werfe mich auf die Erde und trete um mich oder wälze mich auf dem Rasen: das Gras streift meine Wangen, meine Lippen und meine Nase, köstlich rauhkantiges, vielzüngiges Gras, ein Teppich aus Geisterzungen. Der Geruch von Graswurzeln steigt auf: der süße Duft der Erde. Häuser tanzen in der Dämmerung.

Ich wurde auch gehaßt – von einem Kind oder von zweien – und von Nonie, die manchmal *Folterqualen* litt. Ihr Gesicht verzerrte sich vor Wut. Eines Tages kam ein Junge, den sie mochte, vorbei und sprach mit mir, nickte ihr aber nur zu: Sie schmetterte mir einen Ziegelstein ins Gesicht (der Schornstein wurde gerade repariert). Als ich vom Arzt zurückkam, warteten vier, fünf Kinder auf dem Rasen; sie holten noch andere hinzu; und ich unterhielt mich vom Fenster aus mit ihnen.

Ich besaß den Feinsinn, mich jeglicher Grausamkeit zu

enthalten, Grausamkeit zu verachten, als ich noch sehr jung war (obwohl sie mich bedrohlich erregte). Und dann stand ich in dem Ruch, immer wieder gerettet worden zu sein – welch einen Wert mußte ich haben. Und dann war da die körperliche Schönheit, die mir ein Heim eingebracht hatte. Und ich fürchtete Schmerzen so wenig – ich brauchte nur einmal Atem zu holen und war tapfer. Wenn ich bedenke, welch strahlende Beachtung das Leben jenem Kind schenkte, kann ich kaum glauben, daß sie Tag für Tag anhielt, daß sie mit Unterbrechungen (wenn etwas falsch lief) zum Gewohnten wurde, mein reguläres Leben war.

S. L. gefiel das nicht sonderlich – ich fehlte ihm. Mama sagt: «Was auch geschieht, ich kriege das Schlimmste ab. Mich trifft es am härtesten. Ich verstehe das nicht: Ich bin gescheit, ich gehe mit Köpfchen vor – ich sehe den Punkt nicht, wo ich Fehler mache...»

Sie sagte zu Leuten: «Ich bin eifersüchtig auf dieses Kind – manchmal.» Und: «Er ist nicht wie wir – seine Mutter war eine bemerkenswerte Frau – ich weiß nicht, was man mir als Verdienst anrechnen könnte: als Mutter tauge ich nicht viel.»

Oder: «Ich verstehe nicht, warum du sagst, er gleicht mir nicht – wir sind beide außergewöhnlich, er und ich – das darf man mir ruhig anrechnen.»

Ich verstand ihre Launen nicht, die von Papa ebensowenig – nichts davon verstand ich. Sie starrte mich manchmal an; ihn beachtete ich kaum noch; ich verstand nicht.

Einmal schrie Mama mich an, und plötzlich lachte ich sie aus – ein bißchen verrückt; vielleicht sogar ziemlich verrückt – aber ich hatte keine Worte, keine Vorwürfe oder Argumente, die ich hätte äußern können. Mein irres Lachen verletzte sie: Sie hob die Hand, um mich zu ohrfeigen; ich lachte noch mehr, wie ein Sieger – wie ein Verrückter vielleicht –, und dann rannte ich davon.

In Stücken, die Komödien sind, hat niemand wahrhaft Glück – es wäre zu aufreibend, nehme ich an, angsterfüllt darauf zu warten, was mit ihm geschehen wird.

«Da kommt der Star», sagte Papa oft geistesabwesend, halbwegs freundlich oder sarkastisch, alle Zuneigung in der Schwebe belassend.

Er mißbilligte mein Glück, meinen persönlichen Erfolg: Ich sollte ihn so lieben wie früher. Mich so lieben und pflegen lassen wie früher. Dann runzelte ich die Stirn und blieb unbeeindruckt und höflich – ein nobles, aber schwermütiges Kind: welch geduldiger, eigensinniger Hochmut!

Er wollte nicht stolz sein auf das Glück des Augenblicks – auf mein weithergeholtes Glück: «Der Junge ist schändlich verwöhnt.» Nichts tröstete ihn über die Ängste und Probleme hinweg, die ihn quälen mochten. Überheblich ignorierte ich in meinem Glück seine Einsamkeit. Unnachgiebig. Er wollte mich auf seine Protektion verpflichten, auf seine Vorstellung vom Familienleben-als-Komödie, wo niemand zuviel Glück hat.

In welcher Hinsicht war ich sein Sohn?

Ich fand mich großzügiger als ihn – ich wünschte, daß ihm alles gewährt würde. Die Ungleichheit sprengte mich ab, fort von ihm, über ihn hinaus. Ich stieg in die Luft, als hätte eine Explosion stattgefunden.

Gelegentlich schaffte er es noch, eine gedrängte, bescheidene Loyalität zu mir durchblicken zu lassen – intensiv, aber kurz; dann hing seine Liebe in der Luft wie ein Schleier aus Blütenstaub; selbst sein Sarkasmus blähte sich manchmal vor Liebe; doch überwiegend fühlte er sich verraten, weil ich ein «Schlauberger» war – er spielte in einem traurigen Stück mit, als König mit einer traurigen Botschaft in den Händen.

Er sagte vorwurfsvoll, sarkastisch, traurig, selbstgerecht, warnend: «Du brauchst keinen Vater – bloß Publikum.»

Er hatte ein Kind – Nonie.

Immer wieder sagte Leila zu S. L.: «*Laß ihn seinen Spaß haben!*»

Und fügte dann hinzu: «Schließlich bleibt es bestimmt nicht so – es bleibt nie so . . .»

Sie sagte zu mir: «Merk dir, Frauen sind keine Spielverderber: erzähl später mal deiner Frau, daß ich dir eine Hilfe war.» Ich kann mich an keine Zeit erinnern, in der sie nicht fortwährend davon sprach, daß ich einmal heiraten würde: «Was wirst du deine Frau mal Nerven kosten.»

Es wurde in unserem Haus nie geklärt, welches die zehn höchsten Gebote waren, nicht einmal, welches *das* höchste Gebot war – Geld beschaffen oder einander lieben, oder vorankommen, oder gerecht sein. Was am wichtigsten war, wechselte ständig. Papa wollte, daß seine Müdigkeit das höchste Gebot war. (Ich war für Gerechtigkeit, für gesetzlich festgelegte Symmetrie.) Er sagte, er vergeude sein Leben und seine Kraft mit der Schufterei für uns. Er bat um Almosen, aber er sah zu gut aus, war zu reich für Almosen – er wollte zu früh Almosen.

«Es ist alles zuviel für mich *allein*», sagte er oft – ein dilettantischer Bettler.

Gelegentlich werde ich körperlich so übel verletzt, daß ich zu meinen Eltern gehe und darauf warte, daß sie etwas für mich tun. Dann sagen sie: «Oh, manchmal ist alles zuviel für dich, nicht? Ja, es ist noch alles zuviel für dich – du bist ja auch noch ein kleiner Junge.»

Ich *liebe* andere Kinder nicht mehr als meine Eltern, aber ich finde andere Kinder nun anziehender als meine Eltern.

Ich verlasse für einen Moment das Kind im Flur – die Erinnerung, in der ich, in meinen Fähigkeiten leichtfüßig und beschwert zugleich, den Flur entlanglaufe, voll ernsten Eifers: in mir die blendende Empfindung, auf dem Weg zur Meisterschaft zu sein.

Ich bin älter – älter – älter … Was ist Intelligenz? Mama – Leila, meine andere, meine zweite Mutter – sagte immer wieder zu mir: «Wer *wirklich* gescheit ist, läßt andere nie wissen, daß er gescheit ist.» Es kam die Zeit, in der ich sagen konnte: *Ja, Mama, ich verstehe.* Aber zunächst kam es mir – dem sie schief ansehenden Kind – so vor, als sagte sie, Intelligenz müsse zuallererst Schläue hervorbringen, schlaue Selbstverheimlichung.

Als ich im Kindergarten war, fiel ich jemandem auf. Die Tests waren zunächst einfach; eine der Kindergärtnerinnen führte sie durch; dann kam jemand von der örtlichen High-School; dann traf ein Team von der nächstgelegenen Universität ein.

Die letzte Serie von Tests dauerte fünf Tage. Ganz aufgeregt erklärten die Testleiter Mama und S. L., ich sei ein außerordentliches Kind, ein *Wunderkind*, zumal wenn man bedenke, wie wenig intellektuell Mama und S. L. seien; und die Testleiter sagten, ich brauchte eine spezielle Erziehung, die müsse man mir verschaffen. Sie erklärten, ich entspräche einem Zwölfjährigen, in mancher Hinsicht einem Fünfzehnjährigen; aber Mama und S. L. wußten nicht, daß dies teilweise metaphorisch gemeint war, nichts Tatsächliches beschrieb und im Grunde auf geistiger Spielerei beruhte. Mama und S. L. konnten nicht glauben, daß ich «auf *diese* Art» gescheit war. Es war ihnen nie aufgefallen. Sie kannten mich sehr gut. Irgend jemand irrte sich da. Ich lachte und wartete einfach – geschmeichelt, aber geduldig – darauf, daß die Sonderbehandlung, die mir zuteil werden sollte, begann.

Mama lernte leicht nur vom Zusehen, sagte sie (und das stimmte), aber ihre Denkweise war weder analytisch noch logisch folgernd; S. L. war, sogar seiner eigenen Meinung nach, ohne jede geistige Disziplin. Ob das Kind nun tatsächlich so hochintelligent war, wie die Testleiter behaupteten – das heißt, ob es die Begabung eines Wunderkindes besaß –, oder nicht, es war in gewisser Weise durchaus im Besitz geistiger Fähigkeiten, die seine Eltern nicht mit ihm teilten; doch dies ist eine Feststellung ohne Belang; von Belang ist vielmehr, daß sein Verstand, der in seiner Umgebung herrschende Glaube an die Eigenart dieses Verstands, die tatsächliche Existenz dieses Verstands Leid hervorrief.

Gescheit. Scheidend. Zerschneidend.

Die *Mitbürger* (ein Teil von ihnen) machten großen Wirbel um *«unser kleines Genie»*. Nonie war außer sich – eindeutig hysterisch. Immer wieder lag sie schreiend auf dem Fußboden, wochenlang. Sie griff mich mit einem Messer an – dreimal. Sie drohte damit, sich umzubringen; sie wollte mich aus dem Haus haben – man solle mich ins Waisenhaus stecken oder weggeben. Sie war verrückt und unglaublich traurig, gequält, haßerfüllt und rachsüchtig. Als ginge es um die erste Voraussetzung von Realität, bestand sie stürmisch darauf, daß an den Behauptungen über die Intelligenz ihres Bruders nichts Wahres war: sie forderte deren Unwahrheit.

Papa war tief bekümmert. Zunächst hatte er leicht belustigt und ungläubig getan: das öffentliche Aufsehen war schlimm genug gewesen. Nun meinte er, ich würde ihn auslachen. (Was ich manchmal tat.) Seine Emotionen waren heftig: Herzenskummer, verstockte Einsamkeit vielleicht: sicher Ärger, ein seltsamer, höhnischer Ärger, sogar Wut, dann ein sich ausdehnendes, sich verdichtendes Schweigen; und er weigerte sich, mich anzusehen oder zu berühren. «Du brauchst keinen Vater wie mich – ich bin einer von der altmodischen Sorte», sagte er.

Papa mochte ein Betrüger und Angeber sein, egozentrisch und töricht: er fühlte sich in dem Vorort, in dem wir wohnten, überhaupt nicht wohl.

Nonie machte es so viel aus, sie hatte so nachhaltig das Gleichgewicht verloren, daß Ärzte konsultiert werden mußten. Mich bekümmerte Nonies und Papas Schmerz nicht, das muß ich zugeben. Ich beobachtete Nonie mit einem gewissen Widerwillen, fast mit Befriedigung. Ich beobachtete Papa mit Widerwillen und dachte: *Geschieht ihm recht.*

S. L. sagte ständig über mich: «Kümmert ihn denn nichts? Tut ihm denn seine Schwester nicht leid? Er hat kein Herz.» Er warf mir nie mein Benehmen ihm gegenüber vor, außer indem er sagte: «Ich kann ein Kind wie dich nicht gern haben», wenn er besonders ärgerlich war; aber ich ging über seine Meinung verächtlich hinweg.

Als Mama erklärt wurde, sie und Papa sollten sich umorientieren, ihr Leben und sich ganz mir widmen – Nebenrollen übernehmen, ihr Geld und ihre Zeit zur Verfügung stellen, um auszubrüten, was in meinem Schädel steckte (oder auch nicht) –, sagte sie: «Ich will nicht, daß das Kind ein Monstrum wird.»

Sie versuchte, das Gleichgewicht wiederherzustellen. Unter vier Augen sagte sie: «Ich habe nicht die geringste Ahnung, was ich tun soll.» Als die Testleiter sagten, Mama müsse mich hierhin bringen, dorthin bringen; sie solle anfangen, Psychologie zu studieren, besonders Kinderpsychologie; Papa solle bestimmte Bücher lesen und eine Therapie anfangen und Vorträge am College besuchen; Nonie solle nur noch als Problem am Rande (dies wurde nicht klar gesagt, aber angedeutet) des großen Abenteuers betrachtet werden, ein potentielles Wunderkind aufzuziehen – da antwortete Mama, sie seien wohl verrückt: S. L. würde sie verlassen; Nonie würde es nicht überleben.

Ich weiß nicht, ob jemand über die Cohns lachte, über ihr «Glück», ein Kind wie mich zu adoptieren: ich weiß nicht, ob es ironisch gemeint war, wenn fast alle sagten, die Cohns hätten Glück.

Theoretisch hatte Papa nichts dagegen, viel für ein Kind zu tun, aber tatsächlich wollte er sich nur mit einem glücklichen Kind in einer seligen Traumlandschaft vergnügen. An diesen neuen Sachen konnte er eindeutig kein Vergnügen finden. Er konnte es wortwörtlich nicht. Mama sagte, er liebe mich zu sehr – er sei selbst zu kindlich, um etwas anderes als gekränkt zu sein. Was sie anging, so waren ihre Einwände «eine Frage der Vernunft». Sie sagte, das Lernen und das Wunderkind-Dasein würden mir mein Aussehen verderben; sie meinte, wie ich aussähe, nütze mir nun und werde mir immer mehr nützen als «Köpfchen dieser Art» (die neu entdeckte theoretische Monster-Intelligenz). Außerdem brauchte sie mich, damit Papa sie nicht verließ.

Die Situation wurde trister: Mama ging zu einer Elternversammlung; und sie, die sich für gescheiter hielt als die meisten anderen, wurde niedergemacht... beleidigt... bedrängt: sie trug einen Pelzmantel; sie sah *vornehm* aus; aber alles was sie war, was sie in ihrem Leben erreicht hatte, wurde von den Leuten dort auf der Elternversammlung verlacht wegen ihrer Haltung, ihrer Selbstverteidigung angesichts der neu entdeckten, mutmaßlichen Intelligenz eines Kindes, das sie wegen seines *Aussehens* adoptiert hatte.

Nonies Koller, Papas Verstimmung, Mamas Berechnung. Ein Witz. Für mich. Ich wirbelte weiter. Ich weigerte mich, auf *diese Leute* zu hören; ich verbesserte sie ständig; ich *war* ein Schlauberger, wie Papa gesagt hatte. Ich verließ mich darauf, daß ich weiter für sie wichtig bliebe. Ich glaubte, sie müßten «nett» zu mir sein: ich weiß noch, wie ich mit dem Fuß aufstampfte, *«Ich bin hier zu Hause!»*

sagte, und wie die drei – Mama, Papa, Nonie – mich ansahen, als ich das sagte.

Die Testleiter und verschiedene andere Leute nahmen den Kampf auf; sie sagten: «Wir müssen ihn vorbereiten – wir dürfen keine Zeit verlieren ... Er bekommt bei Ihnen zu Hause nicht ... was er braucht, um –» Mamas Stimme unterbricht sie: «– in zwanzig Jahren etwas zu werden. Ich will aber nicht darüber nachdenken, was in zwanzig Jahren sein wird; ich finde es schwer genug, Pläne für die nächsten zwanzig Minuten zu machen.»

Zu den Außenstehenden sagte Mama: «Also, die Vormundschaft haben *wir*, und wir sind ganz dagegen, daß er so ein Leben führen soll. Jahrelang nur Arbeit und keinen Spaß – nein danke. Mein Mann und ich haben es durchgesprochen und werden noch weiter darüber sprechen, aber wir neigen wirklich dazu, das Kind in Ruhe zu lassen. Außerdem habe ich noch andere Menschen im Haus, um die ich mich kümmern muß – manche Leute können einfach nicht praktisch denken ...»

Sie sagte: «Wir wollen nicht, daß er unter Druck steht.»

Sie sagte: «Laßt ihn in Ruhe – laßt ihm eine Kindheit.»

Mama sagte über Nonie zu einer Freundin: «Ich kann's ihr nicht verübeln, daß sie durcheinander ist – sie war ein sehr langweiliges Kind, nicht populär, und entwickelte sich spät: Sie kriegt jetzt erst eine Figur, sie ist hübsch, Jungen beginnen sich für sie zu interessieren, die guten Jahre fangen für sie gerade erst an, die Leute beginnen auf das zu hören, was sie zu sagen hat, und nun passiert das, und alles was mit ihr passiert, ist offenbar kaum noch der Rede wert; sie steht im Schatten, sie soll überhaupt kein Leben führen dürfen. Das ist nicht recht. Und es tut ihr weh, wie die Leute über ihn und sie reden, und dann stellen sie ihm

Weitgehend eine mündliche Geschichte   125

Fragen, als wäre er ein Orakel, und lachen über sie, dabei fing sie gerade an, Selbstvertrauen zu entwickeln. Ich finde, das ist nicht fair. Auch Mädchen haben ein Recht zu leben. Sie kam gerade an den Punkt, wo sie ihm weit genug voraus war, daß sie nett zu ihm sein konnte – jetzt haßt sie ihn. Offen gesagt, ich kann's ihr nicht verübeln. Ich hasse ihn manchmal auch – er ist unmöglich. Sie hat nur ein paar solche Jahre wie diese – warum kann das Kind nicht warten? Ich habe seiner Mutter versprochen, ihm eine Ausbildung zu ermöglichen, und das werde ich auch, aber ich weiß nicht, wovon all diese Verrückten eigentlich reden. Ich meine, es ist besser für ihn, wenn er lernt, sich einzufügen – neben Frauen vor allem–, er wird schließlich mal heiraten. Ich will nicht, daß ein einsamer Mann aus ihm wird: Nonie und ich, wir müssen auch unser Leben führen. Ich kenne ihn – er ist nicht so gescheit, wie sie sagen – er ist pfiffig für ein Kind, mehr nicht – er weiß sich beliebt zu machen. Lassen wir ihn ein paar Jahre im Hintergrund bleiben, lassen wir ihn als Mensch aufwachsen und sich ein paar gute Erfahrungen einverleiben, ich hab nicht vor, ihn unter Druck zu setzen, lassen wir ihn Kind sein und sich vergnügen, lernen kann er dann später . . .»

Sie sagte: «Hör zu, ich hab Leute gekannt, die loszogen und berühmt wurden: Ich bin mit Gaynor Milton gegangen; er hat einen Academy Award für die beste männliche Nebenrolle bekommen; er ist einer der bestangezogenen Männer in Hollywood. Er war immer todunglücklich – er war so ichbezogen – er war sehr einsam: frag mich ruhig, ich kann dir was darüber erzählen. Das würde ich dem Kind im Leben nicht wünschen. Und ich sag dir noch eins: wenn er wirklich so gescheit ist, dann wird mit der Zeit was aus ihm – man soll's nicht übertreiben – das ist eine alte Weisheit, und sie stimmt, das kannst du mir glauben . . .»

Manchmal war sie ganz offen. Sie sagte zu mir: «Ich

glaube nicht, daß du weißt, was vorgeht, aber vielleicht doch: du beobachtest ja ständig. Hör zu: mit dem Leben ist es eine komische Sache – vielleicht bin ich ja eine böse Hexe – das haben die Leute immer über mich gesagt; und um dir die Wahrheit zu sagen, ich glaube das manchmal auch, aber es kümmert mich nicht; ich weiß nicht, warum ich alle Entscheidungen treffen muß: es würde dir nicht schaden, normal zu sein. Du liebst doch deinen Vater, Papa, S. L., oder? Er mag keine zu gebildeten Leute – er und ich, wir kommen nicht wirklich gut miteinander aus; wir passen nicht zusammen; aber ich habe mir mein Bett gemacht, und ich gedenke, auch drin zu liegen: dich liebt er – und mir gibt er die Schuld: er glaubt, er hat... nicht das Recht... dein Vater zu sein... wenn du so verdammt gescheit bist: *wenn du ihn liebst, dann sei vernünftig und hör auf mich – zeig ihm nie, wie gescheit du bist...*»

Ich glaubte Mama nicht: Ich verstand nicht, was sie da sagte – ich spürte, daß Papa mich liebte – es lebten Gefühle in ihm; ich sehe sie, wenn er mich ins Bett bringt, wenn er mir einen Gutenachtkuß gibt und mich umarmt – ich war mir bei ihm sicherer als bei ihr...

Die menschlichen Probleme verstand ich nicht – dies war ein gewaltiges Spiel.

Ich verärgere Papa immer mehr – er sagt, ich stelle ihn mit Absicht als Dummkopf hin. Mama ist verzweifelt – fast erschüttert. Er beschuldigt sie (er wird sie verlassen). Papa ist nicht stolz auf mich (er sagt, er mag «normale Kinder, die gutherzig sind»), also ignoriere ich ihn – und dann wird er ärgerlich und aufgeblasen: Er glaubt, er kann verärgert sein und mich trotzdem liebevoll ins Bett bringen und die Zuneigung bekommen, die er braucht, nachdem er mich wütend und unglücklich gemacht hat und seinetwegen peinlich berührt; ich habe das Gefühl, ihn sehr wenig leiden zu können – wie kann ich ihn da umarmen? Dann wird sein Atem laut: «Ach, du bist ein abscheuliches Balg», sagt er, «was für ein Prachtexemplar!» Es ist dunkel im Zimmer, Zeit zu schlafen, und er bleibt einfach stehen.

Allmählich wurde ich unruhig. Ich fragte Mama, ob sie mich liebhabe. Sie sagte: «Na, na, du weißt doch, daß ich dich liebe –» Ich wurde fürchterlich unruhig: so etwas sagte jemand, wenn er einen verlassen würde, wenn er nicht ehrlich war. Ich zog offensichtliche Liebe vor, die sich deutlich auf einem Gesicht abzeichnete.

Man konnte kein Spiel spielen, kein Kinderspiel – es mit großem Einsatz spielen – und zugleich daran denken, wie schlecht es einem zu Hause ging. Es geschah etwas Seltsames im Kopf, wenn es Zeit wurde, nach Hause zu gehen, wenn man gerufen wurde oder wenn die Mitspieler einer nach dem anderen verschwanden; oder wenn man von seiner Mutter abgeholt und heimgefahren wurde: dann änderte sich das Wesen der Zeit, der Geschichte, der Maßstab wechselte, und damit ging ein fast überwältigendes Gefühl einher, Treulosigkeit zu erleben, eine Wehmut, gegen die man durch die Hingabe oder Raffinesse angehen konnte, mit der man seine Eltern umarmte, sobald man nach Hause kam. In das riesige, heimische Gehäuse. Man hatte gespielt, das Spiel hatte geendet: man hatte sich über den Gehweg rennend – oder trödelnd – auf diese andere Geschichte zubewegt.

Oder umgekehrt – man rannte davon und spielte. Man war zu Besuch in den Häusern von Nachbarn. Man brauchte sich nie herauszustreichen – die Nachbarn taten es für mich. Man konnte sich in jede Richtung begeben und Heldenglück finden.

Während die Eltern sich zu Hause zum Abendessen umziehen, rekelt sich der Junge auf der Veranda in einer Hollywoodschaukel, biegt in den Kissen unbeobachtet den Rücken; ihm schwindelt vor Eitelkeit, während er da liegt,

Rücken und Hals gekrümmt, ein Bein angewinkelt: er fühlt sich – oder glaubt sich – *sehr gescheit*. (DAS HABEN EINE MENGE LEUTE GESAGT.) Dieses Gefühl umhüllte ihn wie Schichten unübersehbar königlicher Gewänder.

Das Blut schoß mir durch den Körper, stockte beinahe, beschleunigte sich wieder; ein Heer von Sprintern, von Raupen jagt in mir dahin; Raupen, unsichtbare, kriechen über kribbelnde Haut.

Ein anderes Mal bedecken Nonie und ich den Eßzimmertisch mit Kissen: *o ja, daran erinnere ich mich:* man lächelt ein wenig. Sie spielt das Kind – oder die Kindliche – aus Bitterkeit, aus verzweifelter Rivalität: sie wagt nicht, zur jungen Erwachsenen zu werden und das Feld der Kindheit mir zu überlassen... Man erinnert sich an die Augen des Mädchens, an das Gefühl des Stoffs, des geknöpften Hemds auf der eigenen Brust, an das Gefühl unter den Füßen, wenn man auf den sich verschiebenden Teppichwulst tritt, an die Gerüche des Hauses, des Abendessens, dieser kostbar gefertigten Kissen. Nonie «weiß», sie spürt die Lebensumstände, die für sie zum Greifen nahe wären, wenn es nur mich nicht gäbe. Aber es gibt mich in diesem Zimmer; zu dem im Zimmer Vorhandenen gehören meine Augen, mein Atem. Sie liebt-und-haßt mich ständig, sie dagegen ist mir weitgehend gleichgültig, oder aber ich schäme mich ihrer. Für den Augenblick habe ich gesiegt...

Leila beschrieb meine richtige Mutter als eine «prachtvolle Frau».

Leila sagte: «Deine Mutter hatte nie Glück – jedenfalls hielt es nie an – und was nützten ihr schon all ihre Vorzüge ohne Glück?»

Ich hatte meine richtige Mutter wirklich vergessen. Und

daß es da noch eine andere Familie gab, eine andere als die Cohns: meine Familie – ich erinnerte mich an keinen davon. Und dann riefen Leila und S. L. meine leiblichen Angehörigen herbei, um mich mit ihnen zu teilen, um die Verantwortung, die Kosten mit ihnen zu teilen, vielleicht auch den Ruhm. Höchstwahrscheinlich waren sowohl Vergeltung wie der Wunsch, mit mir zu Rande zu kommen, im Spiel. Viele meiner richtigen Angehörigen waren, was Leila «unwissende Leute» nannte – nahezu Analphabeten, nicht sehr sauber, gewalttätig (mein richtiger Vater hatte gedroht, S. L. zu erschießen, wenn ich nicht postwendend zurückgegeben würde) – und kein Psychologe oder Schiedsrichter wurde zur Überwachung oder Beratung hinzugerufen – man wollte mir eine Lektion erteilen, nehme ich an.

War schließlich Papa, S. L., nicht wütend, wie es ein Liebender oft ist? Wenn Menschen einen lieben, können sie sich manchmal, vielleicht immer, nicht wirklich Sorgen um das machen, was mit einem geschieht, wenn es sozusagen nicht in ihren Armen geschehen oder ihnen Trost geben kann.

Leila war dagegen und erklärte, das sei keine gute Idee. Sie sprach von künftigem Gewinn, von der gesellschaftlichen Fragwürdigkeit dieses Vorhabens, von den Vorteilen, die es jetzt, in dem Vorort, in dem wir wohnten, mit sich bringe, einen schlauen Sohn zu haben. Doch Papa blieb fest; er wolle mich nicht «stehlen», sagte er – und Leilas Schwester und Nonie natürlich waren leidenschaftlich dafür, mich jemandem zu geben, egal wem. Immer wieder ging ich durch ein Zimmer oder hing untätig an einer Tür herum und wurde dann fortgeschickt, nachdem ich Fetzen von heftigen Gesprächen gehört hatte, die ich nicht im geringsten verstand: *«richtige Familie»*, *«gehört nicht hierhin»*, *«sein Vater»*. Ich ahnte nichts Böses.

Daß ich «meinen Vater wiedersehen» sollte, erfuhr ich dann deutlich von Leila und vor Gästen, wo ich weder Furcht noch Bestürzung oder irgend etwas zeigen würde – nur was für ein prächtiger Junge ich war. Mist. Als die Gäste gingen, war ich in Aufruhr. Etwas «Böses» ging vor sich, das wußte ich. Was heißt das, fragte ich. Das gefällt mir nicht. Ich will das nicht, argumentierte ich.

S. L. nahm mich auf den Schoß und sagte mir ins Ohr, ich würde meinen richtigen Vater *toll* finden; er sagte, mein richtiger Vater sehe «besser aus» als er, S. L., und werde mir «Eis und Kuchen kaufen, so viel du essen kannst, und jede Menge Bücher und sämtliches Spielzeug der Welt». An dem Tag, an dem die Begegnung stattfinden sollte, lief S. L. um sechs Uhr morgens davon; und Leila wollte nicht, daß die Begegnung zwischen mir und meinem Vater im Haus stattfände: «Wenn ich ihn reinlasse, bringt er mich um; er ist furchtbar jähzornig, und er haßt mich...» Sie *schob* mich zur Haustür hinaus und schloß ab. Ich ging allein zum Bordstein, um meinem richtigen Vater zu begegnen. Ich war zu stolz, um in unserer Gegend, wo ich so bekannt war und bewundert wurde, hysterisch zu werden. Also benahm ich mich tapfer. Aber ich war beunruhigt.

Einen «besser» als S. L. aussehenden Mann hatte ich mir größer vorgestellt, mit einem kantigeren, ernsteren Gesicht und mit sanfteren, klareren und verständigeren Augen als S. L. Mein Vater, ein ehemaliger Boxer und gegenwärtig Schrotthändler, war gedrungen, unsauber und sah aus wie ein wütender oder grimmiger Clown, mit tiefliegenden Augen in einem kleinen Eichhörnchengesicht mit starken Schatten, fast nicht vorhandenen Lippen und einer kleinen, mißgestalteten Nase. Er sprach gebrochen Englisch, immer bedrohlich laut. Er konnte weder lesen noch schreiben – konnte zum Beispiel keine Straßenschil-

Weitgehend eine mündliche Geschichte 131

der lesen. Er brüllte alle an, die in seine Nähe kamen, bedrohte sie und jagte ihnen einen Schrecken ein – er betrachtete das als Scherz und brauchte es zur Stärkung seines
Selbstbewußtseins. *Sein* Vater war ein Gelehrter gewesen,
so daß psychologisch ein gewisses Maß an schwarzer Magie, an Rebellion in dem steckte, was mein Vater war, was
aus ihm geworden war: «Hab in meim Leben drei Mann
kaltgemacht», prahlte er, drohend, vielleicht aber auch
entschuldigend. «Du machst, was ich dir sag», sagte er. Er
sprach nie anders als brüllend, bis einem der Kopf dröhnte;
er sagte: «Du mußt mich gern ham, ich bin dein Paps!»

Beunruhigt wie ich war (weil man mich zur Tür hinaus-
geschoben hatte, ich nicht raten konnte, was in diesem Fall
höflich war und was das Ganze überhaupt zu bedeuten
hatte), fürchtete ich mich anfangs nicht vor ihm, sondern
war, wie gesagt, nur beunruhigt: ich fand ihn albern, wie
einen Clown, wie der Clown, dem er glich, und fühlte mich
ihm in keiner Weise ähnlich oder verwandt. Eine gewisse
Verlegenheit allerdings verspürte ich. Als er drohte, mich
zu schlagen, wenn ich ihn nicht «Paps» nennen würde, erklärte ich ihm, ich würde um Hilfe schreien und der Polizei
erzählen, er wolle mich kidnappen; und so verschieden,
wie wir aussahen, hatte er genügend Grund anzunehmen,
daß die Polizei Ärger machen würde, und er gab nach, un-
terwarf sich mir in diesem Punkt.

Er sagte, er sei gekränkt, und ich war zu höflich, um
«und wenn schon» zu sagen, aber ich dachte es.

Er bestand darauf, mir etwas zum Anziehen zu kaufen –
wie die Cohns mich angezogen hätten, sagte er, sei widerwärtig. Ich wollte höflich sein. Ich ließ ihn mir Sachen kaufen und mich neu einkleiden; die Sachen waren häßlich
und kratzten, und er wollte, daß ich einen Hut aufsetzte,
der wie der eines Erwachsenen aussah: das fand ich zu
schwachsinnig, und ich weigerte mich. Er wollte mir die

Haare schneiden lassen, und ich sollte unverzüglich anfangen, jiddisch zu sprechen – ich glaube, er beabsichtigte unter dem Druck seiner Verwandten, einen chassidischen Rabbi aus mir zu machen, und wollte die Tatsache, daß er zu diesem Zeitpunkt in mein Leben eindrang, damit rechtfertigen, daß er mich für Gott rettete.

Er hatte ein paar Verwandte, die ich mochte – ich lernte sie später kennen –, aber auch eine bösartige, Flüche speiende Vettel von einer Schwester. (Jahre später sagte sie zu mir: «Weißt du, was mich am Leben erhält? Haß. Ich kann gut hassen.») Diese Vettel beschwor mit einem Fluch nach dem anderen Unheil auf S. L. und Leila herab – Tod und Fäulnis, Krebs und Schmerzen ohne Ende – und drohte damit, auch mich zu verfluchen, wenn ich sie und meine übrigen neuen Angehörigen nicht unverzüglich liebte, wenn ich nicht sofort zum «wahren Juden» würde und aufhörte, die Cohns zu lieben und zu ihnen heimzukehren.

Das hätte ich vielleicht noch ertragen – sogar den Geruch ihres Hauses – nach Staub und Kohl und Feindseligkeit –, aber sie sprachen ständig von meiner toten Mutter; und darin lag eine zweifelhafte, hartnäckige Trauer, der ich mich nicht stellen konnte und wollte, sondern die ich nur mit abnehmender Kraft über mich ergehen ließ. Sie sprachen von dem, was ich nach den – aus dem Grab geäußerten – Wünschen meiner «richtigen» Mutter, die diese beiden so sehr geliebt und Leila verabscheut habe, tun sollte. Für mich gab es keine richtige Mutter, nur ein in der Erde vermoderndes Skelett. Wenn ein Teil von mir sich an sie erinnerte, dann fand auch dieser Teil es unerträglich, daß der gegenwärtige Aufenthaltsort jener Frau erwähnt wurde; und dann brachten die Drohungen dieser Leute, mich überhaupt nie mehr zu den Cohns zurückzubringen und mich für immer zu behalten, mich vom Schatten jener Frau durchdringen zu lassen – oder vielmehr vom Schatten

Weitgehend eine mündliche Geschichte 133

der unversöhnlichen Trauer des Säuglings –, sowie die Tatsache, *daß sie mir einfach nicht zuhörten*, mich soweit, daß ich erbrach. Ich konnte nicht mehr aufhören. Das erschreckte mich und sie, und sie brachten mich heim, aber mittlerweile war ich krank, wirklich krank und auf kindliche Weise nicht mehr bei Sinnen. (Ich war ungefähr zehn Stunden bei ihnen gewesen.)

Kinder, die auf unserem Rasen oder auf dem um die Nachbarhäuser darauf warteten, daß ich spielen käme, sahen durch die Fenster, wie ich weinte, wie ich zu Bett getragen wurde, mit Erbrochenem verschmiert. Ich stank wahrhaftig nach Angst. Die Erinnerungen, die ich an diese Rückkehr besitze, sind schwarz, sind versengt. Ich schrie Leila an: «WEISST DU DENN NICHT, DASS ICH DAS NICHT MAG? IST ES DIR DENN EGAL?»

Mama sagte: «Laß mich in Ruhe – ich ertrage das nicht. Geh zu deinem Vater und sprich mit dem.»

Ich rannte zu S. L., ein tränenüberströmtes, versabbertes Kind, an dem gefrevelt worden war: «Papa, sei lieb! Hilf mir, Papa!»

Und er sagte: «Laß das Winseln. Leute, die winseln, kann ich nicht ausstehen –» Es war ihm peinlich; er mochte mich nicht ansehen: Was hatte er bloß erwartet? Er sagte: «Führ dich nicht so auf – sei kein Snob – Snobs kann ich nicht ausstehen...» Das sagte er immer wieder.

Mama sprach, wie ich schon sagte, von ihrem Aussehen wie von etwas, womit sie einer Welt, in der ihr Böses angetan wurde, trotzte – im Tausch dafür hatte man Vorteile, aber zwischendrin mußte man Stürme durchstehen und Stürmen widerstehen; sie sagte oft: *«Ich habe die Nerven nicht verloren.»*

Nun, ich hatte sie verloren.

Eine kindliche Kur. Ich werde fett werden, dann bekämpfen sich meinetwegen nur noch wahre Liebende. Ich werde häßlich werden. Ich werde verstummen.

Ich spielte nicht mehr mit anderen Kindern – wie hätte ich spielen können? Man ist besorgt: man möchte ein häßliches Kind sein – unansehnlich. Ich wollte die anderen Kinder verschonen. Ich wollte keine Eifersucht mehr. Ich wollte nur noch eine Familie. Man beginnt den Schlaf zu fürchten: Träume sind nicht taktvoll.

In meinem Fall wurde aus kindlichem Haß Sterben – ich wollte nicht gern sterben müssen. Ich glaube, mein altes Ich starb – jedenfalls weitgehend.

So sahen die Cohns nun – um mich selbst einmal melodramatisch auszudrücken – der Zerstörung jener Persönlichkeit zu, die mir zu verleihen sie mitgeholfen hatten. Sie nahmen sie in gewissem Sinne zurück. Der kleine Junge gab sich dumpf, sehr häßlich, wollte nicht aus dem Haus gehen und dergleichen mehr; und dann sagte er: «Ihr seid meine Eltern – warum liebt ihr mich nicht?»

Ich bemühte mich oft, sehr dumm zu sein – ich liebte und haßte sie auf *diese* Weise –, sehr häßlich zu sein und viel, viel schlauer als sie. Ich ließ zum Beispiel plötzlich durchblicken, wie gescheit ich war; und dann hielt ich den Mund und wartete ab, ob sie Reue zeigten, ob sie schon gelernt hatten, mich in dieser neuen Gestalt zu lieben.

Ich sagte etwa: «Ich möchte nur *einen* Vater und *eine* Mutter haben», aber sie weigerten sich, es zu verstehen. Manchmal fielen sie über mich her und drohten, mich ins Waisenhaus zu bringen – einmal taten sie es wirklich. Manchmal fürchtete ich mich vor ihnen, und dann beabsichtigte ich wieder, zum reinen Cohn zu werden, glaube ich, um sie auf diese Weise zu besänftigen. Und da Leila nicht sehr standhaft und S. L. eben S. L. war ... wurde ich ... sehr sonderbar. Vielleicht wurde ich wirklich wie sie.

Weitgehend eine mündliche Geschichte 133

Um mit meiner Nachahmung voranzukommen, wandte ich Blick und Sinne nicht für eine Minute von den Cohns ab.

In gewisser Weise war ich ebenso überrascht wie alle anderen, daß ich so sonderbar wurde, aber ich verlor meine Bedeutung für die Familien nicht: Mein Schicksal lastete auf allen, einschließlich mir: das wenigstens befriedigte mich.

In der Schule sprach ich mit keinem – nur daß ich gelegentlich Fragen der Lehrerin beantwortete, die sie einem Kind gestellt hatte, das zum Antworten zu verlegen war oder keine Antwort wußte. Ich sorgte intellektuell für meine Klasse; sie war meine Gemeinde.

· Eine psychiatrische Behandlung wurde nahegelegt. Durch zwei Psychiater: den einen mochte ich einfach nicht, so daß ich mich glatt weigerte, mit ihm zu sprechen; der andere glaubte mir nicht. Wahrscheinlich hätte er es mit der Zeit getan, aber er sagte nicht das, was ich hören wollte: «Die Cohns sind deine richtigen Eltern; bei ihnen bist du richtig zu Hause.» Darum lehnte ich ihn ab. Ich war zu helle, zu vernünftig, wenn ich wollte, als daß man meine Ansichten hätte ignorieren können, auch wenn ich nur ein Kind war. Der Psychiater zog sich unter viel Wichtigtuerei zurück.

Mittlerweile wurde Mama – die sich in Geldfragen zunehmend egoistisch und in ihrem eigenen Leben zunehmend sonderbar verhielt – immer höflicher und offen liebevoller zu mir, wie einem Gast gegenüber, der letzten Endes soviel Glück auch wieder nicht hatte, der vielleicht schlechter dran war als sie, Mama, die alterte. Allerdings zeigte sie sehr deutlich, daß ihr mein Leiden mißfiel – viel mehr bewunderte sie meinen Eigensinn, die Siege, die ich durch Kranksein errungen hatte (ich brachte *jeden* dazu, mich in Ruhe zu lassen). Das Schlimmste an dieser partiellen Rückkehr ins Leben war mein unauslöschliches Gefühl, ein Feigling zu sein – die Cohns hatten mir angst gemacht; dennoch begann ich wieder zu sprechen, dies nach ungefähr sechs Monaten der Stummheit und des Fettseins: mit Nachbarn, nur mit Erwachsenen. Ich war sehr höflich und unsicher, dann plötzlich laut – aber sie mochten mich trotzdem. Mittlerweile kam mir alles, was S. L. zu mir sagte, unerträglich dumm und nicht anhörenswert vor: ich hörte ihm mit einer Miene des Abscheus zu. Er wirkte abgespannt – er verabscheute sich selbst. In jenem Winter verließ er Mama dreimal.

Aus Trotz wurde ich in der Schule wieder gescheit. Ich las die Lehrbücher am ersten Tag nach den Ferien durch, und damit war die Sache für mich erledigt. Wenn ein Kind etwas von mir erklärt haben wollte, tat ich es. Wenn eine Lehrerin sich an mich wandte, mußte sie immer darauf gefaßt sein, daß ich ihr frech meine Verachtung für ihren Wortschatz, ihre Ausflüchte oder ihre holprigen, wirren Erklärungen zeigte. Die Lehrerinnen sagten, ich sei «eine Plage» – trotzdem hatten mich manche von ihnen gern, und keines der Kinder, die ich kannte oder gekannt hatte, fiel je über mich her oder reagierte auf meine neue Häßlichkeit mit mehr als Überraschung, weil es eine Erklärung dafür erwartete. Vielleicht brauchten sie mich, weil ich ihnen Dinge erklärte, die wir in der Schule durchnahmen. Vielleicht waren sie ungewöhnlich wenig grausam.

Vielleicht war ich ungewöhnlich zäh – oder vom Glück begünstigt – oder ein Monstrum. Aber in mancher Hinsicht mußte ich niemals so leiden wie manche anderen Kinder. Viele Kinder aus meiner Klasse waren unglücklicher und hilfloser als ich, außer in bestimmten Momenten, den schlimmsten Momenten. In denen kam ich mir vor wie ein Hund, wie ein räudiger Köter.

Manchmal verteidigten mich die Eltern der Kinder aus

Weitgehend eine mündliche Geschichte 137

meiner Klasse – sie gingen in die Schule und machten einer Lehrerin oder S. L. oder Leila meinetwegen ernste Vorhaltungen, obwohl ich sie nicht darum gebeten und mich nicht beklagt hatte; manchmal hatten sie das Anliegen, ich sollte in eine höhere Klasse versetzt werden, weil sie fanden, ihre Kinder stünden in meinem Schatten und ich sei «*unterfordert*»: aber sehr oft waren sie auch nur aus purer Freundlichkeit freundlich. Manchmal gefiel ihnen etwas, was ich gesagt hatte, oder meine spannungsgeladene Häßlichkeit, oder etwas, was ich tat, irgendeine heftige oder weniger heftige Verschrobenheit an mir. Sie schüttelten den Kopf über meine Eltern – ich brachte Leila und S. L. nicht wenig Abneigung von anderen ein und die Feindschaft von Leuten, die sich um mich Sorgen machten. Leila sagte: «Sollen sie dich adoptieren – dann sehen wir, wie lange die es aushalten können.»

In der Schule saß ich die meiste Zeit still an meinem Platz und starrte durchs Fenster.

Die schlimmsten Zeiten empfand ich als pechschwarz und giftig. Ich wachte jeden Morgen auf, als müßte ich mich in einer schwarzen, giftigen Teergrube auf die Knie erheben. Ich zog mich schlampig und verrückt an. Mama brachte mich oft dazu, daß ich mich anders anzog. Eines Samstags sagte Mama: «Geh an die frische Luft. Du kannst nicht den ganzen Tag im Haus hocken – mir werden schon genug Vorwürfe gemacht.»

Dumpf saß ich auf den Eingangsstufen, aber als andere Kinder auftauchten, verflüchtigte ich mich gleichsam, schlich eine Auffahrt entlang, durch den Garten hinter einem Haus – allein, wie schwachsinnig, elend; Bettücher lagen zum Lüften auf dem Rasen, Ziegelsteine in hübschen Farbtönen leuchteten in der Sonne. Das Gehen fiel mir schwer; ich schleppte mich dahin, kaum mehr imstande, meine Bewegungen zu koordinieren.

In einem Park, einem großen Park, in dem fast niemand sich aufhielt – weil er als gefährlich galt –, überkam mich im Sonnenlicht und inmitten der Bäume das Bewußtsein, daß ich allein war. Ruhend in meiner schalen Seelenqual, in dieser baumbestandenen Leere, in der hier langsam verstreichenden Zeit, schrie ich nicht auf, als sich plötzlich hinter Büschen hervor drei schwarze Jungen auf mich stürzten; und abgestumpft wie ich war, starrte ich sie wohl nur an, als sie mich zu schlagen begannen. Aber mein starrer Blick verunsicherte sie; sie liefen davon; sie hatten mich nicht verletzt. Ich ging weiter, schwerfällig, nach Atem ringend, asthmatisch – vor noch unverblaßtem Entsetzen. Dann sah ich lauter blühende Veilchen am Fuß eines hohen Baums mit einer Plakette, auf der «Roteiche» stand – oder etwas dergleichen.

Ich glaube, im Verlauf einiger Monate, in denen eine natürliche Uhr meine sich allmähliche festigende Seelenqual gemessen hatte, war ich zu der Überzeugung gelangt, es werde für mich niemals eine Rettung geben.

Ich glaube, ich war tatsächlich wahnsinnig vor Angst; jedenfalls verängstigt; und doch zugleich gelassen. Der Wind fuhr mir in die Haare; das erschreckte mich; alles war aufgebläht von Elementen des Für-mich-Unbegreiflichen, einer Hinterlassenschaft der Ereignisse im Haus der Cohns.

Als ich die Veilchen sah, empfand ich zunächst Hoffnungslosigkeit: dann ein müdes Interesse. Ich kniete nieder – und schaute hin: Eine Zeitlang wollten meine Sinne nicht irgendwie ordnend registrieren, was ich sah; ich mußte die Blumen berühren, um sie zu sehen; daß meine Sinne abgestumpft waren, kam mir vertraut, ja sogar beruhigend vor – wie ein plattgelegenes Kissen, das nun ein bißchen roch; es herrschte ein Gleichgewicht – man schwebte am Rand des Nichtvorhandenseins. Dann störte etwas das Gleichgewicht, vielleicht die Erinnerung an eine vergangene Umarmung, an eine Freude oder meine gegenwärtige Tendenz, den Wahnsinn langweilig zu finden; ich berührte die Blume: langsam wurde ihre violette Gestalt für mich klar. Lange Zeit verging, dann roch ich den Veilchenduft. Ich begann ziemlich zu beben. Ich streckte mich auf der Erde aus und legte die Wange auf die Veilchen, wie auf ein Kissen. Oder wie an eine Mutter. Ich legte die Lippen daran – um sie zu schmecken, nicht um sie zu küssen. Ich strich mit geöffneten Augen darüber hinweg, dann langsam – so war es angenehmer – mit den Lidern. Ich spürte die Kühle der Erde unter mir, spürte Kühle an meinem fetten Bauch. Stockend, mit Nebelflecken dazwischen, wurde ich die Farbnuancen und Formen der Blütenblätter gewahr, bis sie mir die Augen und den Verstand erfüllten, und wurde ihren Duft gewahr, bis er mir Nase und Lungen füllte – bis ein Gefühl für sie *mich* erfüllte.

Sie schien ewig zu dauern, schien zahllose mathematische Operationen zu erfordern, diese Wiederherstellung der Ordnung von Sinnen und Geist. Muskeln und Knochen versuchten, sich miteinander zu verbünden, um diese geistige Geschmeidigkeit zu fördern. Es wirkt allzu kompliziert, wenn ich es so ausdrücke, aber was da vorging, fühlte sich für mich an, als wäre mein Unglück *willentlich* herbeigeführt gewesen und als könnte ich es somit auch bekämpfen, wenn ich mich dazu entschlösse: ich konnte es tun; fast mühelos, wenn auch ohne Anmut lag ich da und schaute lange die Veilchen an und sah sie willentlich klar. Ich sehe sie noch immer, in ihrer Wehrlosigkeit, ihrer Elternlosigkeit.

«Mach weiter», sagte ich zu mir, «wenn Blumen es schaffen, und sie leben nicht sehr lange – die Leute gehen entsetzlich mit ihnen um –, dann kannst du es auch. Los jetzt, lebe, leb einfach weiter.»

Es war ein Geheimnis, das Geheimnis eines Jungen. Keiner versteht es, für dich zu sorgen – du bist ein Monstrum –, aber rapple dich auf und lebe trotzdem.

Es ist in Ordnung, ein Monstrum zu sein.

Ein Kind eignet sich kindliche Argumente an: In der Kindheit muß man mit kindlichen Argumenten auskommen – das ist das Wesen der Kindheit.

Natürlich hatte ich mich verändert. Und seltsamerweise wußte ich es – ich erwartete nicht, daß andere Kinder mich mochten.

Ich stellte fest, daß ich in der Schule noch etwas galt. Als mich eine antisemitische Lehrerin angriff, weil ich angeblich ungebührlichen Einfluß auf die anderen Kinder ausübte, hielten sie immer noch zu mir – schließlich war die antisemitische Lehrerin nur für ein Jahr eine mächtige Figur in ihrem Leben, während ich ihnen die ganze High-School-Zeit hindurch bei den Hausaufgaben geholfen hatte; und selbst im laufenden Jahr verstanden sie die Lehrerin nicht, wenn ich ihnen nicht übersetzte, was sie zu ihnen sagte. Und mich hatten sie *gern*, so unwahrscheinlich es auch klingen mag, während sie sich nicht *sicher* waren, ob sie die Lehrerin mochten, wenn ich ihnen nicht sagte, sie sei toll.

In der Schule sprach ich nicht und wurde nicht angesprochen – es war zu schwierig für die Lehrer, mit mir umzugehen. Manchmal gaben sie mir besondere Aufgaben; sie konnten sie jedoch nicht benoten; das machte sie nervös. Wenn ich am ersten Schultag die Lehrbücher gelesen hatte, erinnerte ich mich nicht mehr bewußt an das Gelesene, aber wenn etwas davon erwähnt wurde, sah ich gewöhnlich die Buchseite vor mir, auf der diese Sache abgehandelt worden war, sah sämtliche Wörter jener Seite – und sogar die Wolken oder den Regen oder die Sonne vor dem Fenster, auf die mein Blick gefallen war, wenn ich beim Lesen aufgeblickt hatte – und ich konnte den Schulbuchtext erklären und zum Beispiel auf die Punkte hinweisen, in denen er von dem abwich, was die Lehrerin sagte, und ich wußte, wann es ratsamer war, sich nach dem Buch zu richten oder auf die Lehrerin zu hören: solche Dinge erfuhren meine Klassenkameraden von mir.

Ich machte mir meine Gedanken über Sprechweisen, fragte mich, ob auch anwendbar war, was ich sagte, ob es auch den Versuch zu verstehen wert war.

Wenn ich im Unterricht etwas sagte, lauschten die Kinder wie elektrisiert. Die Lehrer waren oft gut, aber sie sprachen eine Schulsprache, ein ödes Bonzen-Amerikanisch, das von den Kindern nur Söhne und Töchter von Lehrern beherrschten. Ich beherrschte diverse amerikanische Mittelschicht-Dialekte, Pausen-Amerikanisch (Brüllvokabeln, hastige Erklärungen) sowie das ortsübliche Amerikanisch und Straßen-Amerikanisch (auch das schmutzige genannt); und beim Spielen sprach ich Schrift*englisch*. Ich unterrichtete die Kinder nach der Schule an einer Straßenecke; ich war ein Kind und wußte oft – nicht immer –, warum sie das nicht verstanden, was ihnen im Unterricht gerade angst machte. Ich kannte ihr Leben – bis zu einem gewissen Grad. Ich war sie-plus-ich; und sie waren ich-und-sie, plus oder minus bestimmte Dinge. Als ich auf eine andere Schule kam – als wir ein paar Jahre später umzogen –, stellte sich dieses Verhältnis nicht wieder ein. Es kam nur auf dieser einen Schule zustande, will ich sagen, auf die ich seit dem Kindergarten gegangen war. Dort kannte man mich und war an mich gewöhnt.

Weil man ihnen manchmal Vorwürfe wegen der Art und Weise machte, wie sie mich aufwachsen ließen, und weil es ihnen nicht behagte, wie freundlich die Leute zu mir waren, steigerten sich sowohl Nonie als auch Mama in einen hysterischen, närrischen Trotz hinein, gemäß dessen Logik sie vor allem verhindern mußten, daß ich ausgefallene Dinge lernte und daß ich über mich hinauswuchs: das waren ihre Ausdrücke. Sie befanden sich in einer komischen Lage. In gewisser Weise waren sie Sieger – Papa hatte einen Nervenzusammenbruch und fürchtete sich vor ihnen, und ich klebte am Haus, verschmähte Freundlichkeit von außerhalb und fürchtete mich vor ihnen – und dennoch sackten sie ab, senkte sich der Boden unter ihren Füßen von Monat zu Monat mehr: sie waren untergehende Sieger. Es muß ihnen irrsinnig unfair und unheimlich vorgekommen sein.

Nach der Schule, nachdem ich den nötigen Unterricht erteilt hatte, gaben mir die Kinder immer mit Zeichen oder Worten zu verstehen, daß sie mit mir spielen wollten, aber ich ging nicht darauf ein. Ich eilte heim, schleppte mich heim, ein monströses Kind, ein Köter.

Oft, ziemlich oft, hatte ich Anfälle von mörderischer Wut auf meine Adoptiveltern; ich verspürte im Innern, nur im Innern, etwas versengend Heißes: Gram und Haß.

Soweit ich wußte, versuchte ich, die Cohns zu lieben; doch interessanterweise machte man ihnen desto mehr Vorwürfe wegen meines Zustands, je mehr Abhängigkeit von ihnen ich an den Tag legte; die Frauen, die Mama umwarb, tadelten sie. Mit der größten und dumpfesten Höflichkeit, mit der geduckten, krötenhaften Loyalität eines häßlichen Kindes gelang es mir gleichwohl, sie fast jede Minute eines ungeheuren Versagens mir gegenüber anzuklagen. Es gelang mir, zugleich «ein guter Sohn» zu sein und ihr Versagen weithin sichtbar zu machen.

Möglicherweise ist Rache doch heilsam. Oder Zeit. Ich glaube nicht, daß ich viel unglücklicher war als andere Kinder: ich glaube, daß ich meine Kindheit in gewisser Weise genoß.

Weitgehend eine mündliche Geschichte 143

Um jeden, mit dem ich spielte, war ich besorgt; um seine Ansprüche. Jeder, den ich gern hatte oder mit dem ich viel zusammen war, wurde in gewisser Hinsicht gebildet, wurde zum Zweitgescheitesten in der Klasse, wurde sofort gewählt, wenn er für etwas kandidierte, und galt bei den anderen Kindern mehr als zu der Zeit, bevor er mein Freund gewesen war.

Und wenn ich sie fallen ließ, fielen sie langsam ab und gingen ... ach ... weitgehend zugrunde ... was ihren Intellekt betraf: nur ihren Intellekt.

Ich erinnere mich an einen Jungen: er hatte mich gern – er haßte mich; er wartete darauf, daß ich ihn besuchen käme; er haßte mich, wenn ich ihm entschlüpfte, wenn ich ihn nicht liebte; er fürchtete mich; fürchtete mich in manchen Momenten nicht – und so fort. Ich konnte nicht entscheiden, ob das «normal» war – ich wußte es nicht mehr.

Nonie wollte, daß ich nach außenhin so tat, als hätte ich sie gern, wenn möglich, als bewunderte ich sie. Aber ich mochte sie überhaupt nicht; sie ödete mich an; und das sah man. «Warum können wir nicht eine normale Familie sein?» kreischte sie manchmal und meinte damit: Warum konnte ich als *jüngerer* Bruder sie nicht bewundern? Ich nehme an, es ist mir gründlich gelungen, sie zu kränken.

Sie brauchte mich als Stütze ihres Rufs, vielleicht aus rein menschlichen Gründen. Manche Leute mochten sie wirklich, weil sie nicht mochten, wofür ich stand – Elitarismus, intellektuelles Glück: ich kann nicht genau bestimmen, *was* eigentlich sie dachten.

Ich versuchte, mich für Nonie zu interessieren, aber sie blieb immer die gleiche: bedrohte mich mit einem heißen Bügeleisen, versuchte, mich im Kleiderschrank einzusperren – also zur Hölle mit ihr. Ich sehe nicht, wie es hätte anders werden können.

Ein gesunder Verstand ist rücksichtslos, ist gemein. So zumindest lernte ich das kennen.

Dann kam das wahre Glück wieder, in besonderer Verkleidung.

Ein Junge, dem ich Nachhilfeunterricht im Lesen gegeben hatte und der es nun genoß, das zweithellste oder anscheinend sogar hellste Kind seiner Altersstufe zu sein (da ich nicht mit im Rennen lag), wurde mein Freund, und ein Mädchen, das mich im Kindergarten, als ich noch der so hübsche Junge gewesen war, gern gehabt hatte – es hatte sich mir bei jedem Laufspiel angeschlossen, immer einen Schritt hinter mir und sehr ernst – und das stets weitgehend loyal geblieben war, aber sich ein wenig erstaunt gezeigt, ein wenig verraten gefühlt hatte, als ich häßlich wurde, mochte mich nun wieder sehr; da ich jetzt einen guten Freund hatte (er hieß Meynell), verband sie sich wieder mit mir. Oder ich akzeptierte sie. Wieder.

Sie hieß Laura. Sie hatte sich bisher gelangweilt. Sie wirkte schwermütig, hielt sich aufrecht und hatte Sommersprossen auf milchiger Haut, sehr schweres, dunkelrotes Haar und veilchenfarbene Augen. Erwachsene bewunderten sie. Meynell war gemäß der Terminologie dieses Vororts ein «Kobold» (immer wieder suchte eine Frau nach einem Wort, das ihn beschrieb, verfiel dann auf dieses und war sehr stolz). Wir drei trafen uns jeden Morgen vor der Schule; später schauten wir alle paar Minuten zueinander hin; wir waren bekannt für unsere Freundschaft – um Freundschaft und Glück bilden sich immer Legenden. Lauras Eltern fanden, wir stünden uns zu nahe (einmal lüpfte sie, in einer Garage, ihren Rock und zeigte sich mir; ich zeigte mich ihr; wir waren sehr ruhig, nicht im mindesten obszön, außer daß ich sie auf den Bauch und auf ein Knie küßte). Außerdem spielten wir oft Folter, wir drei, wobei man den anderen verhören, seinen Willen brechen mußte. Wir schrien und wanden uns – in gespieltem Widerstand, in Vorbereitung auf Schmerz.

Ich durfte meine Freunde nicht sehr oft mit nach Hause nehmen und wollte das auch nicht. Nonie konnte es nicht ertragen – und meine Freunde fanden Mama, Papa und Nonie sonderbar, vielleicht sogar abscheulich.

Ich trat in das Leben meiner Freunde ein und teilte in einem gewissen Maße ihre Eltern mit ihnen. Größere Kinder wußten über uns Bescheid – wir wurden beneidet, gemocht, angelächelt, geneckt. Gemeinsam konnten wir drei das meiste davon mühelos ertragen. Immer herrschte eine bestimmte Erregung, wenn wir uns, nachdem wir getrennt gewesen waren – während der großen Pause, über Nacht –, wieder begegneten; die Freude aneinander und an dem Geflecht von Zuneigung versetzte uns heftige Stiche; wir hopsten umher wie von Moskitos gestochen. Laura beteiligte sich nicht oft an Ballspielen, aber sie führte gern Gespräche und kletterte gern – auf Garagen oder auf Bäume. Sie durfte auch manchmal noch in der Dämmerung draußen spielen; dann schaukelten wir oder rannten einfach los, und sie breitete die Arme aus und machte den Mund auf und erläuterte das – keuchend – später: «Ich hab von der Dunkelheit gegessen.» Meynell und ich spielten Murmeln, Messerwerfen, Laufspiele, Straßenhockey, primitives Baseball, Stuhlball, Phantasiespiele. Seine Mutter sagte: «Sie stehen sich näher als Brüder.» So intensiv war unser Verhältnis, daß sich uns eine Weile nichts in den Weg stellte – weder die Zeitplanung der Familien noch die Schulregeln. Papa wollte nun Frieden schließen – als wollte er selbst mit diesem Glück in Berührung kommen –, allerdings nach seinen Friedensbedingungen: Ich sollte ein sehr kleines, liebevolles Kind spielen; ihm gefiel die Babysprache, solches Zeug. Er begriff nichts. Ebensowenig Leila, die nachsichtig *und* eifersüchtig war. Manchmal auch niederträchtig – aber wir behaupteten uns gegen sie.

Mama sagte: «Ich versteh nicht, wie Alan das macht – er hat die Gabe, aus dem tiefsten Dreck zu steigen und zu duften wie eine Rose.»

Mama sagte zu mir: «Nie werde ich Anerkennung kriegen für irgendwas, das du machst.»

Sie sagte: «Mach es uns anderen leicht – sei normal; das wird dir nicht schaden; streng dich nicht so an.»

Ich strengte mich überhaupt nicht an, soviel ich wußte.

Mama und Papa waren traurig, aber im großen und ganzen freundlicher zu mir. Mama sagte: «Dieser Junge hat einfach Glück – ich weiß nicht, wo er sein Glück her hat: von mir hat er es nicht geerbt.»

Mama sagte zu mir: «Du redest wie ein Buch – damit gewinnst du die Leute für dich.»

Sie und Papa wurden immer unglücklicher über ihr Leben. Mama sagte: «Manchmal denke ich, es ist nicht recht, daß das Leben so sein soll.»

Manchmal sagten die Mütter meiner Freunde, jüdische Frauen – nicht die Christinnen – etwas wie: «Leila Cohn habe ich noch nie gemocht.»

Solche Frauen hatten es oft darauf abgesehen, mich zum Freund für ihre Kinder zu gewinnen, aber ich hatte bereits Meynell und Laura; und zu anderen Kindern war ich *freundlich*, aber nicht mehr. Dennoch zählte ich zu Mamas gesellschaftlichen Druckmitteln – ich konnte ihr helfen, wenn ich wollte. Sie brauchte mich. Sie wußte, daß ich das wußte. Gewöhnlich wollte ich ihr nicht helfen. Sie akzeptierte ihre Niederlage. Sie sagte: «Ich weiß, du hast schon deine Freunde – ich würde ihnen nicht trauen, wenn ich du wäre ... Wenn ich du wäre, würde ich auf mich hören ...»

Weitgehend eine mündliche Geschichte 147

Sie sagte: «Ich will nicht, daß du gescheit wirst und Frauen verachtest – kein Verstand ist das wert.»

Über andere Familien und Frauen sagte Mama gelegentlich: «Du hättest sie nicht mehr so gern, wenn du bei ihnen leben würdest – sie würden dir nicht soviel durchgehen lassen wie ich; sie würden es nicht dulden, daß du überall herumschäkerst.» Das stimmte zum Teil: Meine Situation in der Familie zwang die Cohns, mir sehr viel Freiheit zu lassen, ob sie es wollten oder nicht.

Meynells Mutter schlug vor, ich solle einige Tage in der Woche bei ihnen wohnen: zunächst war Meynell wild dafür, wurde dann aber eifersüchtig – seine Eifersucht wuchs und wuchs und wuchs: wie hätte es auch anders sein können? Er sagte: «Du bist wunderbar, und ich liebe dich sehr, aber ich bin albern und komme besser mit Leuten aus als du.» Das stimmte nicht wirklich.

Eine Lehrerin griff Meynells Unbehagen mir gegenüber auf: sie sagte, ich würde Meynell dominieren, er habe in meiner Nähe keine Chance, sich ordentlich zu entwickeln. Er sagte jetzt öfter, er wolle mit vielen Jungen «gleich gut» befreundet sein.

Bei Laura ging es darum, daß ich Jude war – ein Onkel von ihr, ein Jesuit, erhob Einwände gegen den Einfluß, den ich auf sie ausübte; ihre Eltern hatten mich liebgewonnen, aber sie fanden auch, daß Laura und ich uns zu nahe stünden, daß sie auf mich höre und nicht auf sie.

Zuerst wehrte sich Laura gegen ihre Eltern, gab dann aber nach; und ihr gefiel, wie traurig es mich machte, sie zu verlieren. Sie mußte einfach manchmal darüber lächeln.

Meynell sagte über sich, er sei zu «wild» für mich. Ich sagte: «Bist du gar nicht.» Er sagte: «Du solltest noch andere Freunde haben.» Mir tat es leid, daß ich ihn liebte.

In gewissem Maß mußten sie die Freundschaft wieder aufleben lassen, solange sie im Vorort wohnen blieben, und taten dies auch – wer kann Glück schon leicht aufgeben? Doch zunächst waren alle betrübt.

Mama sagte: «Siehst du: du bist für jeden ein harter Brocken – du bist hart *zu* jedem.»

Lauras Familie zog aus dem Vorort weg, und Meynells Familie im nächsten Jahr ebenfalls – das war gewissermaßen eine Lösung.

Die Atmosphäre meiner Kindheit war so, daß sie mir wie ein Witz vorkam. Vielleicht geht das den meisten Kindern so.

Mama sagte: «Ich sag dir alles mögliche, aber du hörst ja nicht zu. Zeig keinem, daß du gescheit bist; hör auf, so närrisch zu sein; ich gebe zu, du magst gescheit sein, aber keiner verträgt es.»

Manchmal behandelt sie mich wie einen Bruder oder eine Art Ehemann, der unbefriedigend, aber besser als Papa und für gewisse Zwecke leichter verfügbar ist.

Unzählige Male sagte sie: «Ich will nicht, daß er ein Genie ist! Ich hab kein Interesse an solchen Sachen! Ich will, daß er glücklich ist! Genies sterben früh! Sie haben kein Glück in der Liebe! Laßt ihn egoistisch sein, laßt ihm sein Vergnügen. Redet mit *mir*: Ich bin hier die interessante Person...»

Ich war ein starrer, muskulöser Junge mit angespanntem Gesicht, merkwürdig zusammengekniffenen Augen, dem ewig gequälten Aussehen eines resignierten Spaßmachers – mit einer eigenartigen Macht, andere für sich einzunehmen. Häßlich, stolz, verschlossen und oft beschämt, auf stille, unanfechtbare Weise dominierend. Wenn ich mit Mama öffentlich streite, dann – oh, dann entweicht alles Leben aus ihr; sie sagt: «Laß doch die Nachbarn nicht alles wissen – das gehört sich nicht – *bitte hör auf.*»

Ich bin Polizist... ein kleiner Junge... unfair, eigensinnig, diesseitig – ich habe den vollen Geschmack meiner Diesseitigkeit im Mund. Was für ein Witz ich bin. Ein Vorortkind. Nichts sonst. Leilas Kind.

Wenn Nonie versucht, auf mir herumzuhacken, sage ich: «Laß mich in Ruhe – sonst erzähl ich Lügen über dich.» (Eine Lüge ist zum Erzählen erdacht und daher leichter zu verstehen und oft leichter zu glauben als ein holpriger Versuch, etwas mitzuteilen, was wirklich passiert ist: was passiert ist, ist nicht zum Erzählen erdacht.)

Mama sagt: «Immer mußt du gewinnen.»

Einmal sagte ich zu Nonie: «Du bist wirklich kaputt: Wenn du ehrlich bist und dich so verhältst, wie du wirklich bist, bist du ekelhaft, und wenn du lügst, bist du ein Esel.»

Dennoch holt sie sich manchmal Trost bei mir, Hilfe gegen Mama oder Papa.

Mamas Leben hat etwas an sich, etwas Unzufriedenes, Verzerrtes – zum Teil hängt es mit ihrem Geschlecht zusammen, zum Teil mit ihren ständigen Erpressungen, zum Teil ist es eine schlichte Wahrheit – was es falsch macht, über sie zu triumphieren.

Sie übertreibt ihre Verschiedenheit von mir, von allen, leidet daran und ist darin gefangen... Sie mag «Ritterlichkeit» nicht.

Wenn ich Papa um etwas bitte, was er mir nicht geben kann, wenn ich so lange darauf bestehe, bis eine Traumvorstellung, die er von sich hat, zerstört ist, dann sagt er bitter: «Willst du aus uns allen Sklaven machen?»

Er war die Maskulinität leid. Seine. Meine. Die aller Männer.

Ich bin nicht Mamas Kind; ich werde sie überleben, ich habe mehr Glück als sie, aber sie muß vorläufig trotzdem für mich sorgen und mich *glücklich* machen – welcher Großmut, wie unwahrscheinlich; das ist der Stil für Mütter, für jüdische Mütter, in diesem Vorort; er ist die Voraussetzung, wenn man gesellschaftlich anerkannt werden will. Sie und ich wissen, daß ihr gesellschaftliches Verdienst darin besteht, daß ich so überlebt habe, wie ich über-

lebt habe ... Ich bin mir bewußt, daß die Welt in komplizierter, unverständiger Weise eher wohltuend auf meine
Sinne einwirkte als auf ihre – nicht wenn ich deprimiert
war, aber meistens. Sie war gehetzt, sie war angespannt, sie
war *nicht ganz gesund*. Sie sagt immer wieder zu mir: «Sei
mir behilflich – willst du denn, daß die Schule, daß dein
Vater böse auf mich ist?»

Sie sagt immer wieder: «Ich warne dich – sei nicht gemein zu mir, sei lieb, oder du wirst noch sehen, was dabei
herauskommt.»

Sie erklärt mir: «Frauen haben ein hartes Leben – versuch zu verstehen, was ich sage – es gibt so vieles, was es
mir schwermacht, ich –» Sie verfällt dann in einen sanften,
nicht eigentlich direkt mitteilenden Ton: Manchmal
schaut sie mich nicht an, sondern spricht mit sich selbst;
aber gewöhnlich schaut sie mich an: und was sie da sagt, ist
durchaus vernünftig, auch wenn ich nicht ganz klug daraus
werde; aber das Entscheidende sind ihre Augen, ist ihr
starrer Blick, ist ihr Hörst-du-mir-wohl-zu-oder-nicht-
Ton. Es ist eine ungeheuer vertrauliche Situation: das vergleichsweise Schwere – ihres Gesäßes – ihr Hals, die leicht
verknitterte Haut – ihre Erstmal-*ich*-was-hast-du-mit-
mir-im-Sinn-du-da-der-Junge-im-Haus-Stimme.

Wenn ich in meinem Leben als Kind bei irgend etwas
Erfolg hatte oder wenn ich krank und hilflos war, dann
warf Mama einen bestimmten Blick auf mich, und es stand
auf Messers Schneide, ob sie sich entschließen würde,
wirklich zu wollen, daß ich überlebte.

Manchmal hatte ich etwas dagegen, daß sie in solch einer Frage die freie Wahl hatte: *Sie ist keine gute Mutter*,
dachte ich dann. Ich wollte nicht, daß sie in solch einer
Frage die freie Wahl hatte: Wir wollen nicht hoffen müssen, daß sie uns lieben – daß sie uns zum Weiterleben ermutigen werden – wir wollen, daß es ein Gesetz ist, unab-

hängig von dem Guten und Bösen in uns und verbunden nur mit dem Guten und Bösen in *ihnen.*

Höflichkeit, mit einem schwachen Beigeschmack von Furcht und Respekt, sei das Beste, was einem widerfahren könne, dachte ich als Junge. Manchmal widerfuhr es mir.

Wieviel Schmerz kannst du aushalten, Mama?

Mama konnte nur stolzen Menschen helfen – das erklärte sie mir; sie sagte zu mir: «Ich verrate dir ein Geheimnis über mich: komm nicht zu mir, wenn du verletzt bist; lerne, selbst für dich zu sorgen; lerne, tapfer zu sein; du mußt tapfer sein – und nicht verletzt – dann kann ich helfen, dann *möchte* ich helfen – ach, ich bin eine richtige Frau – oder vielleicht gerade keine.»

Mein Leben besaß für mich eine undeutlich witzige, grobe, nicht allzu vernünftige Qualität, aber so empfand sie ihr Leben auch: Sie sagte: «Ich erzähl dir mal einen guten Witz; früher war ich Delilah, aber wenn man älter wird, bleibt die ganze Arbeit an einem hängen – das sagte *meine* Mutter immer, und ich dachte, es stimmt nicht, aber sie hatte recht – also war ich früher Delilah, und jetzt bin ich Samson, jetzt muß ich Samson sein: findest du nicht, das ist ein guter Witz?»

V

Wir können nun nicht voranschreiten in der Zeit, sondern müssen zurückgleiten.

Wenn ich den Flur im oberen Stockwerk entlangrenne und am Absatz der Treppe ankomme, an dem trickreich *gefalteten* Gefüge der Treppe, stellt sich das Problem der Tapferkeit.

Abwärtsgehen zählt nicht zu den Glanzpunkten in meinem Repertoire körperlicher Fertigkeiten. Zu jener Zeit seufzte ich dann, noch rennend – vom Seufzen dehnte sich die schmale Brust, streckten sich die kleinen Knochen –, denn gleich würde ich mich dieser faktischen Schwäche stellen müssen, diesem Loch in meiner Welt, diesem Das-kann-ich-noch-nicht-richtig.

Ich tue es trotzdem und stürze oft – gelegentlich kopf-über oder seitwärts. Ich rutsche auf den Fersen von Stufe zu Stufe; falle aufs Hinterteil und ruckele von Kante zu Kante: ich bin auch schon ein Stück weit runtergerollt, habe mich vom Schreck erholt, bin aufgestanden und wei-tergerannt. Mama sagte immer: «Er macht sich nichts draus, wenn er sich weh tut –»

Er machte sich aber doch was draus.

Ich lernte etwas über das Wesen der Welt, oder lernte es falsch, wenn ich in das Geholpere und den Orientierungs-verlust eintauchte, die mit einem Sturz auf der Treppe ein-hergingen.

Tapfersein heißt, daß etwas in deiner Brust aufwallt, be-vor du fällst; ich kann nicht umhin, mich zu lieben, stumm, gestreng und total, wenn ich tapfer bin.

Tapfersein führt dich an einen Anfang, und dann brauchst du bloß noch hartnäckig zu sein und durchzie-hen, womit du angefangen hast.

Wenn ich mich zu Tapferkeit nicht ganz aufschwingen kann, dann raffe ich mich wenigstens zu hartnäckiger Schläue auf.

Wenn ich falle, grunze ich, mir geht die Luft aus: ich höre es, als köstlich moralisch-unmoralisches Geräusch (ich könnte Mama und Papa soeben mehr Arbeit machen, ich könnte ihre Rose töten, ihr Bukett, das Herz des Hau-ses); ich stehe auf und renne los, ein vielleicht sterbendes Kind, galoppiere ein bißchen linkisch, ein bißchen nicht-linkisch, diese Treppe hinunter. Wenn ich aber auf der

Treppe sitzen bleibe, mich ans Geländer lehne und abwarte, bis ich wieder Luft kriege, dann ist das meinen Eltern gegenüber liebevoller.

Ich glaube, ich habe immer angenommen – voll Schrecken, voll Neid, voll Entzücken –, Schönheit sei das Wissen darum, wie man nicht stirbt (wenigstens: noch nicht). Schön ist, wer physisch intensiv, ohne Geiz, die Todesnähe lebt... Die Musik toter Komponisten...

Das Aufprallen eines stürzenden Kindes, der einzelne Aufprall des begrenzten Sturzes eines etwas älteren Kindes, die Stille auf dem Gang, die Schritte eines rennenden Kindes auf den Stufen.

Auf dem Treppenabsatz greife ich nach dem Geländerpfosten und renne, renne im Bogen. Dann bebt das ganze Haus, hebt sich ein wenig, schwenkt herum und beruhigt sich wieder, als hätte ein Wind heftig an einer riesigen Dachrippe gerüttelt und sich dann gelegt: aber es bin nur ich – ich, der rennt. Rasch korrigiere ich die Empfindung, daß sich das Haus dreht – soviel weiß ich schon. Ich bin verläßlich über die anhaltend geometrielose Naivität der primitiven Phase hinaus, in der es keine Symmetrien, nur wuselnde, platte Oberflächen gibt und man so gut wie nichts weiß. Solange ich noch hübsch bin und, wenn Mama heimkommt, die Treppe hinunterrenne, um zu ihr zu gelangen, und solange sie dann aufschaut und mich sieht, ist sie sofort mißtrauisch, zu dieser Zeit sogar noch mehr als später (später, sobald ich häßlich bin, ist sie geduldig, mitleidig – nicht großzügig, aber freundlich).

Sie steht im Flur unten neben dem Tisch, auf dem sie ihre Handtasche abgestellt hat, und zupft an ihrer Kleidung. Noch hat sie ihre Schönheit, ein wenig verwittert wie ein ausbleichender Fisch aus bemaltem Holz. Und sie besitzt die zusätzliche Schönheit, die meine Beachtung ihr verleiht.

Ich verstehe in diesem Moment so wenig wie irgendwann später in meiner Kindheit, wie stark Erschöpfung ihr und Papas Leben prägt, daß die Erschöpfung für sie Entscheidungen fällt wie für Armeen während einer Schlacht, daß die von Müdigkeit herrührende Verwirrung so groß werden kann, daß sie eine Form von Schlaf ist.

Ich weiß, was Zuflucht wert ist.

Während ich auf sie zurenne, fühle ich, wie Dunkelheit aus ihr hervorbricht, hervorströmt, hervorstürzt, bis wir uns, noch während ich renne, in einer Höhle befinden, sie und ich – es ist, als befände man sich in einer Erdgrube, in der es nach Erde riecht und alle Dinge hinter Wänden von Erde verborgen sind, so umfassend ist dieser Moment, in dem ich ihr begegne; und ihre Gereiztheit – über ihren Tag –, ihre Müdigkeit, ihre Art, mich in diesem Jahr, diesem Monat gern zu haben, all diese Dinge, sie alle entsetzen und erregen mich (falls solche Wörter tauglich sind): sie stehen um uns herum wie Tiere in einer Grube, ein schwarzes Pferd, ein Wolf, ein Bär.

Als ich sie tatsächlich berühre, verschwindet die Grube: Wo wir uns befinden, ist es plötzlich irgendwie grau, wie dunstiges Licht auf der Anhöhe: die Luft ist wie ein Federkissen, prall, nachgiebig, weich; etwas Unsichtbares, Unbenennbares zerrt an ... meinen Nerven – es ist mein Gespür für sie, für das, was geschieht; etwas knufft mich – mein eigenes Herz? Um uns dehnt sich das matte, dunstigrätselhafte Grau aus, die matte Aura unserer Intimität, des Heimlichen, das Mama so eigen ist: Wir sind Mutter und Sohn: soviel ich weiß.

Ich umfange ihre Hüften, so weit meine Arme reichen. Ich habe sie im Netz (das Netz bin ich). Ich spüre die unechten Schichten, den unechten Körper, wie aus Stoff und Gummi – Schnallen, Nähte, endlose Hindernisse: sie ist ein Haufen Kleider. Da ist ein Geruch: man meint sich

an Haar zu erinnern, an ein Nachthemd, an die brennende
Wüste eines Betts. Man hört – ihren Herzschlag, oder? ...
Man befindet sich am Rand einer Muschel – ist das wahr?

Mama und ich reizen einander ziemlich häufig. *Ach, du*,
signalisiert die Gereiztheit, *ach, du bist mal wieder untreu*
(oder *gleichgültig* oder *lästig*); und dann: *Na-ja-was-soll's-
eigentlich-stört's-mich nicht-mal*.

Manchmal nimmt man eine scheinbar sinnlose, anhal-
tende Leidenschaft wahr – in sich selbst, für ihre Stärken,
für sie; rasch durchströmt mich das Blut der Gefühle, als
sollte mich das lyrische, dramatische und irrige Wissen,
das wir voneinander haben, zum Erröten bringen: ihre Be-
schützerrolle, mein Wert, mein ewiger Wankelmut und ihrer.

Ich bin ihre geschrumpfte, winzige Maskulinität, eine
Anlage für die Zukunft: Sie ist für mich teilweise der
Mann: Ich bin, ohne daß es der mindesten Begründung
bedürfte, auch ihre Femininität – wie die Schatten doch an
uns haften.

Nichts an Müttern ist unschuldig – Ihre Unschuld ist nur
ein Spiel.

Aus vielen Gründen, darunter ihr Wunsch, Urteile und
Meinungen über ihre Verwaltung und Herrschaft zu beeinflussen, neigt meine Mutter dazu, immer wieder auf
jede erdenkliche Weise die These zu äußern: *Es gibt hier
keine Verbrechen außer solchen gegen mich*.

So ist es viel leichter, eleganter nach örtlichen Maßstäben; und überdies ist so Leid zu vermeiden. Zur Beeinflus-
sung des Urteils gehört es, diesen einer Klytämnestra würdigen Selbstfreispruch, oder wie man es sonst bezeichnen
will, *Frieden machen* und *eine Familie zusammenhalten* zu
nennen.

Mama umklammernd, vielleicht mit einer Hand ihren
Rock knetend, zu ihrem Gesicht aufschauend, erzähle ich

ihr, daß Nonie sich mit Anne Marie gestritten, eine Szene gemacht, einen Koller gekriegt, in der Küche ein Durcheinander angerichtet und Anne Marie «fett und häßlich» genannt hat, und «gesagt hat, sie ist arm, sie ist blöd...»

Ich berichte dies laut – wie es sich für ein Kind gehört – und mit moralischer Empörung.

Mama zupft – an ihrer Unterwäsche, glaube ich: jedenfalls schlüpfen ihre Hände hierhin und dorthin, ihre Arme nehmen seltsame Stellungen ein, ihr Blick ist abwesend, ihr Mund ein bißchen schief, weil sie jetzt schmerzhaft merkt, wie müde sie von all den Bemühungen des Nachmittags ist, und auch von dem geringfügigen Vergnügen an dieser soeben beginnenden, intimen Ichbezogenheit, an dieser mehr-als-winzigen Erleichterung des lockernden Zupfens. Sie ist von allerlei Masken befreit, die sie den ganzen Tag über tragen muß: Sie ist daheim.

Sie antwortet mir mit einer Stimme, die mehr damit und mit der ihr noch verbliebenen Macht und Unabhängigkeit bei Clubessen und ihrer Politik in den Verbänden der Außenweltbewohner zu tun hat als mit dem, was ich sage.

Sie antwortet mir mit einer Stimme, in einem Ton, der mir kalt auf der Haut (im Blut) prickelt und meinen Schädel mit Dunkelheit erfüllt.

Sie sagte: «Belästige mich damit nicht – ich möchte nicht belästigt werden: Ich bin gerade nach Hause gekommen ... trag deine Kämpfe allein aus, sei kein Petzer ... ich hab genug im Kopf...»

Ihr Lippenstift ist abgenutzt – stellenweise weggewischt; ziemlich große, gewölbte, fettige Schuppen kleben an zwei Stellen; an einer anderen hat sich die Farbe in den Falten ihrer Lippen versammelt; Schatten machen die Färbung herzzerreißend (für mich).

Ich fange an zu – *beben* – mehr oder weniger (die riesigen Gebilde an Mamas Brustkorb, die dicken Buh-buhs,

Weitgehend eine mündliche Geschichte 157

werden *gesenkt*: Mama drückt den Rücken durch, fummelt mit einer verborgenen Hand herum, einen Ellbogen abgewinkelt vor dem Körper; die dicke Wölbung sackt ab, erst auf der einen, dann auf der andern Halbseite): Ich bebe vor innerem Prinzipienstolz.

Die Vorstellung, die ich nicht verkraften kann – die brennend vordringlichste –, ist die, daß Nonies Verbrechen *jetzt* ohne Bedeutung sein soll – ich besaß keine klare Vorstellung von *jetzt*, von dieser-Zeit-bevor-der-Schlaf-eingreift, von dieser klaren, gelblichen, felsigen Landschaft, bevor das dunkle Meer des Schlafs diese Ära abschließt. Ich kann nicht einsehen, daß Nonies Verbrechen und Mamas Müdigkeit einander irgendwie ausgleichen: Die Vorstellung von Ich-werde-es-als-Verbrechen-betrachten-wenn-es-mir-paßt oder wenn-ich-mehr-Energie-habe – oder die Andeutung von Ich-bin-daheim-du-hast-eine-Mutter-bist-du-nicht-dankbar-dafür-reicht-das-nicht-erst-mal – und der Befehl Liebe-mich-begrüße-mich-laß-mich-in-Ruhe lassen mich physisch erzittern: Ich stehe unter dem Strom absoluter Moral, bin elektrisiert von dem, was man mir bisher beigebracht hat, was ich erraten und gesehen habe: die Zukunft hängt davon ab, daß man die Dinge richtig anfaßt, daß man nun und immerdar an absoluter Moral festhält.

Für mich ist es von so ungeheurer Bedeutung, Anne Marie beschützt und glücklich zu sehen, daß ich nicht glauben kann, wie gleichgültig es Mama ist. Anne Maries Gott ist der Schleier, in den das Sonnenlicht ihr Haar, ihren Kopf hüllt. Ihre Frömmigkeit macht sie standhaft: Ich sehe sie über Kopfschmerzen, Ungeduld und dergleichen triumphieren – sie teilt ihre Standhaftigkeit mit mir: «*Komm her, Liebchen.*» Ich kann Anne Marie nicht verstehen, aber ich kann sie lieben und mich sozusagen auf ihren Fahrplan verlassen. Die Gefühlslage ihrer Küsse bleibt fast unverändert; oder sie verändern sich vielmehr wenig und sind kaum nuanciert; jeder Kuß ist verhalten; sie hält sich zurück; ich gehöre nicht ihr: ihre Zurückhaltung ist eine Kunstform, eine magische Anspielung darauf, wie närrisch wir sein könnten, wie ruhelos ich werden könnte: sie bringt mich zum Lachen, sie stimmt mich feierlich vor Würde; die nicht gegebenen Küsse erfüllen mich mit Wonne – und mit Würde: Ich muß umsorgt werden! Ich bin wichtig!

Sie liebt mich, so empfinde ich es jedenfalls. Außerdem bin ich ihre Aufgabe. Ich muß gute Manieren, Mut, eine bestimmte noble Haltung beitragen – ich tue es für sie.

Sie ist das Gewissen des Hauses: «Nicht vor Anne Marie», empfiehlt uns Mama oft und bewahrt uns damit vor einer im Augenblick verlockenden, aber letztlich erniedrigenden Sünde.

Manchmal sagt Mama seufzend: «Ich vergesse, daß ich in meinem eigenen Haus bin.»

Sie sagt auch: «Ohne Anne Marie hätte ich kein eigenes Leben.»

Anne Marie und Mama steckten ursprünglich unter einer Decke; Anne Marie *liebte* Mama; aber nun ist Anne Marie irgendwie ungeduldig – «sie sitzt auf dem hohen Roß», sagt Mama – oder auf eine Weise geduldig, die auf Ungeduld Mama gegenüber hindeutet.

Anne Marie spricht mit mir, sie erzählt mir von sich, von Gott. «Sie ist ganz hingerissen von dem Kind», sagte Mama. «Na, ich kann's ihr nicht verübeln – was hat sie schon sonst im Leben?»

Und Mama sagt – manchmal grausam (sie ist neidisch auf Anne Maries Frömmigkeit, Beständigkeit und Veranlagung) –: «Schaut euch die beiden bloß mal an.» Sie flüstert: «Da haben wir die Schöne und das Untier in neuem Gewand.»

Manchmal sagt sie zu mir: «Du bist nicht gut für Anne

Marie – weißt du das eigentlich? Du lenkst sie ab von dem, was sie tun müßte – sie müßte versuchen, sich einen Mann zu angeln.»

Nonie kann es nicht mit ansehen, wenn Anne Marie irgendwie zärtlich zu mir ist.

Nonie dreht durch und beschuldigt Anne Marie, sie hätte sie geschlagen, hätte Geld gestohlen: Wenn Nonie in die Küche kommt und ich dort bei Anne Marie bin, macht Nonie jedesmal Ärger, ißt etwas, das Anne Marie für das Abendessen vorgesehen hat, sagt etwas Freches zu Anne Marie, und wenn Anne Marie brummelt oder sie offen und stolz ermahnt, sagt Nonie: «Das werd ich Mama erzählen – ich werd *lügen*.»

Anne Marie war fett, selbstgerecht, an kaum etwas außerhalb ihrer selbst interessiert und in grausamem Maße stolz. Ihr Stolz bedrängte sie: sie mochte übergewichtig und ein wenig unscheinbar sein, Immigrantin sein und kein Geld haben, aber sie hatte Gott.

Mama brummte gelegentlich: «Sie ist *unmöglich* – sie ist wundervoll, aber *unmöglich* – ich könnte sie ... du weißt schon.»

In der Öffentlichkeit sagte Mama immer: «Wir verdanken Anne Marie alles – ohne sie würden wir es gar nicht schaffen.»

Mama ist faszinierend für mich, eine furchterregende Verbündete, von mittelalterlicher Wildheit, mittelalterlicher Unzuverlässigkeit, jederzeit imstande, das Reich eines anderen an sich zu reißen; sie ist verdüstert, von Gnade besessen, von Verbrechen in Anspruch genommen, *interessant-für-mich*.

Mamas Müdigkeit ist anarchisch.

Indem ich bebe, bemühe ich mich mit all meiner Kraft, sie ins Reich der absoluten Moral zu *schleppen*.

«ICH PETZE NICHT! ICH SAG DIR, WAS WIRKLICH PASSIERT IST!»

Mama interessiert sich nicht für das, was ich sage. Es wuchert ein Dickicht in diesem Flur: die Äste und Schatten ihres Daheimseins, ihrer Stimmung, verzweigen sich, verflechten sich, füllen alles aus: Ich bin ein Kind in diesem Dickicht; sie ist – eine Zauberin, die Nadeln aus ihrem Haar zieht: sie starrt in den Spiegel, auf ihr erschlafftes Gesicht, ihr nun zerzaustes Haar: auf das, was sie sieht.

«Plag mich nicht», sagt sie.

Ich glotze sie an: was sie da macht, ist unbeschreiblich fremdartig. Ich spreche aus einer Leere heraus, die mein Glotzen auf etwas mir Unbegreifliches hervorbringt; ich bebe und spreche von dem, was Nonie getan hat – aber Mama hört nicht zu; und wenn ich nicht einen Koller kriege und sie packe oder schlage, wenn ich nicht gegen Möbel trete, ist das Gesagte verschwendet, so verschwendet, als wäre Reden Quatsch, wenn es nicht am anderen Ende an jemandem festgehakt ist, der begreift, was du sagst. Was ich gerade gesagt habe, ist falsch, *weil* Mama nicht zugehört hat. Ich kann lauter und lauter reden, aber es bleibt so, als würde ein Hund jaulen (wenn sie nicht doch zuhört).

Sie sagte: «Ich hab dir erklärt, daß ich nichts davon hören will – ich will nichts mehr darüber hören. Warum achtest du nicht auf das, was ich sage?»

Es ist nicht zu fassen, es ist, als würde man mit Spinnweben bekränzt; wie sie das schafft, weiß ich nicht: Sie macht *mich* zum Wilderer. Wo ich doch ein *Ritter* bin.

Ich brülle sie an: «MAMA! NONIE HAT FURCHTBARE SACHEN ZU ANNE MARIE GESAGT!»

Mama seufzt. «Und ich hab dir gesagt, du sollst es für *dich behalten*.» Sie hat sich vom Spiegel abgewendet; sie sammelt auf dem Flurtisch liegende Dinge ein. *«Weißt du nicht, daß es Zeiten gibt, in denen man den Mund hält?»*

Weitgehend eine mündliche Geschichte 161

Dann sagt sie wie abwesend in einem Ton, dessen Süßlichkeit sie eine wohlbemessene Dosis Gelangweiltsein beifügt: «Deine Schwester wird allmählich zum Teenager.»

Es liegt Mitleid in ihrer Stimme – mit irgendwem, mit uns allen, mit sich. (Ich nehme an, Nonie menstruierte.) Und in ihrer Stimme liegt Verachtung für mich – freundliche, geharnischte, furchtlose Verachtung. Sie sagt: «Hast du heute mittag deinen Teller leer gegessen? Ist Anne Marie heute nachmittag mit dir an die Luft gegangen?»

Unsere Gespräche in der Familie, wenn wir alle zusammen sind, sind zumeist sehr monoton: Nonie spricht nur über sich und ihre Angelegenheiten; Papa hat seine Babysprache; Mama neigt zu Langeweile und Unruhe.

Doch eines wenigstens tun wir bei Tisch oder im Wagen ausgiebig: Leute bedauern.

Es gab da wunderbare Litaneien: «Ich war heute einkaufen – die Verkäuferin sagte, ich hätte eine bemerkenswerte Figur – ich muß sagen, sie tat mir leid: sie war so unscheinbar, und sie...» Fast jede Person und fast jede Sache, die wir erörterten, tat uns am Ende leid: unsere armen Verwandten, unsere reichen Verwandten, Gangster, die Opfer von Gangstern, berühmte Leute – sie waren herzlos und drehten sich im Kreis und litten, weil ihre Kinder über die Stränge schlugen oder verrückt wurden oder komplett versagten.

Nonie war im Interpolieren besonders gut: «Die Mädchen in meiner Klasse tun mir leid – sie verstehen es nicht, sich anzuziehen – sie wissen es einfach nicht besser.»

Oder sie sagte etwas Ähnliches über arme Leute: «Sie kennen es gar nicht anders.» Papa zog über Fabrikanten her, weil sie minderwertige Produkte auf den Markt brachten, aber schließlich taten sie ihm leid – sie und alle skrupellosen Geschäftsleute – wegen «dem entsetzlichen Leben, das sie führen – diese Klötze ... alles Gauner, nur auf

Profit aus ... allesamt Idioten ...» Mama warf dann gern ein, ihr tue die Frau des Präsidenten leid: «Was für ein Leben ist das für eine Frau: sie bringt den Mund nicht auf vor lauter Angst.» Uns taten Katholiken leid, Baptisten, Lutheraner, fromme Juden, «die ihr Leben für nichts wegwerfen»; uns taten Leute leid, die in Großstädten lebten, und solche, die in sehr kleinen Ortschaften lebten – und es war aufrichtig, dieses Mitleid: unser Standort war der einzige, der nicht zu Mitleid aufforderte.

«Nonie tut mir leid, Mama», sagte ich.

Mama sagte: «Deine Schwester hat es nicht leicht: warum mußt du bloß so ein Schlauberger sein? Du gibst in dieser Familie nicht den Ton an –» Oder: «Du sollst den Mund halten – hörst du?»

Zuzeiten wandte Mama ihre Aufmerksamkeit Nonie zu und «mochte» sie, trotz allem. Dann erwartete sie, daß Nonie von Mama hingerissen wäre, weil sie die Mutter spielte, fast in Mama verliebt (Mama benutzte Nonie zuweilen als Aushilfsmann); doch Nonie war nicht mehr «jedermanns Narr» (auch dies ein Lieblingsausdruck von Mama) und ließ sich auf Mamas Schmeicheleien nicht ein – statt dessen forderte sie von Mama dieses und jenes.

Mama hatte das, was sie ihren Sinn für Humor nannte, aber in Wirklichkeit war das eine Weise, einen anzuknirschen und dazu zu bringen, daß man tat, was sie wollte, ohne daß sie einen annehmbaren moralischen Grund dafür angeben mußte, warum man so sein sollte, wie sie es von einem erhoffte. Sie sagte zum Beispiel zu *mir*: «Ich verstehe nicht, wie dich einer ertragen kann – Anne Marie ist ein Trottel, wenn du mich fragst. Was für ein Plagegeist du bist! Weißt du denn nicht, daß du dich in jedem Fall auf die Seite deiner Schwester stellen solltest? Jeder verwöhnt dich bis zum Gehtnichtmehr. Ich finde, du zeigst deinen fiesen Charakter, wenn du deinen Kopf nicht durchsetzt – du setzt

Weitgehend eine mündliche Geschichte 163

deinen Kopf zu oft durch, wenn du mich fragst; du bist der Herr Gernegroß.»

An jenem Nachmittag suchte ich Gerechtigkeit vor dem Gerichtshof ihrer Autorität.

Zum Teil flirtete sie oder spielte sie mit mir, ließ sich wohlig gehen angesichts des – hübschen – Kindes, seines Verstands, seiner Ritterlichkeit, nach einem Nachmittag des Intrigierens, Schwindelns und Betrügens mit anderen Frauen.

Sie schlüpft aus den Schuhen, hebt sie auf – sie ist jetzt mit Hut, Handtasche, Schuhen und ihrer Kostümjacke beladen: sie tappt aufs Wohnzimmer zu. Wenn sie wie jetzt mit mir spricht, verändert sich ihr Gang: sie geht keß, schwingt die Hüften, ein Gang, der zugleich unvorsichtig spöttisch ist – aber ich weiß nicht, worüber sie spottet: über meine Ansprüche vielleicht; oder über ihre physische Anziehungskraft . . . Mama.

Sie spielte die echte Gaunerin.

In einem unserer Häuser, dem auf der Anhöhe, wird das Wohnzimmer tagsüber dunkel gehalten, mit runtergezogenen Jalousien und zugezogenen Vorhängen: nur durch die gerundete Türöffnung zum Eßzimmer dringt Licht herein, ein indirektes, schwebendes, graues, hoch-oben-auf-der Anhöhe-Licht, das die Möbel, die Lampenschirme und die Gemälde nicht ausbleichen kann. Kein Möbelstück taugt sehr viel, aber die Einrichtung soll vornehm wirken und tut es auch: das erforderte echtes Geschick von einer bestimmten Sorte. Mamas Räume verblüfften einen stets; sie stellten trauliche Bühnenbilder dar, üppig, jedoch überaus bürgerlich: die düstere Pracht repräsentierte gesellschaftlichen Rang, Schläue, ein Selbstwertgefühl, das Mama als bescheiden ausgab; aber die «Manieren» verlangten es, daß andere diese Bescheidenheit nicht beachteten; akzeptierten Leute sie, dann waren sie Feinde.

Sie überprüft das Wohnzimmer darauf hin, ob es für die abendliche Szene bereit ist (für den Moment, wenn Papa heimkommt): sie wünscht keine Spielsachen im Wohnzimmer, keine Anzeichen davon, daß tagsüber Kinder dort gespielt haben; sie wünscht frische Blumen neben dem Ende des Sofas, auf dem sie immer sitzt.

Ich schreie: «MAMA, DU BIST BÖSE!» Weil sie diesen Wirrwarr erzeugt. Diese Inkonsequenz. Ich ertrage es nicht, daß unser Leben so ist. Daß mein Leben so ist.

Sie dreht den Kopf ein Stück weit in meine Richtung; ganz sieht sie mich nicht an, die halbe Portion, das blonde Halbgeschöpf, die winzige Vernunft: sie streckt mir die Zunge heraus.

«MAMA!»

«Ich finde, du verhältst dich nicht sonderlich schlau.»

Sie meinte, ich ginge nicht geschickt mit ihr um, so daß ich, wenn ich nicht glücklich darüber war, wie die Dinge liefen, nur noch unglücklicher werden würde, falls ich so weitermachte: dafür würde sie sorgen.

Ich stampfte mit dem Fuß auf.

«Mein Freund mit dem hübschen Gefieder, jetzt hör du mir mal zu. Ich bin fair und warne dich: Stampf niemals vor mir mit dem Fuß auf: für deine Spielkameraden magst du ja ein kleiner Blechgott sein, aber ich warne dich, dies hier ist mein Haus. Ich schmeiße dieses Haus, und ich möchte mir von keinem sagen lassen, was ich zu tun habe – mir hängt das Thema zum Hals raus –»

«MAMA, DU MUSST MIR ZUHÖREN!» (Sonst kann ich nicht leben: sonst sterbe ich).

«Du gehst mir auf die Nerven –»

«DAS IST MIR EGAL!»

«Du bist ernstlich gewarnt, mein Freund mit dem hübschen Gefieder –»

«DAS IST MIR EGAL!»

Weitgehend eine mündliche Geschichte 165

Nonie ist im Eßzimmer und lauscht (ich habe sie entdeckt): Sie hat abgewartet, ob Mama gegen sie entscheiden wird; falls Mama einen ärgerlichen Eindruck macht, wird Nonie zu Tante Beth laufen. Tante Beth ist «nicht besonders helle» (sagt Mama) und ärmer als wir und neidisch auf Mama und «gesellschaftlich» von Mama abhängig: sie wird als *Leilas Schwester* eingeladen. Sie «macht Ärger» – Papa sagt, sie ist Mamas «Achillesferse» (Mama sagt, das sind wir alle: «Am schnellsten reist, wer allein reist»). Tante Beth macht ganz allgemein Ärger und bekommt selber welchen, aber am meisten Ärger macht sie Mama – erzählt «Außenstehenden» vertrauliche Dinge, ermutigt Nonie, ungezogen zu sein...

Mama macht das verdrossen, aber nicht wirklich wütend: sie betrachtet Tante Beth nicht als vernünftige Frau, sondern als blöd, als blinden Maulwurf, als glucksende Henne, und obwohl sie sagt: «Beth hat in meinem Leben mehr Schaden angerichtet als sonstwer, S. L. eingeschlossen, und das will was heißen», scheint sie nicht allzu böse darüber zu sein. Wenn Mama müde und ängstlich ist, wendet sie sich an Tante Beth, nicht um sich trösten, sondern um sich beneiden zu lassen – Tante Beths Neid und ihre glücklose Stänkerei tun Mama anscheinend gut und führen ihr überzeugend vor Augen, welches Glück sie doch hat, wie sehr sie beneidet wird. Wenn Mama aus der Fassung gerät und sauer wird, dann kann sie sich ebensogut von Tante Beth aus deren Gründen täuschen lassen wie von jemand anderem: wenigstens erinnert Tante Beth sie daran, daß Mama der Liebling ihres Vaters gewesen ist. Mama zog Ärger und Eifersucht der Wurzellosigkeit vor. Außerdem hat Mama eine flittchenhafte, ordinäre, liederliche Seite, und die kann sie vor Tante Beth herauslassen; und es tut Tante Beth weh, weil sie ein romantisches Bild von Mama hat: es tut ihr weh, aber sie tadelt Mama nicht und schreit sie nicht an, um sich wieder zu fassen, wie Papa es tut; es tut Tante Beth weh, aber es gefällt ihr, wenn Mama ekelhaft und verzweifelt ist; Tante Beth ist eine glucksende Henne, eine sanfte Optimistin; sie begluckt Mama mit mißbilligenden *tsk-tsks*, bemüht sich, ihr voraus zu sein, gluckst.

Manchmal reißt sich Mama nur zusammen, um Tante Beth zu ärgern; und manchmal sieht es so aus, als würde sie daran erinnert, *wie* man sich zusammenreißt, oder als würden sie Schwärme von Erinnerungen in diese Richtung drängen, Jahre, in denen sie Tante Beth unaufhörlich überflügelt hat.

Als Nonie in der Türöffnung zum Eßzimmer auftaucht, als sie sich zeigt und «Mama –» sagt, da weiß ich, daß ich im Begriff bin zu verlieren, und fühle, wie mich die Verzweiflung in die Arme schließt, mir mit Hoffnungslosigkeit den Mund verstopft, mich in die Furcht hüllt, diesmal zu verlieren.

Nonie erzählt Mama, Anne Marie und ich hätten mal wieder ihr Leben zerstört. Sie spricht in unecht gekränktem, anklagendem Ton, überstürzt und selbstgerecht. Ich denke: *Jetzt* glaubt ihr Mama bestimmt nicht. Aber Mama gibt zerstreut ermutigende Geräusche in Nonies Richtung von sich. Mama «mag» Nonie heute: sie ist Nonies Mutter, Nonies Freundin.

Meine Freundin ist sie jetzt gerade nicht. Manchmal bin ich für Mama eine Tatsache, die Vergnügen, nützliche Dinge und Pflichten mit sich bringt und der gewisse Probleme der Welt anhaften. Nicht einmal das bin ich jetzt.

Ich bin irgendein Ding, jemand Uninteressantes, aus einem anderen Kapitel, einer glücklicheren Stunde übriggeblieben – Mama interessiert sich für das Leiden von Männern gewöhnlich nur, wenn sie es verursacht hat. Sonst ist es für sie unwirklich. Meistens klagt sie mich an, indem sie

Weitgehend eine mündliche Geschichte 167

berichtet, wie sie sich fühlt: sie sagt: «Du machst mir das Leben schwer. Du machst mich nervös.»

Ich schreie: «Nonie lügt immer!»

Mama sagt: «Ich will nicht, daß du so über sie sprichst – über keine Frau – hörst du?»

Mama sagt: «Deine Schwester fühlt sich nicht wohl und braucht ein bißchen Mitgefühl –»

Mama meint eigentlich, daß man Nonies Charakter anders betrachten sollte, wenn sie menstruiert, aber es fällt ihr nicht ein, das zu sagen; vielleicht sieht sie darin auch ein gefährliches Argument; und darum sagt sie mutwillig – aber aufrichtig – und im Dienst einer guten Sache – Erbarmen mit Nonie und Freundlichkeit zu ihr – jenen anderen Satz, von dem sie weiß, daß er nicht wahr ist, der aber bedeutet, daß sie zu Nonie nett sein und ihr glauben wird, obwohl Nonie dreist gelogen hat.

Mama ist stolz darauf, daß sie so «feminin» ist. Sie ist so egoistisch wie Tolstoi, aber «feminin». Sie fügte sich oft den Ansichten anderer Frauen. «Ich lerne», sagte sie. Sie bereute nie wirklich etwas. Sie verachtete Menschen zu sehr, um groß zu bedauern, was sie getan hatte; befürchtete sie doch einmal, einen Fehler gemacht zu haben, verhielt sie sich beharrlich unbekümmert. Unter keinen Umständen wünschte sie in Form von Reue einen Kommentar auf ihr Leben. Sie verhehlte diese erschreckende Tollkühnheit kaum: eine Unbekümmertheit darum, ob sie dieses oder jenes ihrer Abenteuer physisch oder moralisch überlebte oder dabei starb. Sie konnte auf Furcht keine Rücksicht nehmen. So führte sie unbesonnen spannende Momente herbei – zum Beispiel, als sie zu schnell über eine hohe, lange Eisenbrücke fuhr und die Räder des Wagens durchdrehten. Solche Sachen tat sie oft und ohne groß nachzudenken.

Nicht daß sie den Tod nicht gefürchtet hätte: von Beerdi-

gungen kam sie manchmal albern und kindisch vor
Schreck nach Hause oder wie jemand, der grün und blau
geschlagen wurde und verquollen ist, als hätte die Beerdigung ihr Schläge in die Mundgegend versetzt. Manchmal
kam sie auch von einer Beerdigung nach Hause und war
gelangweilt und völlig ungerührt.

So oder so, nie gewann Furcht die Herrschaft über sie –
sie war trotzig und unbeherrschbar. Daher rührte ihr Stolz.

Papa sagte, sie sei verrückt – unverantwortlich – unfähig
zu Gefühlen: Ich glaube, er meinte damit, sie sei unfähig zu
Sentimentalität, zu seiner Art von Sentimentalität, was den
häuslichen Frieden und Ruhe und Glück anging. *Er* hatte
Schwierigkeiten mit Gefühlen: er konnte bei einer Beerdigung kaum etwas empfinden (er war imstande, pfeifend
aus dem Haus zu gehen und ein Lied wie «Das Leben ist
'ne Schüssel Kirschen» zu summen). Ich glaube, er hatte
keine Gefühlsbildung. Ich glaube, sein Repertoire an
Empfindungen war begrenzt: sexuelle Befriedigung, eine
schwerfällige, tyrannische Großzügigkeit, die man würdigen mußte, sonst wurde er böse; Angst und defensive Wut
– sehr viel mehr nicht. Er beschuldigte alle in seiner Umgebung, nicht fühlen zu können – weil sie ihn nicht glücklich
machten.

Zur Erwiderung sagte Mama gern über sich: «Ich *weiß*,
daß ich nicht vollkommen bin.» Das war eine Formel.

Sie benutzte *nicht vollkommen* als Absolution.

Sie sagte auch: «Im Großziehen von Kindern sind viele
Frauen besser als ich, aber ich helfe meinen Kindern, realistisch zu werden – darin bin ich gut.»

Mama pendelte zwischen Wut-und-Tränen und Selbst-
rechtfertigung, wenn sie von ihrer Gewalttätigkeit sprach;
sie benutzte gern das rechtfertigende *natürlich*: *Natürlich
habe ich ihn geschlagen… Natürlich habe ich die Beherr-
schung verloren.*

Weitgehend eine mündliche Geschichte 169

Manchmal greift Mama in eine Szene ein, die sie mir gerade macht, sie sagt: «Seien wir vernünftig» und fängt dann an, vernünftig zu sein, mir zuzuhören: aber wenn sie zu gut zuhört, dann wird sie ihr Leben ändern müssen: vergangene Fehler recken plötzlich die Köpfe und schnattern auf sie ein; sie findet, es ist besser, einfach weiterzumachen – und nicht die Nerven zu verlieren. Nicht vernünftig zu sein. Sie findet es «auf lange Sicht» vernünftiger, unvernünftig zu sein. Wenn sie «seien wir vernünftig» sagt, meint sie oft, ich, das Kind, der Junge, müsse vernünftig sein, sie ist darauf bedacht, daß *ich* vernünftig werde: sie setzt voraus, daß sie in ihrem komplizierten Leben so vernünftig wie möglich ist und daß ich etwas tun muß, um mich ihr anzupassen: ich muß es sofort tun.

Ich verlor Leila ständig; ich schaute weg, schaute wieder hin, und sie war nicht mehr da; sie steckte irgendwo in einem Erwachsenenwust von Unglück und Komplotten.

Man träumt erst von einer Mutter, dann von irgendeiner Frau, die immer *da* ist.

Mama möchte nicht, daß das, was sie sagt oder tut, jemals bleibende Folgen hat.

Ich brülle «Du bist wieder furchtbar!» und will aus dem Zimmer rennen; ich will ins Freie – das Innere des Hauses ist zu geladen mit femininem Gewähren und Vorenthalten von Gerechtigkeit, Zuflucht, Sicherheit.

Aber die Frauen wollen mich nicht aus dem Zimmer lassen: sie packen mich am Hemd: sie versperren mir mit ihren Beinen und Hüften den Weg; sie halten mich von der Tür fern. So geht es, solange ich noch ziemlich klein bin ...

Dann werde ich hysterisch, hysterisch wütend auf Mama, klage sie stur an, und sie versucht mich zu ohrfeigen. Das soll uns beide trösten – es weist auf eine allgemeinverständliche Welt hin, in die wir anders nicht gelangen können, eine Welt der physischen Realität, die uns beiden gemeinsam ist. Sie ohrfeigt mich aus Respekt vor meiner Kindheit und ihren Pflichten und mit Respekt für meine Maskulinität: ich will damit sagen, sie schlägt mich nicht, weil ich machtlos bin – ich bin nicht machtlos – oder weil sie gemein ist: sie tut es des Nutzeffekts wegen: das alles muß ich verstehen. Vielleicht gibt es da auch, hinterher oder während es geschieht, einen kleinen Stachel von Lust, den sie nicht verstehen möchte, es sei denn als Erlösung von mir, dem Plagegeist. Sie sagt: «Männer sind verrückt, wenn du mich fragst – ich verstehe nur eine Sache an ihnen, und darüber möchte ich nicht sprechen...»

Sie weiß wahrhaftig nicht, was sie tut.

Einmal sagte sie: «Ich verdiene Respekt – ich muß ihn mir nicht verdienen: ich bin keine Sklavin...»

Ständig stellt sie alle auf die Probe, um zu sehen, was ihre Qualitäten sind, besonders die Menschen in ihrer Nähe, damit sie die Qualität ihres eigenen Lebens einschätzen kann.

Sie sagt zu mir: «Gut, junger Mann, du bist zu weit gegangen – jetzt setzt es was.»

Mein Kinn beginnt ganz von allein, merkwürdige Dinge zu tun; meine Augen gehen ihrem eigenen kindlichen Leben nach; und ich habe einen scharfen, brennenden Geschmack im Mund.

«DU SOLLST DAS NICHT TUN!»

Sie sagte: *«Es ist nicht zum Aushalten, wie eingebildet du bist.»* Sie machte eine komische unterbrochene Schlagbewegung: sie hatte nicht wirklich vor, mich zu treffen – wenigstens hatte sie nicht die Dich-kriege-ich-Konzentration eines Jägers. Eher holt sie zu einer etwas vagen, grandiosen Aktion aus: «Ich glaube, Schläge sind genau das, was du *brauchst*...» Sie beginnt, sich die Schuhe anzuziehen.

Sie neigt dazu, entschieden, aber geistesabwesend in

Aktion zu treten: im Zustand der Konzentration kommt sie sich abhanden, Konzentration würde sie völlig erschöpfen; Nachdenken und Überlegung würden sie zögern lassen, sie vorsichtig machen. Ihre Geistesabwesenheit, ihre Entschiedenheit haben etwas Charmantes – und Furchtbares.

Ich weiche vor ihr zurück; mir zittert der Mund – vor Wut, Schmach, Verachtung (moralischer). Mama ist zu langsam und erhaben in ihren hohen Schuhen für diese Art Kampf. Ich entwische ihr ganz mühelos: Mama lacht fast – sie stampft mit dem Fuß auf – ist auf schlüpfrige, fordernde, vage Art festlich gestimmt; sie ist in einer Karnevalslaune. Mama hat es satt und findet es zugleich amüsant, mit dem Kind zu Rande zu kommen.

«Mein Gott, wo hat man denn so einen Jungen schon mal gesehen? Wie kommst du dazu, dir so viel Jähzorn zu erlauben, mein Freund mit dem hübschen Gefieder? Du bringst noch mal jemanden um –»

Das ist ihre Argumentationsweise: Mit dem, was sie jetzt tut, bereitet sie mich auf die Zivilisation vor.

Das Festliche an ihr wirkt intim, absurd und *obszön*: es ist völlig klar, daß alles in diesem besonderen Stil geschieht, weil ich ein *Junge* bin ...

Ich weiche vor ihr zurück. Ich meine, das tue ich wirklich – im Geist, im Herzen: immer weiter zurück – Wände, Schattenflügel sausen zu beiden Seiten an mir vorbei: ich gaffe sie mit offenem Mund an.

«Hör auf, diese Grimassen zu schneiden», sagt sie zu mir. Ihr Gesicht ist breit; das häuslich erschlaffte, das Hier-brauche-ich-keine-Schau-zu-bieten-Gesicht ist nun weniger deutlich und durch einen zum Feiern des geringfügigen Anlasses aufgelegten Eigensinn, durch ein Das-will-ich-jetzt wieder gerundet. Sie *ermahnt* mich: «Sei kein Spielverderber – nimm deine Strafe hin wie ein Mann –»

Das Kind, gute drei, vier Meter von ihr entfernt, am

Rand der größten Zone von silbrigem Licht im Raum, beugt sich von der Taille ab weit vor und kreischt stoßweise, als würde es sich erbrechen: «NEIN! NEIN! NEIN! NEIN!»

Was ist mein Leben wert?

Nonie wendet sich mir zu – sie ist in Bewegung – in ihrem Gesicht leuchtet, wie auf einer dies oder das mitteilenden Ankündigungstafel, erlaubte Bosheit auf.

In einer wie immer gearteten Ekstase sagt Nonie: *«Jetzt kriegst du es.»*

Ich kann nicht glauben, daß dies wirklich geschieht. Meine Sinne funktionieren jetzt unberechenbar. Schatten verdichten sich. Lichter verblassen. So kommt es mir jedenfalls vor.

Mein Bewußtsein ist so gesichtslos wie der Wind – wie ein Taifun: wir haben hier eine Notlage: Nonie packt mich am Arm, um mich für Mama festzuhalten ... Ich trete sie oder nach ihr. Meine Beine sind stärker als meine Arme, meine Schuhe härter als meine Fäuste.

Nonie läßt mich los (kein späterer Kampf, kein physisches Abenteuer ist je so heroisch wie dieses Gerangel mit Frauen in der Kindheit: nicht annähernd mehr so strahlend wie Captain Marvel geht man daraus hervor).

Mama schreit: «Nonie, halt ihn fest!»

Mama setzte jedem zu.

Ich konnte prima Haken schlagen. Ich renne – oder flitze, tripple – seitwärts an einer Wand entlang aufs Eßzimmer zu, immer Nonie gegenüber, die nach mir greift, nach mir schlägt: Ich ziehe geräuschvoll die Luft ein und erhebe mich auf die Zehenspitzen, so daß ich in der Mitte ganz schmal bin und Nonie mit der Hand gegen einen Beistelltisch prallt. Ich drehe mich um und sprinte los, glühende Angst und die Erwartung im Rücken, von hinten gepackt zu werden.

Weitgehend eine mündliche Geschichte 173

Ich rollte unter das Sofa.

«Komm sofort raus da unten», sagte Mama. «Das ist feige – das mag ich nicht.»

Es lastet ein unsäglicher Druck auf mir, auf meinen Ohren, meinem Kopf, meinem Herzen, auf sie zu hören, auf alles, was sie sagt.

Das Kind kreischte: «DU SOLLST DAS NICHT TUN, MAMA!»

Meine Mutter erwidert: «Oh, austeilen tust du gern – aber was einstecken kannst du nicht –»

(Sie glaubt nicht, daß ich es ihr je werde heimzahlen können.)

«So wie du dich benimmst, schäme ich mich für dich», sagte Mama.

Wir sind Widersacher.

Aber sie ist meine Mutter, und was sie sagt, bedeutet auch, daß sie mein Wohl bedenkt und daß so zornig zu sein ... so zu leiden ... wie ich es tue ... *dumm* von mir ist.

Die Dummheit der Welt läßt einen erbeben vor Haß – doch mehr noch die eigene Dummheit – eines geht flackernd ins andere über.

Mama tritt vergeblich unter das Sofa. Ihr Fuß taucht in der Dunkelheit auf, in der ich mich verberge – ich ziehe ihr den Schuh aus.

«Oh, er ist unmöglich!» ruft sie aus.

Man spürt die Absichten von Menschen – wie denn auch nicht?

Solange ich hübsch war, verliefen diese Szenen ganz anders als von der Zeit an, da ich häßlich wurde.

Als ich häßlich geworden war, wurden es die Frauen rasch leid, mit mir zu kämpfen; ich konnte das Gerangel störrisch ausdehnen und sie so beinahe vernichten: ihnen Kopfschmerzen bereiten. Aber solange ich noch klein und ein hübsches Kind war, hatten sie etwas Unerschöpfliches, diese Szenen, was für mich schmeichelhaft und schrecklich war.

Meine Mutter sagte: «Komm unter diesem Sofa vor: Ich bin deine Mutter und sage dir, du sollst aufhören damit. Tu, was ich sage! Gib mir den Schuh!»

Ich brauche nicht zu tun, was sie sagt – sie ist nicht gut. Sie zu frustrieren heißt nicht, gegen Das Gute an sich vorzugehen.

Diese Stimmung kann jeden Augenblick umschlagen.

Ich brülle: «DU SOLLST NICHT VERSUCHEN, MIR WEH ZU TUN – DU BIST NICHT GUT ZU MIR!»

Ich spielte darauf an, daß ich ein Kind in ihrer Obhut war.

Was sie da taten, war von einer erschreckend raffinierten Reichhaltigkeit an Emotionen, die ich nicht teilte.

Ich empfand ein *aha-aha-aha* – bitter: nie mehr ungeschehen zu machen: ein Gefühl für sie-als-Frauen...

Manche Leute reden von der Liebe des Kleinkinds zu seiner Mutter: wie schlau von ihnen, dieses Wachen-und-Schlafen, die Abhängigkeiten und Träume als *Liebe* zu bezeichnen. Ich glaube nicht, daß es ein einziges mögliches Wort für diese Sache auf Leben und Tod, auf Geist und Sprache gibt: eine Frau und ein kleines Kind.

Das Wesen fast jedes realen Augenblicks macht aus fast jeder Theorie eine reizende, vielleicht jungenhafte Farce, nicht weit von Willkürlichkeit entfernt.

Das Tröstliche und Schockierende daran, mit ungeheuer abstrakten Begriffen umzugehen wie mit Wahrheiten – denn wie können sie wahr sein? Auf welche Weise können sie wahr sein? – erlaubt es uns, einen leibhaftigen Augenblick zu erklären, ohne mit den ungeheuerlichen Emotionen dieses Augenblicks jonglieren zu müssen.

«DU VERHÄLTST DICH WIE EINE VERRÜCKTE ZU MIR! DU BIST FURCHTBAR ZU MIR!»

Wenn ich älter geworden bin, werde ich mich anders verteidigen...

Meine Mutter sagt: «*Hör auf – hör sofort auf – hör auf damit – ich finde das überhaupt nicht lustig!*» Dann: «*Was ist bloß mit dir los! Wo bleibt dein Sinn für Humor! Gib mir meinen Schuh!*»

Ihre Bemerkung läßt mich befürchten, daß ich ein Narr bin, daß dieser Vorfall nicht ernst ist und daß ich lachen und nachgeben sollte. Ich gebe ihr den Schuh, weil es mich schmerzt, wenn sie *lächerlich* ist.

Aber ich stecke zu tief drin im Streit. Es geschieht etwas, als würden Vorhänge mir gegen die Augen, die Schläfen peitschen – das ist die Verwirrung. Vielleicht findet hier eine Art häusliches Fest statt, eines für ungeduldige-aber-scherzende Frauen.

«WARUM LÜGST DU MICH AN! WARUM LÄSST DU NONIE LÜGEN!» brülle ich Mama an. Ich finde es fair, Maskulinität nur auf bestimmte Zeit zu besitzen – Maskulinität ist keine Gabe wie Femininität.

Solange ich klein bin, sagt Mama, wenn es solche Szenen gibt: «*Warum machst du es uns so schwer! Jetzt sage ich dir zum letztenmal: komm her, komm zu mir und hol dir ab, was du verdient hast...*»

Heiße Tränen quellen hervor. Vielleicht kreische ich dann – oder bleibe ich stumm, atme ich heftig und denke dabei: Muß ich aufgeben? Bin ich besiegt? Oder ich kreische, wie gesagt; ich bin geschüttelt von Gekreisch – vom Dreschen meiner Arme, vom Treten meiner Beine. Vielleicht läuft Nonie herbei und packt mich am Hemd und macht *hähä* wie ein Bösewicht, oder Mama kann mich hochnehmen – als ich noch ganz klein bin –, und wenn ich trete und zapple, läßt sie mich womöglich fallen. Nonie würgt mich vielleicht – zunächst nicht ernstlich, aber wenn sie richtig bei der Sache ist, schließen ihre Finger sich so fest um meinen Hals wie eine Schlinge: mir wird schwarz vor den Augen; ich sage: «Mama!»

Manchmal kann auch Mama die Sache nicht ertragen und möchte sie vereinfachen; dann sagt sie in müdem, geduldigem Ton – als wäre sie nie in einer anderen Stimmung gewesen: «Hör auf zu treten – Nonie tut dir nichts.»

Mama interessiert sich für das Glück, das ein Mann empfindet, ebenso wie für seinen Schmerz nur, wenn sie es ihm geschenkt hat; dann schätzt sie das Glück sehr hoch ein und will dafür belohnt werden.

Sie sagt: «Hör auf mit dem Gebrüll. Willst du, daß die Nachbarn erfahren, was für ein Weichling du bist? Hast du noch nicht gelernt, etwas mit Fassung zu ertragen?»

Wenn ich dann still werde und resigniert nachdenklich, sagt sie: «Steh nicht so mißbilligend herum. Davon wird mir ganz übel. Ich hasse überhebliche Heilige. Du kriegst nur, was du verdient hast. Kannst du das denn nicht zugeben wie ein Mann?»

Und: «Wage es nicht, über mich zu urteilen. Hörst du?»

Mamas Brüste riechen verschwitzt. Von ihren rasierten Achselhöhlen geht ein mechanisch-süßlicher Geruch aus – nach einem Deodorant oder so. Ihre Kleider machen Geräusche. Ihr Schamhaar reibt sich knisternd an dem, was darüberliegt. Ihr Körper quietscht, schabt, strömt Hitze aus: ihre Schuhe haben Falten. Ich als Kind kann fast ihre ganze real gegenwärtige Person in mich aufnehmen.

Wenn sie mich nicht bestrafen kann, ist sie tatsächlich eine Sklavin.

Sie kann mich nicht einfach packen und verhauen. Manchmal verhaut sie mich, wie um Stoff für eine Anekdote zu sammeln: *«Neulich habe ich das Kind verhauen.»* (Kinder zu verhauen findet sie elegant – köstlich – eine Sitte der Oberschicht.) Ich zeige fast keine Reaktion, wenn sie mich so verhaut: ich bin nur dafür angeheuert worden:

ich liege schlaff, trübsinnig und geistesabwesend auf ihrem Schoß: sie kann nicht erkennen, ob ich mich bestraft fühle oder nicht.

Angewidert gibt sie auf: «Ich weiß nicht, was mit dir los ist. Ich bin fertig. Fort mit dir.» Es widert sie an, daß ich es nicht verstehe, mich verhauen zu lassen, daß ich es nicht verstehe, sie zu amüsieren, wenn ich von ihr verhauen werde.

Manchmal mache ich mich steif und leiste Widerstand und mache eine große Sache daraus, daß ich verhauen worden bin, bis Mama brüllt: «Ich ertrag das nicht, ich ertrag das nicht: der Junge ist ein Monstrum!»

Manchmal verhaut sie mich so sanft, daß Nonie aufschreit: «Du tust ihm überhaupt nicht weh, Mama –»

Und Mama sagt: «Dann mach du's – hier –»

Aber wenn Nonie es versucht, wehre ich mich «wie ein Wahnsinniger» oder wie «der Wahnsinnige von Borneo». Nonie kann mich nicht verhauen, ohne brutal zu wirken. Das weiß sie.

Sie tritt von einem Fuß auf den anderen: «Du läßt ihm alles durchgehen!»

Mama will sich von Nonie nicht tyrannisieren lassen: «Hör auf – mach dich nicht mehr zum Narren, als du unbedingt mußt.»

Die beiden Frauen versuchen es immer wieder, aber keine kann die andere unter Kontrolle bekommen, obwohl sie einander weh tun können – sie sind wie ebenbürtige mittelalterliche Turnierkämpfer.

Mama sagt: «Diese Szenen stehen mir bis hier! Also gut, Nonie, führ du das Haus. Werd mit deinem Vater fertig – und mit dem Kind. Dann wollen wir mal sehen, wie weit du kommst –»

Mama sagt zu Nonie: «Glaubst du, ich weiß nicht, was hier heute nachmittag wirklich vorgegangen ist? Glaubst du, jeder außer dir ist ein Idiot?»

Mama ist die pummelige, irgendwie übermütige und unverständliche, störrische Spielart eines Polizisten.

Sie sagt etwa zu mir: «Lieg still – du mußt deine Lektion lernen.» Es wird nicht klar, was ich lerne – es ist niemals klar, was ein Kind lernt.

Wenn ich Mama nicht verzeihe, was sie tut, steht dem Haushalt eine schwierige Zeit bevor – was sie schwierig macht, wirkt wie ein Witz, wenn alle miteinander auskommen, aber bei uns zu Hause kommt nie jemand lange mit einem anderen aus, Mama nicht mit Papa, Papa nicht mit Nonie, Anne Marie mit keinem von ihnen, wenn ich in schlechter Verfassung bin.

Ich bin das Kind.

Mama kann Papa für eine Weile davon überzeugen, daß ich nur verwöhnt bin; er späht zu mir hin und hegt den Verdacht, das könnte es sein, wenn nicht Schlimmeres. Aber dann kommt sie nicht weiter mit ihm, mit Papa: Ihm fällt wieder ein, daß er sie kennt; oft kann er sie nicht ausstehen; mittlerweile bin ich niedergeschmettert, stumm, teilnahmslos, wütend, verzagt, halb erstickt – ach ja, aber klaglos. Plötzlich fallen die Masken: Papa wird unruhig – wo ist sein Heim, wo bleiben seine Chancen, Trost zu finden, hat Mama ihn zum Narren gehalten?

Ihm wird beklommen ums Herz; er sagt: «Hier geht es häßlich zu.» Was fehlt dem Kind? Warum führen wir so ein Leben? Früher oder später muß Mama mich besänftigen.

Sie beginnt damit, daß sie mir probeweise ein befangenes falsches Lächeln schenkt, das «Kopf hoch» oder «Ach-laß-uns-doch-nicht-kleinlich-sein» oder etwas Derartiges bedeuten soll.

Dann wende ich mich ab mit strengem Mund, mit Augen voller Verachtung, Schmerz und Abneigung.

Sie versucht mich zu billig zu bekommen. Sie tut so, als forderte ich nichts. Wenn ich aufgebracht bin, bin ich partiell blind: Farben verschwinden; ich höre vieles nicht. «Ist er taub – hat er wieder Zustände?»

Sie sagt zum Beispiel: «Ich weiß nicht, was ich getan habe – denk dran, ich mache auch Fehler. Wenn du mir nicht sagen kannst, was ich getan habe, solltest du es mir auch nicht übelnehmen, finde ich, also sei ein lieber Junge und verzeih mir – was hältst du davon?»

Sie benutzte meine relative Unfähigkeit, Dinge zu beschreiben, als Indiz für ihre relative Schuldlosigkeit – und sobald ich beschreiben kann, was sie getan hat, sagt sie: «Ach, das finde ich furchtbar kleinlich, mir *das* übelzunehmen, meinst du nicht?»

Nein.

Sie sagt: «So schlimm kann es nicht gewesen sein, wenn dir sonst nichts mehr dazu einfällt – sei jetzt vernünftig . . .»

Sie sagt oft: «Wie schwach von dir, daß du so schmollst . . . so mit einer Frau streitest. Du bist so jähzornig. Du hast das Temperament von ich weiß nicht wem.»

Sie sagt oft: «Hör mal, mein blondes Freundchen, Verzeihen ist gut gegen das, was dich plagt, laß dir das gesagt sein – du verdirbst dir nur dein Aussehen, wenn du so weitermachst . . .»

Oder sie kreischt, als ich schon größer und häßlich bin: «Ich will dich nicht im Haus haben! Du hast kein Herz!»

Sie glaubte oder hoffte, daß jeder Schmerz, an dem sie litt, sie vom Zwang entbände, eine Pflicht zu erfüllen.

Solange ich klein bin, behalte ich immer im Sinn, daß sie sich noch für nichts bei mir entschuldigt hat. Sie hat noch nicht dafür gesorgt, daß es eine Wahrheit für mich gibt.

Wenn ich mich weigere, mich für dumm verkaufen zu lassen und eine zu einfache Versöhnung zu akzeptieren, beginnt sie widerwillig oder amüsiert, mich zu bewundern.

Oder wenn sie einen Plan in mir entdeckt, eine Entschlossenheit – dunkel, schlecht beleuchtet, unklar im

Ausdruck –, dann strahlt sie und macht mir ein Angebot: «Laß uns Freunde sein – ich halte zu dir, das wirst du sehen.» Und: «Halt nicht zu lange durch – glaub mir, ich weiß, wovon ich rede – Unbeugsamkeit ist ein Verlustgeschäft. Hör auf mich und lern was: Ich bin der beste Freund, den du hast...»

Solange ich klein war, ging die Runde oft ebenso an mich wie an meine Mutter.

Zu dieser Zeit und später lasse ich meine Mutter immer Frieden mit mir schließen. Sie sagt dann: «Ah, du hast nicht vor, mir noch länger im Genick zu sitzen –»

Manchmal gebe ich sie frei – wenn ich sie freigebe, stellt sie mich gewöhnlich *aufs Regal:* ich werde zu einem der Dinge, um die sie sich im Augenblick nicht kümmern muß; ihre Aufmerksamkeit flattert weiter zu anderen Dingen.

Wenn ich sie nicht freigebe... jedesmal wenn ich einen Raum betrat, in dem sie sich aufhielt, fuhr sie zusammen vor Wachsamkeit, in ihrer Erinnerung getroffen: ihr fiel wieder ein, daß ich wütend war; oder sie blickte mich plötzlich im vollen Bewußtsein meiner Anwesenheit an: unter Wie-soll-ich-mit-ihm-umgehen-Erwägungen.

Ich war ihr gegenüber schlauer als jedem anderen gegenüber.

Von den Frauen kam einiges an Geschnaufe, Gekeuche, Gestöhn; eine warnte die andere, während ich auf verschiedenste Weise kämpfte. Ich trat um mich und schrie: *«Laßt mich in Ruhe!»*

«Wir tun dir überhaupt nichts», sagte Mama dann – sehr verschlagen.

Sobald ich größer bin, kann ich sie manchmal verjagen, sie dazu bringen, den Kampf abzubrechen, indem ich brülle, daß alle wissen, wie schrecklich Nonie ist, oder daß ein Junge, der ihr gefiel, über ihren dicken Hintern gelacht hatte: ich kann damit drohen, etwas außerhalb des Hauses

Weitgehend eine mündliche Geschichte 181

zu erzählen; ich kann Mama gelegentlich zum Schweigen bringen, indem ich ihr Papas Ansichten über sie erzähle.

Mama sagte: «Immer mußt du gewinnen.» Und: «Warum mußt du denn immer gewinnen?» Sie sagte: «Warum mußt du nur so kämpfen?»

Ich verstecke mich unter diesem oder jenem und biete ihr von dort aus die Stirn ... Ich renne quer durchs Zimmer, stelle mich hinter einen Sessel und gehe sie von dort aus an.

Sie und ich.

Was soll aus uns werden, wenn ich nicht auf sie höre?

Ich weiß nicht, was ich zu gewinnen hoffte.

Immer ist der vernichtende Gedanke gegenwärtig, daß wir einander verdienen – wir verdienen einander, weil wir einander kennen, weil es mein ganzes Leben lang so zugegangen ist ...

Sie sagt vielleicht: «Spar dir die Worte – ich höre dir nicht zu.»

Oder: «Ich höre dir nicht zu – ich höre nie Leuten zu, die unhöflich sind.»

Manche Leute glauben, das amateurhafte Familienleben sei die schönste menschliche Errungenschaft.

«Bist du gewillt, auf Argumente zu hören? Du mußt jetzt aufgeben», sagt meine Mutter. Vielleicht kenne ich nur eine kleine Welt, eine falsche Welt. Sie sagt auch: «Bist du jetzt bereit, mir ein bißchen Respekt zu zollen?»

Sie sagt: «Also gut, machen wir weiter.» Sie meint: wenn ich die Frau dort, die da sitzt – wenn ich die liebe, muß ich ihr helfen, mir jetzt weh zu tun.

Aber ich muß ihr nur helfen, mir weh zu tun, wenn ich sie liebe. Sonst kann ich lachen und sie ewig dort sitzen lassen, in der Erinnerung, allein, unbeachtet, ungehört.

Meine Mutter.

Mehr oder weniger.

Verona:
Eine junge Frau spricht

Ich weiß viel! Ich weiß, was Glück ist! Und damit meine ich nicht etwa die Liebe Gottes: ich meine, ich kenne das menschliche Glück mitsamt seinen Übeln.

Sogar das Glück der Kindheit.

Heute halte ich es für ein grausames, spießiges Glück.

Lassen Sie mich einen Moment beschreiben – einen Tag, eine Nacht.

Ich war noch recht klein, und meine Eltern und ich – nur wir drei – reisten von Rom nach Salzburg, quer durch ein Viertel von Europa, um dort an Weihnachten die Musik und den Schnee zu erleben. Wir nahmen den Zug, weil die Flüge unzuverlässig waren und mein Vater mit uns in einem halben Dutzend italienischer Städte haltmachen und Bilder anschauen und Sachen kaufen wollte. Es war absurd, aber wir waren alle drei trunken davon; es war sehr seltsam; wir wachten jeden Morgen in einem fremden Hotel, in einer fremden Stadt auf. Ich war immer als erste wach; ging dann ans Fenster und sah einen Turm oder einen Palast; und dann weckte ich meine Mutter und sah mein gläubiges Gefühl von Rausch und Abenteuer gerechtfertigt durch ihr Benehmen, dadurch, wie romantisch auch sie es fand, in einer Stadt zu sein, die genau so fremdartig war, wie sie mir vorgekommen war, als ich durchs Fenster geblickt und den Palast oder den Turm gesehen hatte.

Harold Brodkey

In Verona, einer ziemlich düsteren kleinen Stadt am Rand der Alpen, mußten wir umsteigen. Bis wir dort ankamen, hatten wir uns durch die italienische Halbinsel hinaufgekauft: Mir war schwindlig vom Einkaufen und von all den neuen Besitztümern; ich wußte kaum noch, wer ich war, so viele neue Dinge besaß ich; mein Bild in jedem Spiegel, jeder Schaufensterscheibe wirkte strahlend frisch und neu, ja wie eine Verkleidung, glanzvoll, fand ich. Ich war sieben oder acht Jahre alt. Es kam mir beinahe so vor, als wären wir in einem Film oder auf den Seiten eines Buchs: nur die schlichtesten, lichtesten Wörter und Bilder können andeuten, wie ich uns damals empfand. Wir gingen strahlend umher; überall verbreiteten wir Glanz. *Diese Kleider.* Es ist leicht, ein Kind zu bestechen. Ich hatte ein neues Strickkleid, blau und rot, sündhaft teuer vermutlich; Trikothosen, ebenfalls rot; einen roten Lodenmantel mit Kapuze und eine Strickmütze, die unter der Kapuze zu tragen war; wundervoll gefütterte Handschuhe; pelzgefütterte Stiefel und einen Pelzmuff, einen Schottenrock – und Blusen und einen Schal, und mehr noch: eine Uhr, ein Armband und und und.

In den Zügen hatten wir Abteile für uns, und Mama hatte in der Handtasche Spiele dabei und Sachen zum Essen, und Papa sang mir in schiefer Tonlage Weihnachtslieder vor; und manchmal nahm mich mein Glück so gefangen, daß ich plötzlich ernsthaft Gefahr lief, mich naß zu machen: und Mama, die solche Nöte verstand, hörte meiner Stimme an, wie dringlich es war, und bemerkte mein verzerrtes Gesicht; und dann bugsierte sie – eine üppige, gutaussehende Frau – mich erstaunlich umsichtig und unaufhaltsam zu einer Toilette, murmelte mir unterwegs «halt nur noch einen Moment durch» zu und hielt mir die Hand, während ich es erledigte.

So kamen wir also in Verona an, wo es schneite und die

Leute strenge, traurige, schöne, nicht zum Lachen nei-
gende Gesichter hatten. Doch wenn sie mich ansahen,
hellten sich diese ernsten Gesichter auf, sie lächelten mir in
meiner Pracht zu. Fremde boten mir Süßigkeiten an, unerträglich traurig knieten sie manchmal nieder oder blieben
stehen, um mir ins Gesicht, in die Augen zu blicken; und
Mama und Papa bildeten sich dann ein Urteil über die
Leute und sagten auf italienisch, wir seien spät dran und
müßten uns beeilen, oder sie blieben stehen und erlaubten
dem Fremden eine Weile, mich zu berühren, mit mir zu
sprechen, mir ins Gesicht zu sehen. Immer wieder sah ich
mein Spiegelbild in den Augen irgendeines fremden Mannes oder einer fremden Frau; manchmal war der tiefe Blick
so sanft, daß ich Lust bekam, ihre Wimpern zu berühren,
diese großen, schimmernden fremden Augen zu streicheln. Ich wußte, daß ich das Leben zierte. Ich nahm
meine Pflichten äußerst ernst. Ein italienischer Graf in
Siena sagte, ich hätte die Manieren einer englischen Prin-
zessin – manchmal; und dann lachte er, weil ich in Wahrheit ziemlich wild sein konnte: ich kam brüllend in seine
galleria gerannt, einen langen Saal mit Gemälden an den
Wänden und Fresken an der Decke; ich setzte mich auf
seinen Schoß und zappelte; ich war ein mutwilliges Kind,
und ich mochte mich sehr gern; und fast überall, fast täglich, stellte sich jemand Neues ein, der mich liebte, flüchtig, solange wir auf Reisen waren.

Ich begriff, daß ich jemand Besonderes war. *Damals* begriff ich es.

Ich wußte, daß zu dem, was wir taten, zu allem, was wir
taten, Geld gehörte. Ich wußte nicht, ob Verstand dazu gehörte oder Geschmack. Aber über Geld, über Schecks und
Reiseschecks und klingende Münzen wußte ich irgendwie
Bescheid. Papa war ein wahrer Geldspringbrunnen: er
sagte, es sei eine Vergnügungsreise; er war entschlossen,

uns zu verblüffen; er hatte Geld gespart – wir waren nicht wirklich reich, aber für die Dauer dieser Reise sollten wir es sein. Ich erinnere mich an einen Wintergarten in einem großen Haus bei Florenz, mit Orangenbäumen in Kübeln darin; und ich rannte auch dort hinein. Ein Diener, ein schwarzgekleideter Mann, sehr alt, mit bösem Gesicht – es mißfiel ihm, noch Diener zu sein, nachdem die Zeiten der Diener vorüber waren – jedenfalls blickte der Mann finster drein, aber mich lächelte er an, auch meine Mutter und einmal sogar meinen Vater: wir waren so offensichtlich dem Gram und Verdruß und den Grausamkeiten der Welt entrückt. Wir waren mit Spielen, mit unseren Vergnügungen beschäftigt, und Mama war froh, war von einer entsetzlichen, naiven inneren Freude erfüllt, und sie verließ sich darauf, daß Papa alles in Gang hielt: wohl wahr, auch sie arbeitete, aber sie kannte nicht das Geheimnis einer solchen – Unwirklichkeit, aber will ich das denn sagen? Eines solchen Spiels, eines so außergewöhnlichen Spiels.

Es gab ein Bild in Verona, das Papa sehen wollte, ein Gemälde; ich erinnere mich an den Maler, weil mir bei dem Namen Pisanello einfiel, daß ich auf die Toilette mußte, als wir im Museum waren, einem alten Schloß der Guelfen oder Ghibellinen, das weiß ich nicht mehr; ich erinnere mich auch an das Gemälde, weil es das Hinterteil eines Pferdes darstellte, und das fand ich unanständig und ziemlich lustig, aber Papa war voller Bewunderung, also sagte ich nichts.

Er hielt mich an der Hand und erzählte mir eine Geschichte, damit ich mich nicht langweilte, während wir in dem Schloß/Museum von Saal zu Saal wanderten, und dann gingen wir hinaus in den Schnee, in das weiche Licht, das herrscht, wenn es schneit, durch Schnee dringendes

Verona: Eine junge Frau spricht **187**

Licht; und ich war rot gekleidet und hatte Stiefel an, und meine Eltern waren jung und schön und trugen ebenfalls Stiefel; und wir konnten draußen im Schnee bleiben, wenn wir wollten; und das taten wir. Wir gingen zu einem Platz, einer Piazza – der Piazza Scaligera, glaube ich; ich weiß nicht mehr –, und kaum waren wir dort, blies es den Schnee umher, und dann flaute es ab, er fiel erst heftig, dann spärlich und schließlich gar nicht mehr; und es war sehr kalt, und überall auf der Piazza waren Tauben, auf jedem Sims, jedem Dach und überall im Schnee auf dem Boden, sie hinterließen beim Gehen feine Spuren, und die Luft bebte, noch schwer von dem eben abgeklungenen Schneeschauer und schwanger mit dem kommenden, gesättigt mit grauer Entschlossenheit. Ich hatte noch nie so viele Tauben und einen so intimen, verzauberten Ort wie diese Piazza gesehen, ich in meinem neuen Mantel am äußersten Rand der Welt, am äußersten Rand von wer weiß welcher Geschichte, am Rand fremdartiger Schönheit und der Spiele von Papa, an der Kante, der weißen Grenze einer Jahreszeit.

Ich war ohnehin schon halb verrückt vor Entzücken, und nun kam Papa auch noch mit fünf, sechs aus Zeitungspapier gerollten und gefalteten Tüten an; sie enthielten Körner, die wie Mais aussahen, irgendwelche gelben und weißen Kerne; und er schüttete mir welche davon auf die Hand und sagte, ich solle die Hand ausstrecken; und dann trat er zurück.

Zuerst geschah nichts, aber ich vertraute ihm und wartete; und dann kamen die Tauben. Auf schweren Schwingen. Plumpe, tölpelhafte Körper. Und rote, unwirkliche Vogelfüße. Sie flogen auf mich zu, wurden erst im letzten Augenblick langsamer; sie setzten sich mir auf den Arm und fraßen mir aus der Hand. Mir war nach Zurückzucken zumute, aber ich tat es nicht. Ich machte die Augen zu und hielt den Arm steif; und fühlte sie picken und fressen – aus meiner Hand, diese freien Geschöpfe, diese fliegenden Wesen. Ich mochte diesen Augenblick. Ich mochte mein Glück. Sollte ich das Leben und die Tauben und meine eigene Natur verkannt haben, dann war das *damals* ohne Belang.

Auf der verschneiten Piazza war es sehr still; und Papa streute mir Körner auf beide Hände, dann auf die Ärmel meines Mantels und auf die Mantelschultern, und ich war überwältigt von noch größerer Stille, von dieser Idee von ihm. Die Tauben flatterten schwerfällig in der schweren Luft, immer mehr wurden es, und landeten auf meinen Armen und meinen Schultern; und ich schaute Mama an und dann meinen Vater und dann die Vögel auf mir.

Ach, ich bin alles leid, nun, da ich davon spreche. Es gibt das Glück. Mir wird immer ein wenig übel davon. Es bringt mich aus der Balance.

Die schweren Vögel, und Mama nah, und Papa auch: Mama freut sich, weil ich glücklich bin, und sie ist eine Spur eifersüchtig; sie ist eifersüchtig auf alles, was Papa tut; sie ist eine ungeheuer seelenstarke Frau; das Leben kann ihr kaum prall genug sein; sie badet in Verschwendungssucht und Hübschheit. Sie weiß allerlei. Aber sie wird manchmal unbeweglich und töricht, launisch auch; aber sie ist jemand, und vieles wird ihr nachgesehen, und wenn sie in der Nähe ist, spürt man sie, kann man sich ihr nicht entziehen, so bedeutend ist sie, so viel Anklang findet sie, so sehr beherrscht ihre Seelenkraft den sie umgebenden Raum.

Würde sie nicht von Papa gebändigt, liebte sie ihn nicht, wüßte man nicht, wozu sie imstande wäre; sie selbst weiß es nicht. Doch seinetwegen gelingt es ihr, beinahe sanft zu sein; er ist unglaublich wachsam und launisch und ermüdet leicht; er redet und verzaubert die Leute; manchmal

Verona: Eine junge Frau spricht

stehen dann Mama und ich in der Nähe wie Monde; wir leuchten auf und verblassen; und nach einer Weile kommt er zu uns, den Monden, dem großen und dem kleinen, und wir heißen ihn willkommen, und zu meiner Verwunderung ist er immer wieder verwundert, als verdiene er es nicht, geliebt zu werden, als wäre es an der Zeit, daß er durchschaut wird.

Papa ist sehr groß, und Mama beobachtet uns, und Papa salbt mich immer wieder mit Körnern. Viel länger halte ich es nicht mehr aus. Ich verspüre Freude oder Belustigung oder was weiß ich; das Gefühl ist überall in mir, wie Übelkeit – ich bin drauf und dran, loszukreischen und in Gelächter auszubrechen, in jenes Gelächter, das hervorbricht wie magisch, trunken, furchtbar, und das doch reiner Speichel oder Erbrochenes oder weiß-Gott-was ist: es macht ein vor Lachen verrücktes Kind aus mir. Ich beginne zu funkeln, zu gleißen, werde nachgiebig: ein Engel, ein großes, gelächterdurchschütteltes Vogel-Kind.

Ich bin drauf und dran, so zu werden, aber ich bezwinge mich.

Immer mehr Vögel sind um mich. Sie trippeln mir um die Füße und picken gefallene und fallende Körner auf. Einer ist auf meinem Kopf. Manche von denen auf meinen Armen bewegen ihre Flügel, sie spreizen diese zerbrechlichen, federbeladenen Schwingen, strecken sie. Ich kann es nicht ertragen, sie so zerbrechlich und ich im Augenblick die Freundlichkeit der Welt in Person, die sie im Schnee füttert.

Ganz plötzlich spritzt Gelächter aus mir hervor, ich kann es nicht unterdrücken, und die Vögel fliegen davon, aber nicht weit; sie kreisen um mich, über mir; manche zirkeln hoch in der Luft und lassen sich fallen, als sie zurückkehren; alle kamen sie zurück, manche träge in Wolken und Schwärmen, manche allein und wütend, nach anderen pickend; manche abrupt, tierhaft prahlerisch. Sie krallten sich in meinen Mantel und sättigten sich. Es begann wieder zu schneien.

Da war ich in meiner Freundlichkeit, auf dieser Piazza, in Reichweite meiner Mutter und meines Vaters.

Oh, wie wird die Welt fortleben? Papa verstand auf einmal, daß ich genug hatte, daß ich am Ende meiner Kräfte war – mein Gott, war er aufmerksam –, und er hob mich auf, und ich schlang einen Arm um seinen Hals und erschlaffte, und der Schnee fiel. Mama kam nah heran, zog mir die Kapuze tiefer und sagte, auf meinen Wimpern lägen Schneeflocken. Sie wußte, daß er verstanden hatte, und war sich ihres eigenen Verständnisses nicht sicher; sie war sich nicht sicher, ob er sie je so sorgsam beobachtete. Sie wurde ein bißchen unglücklich und ging darum wie ein schlaksiger Junge neben uns her, aber sie war so hübsch: sie verfügte dennoch über Macht.

Wir gingen in ein Restaurant, und ich benahm mich sehr wohlerzogen, konnte aber nicht essen, und dann gingen wir zum Zug, und Leute schauten uns an, aber ich konnte nicht lächeln; ich war zu erfüllt von Würde, zu übersättigt; irgendein Rest – Vergnügen, nennen wir es so – machte mein Würdegefühl sehr tief; ich konnte nicht aufhören, an die Tauben zurückzudenken und daran, daß Papa mich auf eine Weise liebte, wie er Mama nicht liebte; und Papa paßte auf, wachte über das Gepäck, wachte darüber, daß kein Fremder einen Attentatsversuch oder was auch immer unternahm; er war auf dem Posten, und Mama war hübsch und allein und *glücklich*, trotzig in alldem.

Und dann, sehen Sie, weckte sie mich mitten in der Nacht, als der Zug gerade einen sehr steilen Berg hinaufkeuchte, und vor dem Fenster – sichtbar, weil es in unserem Abteil dunkel war und der Himmel klar und weil der volle Mond schien – gab es Berge, Berglandschaft, wohin

Verona: Eine junge Frau spricht

man sah, große, gewaltige, unmögliche Berge, ganz schräg und spitz und weiß von Schnee, und absurd, in einen tintenblauen Himmel aufragend und hinab in blaue, blaue Schatten, übernatürlich tief. Ich weiß nicht, wie es ausdrücken: Die Berge glichen nichts, was ich kannte, sie waren hoch aufragende Dinge; und wir im Zug waren hoch oben und kletterten höher, und es war überhaupt nicht wahr, aber es war so, sehen Sie. Ich legte die Hände auf die Scheibe und starrte auf die wilden, schiefen, unwahrscheinlichen Wunderdinge, auf all das Weiße und Schwindelerregende und das Mondlicht und die vom Mondlicht geworfenen Schatten – nichts Wirkliches, nichts Vertrautes, nicht Tauben, sondern eine reine Welt.

Lange Zeit saßen wir da und starrten hinaus, Mama und ich, und dann wachte Papa auf und kam zu uns und schaute auch hinaus. «Hübsch», sagte er, aber er verstand nicht wirklich. Nur Mama und ich verstanden. Sie sagte zu ihm: «Als Kind habe ich mich ständig gelangweilt – ich glaubte, bei mir würde nie irgend etwas geschehen – und nun geschehen diese Dinge – und du bist geschehen.» Ich glaube, er war verblüfft von ihrer Liebe mitten in der Nacht; er lächelte ihr zu, ach, so rasch, daß es mich eifersüchtig machte, aber ich blieb still, und nach einer Weile begann er in seinem Schweigen und in seinem Staunen über sie, über uns, anders als wir zu wirken, anders als Mama und ich; und dann schlief er wieder ein; Mama und ich nicht, wir saßen am Fenster und schauten die ganze Nacht hinaus auf die Berge und den Mond, auf die reine Welt. Wir schauten gemeinsam.

Mama war die Siegerin.

Wir schwiegen, und schweigend sprachen wir davon, wie sehr wir die Männer liebten und wie gefährlich die Männer seien, und daß sie einem alles stahlen, gleichgültig, wieviel man ihnen gab – aber wir sagten es nicht laut.

Wir schauten auf Berge bis zum Morgengrauen, und dann, als die Dämmerung kam, war sie zu hübsch für mich – der Himmel war rosa, blau und golden, und an vereisten Stellen leuchtend rosa und golden gesprenkelt, und auch der Schnee war farbig, und ich sagte «Oh» und seufzte; und jeder Augenblick war schöner als der zuvor, und ich sagte: «Ich liebe dich, Mama.» Dann schlief ich in ihren Armen ein.

Das damals war Glück.

Ceil

Ceil muß ich mir vorstellen – ich habe sie nicht gekannt;
ich habe meine Mutter nicht gekannt. Ceil kann ich mir
nicht vorstellen. Sie ist das Urwort. Alles in mir, was mit
Erkennen zu tun hat, verweist auf sie. Das Herz meiner
Sprachstrukturen ist meine Mutter. Nicht mit meiner Mutter beginnt meine Sprache, sondern mit Ceil, mit ihrem
eigenen Leben. Mit meiner Mutter als Säugling, dann als
Kind, als Mädchen, als Wildfang vielleicht, sieben Jahre
alt, zehn, abweisend linkisch, und dann als Zwölfjähriger,
als Neunzehnjähriger, groß, dünn, langbeinig auf mir un-
vorstellbare Art. Und ich, ich bin ihr verwirrter, verwaister,
verwandelter, unwissender Erbe. Sie starb, als ich zwei
war. Auch ich starb, erwachte aber in einer anderen Familie wieder zum Leben, und niemand war so wie sie, alles
war anders. Mir wurde erzählt, ich sei nicht wie sie. Ich
erkenne, daß sie nicht auf eine Weise menschlich ist, wie
ich es bin: sie ist weiser, bemitleidenswerter – keine Ahnung, ob eher das eine oder das andere –, in gewisser
Weise umfassender als mein Leben, das sie doch für eine
Weile in sich barg. Ich war ihr Traum, ihre Strafe. Sie
träumt mich, aber sie trägt mich auch. Ihr Traum ist real.
Er ist eine verschleierte, eine schwierige Legende.

Ich neige zu beinahe theatralischem Entsetzen, wenn ich
einem Thema nahe bin, das auf sie hindeutet. Ich emp-

finde so, seit ich mit sechs Jahren erfuhr, daß meine richtige Mutter gestorben war und ich sie nicht kannte.

Im letzten Jahr vor dem Krieg, der ihrem Leben Gestalt gab, 1913, war sie neunzehn; und sie hat einen zu ausgeprägt geformten, zu stilisierten Körper, zu sexuell, zu gezeichnet, als daß mir wohl wäre bei dem Gedanken an sie. Ihren Körper in jenem Alter erkenne ich wieder; ich erfinde ihn. Ich kenne ihre Füße, ihre Hände, ihr Haar – zu der Zeit, als sie ein Mädchen war: sie sind meinen nicht ähnlich. Sie hat halblanges, braunes, sehr feines Haar, so daß es, obwohl gelockt, von seinem eigenen Gewicht geglättet wird, außer an den Spitzen. Feines Haar, das etwas bebend Unsicheres, zu Dünnes und Seidiges, eine gefährlich sexuelle Schwerelosigkeit um ihr Gesicht legt, welches nackt hervorsticht aus dem, was ihre Vitalität hätte rahmen oder verbergen können; unter dem zu feinen Haar befindet sich eines jener mädchenhaft eindringlichen Gesichter über einem hochgewachsenen Körper, ein Gesicht mit üppigen Lippen, sehr weitem Augenabstand, ein kühnes Gesicht, elektrisiert von animalischer, persönlicher und intellektueller Kraft. Sie ist königlich und ländlich zugleich, wie eine Zigeunerin – oder Indianerin –, eine Gestalt, die wahrgenommen wird, physisch lebhaft und bewußt. Sie ist muskulös. Ihr Blick ist direkt. Sie hat einen langen Hals und einen hohen Hintern und schmale Füße und kurzfingrige Hände mit seltsam unscheinbaren Nägeln – es sind keine tüchtigen Hände; sie sind dem Leben ein wenig entrückt, denn ihr Verstand ist aktiv, und folglich sind ihre Hände ungelenk, aber ihre Energie und eine etwas hitzige und komische, ja groteske Anmut der Konzentration, die sie besitzt, gleichen dies aus, und sowohl andere wie auch sie selbst halten sie dennoch für manuell sehr geschickt.

Und sie ist gebildet – sie liest viel und zitiert und debattiert gern –, und sie ist körperlich aktiv und neigt eher zu schlechter Laune als zu Depressionen. In einer schweren Schreckenszeit hat sie, vergleichsweise arm, gefährdet genug gelebt, um höflich und ironisch zu werden, und war so von klein an, doch die Höflichkeit und Ironie liegen als äußerste Schicht über einem kraftvollen anderen Selbst. Was ihre Persönlichkeit betrifft, so empfanden andere sie von Anfang an als Inbegriff eines Typs – sie war, wie manche es nennen würden, ein Allerweltsliebling: viel betatscht, heißt das im Grunde. Jedenfalls, wenn Juden und Russen es sagen. Sie wurde von ihrer Mutter und ihrem Vater und von anderen Leuten oft um etwas gebeten: um Erledigungen, um Gespräche und um Gesellschaft, körperliche Gesellschaft. Sie fiel auf und besaß geistige Eigenart, weshalb die Leute sie für *besonders* hielten, für ausersehen und weitblickend, für *vernünftiger* als andere. Sie war (in gewissem Sinne) das Markenzeichen oder Emblem der Gemeinschaft, der Familie – begehrt, beliebt, benützt, stelle ich mir vor, aber das nahm sie geduldig hin, weil sie gelobt und überdies so bewundernd angeblickt wurde. Die Leute schalten ihren Verstand ab und rennen mit gesenktem Kopf gegen ihre Lieblinge an – oder sie necken und quälen sie: eine Dorfschönheit.

Hier einige Sätze von Tschechow: *Das Dorf war nie frei von Fieber, und selbst im Sommer blieb man im Morast stekken, besonders neben den Zäunen, über welche alte, tiefen Schatten spendende Weiden hingen. Hier roch es immer nach den Abfällen der Fabrik und nach der Essigsäure, die zum Fixieren bedruckter Baumwollstoffe benutzt wurde... Die Gerberei brachte den kleinen Fluß oft zum Stinken...*

Durch Bestechung des Polizeichefs und des Bezirksarztes wurde dafür gesorgt, daß die Fabrik nicht schließen mußte. *Im ganzen Dorf gab es nur zwei anständige Häuser, aus Ziegeln errichtet und mit Blech gedeckt.*

Und: *Der volle, frohe Klang der Kirchenglocken schwebte*

*ohne Unterlaß über dem Ort und ließ die Frühlingsluft erbe-
ben.*

Und: *Die bezaubernde Straße im Frühling, mit einer Pap-
pelreihe auf jeder Seite ... Und Akazien, hohe Fliederbüsche,
wilde Kirsch- und Apfelbäume hingen über Gatter und
Zäune.*

Barfuß, in Rußland, bewegt sie sich in der Nähe einer
kleinen Senke dahin, viel zu auffällig und wirkungsvoll,
nicht diskret, nicht huschend und gleitend auf orientali-
sche Art, nicht sich windend oder wie eine Höhlenbewoh-
nerin oder kokett oder irgendwie komödiantisch, sondern
deutlich und gegenwärtig, bodenständig direkt, ein durchaus verbreitetes Benehmen in jener Weltgegend, wo
Frauen Bauernhöfe, Wirtshäuser und Läden führten und
jenen leicht vermännlichten Wiegegang hatten, dieses
Überleben-in-der-Männerwelt-Auftreten, dieses mun-
tere, vergröberte Hier-und-jetzt-Gehabe.

Immer überschätzte Ceil beinahe ängstlich die Rebellion – und die Disziplin: Loyalität dem abwesenden König
gegenüber, vollkommene Gesetzestreue als Rebellion, der
Anspruch, das wahre Gesetz zu befolgen, das wahrere.

In Illinois, wo Geld vergleichsweise reichlich vorhanden
war, sollte sie es stets verachten, obwohl sie es schätzte;
doch Geld zu verachten war eine weitere Form von Bandi-
tenunabhängigkeit und frommer, hochfliegender Freiheit.
Sie sollte verwirrt auf die völlige Geheimhaltung reagieren, mit der in County und Staat Politik betrieben wird, auf
die Bestechungen, die Gewaltanwendung und den kriminellen Charakter von vielem, was vor sich geht; sie wird die
blanke Macht der Lüge nicht verstehen, eine auf Kennwör-
ter gegründete soziale Schicht zu schaffen, der Herrschaft
und Stabilität obliegen: diese christliche Doppelbödigkeit
in Illinois, vielleicht weitgehend englischen Stils, wird ihr
verwerflich vorkommen.

(Sie redete immer davon, daß man realistisch sein müsse; sie wollte, daß jeder immer in jedem Punkt realistisch war; sie erlegte es allen auf, weil sie selber so realistisch war. Lila Silenowicz, die Frau, die meine Mutter wurde, hat mir dies erzählt.)

Sie hat nie in einer Stadt gelebt. Wohl versuchte sie eine Zeitlang in St. Louis zu leben, aber die urbanen Finessen, die Verwobenheit von allem, von Geld und Informationen und Schibboleth – Nuancen von Wohlanständigkeit und verborgenem Zwang –, brachten sie aus der Fassung, und ich glaube, daß sie dort in allem scheiterte, was sie zu unternehmen versuchte, womit auch immer sie ihre Würde zu wahren versuchte.

Und mit seinem Heiratsantrag bot ihr Max, mein Vater, ein Leben in einer Kleinstadt, in einer wirklich kleinen Stadt – dreitausendfünfhundert Leute. Lange nachdem Ceil gestorben war, sagte meine Adoptivmutter: «Ceil suchte Halt. Sie wurde eigentlich von keinem beschützt. Sie konnte tun, was sie wollte; niemand konnte sie hindern. Niemand wollte, daß sie Max erhörte; er taugte nichts, taugte nicht für eine Frau; aber was andere dachten, war egal; sie konnte tun, was sie wollte.» Der Heiratsantrag von Max bedeutete, daß sie in dieser Kleinstadt leben würde, unter einem gewaltigen Baldachin von Himmel, in nichts unterschieden von dem blassen Baldachin, der allerorten über Ebenen hängt, und wirklich schlugen ihr Stolz und ihre Siegesgewißheit wieder Wurzeln, sobald sie in einem so kleinen Ort angelangt war.

In ihrer Denkweise, bis zu einem gewissen Grad auch in ihrer Sprache, die stammesgebunden und provinziell, aber von St. Petersburg beeinflußt ist, und in ihrem Dünkel gleicht meine Mutter ein wenig dem Dichter Mandelstam, dessen Geburtsort nicht weit von ihrem entfernt liegt. Er lebte zur gleichen Zeit; ähnliche Daten rahmen auch sein

Leben, aber natürlich war es ein andersartiges Leben, abgesehen davon, daß auch seines hart und närrisch war und sein Tod so bar jeder Vernunft wie der von Ceil.

Mandelstam ging nach St. Petersburg, und mehrere Male reiste er nach Süden auf die Krim. Er ging in St. Petersburg zur Schule und war viel *kultivierter*, als Ceil es je wurde, und er war halsstarrig und romantisch und unromantisch, und ebenso leidenschaftlich eigensinnig und seltsam deplaziert in der Welt wie sie: er war ähnlich voller Leben und voller Tod. Es gibt in einem Gedicht von ihm eine Zeile, die für mich englisch so lautet (sie bezieht sich auf die Kuppel der Hagia Sophia in Istanbul): «*It is swimming in the world.*» Sie schwimmt in der Welt an einer langen, vom Himmel herabgelassenen goldenen Kette.

Da ist Ceil, da ist meine Mutter, auf einer staubigen Landstraße, und so empfindet sie sich selbst.

Ceil betrachtete sich zuerst als Jüdin, dann als Frau, und zu der Zeit, als ich sie kannte, betrachtete sie sich als Amerikanerin – es lag ihr nichts daran, Europäerin zu sein.

Von ihrem Vater wußte man, daß er mit Gott sprechen konnte; er konnte auf Gott einwirken; Gott beachtete ihn. In bestimmten besonderen (die Lehre oder das Heilige betreffenden) Situationen konnte Ceils Vater an der vom Himmel herabgelassenen goldenen Kette zupfen.

«Ceil mochte ihn nicht sonderlich – sie liebte ihn, sie war eine gute Tochter, versteh mich nicht falsch, aber alle dachten nur an ihn, und das nahm ihr die Luft. Sie hatte etwas Aufsässiges an sich; so schlau wie andere sei sie allemal, meinte sie.» (Lila. Meine Adoptivmutter.)

Ceil war eine ungeheuer leidenschaftliche Frau, die stetig und, wie es so geht, ein wenig gefühllos liebte; das heißt, diese Form nahmen ihre Energie und Aufmerksamkeit nach außen hin an.

«Sie arbeitete liebend gern; sie hielt gern alles sauber. Sie hatte dich so gern auf dem Arm. Sie ließ sich gern frisieren. Sie war keine, die ständig kichert.» (Hier spricht die alte Ruthie. Meine Adoptivgroßmutter.) «Sie hatte nichts Albernes; sie arbeitete gern.»

«Sie war eine kalte Frau, verzeih mir, wenn ich das sage – sehr kalt. Sie mochte diese Kleinstadt dort; sie mochte Max eine Zeitlang. Bei ihr kannte man sich nie aus – manchmal kam sie mir sehr heißblütig vor, sogar sentimental; auf lange Sicht war ich die Kühlere. Aber sie sagte, sie sei allein; sie sagte, sie sei immer allein gewesen, bis du geboren wurdest, und nun hatte sie jemanden und war glücklich. Zu schade, daß es nicht so blieb.» (Lila.)

«Ceil war stolz; sie hielt sich wie eine Königin; sie konnte keinen Raum still betreten, weißt du.» (Lila.)

Mein Großvater war ein unbändiger jüdischer Scharlatan. Falls er nicht tatsächlich Zauberer war. Ceil glaubte an ihn. Nach der Familiensage war er ein Wunder-Rabbi, der eine Privatarmee besaß und eine kleine Unternehmensgruppe leitete und, als religiöses Genie, fünzehntausend loyale Anhänger befehligte – ein Mann von einem Meter fünfundneunzig oder siebenundneunzig oder neunzig oder zweiundneunzig, ein Mann ohne Scham ob seiner weltlichen Macht, seines Einflusses auf Männer und auf Frauen, ein Mann, *der einen Kosaken verschrecken konnte.*

Aber ich glaube nicht daran. Es ist nicht wahr. Es ist überwiegend unwahr, nehme ich an. Er war arm, und seine Gemeinde war arm.

Lila: «Ceil sagte, sie kenne ihre Mutter kaum. Es gab da fünfzehn, zwanzig, fünfundzwanzig Kinder von derselben Frau. Ceil sagte, sie sei ein Schatten gewesen. Ceil sagte, sie habe auf niemanden geachtet außer auf den Vater. Ceil war die jüngste, die letzte. Davon zu erzählen machte Ceil immer verlegen. Ceil sagte, der Vater sei zu klug und zu fromm gewesen, um Frauen zu mögen. Wenn du mich fragst, hatte er nur für sich etwas übrig; deiner Großmutter blieb die Ehre und die Arbeit...»

Und: *Sie war sein Schatten; es gefiel ihr so; Ceil gefiel es nicht, sie wollte nicht so sein; sie hat zu mir gesagt, sie wolle keinen Mann, dem sie sich irgendwie verpflichtet fühlen müßte.*

Ceils Mutter spann und sengte ab und ließ ausbluten – ihr ganzes Leben verbrachte sie mit Heldenverehrung, meine Großmutter (vielleicht).

Lila: «Deine Mutter wurde von ihrer älteren Schwester großgezogen.»

Lila: «Ceil hat nie gewußt, was für ein Mann Max war. Woher auch? Sie war unwissend; sie wußte einfach nur, was sie wußte, weißt du, was ich meine? Sie wußte nur das, was sie wissen konnte. Ich wünschte, du würdest mich verstehen, Wiley.»

Die Geschichten von Frauen bleiben ungehört, dahingehend verstand ich das, was sie, Lila, sagte.

«Keiner weiß, was mit Frauen geschieht. Keiner weiß, wie schlimm es ist, und auch nicht, wie gut es ist. Wir Frauen können nicht reden – wir wissen zuviel.»

Ceils Vater, mein Großvater, erhob buchstäblich den Anspruch, der Vertreter des unbenennbaren Gottes auf Erden zu sein, seine Stimme auf Erden – gleichgültig wie arm.

Ich meine damit, innerhalb von vier Wänden war er ein grandioser Mann, nicht angeberisch, sondern lediglich die ihm mit seinen Kräften verliehenen Pflichten erfüllend: er besaß Kräfte wie Bach.

Sie, Ceil, war sein Liebling. Sie ist körperlich hinreißend, ja exotisch, nicht jüdisch-exotisch, sondern tatarisch-exotisch – byzantinisch, sarazenisch. Und sie besitzt einen bemerkenswerten Verstand, einen schmerzenden

Eifer, der sich früh zeigt, und sie wird besser ausgebildet als jüdische Frauen in solchen Gemeinden sonst, da ihr Vater sie auf ihre Weise für außergewöhnlich hält und glaubt, sie könnte eine Prophetin sein und – besser und wahrhaftiger als seine zahllosen schwerfälligen Söhne – sein Erbe antreten.

Für eine Frau zumindest sind Worte das wichtigste Mittel, wenn es darum geht, Gewalt auszuüben, anderen etwas aufzuzwingen, sie zu bezwingen. Für Frauen sind Worte in dieser Welt das wichtigste *Realistische*, in einem gewissen Sinn, insofern als Worten Gesetzeskraft innewohnt und sie Prinzipien, diese halbnebensächlichen Apokalypsen im Lande Utopia, verkünden, oder wenigstens den Frieden auf Erden. Auch für Lila bedeuteten Worte Kritik, Verurteilung, sozialen und psychologischen Zwang. Doch für Ceil waren die meisten Worte Gottesworte, kabbalistische Worte: die richtigen Formeln konnten Glück herbeibeschwören.

Lila: «Sie haßte die Kommunisten, als die es geschafft hatten; sie sagte, die würden keinen in Frieden lassen; sie sagte, die wären gemein und dumm, Amen.»

Und: «Sie hatte wundervolle Haut und einen guten Schlaf: Ich glaube, sie hatte ein gutes Gewissen; sie war sehr streng. Sie war nicht schüchtern. Sie hatte keine Angst; sie konnte mit jedem reden; sie war wie eine Königin. Deine Mutter konnte hübsch lachen, aber vor Männern lachte sie nie – sie sagte, das sei, als würde sie ihren Schlüpfer herzeigen. Ich habe noch nie jemand so Selbstsicheres gesehen wie sie – das konnte einen manchmal verrückt machen. Ich habe sie nie erschöpft erlebt.»

Das Leben ist unlebbar, und doch leben wir es. Keine Jungfrau hätte Max Stein geheiratet. Und keine gutherzige

Tochter eines überwältigend heiligen Mannes hätte eine solche imponierende Gestalt verlassen.

Er will, daß sie einen Gelehrten heiratet, einen dürren, rachitischen Gelehrten, der sich den *pilpulim* und gewissen chassidischen Gesängen widmet, gewissen Verzükkungen, gewissen Arten von Spitzfindigkeit und vor allem ihm, dem Rebbe, jener physischen, sexuellen und weltlichen Macht, der das Heilige verkörpert für die schmächtigeren Körper, aus denen seine Herde besteht. Den dürren, ihm unterlegenen Mystiker hat er erwählt, und Ceil wird die Tradition aufrechterhalten. Früher haben solche Vorstellungen Ceil trunken gemacht, nun aber ist es zu spät. Sie ist an Ereignissen gereift. Am Krieg. Am Verschwinden eines Bruders. Vielleicht war da auch etwas Persönliches – ein Mann, eine Frau. Ein Buch. Ein Film. Ein Kummer. Oder Gier: *Sie wollte eine Chance haben zu leben.* Ceil wird die Sünde wählen und zur Verstoßenen werden.

Groß, langbeinig, leistet die junge Frau mit den sonderbaren Augen Widerstand, verweigert die Ehe. («Es gab richtig Ärger zwischen ihr und ihrem Vater. Einerseits verzieh er ihr, und andererseits belegte er sie mit einem Fluch. Beides. Er hat sich ihretwegen übel aufgeführt. Aber sie war egoistisch. Sie hatte keine Angst mehr vor ihm.»)

Ceil schämte sich für nichts. Sie hat Max unter anderem darum geheiratet, damit sie sich für die Leute in der Heimat nicht zu schämen brauchte – für den Hofstaat. *Komischerweise tat sie Dinge für und gegen ihren Vater. In gewisser Weise brachte sie ihr Leben um seinetwillen in Ordnung.*

Lila: «Sie ging zweimal die Woche zum Friseur, und sie mochte die Garbo. Sie sprach kein Englisch und arbeitete als Hausmädchen, glaube ich. Sie wollte ihr eigenes Geld haben, ihr eigenes Leben führen – sofort. Es wurden ihr Anträge gemacht, aber sie lehnte sie alle ab. Sie verhielt sich immer so, als wüßte sie, was sie tat.»

Ich gehe von Greta Garbo aus; ich denke an Szenen, in denen die Garbo *auf Reisen* ist – an diese fast unvorstellbar starke Gestalt auf der Leinwand, zugleich herausfordernd und nordisch beherrscht, hochgeschlossen, furchtlos.

Und: «Deine Mutter zögerte nie, sich herauszuputzen. Von einer anderen hätte man gesagt, sie hat Allüren, aber nie von ihr – es gehörte einfach zu den Dingen, die sie gern tat, und bei ihr wirkte es fast wie ein frommes Ritual, wie eine Pflicht. Darin war sie wie eine Königin.»

Max, mein Vater, stammte aus Odessa. Meine Mutter hat ihn nicht dort kennengelernt, sondern sie fuhr von Odessa aus auf einem Getreidedampfer los und landete in New Orleans.

Lila: «Keiner holte sie ab, keiner von ihren Verwandten – sie hatte nur eine Schwester hier –, aber sie hatte keine Angst, das schwöre ich bei Gott. Als erstes ließ sie sich die Haare machen. Ich würde nicht sagen, daß sie eitel war; bei ihr war das nicht Eitelkeit, sondern etwas anderes. Aber nachher ging sie auf die Straße hinaus, und da sah sie, daß die Frisur, die sie sich hatte machen lassen, die falsche war. Soweit sie Geld hatte, scheute sie sich nie, es für sich auszugeben. Ach, du hast keine Ahnung, wie sie war. Sie konnte von Kohl leben oder von Luft; sie konnte zu Fuß gehen und mußte nicht die Straßenbahn nehmen. Sie hatte ungeheure Energien, mußt du wissen. Jedenfalls ging sie sofort zu einem besseren Friseursalon, am selben Tag, gleich anschließend, und ließ sich die Haare noch mal machen, damit keiner sie auslachte. Sie war Immigrantin, aber sie wußte von Anfang an, worauf es ankam.»

Und: «Nach einiger Zeit heiratete sie Max und zog in diesen kleinen Ort. Sie lachte viel, aber häufig war das grausam, sehr grausam – ihre Scherze waren gemein. Aber manchmal war sie einfach ein junges Mädchen. Sie wollte nie mit mir einkaufen gehen. Ich schenkte ihr oft Sachen – Seidenschals, Schmuck –, aber dann wollte sie nichts mehr annehmen. Ich wußte nie, woran ich bei ihr war.»

Kichernd reist sie per Bus oder Bahn das Mississippi-Tal hinauf, nach Memphis, nach St. Louis, ins Landesinnere von Illinois.

Lila: «Sie erlaubte uns oft, daß wir uns alle auf ihr Bett legten, und dann erzählte sie Geschichten, bis uns schwindlig war vor Lachen. Wenn du mich fragst, war sie nicht darauf gefaßt gewesen, daß ihre Schwester nicht der feinen Gesellschaft angehörte. Ihre Schwester muß in ihren Briefen nach Hause kräftig gelogen haben – du weißt ja, wie das so ist –, und Ceil machte sich darüber lustig.»

Und: «Ceil verdiente von Anfang an Geld, sie schrieb für andere Briefe in die alte Heimat, und sie arbeitete in einem Restaurant, aber das war schmutzige und harte Arbeit, und dann fing sie an, bei Leuten im Haus zu arbeiten, weil sie da sicherer vor Männern war, und nach dem ersten Jahr sprach sie allmählich besser Englisch.»

Nach einer Geschichte über Ceils Vater, der fast zehn Jahre nach ihrem Tod ermordet wurde, befahlen die Russen (in einem anderen Krieg) ihm und seiner Gemeinde, das Dorf zu räumen und ostwärts zu ziehen. Aus diesem oder jenem Grund – unter anderem aus mangelnder Treue zu Stalin – weigerte er sich, den Befehl zur Umsiedlung nach Sibirien zu befolgen. Er war über achtzig. Achtzehn Schüsse – so die Familiensage – feuerten die Russen auf ihn ab, doch die Deutschen waren nah, und die Russen flohen, und er wurde geheilt oder war wunderbarerweise nicht getroffen worden oder war so schwer verwundet, daß es ihm gleichgültig war, ob er überlebte oder starb, und er lebte in einem Zwischenzustand weiter, bis die Deutschen kamen, und auch ihnen bot er die Stirn, ein lebender Toter in seinem Zorn, und die Deutschen erschossen ihn mitten in einem Fluch, vor seiner Arche. Teile hiervon sind wahr, sind verifizierbar.

Lila: «Ceil flüchtete aus dem Haushalt ihrer Schwester und fuhr nach St. Louis, wo einige gebildete Juden lebten und wo es einen guten Rabbi gab. Ein paar Leute beschäftigten sie, aber sie arbeitete eben als Hausmädchen, und sie nutzten sie aus; vom Faulenzen verstand sie nichts; sie war es gewohnt, alles für ihren Vater zu machen – und sie fand, der Rabbi von St. Louis sei blöd und habe keine Ahnung – sie sagte, er sei gottlos –, und sie erhielt Anträge, aber die interessierten sie nicht. Aber alle hatten sie gern, wir alle hatten sie gern und fragten uns, was aus ihr werden sollte, und dann heiratete sie Max. Wir warnten sie, aber sie war dickköpfig – sie hörte nie auf einen.»

Da ist Ceil in Amerika, in Illinois – in einer Kleinstadt von dreitausendfünfhundert Einwohnern – inmitten von amerikanischen Gesichtern, Maisfeldern, amerikanischen Gewissen und amerikanischer Gewalttätigkeit; und ihre Erinnerungen an früher verlassen sie nie, verlieren nie ihre Macht über diese Reisende in ihren Kostümen, in ihren Tagen, ihren Morgen und Abenden, trotz der schillernden Erfahrungen, die sie macht. So, glaube ich, war es. Natürlich weiß ich aus dieser Zeit nichts Gesichertes.

Sie wohnte am Rand des Farmerorts in einem Holzhaus, in dem fünf Zimmer ausgebaut waren. Jenseits der Landstraße beginnen hinter einem flachen Graben die Felder. Hügellos erstrecken sich diese Felder bis zum Horizont. Nie ist die Landschaft hier so beeindruckend wie das Panorama des Himmels. Vom Hintereingang des Hauses bis zur Ortsmitte legt man vielleicht eine Viertelmeile zurück. Die Häuser stehen nah beieinander. Wo in diesen Straßen einst Rasenflächen waren, sind heute auf Dauer Wohnwagen abgestellt. Es ist kein reicher Ort. Nach Osten hin erheben sich zwischen der Stadt und dem Superhighway, der sieben Meilen entfernt ist, zwei Schlackehaufen inmitten von Maisfeldern. Im Verlauf des Tages wandern die Schatten der Schlackehaufen im Uhrzeigersinn über die Blätter der sie umgebenden Maispflanzen.

Im Sommer bilden der sich plagende Fabrikhimmel und die langen, wuchernden Mais-Avenuen vor Hitze eine obszöne Einheit. Im Winter ist der Himmel ein Speicher voll Wolkengerümpel, laut und hallend.

Sie schämte sich, weißt du – wegen ihres Akzents, ihrer Größe. Sie wußte, daß sie etwas darstellte und daß die Leute sie bewunderten, und trotzdem versteckte sie sich. Sie wußte genau, wie sie zu ein paar Cent kommen konnte, über fünfundsiebzig Cent strahlte sie – ich brachte das nie fertig. Sie war gut im Rechnen, sie konnte besser Kopfrechnen als ein Mann und die Leute zum Lachen bringen, ohne daß einer sie für eine Lügnerin hielt; du weißt nicht, was das in einer Kleinstadt bedeutet – da hat jeder ein Auge darauf, wer wieviel Geld verdient, und wenn einer zu Geld kommt, meinen die Leute, er betrügt alle übrigen. Sie hatte einen guten Blick dafür, wieviel genau sie bei einem Handel für sich rausschlagen konnte, ohne den Ort gegen sich aufzubringen; sie war ehrlich, aber sie war eine gute Lügnerin und tat einiges an Geld beiseite, damit die Leute es ihr nicht verübelten; sie wurde jeden Tag reicher, es klingelte nur so in ihrer Kasse, und sie wollte ein Kind haben, um ihr Leben abzurunden.

Du warst ihr Erfolg in der Welt, in Amerika, ihr ganzer Erfolg.

Ich wurde in ihrem Schlafzimmer geboren, zu Hause.

Ich *spüre* sie; ich spüre ihre Stimmungen.

Diagonal am Haus vorbei verläuft eine einspurige Bahnstrecke, auf einem zwei Meter hohen Damm. Ich meine mich erinnern zu können, wie das Haus verblüffend stetig schwach zu beben beginnt, bis es, als solle die arithmetische Progression anschaulich demonstriert werden, in einem sich beschleunigenden Rhythmus, der nichts Menschliches hat, zu wackeln und wanken anfängt. Es ist, als würden aus Kieseln in einer bebenden Trommel erst vier, dann acht, dann Steinbrocken, vielleicht wie Lottokugeln aus Messing in einem Blechzylinder, bizarr und zwitschernd wie Vögel, nur logischer. Vom Wahnsinn getrieben nimmt das Geräusch exponentiell zu, mit einer Stärke, die in nichts dem Schlagen eines Pulses oder den Rhythmen von Regen gleicht. Es ist laut und real und nicht abbildbar. Fassadenbretter und Nägel, Fensterscheiben und Möbel, hölzerne und blecherne Gegenstände in Schubladen pochen und quietschen und scharren mit so unaufhaltsam wachsender Lautstärke, daß man diese Zeichen der Annäherung auf keine Weise ausblenden oder sich ihrer erwehren kann. Der Krach tut sich gähnend auf, als wäre die Hauswand fortgerissen worden und wir purzelten im Chaos umher. Der Krach und die Echos kommen jetzt aus sämtlichen Richtungen. Der fast unerträgliche Baß der großen Tragebalken im Innern des Hauses ächzt, ohne erkennbares Muster, schmerzhaft, formlos nebenher.

Des Nachts fegen die Lichter der Lokomotiven über die bebenden Fensterläden, und aus blind stierenden Augen ergießt sich zu dem Krach eine flüchtige, ungreifbare Milch über uns. Das rollende, tollende Ding, das, Luftbrecher vor sich herwälzend, teilweise durch den Himmel fährt, tut einem dies an. Krach überschwemmt einen und weicht dann; das Rütteln, Krachen und Leuchten fließt ab, versickert in der Ferne, und der Geruch nach Gras und

Nacht, der zuvor in der Luft hing, ist nun, in windlosen Nächten, vermischt mit dem Geruch von Ozon, dem Gestank von verbrannten Metallpartikeln, erloschenen Funken und Rauchfetzen aus der Lokomotive.

Der Zug entfernt sich über die Felder, über den Mais. Das Haus tickt und pocht, ruckt und senkt sich. Der Zug rollt südwestwärts, St. Louis entgegen.

Der nach Holz duftende Schatten einer Veranda, der leichte Säuregeruch des Hauses: Seife und Holz – ein Landgeruch.

Der Oberkörper meiner Mutter in einem geblümten Kleid.

Ein Sommer, ein Herbst, ein Winter – die mir mit Ceil vergönnt waren.

Das Haus hatte sehr große Fenster, die fast bis zum Boden gingen. Vor diesen Fenstern waren Rouleaus von einer unmenschlich beigegelben Farbe, einer Farbe gleich der alter Löwen im Zoo oder der von Narbenfäden an Mais, von Pappelblättern, nachdem sie eine Weile am Boden gelegen haben – dieses verblichene, lehmige Weißgelb.

Das Glück meiner Mutter war nicht von Bedeutung für die Welt.

Ich glaube beinahe, daß meine Mutter einen Liebhaber hatte. Ich erinnere mich beinahe, ihn mit ihr besuchen gefahren zu sein; sie nahm mich mit in einem Elektrotriebwagen, der durch die flachen Felder fuhr. Ich stand auf dem Sitz und schaute durchs Zugfenster. Die Spuren meiner Hände, meiner Nase und meines Atems – an sie erinnere ich mich und an ihre Hand, beim Verwischen der Spuren. Ich sehe vorbeischwenkende Reihen von Mais, gelegentlich Bäume, Windmühlen, Farmhäuser.

Vielleicht täusche ich mich.

Lila: *Sie hatte mehr Charakter als irgendeine Frau, die ich je gekannt habe, aber was hat es ihr gebracht!*

Deine Mutter wußte, daß sie einen Fehler gemacht hatte, als sie Max heiratete; sie gab ihm Geld, und sie wußte, er würde es durchbringen und fortgehen: Keiner konnte sie zum Narren halten, aber wo sie den Mut hernahm, in so einer kleinen Stadt allein zu leben, weiß ich wirklich nicht; jeder beobachtet dich; du kannst glatt auf die Nase fallen.

Ceils Geschäft ging gut, in schlechten wie in guten Zeiten. Mein Bruder sagte, sie sei ein Geschäftsgenie – sie war so tüchtig im Kopf, daß Männer sich dafür interessierten, mit ihr Geschäfte zu machen; die Männer unterhielten sich gern mit ihr, sie hatte genausoviel Format, und man sah, daß sie religiös war, daß sie es ernst meinte; es reizte die Leute, daß jemand so Gescheites in so einem kleinen Ort lebte und so hart arbeitete und nicht gut Englisch sprach und trotzdem vorankam in der Welt.

Du wirst das nicht verstehen, aber sie schämte sich nicht, eine Frau zu sein.

Ich denke oft, ich hätte Ceil nicht gemocht – wenigstens bisweilen nicht. Meine Mutter. Ich führe mir die wahnsinnige, die mitleiderregende Arroganz vor Augen, die Worttrunkenheit meiner Mutter auf ihrem Bett aus Sprache und Fluch.

Ich war ihr Kind – genauer, ihr Baby – und das Wichtigste in ihrem Leben, wie sie sagte, doch nie so wichtig, daß damit ihr Aufstieg in der Welt oder die Machinationen ihres Willens ausgeschlossen waren.

In meinen Träumen drängen sich nachts oft die Bewohner einer Kleinstadt um das weißgestrichene hölzerne Farmhaus, Fackeln in den Händen, um meine Erwählung zu feiern, meine offenbar gewordene Bestimmung zum Ruhm; wenn ihr Applaus und ihre Bravorufe zu laut werden, erwache ich und lasse sie in dem Traum zurück, der ein verirrter Planet, ein wandernder Asteroid ist, von dem sie nicht fliehen können. Die Träume und das Leben meiner Mutter kreisten um ihr Auserwähltsein. Wie in den meisten Existenzen gibt es darin Ruhe, doch nicht oft.

Ihr Stolz hielt Ceil davon ab, Freundschaften zu schließen; Freunde hätten ihr das Leben erhalten, aber in das Getriebe und in die Gewinde ihres Verstands eingegriffen. «Sie fühlte sich nur wohl unter Leuten, die für sie arbeiteten; sie mußte die Beste sein; sie war sehr stolz auf ihren Verstand; sie dachte, sie wüßte alles.»

Ceil schmückt sich mit ihren Leistungen und Entscheidungen.

Dein Großvater verfluchte deine Mutter für den Fall, daß sie je aufhören würde, Jüdin zu sein: schau, nicht einfach Jüdin, sondern eine strenge, du weißt schon – weißt du, was ich mit streng meine? Ich weiß nicht, ob ich es hinkriege, dir die Geschichte zu erzählen, wenn du dir nicht Mühe gibst, sie von dir aus zu verstehen; er sagte, es solle ein schlimmes Ende mit ihr nehmen, wenn sie nicht auf genau die Weise Jüdin blieb, wie er Jude war, wie ihm zufolge Juden sein sollten: du weißt, wie derart gestrickte Leute sind, oder? Nun, Ceil wurde mit Krankheit geschlagen, und sie sagte, das komme, weil sie keine Jüdin mehr sei, die ihr Vater ins Haus lassen würde.

Nun möchte ich, fort von Lila, auf die Stimme einer anderen Frau umschalten – keiner Frau, die ich gut kenne. *Du willst davon hören? Meistens wollen Männer nichts wissen. Meine Mutter ging Ceil im Krankenhaus besuchen, als*

*sie im Sterben lag, sie ging jeden Tag hin, sogar als Ceil nicht
mehr sprechen konnte; sie sagte, es tue ihr gut* [eine Erbau-
ung für ihre Mutter: die Würde, die fromme Ergebenheit,
die Stärke im Leiden] – *aber vielleicht war's auch nicht so.
Es ist was Wahres an diesen alten Dingen, aber wie soll
man's erkennen? Es stirbt sowieso jeder. Vielleicht hat sie's
nicht durchgehalten, aber Ceil hatte viel Würde. Weißt du,
sie liebte Gott mehr als die Menschen – dich vielleicht ausgenommen. Sie sagte, sie sei es Gott schuldig. Sie sagte, sie habe
kein Recht, sich zu beklagen. Ich weiß nicht, ob ich das verstanden habe. Sie hatte eine Schwester hier, und die Schwester mochte ihre Kinder nicht; sie waren zu amerikanisch, sie
waren nicht gut zu ihr – du weißt ja, wie junge Leute manchmal sind –, und sie hatte Angst, daß sie nichts taugten. Ceil
erzählte mir im Vertrauen, ihre Schwester sei nichts Besonderes: sie sei eine dumme Frau, habgierig und nicht sehr nett.
Ceil war anders; sie redete anders; sie sah die Dinge anders.
Ihre Schwester zerhackte sich mit einem Fleischerbeil. Weißt
du, es ist schon komisch, von wie vielen Selbstmorden ich
weiß. Die Leute verheimlichen so was vor Kindern, weißt du.
Sie sorgte dafür, daß keiner im Haus war; sie schickte alle
Kinder ins Kino. Ceils Schwester war zwanzig Jahre älter als
sie. Ich glaube, auf ihr lag ebenfalls ein Fluch. Sie nahm das
Beil und hackte alles kaputt – ihre ganzen Möbel und ihre
ganzen Kleider, alles, Taschentücher und Strümpfe. Und
dann hackte sie auf sich selbst ein, immer wieder, immer wieder – bist du dir wirklich sicher, daß du es hören willst? –, bis
sie tot war. Damals hatte Ceil schon eine Weile Probleme mit
Max, und sie tat etwas, wofür sie sich schämte; eine Abtrei-
bung, aber sie nahm sie selbst vor, mit Hilfe einer Französin,
mit der sie bekannt war. Und Ceil wurde ein bißchen krank;
es war nichts Schlimmes, aber sie fuhr zur Beerdigung ihrer
Schwester und hielt Schiwa und nahm dich mit, und sie sagte
mir, die Stimme ihres Vaters sei dort im Raum gewesen, und*

sie hätte versucht, nicht darauf zu hören. Ceil hatte viel Geld auf der Bank, eine Menge Geld, und sie liebte dich, es war schön anzusehen. Sie wollte nicht sterben, das verspreche ich dir. Als sie krank war, sagte sie, du würdest das Gefühl haben, sie laufe dir weg. Eine Frau ist immer im Unrecht. Ich hatte Glück. Für mich wurde es nie so ernst, daß ich nicht mehr lachen konnte. Ach, vielleicht ein- oder zweimal dachte ich, ich würde dran sterben. Ich wollte in die Irrenanstalt, aber was mich gerettet hat, waren nicht meine Kinder. Die nehmen, sie geben nicht.

Sie sagte, wer würde dir nun jemals geben, was sie dir gegeben hatte, was eine Mutter gibt, ohne irgendeinen guten Grund, wer würde für ein Kind sorgen wie eine Mutter? Eine Frau hat selbst Kinder, sonst versteht sie nichts davon. Wie kannst du auf eine Mutter verzichten, wenn du noch so klein bist, und dann mußt du nehmen, was du kriegen kannst; wie gesagt, es ist eine furchtbare Geschichte; aber sie wurde krank, es ging von ihrer Seele aus, wir widerten sie alle an – so geht es vielen Frauen.

Sie gab nicht gleich auf; die Ärzte sagten, sie würde binnen einer Woche sterben, aber deinetwegen lebte sie noch sechs Monate – unter furchtbaren Schmerzen. Das konnte nicht einmal der Zorn Gottes sein, es war zu furchtbar dafür; es komme vom Teufel, sagte sie, und die Mittel waren nicht stark genug, um zu wirken. Es ist furchtbar, wenn nichts helfen kann. Wegen der Infektion stank sie so, daß die Leute sich übergeben mußten – ihr wurde selbst übel davon, von ihrem eigenen Gestank. Es war, als ob er aus der Hölle käme. Sie brachten sie auf eine Station, wo alle im Sterben lagen. Du weißt ja, wie Ärzte davonlaufen, wenn sie einem nicht helfen können. Und es wurde schlimmer und schlimmer und schlimmer. Sie lag da und schmiedete Pläne, um jemanden zu finden, der dich retten würde. Und um dir die Wahrheit zu sagen, sie wollte nicht, daß Lila dich nahm – sie mochte Lila überhaupt nicht; Lila ist liederlich, sagte sie – aber als Lila sie mit dir besuchen kam und es dir besser ging als zuvor und Lila ihre Brillanten und eine Menge Parfum trug und du sie gern hattest, da sagte Ceil, vielleicht sei es besser, du würdest überhaupt gerettet, egal wie, egal von wem – sogar von einer wie Lila, praktisch einer heidnischen Hure: Ceil redete wie ein Rabbi, sehr streng. Sie sagte, Lila sei nicht so übel, wie manche meinten. Lila sei tapfer. Niemand könne Lila vorschreiben, was sie zu tun habe. Lila brachte dich zu deiner Mutter und legte dich deiner Mutter in die Arme, und du hast in ihren Armen geweint; du darfst dir da keine Vorwürfe machen; es war grauenvoll; du kanntest deine Mutter nur gesund, als so eine starke Frau, und da ist plötzlich dieses Knochengerüst, diese Frau, die betet wie wahnsinnig, und sie sorgt sich wahnsinnig um dich; und sie betet darum, du mögest am Leben bleiben und anständig werden und einmal etwas für die Juden tun. Du hast geweint und gezappelt und die Arme nach Lila ausgestreckt. Ich sag dir die Wahrheit, das brachte Ceil um, aber es erstaunte sie nicht – sie sagte zu mir, sterben ist leicht, das Leben war schwer, ich möchte jetzt sterben, und in der Nacht starb sie. Mach dir keine Vorwürfe. Sie bat mich nur, dir eins zu sagen. Dir zu sagen, du solltest dich an sie erinnern.

Ich erinnere mich an sie. Ich hasse Juden.

Nein. Ich erinnere mich nicht wirklich an sie, und ich hasse Juden nicht.

In der qualvollen, zerrissenen Stille gewisser Träume – im nächtlichen Atrium meines Schlafs – rühren sich manchmal die Wörter wie Finger und kneten und formen die Szenen: Schattenleben auf nächtlichen Straßen. Das Licht schimmert perlig fremd. Liebe und Kinder erscheinen wie bei Tageslicht, doch die Stadt ist immer eine schlafende Stadt, an steilen Hängen gelegen, mit eingedämmten Bränden und Geistern, die im matt reflektierenden grauen Licht einer nutzlosen Bedeutsamkeit auf den Straßen liegen.

Ich glaube nicht, daß es in Ceils Leben Gerechtigkeit gab.

S. L.

1932: Das Kind ist noch nicht adoptiert

Er und ich gehen in einer Regenpause hinaus auf eine hölzerne Veranda – S. L. und das ein bißchen kranke, schweigende Kind; er hält mich hoch an seine Brust gepreßt, in
der Taille abgeknickt und mit Blick nach vorn –, und draußen, in der Luft, zart schwebend, wie um alles sicher einzu-
hüllen, damit es nicht kaputtgeht, ist ein Gewirbel von
Tröpfchen und Dunst. Trotz Dunst und Stille ist Sekunde
um Sekunde Bewegung in der Luft, ein Taubenflattern.
Die Luft zittert, silbergrau, schweigend. Und alles auf der
Welt, alles was ich sehe – die schmalen Stützen der Veranda, der Handlauf des Treppengeländers im Hinunter-
steigen, die Büsche entlang der Treppe und hinten ums
Haus herum –, glänzt und tropft.

S. L. strahlt eine Art ironischer Traurigkeit und zerstreu-
ter Zärtlichkeit aus; wir bewegen uns durch diese perlgraue, sanft umschlossene Regenlandschaft; er singt tonlos
ein improvisiertes Lied: *«Ach, was für eine Schande.»*

Die helle Aura seiner seltsamen Einsamkeit, der ihm eigenen Mischung von amerikanischer Maßlosigkeit und
wohldurchdachter Barmherzigkeit breitet sich um uns aus;
darin, in dem Regendunst, erscheint seine Stimme, dieser
Bariton, zu laut, fast unkontrolliert. Er, diese Stimme, sagt:

«Willst du es mal drauf ankommen lassen, naßgeregnet zu werden? Seien wir einfach zwei brave Kinder in einer Welt voller Arschlöcher. Glücklich wie die Vögelein, und wenn es regnet, verwandeln wir uns in Fische im Wasser. Du kleiner Süßer, mein kleiner süßer Freund.» Ich, das schweigende Kind, das nicht recht gesunde Kind, *das Zitterkind*, ich höre zu. *Er*, S. L., sagt: «Was bist du nur für ein Zitterkind? Na, ich beiß schon nicht.» Dann imitiert er hervorragend ein zartes Stimmchen: «Armes, kleines Vögelein.» Das Elend dieses Mannes verleiht seinem Mitgefühl einen zusätzlichen Reiz. Daß ich krank und traurig bin, macht er zu einem Teil *seiner* Beschwerde über Die Welt: Mein Zustand klagt die Welt an. «Sei einfach freundlich, dann könnte ich mir schon vorstellen, daß es mit uns beiden klappt.» S. L. verschafft sich seine moralische Absolution grundsätzlich, wo und von wem er sie nur kriegen kann, etwa in Form von Komplimenten, wenn einer zu ihm sagt: *Weißte was, S. L., du bist schwer in Ordnung.* Für dieses Haus und die darin geübte Barmherzigkeit, im kleinen wie im großen, stellt S. L. das Geld zur Verfügung, er zahlt dafür: Daran denkt er am Tag des öfteren, fast ständig. «So teuer es ist, war und sein wird, Geld spielt keine Rolle – ich bin extra nach Hause gefahren, um bei dir zu sein, ganz allein bei dir.» Er ist hier bei mir, gutaussehend, jung und wohlhabend, obwohl andere (und zwar auch Kinder) sich um seine Gesellschaft reißen. «Ich bin wie der Wind blitzgeschwind in meinem guten alten Buick gekommen, damit wir zwei einen Tag lang richtig miteinander turteln und ein Liebesfest feiern können: Du bist nämlich ein ganz Feiner, du bist ein feines Kind, eine richtige Persönlichkeit, jawohl.»

Der Garten ist eine abschüssige Landschaft aus braunem, fast schwarzem Regendunst, mit seltsam umwölkten Mauern am hinteren Ende. Im wechselnden, fast kammerartig abgestuften Licht des fast offenen Raumes zwischen

den flüchtig erkennbaren Mauern erscheinen die Farben
wie gemalt – üppig und verfließend und ohne die Rivalität
der Sonne deutlicher wahrnehmbar in ihrem eigentlichen
Ton. Der feuchte, trübe, zerstückelte, zerstäubte, zerfetzte
Glanz ist ein besonderes Licht, eine besondere Stille...
Die Stoppeln auf seinem scharf ausrasierten Nacken machen ein Geräusch an seinem Kragen, nicht weit von meinem Ohr.

Am Beginn der Kieseinfahrt stellt er das Kind auf den
Kies.

Er beugt sich zu mir herunter, schiebt mich mit seiner
Hand auf meinem Hintern, seinem Unterarm auf meinem
Rücken vorwärts. Ich gehe zögernd. Ich höre seinen Atem
rings um meinen Kopf.

Er fängt an, mich zu beglückwünschen: «Schau nur,
schau, wie du laufen kannst, ich sag dir was, Kleiner, du
kriegst bald Siebenmeilenstiefel, du läufst ja wie eine Eins.
Weißt du überhaupt, wie gut du bist? Höchste Zeit, daß wir
dir ein Spitzenzeugnis schreiben. Hör zu, mein Vögelchen,
du kleiner Spatz, ach, du bist ein Spatz, keck bist du, das
sag ich dir, die ganze Stadt weiß es schon, dir geht's wieder
gut, das erzähl ich allen, du bist berühmt, du bist ein Held,
ich bin froh, daß ich dich kenne, und die ganze Stadt redet
darüber – lieber Gott, Liebergott, ach, Scheiße...» Mein
Schweigen und mein mühseliger Gang auf dem schweren
Kies deprimierten ihn.

Er verlor das Interesse. Er hatte ohnehin das meiste nur
so für den Augenblick dahingesagt – er sprach nicht für die
Ewigkeit.

Das hing zum Beispiel davon ab, ob ich jetzt, in dieser
Minute, reagierte oder nicht, und zwar auf das, was gerade
in ihm vorging, und nicht auf das, was ständig, sein Leben
oder eine Woche lang oder sagen wir für den Rest des Mo-
nats in ihm vorging.

Er ist ein wenig zornig in seiner Traurigkeit, jener Traurigkeit, in der *tragisch* sein entscheidendes Wort wird, weniger zur Beurteilung der Dinge an sich, sondern zur Bezeichnung dessen, was sich aus ihnen entwickelt: Mein Gott: so sprach er eben: Er meinte: *Ich bin ein tragischer Mensch, weißt du das nicht, verstehst du denn überhaupt nichts? Mein Leben ist eine Qual. Alle sind mir verhaßt.* Sein Gehabe verbarg das, deutete es aber an, teilte es in versteckten Untertönen mit – eine große Zartheit, eine tragische Dimension auf Grund von männlicher Qual, S. L.s Würde, S. L. Silenowicz aus Alton; Alton, Illinois.

Plötzlich beginnt er alles laut zu benennen – er belehrt das Kind: «Haus, wie geht's... wie geht's, altes Haus... Hallo, Rasen – hallo, Azaleenbusch mit dem abgebrochenen Zweig. Hallo, Pfütze.» Er rezitiert leise. «Regen, Regen, geh nun fort, geh an einen andern Ort, daß die Kinder wieder lachen, sonst werden wir dir Beine machen, und drum bin ich ein Dichter, das ist besser als Gelichter. Ich bin ein Dichter, da gibt's kein Vertun – ich bin der beste, ich weiß, was gut und was schlecht ist. Fällt einem bloß nicht gleich auf.» Er meint, er sei ein echterer Dichter als die berühmten Dichter, auch wenn die Kritiker das wohl nicht so sähen.

Er sieht mich an, um herauszufinden, ob ich froh bin, der weiblichen Fürsorge entronnen zu sein: «Du bist in Gesellschaft eines Helden von der Marne und westlich davon.» In Wirklichkeit Château-Thierry und die Argonne. «Lächle und paß auf, was dabei rausspringt, mein hübsches Spätzelein.»

Er redet mir gut zu, ich soll lächeln und etwas sagen, ich hinke in der Sprachentwicklung hinterher, seine Stimme drängt mich zu reden. Er will von mir eine gelispelte, kindliche Version dessen hören, was er zu mir sagt. Er ist einsam.

Neben seiner wilden Sexualität und seinen täglich zur Schau gestellten *Ich-weiß-wo's-langgeht*-Posen hat er auch etwas behütend Hätschelndes. Wenn ich nicht rede, sagt er: «Na gut, dann bist du eben still, du schweigsamer Ritter – ähem.» Er ist erst vergnügt und wird dann traurig und wollüstig fromm – versonnen, empfindsam, ein wenig unmännlich, als könnten nur Frauen und empfindsame Männer in Amerika Heilige sein. «Ich mag mag mag dich geeeern, fidiri, fidira, fidirallalla – ich bin ein Kindermädchen.» Er trippelte ein, zwei Schritte in einer köstlichen Parodie eines sehr jungen Kindermädchens, dann verlor er das Interesse, trippelte zwar weiter, aber weniger übertrieben und irgendwie abwesend, und zog an meiner Hand, daß ich halb in der Luft hing. Er blieb stehen: «Ich sag dir was, ich sag dir was, das so wahr ist, daß es dich glatt umhaut, jawollja, es gefällt mir, es fühlt sich gut an, GUT zu sein, jawollja, – zu dir nett zu sein, ist mir ein Vergnügen, Schnuckiputz.»

Er gibt mir lauter solche Namen: Das Kind hat in seinen neuen Lebensverhältnissen noch keinen richtigen Namen – das Kind lebt in einer Zwischenwelt ohne Namen: ohne Namen, Hoffnungen und sichere Refugien.

Bei allem Zauberglanz ist S. L. recht wachsam und pflichtbewußt, aber dabei unsicher, ein Anfänger, was Pflichtbewußtsein, lebenslange Pflichten und Knechtschaften angeht – ein Anfänger, ganz sicher noch kein Profi: Er ist ein Profi im Gutaussehen; er ist erfahren darin, seinen männlichen Eigensinn zu bezähmen und wirklich sanft und freundlich zu sein: Das Kind ist eine Mauer von Krankheit und Schweigen. Hinter dieser Mauer ist die Aufmerksamkeit des Kindes ständig gegenwärtig. Die Aufmerksamkeit des Kindes wird abgelenkt. Die Mauer löst sich auf, verwandelt sich vielleicht in eine Hecke; das Kind ist die andere Seite einer blassen Hecke und spürt

S. L.s Gegenwart hier, hier draußen, unmittelbarer als noch vor einem Augenblick, nämlich augenblicklich: Das ist ihm neu bei diesem Mann. Es ist und ist doch nicht, als sähe es den Mann zum erstenmal.

«Ich mag dein Lächeln», sagt S. L. Es ist kein Lächeln; es ist die Pose weniger abgelenkter Aufmerksamkeit, mit leicht geöffnetem Mund und nicht unangenehm. «Ich weiß, was man an einem Lächeln ablesen kann, und du hast ganz besondere Arten zu lächeln; aber es sind nicht genug, wenn du mich fragst: Also, das ist eine Drohung, Sheriff: Lächle oder verschwinde aus der Stadt: Ich werd dich schon zum Lächeln bringen.»

Die natürliche Musik in seiner Stimme und seine Absichten, wie sie sich mir offenbaren, freundlich und befristet (das Kind hat noch kein beständiges Gefühl für die Zukunft) in dieser Aufmerksamkeitsspanne, lassen das Bewußtsein des Kindes auf der anderen Seite der mal wachsenden, mal schrumpfenden Hecke sichtlich nervös aufschrecken – das Kind ist fast sofort von S. L.s Ausstrahlung eingenommen.

Dann starrt das Kind, der stumme Wiley, in diesem Augenblick ich, beinahe offenherzig hinauf, verblüfft und bezaubert – es ist die alle Grenzen durchdringende Stimme dieses Mannes, eine Flut außerhalb von mir, in Dunst und Regen, und in mir, eine Flut, die meine Gedanken, meinen *Kopf* und die flachen Ströme elektrischen Begreifens darin überschwemmt.

Vielleicht war es auch wie bei einem Kind am Strand, im Sand und in der Sonne, im Lärm und am Rand der weiten Wasserfläche, an einem solchen Schnittpunkt gewaltiger Dimensionen – spielzeugartig, aber gigantisch. Einfach gigantisch. Wie er seine Absichten, seine Pläne offenbart, wie sie sich mir offenbaren, das wirkt nicht geschäftsmäßig, sondern offen und fremdartig zugleich, wie ein Strand, das ist freundlich und für einen Tag, für einen Nachmittag, für einen Besuch bestimmt.

Vielleicht tun die Frauen nicht bloß so, als sei S. L. *gut für das Kind*: Vielleicht wird es fortan wirklich so sein.

Ich wende den Kopf ab, aber ich höre ihn.

Ich vibriere vom Klang seiner Stimme; er will mich rühren, auf männliche Art.

Um ehrlich zu sein, habe ich nur begrenztes Vertrauen in alles Menschliche; das Kind war melancholisch, und ich bin es auch.

Es wird also weiter auf das geschädigte Kind eingeredet – in einem ganz besonderen Ton, zärtlich, aber entschieden, klug, vernünftig: «Du bist ein Problemfall – aber welches Problem ist denn nicht durch viel Liebe zu lösen? Vielleicht durch sehr, sehr viel Liebe... Ich kenne sonst niemanden, der dich haben will, also mußt du wohl mit mir vorliebnehmen, aber du kannst dich auf mich verlassen: Ich sag dir eins: Ich bin kein Lügner; und ich bin kein Schikanierer – DICH werd ich nie anlügen oder schikanieren...»

Nach ein paar Sekunden schlägt seine Stimmung in Nervosität um; er ist sich seiner selbst gar nicht so sicher. Er sagt, mit Blick auf ein Haus auf der anderen Straßenseite und in Erinnerung an etwas, das dort geschehen ist, oder vielleicht in Gedanken an seine toten Söhne – zwei Söhne, die in ihrem ersten Lebensjahr starben und die ich ihm bis zu einem gewissen Grad vielleicht ersetzen soll –, vielleicht auch in Gedanken an Geschäfte oder Politik, an Verbrechen oder Kriege oder an seine Vögeleien: «Es ist tragisch, es gibt zuviel Tragisches auf der Welt, das kann einen wirklich deprimieren.» Das Gefühl für die *Tragik* der Dinge, das er fast immer ausstrahlt, verleiht ihm beinahe durchweg einen Anschein von Gefühlstiefe, von Anstand – vielleicht nur gegenüber mir und den Frauen, an denen ihm liegt. Er sagt: «Manchmal, so wie jetzt, kann ich stillstehen, und dann kommt es mir vor, als könnte ich jeden auf der Welt weinen hören. Jeder weint, außer uns, mein Kleiner. Ach, das süße Geheimnis des Lebens. Du und ich, wir sind glücklich wie die Vögelein, wir sind glücklich wie die Maden im Speck, wir sind glücklich wie... wie..., tja, ich mag dich eben seäähr, seäähr gäärn.»

Alles in ihm und mir, was ihn und mich angeht, speist sich nur aus einer begrenzten Anzahl von Augenblicken, nicht aus meinem ganzen Leben. Und es währt nicht unbegrenzt. Wir haben keinen diesbezüglichen Pakt geschlossen. Es geht nur um ihn und mich. Es geht nur um diese eine Zeit, um dieses lange *Jetzt*.

Er sagte auf eine ganz besondere Art *du* zu mir, obwohl er nie zweimal auf dieselbe Art *du* sagte. Er war sich der vielfältigen Klangfarben seiner Stimme bewußt, ihrer Anstrengung, ihrem eitlen Streben, mich und jeden anderen durch Tonfälle einzuordnen, durch verschiedene und besondere Melodien, Überspitzungen, Engführungen, immer in einem Ton, von dem ein gewisser Bereich genau auf den jeweiligen Zuhörer zugeschnitten war; und ebenso wie seine Kleider, seine Posen und sein *Nettsein* erschöpfte ihn das nach einer Weile, als wartete er nach einer verlorenen Schlacht auf den Eroberer, der über sein Schicksal und das aller anderen mit ihm im Zelt Versammelten entscheiden sollte. Nun wird er vertraulich, verschwörerisch – seine Stimme war so vertraulich, auf so traurige Art und Weise liebevoll, sie schloß auf so neue und doch entschiedene Art und Weise *mich* mit ein, wenn er *du* sagte, und sie war so apologetisch gegenüber der Welt und in bezug auf die Welt, daß der folgende Satz sich wie ein richtiges Tier herausschlängelte oder herausglitt: glänzender Kopf, gekrümmter und gedrungener Hals, breiter Rücken und lan-

S. L.

ger Atemschweif und ein raschelndes Echo von seinem
Weg durch die Welt: «Ich maag diiiiiich...» Dann ruhte er
sich aus: Er holte Luft: und wechselte von der Ausdruckslosigkeit eines Witzes, einer Imitation, zu einer Art Gefüh-
ligkeit: «Duuuuuuhh...» Und *du*, das war ich, er meinte
mich. Dann fügte er hinzu: «Uuuuhhnd...» Er machte
eine Pause. Dann: «Iiiiiich...» Er! Der da. Der hier. Der
Tonfall des «Iiiiiich...» war zurückhaltend, geradezu ab-
fällig – so zurückhaltend war er.

Die Gegenwärtigkeit dieses Mannes wie auch die Gegenwärtigkeit seiner Stimme wirkten weder vertraut noch
formelhaft auf mich, sondern zugleich unverständlich und
echt, was mich teilweise störte, teilweise aber auch nicht –
weil die Tatsache selbst wie auch mein Unverständnis
mich überwältigten.

Er sagt: «Ich glaub, ich zeig dir mal einen netten Park.
Mußt du dich übergeben? Ich warne dich: Wenn du kotzt,
muß ich dich heimbringen, dann weiß ich, daß ich auf dem
Holzweg bin, ein Mann kann nur ein gewisses Maß an Demütigung ertragen...» Seine Stimme schwebte dahin; sie
sank nicht ab am Ende der Sätze. Sie wartet in der Luft,
daß er weiterredet. Anne Marie (die Kinderfrau, Haushälterin und Köchin) und Mama werden ihm Vorhaltungen
machen. «Diese *Weiber* daheim – ich mach, was ich will,
das kannst du mir glauben.»

Ich kann seine latente Demütigung spüren, spüre, wie
mächtig sie in seiner erdrückenden Gegenwärtigkeit mit-
schwingt, dicht unter der Oberfläche, etwas Wundes, ein
Geflecht aus Nerven, bösen Ahnungen und Abneigung –
gegen das Verletztwerden.

Er hebt mich hoch, indem er mir von hinten den Arm um
die Mitte legt, und ich werde wie ein Hündchen oder Ferkelchen gehalten, und so sagt er es auch: «Kleines Ferkel,
ein Ferkelchen bist du... Da steht das Auto von deinem

Papa... Aber wir gehen jetzt spazieren... Mußt du dich übergeben?»

Im ersten Jahr mußte ich mich andauernd übergeben.

Wenn ich einen chronischen Schaden habe, werden sie mich weggeben, in ein Heim.

(*Bisher hat S. L. noch nicht um deine Hand angehalten:* Das hat Lila mir schon gesagt; sie tut dem Kind gegenüber gern überlegen.)

Dieser Mann könnte mich adoptieren oder auch nicht, meint sie damit. Ich könnte bekloppt, zurückgeblieben, erbgeschädigt sein oder auch nicht.

Ich könnte verflucht oder mit Launenhaftigkeit und Widerborstigkeit gestraft sein oder ihn langweilen. Oder dauernd das falsche Gesicht machen.

Ich könnte inakzeptabel sein – für S. L.

Seine innige Zuneigung kommt und geht, wird schärfer und verschwimmt wieder. Das Dahinhasten der Augenblicke resultiert aus der Nervosität eines Mannes mit bestimmten männlichen Talenten, männlichen Kenntnissen in bezug auf kleine Maschinen, bestimmte Arten von Geschäften, bestimmte Arten von Konkurrenzverhalten und Männerbekanntschaften und -freundschaften, in bezug auf die Art, wie man Freude spendet und die Dinge im Griff behält, indem man seine Zustimmung gibt oder verweigert.

Letztere Fähigkeit wird etwas beeinträchtigt durch sein Gefühl für *Tragik*, das hauptsächlich auf ein dünnes Nervenkostüm zurückzuführen ist, auf die Furcht, etwas falsch zu machen und dafür verantwortlich gemacht, dafür bestraft zu werden.

Darum neigt er dazu, die Dinge möglichst im unklaren zu belassen, sie unklar zu machen und sich dann um so eigensinniger, als bestehe er darauf, daß man den springenden Punkt verstehen müsse, um soviel Deutlichkeit zu bemühen, wie man es fairerweise von ihm verlangen kann oder wie er bereit ist, einem zuzugestehen – er ist ein gewitzter, dämonischer, verschlagener und geheimnisvoller Krieger.

Innige Zuneigung und ewige Versprechen sind in wirklichen Augenblicken gewöhnlich nicht von Belang.

Ich konnte spüren, daß er auf die Probe gestellt wurde, daß er sich in einem Zustand der Wirklichkeitsnähe befand, in dem er getestet wurde, jedoch auch selbst testete, es mit mir versuchte, mit uns versuchte.

Weder S. L. noch ich wissen, ob mir *übel* ist oder nicht – ich empfinde ihn als teilweise hohl: S. L., die Gegenwärtigkeit seines Bewußtseins, bildete eine richtige Hohlkammer in der Luft, die sich über meinem Kopf erhob wie ein größerer Anbau mit Extrazimmern und Veranden.

Manche Ängste sind wie Randbereiche des Schlafs, wie der Zustand des Versinkens und Auftauchens, so undefinierbar wie die Festigkeit von Luft und Boden. S. L. trägt einen schwarzen Schatten in sich – Schuldbewußtsein, Selbstzweifel. Selbst wenn er von wirklich reinem Gehalt wäre, eine geistlose, doch vielleicht heilige Gestalt, würde er immer noch zweifeln, aber er ist ein Lügner und ein Mann, dessen Lügen nicht immer nett und nicht immer eigennützig, nicht *immer* gefährlich waren.

Dieser Mann lügt und vögelt sich durch, er stiehlt hin und wieder, er ist in gewisser Weise ein Hochstapler, zum Beispiel wenn er ein Geschäft abschließt oder Befehle gibt und dergleichen, und er verbreitet Verleumdungen und macht seine Überzeugungen zu Geld – er ist kein Snob, er ist kumpelhaft –, und dennoch tut er diese Dinge jetzt, in diesem Augenblick, nicht, und die Frage, inwiefern er sich schmutzig gemacht hat – durch sein Leben unrein geworden ist –, inwiefern er um seiner Taten willen schlecht ist, oder ob er trotzdem oder gerade deswegen und weil er es so macht, wie er es macht, in Wirklichkeit ein guter und anständiger Mensch ist: diese Frage ist noch ungeklärt.

Er ist nicht verrückt; aber er sagt es selbst, als er mich hochhebt, damit ich seinen Buick anschauen kann: «Der hat 'ne Stange Geld gekostet, ich war verrückt, daß ich mir keinen LaSalle gekauft hab, na was soll's, ich bin nicht verrückt, ich bin mit Fleisch und Blut Amerikaner, und wenn man's genau betrachtet, bin ich ein richtiger Trottel.» Er sagte plötzlich: «Ich reiß mir immer gern'n bißchen Geld untern Nagel, wenn sich 'ne Gelegenheit bietet, wa, Chef. Der Wagen da is schier geschenkt, aber grün is 'ne fiese Farbe, ness-pah? Is 'n kleiner Dank dafür, daß ich die Klappe halte, aber die Geschichte erzähl ich dir heut lieber nich, bloß wenn einer Scheiße baut, wo er genau weiß, daß er lieber keine Scheiße bauen sollte, muß er eben plötzlich schöne große Schlitten zum Preis von klitzekleinen Zweisitzern verkaufen – hollahi und hollaho – der Mann is 'n Freund von mir. Wie findste die Stromlinie, Chef? Is das nun 'n Knaller oder nich? Was meinste, Schnuckelchen, is das 'n Wahnsinnsachtzylinder oder nich?»

Doch, ja, finde ich schon. Der Wagen ist riesig, und Metall und Glas sind mit Feuchtigkeit beschlagen. Für mich ist er halb Kuh, halb Grashalm (wegen der Farbe) und ganz ernsthaft lebendig, wie Spielzeuge es sind, und dazu kommt noch ein zusätzliches, beträchtliches Erwachsenenmoment.

«Ich komm abends nach Hause und bezahl die Rechnungen – ich bin Vater, also mach meinen Wagen nicht schlecht, hast du gehört, mein kleines Prinzchen?» Er läßt mich runter. «Ich bin geläutert, ich bin das, was man einen geläuterten Charakter nennt – wenn ich grad Zeit dazu hab. Vielleicht bin ich ja tatsächlich geläutert, wenn man's genau nimmt. So geht's, kommt Zeit, kommt Geld... Hängt alles von Washington, D. C., ab.»

Ich bin ein Experiment, bei dem es um meine moralische Wirkung auf S. L. geht. Und Aktionen der Regierung können es beeinflussen.

Er sagt es mir: «Ich bin ein geläuterter Charakter, jawohl, und ich verspreche hiermit, daß ich meinen Hosenschlitz künftig zulassen und meine Taschen sauberhalten werde. Wenn's mit dir gutgeht, Herzchen, dann wirst du mir ganz schnell gesund, und dann bist du mein Prachtjunge, und ich zeig dir 'ne ganze Menge mehr, als duuuhuu dir trääääumen läßt.» Pause. Dann sagt er sanfter oder genuschelt, aber über etwas Hartes, Starres hinweg: «Ich werd dir zeigen, was ein Vater ist und was Liebe ist und noch mehr.»

Er muß jeden Augenblick bestechlich sein, das gehört dazu, wenn man ein Mann sein will, ein Geschäftsmann, der auf Draht ist; es gehört dazu, wenn man auf dem *qui vive* sein will (dieser Ausdruck gefiel ihm eine Zeitlang), es ist ein Bestandteil seines Charmes und seiner Wärme, seiner Geistesgegenwart, es ist ein Bestandteil des wahren Wesens der Dinge.

Er will, daß auch ich bestechlich bin, aber auf loyale Art, einem einzigen Grundsatz verpflichtet, spezialisiert in meiner Bestechlichkeit, nicht universell bestechlich.

Es ist schon möglich, daß sich das einrichten läßt.

Mit mir auf dem Arm geht er an dem mit Regentropfen wie mit Perlen besetzten Fransenvorhang einer naßblättrigen Weide vorbei.

Er hat eine Menge großer Sprüche und tiefgründelnder Bemerkungen parat; er sagt: «Es ist doch so: Ich sag dir was, Kleiner; ich bin ein freier Mensch, niemand läßt einen ein freier Mensch sein; aber immerhin lasse ich mir meine Dienste bezahlen.»

In gewisser Weise wußte ich nie, was er meinte.

Es ging alles, alles über meinen Horizont.

«Das ist ein verdammt feuchter Tag, weißt du das, mein Prinz? Er wird Rosen auf deinen Wangen erblühen lassen. Aber du weißt ja: Keine Rosen ohne Dornen, hahahaha.»

KEINE ROSE OHNE DORNEN hieß soviel wie *Knüppel zwischen die Beine*, bedeutete eine Deklassierung, den Erfolg eines Rivalen, den man hinnehmen mußte; doch oft hieß es vielleicht bloß, in einer Art schadenfroher Erkenntnis: *Nichts ist vollkommen* – das gilt auch für dich.

Aber er sagte: «Alles ist vollkommen; wir haben hier den Himmel auf Erden; denk mal drüber nach.»

Dann, eine Minute später, ist sein Atem nicht mehr davon überzeugt; er schiebt irgendwie mir oder dem Schicksal die Schuld zu – ich meine, er hat das Gefühl, es könnte *wirklich vollkommen* sein und ist es doch nicht . . .

Er ist in Gedanken und weit weg, und dann kehrt seine Aufmerksamkeit polternd und dröhnend zurück wie ein Zug, der rückwärts in einen Verschiebebahnhof einfährt, ein monströses Etwas, eine gigantische Lok, die unvermittelt von Gleis zu Gleis rangiert und schließlich auf eines gelangt, das auf mich zuführt. Er lächelt abwesend: Seine Aufmerksamkeit, obgleich auf mich gerichtet, entzieht sich wankelmütig: «Ein sommersprossiges Kind, aber du hast ja gar keine Sommersprossen – na egal, vielleicht bist du ja gesund und lieb und machst mich glücklich.»

Dann verwandelt er sich in eine neue Version eines wachsamen Kindermädchens, in so etwas wie einen strahlenden Leuchtturm, wendet sich an die Öffentlichkeit, macht ein freundliches Gesicht, für sie, wird väterlich in der feuchten Luft. Ein Wind ist aufgekommen, und die freien Räume werden größer, doch wir sind noch immer eingeschlossen. «Aber wir tun, was wir können, können, können, um uns die Armut vom Hals zu halten . . . Das Ganze ist ein heikles Thema, aber was soll's? Ich nehm da kein Blatt vor den Mund.» Dies ist eine Variante des Frommen-aber-Durchtriebenen: Er ist in Fahrt; er ist ganz Donnergetöse und große Geste – gefährliche Vergnügungen: Er stellt eine schrille Grimasse zur Schau, grinst bauernschlau in die feuchte Luft: Er ist schon ganz in Ordnung, scheu, verwirrt – gutaussehend: so wirkt er jetzt gerade, in diesem dunstumwölkten Augenblick: *Stärk mir den Rükken.* Er ist nicht abstoßend eingebildet, nicht jetzt, nur manchmal, so wie er die Leute abblitzen läßt und Nachsicht für sein Tun erwartet (denn *schließlich und endlich hab ich meine Arbeit getan, ich bin ein richtiger Mann, verdammt noch mal*); in der Praxis wird richtigen Männern vergeben, ihnen wird gewissermaßen Absolution für ihr Tun erteilt, es sei denn, es geht richtig schief. Mit mir hier ist er *geduldig* – bis zu einem gewissen Punkt; er ist ein guter Mensch, kein Arschloch – aber er ist ein *Mann.*

Er ist vor Unruhe sozusagen physisch am Verbrennen, so daß seine Sanftheit und sein gefühlvolles Gurren eine heitere Schönheit an sich haben.

Er weiß das. Er verfügt über ein tiefes heiteres Wissen über sich selbst und die Menschen – das spürt man.

Ich würde sagen, es verlangt ihn sehr danach, den Empfindsamen zu spielen, das ist Teil seiner Rolle: *echt* und *ganz unverfälscht* zu sein – kein Dieb, kein Veruntreuer, sondern ein Mann mit hehren Gefühlen, den erlesensten Gefühlen, dem hehrsten Gefühlsassortiment, das es gibt.

Er braucht das Gefühl, tief zu empfinden, wie er von Zeit zu Zeit einen tiefen Atemzug braucht. In seinem Geschäftsgebaren und im Umgang mit Lila ist er weniger empfindsam, sondern vielmehr ironisch und sarkastisch, gutmütig, pfiffig und vorsichtig. Aber jetzt experimentiert er mit hehren Gefühlen.

Es ist, als wären in ihm dunkle Schächte und Minen, in denen sich Brände durch Kohlenflöze fressen – langlebige Brände.

Er ist erfüllt von seiner Gier nach Gefühlen. Ich kann mir Dinge vorstellen, die heute schon passiert sein mögen, geschäftliche Besprechungen, den Wagen zur Inspektion bringen; vielleicht hatte er etwas mit einer Frau, an der ihm nicht viel liegt, einer Sekretärin – Frauen ermutigten ihn dazu; er ermutigte sie dazu, ihn zu ermutigen. Einmal, im Winkel unter einer Feuertreppe, nach einer geschäftlichen Besprechung, bei der er von den Jungs mit dem Geld zurückgesetzt wurde und gekränkt war (ich bekam das zufällig mit, als er es ein paar Männern in einer Bar erzählte, wo ich ganz still für mich saß), war der tröstende Sex – «Sie haben die Mäuse, aber ich hab den Schwanz, hehe» – einfach mies, behauptete er jedenfalls, und jetzt ist er wie ein Kind: unschuldig und grenzenlos leidenschaftlich. Er ist wie ein Kind, aber ein grenzenlos mächtiges.

Ich empfinde seine Aufmerksamkeit als einen schönen Raum, in dem ich mich aufhalte.

Er sagt: «Wenn alle auf mich hören würden, wäre die Welt besser dran.»

Er hat viel Humor und kann glotzen; das machen seine Augen zum Spaß. Sie haben schwere Lider und sehen besorgt drein, sind kinderzimmerfreundlich und lieb und trotzdem die eines Lustmolchs: Er ist ein Mann mit Mutterwitz.

Papa lebt durch seinen Körper, verändert im Gehen sein Äußeres und seinen Tonfall: «Ich mag keine Bücher, die sind mir zu schäbig, aber eines würde ich gern schreiben, das würde ich *Das Buch der Freuden* nennen. Jetzt hier mit dir bin ich ein perfekter Gentleman. Sie streiten sich noch darum, wer sich um dich kümmern darf, mein Hübscher. Jeder im Haus reißt sich darum, dein Kindermädchen zu spielen.» Kindermädchen für das schweigende Kind. «Ich weiß schon, warum. Ich sag dir was: So ein kleines bißchen Mitgefühl macht sich gut an einem Regentag. Es tut gut, an so einem traurigen Tag eine empfindsame Seele um sich zu haben.»

Die Macht und Fremdartigkeit seiner Stimme sind Geheimnis und Umwölktheit – sie klingt wie eine Stimme aus den Wolken. Der Klang verbreitet sich und hat doch kein Zentrum: es ist, als spräche ein Kirchturm. Und die Stimme dieses Mannes ist Max' Stimme – Max ist mein richtiger Vater: Seine Stimme spielte andere Spiele, drückte sich anders aus.

Bei Stimmen gibt es nicht diesen falschen Anspruch auf Gleichheit aller Menschen. Die Transposition meiner beiden Väter ging mit einem Donnerschlag einher, der meinen Puls beschleunigte. Plötzlich zwei Elternteile zu haben – oder nur einen – oder drei – wirkt sich genauso aus, wie in dieser mattsilbernen und dunklen Luft zu sein, in der beinahe ein Regenlicht herrschte, das uns mit Dunst und gelegentlichen Tropfen und Wasserspritzern und sogar ein, zwei Sekunden lang mit richtigem Regen umhüllte – so etwas läßt einen mit gutem Grund bei Metamorphosen Zuflucht suchen. Ich war ein anpassungsfähiger Realist. Ich weiß nicht, ob das dasselbe ist wie unloyal sein oder nicht. Zu S. L.s männlichen Strategien gehörte es, daß er beim Reden Spuren oder Fetzen eines raffinierten, schwülstigen Singsangs einfließen ließ, wie er hier in der Gegend verbreitet ist, und daß vorübergehend kleine Untertöne in seiner Stimme mitschwangen – männlich und kultiviert: Bedeutungsnuancen, deren Feinheit ich nicht gerecht werden kann. Die Gedanken scheinen nicht aus seinem Mund und seiner Kehle zu kommen, sondern aus seinem Willen, wie aus einer Wolke; und sie durchdringen die ganze Aura jener monolithischen Eitelkeit, die ihn umgibt und von ihm ausstrahlt und ihn so, in geistiger Hinsicht, wärmt und birgt und von der Welt und vom Regen fernhält.

Die Stimme kommt aus den Schächten und Vertäufungen, den Gewölben und Kavernen seines Körpers – *schönes festes Fleisch hat der Kerl*. Die Stimme war wie ein Himmel für mich – ein Himmel über der realen Landschaft und über einer angedeuteten in ihm und einer geisterhaften, vorausgeahnten Version davon in mir. Die herausgestoßenen, sich abschälenden, gepfiffenen, abgeschnetzelten und gemeißelten Silben treiben über den Erdboden und über das halbbewußte Sprachempfinden des Zuhörers hinweg. S. L.s Lippenverformungen erscheinen eher wie Pantomimen von Bedeutung denn als Ausdruck bezähmter und beherrschter Stimmgeräusche. Seine kehlig hervorgestoßenen Laute und die palatalen Echos und nasalen Nuancierungen sind seine Spezialität – so was kann man nicht aufzeichnen. Er überzieht jede Silbe mit einem männlichen, blassen Atemhauch, so daß bei *lächelst du* in dem Hauchlaut am Ende jeder Silbe, in dem verblassenden *ä* und in dem platten *ch* und in dem abgehackten *e* und in dem knurrenden, enggeführten *d* und in dem geflöteten *u* ein tonloser Hauch dichterischer Absicht enthalten ist: «LäääCH-chelllST duuuuu?» Mit dem ausklingenden *u* schaltet er herunter; all seine Tonfälle, selbst diejenigen, die einen aufmuntern sollen, haben einen unterschwelligen Beiklang männlicher Klage. Männlichen Kummers.

All seine Tonfälle sind mir neu, unterscheiden sich von der Sprachphilosophie meines anderen Vaters und der der Frauen: unterschiedliche Gefühle, unterschiedliche Versuche der Annäherung an Bedeutung, unterschiedliche Bedeutungen, Geheimnisse: *Geheimnisse vor Frauen* – alles was er sagt, hat zu allem einen anderen Bezug. Man denke nur an die einzelnen Kammern meiner eigenen Wahrnehmung. Ich kann nicht genau zuhören und gleichzeitig klar sehen. Ich kann wohl hören und gleichzeitig sehen, aber nur in einem nervösen, gedankenlosen Durch-

einander reinen Handelns – wenn ich das so sagen kann.
Meistens verschwinden, wenn ich ihm gut zuhöre, die in
dunstige Kammern unterteilte Straße und auch die silber-
nen und braunen Bereiche, von denen einige hin und wieder hellsilbern sind, je nachdem wie die Wolken und der
Himmel ihre Bedeutung und Beleuchtung verschieben.
Statt dessen sehe ich blinzelnd, was er sagt, ein verstrebtes,
verworrenes, schwindelerregend verknotetes Bild, in sich
selbst verknotet und dennoch klar, eine Art lebendiges
Bild, mysteriös und deutlich, wie ein Traum, doch mit
S. L.s unmittelbarer Autorität.

Seine Laune, seine Launen, seine letztlich freundliche,
doch auch kantig harte, angeberisch schroffe Sprache, sein
Atem – sein richtiger Atem ist ein geologisches (und geo-
graphisch lokalisierbares) Grummeln, und darin sind Äde-
rungen und tektonische Platten, sind auf irgendeine Weise
Wörter. Ich rätselte an ihnen herum wie an Türgriffen,
Kleiderbügeln und Kaffeekannen. Ich rätselte an ihnen
herum; ich haschte nach ihnen; ich fing sie mit den Zähnen
meiner Gedanken. Dann wieder waren sie wie Spielzeug,
das zu einer bestimmten Zeit in meinem Zimmer vom
Licht beschienen wurde. Seine Worte waren wie Schach-
teln mit Spielzeug und Schatten darin oder wie ein Regal
mit Spielzeug darauf oder ein Fenster mit Spielzeug auf
dem Fensterbrett: Die Linien oder Formen der Worte sind
in einem schimmernden Durcheinander, sie sind Auf-
merksamkeitsfelder, in denen ich mich befinde oder an
denen ich vorbeigezerrt werde. Diese Kampagne, dieser
Zeitvertreib heitert mich auf.

In der gleichsam verschlammt-braunen, schlierigen
feuchten Luft ist er ein ernsthafter und pflichteifriger Äs-
thet der Körperlichkeit wie auch der maskulinen Tröstungen und sprachlichen Prahlereien – seine Stimme gibt sich
ihren Tonschwankungen und ihrer Gespreiztheit hin. Als

wir die Straße ein kleines Stück entlanggegangen waren, fielen ihm Augenblicke ein, in denen er gegenüber dem herausgeputzten (und hübschen) Kind eine angestrengte Barmherzigkeit empfunden hatte.

In bestimmten Momenten, während wir so dahingehen, während er ein- und ausatmet, während seine Stimmungen sich ändern, spüre ich, wie seine Stärke in den Herzschlag unter meinen Rippen eingeht – es ist ein gewaltiges Gefühl; fast grenzenlos fühlt es sich an. Ich dehnte mich aus und entdeckte neue Bereiche in mir, hatte stabilere Knochen, eine kräftigere Stimme. Ich hatte seinen kräftigen Herzschlag als Echo und Schatten meines eigenen, viel schwächeren und zarteren: Cello und Blechtrommel vielleicht. Das Mystische an Männergemeinschaften liegt in diesem Teilen von Stärke, diesem Aufaddieren zur eigenen Person, das etwas Militärisches mit sich bringt, ein Gefühl der Vervielfachung. S. L.s Aufgeschlossenheit war hoffnungslos willkürlich und sexuell, nicht in echten Konventionen verwurzelt – seine sexuelle Befindlichkeit schränkte ihn stark ein: Er konnte nichts anderes sein als lüstern, er konnte nicht *freundlich* sein, ohne gleich vertraulich zu werden: Sein ganzer gesellschaftlicher Charme und seine guten Umgangsformen wurzelten in seiner Zurückhaltung, in seinem ironischen Umgang mit dem, was er, dem Gefühl und weitgehend auch dem Wissen nach, vielleicht zu Recht als das sexuelle Wesen der Welt empfand.

Wirklich aufgeschlossen war er nur im sexuellen Bereich.

S. L. war dreiunddreißig Jahre alt. Ein großer Prozentsatz seiner Vögeleien fand aus Barmherzigkeit statt (und ein weiterer großer Prozentsatz mit Huren – Profi gegen Profi). Sie ist sehr seltsam, diese Barmherzigkeit eines Sinnenmenschen – diese Umtriebe des Herzens in jemand

durch und durch Sinnlichem, ebenso wie deren Vorausset-
zungen und Wirklichkeitsgehalt. Letztlich klagt eine solche Barmherzigkeit an: *Wenn du nicht vögeln und attraktiv
sein kannst, bist zu arm dran.* Zu einem wirklichen Gefühl
von Stärke gehört das Bewußtsein, wie barmherzig sie sein
kann, ebenso wie zum Frausein die Zurschaustellung einer Art unerlaubten Mitleids gehört. Bei Leuten mit Geld,
wie uns zum Beispiel, ist viel davon durch miese Geschäfte
und Tricks korrumpiert. Bestechungsgelder sind das, was
zählt. Besagte Barmherzigkeit wird nun dem hübschen,
stummen Kind zuteil – doch mit einem eigenartigen Vor-
behalt, der auf die brutale Stärke und Veranlagung meines
richtigen Vaters (und seine Ignoranz: *Er ist Abschaum*,
werde ich heimlich sagen hören, wenn ich älter bin) und
auf die Schönheit des Kindes und seine reizenden Posen
und Ausdrücke zurückzuführen ist: S. L. macht eine Bestandsaufnahme: «Du hältst dich gut, du kannst ein nettes
Gesicht machen, du hast eine gute Farbe, mein Süßer.»

Er ist ein Vater: Ich denke da an einen *unidealen* Vater,
einen, für den Vaterschaft nie eine abgeschlossene Sache
sein kann. Er ist ein unideales Beispiel dafür, doch er mag
durchaus typisch sein. Ich bin für ihn ein Beispiel eines
unechten, aber idealen Sohnes, und doch auch wieder
nicht ideal, weil ich geschädigt und stumm bin – so ungefähr. Er ist bloß, was er ist, ich bin bloß ein Erzähler, und
nicht bloß ein Erzähler, sondern ein Sohn, der «mich zu
schätzen weiß, *mir zur Abwechslung mal eine nette kleine
Geschichte liefert…*»

Zudem bin ich bloß, was ich war, ein Kind. Na und? Soviel ich weiß, bin ich vielleicht auch ein zeitloses Fragment
der Wahrheit – doch ist es in diesem regnerischen Licht in
einem seltsamen Winkel zur Ekliptik der Erde montiert.

Ein weißes Haus erhebt sich vor mir über seiner eigenen
grauen und schwarzen Reflexion in einer Pfütze, einer

Fläche dunklen Wassers. Es läßt mich erzittern, dieses Phänomen, die traumartige Bildfläche, die verflachte und verkürzte Nachahmung gegen die echte und überschattete, für mich etwas schief aufragende hölzerne Form. Ich zittere vor Unwissenheit. Alles ist verzerrt und bis zu einem gewissen Grad albinoartig. Ein goldenes Rechteck auf S. L.s Gürtel ist blaß, erscheint auf blasse Art *weiß*, mit dem schwachen Anflug einer Ahnung, daß es in dem glänzenden, feuchten, verfließenden und sich verändernden Licht möglicherweise auch gelb sein könnte. Ich kann gar nicht sagen, wie sehr ich das echte Haus liebte und wie sehr ich seine Reflexion fürchtete, ja verabscheute. Ich trat nach der Pfütze oder trampelte in ihr herum, um das Spiegelbild zu zerbrechen oder zu zerstampfen. Das Ideal dieser Reflexion zeigt mir ein Haus, in dem ich nicht leben, das ich nicht betreten kann. Ich kann nicht in der Reflexion leben; und zuzeiten scheint sie das echte Haus und den Wirklichkeitsgehalt von Eingang und Flur der emporragenden Holzkonstruktion gestohlen zu haben. In ihrer Glätte, ihrer geleckten, abgekapselten Schönheit sehe ich einen Tadel meiner plumpen Körpermaße, und ich sehe die damit verbundenen physischen Makel meiner Existenz. Das läßt, in einer Art emotionaler Blüte, meine Sehnsucht aufbrechen, daß die Dinge – Dinge wie diese – anders wären.

Dann ändert sich meine Stimmung.

Ich bezweifle, daß ich so wankelmütig bin wie S. L.

Ich bin so wankelmütig wie S. L.

Ich stampfe in der Pfütze herum und zerstöre sie in ungespieltem (und kindischem) Ernst. Gerettet, befreit segelt das echte Haus, unbekümmert um seine Schwerwandigkeit, hinaus in die graue und braune Luft – es ragt noch immer empor, mit perspektivisch fliehenden Linien: Ich schaue auf, um es hinter seinem feuchten Rasenstück und in seinen Klammern aus feuchtem weißem Dunst prüfend zu betrachten. Es ignoriert mich.

Ich gehe eilig weiter. Ich komme zur nächsten Pfütze. Darin sehe ich eine andere Reflexion: Blätter eines Baumes und mich, wie ich hineinschaue – ein bleiches, lockiges, blondes Kind, sehr bleich –, und ich sehe die Giebel und den Schornstein eines zweiten Hauses. Es ist leichter, das Haus und die Fenster und Schornsteine und den Teil des Baumes und seine Zweige und Blätter in der Pfütze anzuschauen, wo sie glatt, unbewegt und nah beieinander liegen, als in der zitternden Luft, wo, wenn ich aufsehe, all die mysteriösen Differenzierungen hinsichtlich Entfernung und Richtung, Tiefe und Vielfältigkeit mein scheues und vielleicht allzu zartes Gemüt erschrekken. Ich hocke mich hin und berühre die Bildfläche mit einem Finger: Alles ist seltsam gewinkelt, in Stufenfolgen und ohne räumliche Tiefe; doch zugleich ist es nur so etwas wie die glättende Klarheit organisierter Präsentation, die interessant ist und zweckdienlich erscheint, obwohl kein Zweck angegeben ist, außer daß sich die Augen beruhigt und gesättigt fühlen.

Das Haus ist mit Holz verkleidet und hat im matten Licht der Pfütze verzerrte und teilweise schimmernde Fenster. Dunkle Windfächer rauhen die Oberfläche auf und ziehen schlüpfrige und blendende, doch so feine Furchen hindurch, daß das Haus und sein es dicht umschließender Blätterrahmen – dicht für mich, der ich in die Pfütze starre – nicht gänzlich verschwinden. Soweit ich das, was ich da sehe, entschlüsseln kann (ein Großteil der Welt ist für mich unordentliches Gekrakel, ist grünes, braunes und silbernes Chaos), sind die Fenster mit Rahmen, Fensterbrettern und Simsen versehen – es gibt eine Menge davon, eine Menge Fenster. Da ist auch der schiefgelegte Kopf des verdoppelten, starrenden Kindes. Die Reflexion ist eine Reflexion, und doch scheint sie tatsächlich Blätter und ich und ein Teil des Hauses zu sein. Sie ist nicht bewohnbar, aber sie ist echt. Sie ist erkennbar. Sie scheint eine gute Sehübung zu sein. Sie hat einen Hauch von Beseeltheit in sich. Ich hielt meine Finger darüber und berührte sie ganz langsam nicht und dann doch. Schließlich zog ich meine Hand zurück.

Mir gefällt das Zweckdienliche, nicht aber die Andeutung des Idealen darin, die Gegenwart idealer Bedeutung – so scheint es. Letztere hat etwas Bedrohliches, eine verrückte Eigenschaft – sie birgt die Drohung, die das Kind später in Ideen und Prinzipien bemerken wird, welche ihm als Leitfäden für sein Leben an die Hand gegeben werden. Der Reflexion haftet nicht der Geruch nach Wirklichem an. Ich beginne mich zu fragen, wo das Geräusch des Zuges ist, wo die Felder sind. Dann höre ich tatsächlich weit entfernt einen Zug, aber das Haus erzittert kein bißchen. Die Hauswand neben mir antwortet nicht mit einem Echo oder Dröhnen. Wir sind hier – wir sind hoch über dem Boden, nach der Stille und der Beschaffenheit der Luft zu schließen: Es ist wahr: dies ist hochgelegenes Gelände. Das Geräusch des weit entfernten Zuges und des Tropfens von Wasser, des eingeschlafenen Regens, wie auch die Geräusche, die S. L. macht, die *Papa* macht, dieser so sehr verwandelte Mann, sind keine Beispiele für irgend etwas, aber ich kann sie zu Beispielen machen, zum Beweis dafür, daß jenes andere Haus eines von diesen Häusern ist, daß es nur ein einziges Haus gibt, solange ich das Gefühl für jenes Haus und die Beschreibung des Hauses auf die Reflexion übertrage. Das tue ich, und dieses Körnchen Irrtum in mir verwandelt sich – *gewissermaßen* – in Wahrheit, wie in den Träumen meiner Kindheit (und auch jetzt noch, möchte ich annehmen).

«Guck dich an», sagt Papa. «Du bist mir ja ein schöner Gucker, haha.»

Nirgendwo hier, nirgendwo, gibt es einen einzigen der Gerüche aus dem anderen Haus.

Papa und ich, wir erzittern beide unter den Schwingungen unserer Stimmungen – unseres Lebens: Dies ist gewissermaßen ein Beispiel dafür, wie es ist, Vater und Sohn zu sein.

Ich reagiere wie ein Echo auf die Austrahlung dieses Mannes – fast, doch nicht ganz, überlagert sie die Schwingungen meiner Stimmungen. Reagiert er wie ein Echo auf sich selbst?

Transaktionen, Unlogik und berstende Schicksalsgeweihtheit in ein und demselben Augenblick.

Wer wird am meisten leiden – wer wird sich heute besser amüsieren – er oder ich?

Stellen Sie sich einen Mann vor, der sich hauptsächlich von seinem Intellekt leiten ließ – dessen ganzes Leben gleichsam als Gedanke dahinging, selbst wenn er mit einem Kind einen Spaziergang machte oder wenn er vögelte – selbst wenn er mitten im Vögeln war, oder vielleicht ist er von der schnellen Truppe, so daß er nie mittendrin ist im Vögeln, sondern es zack-zack erledigt; oder er mag es nur gefährlich und tut es in Korridoren öffentlicher Gebäude, so daß das Drum und Dran des Ereignisses das eigentlich Wichtige ist und mitten-im-Vögeln nur Stille im Korridor bedeutet – und der nicht er selbst war, in seinem eigenen Körper, in seinem Handeln, in den trügerischen Wirklichkeiten, den Weiten der wirklichen Zeit, sondern immer nur Gedanke war, Intelligenz an sich, ein beispielhaftes Vorbild und vielleicht ganz ohne echtes Bewußtsein, und doch *ist* da ein echtes Bewußtsein, und er ist so sehr ein Mensch, wie er es um seines Lebens willen sein sollte, selbst dann, würde ich sagen.

Ich schaue von der Pfütze hoch zu S. L., und ich sehe das Wesen seiner Ausstrahlung in der windgeröteten (oder lachsfarbenen) Blondheit, in seinen zuckenden Augenlidern und seiner Brille, seiner flatternden Krawatte – er ist ein Beispiel für unideale Ausstrahlung: also, ich meine, er ist da, und wenn er da ist, ist er nicht das Ideale, einfach der Natur der Sache gemäß, der Natur dessen, was das Ideale ist: Es ist ganz allein in meinem Kopf, aber zugleich dort in seinem Körper, seiner Stimme – ich spreche ja nicht –, ganz allein in meinem Kopf und der Bedeutung, die ich S. L. zumessen will. Die Wahrheit in dem ganzen Sturm der Gefühle ist, daß ich nur *ihn* kriege, nicht meine Vorstellung von einem Vater, sondern ein Durcheinander, und dennoch ist es etwas Stabiles, ein Ort der Ruhe vor dem Wind. Nur ihn und nicht meine Vorstellung von einem Vater, man kann gar nicht *in Worte fassen*, wieviel das Gefühl bedeutet; deswegen kommt es einem, wenn man in der Gegenwart lebt, so vor, als sei man im Wahnsinn, im reinen Wahnsinn, in der reinen Schlichtheit befangen, in der armseligen Schlichtheit echter Unmittelbarkeit, die nicht rein ist und kein bißchen schlicht.

Ich glaube, es gibt durch diese Schwingungen eine Bewußtseinsübertragung von ihm zu mir. Sie hat mit einer Art von männlichem Gefühl für das, was vor sich geht, zu tun, welches anders ist als ein weibliches Gefühl dafür. Wirkliche Sicherheit für eine Frau, sozusagen Schloß und Riegel, ist auf eine Weise ideal, wie sie es für einen Mann nicht ist, zumindest in der bisherigen Menschheitsgeschichte, wo sie einfach eine Art Verrücktheit oder Versagen des Mannes darstellte, eine Maßnahme oder Vorkehrung für eine hoffnungslose Verteidigung, und wo sie Teil einer Geschichte von Niederlagen und Siegen ist, bei der mal der eine, mal der andere vornliegt.

Ich meine, er teilt mit mir das zufällige oder zeitabhängige oder kommissionshafte Wesen unseres Zusammenseins und unserer Gefühle – und unsere verschiedenen

Schönheiten und unsere verschiedenen Eitelkeiten, Alpträume und Hoffnungen. Er weiß nicht, was geschehen wird. Er weiß nicht, was in seinen Gedanken vor sich geht. Das ist vertraut und männlich. Ich weiß, wie er sich jetzt fühlt (in etwa). Werde ich immer, jede Minute, zuhören? Werde ich in der Gefahr treu sein? Es hat sich ein Wind erhoben – er eilt dahin wie ein nacktes Kind nach einem Bad, wirbelt hierhin und dorthin und legt sich. Und dann ist er ein Haufen, ein Wirrwarr solcher Kinder, die unsichtbar dahinschießen und akrobatische Kunststückchen vollführen – das erweitert die vom Dunst befreiten Bereiche. Meine windgeplagten Augen beginnen zu blinzeln – beginnen mein Blickfeld und die Bereiche meiner Verwirrtheit einzuengen und zu beschneiden. Mein Verlangen, die Augen zuzukneifen, bedeutet zum Teil, daß Unaufmerksamkeit nunmehr als logischer Akt darauf folgt.

Ich gehe blinzelnd an seiner Hand neben ihm her, an feuchten Azaleen und einer etwas jämmerlich aussehenden Ligusterhecke vorbei, und ich gehe durch die Pfützen: Ich bin abwechselnd völlig verblüfft von den Pfützen und gleichgültig ihnen gegenüber, erhaben darüber, mir ihretwegen Gedanken zu machen, da er sich nicht darum kümmerte, ob ich hineintrat oder nicht. Er hat ein gewisses Bild von kindlichem Heldentum, Glück und Freiheit: Seine diesbezüglichen Bilder sind auch Ideale.

Die Pfützen spritzen meine knöchelhohen Schuhe und die Wade meines nackten Beines voll, und mittlerweile empfinde ich schon die bloße Anzahl der Elemente da draußen (Papa eingeschlossen) als schmerzhaft, obwohl ich die Augen zukneife. Ich habe noch keine Maßstäbe, die mir helfen, Dinge zu ignorieren, ihnen keine Aufmerksamkeit zu schenken, so daß ich übel gezerrt und gebeutelt werde, ich werde übel aufgerieben (wie von Begierde), und so falle ich in eine Art hirnlose Ohnmacht und lasse mich einfach von dem großen blonden Kirchturm von Lüstling neben mir weiterschleifen.

Als er «Nun lauf doch» sagt, reiße ich mich zusammen, aber als ich aufschaue ... Ich will nicht, hätte ich beispielsweise sagen sollen; ich hebe meinen Blick von Pas Hosenbein und schaue auf, und ich sehe ein vielblättriges, nasses, zitterndes Etwas, eine große Masse Glanz und Schatten, unerklärlicherweise ohne Licht und über meinem Kopf schwebend, *Verandadächer und Wintergartendächer und Innen- und Außentreppen, die Stufen sind zerbrochen und sehen aus wie eine niedergehende Lawine.* Ich klammere mich an Papa – S. L., meine ich –, was S. L. daran erinnert, daß ich eine schwache Konstitution habe; und dann ändert Papa auf einmal seine Meinung über die stillen Wasser der Pfützen: «Deine dicke Freundin reißt mir den Kopf ab, wenn du nicht mit dem Herumplanschen aufhörst, du komische Ente, dein tolles Kindermädchen wird mir die Eier in Butter braten, du watest ja mitten durch den See, du Heinzelmann. Zum Donner, schau dich mal an, du triefst ja: Weißt du denn nicht, was Wasser ist? Na egal, wir sind ja nicht auf 'ner Parade, wir brauchen uns nichts vorzumachen – du und ich, wir sind einfach bloß zwei Trottel.» Er wischt mich mit einem Taschentuch ab. Ich starre auf grüne und graue Säulengänge aus Rasen und Bäumen, tropfend und grün-und-grau, feuchte Säulenhallen, offene Piazzas – ein feuchtes Paradies.

Er sprach es aus: «Es ist so still, es ist das Paradies, es ist wirklich still, es ist tatsächlich das Paradies, mein Süßer.» Dann: «Kostet ja auch 'ne Menge.»

Er stellt eine grunzende Friedfertigkeit zur Schau, die verrät, wie paradiesisch es hier ist. Er spielt Theater, ist aber nicht so auf der Hut wie zum Beispiel in der Stadt. Die Fremdartigkeit und Unverständlichkeit seiner Männlichkeit, die Brutalität von Hitze und Fäulnis und die Einsamkeit in ihm, Männerkram, Stolz, Großspurigkeit, die Ruhelosigkeit der Begierden und Launen und sein phallisches Verlangen werden dadurch, wie er mich bemuttert, bis zu einem gewissen Grad im Wechselbad seiner Stimmungen gezähmt.

Seine Ausstrahlung ist gebändigt: Es ist gewissermaßen schmeichelhaft für mich, daß das so ist. Er ist nicht er selbst, sondern ein anderer für mich.

Seine Ausstrahlung drückte sich in Barmherzigkeit gegenüber Frauen und Kindern aus. Das machten ihm die Leute klar. Es war gut, in der Nähe eines wohlhabenden und gutaussehenden Mannes zu sein, durch die Bewußtseinsübertragung mit ihm die Chance auf Erweiterung der eigenen Realität zu bekommen, indem man in gewisser Weise zu seinem Zwilling wurde.

Er verkauft das sozusagen; er benutzt es, vielleicht mit einiger Diskretion und einigem Ehrgefühl, vielleicht auch nicht – vielleicht ohne Diskretion und Ehrgefühl – woher soll ich das wissen?

Entlang der sich windenden Straße sehe ich die Verrückte Vielfalt Aufragender Wachtposten: Baumwipfel und Dächer, Giebel und Schornsteine, die sich im Zickzack dahinschlängeln und in Segmente zerhackt sind, dazu Placken tiefhängenden, finstern Himmels, verdunkelten Himmels, durchflutet von trübem Licht über den Zufallsgeometrien dieser befestigten Nachbarschaft.

Der Wind taumelt und rüttelt an allem und wird stärker. Er hat es eilig und hämmert schweigend auf alles ein. Einen Augenblick lang scheinen Zweige und Dunst, Wolken und Markisen – Elemente der wirklichen Welt – im Wind zu fliegen, doch nur aus der völlig ungeschulten Sicht des Kindes. Er sagt – und denkt dabei zum Teil an Geld, zum Teil an Freundschaft –: «Wenn gute Freunde beisammen sind, ist immer gut Wetter.»

Ich starre hinauf zu den Übelkeit erregenden Schlangenbewegungen der Spaghetti-und-Apfelmus-Wolken, zu den Wassertropfen, den nassen Zweigen, den glänzenden Blättern und dunkelbraunen Schatten auf dem Rasen, zu den kleinen Stücken klaren Himmels und den wie verrückt rieselnden und tropfenden Blättern und sich bewegenden Bäumen. «Es ist richtich nääeett, diir baim Guuuucken zuzäsehn», sagte Papa.

Aus was für seltsamen Verhandlungen das Leben besteht, erkennt man, wenn man versucht, sich ein Universalenglisch vorzustellen, eine Universalstimme, mit der fast alle sprechen.

Ich höre seine Stimme und das wütende Windtosen seiner Schuhe und Hose. Er ist groß. Er ragt empor. Er ist ein Mann, der mit großer Hartnäckigkeit an seiner Selbstachtung festhält – vielleicht kommt er sich vor wie ein Haus voller Erklärungen: eine Erklärung in jedem Zimmer seines Ichs. Einmal, eine Weile später, legte ich ein Spielzeug, ein ganz beliebiges Spielzeug, in jedes Zimmer des Hauses, bis jedes Zimmer sozusagen ein Spielzimmer war – *ich* wußte darum, es war ein geheimes Wissen.

Weil ich ihm zu langsam gehe, bückt er sich, verbirgt die Welt vor mir, hebt mich hoch ins Licht. Er hebt mich hoch, und dann bin ich in der Luft. Eine große, fächerartige Dunkelheit breitete sich aus, senkte sich herab und umfing mich, und nun wird es ein Hochsitz oder Fenster, an dem ich mich festhalte, während ich auf das feuchte Licht und diese windzerzauste amerikanische Straße wohlhabender Leute (Kleinstädter) herabblicke. Mir wird schwindlig und schwach zumute: Auch das gefällt ihm. Es ist wie eine genitale Schwindligkeit, ein Ansturm, in dem all meine Stärke liegt und wild durcheinandergeworfen wird und gleichwohl eine besondere Persönlichkeit offenbart, und doch sind es seine Arme, sein Wille, die mich hochheben.

In der Höhe, auf der ich gehalten werde, bringt meine selektive Wahrnehmung der tosend dahinströmenden naturgegebenen Einzelpunkte, aus denen der Tag zusammengesetzt ist, wieder ein Orientierungsgefühl zurück, ein Hier, ein Dort, ein Gefühl für Entfernungen, für kleine, unverbundene Entfernungen, die dann doch teilweise einen Bezug zu den räumlichen Einzelheiten herstellen und in etwa erklären, wie weit es von unserem und dem ersten Rasen bis hierher ist, bis zu diesem Augenblick und zu dieser Vereinigung, dem im Augenblick erreichten Punkt in der Szenerie. Das weitet mir Kopf, Herz und Seele. Ich bin ein kleines Haus voller Anblicke und Geräusche; mein frisch ausgebildetes, noch winziges männliches Bewußtsein sieht in der wolkigen Transparenz des Tages weiter unten an der Straße einen Flaggenmast mit einer Schliere von Reflexionen darauf. Mein Atem rasselt heftig, hitzig, übertönt den dieses Mannes; mysteriöserweise bin ich ebenso groß wie er, Teil einer Kegelprojektion mit mir als Schmalseite, während er die Breitseite ist, aber mir dennoch gleichwertig. «Dieser verdammte Wind», sagt er. Ich spüre, daß die feuchte, schwere Luft *Wind* ist. Die großen, bleichen Glasklumpen, die aus den berghohen Wolken über meinem Kopf fallen, sind anders, wenn Wind herrscht. Nun weiß ich, was das Männliche an dieser unsichtbaren, einen anrempelnden und nie-wirklich-zu-erklärenden Kraft ist. Ich meine, ich werde nie den wirklichen Grund für ihre Existenz kennen, aber ich kenne sie, wie einige Jungen und Männer sie kennen: als dieses irgendwie aufregende und mir verbündete Naturwesen-dadraußen. Es wurde mir geschenkt. Ich habe dieses Geheimnis einem Ungeheuer gestohlen: S. L. Plötzlich nennt S. L. mich «*Kleine Taube...*» Es verlangt ihn nach meiner Aufmerksamkeit, er ist in so einer Stimmung: wie auf einer Veranda: Er erinnert mich: «Männer freuen sich über ein bißchen Güte hier und da – sie freuen sich über ein Häppchen Güte mitten am Tag.» Das ist ein trauriger Versuch, erneut zu sagen, was er vorhin schon gesagt hat – er korrigiert sich ständig. Er hat gelernt und sich verbessert, durch Innehalten und Neuanfangen, durch Versuch und Irrtum – nicht auf die direkte Art. Jedenfalls wurde das jetzt teilweise ein Loblied auf ihn selbst; erst am Ende ruft er sich ins Gedächtnis zurück, warum er mich mag, warum er sich gut fühlt. Er horcht grundsätzlich in sich hinein, nachdem er etwas gesagt hat, um zu sehen, ob er vielleicht das meint, was seine Worte überraschenderweise ausdrücken mögen – wenn sie erst an der Luft sind, erscheinen sie ihm so anders als in seinem Kopf, daß er Kopfgedanken wenig Beachtung schenkt, doch andererseits verachtet er die Sprache, und gelegentlich mag er nur Kopfgedanken, und dann brütet und tagträumt und grübelt er mit sichtlicher Zufriedenheit vor sich hin, selbst wenn ihn das, was ihm durch den Kopf geht, wütend macht: *Das Heim eines Mannes ist sein Königreich, es sei denn, er hat eine Frau; der Kopf eines Mannes ist sein Königreich, es sei denn, er ist* beschickert.

Betrunken.

In seinem Kopf köpft er Menschen, entscheidet über Schicksale, befreit Nationen, Völker und so weiter und bekommt Beifall dafür.

Was er diesmal laut ausgesprochen hatte, was in seiner Stimme mitschwang, war ein Loblied auf die Vernunftgesteuerte Zuneigung.

Ich schaue auf, und er blendet mich auf die erste von verschiedenen Arten, die ihm zu Gebote stehen: Er trägt eine Brille, und sie glänzt – da oben – glänzt wie eine Pfütze, mit mattem Schein – seine windzerzauste Blondheit ist eine Art Schein – auch sein Haar ist in verschwommenen Schein getaucht – und das Ganze spielt sich im Einklang mit den wechselnden Geschwindigkeiten des Tages ab – die Welt rast und ergießt sich über mich, Luft preßt sich in die Höhlen, in denen meine Augen ihre geheimen Apparaturen aufbewahren, ihre Lichtmechanismen, und schließt sie; meine Augen werden blinzelnd von den Bewegungen der Luft, dem Aufruhr der Erde zugepreßt.

«He, du bist wirklich eine Wucht.» Er neigt seinen Kopf näher zu meinem, er schiebt seinen Kopf in die Blumenkrone des Unschuldgeruchs – ist es das? Er sagt: «Wie eine Biene in der Blume . . .» Vielleicht ist es nur meine überraschende Kraftlosigkeit-und-Schönheit, mein Vertieftsein in die zum Scheitern verurteilte Betrachtung des Tages, meine halbherzige Annäherung an die Kindheit, mein Bedürfnis nach Bevaterung – ist es mein Erstaunen, das ihm in die Nase steigt, Spielzeugerstaunen in einem Spielzeuggesicht? Einem Spielzeughirn? Einer Spielzeugseele?

Ein Funkeln, ein Flecken Farbe auf seiner Brille, ein Schemen kindlicher Augen, kindlicher Nase, kindlichen Mundes und Kinns: das bin ich. Er sagt: «Das Ganze ist doch ein abgekartetes Rennen: ein Rennen für Arschlöcher – und alle gehen dabei zum Teufel.»

Ich bin es leid, daß er in einer so schwierigen Sprache mit mir spricht. Die Wörter, die ich höre, sind lose und verstreut in den Bereichen dessen, *was er, wie ich glaube, meint.* Ich bin *ihn* leid – bin in diesem Augenblick unloyal ihm gegenüber: Ist das gefährlich? – Ich kann ihn nicht mehr ertragen. Seine Lippen, dick, wulstig, salzig, diese Lippen ruhen noch immer in den kalten Tiefen des Bewußtseins seiner Macht über mich selbst, in schiefer- und bimssteinfarben flatternden Schatten: Es ist ein bißchen obszön – aufregend, widerwärtig, heftig –, wie ich ihn und die im Augenblick freundlichen Absichten seiner Lippen empfinde. Er ist eine geräuschvollere Version einer *Mutter.* Sein Atem und ein Regen von Spucke treten in Wellen aus und legen sich auf mich. «Du siehst aus wie eine Rose»,

sagt er: Seine Augen hinter den verspiegelten Gläsern starren auf etwas – auf mich? Nicht auf mich.

Sein Kopf kommt näher, er lehnt ihn an mich, er blendet
mich auf die dritte Art: Der väterliche Stein, der große,
nahe aufragende Findling verdrängt alles andere. «Ich
kann nicht ohne dich leben», sagt er – experimentiert pro-
behalber mit dem Gedanken, der Abmachung: *Es ist nur
eine von seinen Ideen, es ist noch nicht echt – er versucht sich
nur an dem, was ideal wäre* (Lilas Worte). Er hebt den
Kopf; er hebt mich hoch; er grunzt ein bißchen. Er trägt
mich, und ich bin hoch oben, werde durchgerüttelt und
festgehalten, und es gefällt mir.

Sehr.

Der Wind ist auf seinem Kopf und nur ein bißchen auf
meinem.

«Du siehst aus wie eine Taube und eine Rose», sagt er.
Seine Augen sind halb geschlossen, und er kann mich
nicht sehen, das heißt also, er denkt darüber nach und entscheidet sich jetzt. Er experimentiert mit seinen Überlegungen, wie ich aussehe, er experimentiert mit den Empfindungen eines bestimmten Gefühls: Liebe, Liebe dieser
Art jetzt. Er erinnert sich daran, wie ich aussehe, und freut
sich. Nun dreht er mich in seinen Armen zu sich herum
und küßt mich auf das rechte Auge. Nach einer Sekunde
mache ich auch das linke zu. So blendet er mich auf diese
dritte Art. Seine dicken, wulstigen Lippen, sein enormer
Atem – mein Gesicht verschwindet förmlich. Jetzt küßt er
mich auf den Hals, mein Kopf ist fürchterlich verrenkt;
S. L. verharrt so. Ich beginne, aus diesem seltsamen Winkel des Geküßtwerdens hervorzulugen, doch seine Hand
streichelt mein Gesicht: Ich bin blind, blind – er ist so
nah –, und da ihm sein Gefühl so neu ist, hat es etwas Luf-
tiges, Frisches, Unerprobtes, wie Morgenluft oder -licht.
Er weiß, daß seine Ausstrahlung aufregend ist.

Ich glaube nicht, daß ich ihn mochte, ich mochte es nicht, überfahren zu werden – er hat ein Gefühl dafür, wieviel fiebernder oder unter Strom stehender Widerstand in dem kleinen Körper steckt, den er festhält. Ich mochte es nicht wirklich, daß so mit mir umgesprungen wurde, ich mochte es nicht, und dann wieder doch.

Sein Kuß verharrte auf den inneren Augen der Rosen-Taube. Ich bin völlig blind – vor blinder Aufmerksamkeit: Das bleibt auch so, als er sich abwendet. Die Sehfähigkeit kehrt erst zurück, als er jetzt spricht; er sagt: «Es ist wirklich ein Genuß, dich anzusehen – ja, wirklich – wirklich – du bist ein richtig hübsches Kerlchen, du bist ein kleiner Süßer, aber WIRKLICH . . .»

Während dieser Umarmung durchlief ihn eine Gefühlswallung, eine vertrackte Wallung tiefer Gefühle, vielleicht ein Gefühl der Reinheit . . . der Ablution, Absolution . . . eine süße Läuterung . . . was weiß ich.

Ich weiß nicht, was er meint, ich weiß nicht, ob er es so meint. Ich meine, ich weiß nicht, wie genau er sich an die Abmachung halten wird, wie nahe an die heiligen familiären Blutsbande er uns wirklich heranführen will.

Er keucht beim Atmen – er keucht angesichts der Entdeckung von Gefühl in sich. Ich werde in Besitz genommen, bin begraben im lebendigen Grab seiner Umarmung, seines Erstaunens: «Es ist wirklich ein Vergnügen mit dir, Regentag hin, Regentag her – weißt du das?» Er sagt das zum Tag, zu dem nun unbewegten Dunst, zu einer bewegungslosen, sprühenden und spritzenden Feuchtigkeit in der Luft, nicht zu mir – sondern über mich hinweg. Wenn er mich nicht ansieht, kann ich nicht sagen, ob er mit mir spricht, es sei denn, er drückt sich in Kindermädchensprache aus oder redet kindlichen Unsinn, und selbst dann bin ich mir nicht sicher. Darum habe ich das Gefühl, verlassen zu sein.

Es war eine Besonderheit dieses Augenblicks und meines Lebens, daß er nicht mein leiblicher Vater und ich kein Säugling mehr war, als ich ihn kennenlernte, außer daß ich mich *wie* ein Säugling verhielt. Ich war zum zweitenmal ein Säugling, ich war ein älterer, schlauerer, abgebrühterer Säugling, schwächer auch und gezeichneter. Und er war *wie* ein Vater. Ich versuche damit auszudrücken, daß ich ein besonderes Beispiel eines Sohnes war, kein ideales Beispiel, doch etwas von diesem Idealsein umschwebte mich, unklugerweise vielleicht, als eine Art Hinweis auf den Schmerz des Fühlens und die Bitterkeit des Hoffens und als ein Anlaß zu Kummer und Freude – der schmerzhafte Druck des Wirklichen erzeugte zusammen mit dem Element des Barmherzigen eine Aura des Idealen. Aber ich war nicht der *Sohn* oder *sein Sohn*, sondern bloß *ein Sohn, den er hatte.* Und er war nicht das, was immer ein Idealer Vater tatsächlich ist oder ausstrahlen sollte – eine Art Licht in etwas ganz Gewöhnlichem –, er war es nicht oder vielleicht doch oder vielleicht nur in einzelnen Augenblicken, woher soll ich das *wissen?* Ich könnte mir vorstellen, daß noch niemand einen idealen Vater gehabt hat, daß das eine Art schwachsinniger, sentimentaler Wunsch ist. S. L. und ich erlebten das manchmal, dieses Licht in etwas ganz Gewöhnlichem: Wir handelten das aus. Ich glaube, das ist vielleicht etwas ganz Gewöhnliches. In gewisser Hinsicht, nehme ich an, ist es ideal.

Wenn ich ein Foto von S. L. sehe, denke ich erstaunt: Oh, so war er auch?

Kam er je zur Ruhe? Durch Liebe, durch Schlaf?

Nein. Ich sah ihn oft genug im Schlaf, mit schweren Träumen und schwerem Atem, oft schnarchend, selbst dann noch voller Geltungsbedürfnis.

Er kam bis zum Tod nicht zur Ruhe, war nie unabhängig von Herzschlag und Veränderung, stets Ruhelosigkeit,

Erregung und Tics ausgesetzt, seinen veränderlichen Stimmungen unterworfen – ich habe auf Fotos nie viel Ähnlichkeit mit wirklichen Personen erkennen können.

Plötzlich sagt er: «Bla, bla, bla.»

Das ist verblüffend: Das Kind lacht – nicht daß es verstünde: Was es versteht, ist Erleichterung, es ist freigegeben – für einen Augenblick.

Er murmelt vor sich hin. Ich habe Schwierigkeiten zu verstehen, was da vor sich geht; ich kann noch nichts gedanklich festhalten.

Papa sagt: «Die Pfingstrosen der Carlyles sind alle im Eimer. Ich sag dir was, mein Pfingströschen: Es ist eine verdammte Schande, was es kostet, halbwegs anständig zu wohnen – der Versuch, stilvoll zu leben, ist schon einiges wert; aber man kann sein ganzes Leben darauf verschwenden: Weißt du, was so ein Garten hier kostet? Aber wer hat schon die Mäuse – wer hat soviel Geld?»

Er spricht zu einem Erwachsenen, vielleicht zu einem Burschen aus den Slums – ich stamme aus weniger feinen Kreisen als er. Gerade kehrt er den Nicht-Snob heraus. Er kann nicht wissen, was für eine seltsame Abfolge von Klängen und Halbverständlichem und Unverständlichem das, was er sagt, für mich ist – oder die Art, wie ich es aufnahm, wie ich eine zufällige Bedeutung in dem Unsinn als besonderen Unsinn aufnahm, nicht als Unsinn, den man auf eine von einem Dutzend möglicher Arten versteht, wie wenn man Musik hört oder eine Geste sieht oder geküßt wird *(Oh, er mag mich)*, sondern als enthielte dieser Unsinn eine Anzahl beweglicher Faktoren, die aus S. L.s Leben und seiner Stärke, seinem Leiden abgeleitete Bedeutung waren und sich fortwährend veränderten und die ich kenne wie diese Musik und diesen Unsinn, der kein Unsinn ist, sondern völlig vernünftig, weil er von ihm stammt: und er ist eben der, den ich zum Vater hatte.

Ich werde es auf verschiedene Weise eines Tages so oder so verstehen.

Er ist unabhängig von mir und meinen Urteilen über ihn – er ist wirklich autonom.

Meine Gefühle waren ebenso unwesentlich wie seine – das lernte ich von ihm.

Frauen sind da anders – vielleicht.

Er war auf distanzierte Art zufrieden darüber, daß ich stumm war, stumm und sprachlos: Er erfand uns eine Sprache, die tatsächliches Verstehen unnötig machte, ein Spiel, in dem es darum ging zu verstehen, wie nah er mir war (nicht *vierundzwanzig Stunden am Tag*, mitunter aber doch), und zu verstehen, wie bewundernswert er war und wie bewundernswert gut er mich behandelte. Doch seine Sprache, soweit ich sie respektierte, verbaute mir den Zugang zum Wissen um die Welt und zu anderen menschlichen Stimmen, außer den zu seiner Stimme, zu seinem Gefühl für mich, oder besser: zu den Gefühlen, die ich in ihm auslösen konnte: «Dein Gesicht ist wie ein Lied, weißt du das?» (Er sagte später auch: *Gib dir keine Mühe, mich bei Laune zu halten – sei einfach nett – tu einfach, was ein nettes Kind tut – versteh mich und sei da.* Stumm. Er sagte: *Du warst schöner, als du geschwiegen hast.*)

Er sprach in schlichten und verrückten Worten mit mir, ich hatte für ihn etwas himmlisch Unsinniges an mir: «Der Wind peitscht all die schönen Dinge aus – warum nur, was meinst du? *Ça va.* So was. Sofas. So fies.» Oder: «*C'est veggies.*»

Er war im Krieg in Frankreich gewesen. Er beherrschte eine Vielzahl von Ausdrucksweisen: Eine war sein *Princeton-Ton* – so nannte er ihn: Seinen Ton zum *Aktienverkaufen* nannte er ihn; er verkaufte gar keine Aktien; er war ein kleiner Geschäftsmann, ein Kleinunternehmer. Er besaß Dinge, Läden und Farmen. Er kaufte und verkaufte Dinge

– Spargel kistenweise, in einem Jahr waggonweise. Ich fand es komisch, wie er da so großspurig mit einer Gemüsesorte handelte. Er mochte Gemüse, sagte er. Er beherrschte den ländlichen Umgangston und vielleicht noch ein Dutzend Abarten von bauernschlauem Kumpel-Amerikanisch: Ich will diesen Kram nicht katalogisieren, Papa und seine beschissenen Amerikana: Ich will ihn nicht wieder ganz zum Leben erwecken. «Ich bin ein Unwissender», sagte er bescheiden großsprecherisch und sehr vornehm im Ausdruck, «ich bin bloß ein unwissender amerikanischer Bürger – ein armer Dummkopf –, genauso dumm wie du. Ich sag dir was: das ist ein Geschäftsgeheimnis: Vielleicht lohnen sich Blumen gar nicht – willst du's mit Unkraut probieren? – Magst du Unkraut, Kletten, Spitzkletten? Spitz paß auf?»

Dann: «Du alt genug, Hengst zu spielen, mein Held. Willste Unkraut oder 'ne Blume für dein klitzekleines Ding da zwischen dein' Beinen – oder willste 'ne hübsche Blume, 'ne Fleur, willste anständiges Unkraut – 'ne kleine Gänsedistel? Verdammt, was weiß ich...» Was er für sich selbst will, was er in sexueller Hinsicht für sich selbst wollte. «Manchmal will ich Unkraut, will ich gutes anständiges nichtsnutziges Unkraut; manchmal will ich eine Rose, eine hübsche fette vergnügte Rosenknospe – du hast eine Rosenknospe da unten, ich schwör's dir: Du bist ganz und gar Blume: Bist du ganz und gar Blume? Ich glaube, du bist ganz und gar Blume...»

Ich bin ganz Blume.

«Blümchen Jesus, was für ein Risiko – wie geht's dir mit deinem Kreuz?»

Ich bin ein Teil dessen, was in seinem Leben unaussprechlich ist.

Christus und S. L. in Amerika

Er sprach in einem Tonfall immenser, immenser Aufrichtigkeit mit mir, wie ein Schauspieler in einem berühmten Film betont locker mit einem Kinderdarsteller spricht. Er war ein selbstsüchtiger Christus.

Er sehnt sich nach Barmherzigkeit und Unschuld und ist ein Mann, der erlöst werden will – das hat er im Kino gesehen: Ich bin ein Werkzeug der Gnade – in so einer Stimmung befand er sich, wenn er mit mir zusammen war. Dem verirrten hübschen verlorenen Sohn. Lila sagte einmal über ihn, er stamme aus dem anderen Testament.

Ich war ohne Sprache. Seine Identität und meine, abgesehen davon, daß sie durch juristische Regelungen definiert wurden, hatten eher etwas mit der modernen Interpretation der Molekularstruktur zu tun: Psychologisch gesehen sind wir nicht im Licht von Schriften oder Psalmen, von Marmorskulpturen oder *Fotografien* zu betrachten – abgeschlossenen Einheiten der Kunst aus einer Zeit kurzlebiger Menschen –, sondern im Licht von Atomen und noch kleineren Partikeln und Kräften und Kräftefeldern und dunklen Feldern tatsächlicher Existenz, im Licht der elektrischen Ströme der tatsächlichen Welt. Unsere elektrische Aufladung, unsere Substanz, erneuerte sich auf mentale und geschlechtliche Art, nicht wie in Büchern und Beschreibungen. Wir waren in allem, was uns ausmachte, ruhelos und offen für neue Interpretationen. Es schien mir immer, als sei unsere Haut die Grenze für düstere Geheimnisse der Individualität. Man hatte bestimmte Denkgewohnheiten, welche die Kraftfelder und die dazwischenliegenden dunklen Bereiche sowie die besonderen bindenden Kräfte berücksichtigten, die einen Mann zu sich selbst machen, doch diese Denkgewohnheiten hatten qualvoll unter der tatsächlichen Rücksichtslosigkeit der Wirklichkeit zu leiden. Ich meine, eine solche bindende Kraft war, daß es S. L.-in-der-Öffentlichkeit gab und S. L. als *Ehemann* und *Geldverdiener* und *Richter* (über die Wahrheit zu Hause) – doch das waren alles bloß Geschichten, nichts Festes oder Einschränkendes. Er war eher Liebhaber als Vater, und die Liebe konnte in andere Kraftfelder fließen. Angesichts der Pein von enormem und noch wachsendem *Schock* und geschocktem Erstaunen und blindem und manchmal wütendem und gequältem Sichwundern dachte ich oft: *Wer ist das, dieser Mann, wer ist das?* Ma sagte oft: *Er ist nicht er selbst, er ist jemand anderes, ich glaube nicht, daß ich ihn kenne.* Und: *Er ist nicht mehr der Mann, der er mal war, er ist nicht mehr derselbe, er hat sich verändert.*

Er war finster. Er konnte es nie leiden, wenn jemand sprach; er hörte bis zu einem gewissen Punkt höflich zu, und dann wurde er grob und versteckt beleidigend in seiner Rastlosigkeit; er panzerte sich gegen die andere Stimme; er zog sich auf eine Sicht der Welt zurück, wo er der absolute Herrscher über die meisten Wahrheiten war.

Er philosophierte – seine Philosophie verbarg sich manchmal hinter Geschwätz oder wurde absichtlich damit vermischt, damit sie für diejenigen, die *reinen Herzens sind* (seine Worte), angenehm und leicht zugänglich war, doch hatte sie in der Öffentlichkeit keinerlei Bestand, außer bei seinen Angestellten und Schuldnern und bei uns, seiner Familie, und bei mir, besonders bei mir.

Papa legte Wert auf *Liebenswürdigkeit.* Daher war er nie rückhaltlos ehrlich mit mir. Meine Identität gründete sich auf *Keine Tugend ohne Barmherzigkeit*, und daher war ich *Der Grund für die Lohnende Tugendhaftigkeit der Gutherzigen, Besonders S. L. Silenowicz' Tugendhaftigkeit* (Wenn Ihm Gerade Danach War).

In dem kleinen Park war ein Musikpavillon; dorthin hatte er mich getragen.

Ich bewegte mich ganz langsam auf der Betonplattform des Pavillons hin und her; das vorübergehende Aufflackern kindlicher Elektrizität in meiner knappen, erneuerbaren Haut, meiner momentanen Schönheit, bewegte mich auf der Plattform unter der umgedrehten liliengleichen Blume des Dachs.

Ich erinnere mich, daß ich mich oft umwandte, um ihn zu sehen, um zu sehen, ob er da war – die windzerzauste Gestalt am Rand dieser umschlossenen Empore. Zuerst stand er auf unsichtbarem Gras, und nur ein Teil von ihm war über dem Rand der Plattform sichtbar. Er ist barhäuptig im Wind.

Er will mich kaufen; ich bin zu haben.

Im aufziehenden Regen ist diese Trommel mit ihrer sanft in sich ruhenden Luftfüllung durchdrungen von ihrer Abgelegenheit. Papa redet. Zwischen den Säulen treiben blaue, graue und grünbraune Stäubchen umher. Ich sehe leichten Dunst, Luft und Blätter. Den Hintergrund bilden unvollständige Höhlen zwischen den schrägen Säulen des Regenlichts.

S. L.s Stimme ist so ausdrucksvoll wie ein Auge. S. L. sagt: «Du bist wirklich ein As, du bist ein Bukett auf zwei Beinen – weißt du das?»

Ich stehe in der Mitte dieser stillen Moschee, keine Möbel, keine Frau, in diesem Modell eines Schädels. Ich funktioniere wie ein Prisma, ich spalte das weiße Licht der heftigen Freuden und Schrecken von Papas Welt in all seiner Intensität und verrückten Geschwindigkeit in sanfte, pastellene Strahlen, auf denen in Reihen oder Gruppen freundliche, wohlmeinende Elfen tanzen, die mir die Zartheit der Welt auf blumige, dienstmädchen- oder kleinmädchenhafte Weise veranschaulichen: Die Welt ist in

Ordnung und hat ihre guten Seiten – wie diese zum Beispiel: S.L.s alle Schrecken überlagernde Freude an mir bewegt sich, wenn er blinzelt, wie zwei Pastellregenbogen. Er bewegt sich, er kommt näher und ragt hell und dann verschattet empor: Er steht auf einer der obersten Stufen – er ist jetzt teilweise unter dem Dach –, und er beobachtet mich noch aufmerksamer, und er redet, Unsinn vielleicht. Als ich ihn ebenfalls beobachte, hält er inne, wird es leid und dreht mir den Rücken zu, setzt sich auf die oberste Stufe nahe den horizontalen Brettern und gekreuzten Stützen des Geländers. Er dreht sich halb um, er sieht mich träge an, er beobachtet die Luft, den pausierenden Regen... Er sagte: «Das ist ein prima Tag für Enten – magst du Enten? Quak, quak? Mook, mook – das ist ein Frosch; sei kein Frosch, sonst holen dich die Kobolde. Hör mal: Kannst du mir sagen, warum nicht die ganze Welt so ist wie du, es gibt keinen Grund dafür, nicht gut zu sein, wir schicken die Bösen einfach *auf eine Insel*, sollen sie sich gegenseitig abmurksen, und wir sind glücklich, wir sind gut – wie wär das? Nur du und ich und – und – Jesulein zart vielleicht. Ich mag Jesus – scheint ganz nett zu sein: Erzähl bloß keinem, daß ich dir das gesagt hab... Ich mag keine Juden, Wileylein.» Es lag daran, daß es Morgen war, aber ich glaube oder habe das Gefühl, daß er morgens am ehesten sein blondes Selbst war. «Du und ich, sollen wir tauschen? Wir sind nette Menschen, sag's mir: einmal nicken für ja, zweimal für nein. Steh nicht so herum – okay, okay, mach nicht so ein Gesicht: Ich wollte nicht meckern – ach, was bist du für ein süßer Schatz; ach, was hast du für ein weiches Herz. Ach, Baby, Baby, Baby, du bist mein Baby; ach, du riechst so gut: weil du eben so gut bist; wir müssen uns die Stange halten; versteh mich nicht falsch, ich will die Juden nicht schlechtmachen, Wileylein: Wir müssen auch ihnen die Stange halten, das ist unser Erbe, da könn

wir nich unsre Augen vor verschlieeeeßen: Wenn sie anfangen, Juden zu verbrennen, stehn wir auf und lassen uns
registrieren, wir kämpfen, wir gehen in die Berge mit unseren Gewehren, peng, peng, peng, Blut ist Blut, und Familie
ist Familie – aber, hey, schau dich an, schau dichunmich
an. Das ist nicht Blut, das ist nicht Familie, aber es ist das
Paar-ah-dies, das sag ich dir, deine süßen Umarmungen
sind kostbarer als Rubine. War schon immer so, daß wir die
Juden nich mögen müssen, nee, wirklich nich, ich sag dir,
die haben vielleicht Visagen, die sind verrückt, das sind
keine Leute – wie du und ich –, aber sie wolln, daß man auf
sie hört, wie auf Engel; sie ham kein Verstand, sie sind mal
dies, mal das, für die zählt nur, was man macht, die sind
nich angenehm, und ich sag dir, die riechen schlecht – na
ja, wolln wir nich unverschämt sein, du und ich, wir sind
schließlich bloß einfache Leute: mit einem bißchen Geld:
Wir sind Offiziere und Gentlemen; ich bin im Grunde meines Herzens ein Cowboy – ein Cowboy-König: Ich hab ein
Herz wie ein König oder wenigstens wie ein Herzog... Sag
mal, mein Süßer, mein Herzblatt, kommst du eigentlich
noch mit?»

Ich lehne mich an seine Schulter.

«Frag mich, was ein Jude ist, und ich werd's dir sagen,
eines Tages werd ich's dir sagen: Es liegt nicht bloß am
Geld, sie sind wirklich ein blödes Volk – sie wollen nicht
glücklich sein; na, mir soll's recht sein: In Kleinstädten findet man selten schöne Menschen; und jetzt hör mal zu,
jetzt kommt das Allerneueste, der richtige Knüller: schlicht
und einfach: Man wird aus diesen kleinen Käffern vertrie-
ben, wenn man schön ist – sie machen einem die Hölle
heiß, man muß so aussehen wie alle anderen, wenn man da
bleiben will; das ist die Regel: Deine Mutter und ich sind
die Ausnahmen, aber ehrlich gesagt haben wir Angst vor
Großstädten: Deine Mutter in Chicago ist ein einziges Ner-

venbündel: Wir hätten längst weggehen sollen, aber wir haben's zu lange verschoben, uns ging's zu gut.

Ich sag dir, woran es lag: am Auto und daran, daß St. Louis gleich um die Ecke ist» (es lag eine Stunde entfernt). «Wahrscheinlich dachten wir, wir würden uns so langsam einleben: Jetzt will deine Mutter, daß wir wegen dir umziehen, aber wir haben's ja bislang auch nicht getan: Wenn du mich fragst, gehören wir in die Kleinstadt. Jedenfalls ich; in der Großstadt krieg ich kein Bein auf die Erde: Kein Mensch interessiert sich für dich; jeder steht jedem im Weg; es ist ekelhaft – ich finde, es ist eine ekelhafte Welt – du ausgenommen, mein Süßer: Ich, ich brauch eine Kleinstadt, mir wird's schwindlig mit zu vielen Leuten um mich rum, ich krieg Kopfschmerzen, schlimme Kopfschmerzen: Gib mir ein weit offenes Land, wo Männer noch Männer sind, das ist bei Gott das einzig Wahre: Wir haben für alles *Regeln*, Wileylein, aber das heißt nicht, daß sie stimmen; niemand weiß, was stimmt: Sieh mal, es ist doch so, daß wir gar nichts falsch machen dürfen – ich frag dich, was ist das für 'ne Scheiße? Jesus, der war ein Prachtkerl: Der hat's kapiert, ein Fehler war ein Fehler, wir machen alle welche, du machst den falschen BH auf, und ein Paar mordshäßliche Titten bammeln dir entgegen, was machst'n da, machste 'ne Staatsaffäre draus, machste dir Fainde? Ich sach dir, waste machs, du fängs Streit an – und das ist eben das Widerwärtige, sie streiten sich: Ich persönlich, ich zieh den Frieden vor: Glaubst du etwa, ich mach Witze? Neenee, Bürschchen, mach ich nicht. Neenee, mein kleiner Freund – und Erbe. Kerl in der Kiste, ich mach mich über nix lustig. Ich sammle das, was gut ist, ich hör die Leute reden, und ich hör zu, und ich denk nach, und ich behalt die Sachen, vielleicht bin ich ja ein großer Denker, glaubt man womöglich nicht, wenn man mich so sieht, aber ich denk eine ganze Menge nach – Jesus hat auch Fehler gemacht, der hat das verstanden, das ist mein Mann – das ist der Gott, der mir gefällt – äh, alladings wara ja kein Gott» – S. L. blieb selten lange bei einer einzigen Imitation; der wechselnde Sprachgestus war eine Form des Nachdenkens und Assoziierens – «oder wenn er's war, dann brauchte er wen, der hinter ihm herputzte: Na, nur nicht aufgeben – aber das ist gut, ein Gott, der Fehler macht, das heißt, wirklich auf die Erde kommen und Mensch werden: Du nimmst menschliche Gestalt an, du spürst Schmerz; ein Priester hat mir das mal erzählt: Der sprach aber auch über sich selbst: Er war andersrum, der Priester, du weißt schon, was ich meine. Ich gefiel ihm, ich gefiel ihm viel zu gut: Also, Jesus, der hatte ganz schön oft unrecht, also hatte er natürlich meistens recht: Das mußte verstehen, so laufen die Dinge: Ich mag keine Bücher, die drücken alles falsch aus, stellen alles blitzsauber dar und machen sich über die Leute lustig, aber die Wahrheit findest du bei den Menschen; ich erzähl dir tiefgründige Dinge, tiefgründige Dinge – wie kann *ein Mensch* Jude sein, wenn er einen netten Kerl wie Christus zum Freund haben kann, aber so ist es eben, das ist unsere Pflicht in der Welt, das ist unser Erbe – wir sind Wanderer, Baby, wir sind Wanderer: Wer Christus liebt, hat's wirklich gut: Sobald er was falsch macht, sagt er einfach, er liebt Jesus, und wenn man Jesus liebt, kommt man mit heiler Haut davon – und die Juden tun dasselbe: Wileylein, du kannst nicht gewinnen, nicht auf dieser Welt, sie sind alle hinter dir her, und den letzten beißen die Hunde: Hier ist Tex Arkana, Ihr singender Cowboy, der kennt sich aus, der weiß Bescheid, also hörnse zu und machense sich's gemütlich ... Ich versuch's immer wieder, immer noch mal ... Schau mal, wer Christus liebt, der wird so wie er, genauso wie er: Ich werde nett, weil ich bei dir bin: Frauen und Juden haben zimperlich zu sein – wie Bürokraten. Kacke ist das, Kacke. Die müssen noch die geringste Kleinigkeit richtig machen, und das ist verkehrt; das Richtige ist umfassender als das, es braucht einen großen Mann, um eine große Wahrheit zu verstehen, es braucht ein großes Herz, um mich zu verstehen; du hast ein großes Herz – wirst du mich verstehen, mich lieben? Es muß *von Herzen* kommen – du kannst mir nichts vormachen, da, wo ich herkomme, sind Männer noch Männer, haha: Hör mir zu, Kleiner, dann machst du nichts verkehrt, du mußt ein Offizier und Gentleman sein, und wenn du draufgehst dabei, es sei denn, du verzichtest aufs Vögeln und auf alle guten Dinge im Leben.

O Baby, ich lieg nie richtig, nie, nie. Ich hab nie richtig gelegen, aber du kannst mich trotzdem mögen, ich bin keine Null, ich versprech's dir. Ich werd nie richtig liegen – wirst du dafür sorgen, daß ich mal richtig liege – bist du das Zeichen dafür, daß ich richtig liege? Ich hab noch meine Eier, ich hab noch'n bißchen Grips übrig, das ist wohl alles, was man von mir sagen kann... Oh, war das ein Drecksweib heute morgen, die hat mich fertiggemacht, die will Geld, Wiley, oje, ojemine, ist das ein dunkler Himmel... Du magst den Himmel, das merk ich; hab ich richtig geraten, hm?

Seien wir Männer, Wileylein, du und ich – auf *uns* soll keiner rumhacken. He, was ist, willst du keinen Kuß, ich beiß schon nicht, bei *uns* ist das doch was anderes: Hab ich Mundgeruch? Ich hab Chili zu Mittag gegessen. Zier dich nicht wie eine Frau: Die spinnen alle, die taugen alle nichts, die sehen zu, was sie kriegen können, die sind für nichts dankbar, für gar nichts, da kann 'ne nette kleine Aufmerksamkeit des Wegs kommen und sie in die Nase beißen, und sie scheren sich den Teufel drum, die wollen's der Welt heimzahlen, daß sie immer zu kurz kommen – die können Scheiße nicht von Schellack unterscheiden, die sind so dumm wie Bohnenstroh – die kapieren nie, worauf es eigentlich ankommt. Hör zu: Als ich so klein war wie du, und es fand auf der Straße 'ne Parade statt, verrammelte meine Ma das Haus, wegen dem Dreck, den die Marschierer aufwirbelten – sie haßte Paraden: Die guten Dinge des Lebens gingen völlig an ihr vorbei, sie nannte mich immer einen Lügner, egal wie weit weg die Parade war, sie war völlig aufgelöst, weil ja Staub reinkommen konnte, weil jemand Spaß hatte, du und ich, wir haben Spaß, meine Mutter, die war ausgefuchst, das war 'ne ausgefuchste Lady, und ehrlich gesagt, meistens war sie nicht ganz richtig im Kopf, sie war richtig bekloppt, schrie herum, eine Wahnsinnige, eine Mörderin, eine richtige Mörderin, stell dir bloß mal das schwarze Herz von so einer Frau vor, die Paraden haßte, die mich beschimpfte, ich weiß, wie man lebt, sie wußte das nie zu schätzen, sie war eine richtige Nervensäge, das sag ich dir: Sie wollte nicht, daß irgendwer Spaß hat – Häßliche sind schon *wirklich gemein* – bei der Ziege war man immer im Unrecht, der konnte man gar nichts recht machen – ich würd gern wissen, was Jesulein zart mit meiner Mama gemacht hätte – mit diesem jüdischen Hausdrachen...» Dann, in lieblichem Falsett: «*Lasset die Kindlein zu mir kommen,* und sie hätte gesagt» – dies mit Baßstimme, schroff, vielleicht menstruationsbedingt nervös oder hysterisch – «*Sie sind ein Kinder-äh-Schänder* – jawoll, das würd sie glatt zu ihm sagen, hoho, sie würd sagen: *Sie waten doch im Dreck, Sie spinnen, Sie haben keine Manieren, ich wette, Sie stehlen auch,* so ist sie; er würd ihr nette Sachen sagen, und sie würd sagen: *Ich täusch mich nicht, ich mag keine Leute, die mir sagen, ich täusche mich, ich bin ein guter Mensch,* und das wär's dann: Sie würd dem Zimmermann die Nägel reichen – dem anderen Zimmermann – egal welchem – was macht man da? Kommt Zeit, kommt Geld – laß dich umarmen – nimm's wie ein Mann...»

Seine Sprache ist kompliziert, aber nicht gelehrt. Doch um sie zu übersetzen, würde man Geschichten und Nachforschungen über seine Mutter einbeziehen müssen, die ihn beschuldigte, ihr Geld zu stehlen, und über die Stadt in Tennessee, nicht weit von Nashville, wo er hauptsächlich aufwuchs, und dann über Kalifornien, wo er mit seinen Eltern nach dem Umzug dorthin lebte, weil sein Vater, ein Zahnarzt, nach Sacramento umgesiedelt war, um von *seiner* Mutter wegzukommen.

Und Geschichten über den Ersten Weltkrieg und die Armee damals, das amerikanische Expeditionskorps, und über Männer, die er kannte, und über Schlachten und französische Huren und die zwanziger Jahre und über das Geldverdienen damals in einer Kleinstadt. Und der Priester, der ihn zu bekehren versuchte, war kein katholischer Pfarrer, sondern ein presbyterianischer Prediger, willensstark und brennend vor Ehrgeiz: Er wollte in S. L. die Liebe zu Christus und zugleich die zur Sünde entfachen – er entdeckte in S. L. die Liebe des Lüstlings zum Feuer, zur Strafe, die große Hitze der Schuld, die in jenen lauert, die vögeln.

Er und ich gehören gewissermaßen einer Bruderschaft des Irrtums im Namen Gottes und der Menschheit an. Wir sind nicht gerade verkappte Christen, aber es ist eines von Papas Geheimnissen, daß er ein besserer «Christ und Nächster ist als die meisten unserer christlichen Nächsten: Ich bin verdammt viel liebenswürdiger», sagte er. Zu mir sagte er: «Mir liegt nicht viel an Menschen, ein Haufen Menschen sind mir zuwider, eigentlich die meisten, um ehrlich zu sein. Ich hasssssseee Menschääään, aber dich, weißte, dich mag ich seeäähr...»

Dieser Mann steckt voller komplexer Vorstellungen von Erlösung, von Absolution und Reue und innerem Frieden. Zum Beispiel glaubt er, daß niemand je «Einen Richtigen

Mann» – einen starken Mann – *beschuldigen wird*, daß man es aber durchaus sollte, daß man so einen Mann zuweilen beschuldigen sollte, indem man christliche Vorstellungen von Demut und in Nadelöhren steckenbleibenden Kamelen zur Anwendung bringt; aber wenn S. L. einen solchen Mann bewundert, glaubt er gleichzeitig, solange er ihn bewundert, daran, daß Ein Richtiger Mann schuldlos ist – das ist für ihn beinahe ein Merkmal der Gattung.

«Warum stolzierst du so herum?» fragt er mich.

Ich habe mich aus seinen Armen gelöst und bewege mich im Zentrum der stillen Lufttrommel auf der Plattform hin und her.

Ich sehe ihn an.

«Na», sagte er, «nimm's wie ein Mann, nimm uns in den Arm – *pluralis majestatis...*» Er stellt eine Abart männlich forschen Auftretens zur Schau! Er dirigiert mich, er wünscht eine «zart» wissende Umarmung, in der etwas von der «Zartheit» verborgen bleibt, nur angedeutet, ein Tribut an den kaiserlichen Glanz dieses barmherzigen Mannes. Doch andererseits will er auch wieder eine ganz offene Umarmung, von Mann zu Mann, auf dem Treck, kurz vor einer apokalyptischen Westernszene: «Laß dich umarmen, Sohn, bald haben wir's geschafft... Mich hat's erwischt, Wileylein...» Er hält mich mal so, mal so; ich höre seinen Herzschlag durch sein Hemd, unter den angelegten Flügeln seiner Jackenaufschläge. «Ich bin bloß ein armes Schwein voller Irrtümer», sagt er. «Aber du bist ein Prachtexemplar...» sagt er. «Du bist kein Abschaum...» Meine Abstammung. Der Ausdruck in seinem Gesicht, in seinen Augen – er wechselt von einem Jargon in den anderen; er zeigt nur das, was er zeigen will; er empfindet eine Art gespielten Schmerz am Leben. Nun wird er raffiniert-kultiviert: Komm, mein kleiner Engel, noch eine Umarmung – deine Umarmungen helfen mir, den Tag zu überstehen...» Meine Arme legen sich um seinen Hals – meine Stirn berührt seine Wange. Ich küsse nicht gern mit den Lippen – doch er preßt seinen Kopf an meine schmalen, erstaunten Lippen: Ich spitze sie, küsse ihn flüchtig, wende den Kopf ab. «Du küßt wie ein Goj, weißt du das? Kannst du nicht wie ein Jude mit einem Herzen im Leib küssen?» Er ist in einer antichristlichen Phase. Herrgott, was für ein Elend in seinem Gesicht. Hinter seinem Amüsement kommt eine drängende, beständige Not zum Vorschein: es ist männlicher Schmerz, männliche Prahlerei, das echte Leben in ihm, sein Leben in der Welt der Männer.

Das Hemd, das er trug, war weißlich, mit einem Karomuster aus grauen, weißen und schwarzen Linien darauf, glaube ich: Ich erinnere mich *deutlich*, aber unwissentlich daran, an den feuchten Baumwollstoff und seinen Geruch, an S. L.s Herzschlag und seinen Atem, an die Gerüche auf seiner Haut, den fleischigen Geruch seines Atems, den Geruch von Feuchtigkeit in seinem Haar...

Die Abmachung zwischen S. L. und mir

Er hob mich hoch und trug mich im grauen Sturmlicht über das Gras: «Jetzt hab ich aber noch was für dich...» Eine Mauer, die fast bis zu Papas Oberschenkel hinaufreicht, *läuft* hier wie eine Reihe Wellen am unebenen Rand des Parks entlang. Sie schlängelt sich dahin, und das ist für mich schwer verständlich oder vorstellbar, ich habe es nie richtig begriffen. An ihrem Fuß ist nasses und schattiges Gras. Sie ähnelt einem schmalen Pfad, aber der ist in der Luft wie eine Brücke oder der obere Teil einer Trittleiter. Pa hob mich hoch auf den pfad- oder treppenartigen Gipfel. Ich sah mich um und wollte oder konnte nicht sehen, was da war – dann bemerkte ich das ungeheure Auf und Ab der Luft, ihre von Bereich zu Bereich unterschiedliche Beleuchtung, einen Ausblick.

Von der Spitze einer Kalksteinklippe, die vielleicht fünfzig Meter hoch und zweihundert Meter lang war, ging die Aussicht auf den Mississippi in einem breiten Tal. Eine riesige, sich blähende Trommel von frei beweglicher Luft stieg pavillonartig vor mir auf, dehnte sich aus und sank ab – und stieg auf und dehnte sich aus und sank wieder ab, während ich blinzelnd Luft holte. Der Wind zischt, ein grauer Schwan – sein göttliches Zischen hört nicht auf; seine gefiederte Attacke erregt und quält mich zugleich – Nebel, Dunst, regentropfenerfüllte Luft: Ich trete von einem Bein aufs andere. «Tanzt du?» fragt Papa. «Wie gefällt dir das?»

Die Luft, das schlierige Regenlicht – stampfende Schwimmfüße, zischender Schnabel; der Schwan stößt mich mit seiner fetten, riesigen Brust – der Wind ist monströs.

Papa sagt: «Du lachst nicht genug, es ist so nett, wenn du lachst...»

Seine Nase schnuppert an meinen Haaren und kuschelt sich hinein – sein Atem ist ein kleinerer Schwan in meinem Ohr. Winzige Tröpfchen pieken mir ins Gesicht. Er sagt: «Weh, weh, Windchen, weh nicht auf mein Kindchen – liebst du mich, Schnuckelchen, Schnuckiputz – liebst du mich oder nicht? Los, sag's mir.»

Es ist der Himmel des Nicht-Schlafs; ich weiß, daß er wirklich ist, obwohl nur wenig Licht ihn erhellt. Angesichts dieser Erkenntnis und eingebildeten Erkenntnis wird mir schwindlig.

«Das ist der Westwind», sagt Papa. «Du weißt doch, der Westwind weht gern nette Kinder an...»

Wohlgeformte Himmelsbögen, die Stufen und Fenster

meiner Erfahrung, ballen sich zu Raumstufen, zu mit unzähligen Blütenblättern besetzten bleichen Luftrosen, zu Lufttüren und -gehwegen, zu Stapeln von Luftschachteln, zu durchsichtigen Fenstern – sie sanken und stiegen.

«Gefällt dir das?» fragte Papa. «Er hätte sterben mögen – ist es das? Wart's ab, bis du weißt, wie Vögeln ist: Ich schätze, er glaubte, das Ende der Welt sei gekommen...» Er probte Bemerkungen über mich.

In der braunen, grünen und schwarzen Vor-und-nach-dem-Regen-Luft sah ich in dem schmutzigen Licht pastellfarbene Streifen und Brocken herumsegeln – erleuchtete Girlanden und Farbrosetten. Ich zitterte vor Tollheit, Kälte und Nervosität. In der windigen, anschmiegsamen Luft hier erscheinen jetzt schimmernd gelbe Fetzchen. Dann dehnen sich diese Teilchen aus und werden für einen Augenblick zu Schichten und Abgründen von gedämpftem, sich aufhellendem Regentagslicht. Dieses wird nun von stürmisch flatternden, milch- und bronzefarbenen Wimpeln bedrängt. Was ich da sehe, ist befremdlich – es ist keineswegs alles geordnet und glatt... Was ich da sehe, ist zum Teil das, was ich im nächsten Augenblick sehen werde und was jetzt noch nicht bekannt ist.

Nahebei enthält ein verdrecktes Geflatter in Blau, dieser Seele der Fenster, beseelende Fragmente – Vögel, Rauchfetzen – in diesem abflauenden Sturm. Das Licht ändert sich ständig im Gebraus. Ich blinzle, Licht an, Licht aus, Traum an, Traum aus unter der schäumenden, umgedrehten Boden-Decke der Wolken. Papa sagt: «He, und was ist mit mir, weißt du noch, wer ich bin?» Weite Flächen dramatisch geschwollener Luftquetschungen, die bebend zucken, sind von Lichtkratzern durchzogen. Das kleine Hui des Erstaunens in meinem Bewußtsein regte sich und wuchs. Eine lange Wasserstraße ist der Fluß: ein Lichtpfad, reiner Glanz in der Grammatik des Sehens, dieser geregelten Abfolge physischer Empfindungen, die durch Wahrheitsbegriffe korrigiert werden. Ich kann nicht alles auf einmal wahrnehmen, sondern muß schrittweise vorgehen, mittels Rückzug, Fortschritt, Rückkehr oder Ankunft: Ich lege mir ein Gefühl für das Ganze zurecht wie ein Bild in einem Loch im Boden, einem Loch in mir, und das werde ich sehen, dieses Konstrukt meiner Gedanken in seiner Höhle, wenn ich mir einst sage: *Ich habe es gesehen.*

Pa sagt: «Du benimmst dich, als hättest du gerade Gott gesehen... Wenn du erst mal 'ne Schlacht erlebst, mußt du dich entscheiden... Ich bin zum Atheisten geworden... Komm, zweifle ein bißchen mit mir, Wileylein... Na ja, wenn du deinen Spaß haben willst – bitte... Aber wenn du mich fragst, sag ich dir: Gott ist ein Dreck...»

Das rasche, schmutzigbraun dahinfließende Wasser da unten wird in der Entfernung zu *purem Glanz*: Grammatik ist ein Haufen Regeln in einer physischen Abfolge für die physische Form einer Idee, in der diese Abfolge nicht enthalten ist.

Sehen Sie mich an: Ich bin hierhergebracht worden.

Am Fluß entlang verlaufen Eisenbahnschienen, gibt es Schleusen für Schleppkähne, Vorratstanks für Öl, einen Getreidesauger – ich sehe sie. Sie sind sichtbar in dem wechselnden Licht, während schräge Schatten – Regen – sich weit hinter ihnen da- und dorthin bewegen. Ich glaube, angesichts der Beengtheit und Ontogenese, angesichts der die Erinnerung aufrüttelnden biologischen Rekapitulation und der verrückten fötalen Disziplin und was nicht noch alles, angesichts der Zusammenhanglosigkeit jener anderen Logik – nicht der des Geistes, sondern der der Wirklichkeit –, die in der dumpfen Atmosphäre des Schoßes wie in einer Zinnschmelze auf das verschwommene Bewußtsein einhämmert – angesichts all dessen müssen Babies manchmal durchdrehen. Ich kann nicht alles gleichzeitig oder auch bloß vernünftig wahrnehmen: Man spezialisiert sich für ein oder zwei Sekunden, mal auf das Registrieren von Schatten, dann wieder auf das strahlenförmige Aufblitzen der Autos auf der Straße am anderen Ufer: Verwirrt und dessen eingedenk breche ich wiederholt ab und lecke bloß noch – mit der Zunge, und dann, nach ein paar Sekunden, mit den Augenlidern – an der Luft. Ich lernte dazu in diesem verlängerten Sehkrampf; Weite und Gedrängtheit brachten das zuwege: schäbiges Königreich mit einem Fluß – ich bin es, der hier ist.

Der Lichtschmelz bewegt und verschiebt sich: Weiter unten am Fluß sehe ich eine Brücke – metallische Kräuselungen – eine metallene Borte – ein gewebeartiger Firnis aus Luft im Regendunst dieses Augenblicks, dieses Postaments des Bewußtseins: Meine Aufmerksamkeit zeigt sich in zwei Formen – als Licht und als ein Fluß auf einer nicht deutlich beschriebenen geographischen Fläche.

Auf einer luftigen Diagonale sehe ich hinter der ausgewaschenen, niedrigen, schmutzigen Krone eines Deiches *die Wipfel* hochaufgeschossener Bäume. Weiter hinten beginnen Felder, schäbig zwischen Unkraut, alten Zäunen, schäbigen Baumzäunchen. Landwirtschaft als Aufpasserei. Die Unbesonnenheit meiner Gedanken macht jegliche Bedeutung flexibel: Der Ausblick lebt in mir, ohne Wind und Wahrnehmungsverzerrungen und diffus beleuchtet: Er war nicht gleich beim ersten Anblick er selbst, sondern wird nun immer wieder mal als Zusammenfassung vergegenwärtigt: Und darin bin ich erfahren – erfahren und schnell. Ich beugte mich vor und sah die kreidige und stellenweise grasbewachsene Felswand der Klippe: Meine Gedanken schlugen über die Stränge wie die eines Mädchens: all das geschah an der Steilküste eines Ozeans von Phänomenen: Flußmöwen, Krähen und Stare fliegen *unter* mir –

in dem ausdrucksvollen Licht. Über den im blutergußfar-
benen Licht sichtbaren Counties bewegen sich brackige
Wolkenberge wie Baracken oder fette hölzerne Schiffe, die
gigantische Schattenscheiben über naß schimmernde
braune und grüne Felder ziehen. Wenig ist hier so, wie
man es in berühmten klassischen Gedichten findet, gleich
ob chinesischen oder griechischen – es ist kein Licht von
dezimaler Klarheit. Was hier an Behauptungen und Urteilen geäußert wurde, berührt uns wenig. Wir haben hier
eine Landschaft aus Neid und Leere, einen Quell zeitweiligen und hart erkämpften *Wohlbefindens*, eine amerikanische Schönheit (eben das, was aus dem Zusammentreffen
des bereits Vorhandenen mit einer Gesellschaft von groß-
artigen Aquisiteuren entstanden ist). Ich bin ein aquiriertes
Kind. Einfache Gewalt reicht hier normalerweise völlig
aus. Das was ich da sah, war eine prosperierende Gegend –
ich erinnere mich an die gleichbleibende Stille, die allem
unterlag, soll heißen: dem, was von der Prärie noch erhalten war. Das Regenlicht ist so wirklich für mich, daß man
mit Sicherheit annehmen kann, es wird auch in Abwesenheit von Fotografien erhalten bleiben. Keine Fotografie
kann diesen Ort oder dieses Licht festhalten. Oder dieses
Kind. Wir sind so viel mehr, als unsere Erkenntnismög-
lichkeiten uns erkennen lassen. Kurz aufflackernder echter Regen blendet das Kind, und es kann nicht sehen, wie
einladend und außergewöhnlich arm das bewohnbare Tal
ist, wie geschunden und wie angenehm anzuschauen. Ich
rieb mir die Augen; ein Ausblick auf perlgraue ozeanische
Weiten erschloß sich. Feiner Sand stiebt mir ins Gesicht. In
dem zunehmenden Wind und der zunehmenden Dunkelheit steht das Kind in der Regenlatrine, der aufregenden
Fäulnis des Sturms; zu den Pflichten und Obszönitäten
der Kindheit gehört, daß man sich durch diesen aufziehenden und nun brüllenden Sturm, durch dieses natürliche

Harmageddon hier erregen läßt. Über das geschichtslose Modell der Welt ergießt sich die massive böse Natur des Universums mit der pfeifenden und heulenden Raubgier von Windreitern, Windgefiedern, heiligen Windschwänen und schreienden Windheeren – oder vielleicht nur von indianischen Kriegern in dunkler Kriegsbemalung –, von Windsäbeln, von Regengeschossen, -bogen und -katapulten, von Regimenten und Bataillonen träger gepanzerter Wolken, von Wolkenphalanxen und Wolkenelefanten, von stirnrunzelnden Wolkenwalen – was für ein barbarischer und realer Überfall: eine riesige Armee von Pfeifern und Stirnrunzlern: stirnrunzelnde Luft.

Mein teilweise genesenes Herz genießt die vorwärtsstampfende, losstürzende und dahingaloppierende Luft, genießt den Aufmarsch der heulenden Winde, der fürmich-tauben Kräfte des Himmels und alles anderen. Die Münder der Luft spitzen sich nahe an meinem Gesicht, werden zu Schnäbeln von Kranichen und Reihern. Amerikanische Gewaltigkeit. Küsse bleichäugiger Vögel kratzen mich – das Auge der Kindheit zuckt zurück vor den salzig spuckenden Tränen über der perlgrauen Gischt der Weiten.

Ich zittere hier vor Empfänglichkeit – ich bin eben ein Junge aus dieser Gegend. Ins Rund meiner Augen steht nun, nach dem Debakel, dem Kummer der Verrücktheit, wieder eine wachsame Furcht und Eigenliebe geschrieben; vielleicht bin ich sowenig robust gebaut wie vieles, was man von hier aus sieht. Dieses grenzenlose Fenster über dem vorstädtischen Raum in der nun wie zusammengezimmerten, windverzerrten Aussicht und panikerfüllten Luft läßt mich die zufälligen und kaum für pharaonische Zeiten oder die Ewigkeit gebauten Gebäude halbwegs verstehen – es sind Amateurdenkmäler, funkelnd erleuchtet oder im Schatten, je nachdem, wie der Regen gerade fällt.

«Halt still, halt still; führ dich nicht auf wie ein wildge-
wordener Indianer: Du weißt doch, was mit den Indianern
passiert ist, oder? Geh auf Nummer Sicher, sei ein Cowboy
wie dein Alter – wie ich, ich bin dein neuer Alter. Wir müssen nach Hause; es wird dunkel. Du hast genug, wir haben
genug... Komm, halt dich fest; sei nicht so steif... Halt
dich fest an dem guten Alten... Der gute alte Esel kann's
und macht's... Hopp, galopp, und los...»

Er begann zu galoppieren. Er trägt, wie in einem warmen Beutel an seiner Brust, die sonst verstummte Stimme
meiner toten Mutter in diese Welt; ich bin ihre amerikani-
sierte Stimme – obwohl ich noch nicht spreche. Ich höre
mein kleines, vielleicht pseudonational schlagendes Herz
neben S. L.s enormem Herzschlag.

Ich bin zu keiner noch so wohlbehüteten Aufnahme eines so matschigen Kuddelmuddels von Luft, Erde und Zuneigung und was dieser umwälzende, jetzt besudelte Tag
sonst noch alles bringen mag, mehr fähig. Der Wind ist ein
Haufen schwarzer Hunde, die mich anspringen, sie sab-
bern auf meine Augen; sie kitzeln und erdrücken mich; ich
hielt mein Gesicht hinaus in den leichten, erstickenden
Pelz – das Gesabber. Innerlich werde ich immer wieder
durchgemangelt, werde geplagt von einem großen Klumpen Gefühl, wie ihn dieses Dahingaloppieren, wie ihn ein
solcher Tag eben hervorruft. Das Walhaupt, die hölzerne
Regenlatrine, die ekligen Zirkuselefanten des Tages, des
Zirkusgeruch-Tages mit seinem Regengestank – die Erde
macht dong-dong im Wind, im Donner aus dem benach-
barten County (erklärt Pa), und er sagt: «Sei nicht böse –
wegen dir kommt noch die Sintflut, und wir haben keine
Arche...» *Böse* heißt für ihn *blöd*. «Sei nicht so blöd», sagt
er und hat's geschafft. «Willst du, daß Beelzebub uns zu
fassen kriegt? – Sehen wir zu, daß wir ins Trockene kommen...»

Die Abmachung zwischen uns, Teil II

Papa trägt mich schnell – ich liege an seinen warmen Rippen – ich bin in seinen Armen – er murmelt: «Die Luft ist wie nasse Nudeln.» Er gebiert Metaphern. Der Wind zieht Regentropfen lang und zerfetzt sie – feuchte Streifen in der Luft – das Spielzeugpistolenknallen einiger Regentropfen auf Papas Arm, nahe an meinem Ohr – Sturmflaggen eilig dahinjagenden braunen Lichts. Pas Abwärtsschritt durchsiebt mich mit Neugier – dum-di-dum – sein geräuschvoller, stinkender, großfüßiger, langbeiniger Trott; in den sich wandelnden Bereichen meines Charakters, meiner Aufmerksamkeit sind die Gladiolen metronomisch exakte Blütenpunkte, verschmierte Bögen. Die Geräusche seiner und meiner Kleidung und Atmung sind seltsam einsilbig – ah, ah, ah. Gefühlvolle Teilchen von Übungstränen stehen mir in den Augen, gefältelte und flüsternde Empfindungen von Regen, alphabetische Geräuschdrachen.

Kindliches Fleisch in seiner Knappheit und seinem Glanz ist witzig.

In diesen Tagen stellte ich dumme Vermutungen über die Zeit und Verkleinerungsformen an.

Über die Zeit und den Sinn meiner Kindheit.

Über die Bemerkungen lebender und liederlicher Personen.

Über ihre innige und raffinierte Freundlichkeit.

Über ihre Arten von Beständigkeit.

Über das Summen, Pfeifen und Grunzen von Papas Jugend, während er so mit mir dahintrabt.

Ich hatte nichts, was man als Geburtsrecht an irgendeiner seiner Ausdrucksformen, einschließlich der seines halb Laufens, halb Dahintrottens mit mir hätte bezeichnen können. Ich reimte mir noch immer in gewisser Weise aus dem, was er tat, einen Sinn zusammen, aus den seltsamen

Gesten, aus der Hausgebrauchssprache, die nicht Teil des Hauses in mir ist, wenn ich so sagen darf, sondern ein etwas verfremdetes Assortiment persönlicher Geräusche – ein höfisches Englisch, eine Übersprache, eine Herrschaftssprache. Ich höre gleichsam physisch ihre Grammatik, ihre physische Grammatik, während Papa läuft; er trottet dahin; die Luftmenge, die er beim Laufen mit jedem Atemzug einsog, ist wie sein Atemholen, bevor er zu sprechen beginnt. Und wenn er keucht und langsamer wird, ist es wie das Schwinden seines Atems und seiner Stimme, wenn er einen Satz nach dem anderen hervorstößt: Er hatte die amerikanische Eigenart, sich beim Sprechen selbst zu korrigieren, wie ein Kind, das gestohlen hat und sich überlegt, ob es nun ein Dieb ist oder nicht, und dem niemand wirklich zuhört, auf das niemand achtet. Ich hörte ihn laufen: das alles geschieht im gleichen besonderen Licht wie zuvor, als er sprach. Und nun geht dieser Bewegungsablauf, dieser Satz weiter, und bevor er endet, vor vorhin und nach jetzt, treten in seinem Lauf große und zugleich örtlich begrenzte Veränderungen ein. Ich bin erfüllt von Zeit, von einer Gegenwart, und zugleich von diesen sich schwerfällig dehnenden Entfernungen. Die Laufbewegungen sind alles. Papa kann jetzt nicht reden: Das scheint einfacher zu sein, als wenn er redet, als fülle das, was Papa sagen will und was er sagt, denselben Augenblick aus (was es nicht tut) und als fielen mein Hören und meine Vermutungen darüber, was ich höre, in denselben Moment (was nicht der Fall ist). Sprache hatte für mich nie etwas mit Gott zu tun. Ich bin mein eigener Vater und habe eine Version meiner Mutter in mir, den Fluß eines inneren Kommentars als Echo auf alles und jeden, der zu mir spricht, auf jedes Geräusch hier, auf jeden, der mich durch den Regen trägt. Getragenwerden ist eine Übung in bewußter Aneignung von Sprache ... im Reden in Zungen vielleicht. Innerlich bediente ich mich beim Sprechen einer vereinfachten Grammatik sowie einer buntgewürfelten und später vereinheitlichten Mischung aus

Lila-Englisch

Ceil-Englisch-Hebräisch-Jiddisch-Russisch-Polnisch-Deutsch

Max-(brüllend)-Englisch-Jiddisch

S. L.-Unsinn-und-Englisch

Anne Marie-(mein Kindermädchen)-Deutsch-und-Englisch (und ein bißchen Französisch)

außerdem aus

Mama-Lila-gespreizt-am-Telefon

und Papa-in-seinen-verschiedenen-Sprechweisen

und was nicht noch alles:

aus einer Mischung von Gestammel und einem sich immer noch durch Seufzer mitteilenden kindlichen Verstand...

Die innere Stimme ist in vielerlei Hinsicht eine Brücke zwischen mir als verwaistem Kind und mir unverwaist: Zeit stellt sich in der realen Welt oft als Schmerz dar. Die Art, wie ich spürte, daß die Zeit mich einhüllte, während Papa beinahe rannte und nach Atem rang und mich dann hochhob, um es sich leichter zu machen, und während ich dann runterrutschte, obwohl er mich fest an seine Brust gepreßt hielt, machte mich zugleich nüchtern und gelehrtenhaft-betrunken und ließ ein Gefühl tiefster, hoffnungsloser Unterwerfung in mir aufkommen.

Ein Keim des Zornes ruht in mir, doch keine Stimme, kein Widerspruch dringt nach außen aus den inneren Auditorien der Ehrfurcht, die einen Großteil meines sinnlichen Bewußtseins ausmachen. Mit meinen unterschiedlich ausgebildeten Teilen bin ich kein konsistentes Publikum von Gleichen, sondern ein ungezogener, seltsamer und sich ständig verändernder Senat, ein Haufen zur Ehr-

furcht neigender Individuen; meiner ganzen Natur nach
bin ich lenkbarer und zugleich unlenkbarer Ungehorsam.

Jetzt liege ich im fleischigen Ring der Arme dieses Mannes, und ich bin erfüllt von neuer Sprache und neuem
Schweigen, und er hält mich zu fest, aber so, wie es aussieht, stehe ich unter seinem Schutz. Wir galoppieren oder
trotten dahin, und solange er mich trägt, stehe ich ihm auf
komplexe, logische Art zur Verfügung und bin zugleich
unlenkbar ungehorsam, doch nur dem Wesen, der Jäheit
des Willens gehorchend, nicht durchweg bewußt. Meine
Mutter – Licht dringt in einen Teil der Luft, ein seltsames,
grünliches Licht – hat all dies arrangiert, meine zusam-
mengesetzte Mutter, die eine begraben in der anderen.
S. L. trägt ein buntgewürfeltes Kompendium, eine kurzge-
faßte Verkörperung der Träume, Gedanken und Wünsche
von Frauen in seinen Armen. Das Kind weiß ein wenig –
nur ein wenig – von dem, was Menschen im Verhältnis zu
Kindern sind. S. L. trägt mich fest an sich gepreßt. Meine
Sprache beim Getragenwerden ist die des Bewußtseins-In-
Der-Welt. Sie ist nicht ganz die von jedermanns Sohn, ist
nicht ganz ererbt. Die Gestaltungskraft der dem Augenblick verhafteten heidnischen Sprache hat eine *Christus-
in-der-Welt*-Beschaffenheit, wie ein spiritueller Besucher,
der das Abwesendsein ebenso wie das wirkliche und unverständliche Gegenwärtigsein gleichermaßen meisterhaft beherrscht. Sie ist teilweise eine Fälschung, da sie mit ihrem
Gegenwärtigsein, gewöhnlich mit ihrem Abwesendsein,
die gebrochenen Schweigen meiner Verlassenheit wider-
spiegelt. Ich spüre sie hier, in diesem hüpfenden, rauhen,
hitzeglänzenden Eingekuscheltsein: Das Kuscheln suggeriert Abwesendsein bei gleichzeitigem Anwesendsein, wie
ein Engel das tut. Das Kind hält das Getragenwerden für
eine gewöhnliche Gnade gewöhnlichen Ausmaßes und
findet es dennoch außergewöhnlich: außergewöhnlich

schön. Seine individuelle Sprache wurzelt in der Bescheidenheit gegenüber seinem eigenen Tod, und es denkt vielleicht, daß jegliche Sprache so ist. Ich denke mir Furcht als ein Schweigen, aus dem man auftaucht, wenn man demütig an seinen Tod auf der Welt denken kann.

Das Kind-Geschöpf erschauert im Regengestank: dem schaukelnden Elefanten seines nun sprechenden und nachahmenden Bewußtseins: ich meine im Gefühl seines Bewußtseins für die großnasige, säuglingshafte, graue Elefantenluft. Sein Bewußtsein und die Luft stinken vor sich hin. Ich habe so viele Eltern gehabt, daß ich der Sprache gegenüber schamlos bin.

Das durchgerüttelte, aber vergnügte und weiter getragene Kind – tja, auch der Mann, der es trug, war ein Sohn, zum Teil mein Sohn; er hat eine alte Rolle als Abkömmling und eine neue, die mit mir geboren wurde, die etwas in ihm bewirkt. Er beurteilt sich, während er dahintrottet. Manches davon ist ein Spiel. Er ist in seinen Rollen Das Gegenteil Von Christus – ein weltzugewandter Mann. Der Halbregen, der Beinahe-Regen quietscht und gnatscht in seinem Atem und in der feuchten Wärme seiner Kleider und des Körpers in seinen Kleidern und in der feuchten kühlen Luft. Er sagte einmal: «*Ich bin froh, daß du nicht zu schlau bist: Wenn du zu schlau wärst, müßten wir dich zurückgeben; wir finden es gut, daß du so blöd bist wie wir.*» Jetzt sagte er: «Immerhin sind wir schlau genug, uns ein trockenes Plätzchen zu suchen, wenigstens das.» Er rang mit seinem offenen Mund und seiner unregelmäßig vorspringenden Nase unter einer Eiche nach Luft. Er dachte, es mache mich traurig, daß ich erst so spät ihm zugefallen war, daß ich von so zartem Gemüt war, daß ich ihn so sehr brauchte. Die elefantengraue Masse und das Dröhnen der Luft und die kitzelnde, deckenartige Nähe von Pas Wärme und die komischen Regennudeln bringen das Kind auf seltsame, gleichsam sprechende Art zum Lachen. Papa sagte: «Ich will nicht, daß du am Ende über mich lachst.»

Das Kind schaut ihn an und ist *ein ansteckendes Beispiel für hartnäckiges Staunen.*

Ich lache und winde mich halberstickt in Papas Armen. Das gelbe, braunweiße Negerauge der Luft läßt mich eine Sekunde lang stillhalten, und dann fange ich erneut an, mich zu winden, und Papa galoppiert wieder am endlosen, dunklen, nassen Regensaum entlang. «Vielleicht schaffen wir's. Dieser Schauer zieht bloß durch: Er zieht woandershin. Hör dich bloß an: Du bist ein kleiner Spinner...»

In der Kieselsteinfarbe der Luft sind stumpf glänzende seeglasgrüne Flecken. Der Wind mit seinen wirren Possen in dem kathedralenartigen Raum auf dieser Seite der Eichenarkade schwillt so überschäumend an, daß ich mich hektisch winde und mich bestürzt an Papas Hemd klammere und den Stoff in Pseudobrüste und -brustwarzen verwandle. «He, paß auf, ich mag dieses Hemd sehr.» Papas schiefes Gesicht bewegt sich durch den Tag. Es besteht aus Mosaiksteinchen großer, junger Schönheit im Regen. Ich habe beim Sehen keinen Überblick, nehme alles in einer primitiven und nur annähernden Ganzheitlichkeit wahr. Ich bin geblendet von meiner Unschuld und schierer Wahrnehmung. Ich kann nicht sagen, daß ich Sein Junges Gesicht *wirklich* sah, aber in gewisser Weise sah ich es.

Wir galoppieren wieder weiter. Und ich *sehe* nichts von seiner vergleichsweisen Jugend, sondern *spüre* sie: warme Muskeln und eine besondere Art von Geruch. Mit der Seite und dem Ellbogen stoße ich an den geschlossenen Eingang seiner Bauchhöhle; ich werde auf dem durchgerüttelten Elefantensitz *von Papas Armen* von Hitze und Dunkelheit bedrängt; ich bin nicht auf die Art Kind, wie ich später ein Mann sein werde, was Kraft, Willen und Entscheidungsfreiheit als Momente der Beweglichkeit und als Antriebskräfte der Aufmerksamkeit unter Einbeziehung der Fleischlichkeit betrifft – meine Kraft und meinen Willen und den der anderen, meine ich. Das Schwierige für mich war immer, meine eigene Unschuld nicht als ein Gesetz, sondern als eine Tatsache zu begreifen: Offenkundige Tatsachen brauchen kein Gesetz: Ein Kind ist unschuldig, ob es einen Willen hat oder nicht. Ein Mann ist unschuldig oder auch nicht; das hängt von seinen Absichten und deren Konsequenzen ab. Doch die Natur ist knauserig mit Unschuldsgefühlen. Ich bin sein Widerhall, ich komme mir klug und erfüllt vor, ich spüre in diesem Augenblick keine klaren Grenzen meiner oder seiner Gefühle – unserer Gefühle – und keine edle Beständigkeit, nur das heiße Durchgerütteltwerden.

Als Kind hat man kein Gefühl für das Letzte, Äußerste, sondern nur für Blätter, die in Hüpfweite von einem entfernt herumwirbeln. Dunkelheit und Bewegung. Haha. Die Bedeutung unserer gemeinsamen Posen hier ist gänzlich wandelbar und doch klar, aber nur auf gewisse Weise. Er ist der Prinz der Regnerischen Luft. Und ich bin der Prinz im Hier und Jetzt dieser anatomischen Kammer und durchrüttelnden Geschwindigkeit. Ich empfinde meine Sicherheit, törichterweise oder auch nicht, im Augenblick als eine Ideale Sache mit einem besonderen Flair, ich empfinde sie als bedeutungsvoll und als immenses, immenses männliches Vergnügen. Wir sind Männer. Wir sind mißtrauisch, männlich, und wir triumphieren. Das Wesen der Sicherheit, der die Unschuld innewohnt, kann erkannt werden, wenn die Gefahr verstanden wird, das ist wahr, aber es ist schwer zu begreifen, und es mag nicht sehr oft, wenn überhaupt je, menschenmöglich sein, so etwas zu berechnen. Ich glaube, es ist unmöglich. Auf jeden Fall *sehe* ich (*spüre* ich) die Spannkraft und die dünne Haut und die explosive Eigensinnigkeit dieses Mannes – er ist dreiunddreißig Jahre alt. Er wird langsamer und keucht; er geht schnell und gebeugt. Er ist immer noch beim Grandiosen Aufstieg zur Großen Erleuchtung durch *Liebe und Verlust*. Man könnte sagen, daß seine eigene Sicherheit dem Kind zum Opfer fällt – was bedeuten würde, daß er mißtrauisch und männlich bliebe und weiter triumphierte – und auch wieder nicht. Ich weiß nicht. Die Geschichte ist zur Zeit nur bis hierher gediehen, bis zum Vergnügen und Schrekken des getragenen Kindes und bis zu dessen wiederholter Verführung durch die unwahrscheinlichen und wilden Anblicke, die es in der stürmischen Luft erhascht hat. Wir sind Narren und untaugliche Seelen im Sturm der Augenblicke, und wir kümmern uns nicht darum: das ist unser Beitrag zur Fortentwicklung der Gesellschaft. Sein, S. L.s Bewußtsein, ist, während er mich trägt, sehr beschränkt und unwissend auf das Laufen und Gehen konzentriert, da er vom Wind und dem spuckenden Regen vorangetrieben und dann ein paar Sekunden in Ruhe gelassen wird, wenn sein Atem und seine Koordination langsam durcheinandergeraten. Diese Beschränktheit hallt in ihm wider; das hat für mich etwas von einem Donnern; ich war noch ziemlich klein. Ich kann seine Verwirrung spüren, seine physische (und geistige) Konzentration, die in unregelmäßigen Abständen nachläßt und explosionsartig zurückkehrt, während er halb dahintrabt, halb dahintrottet. Ich spüre, wie seine Verwirrung sich in einem Zischen nach dem anderen entlädt: Das veranlaßt mich, mich wie ein Verrückter in seinen Armen zu winden.

«He, he, du kleine Schlange», sagt er. Das Leuchten in ganz gewöhnlichen Dingen ist selbst jetzt noch dunkel, und nichts an mir ist jetzt ideal oder wird es je sein. Mein Gesicht windet sich schlangengleich am riesigen, entspannten Bizeps von Papas Arm. Ich liege nun fast ganz auf dem Bauch in seinen Armen: «Von hinten siehst du aus wie

S. L.

jeder andere auch, mein Kleiner – du siehst aus wie ein
Arschloch.» Ich hänge, ich wölbe mich – wie ein Bug – ein
Zweig des biegsamen, ganz aus Muskeln und Rückgrat be-
stehenden, dahinstampfenden Eichbaums von einem
Mann: Dies alles passiert im Staat Illinois, in dem nun stärker werdenden Regen; er läuft auf das Tor des Parks zu: Ich
sehe die zerrissenen Räume des Draußen. Papa sagt
«NEIN» und schließt mich wieder in die Arme, definiert
mich als Einen Irrtum und Einen Trottel, definiert mich als
jemanden, den er nahe bei sich haben will, als jemanden,
dessen körperliches Wohlergehen ihm nicht gleichgültig
ist: Das ist interessant, und ich fange an zu lachen. Der
Augenblick ist unideal, halbideal, dieser eine besondere
Augenblick. Das Gelächter des Kindes versiegt: Ich bin
still, ganz still. Während S. L. sich rasch in der immer noch
dünnen, doch jetzt dicker werdenden grauschwarzen Luft
(dem Regen, meine ich) voranbewegt, empfinde ich eine
zufriedene Furcht, starre distanziert in die Welt. In der
Welt dieses Augenblicks, in dem, was darin enthalten ist,
schwebt die Zukunft wie die dunstverhangene Luft. Doch
das Kind kennt nur eine allgemeine und zivilisierte Unvollkommenheit und Hoffnung. Das durchtriebene, neugierig
dreinblickende Kind in seiner durchtriebenen Lethargie
wird nach Hause getragen.

Die Musik
des Kindermädchens

S. L. Silenowicz verfiel, wenn er über Ann Marie sprach, von einer Tonart in die andere: «Das muß man ihr schon lassen, sie bringt sich fast um. Sie macht alles schön. Hähnchen brät sie mit wahrer Künstlerhand, wenn sie bei Laune ist. Und das kannst du mir glauben: was einer ißt, das ist er auch; denk dir einen, der dem koscheren Essen den Rücken kehrt und gern Speck ißt: dann hast du mich; ich mag keinen Frühstücksspeck, der aussieht wie Schnür-senkel. Das Fett bringt einen unter die Erde. Ein richtiger Mann braucht seinen Speck, schließlich verdient er auch das Brot – siehst du, da hast du's, auf einen Nenner ge-bracht; schön kroß muß er sein wie Matzo – Manna, sagen die Leute, Matzo ist Manna – für einen richtigen Mann muß der Speck sein wie Manna, himmlisch dick mit Majo, himmlisch wie der Himmel – weißt du übrigens, wie die Engel an Brathähnchen kommen? Die schmieren irgend-einem armen Teufel Honig um den Bart, daß er ihnen in der Hölle eins brät und es anschließend gleich hoch-schickt. Immer mit der Ruhe, so ist's recht, das ist der ein-zige Weg, wie man nett sein kann. Wir wissen doch alle, wie es hier zugeht, auf unserem alten Planeten Erde, stimmt's? Ann Marie ist die verrückteste Nudel der Welt, keine Frage. Puh, ist die häßlich, und auch das ist keine Frage – ich mag keine häßlichen Gesichter am Morgen, bevor ich meinen Speck kriege, aber dieses Dickerchen, die hat ein Fingerspitzengefühl, wenn's an die Eier geht – Mannomann. Kann sein, daß sie Deutsche ist, kann sein, daß sie Französin ist» – sie kam aus Elsaß-Lothringen, und ihr Nachname war Roittenburger, und sie sprach mehr deutsch als französisch – «aber wenn du mich fragst, die ist amerikanischer als der Papst; probiert nur mal ihren Apple Pie.

Und unseren kleinen Wiley mag sie, unseren kleinen Weili, Wilei, wie-lei(cht), vielleicht-behält-er's-bei-sich. Leicht ist das ja nicht grad mit so 'nem kranken Kind, schwer is-ses, schwer isses mit ihm, und manchmal auch unheimlich, er spricht ja nicht – seine Augen sprechen – viel Lärm macht er nicht, und das ist ja schön und gut, aber es kann einen die Wände hochtreiben – armer kleiner Krüppel – und die alte Graumähre hält's nicht aus, die ist auch nicht mehr das, was wir mal waren –» Lila, seine Frau, meine neue Mutter, war um die Dreißig. «Das zerreißt dir das Herz, so ein winzig kleiner, halblebiger Krüppel von einem Kind – ich hab ja keine so tolle Meinung von mir, aber für Kinder, glaub ich, hab ich ein Händchen; also ich sag dir was, sie ist *gut* zu ihm, *gut*, sie ist eine Eins-a-Gehilfin bei unserem Projekt da. Das geht keinen einen feuchten Kehricht an – du kennst das ja – wie einem Mann das runtergeht, wenn er was Süßes im Haus hat – das ist wie Honig, wie Nektar und Ambrosia, es tut mir in der Seele wohl, um die Frau rum zu sein, wenn sie erst mal richtig loslegt, wie eine Kanone, wie aufgezogen, wie Pralinees und Himbeereis – du glaubst nicht, wie die uns bei der Stange hält, die ist ein Wunder von einer Pflegerin, eine Nightingale. Wirklich, du müßtest mal sehen, wie die uns in die Mangel nimmt – die läßt uns Schwerarbeit tun, das kannst du mir glauben. Natürlich ist sie eine üble Scharteke, wenn du ihr gegen den Strich kommst, die würdest du nicht grüßen,

Die Musik des Kindermädchens   285

wenn du sie nicht kennst, aber sie will mich und Wiley zusammenbringen, sie will mir zeigen, wie, sie will es dem kleinen Krüppel schön und gemütlich machen, ihr Herz ist hier und nirgends anders, sie hat ihr Herz in Heidelberg verloren, das Dickerchen, sie ist ein kleines Heinzelmännchen, wenn's dir egal is, daß sie so klein auch wieder nicht ist, ein Herz hat die, so groß wie ihr Arsch, aber was Besonderes ist sie schon, die kann anpacken, die ist dir nicht gram, nur weil du das Geld auszahlst, die ist Europäerin, die macht mir das Leben verdammt angenehm, die kocht, was ich will, und zwar so, wie ich's mag, die hört zu, sie hört mir zu, und das ist nett, das ist verdammt toll. Oder?

Aber an einem von ihren antisemitischen Tagen würde ich ihr nicht im Dunkeln begegnen wollen; und ich würde auch nicht mit ihr im Bett aufwachen wollen – Juden kann die nicht leiden, und Männer schon gar nicht – aber ich bin ja auch kein Musterknabe, alles kann man eben nicht haben, und ich weiß, ich brauch ein Heim, und das krieg ich nicht von Madam Hoppla Lila. 'ne Menge Leute denken, ich bin dumm, weil ich das Lernen nicht mag und Bücher und große Worte auch nicht, aber so ein, zwei Kleinigkeiten weiß ich: ich weiß, was zählt, ich weiß, wie man lebt, ich versteh mich aufs Glücklichsein. Ich bin ein Gentleman und ein Denker, ich bin ein friedfertiger Mensch, ich sag, wo kein Kläger, da kein Richter und damit basta; lasset uns einander lieben, na los schon – was denn sonst? Das Hühnerfrikassee von Ann Marie ist das Höchste, man könnte schwören, daß sie ihr Leben lang bei Feinschmeckern gearbeitet hat – tipptopp eins a –, und was sie an Gemüse und Schweinefleisch macht, ist auch spitze, Mount Everest von vorn bis hinten, Sauerstoffmasken anlegen, dein Herz weiß, es hat ein Heim gefunden. Nur vom Allerbesten, das zergeht dir auf der Zunge, ihr Sauerkraut, alle Bohnengerichte, das Zeug kann einen ganzen beschissenen 08/15-

286   *Harold Brodkey*

Tag rausreißen. Da wirste gedeckelt, peilst ein, zwei blöde Sachen über den Daumen, machst Geschäfte mit sechs Mördern, sieben Dieben und achtzehn Hinterwäldlern, und dann setzt du dich zu Tisch, und ringsum gute Manieren, und das gute Essen zergeht dir auf der Zunge, so wie du's gern hast, die versteht mich, ich sag dir, es ist eine Wucht –

Was ist denn nun wichtig? frag ich dich – leben wir doch in Frieden, sag ich immer, von Tag zu Tag muß man leben, essen muß man – ißt du gern? Ich eß gern – okay? Gut, dann trinkt sie eben nicht und geht mir auf die Nerven, aber ohne sie taugt mein Leben nix, sie ist wie eine häßliche Ehefrau, sie kocht dir das Herz aus dem Leibe, wunderbar ist sie, und ich hab eben gern ein bißchen Frieden dann und wann, du etwa nicht?»

Ma sagte: «Ich bin ja keine Schwärmerin, aber ihr solltet ihn und Ann Marie mal sehen, wie einer den anderen an Güte übertrifft – und wie sie dabei so schöne Töne spukken, daß du denkst, das Jüngste Gericht ist aus und vorbei – sie sind wie ein Liebespaar. Er nimmt zu, und das Haar geht ihm aus – noch sechs Monate, und er ist runter auf ihrer Drehzahl – so wie der arme kleine Wiley jetzt –»

«Ann Marie ist nicht sehr gebildet», sagte Lila. «Ann Marie ist Immigrantin – sie kommt aus Elsaß-Lothringen, weißt du, wo das ist? Ihr Vater hat nichts getaugt. Sie und ihre Mutter haben bei Verwandten gewohnt, ihre Mutter hat sie weggeschickt zu einem Onkel, der einen Bauernhof hatte, deshalb kennt sie sich auch mit Essen und Trinken so gut aus, weil sie auf einem französischen Bauernhof aufgewachsen ist – ich glaube, ihr Vater war Deutscher, aber ihr Onkel war Franzose. Die Tante starb, und der Onkel wurde ein bißchen zu freundlich, und Ann Maries Mutter tat gar nichts, sie lebte von der Rente, also, du kannst dir vorstellen, wie es war – manche Geschichten sind einfach

Die Musik des Kindermädchens

zum Steinerweichen traurig, und ich bin kein Stein, ich bin barmherzig. Auf Bauernhöfen passiert viel. Es war auf einem Bauernhof, schön war das nicht, aber Ann Marie hat Rückgrat; vielleicht ist sie ungebildet, aber sie hat Rückgrat, sie ging weg, ganz allein – sie war sehr eigensinnig hinsichtlich ihrer Unbescholtenheit, verstehst du, was ich meine? Das muß man, wenn man ganz auf sich gestellt ist – und manchmal ist es noch schwerer, wenn man häßlich ist: vielleicht gibt es dann weniger Männer, aber sie sind fester davon überzeugt, daß man keine andere Wahl hat. Sie spinnt ein bißchen, aber für Frauen ist das Leben eben hart. S. L. mag sie, das muß ich ihm lassen, manchmal hat er ein gutes Urteil...»

Ann Marie auf einem Bauernhof in Lothringen, im französischen Licht, wo ein leichter weißer Dunst in der Luft liegt, der Onkel betrunken und – und was?

«Vielleicht hat sie das auch alles erfunden – sie ist eben nicht hübsch; du weißt ja, wie Frauen sind – sie erfinden sich ein Leben, wenn sie schon keins haben – mein Problem war das nie. Vielleicht ist das auch mein Fehler, vielleicht ist es da schiefgegangen, ich habe mein Leben gelebt, und ich bin verbraucht –» Sie meinte das ironisch. Sie war noch immer sehr stolz auf ihr Aussehen.

Wenn ich meinerseits nicht ironisch bin und versuche aufrichtig zu sein, so würde ich vermuten, daß Ann Marie vielleicht zuerst nicht wußte, was mit ihrem Onkel los war, oder was sein Verhalten bedeuten sollte, oder vielleicht war sie auch gleich von Anfang an abgestoßen, ließ sich dann aber einwickeln, wegen der nahen Verwandtschaft und aus Mitleid und Neugier oder einfach in der Hoffnung auf ein klein wenig Vergnügen. Wenn man jung ist, läßt einem der Körper manchmal keine Ruhe, und vielleicht haute es auch gar nicht richtig hin. Ich meine, was das Sexuelle angeht, spielt doch bei jedem Menschen die persönliche

Macht über den anderen mit, komplexe Übereinkünfte, und vermutlich wußte der Onkel das nicht. Ich möchte bezweifeln, daß Ann Marie von vornherein eine harte, unnachgiebige Jungfrau war. Wenn ich versuche, mir vorzustellen, was geschah, dann sehe ich, wie sie anfangs nicht recht versteht und dann in ihrer Phantasie, in ihren Hoffnungen zu weit geht; und dann passierte es; das Bemühen um Liebe war Blasphemie; oder vielleicht kam es nur zu den allerersten Anfängen, und es langte ihr schon gleich. Ich glaube, daß sie erst jungfräulich wurde; sie forderte Rechtschaffenheit – sich selbst gegenüber – eine Art Rationalität; sie blieb in ihrer dicklichen, bleichen frühen Jugend stecken, noch lange nachdem ihre Jugend vorbei war.

«Sie fand Arbeit bei einer Familie in einer dieser Städte, die es da gibt», sagte S. L., «und da passierte wieder das gleiche – sie bildet sich das nicht bloß ein, weißt du, aber *was* passierte, weiß ich nicht; *das gleiche passierte wieder* – das sagt nicht viel, das ist eben ihre Art, eine Geschichte zu erzählen. Frauen können entweder kochen oder Geschichten erzählen – frag nur mich, wenn du die Wahrheit über die Frauen wissen willst.»

Eine graue Steinstadt und enge Straßen.

«All die Arbeit», sagte Mama. «Die Frau hat was hinter sich, was Arbeit angeht; du machst dir keine Vorstellung, von morgens bis abends; das muß man ihr lassen – aber befehlen läßt sie sich nicht gern was. Ich habe sie durch Leute in Clayton gefunden, denen sie unheimlich war – die wollten sie nicht.»

«Tja: O nies wacker, Molly Pengs!» – *Honi soit qui mal y pense.* «Mit der hier sind wir mitten im fetten Klee gelandet – mein Schwiegermütterchen hat die Entscheidung getroffen – sie hat viel zu viele Entscheidungen für uns getroffen, aber was willste machen?»

«Mama konnte so einem Arbeitstier wie ihr leicht das

Ruder überlassen – das Haus war so schön, es war immer schön – das ist wichtig, weißt du.»

Lila, meine damalige Mutter, hatte jeweils einen Tag in der Woche oder alle zehn Tage, an dem ihre Gesundheit, ihre Nerven nicht mitspielten: dann verbrachte sie den Tag in einem abgedunkelten Zimmer und «schonte sich». Bei einer dieser Gelegenheiten sagte sie: «Warum, glaubst du denn, haben die Menschen was zu verbergen? Weil sie gut sind vielleicht? Glaubst du, die verstecken ihre Güte? Denkst du, daß Leute, die aufrichtig tun, wirklich aufrichtig sind?»

Mama sagte zu mir über Ann Marie: «Sei nur vorsichtig. Du glaubst, sie ist so toll: mir hat sie nie die Wahrheit erzählt, nicht ein einziges Mal.»

Mama hatte keinen Namen für die Tage, wenn ihr Ungestüm in der Welt sich in Hilflosigkeit verwandelte oder in eine Art Aufschrei der Nerven. Sie sagte: «Die Menschen laugen mich aus, ich lauge mich selbst aus», und: «Ich habe heute für niemanden etwas übrig –» Manchmal war ihre Stimme schrill; oft war ihr Haar «wild» (ihr Wort); sie konnte es nicht ertragen, sich zu berühren oder berühren zu lassen; sie konnte keine Kleidung ertragen außer sehr dünner Baumwolle oder Seide, und nichts durfte fest geschlossen werden; und dann sagte sie: «Ich bin fast wahnsinnig geworden, hast du das nicht gemerkt – Krämpfe sind ein Zeichen dafür, daß der Teufel seine Finger im Spiel hat.» Oder: «Gott schickt mir das Kopfweh, weil ich eine Frau bin, die etwas zustande bringt.»

Sie sagte: «Alles hat seinen Preis – ich zahle ihn, ich mache weiter.»

Ihr Schlafzimmer war eine Flucht von Räumen, zwei Ankleidezimmer und ein zweigeteiltes Badezimmer mit einer niedrigen Wand zwischen den Teilen; und es gab eine Schlafveranda. Das alles erstreckte sich fast über den halben ersten Stock. Sie lag mit einem feuchten Tuch über dem Gesicht auf einer Chaiselongue. Manchmal ging sie herum, schritt auf und ab und redete, manchmal wütete sie. «Die Menschen sind schlecht, warum weiß das nicht jeder, daß die Menschen schlecht sind –»

Sie sagte immer: «In einem Stündchen habe ich mich wieder gefangen; ich bin dieses endlose Kopfweh leid; ich will nur, daß der Vogel, den ich habe, auf ein paar Leuten rumhackt – sollen sie doch draufgehen, ich bin realistisch –»

Sie sagte: «Es ist schikanös. Warum sind die Menschen nur so schlecht? Ich schwöre zu Gott, das nimmt kein Ende. Sogar nette Menschen wie Ann Marie, die gar nicht so nett ist, glaub mir. O Gott, ich halte das nicht aus. Keiner war je gut zu mir, außer meinem *Vater*. Ich schwöre zu Jesus Christus, ich ertrage nicht noch einen solchen Tag, ich kann nicht. Ich kann nicht, es ist zu schlimm, es ist zu *schlimm*.»

Wenn es ihr besser zu gehen begann, lobte sie sie fast unweigerlich *in den Himmel* (ihr Ausdruck): «Ich muß schon sagen, daß Ann Marie ein Segen ist, dick oder nicht; sie hat die Stellung für mich gehalten, als es mir *dreckig ging*; und mir ist gleich, ob sie närrisch ist oder nicht; mir ist gleich, ob sie den Leuten auf die Nerven geht; und mir ist gleich, ob sie scheinheilig ist – soll sie dich doch in ein Christkind verwandeln, ist mir doch egal; sie ist eine wunderbare Frau; sie hat Rückgrat; und sie setzt sich durch, wenn es hart auf hart geht; sie kümmert sich um mich; wenn sie da ist, dann kann ich mein Leben führen.»

Bin ich zu realistisch? Dies ist ein sentimentales Thema: das Kindermädchen, das mir das Leben rettete, als ich klein war. Ich versuche diesbezüglich akkurat zu sein und nicht sentimental und unehrlich.

Die Musik des Kindermädchens 291

Ann Maries «Manier», ihre Stimme, ihre unermeßliche Brust und ihr dicker Hals, die Bewegungen ihrer nacktrosafarbenen, kleinen und interessant geschwungenen Lippen, all das drückt aus, daß sie sich vor jeglicher Unredlichkeit hütet. Mama sagt: «Sie ist übergangen worden, sie hat nie ein Leben gehabt; aber sie geht gut damit um.»

Manches davon unterlegt Mama mit spaßig gemeinten kleinen Andeutungen, oder sie sagt es ernst (wenn sie gerade ihre sozialistische Tour hat, dann ist sie ernsthaft traurig über Ann Maries Entbehrungen). «Zum Teil liegt das daran, daß sie sexuell zuverlässig ist. Ich meine kalt. Ich meine das nicht als Beleidigung, überhaupt nicht.»

Mama sagt: «Es ist gemein, sie ist beschissen worden, wenn du mich fragst, aber andererseits ist es auch klar wie Kloßbrühe, warum ich S. L. geheiratet habe.»

Sie und S. L. waren schöne, launische Menschen – sehr schön, sehr launisch.

Mama sagt: «Keiner will Ann Marie, aber da steckt auch mehr dahinter, als man vielleicht ahnt. Sie macht sich nicht schön. Vielleicht hat sie ja Besseres zu tun; sie war lange in mich verliebt. Mir wird wohl nichts anderes übrigbleiben, als sie unter die Haube zu bringen. Ich schulde ihr was, weißt du. Ich glaube, sie hat Angst und will es nicht zugeben; wer hat in diesem verrückten Land nicht Angst? Willst du die Wahrheit wissen? Sie hat Angst, und sie lügt – und sie ist eine herzensgute Frau.»

Ma sagte: «Sie war in uns alle verliebt, in einen nach dem anderen – Wiley ist derjenige, der ihr jetzt letztendlich wichtig geworden ist.»

Das hieß: zuerst in Lila; die beiden Frauen hatten ganz ernsthaft einen Narren aneinander gefressen, und jede übernahm für das Leben der anderen in diesem Haushalt Verantwortung, und Ann Marie sorgte für mich, damals noch aus Pflichtgefühl oder Güte. Lila sagte: «Ich arbeite wie ein Pferd, und keiner dankt es mir, ich habe dir ihre Aufmerksamkeiten, die dir so gefallen, erkauft, Herr Feiner Pinkel. Und dann schloß sie dich ins Herz, du hast sie auf deine Seite gezogen, es war interessant, das zu beobachten.»

Ann Marie lebte in ihrem und unserem Brei von Gefühlen, einem Eintopf, einer Suppe miteinander vermengter Gefühle, von Ränken und Raffinessen und Moralischem und Unmoralischem: das *Tagaus-tagein* ist ein intensives Drama, obwohl wir davon keine Notiz nehmen.

«Sobald sie Fuß gefaßt hatte, wurde sie meine Rivalin; wir mußten Rivalinnen werden; so ist das eben; da ich so hübsch bin, konnte sie nicht anders; und sie kam nicht von dem Glauben runter, daß sie am Gewinnen sei; sie mußte mit Lila Silenowicz rivalisieren, so wie alle anderen auch; und auch mit S. L.; wir rivalisierten anfangs alle um dich; wir wollten alle die Oberschwester sein; kein Wunder, daß dir das zu Kopf stieg – sie liebte dich, Wiley, es paßte ihr in den Kram – sie war dir eine gute Krankenschwester, sie war mir eine gute Freundin, auch noch, als sie anfing, mich zu hassen...»

Mama sagt: «Lach nie über sie, bring sie nicht in Verlegenheit, sie hat kein leichtes Leben – wir sind keine einfachen Leute, sie ist gut zu uns, und wo wäre ich ohne sie? In der Klapsmühle, da wäre ich. Sei lieb zu ihr, Wiley, mach sie glücklich, du tust uns allen einen Gefallen, du machst uns glücklich, wenn du sie hierhalten kannst, wenn wir ihre verrückten Launen im Zaum halten können.»

Ann Marie ist bei Trost, aber sie hat ihre Perioden, vielleicht menstruell bedingte Perioden, und dann ist sie «vergeßlich» – das ist Mamas Wort für vieles, Mama ist so taktvoll. S. L. sagt: «Wenn Vollmond ist, gib der lieber kein Messer in die Hand.» Papa ist ein Mann und schlägt einen realistischen Ton an, wenn er über Gewalt spricht.

Die Musik des Kindermädchens 293

Ann Marie wird gelegentlich von Stimmen heimgesucht.

Mama sagt: «Lach nicht, sie glaubt, sie ist Johanna von Orleans.»

Ann Maries Blässe ist in meinen Augen eine weiße Rüstung. Sie kennt in körperlicher Hinsicht wenig Eitelkeit, oder vielleicht viel, aber ich meine, sie bleibt im Haus, wo keiner sie sehen kann. Vielleicht fühlt sie sich hier in der Gegend, in Amerika, unsicher. Lila sagt: «Sie geniert sich, weil sie dick ist.»

Ihre Ansichten änderten sich mit großer Schnelligkeit: ich kann mich daran erinnern, daß sie S. L. mochte und Lila mochte und sie dann am nächsten Tag beide verachtete.

Der Haushalt, also das heißt wir alle waren uns damals einig, und auch in späteren Jahren waren wir uns überwiegend einig, daß wir damals eine Weile lang glücklich waren.

Papa sagte: «Wir hatten es damals schön, mein Kleiner, das weißt du doch noch, hm, oder wirst du uns später Vorwürfe machen?»

Ich weiß nicht, wie viele Monate das waren. Ich meine, ganz bestimmt zwei Jahre, und wahrscheinlich sogar dreieinhalb, alles in allem.

S. L. sagte: «Die Frau war nicht mit Gold aufzuwiegen; mich hat sie ja nie gemocht, aber geschickt war sie; ich bin vorher noch nie so umsorgt worden, und seither auch nicht mehr, das will ich mal ganz klar sagen.»

Wie gesagt, manchmal mochte sie ihn nicht, und manchmal mochte sie ihn; er wurde nur umsorgt, wenn sie ihn mochte.

Mama sagte: «S. L., das ist eine Beleidigung; weißt du das? Du übertreibst; du wirst immer umsorgt. Ich bin diejenige, die litt, als wir sie abgeschoben hatten. Da gab es nämlich keinen mehr, der sich um *mich* kümmerte. Du tust doch für niemanden was.»

Er sagte: «Es war einzig und allein deine Idee, sie abzuschieben, ich habe die Frau geliebt, sie war eine gute Seele.»

Er liebte sie nicht; ich liebte sie. Mama sagte: «S. L. hatte es gern, wenn sie ihn bediente, und du auch; aber sie war zu niemandem nett, der nicht nett zu dir war; sie betrachtete sich als deinen Schutzengel; sie wollte nicht einmal heiraten, bis du anfingst, sie zu enttäuschen.» «Ich?» – «Du wolltest mit anderen Kindern spielen. Eins kann ich von mir sagen, ich war nie der eifersüchtige, besitzergreifende Typ.» Doch, das war sie. Als ich heranwuchs und sie krank war, war sie höllisch besitzergreifend.

«Ann Marie hatte S. L. fest an der Kandare: ich genoß das. Unter ihrer Herrschaft war er ein guter Vater und Ehemann, außer wenn sie eine ihrer Launen hatte, von wegen daß sie ihre Schranken kenne und nicht mit ihm sprechen wollte, aber so oft kam das nicht vor; sie kannte ihre Schranken nicht so gern. Sie war eifersüchtig auf mich. Du ahnst nicht, was es mich kostete, sie bei Laune zu halten, damit sie weiter für dich arbeitete. Männer wissen nie, was sie Frauen kosten. O Gott, ich halte das nicht aus –»

(S. L. schrie: «Du kostest mich noch das Leben, du Hurenschlampe, kannst du denn nie richtig von falsch unterscheiden?»)

Ann Maries Güte, ihre moralische Trägheit, ihre Hilflosigkeit auf manchen Gebieten, ihre nahezu unendliche Selbstgerechtigkeit – das ist für mich das Äquivalent zu Schönheit.

Insgeheim weiß sie, während sie mich anschaut, während sie in der Küche umherschaut, daß sie hier schön ist. Auf eine Weise posiert sie. Ich glaube, daß ihr Glaube, sie sei schön, wahr ist – ich traue ihrem Urteil. Heute ist sie wie

Die Musik des Kindermädchens   295

eine fette Kaiserin mit einem gewichtigen Einfluß am kaiserlichen Hof.

Mama und Papa glauben beide, daß Ann Marie sich nach Liebe sehnt – Papa glaubt, es sei körperlich, und Mama denkt, es sei geistig, spirituell und finanziell, es gehe darum, daß Ann Maries ganzes Leben darauf abziele, irgendwo ein eigenes Königreich zu bekommen: «Frauen brauchen ein eigenes Reich, wo sie das Sagen haben; wozu sind wir denn sonst auf diese Erde geschickt worden?»

Ich sehe sie als vollkommen, vollkommen in ihrer Aufmerksamkeit mir gegenüber, aber nicht einmal für sie lasse ich mich darauf ein zu sprechen, deshalb nehme ich an, daß auch sie in ihrer Herzensgüte unvollkommen ist.

Ich schaute sie oft unverwandt an. Ich liebe sie mehr als irgend jemand sonst, *irgend jemand sonst auf der Welt*: S. L.s Ausdruck. Er registrierte das; er interessierte sich für so was, dafür, wer wen am meisten liebte. (Ich schwöre, daß Lila einmal zu ihm sagte: «Für was hältst du dich eigentlich? Für den Gott der Juden?»)

Wenn mein Glück nicht zu sehr durch irgend etwas gestört wird, sehe ich nicht ein, daß Ann Maries Mängel eine Rolle spielen sollen.

«Die Art, wie er sie anschaut, ist wie eine Bestechung; das ist mehr wert als der Arbeitslohn.»

Ihre Bereitschaft, bei mir zu sein und mir in meinem Zustand aufzuwarten, ist das Vorhandensein von Gnade. Buchstäblich. Lila und S. L. sagten damals zu mir und später auch zu Besuchern und mir, daß sie noch nie so etwas gesehen hätten, daß es übermenschlich sei, «so, wie sie sich um den Kleinen kümmert. Keiner könnte ernsthafter bei der Sache sein, könnte zuverlässiger sein, wir können uns sehr, sehr glücklich schätzen, daß wir sie haben –»

Mama sagte später: «Zum Teil war das nur Öffentlichkeitsarbeit; ich bin gut in Öffentlichkeitsarbeit.»

«Es war, wie wenn man Tür an Tür mit einem Segen wohnt», sagte S. L., «und wir hatten ihn sogar direkt im Haus.» (Er redet unlogisch daher, weil er faul ist und amüsiert; er redet auch unlogisch daher, um auf seine Ehrlichkeit hinzuweisen: er hat mir erzählt, er sei höchstwahrscheinlich die ehrlichste Seele auf der ganzen Welt.) «Sie liebte dich, und es war schön, das zu sehen; keiner konnte es mitansehen, ohne ein Stück davon haben zu wollen – ein Stück vom Kuchen, ein Stück vom Glück –, und ich sag dir was, sie war eigentlich keine nette Frau, wirklich, es war alles ein Wunder, es war alles ein Zufall, und ich bin froh, daß er eingetreten ist, aber manchmal bricht es mir das Herz, daß er eingetreten ist und daß jetzt alles vorbei ist.»

Ich erinnere mich in Bruchstücken daran und irgendwie auch im Ganzen.

Die Hitze, die Leidenschaft, die Fremdheit und der ausländische Akzent und gleichzeitig die Schwammigkeit ihrer Aufmerksamkeit, während sie über sich selbst nachdenkt, all das und ihre Ansprüche und ihre Posen der Herzensgüte, das hat mich geheilt und mir am dauerhaftesten geholfen. Ich kann mich an den Verlauf und die Umwege ihrer Anfälle von schlechter Laune erinnern, aber ich neige dazu, es nicht zu tun, wenn der Wohlgeschmack der Realität dieses *Glücks* in mir auftaucht. Wie ein Schmerz verbannt er alles, was nicht er selbst ist, und alle Erinnerungen, die nicht damit harmonieren. Das Glücksgefühl ist so stark, daß mich manchmal sogar die bloße Erinnerung an das Glück, wenn ich einschlafe, gegen die Dunkelheit wappnen kann oder, wenn ich aufwache, das Wesen des Erwachens zu verändern vermag.

Ich bin mit Ann Marie in der Küche. Was soll ich jetzt mit meinem Leben anfangen?

Dein Leben hing nur an einem seidenen Faden; das wußten wir alle; wir konnten damit nicht gut umgehen.

Die Musik des Kindermädchens 297

Wie kam es, daß ich über die Instabilitäten und Merkwürdigkeiten von Ann Maries Temperament hinwegsah, daß ich meinen Weg zu einem unwahrscheinlichen Glückszustand vor mir sah, zumindest für so viele Augenblicke unter den jeden Tag zur Verfügung stehenden, daß ich weiterlebte? Ich lebte weiter, und ich bin dankbar dafür und werde es sein, bis ich sterbe.

Vollkommene Liebe: sie bewies dir vollkommene Liebe; so vollkommen war sie dann zwar auch wieder nicht, aber du weißt schon, was ich meine.

Ich dachte nie darüber nach, wie unwahrscheinlich sie war, wie unvorstellbar – ja geradezu unmöglich –, die vollkommene Liebe. Ich meine, das war es nicht; es war nicht die vollkommene Liebe, die mich rettete.

Du hast ein Idol aus ihr gemacht: Lilas Aussage. Sie meint zum Teil damit, daß ich Ann Marie idealisiert habe.

Ich erinnere mich noch an mein Glücksgefühl damals als an einen Dauerzustand, auch wenn ich mich als verärgert oder einsam in Erinnerung habe und das Glücksgefühl als maßvoll, oder jedenfalls zeitweise maßvoll, und unmäßig und unbescheiden zu anderen Zeiten, und riesig – riesig – mehr konnte ich in jenen Tagen nicht bewältigen – und auch jetzt noch nicht. Erstaunlich ist für mich die fromme Ordentlichkeit meiner Erinnerungen an sie, wo ich doch nicht einen einzigen Augenblick so in Erinnerung habe, wie er wirklich war. Meine Wahrnehmung von ihr zeigt sie in verschiedenen Aspekten in diesem oder jenem Licht, auf einer Veranda in der Sonne oder neben der Fliederhecke in der Sonne, in der Nähe der Stelle, wo wir den Abfall ausleerten; doch die Erinnerung läßt den Abfall normalerweise aus; und ich erinnere mich an sie auf meinem Bett; der Zopf baumelt ihr auf dem Rükken, und ihre Hand massiert mir den Bauch, das kleine Bäuchlein des Kindes. Sie hat eine leise Stimme; das gehört mit dazu. Ihre Bewegungen sind sanft. Ich werde immer Menschen mögen, die mit leiser Stimme deutsch sprechen.

Aber es stimmt nicht. In Wirklichkeit war ihre Stimme eher laut: sie war gut ausgebildet und merkwürdig und einzigartig. Und ich mag Deutsch als Sprache überhaupt nicht.

Ich wunderte mich früher immer darüber, daß ich keine Erinnerung daran hatte, wie Ann Marie sang, und keine Erinnerung an ihre tatsächliche Sprechstimme, daß ich mich nur daran erinnerte, daß ich glücklich war oder daß sie mich auf dem Arm hielt, mich umhertrug.

Ich glaube nicht, daß die Erinnerung aus billigen Gründen lügt. Es ist lediglich so, daß die Erinnerung mit Ergebnissen handelt, mit Summen, mit handlichen Formen von Wissen, weshalb das, was sie heraufholt, Dinge sind, die eher Motti oder Aphorismen oder Apotheosen gleichen als wahren Momenten. Und oft kommen die Summen, so wie sie in der Vorstellung sind, *der Wahrheit ganz nahe*, selbst wenn das Vorgestellte nie geschehen ist, sondern eine Totale, ein Gedankengespinst ist, so wie das, was auf einem Foto ist, niemals geschah, sondern ein maschinell hergestelltes Scheibchen eines Teils der Realität ist, das der Apparat dann sozusagen seitwärts aus dem vorwärtsziehenden Sog der realen Luft herausschiebt. Die Zeit wurde niemals so angehalten; das Foto lügt; der augengleiche Apparat schneidet ein dünnes, fixiertes Souvenir ab; das was seinen Inhalt ausmacht, macht es unwahr – keiner, den ich kenne, war je so reglos wie ein Foto.

Der Mythos, die Lüge, ich weiß nicht, wie ich es nennen soll, die Verzerrung, die ich als Liebe bezeichnen könnte, die mir aber lediglich als Selbstversenkung auf einer nicht sehr gehobenen Ebene erscheint und Ann Marie als silbern, glänzend und beständig darstellt und als menschlich

Die Musik des Kindermädchens 299

und unmenschlich sanft und gut und grimmig, wenn es darum geht, mich zu verteidigen und so weiter – oft erscheint mir das wertvoller, als es die Wahrheit ist, viel wertvoller für mich. Aber ich möchte Ann Marie, ihrem Leben gerecht werden; ich will nicht herablassend sein und Ann Marie als einen Schatten behandeln, als einen Schatten, der von Schatten angestellt ist; und ich will nicht auf die Vorstellung festgelegt sein, daß alle Herzensgüte daran gemessen werden soll, ob jemand gut zu *mir* war; und ich erinnere mich daran, daß Lila sagte: «Ich will nicht auf einem Podest stehen, ich möchte gemocht werden, weil ich bin, wie ich bin. Vielleicht gehe ich den Menschen auf den Wecker mit meiner Art, aber ich kann nichts dafür, ich will leben, ich will, daß man mich kennt.»

Ann Marie und ich sind an diesem regnerischen Morgen in der Küche, wir sind von Sinnen vor lauter Wertschätzung füreinander. Es ist ein ungeheures Sichschätzen, aber keines, das nichts in Frage stellt, kein *ideales*. Vielleicht ist das nicht ganz die Wahrheit; eine ganze Seite des Kopfes ist dieser Wertschätzung vollkommen hingegeben; es ist ein vollständiger oder absoluter Zustand, eine oder zwei Sekunden lang, auf *einer* Seite des Kopfes.

Sie geht davon aus (fast immer, wie es scheint), daß ich aufs Klo muß. Ich sitze geduldig auf dem feuchten Holz des Toilettensitzes und halte mich mit den Händen am Rand fest, damit ich nicht hineinrutsche, *hineinfalle*, sagt Papa: er muß lachen, wenn ich wirklich Anstalten mache hineinzufallen. Im Obergeschoß habe ich einen Plastiksitz mit einer Lehne und mit Gurten, der auf die Toilette paßt, aber ich lasse mich von niemandem festgurten; ich ziehe es vor, das *Hineinfallen* und Ausgelachtwerden zu riskieren; es gefällt Ann Marie jetzt, daß es mir gefällt, mich mit den Erwachsenen-Dimensionen der Dinge zu befassen.

«Wanderrrrrfull – naiiiiis(ßßß)e – nais –» (sie prahlt mit

einer rein technischen Wiedergabe einer kurzen mittelwestlichen Silbe) «– liddel dii-men – du Teufel – *knight*–»

Ritter. *Cavalier.*

Lieber Gott, die *Gefühle*...

Meine schwachen Augenlider, mein jetzt schräggeneig-
ter Kopf, mein vertrauensvoller Augenaufschlag; sie streift
all das mit einem kurzen Blick. Sie schaut nie lange her –
niemals – nicht wenn man sie sehen kann. Sie verfügt über
eine (deutsche) Verstohlenheit, über Stolz und Ehre; sie
verfügt über eine vielleicht verstohlene, nervöse Schnelligkeit. Und obendrauf sitzen ihre Selbstgerechtigkeit und
ihre nordische Düsterkeit. Sie leugnet, düster zu sein. Eine
entschlossene Fröhlichkeit überlagert ihre Düsterkeit. Ich
döse, während ich unter ihrem flüchtigen Blick dasitze; ich
ahme auf diese Weise ihre verstohlene, flüchtige Annäherung nach; meine Augenlider sind geöffnet, aber ich bin
gewissermaßen am Dösen; mein Denken ist abgestellt;
oder es ist vielmehr rein und offen, so, wie wenn ich schlafe
und die Welt überwiegend aus mir selbst besteht; ich vertraue ihr so sehr, daß dem tatsächlich so ist – *sie ist ein
Traum* (Mamas Ausdruck).

Sie strafft sich; sie träumt vor sich hin; sie träumt oft vor
sich hin; sie träumt manchmal von mir oder von einem
Kind wie mir, das sie nicht mit Lila und S. L. teilen muß;
sie würde mich mehr lieben, wenn die beiden tot wären –
vielleicht auch nicht; vielleicht macht das Rivalisieren mit
ihnen ihr Freude, ist die Wurzel unserer Vollkommenen
Liebe («Sie hatte ihr Leben so eingerichtet, mich am Ende
auszustechen, und sie hat zu denen gehört, die sich immer
durchsetzten, nur daß ich dich hatte, Wiley, und sie nicht,
aus ihren Kindern ist nie etwas geworden. Bisher jedenfalls. Und ich werde schon tot sein, bevor es soweit ist–»).
Sie träumt von mir und von Gnade und Güte, wenn sie
mich so vor sich hat; und es gibt Gnade und Güte, soviel ich

Die Musik des Kindermädchens

weiß; aber sie will mehr, dies ist nicht genug; *sie will ein eigenes Haus und eigene Kinder, und ich nehme ihr das nicht übel,* sagt Mama, aber ich tue es; wenn ich sie unterbreche, werden ihre Augen groß und wissend und starren mich an, aber sie sehen mich nicht; sie nimmt mich nur bei diesen raschen kurzen Blicken wahr – ein längerer Blick macht sie mir irgendwie untertan, fast unterwürfig, tagträumerisch: der Sohn ihrer Arbeitgeber.

Ich klettere von der Toilette herunter, stehe mit großen Augen da, einen Augenblick benebelt, körperlich sehr aufgewühlt; und dann gehe ich hinter ihr in die Küche. Ich halte mich mit meinen Stimmungen zurück, aus Pflichtgefühl und aus Vergnügen. Ich weiß nicht, daß es mich nach wilden oder vielleicht traulichen Zärtlichkeiten gelüstet. Sie ist ähnlich steif. Wir machen einander nach – sie tut wie ein Baby. Sie ist religiös, Lutheranerin. Ann Maries und meine Affäre erweckt in meinem Denken die geheime Unmittelbarkeit eines exzentrischen und verborgenen Christentums. Das ist ein Geheimnis an mir.

Sie hegt zeitweilig eine ganz offene Verachtung für Mama und Papa und auch für Besuch, besonders wegen der Probleme, der Fragen, ob und wie ich geküßt und berührt werden soll; wegen dieser Probleme und wegen der Fragen, was meine moralische und religiöse Natur ist und wie anständige Fürsorge für ein kleines, unglückseligerweise verwaistes Kind auszusehen hat.

Mama wird in Kürze sagen: *Ich fürchte fast, ich werde sie bestechen müssen, wenn ich in meinem eigenen Haus noch das Sagen haben will.* Sie meint, sie wird sie Eines Tages Abschieben Müssen – vielleicht bald.

Mama hat gesagt: *Ann Marie ist nicht wie ich; sie arbeitet für mich.*

Ann Marie ist nicht wie irgend jemand – sie gleicht überhaupt niemandem; sie ist einzigartig auf der Welt.

Sie wird mich jetzt füttern, aber sie hält inne, um zu verkünden und sich daran zu erinnern, daß sie glücklich über mich ist: «Du hast es *good* gemacht, Liebchen.»

Oh, wie ich sie liebe.

Mama hat eine verworrene Theorie, die besagt, daß gute Menschen sich wegen ihrer Herzensgüte an einem rächen müssen: sie ist der Meinung, daß Gutsein ein Martyrium ist: «Meine Mutter hat mir ihr ganzes Leben gewidmet, und weißt du, was das heißt? Das heißt, daß sie mein Leben aufgefressen hat; sie hat mich Tausende von Malen kaputtgemacht; was glaubst du wohl, wer mir S. L. ausgesucht hat? Mama natürlich. Weil er ihr nicht in die Quere kommen würde. Also S. L. und ich, wir haben versucht wegzulaufen; wir haben versucht, es fern von ihr und allen anderen zu etwas zu bringen, aber S. L. hat es als Geschäftsmann nicht geschafft; und ich habe mich nach Mama gesehnt. Ich gebe ja keinem die Schuld. Ich gebe nicht einmal ihr die Schuld; ich wollte ihr Lieblingskind sein, und das war ich auch; und ich will dir eins sagen: ich werde deshalb jung sterben; ich spüre das im Herzen. Und ich will dir noch was sagen: sie schadet mir vor allem, aber sie liebt mich auch, und sie wird mich niemals überleben; wenn ich krank werde, wird sie mich nicht pflegen, sie wird sich verstecken, und dann wird sie auch krank werden, und sie wird in ihrer Schuld sterben und sich dabei fortwährend loben. Ich weiß Bescheid über ein paar Dinge auf dieser Welt, und zu dem, worüber ich Bescheid weiß, gehört Mama.»

Lila hatte recht.

«Ann Marie war nach einer Weile nicht mehr gut für dich, aber ich hatte Angst, daß du wieder krank würdest, wenn sie wegginge. Aber am Ende habe ich es doch gewagt; sie wollte dich nur zu ihrem Sklaven machen.»

Lila sagt: «Ich tue Gutes, ich setze gern meinen Kopf

Die Musik des Kindermädchens 303

durch, aber ich bin kein Hausmütterchen, Gott bewahre; wir beschäftigen fünf Hilfen. Ann Marie, die eigentlich zur Familie gehört; wir haben einen verkrüppelten Gärtner, der auch Reparaturen am Haus macht; aber er taugt nichts, unser Haus verwahrlost langsam; schau doch nur hin, dann siehst du es. Wir haben eine Frau für die Wäsche; einen Mann, der die schwere Putzarbeit macht – Rahmen, Fenster –, und wir haben jemand fürs Auto, halbtags. Es ist sehr schwierig; alle wollen zur Familie gehören; sie saugen mir das Blut aus.»

In dem Oratorium oder Chor von Frauen wird Mama jetzt den Koloratursopran singen – «Ich bin eine aufregende Frau/ in guten und in schlechten Tagen/ auf Gedeih und Verderb/ das ist mein Schicksal» –, oder vielmehr wird Lila zu Gästen über Ann Marie und mich sagen: *Sie hat sonst keinen zum Lieben, sie muß ihn lieben; wirklich, wen hat sie denn sonst? Sie ist ein Dienstmädchen, sie ist eine Haushälterin, das ist eine unmögliche Situation; mein Herz steht ihr offen: in mancher Hinsicht ist sie grob, eine Deutsche – sie ist ein deutscher Hammer.* Ein deutscher Hammel? Deutsche und ein Hampelmann? Ham-ham? *Ein deutscher Hammer:* Mama ist ungeschickt und grapscht einfach nach Worten.

Sie meint damit, daß Ann Marie widerspenstig und stark ist, sehr stark, weil sie nicht gezwungen ist, sich so oft in ihrem Zimmer zu verstecken wie Mama in ihrem. Sie meint, daß Ann Marie laut ist, wenn sie die Treppen hochsteigt und etwas trägt; Ann Marie schnauft beim Atmen, und das hämmert auf Mama ein, die «die Nerven eines Vogels» hat, «weißt du, wie das ist?» Mama meint, daß Ann Marie gern Schweinefleisch mag wie Joseph, der Vater von Jesus: ein Zimmermann mit einem Hammer und vielleicht ein Narr, ein närrischer Hahnrei; und sie meint, daß Ann Marie ein Hampelmann ist und eine Walküre –

das alles würfelt sie einfach zusammen und sagt, Ann Marie sei ein deutscher Hammer.

Meine Mutter liebte bildhafte Ausdrücke. Und sie meint darüber hinaus noch etwas anderes: Mama sagte oft: «Streng doch deinen Grips an, versuch mal, mich zu verstehen, laß mich nicht dauernd reden und reden.»

Unter anderem ist Ann Marie stolz darauf, daß sie nie müde wird. Sie glaubte, ihre Güte und ihr «gesunder Menschenverstand» machten sie stark. Sie «beugte sich nicht» den Erschöpfungszuständen und den Augenblicken des Atem-holen-Müssens, die Mama hatte; Mama sagte: «Das kann ich dir aus Erfahrung sagen, böse Menschen finden keine Ruhe.» Ann Marie hält inne; sie lehnt gegen einen Küchenschrank; Ann Marie hat einen starken Willen, und obwohl sie in Wirklichkeit nach einem inneren Dialog mit jemandem, der sie vielleicht beleidigt hat, um Atem ringt, beginnt sie jetzt zu summen, gibt einen tiefen, vibrierenden, sehr schönen Laut von sich – in der Tonhöhe vielleicht zu durchdringend für einen Kindertrost; sie summt, als habe sie Musik im Sinn und nicht die ansonsten körperliche Stille des Augenblicks. Ähnlich kämpft sie mit einem Deckel auf einem Glas, einem Glas Apfelmus, als mache sie das glücklich. Vielleicht wird sie wirklich nie müde, und mein Glaube, daß sie müde sei, beruht letztendlich nur auf meiner Wahrnehmung. Sie hört auf zu summen; sie atmet tief durch; sie bewegt sich; jetzt nimmt sie wieder auf ihre dicke Art Geschwindigkeit auf. Ihre Bereitschaft, gut zu mir zu sein, war in Wirklichkeit ein ständiges Hin und Her; stabilisiert jedoch durch die Einfachheit, mit der sie auf den Punkt brachte, wie sie sich fühlte. So daß sie jetzt sagt, fast jubiliert: «Ich liebe dich, mein Liebchen.» Sie hat Freude an meiner Gesellschaft und spürt etwas wie das, was Papa spürt, wenn er ihr ein Kompliment über ihre Kochkünste macht: «Weißt du, was Browning gesagt hat,

Die Musik des Kindermädchens

Ann Marie? Er hat gesagt: ‹Ist Gott in seinem Himmel, so stimmt die Welt.›»

Sie jubiliert: «Werke, Werke, Werke, werke, werke, la-la ahhhh.»

Sie singt von ihrer Arbeit in der Welt – ich meine, sie singt tatsächlich davon.

Sie arbeitet oft, ohne zu denken; Dinge gehen ihr daneben, jetzt quillt die *äppelsooß* aus dem Glas, das sie herumschwenkt, während sie singt, und etwas davon klatscht ihr aufs Kleid. Sie erschrickt; sie schürzt die Lippen, vielleicht zählt sie auf eine bestimmte Zahl; dann sagt sie: «Littell Wfaiililii, ich liebe dich, mein Liebchen.»

Mama sagte: «Ann Maries Unermüdlichkeit kommt mich teuer zu stehen. Ich habe diese Woche eine Seidenbluse und drei Baumwollunterhemden eingebüßt, alle von ihr versengt, mit ihrem Zauberbügeleisen. Nun ja, leben und leben lassen. Aber ich wollte, sie wäre bescheidener, das sag ich zu Gott und zu dir, aber zu ihr sag ich es nicht. Ich habe Angst vor ihr.»

Mama sagte: «Ann Marie ist sehr religiös, aber sie ist immer nur so sehr Christin, wie es ihr gerade in den Kram paßt; sie ist noch jung; man sieht ihr das nicht an, weil sie so kräftig gebaut ist, aber sie ist jung.»

Ann Marie hat so einen starren Ausdruck im Gesicht, um unermüdlich und unwandelbar zu erscheinen, und auch um Seelentiefe zu vermitteln, obwohl ihre Gedanken schweifen; das ist eine ihrer Haupt-Taktiken.

Mama sagte: «Die Leute können sein, was sie wollen; wenn sie langweilig sind, dann ist das so, weil sie langweilig sein wollen; langweilige Menschen können über sich sagen, was sie wollen, und keiner wird es nachprüfen, weil es keinem wichtig ist. Schöne Menschen werden die ganze Zeit beobachtet. Das ist doch gerade die Absicht, oder? Wenn du mich fragst, man braucht Nerven, um schön auszusehen; schön aussehen ist ein großes Risiko; Aussehen ist immer ein Risiko; man braucht Grips, um zu wissen, wie man schön aussieht; man braucht Grips, um zu wissen, wie man den Druck aushält. Häßliche Menschen brauchen nicht ehrlich zu sein; es paßt zu ihnen, wenn sie lügen; und das tun sie auch, sie belügen sich selbst und alle anderen, die ganze Zeit: es ist eine andere Art zu leben; Häßlichsein hat viele Vorteile, glaub mir. Ich weiß, wovon ich rede.»

Ich sah Ann Marie die körperliche Entscheidung an, häßlich zu sein. Die Entschiedenheit ihrer Selbsteinschätzung war wie die einer sehr reichen Frau. Sie wollte reich sein, und sie tat oft so, als sei sie es, als besitze sie Häuser und Höfe und daneben noch einen Haufen Geld. Sie starb, an örtlichen Standards gemessen, als reiche Frau.

Lila sagte: Ich habe sie unter die Haube gebracht; das war nicht leicht; sie war eine unmögliche Person; aber weißt du was, daran lag es gar nicht, es lag an ihrem Aussehen; die Männer waren unsicher bei ihr, weil sie so aussah; und außerdem hatte sie keine Familie – Männer heiraten Familien, manche Männer jedenfalls; sie heiraten, um Fragen beantwortet zu bekommen, und Familien bieten da Möglichkeiten. Und da saß sie, konnte ganz hervorragend kochen, eine Haushälterin, die sich auf ihr Geschäft verstand, eine Frau, die sang: sie hatte eine wunder-wunderschöne Stimme; und keiner wollte sie. Der Mann, der sie nahm, kriegte etwas Reelles; sie machte Leuten das Leben schön – es gab arme Männer, die sie im Handumdrehen genommen hätten, aber was nützt das? Sie war stolz; bei einem armen Mann wäre sie gestorben – es war keine leichte Aufgabe, glaub mir; ich mußte jemanden für sie finden, wir hatten bestimmte Vorgaben, da mußte ich mich schon umsehen. Sie kam mit Frauen nicht zurecht, das war ein Manko, weißt du – aber schließlich hörte ich von diesem alten deutschen Witwer in Lillyburg, einem richtigen Original; er war dick wie eine Tonne; er besaß viel Land, ohne Hypotheken, und hatte ein wenig Geld beiseite gelegt; der Vorarbeiter meines Bruders auf dem Schrottplatz lernte ihn bei einer Beerdigung kennen und erzählte mir von ihm. Ich fuhr Ann Marie zu der Kirche, in die er ging, in Frederickville, das ist etwa zehn Meilen von Lillyburg. Natürlich hoffte er, daß ich diejenige wäre, er dachte, Ann Marie sei die alte verheiratete Frau, die versuchte, *mich* unter die Haube zu bringen; ich war schon sehenswert, weißt du; ich trug in dem Jahr das Haar lang, und ich hatte meinen Pelzmantel an – also, sie gefiel ihm ja ganz gut, aber noch mehr gefiel es ihm, mit mir zu reden. Ich erzählte ihm, es gäbe nicht ihresgleichen. Also, er war dick, und sie war dick; und so wurden sie handelseinig. Aber sie wollte nicht, daß du traurig wärst. Sie hatte Angst, daß du einen Rückfall bekommen und sterben könntest. Ich ließ ihren neuen Freund einmal in unser Haus kommen, damit er sah, wie wir lebten, weil wir ja vielleicht wie Verwandte sein würden; sie verstand sich darauf, alles im Haus hübsch zu machen; aber du warst so mißtrauisch, daß wir Angst bekamen; wir sahen schon, daß du Lunte rochst. Ich kann dir nicht alles erzählen, was sich abspielte; es war eine Farce reinsten Wassers, wie S. L. im Haus herumschoß und nett zu den dicken Leuten war und wir alle dir eine Lügengeschichte auftischten.» Damit ich beim Verlust meines Glücks nicht sterben sollte. «Sie sagte, der Bauer sähe aus wie ein Zeppelin und wie aus lauter Pfannkuchen gemacht; sie hatte eine böse Zunge; was sie sagte, stimmte aber; und er hatte einen Schnurrbart, einen gefärbten Schnurrbart; und Ann Marie war so, ach du weißt schon, such dir irgendein Wort aus, so war sie; und du drücktest dich in der Nähe herum, du dachtest immer, du wüßtest alles. Da machte es richtig Spaß, dich an der Nase herum-

zuführen, aber wir wurden alle ganz traurig – ich denke, es
war das Ende einer Epoche für uns – und was mit ihr passierte, das war einfach zu drastisch; sie zog aufs Land, auf
einen Bauernhof; er hatte noch kein Haus in der Stadt;
Möbel sollte sie kriegen, das handelte ich aus; sie sollte das
Vorderzimmer und ein Schlafzimmer neu einrichten; das
wollte er bezahlen; und ich schenkte ihr die Töpfe und
Pfannen und einen ganzen Satz altes Tafelsilber; das wäre
inzwischen wertvoll; und ich schenkte ihr zweitausend
Dollar. Er wollte fünf, aber ich lächelte ihn nur immer weiter an und machte meine Späßchen. Und da ging er runter;
es war ihm immer ums Prinzip zu tun. Ich mußte für ihre
Zähne garantieren; ich mußte mit ihr zu unserem Zahnarzt gehen und eine Bescheinigung besorgen, kannst du dir
das vorstellen, eine Bescheinigung über ihre Backenzähne
und ihre Weisheitszähne; er wollte keine Zahnarztrech-
nungen zahlen. Er dachte, sie hätte vielleicht ihr Alter
falsch angegeben. Er war ein komischer alter Geißbock –
die arme Ann Marie, sie bekam keine Romanze. Er war ein
Geizhals. Du willst doch wissen, wie das Leben ist, ich sag
es dir: sie wollte jemanden mit Geld heiraten; und gekriegt
hat sie einen Geizhals von einem Witwer, der zwanzig
Jahre älter war als sie; und ich sag dir noch etwas: auch das
war noch bei weitem besser, als hier den Haushalt zu machen und den ganzen Tag hinter dir herzulaufen, während
du tatest, was du wolltest. Ich wollte S. L. dazu bringen,
ihnen sein Auto zu leihen, aber S. L. war pingelig, wenn es
um sein Auto ging; deshalb suchte er einen taubenblauen
Ford aus, taubenblau war Ann Maries Lieblingsfarbe, und
wir bezahlten ihn. Weißt du, wir waren ganz verrückt wegen Ann Marie, wir konnten nicht genug für sie tun; aber
alles kostet eben Geld, und dann wird es kompliziert. Guck
nicht so mißtrauisch, ich lüge nicht; ich hatte die Nase so
gestrichen voll und war es leid, sie die ganze Zeit unter der

Die Musik des Kindermädchens 309

Knute zu haben – jetzt sitz still, ich will dir was Komisches erzählen; es ist auch traurig. Wenn du überhaupt eine Ahnung von was hast, dann weißt du, daß du Mitleid mit den Menschen haben mußt – du nicht, du bist herzlos; du hast mit überhaupt keinem Mitleid; die beiden wogen so viel, daß das Auto gleich beim erstenmal, als sie wegfuhren, zusammenbrach.

Der Ford – oh, es ist nicht recht, ich weiß; aber lern von mir; es ist nicht recht, aber manchmal muß man einfach lachen. Da stand sie nun, höchstens dreißig Jahre alt, noch eine junge Frau – nein, sie war siebenundzwanzig, gerade siebenundzwanzig; wenn sie dreißig gewesen wäre, hätte er auf fünftausend bestehen können (die Vorstellung war die, daß sie nicht zum Arbeiten zu ihm ging; sie sollte zu Hause bleiben und das Leben einer Ehefrau führen, sonst hätte ich sie gar nicht dazu überreden können) – aber sie war gerade noch jung genug, um ihm den Mund wäßrig zu machen; er dachte, er mache ein gutes Geschäft. Aber die Leute sind komisch, Wiley, er mochte sie; irgendwie waren sie wie Kinder, in allem ungeübt, nicht frei und unbeschwert; sie hatten Angst. Auch er hatte einen Akzent, habe ich dir das erzählt, also konnte er über ihren Akzent nicht lachen; aber beide hatten sie nicht das Herz, irgendwohin zu gehen, sagen wir in ein Restaurant für normale Amerikaner; sie fühlten sich an solchen Orten nicht wohl. Die Leute glotzten sie an; er sah wie ein Bauer aus; er hatte einen dicken, häßlichen Nacken, weißt du – manche Leute glauben, sie müßten über andere lachen – deshalb gingen sie meistens zu Kirchenveranstaltungen, wo die Leute nett zu ihnen waren, mehr oder weniger. Das ist zwar nicht besonders schön, aber so war es eben. Sie fuhren über eine Brücke, und da ging das Auto kaputt – mein Gott. Er hatte Höhenangst, und Ann Marie mußte Hilfe holen. So geht das: wir besorgen ihnen das Auto, und es bricht zusammen –

kein Wunder, daß Ann Marie nicht gerade dankbar war, als alles vorbei war. Du hast ja keine Ahnung, wie schüchtern sie war; du hast nie darauf geachtet; du dachtest, sie ist der liebe Gott und hat keine Fehler; aber es war verrückt, wie schüchtern sie war. Ich glaube, nach der Hochzeit verließ sie nie mehr das Haus – ich meine, bis sie reich wurden und eine Reise nach Europa machten. Und wieder zurück. Sie konnte es nicht leiden, wenn jemand sie anglotzte, egal ob Männer oder Frauen; Jungen waren für sie vielleicht am schlimmsten; das war körperlich schlimm für sie. Ich weiß nicht, ob es psychologisch bedingt war oder nicht: aber es war Scham; das war der wahre Grund, warum sie Dienstmädchen war – die Leute sehen einen im Grunde nicht richtig an; sie sehen einen anders an. Wenn du mich fragst, sie hat niemals etwas einfach weggesteckt; sie war eine sehr kluge Frau mit kaum erwähnenswerter Bildung – ein bißchen was Kirchliches und etwas Musik. Sie deutete immer mal an, ich solle mir doch ein Klavier anschaffen, ich mit meinem Kopfweh und ein Klavier im Haus; ein Klavier und ein Hund und Fünflinge, das fehlt mir gerade noch, sagte ich zu ihr.

Weißt du, keiner dachte, daß sie richtig im Kopf ist, sie war einfach so merkwürdig, und das Problem war, daß sie aussah wie nicht recht bei Trost, und das machte sie schüchtern. Ich konnte immer bluffen, ich konnte sie in die Tasche stecken, wenn ich kein Kopfweh hatte; ich konnte sie rechts und links umgarnen; aber das mochte sie nicht; sie wurde mir gegenüber sehr kühl.

Du warst enorm abhängig von ihr, erbrachst immer alles und weiß-Gott-was; aber ich hatte Köpfchen, ich erzählte dir Geschichten, während ich dich fütterte, und du hast überlebt; das Geheimnis an dir war, daß du so neugierig warst; und das kriegte ich heraus. Ich mag vielleicht keine Kinder, aber Augen habe ich im Kopf.

Die Musik des Kindermädchens 311

Sie wollte nicht, daß du erfährst, daß sie mit einem Mann ging, und glaub mir, sie besann sich vielleicht hundertmal anders wegen dem armen Mann, bevor wir zum Ziel kamen; ich wollte, daß sie es dir sagte, damit du Bescheid wußtest; ich wollte, daß du wußtest, wer deine wahren Freunde sind: eine Mutter ist schließlich eine Mutter, und ein Dienstmädchen ein Dienstmädchen. Aber ich sag dir die Wahrheit, als es dann soweit war, hatte ich nicht die Nerven, es dir zu sagen. Und S. L. auch nicht. Und sie auch nicht – also wußte ich, daß du sauer auf sie sein würdest, und vielleicht war das auch am besten so. Also ging alles pst-pst und heimlich, still und leise. S. L. fuhr sie immer in die Stadt, und der Bauer holte sie dort ab, und dir erzählten wir wieder ein neues Ammenmärchen; und dann rief sie an, daß das Auto kaputt sei; sie war in heller Aufregung, ganz außer sich; sie hatte über die Brücke und die Straße entlanggehen müssen, und alle Autos, alle Leute in den Autos, hatten sie angestarrt; du weißt eben nicht, wie das ist für jemand, der halb wahnsinnig ist vor Schüchternheit, eine kräftige Frau wie sie, eine dicke Frau mit starkem Akzent, die nicht angestarrt werden will. Sie ging bis zu einer Tankstelle, weil sie partout nicht irgendwo in ein Privathaus oder einen Laden an der Straße reingehen wollte, zu wildfremden Leuten, und daß die ihren Akzent hörten; und damals dachten wir ja alle, wenn sie nicht rechtzeitig zum Zubettgehen bei dir zurück wäre, würdest du in der Klapsmühle landen. Wäre wahrscheinlich auch passiert. Zwei Jahre sieben Monate, vielleicht total umsonst, alle Welt beobachtete uns und wollte sehen, ob wir dich dem Klapperstorch zurückgeben müßten; es wäre entsetzlich gewesen. Ich kann mit so was wie einem Erwachsenen umgehen, aber Ann Marie war sehr, sehr gehemmt.

Du weißt ja, daß sie gar keinen großen Busen hatte; sie hatte einfach nur schwere Knochen; sie wollte im Grunde nur, daß die Leute gut über sie dachten; sie war so befangen, als wäre sie körperlich ganz anders gebaut, als sie wirklich war, als könnte kein Mensch es lassen, sie irgendwie anzusehen; und vielleicht wäre es so gewesen, wenn sie jemals etwas für sich getan hätte; aber das hat sie nie getan. Sie war eine ganz normale dicke Frau.

Man kann sich von so etwas unterdrücken lassen und gar kein richtiges Leben führen, weißt du – sie war einfach verzweifelt, einfach verzweifelt; und sie hatte keinen Humor; es heißt, Juden hätten keinen Humor; die sollten Ann Marie mal sehen. Ich erinnere mich an keinen einzigen Witz von ihr, nur Sarkasmus; sie hatte keinen Humor; sie glaubte, sie müßte sterben; sie würde in dieser Tankstelle einen Anfall bekommen; du würdest sterben; sie stand da in dieser Tankstelle an irgendeiner finsteren Kreuzung nicht weit von Lillyburg – es war einfach schrecklich –, und um dir die Wahrheit zu sagen, du tigertest durchs Haus, du warst bleich wie der Tod, du warst damals sehr herrschsüchtig, du bildetest dir ein, das Haus gehörte dir, du glaubtest, deine Gesundheit käme an erster Stelle, und du warst drauf und dran, ein Theater zu machen, weil sie nicht da war. Und sie ist auch hysterisch, einfach hysterisch, alle sehen sie an, sie steht da draußen auf der Straße, o Gott, o Gott. Ich mußte alle anrufen; ich besorgte jemand, der sie nach Hause zurückbrachte, und jemand, der ihm mit dem Ford half; auch er war wie ein Fisch auf dem Trockenen mit seinem Akzent, weißt du; und sie sah ein, daß sie sich jetzt von dir lösen mußte oder es nie schaffen würde; und warum sollte sie nicht ihr eigenes Leben führen, sie verdiente es, sie hatte genug für uns getan, sie hatte eine Menge für dich getan, zuviel, du warst verwöhnt, wir brachten dich nicht mehr zur Räson, nachdem sie weg war, du wolltest überhaupt nicht mehr nett zu S. L. sein. Wenn du sie nicht wiederkriegen konn-

Die Musik des Kindermädchens 313

test, kamst du gar nicht auf die Idee, daß auch wir nett zu
dir sein könnten –

Und sie war genauso schlimm – sie fand, ich sei eine
Hexe. Und dabei gab ich mein Leben auf, meine Bequemlichkeit, warf die beste Haushaltshilfe raus, die ich je gehabt hatte, und keiner wußte das zu würdigen – doch, ein
bißchen würdigte sie es wohl, aber sie fühlte sich zu sehr
gedemütigt, zu sehr gedemütigt, und sie war zu gierig; sie
wollte Geld. Du wolltest wissen, ob sie glücklich war, du
wolltest wissen, wie alles passiert war – nun gut, ihr gefiel
mein System nicht, dir nichts zu erzählen, sondern daß sie
es einfach tat, einfach verschwand, daß sie wegging und
nicht wiederkam, aber jedesmal wenn S. L. versuchte, es
dir zu erzählen, gab er es auf, und die Atmosphäre im Haus
war schrecklich. Ich lüge normalerweise nicht viel – ich
erinnere mich ehrlich nicht mehr. Es war damals eine
große Geschichte, aber ich habe in meinem Leben auch
noch andere Dinge erlebt. Natürlich wußtest du, daß etwas
nicht stimmte, deshalb log sie dich an, und dann fühlte sie
sich schrecklich, und schließlich ging sie einfach weg – und
wir sagten es dir. Ich sagte es dir; S. L. hatte Angst davor.
Ich sagte zu dir, du solltest dich am besten gleich damit
abfinden, weil sie niemals zurückkäme, und leiden würde
ohnehin keinem was helfen, und es sei nicht gut für dein
Aussehen. Du kamst eines Tages von einer Autofahrt mit
meinem Bruder Henry zurück – er war so lieb zu dir, er
machte sich Sorgen um dich –, und Ann Marie war fort,
und ich erzählte dir, was geschehen war, und du gingst nur
in dein Zimmer und wolltest nicht mehr rauskommen; das
ging tagelang, aber du kamst darüber weg; ach, du warst ja
so leicht um den Finger zu wickeln. Ich zog mich richtig
schön an, legte Make-up auf und Schmuck an und ging mit
dir nach unten in die Küche, und ich trug auch Parfum,
und du saßest da und schautest mich an, als seist du schon

tot. Ich erzählte dir eine Geschichte, eine Art Märchen von einer Frau wie Ann Marie, die ein Haus wollte und die sich wünschte, daß auch aus ihrem Bauch kleine Jungen wie du herauskämen, und sie wollte einen Bauern, sie zog fort zu einem Bauern, und du sagtest: «Bauer, bind den Pudel an», und da dachte ich mir, wenn du so was Köstliches sagtest, würdest du es überleben.

Sie kam vorbei, natürlich kam sie bei uns vorbei, und da sagte ich zu ihr, daß sie dich nicht sehen sollte, es sei besser so – um einen sauberen Schlußstrich zu ziehen, es abzuschließen –, bis eine Zeit vergangen sei. Sie wurde böse auf mich und behauptete, ich hätte sie reingelegt – kannst du dir das vorstellen? Nach allem was ich für sie getan hatte, und obwohl ich das selbst sage, habe ich wirklich viel für sie getan, das kannst du mir glauben, und ich habe es zu ihrem Besten getan, ich kannte ihre innersten Herzenswünsche, aber das war nicht genug. Sie wollte mehr, sie wollte alles. Sie sagte, ich würde nur über sie lachen und das kriegen, was *ich* wollte. Was glaubte sie denn – daß ich eine Närrin wäre? In diesem Leben ist nichts umsonst, für alles muß man zahlen; und so wollte sie danach nicht mehr mit mir reden und mir keinen Gefallen mehr tun.

Was ich weiß, das weiß ich also nur vom Hörensagen. Ich hörte, daß sie viel Schwarz trug; ich hörte, daß sie besser miteinander zurechtkamen, als man gedacht hatte. Ich hörte, daß sie sehr hilfsbereit sei – zu allen außer mir, denke ich; weißt du, bei Christen kann man so was nie wissen; Geld ist bei denen keine Nebensache; sie erzählte mir, sie hielte nichts vom Wuchern, aber ich nehme an, ihre Abneigung starb eines natürlichen Todes, als sie sich selbst darin versuchen konnte – ich hörte, sie und ihr Ehemann verliehen Geld; sie waren Geldleiher, und sie fingen komische Geschäfte an, obwohl ich sagen muß, daß sie in dieser kleinen Stadt, diesem Lillyburg, einen guten Ruf hatte – dann war sie wohl doch nicht zu raffgierig.

Aber wer weiß, wer weiß schon irgendwas? Wer weiß schon, wie es wirklich für eine wie sie war? Ich sag dir eins: ich hoffe, sie hatte Glück; sie war eine gute Frau, und sie hatte verdient, es sich gutgehen zu lassen, aber ich glaube, so jemand weiß gar nicht, wie man das anstellt. Sie wußte nicht viel, und viel von dem, was sie wußte, stammte von mir. Ich wette, sie zog sich auch so an wie ich ...

Ach, ich will nicht zynisch daherreden; du willst ja ein glückliches Ende hören, also erzähle ich dir eins: Zum letztenmal habe ich sie ein halbes Jahr nach der Hochzeit gesehen; sie kam, um nach dir zu fragen. Ich wollte sie nicht zu dir lassen, und sie war traurig; sie sah glücklich aus, als sie ankam, aber dann war sie traurig, sie war böse mit mir, sie sagte unfreundliche Dinge. Sie hat immer hart gearbeitet und hart geurteilt – ich werde dir die Wahrheit sagen: Sie war glücklich, wenn sie mir etwas Hartes auf den Kopf zusagen konnte ... Ist das kein glückliches Ende? Sie fand, daß du großartig seist, aber du seist anstrengender als x-beliebige sechs andere Kinder im ganzen Land. Sie trug mir auf, dir zu sagen, daß sie dich gern hatte und dich vermißte – ich glaube, ich habe dir das damals erzählt, aber du wolltest nicht zuhören, und das was ich dir von ihr sagen sollte, war ohnehin zu sentimental, als daß ich es hätte wiederholen können. Aber wirklich, Wiley, sie mochte dich wirklich gern, dafür lege ich meine Hand ins Feuer, sie hat Tag und Nacht über dich gewacht – zu schade, daß es so schädlich war. Ich verstehe überhaupt nicht, wie es kommt, daß nie etwas richtig glatt gehen kann, aber nie geht etwas richtig glatt; bist du schon alt genug, um das zu wissen?

Ann Marie machte immer ein moralisches Gebot daraus, daß ich ihr glaubte, ob sie nun log oder nicht. Ich sollte ihr vertrauen, ihren Absichten trauen, ihrer Liebe und meinem Glück und Gottes Vorhaben mit der Welt, und ihr weder die Schuld für etwas geben noch sie anzweifeln. Ich kann mich nicht daran erinnern, daß ich das je getan hätte, allerdings war sie in der realen Welt, was das angeht, immer nett zu mir.

Wenn sie sprach, waren Ann Maries Sätze kurz, höflich unerstaunt, oft gebieterisch. Sie war es gewissermaßen Gott schuldig, so zu reden. Das erschwerte das Verständnis, wie sie es wirklich meinte, denn wenn sie müde war und ich wußte, daß es so war, hörte ich sie immer noch zu Leuten sagen, sie sei nicht müde. Ich nahm an, es wurde von mir erwartet, daß ich ihr zustimmte und sie ganz wörtlich nahm und ihr vertraute, egal was sie sagte.

Ann Marie sagte oft, daß sie fröhlich sei: «Ich bin *good* – ich bin immer *good* – hahaha.»

Aber manchmal war sie ärgerlich, manchmal gedrückter Stimmung. Sie litt unter merkwürdig starken Anfällen von Apathie, die sie in einen düsteren Gemütszustand geraten zu lassen schienen, in eine berserkerhafte, sehr willensbestimmte Melancholie, die vor Ärger und vielleicht vor einem tiefen körperlichen Schmerz bebte oder von einer Funktionsstörung ausgelöst werden mochte, die sie allerdings nicht an der Arbeit hinderte; wenn sie so war, schien das Haus düster zu zittern, bis es ihr besser ging. Sie warf vielleicht den Kopf zurück oder vollführte sonst eine Version einer flehentlichen Gebärde, aber ihre Version war immer grotesk, *wie ein Zirkuselefant* (Mamas gemeiner Satz) *oder wie ein Zirkuspferd: kannst dir aussuchen*, und sie sagte, es gehe ihr gut, ihr fehle nichts.

Ich erinnere mich, wie ich staunend auf die jedesmal beträchtlichen Unterschiede in ihren Aussagen hörte, sogar wenn die Silben und die äußeren Umstände einander ähnelten. *Good* klang mehr oder weniger nach gut, und sie

Die Musik des Kindermädchens 317

konnte sehr traurig oder sehr ärgerlich oder in einer wirklich guten Stimmung ohne Ironie oder in guter Stimmung, aber sarkastisch und zurückhaltend sein, wenn sie es sagte. Das Wort *good*, dieses Wort wurde dargeboten, als habe es einen feststehenden sozialen Rang, als *mache es ihr Ehre* — der Ausdruck stammt von Mama.

Sie achtete darauf, was Frauen anhatten, aber nicht scharf oder genau — und laut Mama hörte Ann Marie Frauen überhaupt nicht zu, und das sei ein Fehler «für eine in ihrer Position: die Männer werden ihr ja wohl nichts beibringen, oder?»

Manchmal war Ann Marie *sensibel für das, was vor sich ging* (Mamas Ausdruck), mit einer Energie und einer Überzeugung, die mich jetzt noch schaudern läßt. «Im Grunde hast du dich nur für sie anständig benommen, für sonst keinen.» Das sagte S. L.

Die Vorstellung, sie zu lieben, war warm und aufgehäuft wie Blätter oder schmutzige Wäsche unten an der Waschrinne.

Ich sitze im Wirbel der Ruhe und Beständigkeit von Ann Maries Herzensgüte und ihres Anspruchs, richtig zu urteilen. Ich sehe zu, wie sie einen Löffel mit Quark und Apfelmus hebt, den einzigen beiden Nahrungsmitteln, die ich ertragen kann; und ich schwebe — in meiner Furcht vor der Übelkeit und zugleich in meinem Vertrauen zu ihr. Wir haben da unser Drama von Vertrauen und Verdauen oder Mißtrauen und nervöser Anorexie. Mißerfolg verdammt mich oder verdammt vielleicht uns beide — beide, wenn wir einander ernsthaft zugetan sind.

Ich schaue Ann Marie an. Ich erwäge, das Apfelmus zu schlucken. Ich bin am Leben und zittere; und Spasmen von Übelkeit stürmen auf mich ein, jeder Geruch und jeder Anblick von Eßbarem, wirklich jeder, zwingt mich in Richtung Krankheit. Ich schwanke jetzt an einer Grenzlinie zwischen Kranksein und der Anstrengung, gerade eben nicht krank zu sein. Krämpfe, das innere Sichwinden meines schmerzgequälten Ichs, schieben mein Bewußtsein zur Öffnung der Krankheitsgrube hin, während ich mich an Ann Maries Anblick festkralle. Ich werde krank werden, wenn ich esse, so sicher wie der Boden mein Gewicht tragen wird, solange ich darauf stehe, aber ich vertraue ihr, daß es sein muß. Es findet in der realen Welt statt, dieses Drama meiner Übelkeit und ihres Stolzes.

Sie weiß, was los ist – mehr oder weniger. Sie weiß, daß mein Leben von ihr abhängt, von ihrem Wissen um Dinge. Ich muß glauben: an die reale Substanz nicht nur ihres Wohlwollens mir gegenüber, sondern auch ihrer Fähigkeit zu sehen, was ich nicht sehen kann, nämlich Gegebenheiten des Lebens, die es rechtfertigen, daß ich das erleide, diesen Verlust der Kontrolle, wenn ich schlucke – Gegebenheiten, die es gerechtfertigt und auch *zumutbar* erscheinen lassen, unter diesen Umständen zu leben; sie überwacht die Chance oder die vage Hoffnung auf einen Sinn unter diesen Umständen – Pech, Krankheit, all das. Sie ist sich ihrer Absichten sicherer als Mama.

Ich beginne, das zähflüssige, selbstgemachte Apfelmus zu schlucken, es ist mit Zimt bestreut; meine Augen quellen hervor, und es scheint mir durchaus vorstellbar, daß ich sterben muß. Sie wendet angestrengt – vibrierend – den Blick ab, sie tut es gezielt, um meiner Würde willen; sie hat es nicht gern, daß man sie ansieht, niemals, auch wenn nicht sie sich erbrechen muß. Sobald ich sie, wenn mir nicht übel ist, richtig anschaue, werde ich schon vom Anblick trunken. Sagen wir, sie sitzt auf meinem Bett, dann muß ich zappeln und mich verdrehen, wenn ich hinschaue; und später, als ich stärker war, bin ich tatsächlich auf und nieder gehopst und habe nach ihrem Haar gegrapscht und es zerwühlt und mich auf sie geworfen, an ihren Hals oder

Die Musik des Kindermädchens 319

die Schultern oder sogar in ihren Schoß, wo ich dann zappelte und mich hineinwühlte und Gesichter zog, als sei ich blind geboren und würde nach etwas graben. Ich konnte laut sein – ich konnte «wild» sein, *«waaa hi eld(t) Waah iii liii»*; oft litt ich, einfach weil ihr Anblick mich entbrennen ließ, faßweise Gefühle in mir entflammte und sie dann in Feuermustern, in geschmolzenen Gezeiten zum Überlaufen brachte, und dann ließ auch ich sie leiden; ich brachte sie dazu, mit mir zu leiden – wir beide hatten Dutzende von Wegen, die Einsamkeit mehr als zu bannen, sie in einen papierenen Ring aus Zeit und Faulheit und Entfernung zu verwandeln; und dann sprangen wir hindurch, wir rissen ihn entzwei, wir brachen durch den Reifen, wir boxten und starrten und machten herum und dienten einander, bis wir zusammen in einem Papierzimmer aus albernem Kindischsein und Hätschelei, Kameradschaft und Kollaboration waren. Sie schien an alle meine Aufschreie zu glauben, von denen einige so leise waren, daß manche Leute sie nie wahrnahmen. Sie glaubte, daß das kranke Kind kein Lügner sei, daß es gar nicht so krank sei, daß es nicht immer krank sein würde, daß es *die Zeit und die Mühe und das Zerren an ihren Nerven* lohne (das sagte Lila: *Wo ich einfach explodieren würde, du hast mich zum Wahnsinn getrieben, ich dachte, du wolltest krank sein, soweit ich das beurteilen konnte, wolltest du nur Aufmerksamkeit, und es war dir egal, was mit dem geschah, der sich um dich kümmerte, na, ich jedenfalls gehöre nicht zu der Sorte Dummerchen, glaub mir*). In meiner Gegenwart war sie selten düster; sie war fröhlich und unnachgiebig und stark; und da das Vertrauen von Kindern sklavisch ist, hatte sie mehr Macht über mich, als eine Kaiserin gehabt hätte: das sagte S. L.; und es war die Macht über Leben und Tod.

Auf beiden Seiten war die Nachsicht zwischen mir und Ann Marie im Grunde ziemlich grenzenlos – oft: nicht immer – manchmal war Ann Marie zu leidenschaftlich, und manchmal war sie zu kalt, aber nie zuckte sie auch nur mit der Wimper oder fuhr zurück, so wie Lila – oder auch S. L. Lila zuckte vor den Gerüchen und vor dem Schmerz zurück, und S. L. konnte sich zwar dazu überwinden, die Gerüche zu ertragen, aber nie den Schmerz. *Er taugte nichts, wenn jemand litt; wenn du nicht fröhlicher geworden wärst, hätten wir dich nicht im Haus behalten können.*

Der Krampf der Krankheit, der Übelkeit und des Würgens, ich werfe mich darauf wie auf den Sand in einer Sandkiste oder Grube oder am Strand, und ich umarme ihn, um ihn zur Ruhe zu bringen; das tue ich aus Liebe, die Krämpfe werden ein entschlossener Liebeskrampf, der Krankheitskrämpfe umschließt – es ist ganz ähnlich wie die Ejakulation später (wenn ich älter bin), ob wach oder in Träumen, und so werde ich von jetzt an Schmerz erfahren.

Wir sind wie Mannschaftskameraden, Gemeindemitglieder oder Kommunikanten – und zugleich auch nicht: Wir sind wie Liebende oder Bruder und Schwester – wir haben hier eine Gefühlsgemeinschaft, etwas buchstäblich Warmes.

Sie weiß viel; sie sieht – sogar mit abgewendeten Augen –, wie ein Liebeskrampf oben auf der Übelkeit in mir reitet; sie sieht, wie ich gegen den bulligen Gestank der Übelkeit ankämpfe – und dann, ah, äh, ähm, brach die *Hölle* los, weil ich verlor; die Übelkeit siegte; sie brach aus; sie behauptete sich und trat in die Welt – und ich werde gemartert, gequält. Aber mit Ausnahme des ersten Tages, der ersten Wochen, nicht aus freien Stücken: Ich kämpfe, ich bekämpfe die Übelkeit; ich kämpfe und kämpfe – in Ann Maries Namen natürlich – und dann ging sie nicht mehr so weit, die Übelkeit; es gelang mir, eine Menge hinunterzuschlucken, etwas Essen bei mir zu behalten – ich kann das Krankheitsgefühl oder die Nervosität in meinem

Die Musik des Kindermädchens

Körper auslaugen, in ihrem Namen; indem ich ihren Willen benutze, manchmal, manchmal auch ihren Kampfeswillen; ich habe es geschafft. Ich saß da, zitternd und bleich, fühlte mich kränker als während des schlimmsten Teils des Krampfes, weil ich mich bewußter fühlte als am schlimmsten Punkt des Krampfes. Ich möchte sterben, nur will ich es zugleich auch Ann Marie recht machen.

Nach einer Weile war ich mir ihrer Liebe sicher, und auch der meinen. Und wie ich sie anlächle, aus dem Aufruhr des Nahezu-Krankseins heraus, verschwitzt und liebevoll in meinem wütenden, fiebrigen Heldentum und dem Wunsch, es ihr recht zu machen! Das Kind sitzt da und sieht sie so an.

Jetzt beginne ich sie zu necken, was unklug ist; ich wende das Gesicht ab und verstecke den Kopf unter dem Arm, der Hand: *Ich mag keinen Bissen mehr, bitte; füttere mich nicht; laß mich verhungern, oh, oh, oh.*

Dies ist echt.

Damit meine ich, es ist *kein Spiel* – Spiel bedeutet, ich werde nicht über einen wirklich verhängnisvollen Punkt hinaus verlieren – aber dann wird es ein Spiel – das heißt, ich glaube im Augenblick nicht an die Niederlage als etwas Ernstes: ich habe den ganzen Vormittag in der Wildnis gelebt, und ich bin noch am Leben – und ich werfe ihr einen kurzen Blick zu, nicht wild, aber mit einem wilden Psalmodieren der Augen: *ich weiß, was Liebe ist.*

Das alte Dickerchen dort, es weiß selbst viel. «Liebchen – essen – mein *good knight* –» *Knight* – Ritter – *Cavalier* – Galahad – Don Quixote – Don Juan – suchet, strebet, werbet (ein Witz). Die gurrende Frau, die Sirene, diese gute Frau lenkt mich jetzt, sie verlangt Mut und sie verlangt, daß ich zugleich still bin, mein Heldentum ist beschlossene Sache: das ist ein Trick von ihr – ein Bluff – ein Trick – zum Teil...

Im Zustand achtungsvoller Liebe lasse ich mich gern an der Nase herum und auch sonst führen, ich vertraue darauf, daß sie mein Geschick lenkt, meine Wünsche steuert; es war Liebe, es war Vertrauen; ich werde später noch entkommen – und außerdem: das, worum sie mich bittet, mich zu beruhigen und noch einen Bissen zu nehmen, das folgt zu schnell auf den ersten Bissen; sie hat noch nicht gelernt, mir mehrere Minuten zwischen den einzelnen Bissen zuzugestehen. Lila sagte: «Dich auch nur ein einziges Mal zu füttern hat mich ein Jahr meines Lebens gekostet. Ann Marie war eine Heilige, eine Heilige, sie war schlau wie ein Fuchs, und bei dir hatte sie den Scharfsinn einer Schlange und die Geduld einer Heiligen –» Sie muß noch lernen zu singen und Geschichten zu erzählen, während die Zeit meinem aufgewühlten und unglücklichen Organismus eine Art Anästhesie beruhigender Sekunden verabreicht. Ich würge und winde mich halb von meinem Stuhl beim bloßen Anblick des Löffels mit Essen, den sie schwenkt – und Tränen spritzen mir aus den Augen, und meine Hand wedelt ungezielt in der Luft, als ich jetzt erbreche – aber nicht kapitulierend, nicht schwach – ich kämpfe dagegen, wie sie es verlangt; sie sagt: *«No, non, stoooop itt* – Kleiner – nein, nein...»

Ich ringe, ich verausgabe mich, mit der Kehle – mit den Lippen – mit den Augenlidern und den Händen – o gräßliches Ersticken – o Schwärze und Leere – und all das.

«*Ei will* dich abwischen – jetzt, du, ich will, daß du ißt – *iiiit* – Ritter, Liebchen – *ei wahantt juhuu beck in de pihinnkkk* –» (*back in the pink* – in Hochform: S. L.s Wortwahl).

Sie beugt sich herüber, und sie streichelt mir Haar und Ohren, während ich auf dünnen Beinen in den Kampf haste und ringe. Ihre Berührung bekümmert mich, erregt mich. Sie sieht es, sie ist sehr klug. Sie hört auf, sie verfällt

Die Musik des Kindermädchens   323

in wachsame Stase – wie die Statue einer Göttin oder der
heiligen Jungfrau, die in ihrer Wolke gleichsam impliziter
Gnade *wartet*. Sie setzt sich hin, lehnt sich zurück und sieht
mich nicht an – sie schafft eine Atmosphäre der Stille, der
Ruhe – Liebe und Gnade: kein Witz.

Ihre Arme sind wie Kissen, die in Licht, in Hitze getaucht
sind, blasse Sonnenblumen greller Schlaglichter – meine
Augen schwirren sie an, ihre Arme, ihr Gesicht – ihr Gesicht ist eine riesige und dicke blasse Sonnenblume. Ann
Maries Zuneigung-zu-mir läßt sie aufblühen und lächeln,
vielleicht traurig (besonders wenn meine Mutter oder mein
Vater als diejenigen, die das Geld anschaffen, da sind und
das Vorrecht beanspruchen: das Vorrecht über ihr Denken
und ihren Willen und ihre Herrschaft und ihr Wissen um
Dinge). Sie ist oft *melancholisch* und in sich gekehrt – sie ist
oft indirekt – diese Indirektheit nimmt in ihrer Seele die
Stelle des Sanftseins ein, das sie nicht kennt; sie ist kämpferisch.

Dicke haben es schwer mit der Liebe, hat Mama gesagt; *sie
läßt einfach das Kind nicht in Ruhe, sie läßt nicht nach; ich
werde Freunde für sie finden müssen, sonst ist Wiley am Ende
mehr tot als lebendig, mehr Chorknabe als Huckleberry Finn
und christlicher als der Papst, haha, wir werden den guten
Willen für die Tat nehmen, ist dir das begreiflich?* Mama
schwingt sich zu ihrer lokalen, johlenden, kleinstädtisch
mittelwestlichen, britisch orientierten Vornehmtuerei auf.
*Also, ist ja nur so ein Ausdruck; ich weiß schon, wie man
spricht.* Mama wetteifert mit jedermann. Ann Marie tat das
auch.

Mir wurde nie klar, daß das nicht ernst gemeint war;
beide mußten immer an allererster Stelle kommen, sonst
wichen sie mir aus. Ann Marie hält mir einen weiteren Löffel voll giftigem Apfelmus hin. Sie hat ein wenig Schmelz-
käse und einen trockenen Zwieback geholt, den sie auf ei-

nem Teller mit etwas Honig zerbröckelt hat, und sie hat auch ein wenig Quark geholt, aber meine Reaktionen waren auf all das gleich heftig, und dabei bemühte ich mich wirklich – hehr und edel, hehr und edel –, sie im Zaum zu halten. Das Apfelmus, dieses giftige Zeug, ist die am ehesten vorstellbare Nahrung. Ann Marie muß aufschreiben, wieviel ich esse, und wenn ich nicht genug esse, werde ich ins Krankenhaus nach St. Louis gebracht, zur Sedation und künstlichen Ernährung.

Sie brummelt in einer gewissen Verkäuferinnenart etwas davon, wie recht sie als Orakel und als Kindermädchen hat, wie recht sie hat mit ihrer Vorstellung davon, wie man mich umhegen müßte; ich bin ein *good child* – sie hat recht, ich muß ihr vertrauen, sie ist wie Gott, der in *the Bible* Rechenschaft über sich ablegt – der *hero*-Ritter muß hungrig sein, ich soll essen. Sie stellt mir und meinem Unterfangen ein gutes Zeugnis aus: das Zeugnis war: «Unt err hadttt nichTTT ain-gennäßßßT-ä-» Sauberkeitsdisziplin zeichnet den Helden aus.

Ich glaube ihr, im großen und ganzen. Manchmal mit einer Ungeteiltheit, die beides ist, Ekstase und eine Quelle nervöser Panik. Ich werde von einem Übelkeitskrampf und von einem willentlich auferlegten, regelrecht aus mir herausgelockten Liebeskrampf gebeutelt und von einem Krampf des Wissens um die Welt – das heißt darum, wie man für mich sorgt und wie ihr das zugute kommen wird. Ich bewege mich und hebe meine Hände zu ihrer Hand und bewege den Löffel langsam auf mich zu. Ich schaue sie an. Ihre Augen werden sehr groß. Ich habe ihr noch nie eine Anweisung gegeben, außer durch schwache oder unbestimmte Schreie oder durch Gezappel von unklarer Bedeutung; aber dies hier ist bewußt und kontrolliert; es ist, als spräche ich mit ihr.

Sie begann gemurmelte Bemerkungen über mein We-

Die Musik des Kindermädchens

sen zu machen. Ich bin eine Blume, ein Soldat, ein *good soldier*, ein tapferes *Kind,* das *best(e) chaaild in de wörld*; und noch einmal, um sicherzugehen, daß ich verstehe, sagt sie, ich sei *trocken, deine Hosen sind sauber wie Seife.* Aber das sagt sie nicht aufgeregt oder schnell; sie ist so eine meisterhafte Meisterin an Feingefühl, daß es mich in der Seele berührt – sie spricht langsam, als sei sie so wählerisch mit Worten wie ich mit dem Essen. Jetzt löffelt sie mir Apfelmus in den Mund, mit waghalsigem Geschick und erstaunlicher Anmut – es ist nicht vollkommen, aber es reicht. Im Augenblick.

Im Augenblick versteht sie meinen Zustand – die Neuheit der Welt für mich, für jemanden, der jeglicher Vertrautheit ledig ist. Sie ist wie eine Mutter zu mir; sie ist jetzt meine Mutter, in diesem Augenblick. Sie sieht, sie weiß – für eine Weile – «Yuhuu bist *like* (ah) de *heart*-Herz kat frammm(ien), fromm, fahromm de Brust – de *breast* – Wahheilllliiii–»

Ich habe keinen richtigen Namen, ich bin das liebste Kind auf der Welt – der schlechteste Esser, heijeh, heijeh (sie hat ein komisches Lachen – sie hat noch nie einen so schrecklichen Esser, so einen schrecklich guten Esser, so einen *angel*-Engel gesehen).

Ann Marie sagte oft, ich sei der normalste Mensch im ganzen Haus; sie sagt es auch jetzt, sanft, während sie den Löffel hält, den Blick abwendet und meine Liebe und meinen Glauben an sie und an das, was sie sagt und will, prüft. Ich blinzle sie an und schiebe ihre Hand weg, und dann schlucke ich das, was ich im Mund habe. Diesmal ist es leichter, ihr Anweisungen zu geben; Wille und Zuneigung müssen ein eigenes Tempo vorlegen, müssen eingeübt sein, dann rasen sie dahin.

Es funktioniert, ich esse.

In ihrer räuspernden Art (sie war zwei Stunden allein

gewesen) hörte sie sich an, als schluchzte sie kehlig: das bedeutet, daß sie singen wird.

Ann Maries einziges alltäglich gemachtes Zugeständnis an die großen Gefühle ist ein stimmliches: sie hat *Eine Gute Stimme, wirklich vollkommen.* Zum Teil bedeutet das, daß man in ihrer Nähe auf die eigene Stimme achten muß, weil Ann Marie bei mißtönenden Lauten zusammenfährt und -zuckt wie bei unchristlichen Regungen. Sie sieht sich gezwungen, mit anderen darüber zu streiten. Und über andere Fragen ästhetischer Wertschätzung – *wenn die keine Primadonna ist, dann kenne ich keine,* sagt S. L. – und Lila auch.

Sie steht auf und geht zur Spüle. Summt so vor sich hin – es klingt ein bißchen wie ein Knurren. Sie geht mit verschiedenen rhythmischen Bewegungsansätzen von Hüfte, Rumpf und Rücken, hochaufgerichtet, irgendwie traurig, glücklich, wie ein kleines Mädchen. Jetzt drückt sie sich an die Spüle; dann ist etwas Großspuriges in der Bewegung ihrer Arme – sie singt ein Lied vor sich hin, im Kopf, während sie den Löffel abspült, um mein, äh, Bäh-bäh davon abzubekommen, das kleine bißchen, das mir gerade hochgekommen ist, Bröckchen von Halberbrochenem.

Sie kommt zurück, sie lächelt vor sich hin, sie schürzt die Lippen, sie sieht mich nicht an. Sie füllt den Löffel mit Apfelmus und neigt den Kopf und winkelt ihn zur Seite ab – sie singt noch immer innerlich, und sie ist traurig wie ein Sänger, der nicht in Übung ist, ein zugrunde gerichteter Sänger. Das sind die Nerven, und es ist Selbstmitleid, es hat etwas Künstlerisches.

Sie beginnt laut zu singen, schaut mich dabei über ihre Wangen hinweg an, während sie den Kopf neigt, sie fängt superpianissimo an, und ihre Augen werden glasig. Sie bemitleidet sich sehr, aber Selbstbewußtsein ist ganz dicht unter der Oberfläche; ihr Selbstwertgefühl behagt mir; ich

Die Musik des Kindermädchens 327

muß manchmal vor Vergnügen laut auflachen, ihre Selbstgefälligkeit erfrischt mich wie Wasser, wenn ich durstig
bin.

Sie erprobt ihre Macht-und-Kraft und ihr Stimmgefühl
mit einigen lauteren Tönen nach einem kleinen bißchen
pianissimo, fährt dann mit einigen Tönen mezza voce fort,
während ich zulasse, daß sie mir den Löffel mit Apfelmus
in den Mund manövriert. Ich werde von einem Muskel-
krampf ein Stück weit in die Luft geschleudert, und sie
setzt zu einem rasend ansteigenden Ton an und stößt ihn
förmlich heraus. Zucken und Agonie.

Sie hält meinen Arm fest, sie drückt mich kräftig hinunter auf meinen Stuhl und teilweise gegen ihre kleine, aber
kopfkissenartige Brust – sie lehnt sich zur Seite dafür, sie
setzt selten den Körper anders als auf eine sehr zarte, langsame, tastend-feinfühlige Weise ein, die ich als keusch,
aber als durchschlagend überzeugend empfinde – wir berühren einander normalerweise vorsichtig. Von den Nach-
wirkungen des Krampfes gepeinigt, werde ich von ihrem
Fleisch erstickt. Von ihrer Titte. Ann Marie ist freundlich,
bestimmt, undramatisch und mit sich selbst beschäftigt; sie
schwingt sich auf die hohen Töne der langsam dahinströmenden Melodie wie in eine Art Sattel. Die Melodie ermutigt sie, sich plötzlich um Ausdrucksstärke zu bemühen;
aber es ist zu früh, ihre Stimme ist noch nicht richtig da.

Mir laufen Tränen übers Gesicht von den Brechkrämp-
fen, und im Mund habe ich den Geschmack von Galle, und
der Löffel mit Apfelmus darauf schwankt näher. Ich spüre
Übelkeit in mir, aber flach, wie ein verschlammter Teich
mit einem Übelkeit erregenden Grund und vielen nach einem greifenden Schlingpflanzen. Ich zittere in dem Lärm.
Die Töne und die anderen Begleitumstände des Augenblicks rühren mich, aber die Töne ziehen mich magisch
nicht in Strudel, sondern fort von ihnen – «man sollte sie

Sprudel nennen», sagte S. L., wann immer er konnte, wann immer das Wort vorkam – gewöhnlich im Radio, vielleicht nur dort. Zuhören tut mir gut. Unsere Ungestörtheit, ihr Eifer, beides rüttelt meinen Unterleib auf. Wenn Mama mir etwas falsch vorsummt, eine Melodie mit Fehlern darin, *Blow blow western wind* vermischt mit *Greensleeves*, sagt sie: *Verrate keinem, daß ich singe, verrate keinem, daß ich dir vorsinge; alle werden uns und dich auslachen. Die Leute wissen, daß ich nicht singen kann, also hüte dich davor herumzuerzählen, dir gefiele so gut an mir, daß ich dir mit süßer Stimme hübsche Lieder vorsinge.* Es stört sie, daß sie keine Expertin ist. Ann Marie setzt zu einem schrillen Crescendo an. Ein Crescendo ist eine hochkant gestellte Stille. Ein Aufschrei, aber viel, viel, viel bewußter.

Konzentriert. Sie biegt den Ton zurecht, bis er mehr Musik ist als Hysterie. Ann Marie hat eine hohe Altstimme. Ich rieche den Zimt auf dem Apfelmus, ich rieche ihn durch den Regen von Lauten. Sie ist jetzt an dem Punkt, wo sie richtig singen wird, es versuchen wird. Diese Musik dient dazu, mich und meine heutigen Heldentaten zu verherrlichen. Sie ist für mich, aber sie ist auch für Gott und die Welt, die ihrer Ansicht nach Gottes ist; und viel davon, wirklich viel davon, ist natürlich für sie selbst.

Sie singt. Ich krümme mich und blinzle. Ich habe Kopfweh, und auf meiner Kehrseite, meinem Rumpf und meinen Armen und Beinen sind blaue Flecken; und mein Mund, mein Hals und mein Magen sind wund und ein wenig faulig. Aber in Ann Maries Musik geht es darum, wie einer traurig war und dann einen Triumph gefeiert hat, einen Triumph in der Welt der Wirklichkeit, glaube ich; ich glaube, daß das Lied sich auf Gewesenes bezieht. Es geschieht nicht jetzt, in dem Lied. Die traurigen Teile mag ich nicht; ich mag nur die sanften, glücklichen Teile; die Triumphpassagen sind zu hoch und laut; bei denen

Die Musik des Kindermädchens

möchte ich schreien und heulen wie sie. Wenn ich es täte, wäre ich ein begleitendes und erzürnend unbeholfenes Echo...

Sie hat mich am Rande ihres Blickfelds im Auge: sie ist sich meiner stets bewußt; sie ist indirekt oder ein wenig abwesend, aber sie geht nie völlig fort wie Mama. Sie weiß, daß ich Wiegenlieder lieber habe als Arien und Choräle, aber sie ignoriert das oft, weil es sie traurig macht – vielleicht langweilt es sie. Jedenfalls kann ich, in Zuständen unergründlichster Nervosität, manchmal sogar in tiefer Panik, in gerechtfertigter Panik, meine Würde wiederfinden, wenn ich in Musik Anzeichen davon entdecke, daß sie gut gemeint ist.

Jetzt ist das so. Es ist, als ob Ann M.s dicke Arme nun zum Teil eine Behausung aus Tönen wären, während ihre Aufwärmmusik – der erste Choral – in Vorhöfen vorweggenommener Verträumtheit oder Nervosität in mir herumpoltert. Ein Schub angespannter Energie in ihrer Stimme läßt mich auf meinem Stuhl zur Seite fahren, aber sie drückt mich nach unten, sie hält mich auf dem Stuhl fest, während sie mir den Löffel Apfelmus zuführt; und sie erwägt innezuhalten, um etwas zu sagen, aber dann schüttelt sie den Kopf; ihre Augen sind merkwürdig nach oben verdreht; sie streift mich nur mit ihren Blicken von dort oben; und sie singt, es ist nur eine Art Singen, sie singt weiter; und ich nehme ein winziges, wirklich winziges bißchen von dem Apfelmus zu mir; und mich schaudert, und mir wird nur ein ganz kleines bißchen übel.

Ich stehe unter ihrem Schutz, und ich höre von dem Gott, der sie schützt; ich bin ein Held, kein böses Kind, oder zumindest kein störrisches Kind – etwas dergleichen meint sie mit der Art und Weise, auf die sie mich ansieht. Ich bin mit Erbrochenem bekleckert und triefäugig, und salzige Tränen – zum Teil von den Schweißausbrüchen der Übelkeit – brennen mir in den Augen und treiben mir Regenbogen auf die Wimpern.

Ich erinnere mich daran, wie ihre Arme sich anfühlten, erinnere mich an die runden Verheißungen des In-ihnen-Seins. In diesem Augenblick belehrt mich diese Frau über die ein wenig zähe Zärtlichkeit, die in *Tönen* steckt, über das, was schließlich und endlich erregte und erhabene Sprache ist, ein wenig grotesk und vielleicht unnötig; aber nötig für mich. Ihre Nähe, die Bedrängnis durch die Gerüche und die perspektivlose Realität ihrer verschwommenen, üppigen Gestalt dicht bei meinen Augen blenden vorübergehend den ziemlich gedämpften Gesang aus. Sie füttert mich wieder mit Apfelmus; angestrengt, vorsichtig nehme ich ein wahrhaft winziges bißchen zu mir – aber sie lächelt, als sei es eine reichliche Portion. Ich verharre einen Augenblick lang unbeweglich, behalte nur das Essen im Mund, sondiere das Terrain – man hat mir gesagt, Ann Marie sei nicht hübsch, aber natürlich ist sie unglaublich schön – so schön wie ihre Stimme. Ich durchwandere verschiedene Stadien der Aufmerksamkeit, als sie jetzt lauter singt – ich tue es, um alle Krämpfe zu überspielen, die auf das Schlucken folgen. Sie drängt mich zu etwas Dramatischem: Los, weiter, *Quatschkopf* – das sind nicht ihre Worte, das ist ihre Stimmung, sie hat sie von Lila. Ihre Stimme, ihre Seele wogen hoch und sind in Bewegung, eine neue Spezies von Gemse zwischen Kreischgipfeln und Brusttönen. Und sie ist auf ihrem Stuhl von mir weggerückt, und sie gestikuliert mit dem Löffel in der Luft – dicke Frau auf grünem Küchenstuhl bei Kunstlicht am Mittag.

Kleine Kleckse Apfelmus fliegen vom Löffel. Der Choral, seine Pausen, seine Dunkelheit, er fliegt aus ihrem Mund – das Singen verformt ihren Hals, ihre Lippen. Hier ist ihre Zunge, merkwürdig und ekelhaft in ihrem geöffne-

Die Musik des Kindermädchens 331

ten Mund in ekelhaften, schnellen Zuckungen – gesehen aus dem zufälligen Blickwinkel von mir, der ich hier sitze, während sie melodisch dahinding-dingt und daherbah-dumt. Die weiche, verschwommene Bewegung ihrer Wange ist irrsinnig wirklich und beständig in ihrem Zittern, in ihren wirklichen, resonanten Geräuschmustern. Sie singt behutsam – sie würde mir nie ins Ohr schreien; sie ist auf vielerlei Weise beständig. Sie ist beständig, dort draußen in der ungewissen Welt mit ihren ziellosen Richtungswechseln. Das ist wirklich.

«‹DUHUUUU GOHOOOTTT – bla bla – Teufel schlimm›» oder so ähnlich. Vielleicht ein Choral aus der alten Heimat, könnte sein.

S. L. sagt, sie sei «ein Satan, wenn es ums Gutsein geht». Er sagt, sie sei «eine Strafe».

Sie bringt mir bei, *gut (that's right)*, nicht *böse* zu sein; das Bösesein hat Kategorien, die bei Klogeschichten und Ungezogensein anfangen und dann bis hinauf zu Hochmut und Ungnade und anderen Manifestationen des Stolzes guten Menschen gegenüber gehen; und danach kam DAS SCHRECKLICHE, DAS ICH-KANN-NICHT-EINMAL-DARÜBER-REDEN (mit starkem Akzent: und ich meine das nicht als Witz; ich meine damit, daß es eine Anstrengung für sie bedeutete, über alles, was nicht einfach oder ein Klischee war, zu reden). Und jenseits davon lagen Verrat und all jene Torheiten, die für sie dasselbe wie Verrat sind. Und so weiter.

Lila sagt: «Viele Frauen denken nicht einmal darüber nach, was gut und böse ist, aber darin gleichen Ann Marie und ich uns, darin sind wir wie ein Herz und eine Seele.»

Spiritueller Respekt bedingt Dienen und Reinlichkeit; Ann Marie und ich bilden eine Gemeinschaft «gewöhnlicher» Rechtschaffener. Das gefällt mir außerordentlich. Und ich glaube daran und daran, daß es gut ist.

Mama wird uns trennen mit der Begründung: «Jetzt oder nie; sie werden nie voneinander lassen, wenn ich nicht bald etwas unternehme. Ich will doch nicht, daß er ein kleiner *goy* wird – wenn er überhaupt am Leben bleibt: Er sieht kräftig aus, aber man weiß ja nie – und für sie ist es auch nicht gut –»

Und so weiter.

Ann Marie hält inne und sagt: «– ein kleines Küssel für einen kleinen Engel –»

Ihr kurzer Kuß ist eine brennende Motte oben auf meinem Kopf. Dann macht sie, länger als eine Minute, Atemübungen für ihre Kehle. Sie hat einen ganz bestimmten sarkastischen Ausdruck, der mit der Kehle zu tun hat – vielleicht mit lutheranischen amerikanischen Chorsängern und Chorleitern, die nichts von Stimmbildung verstehen. Die vielleicht nicht einmal Gott verstehen.

Amerika ist voller Propheten – sonntags hat Ann Marie Heimweh nach dem Elsaß. Alle sagen, sie sei ein bißchen verrückt. Ich hauche sie lieb – spaßhaft – an, atme im Gleichtakt mit ihr. Sie ist ehrfurchtgebietend gegenwärtig. Ich spüre eine Art bleichen Wind, der aus den Gewölben der Aufmerksamkeit in ihrem Gesicht kommt. Aus ihren Augen.

Sie singt eine Zeile und schaut dann in die Luft. Und sie atmet noch ein wenig weiter; sie horcht, wie sie vor einer Sekunde geklungen hat. «Nein, *non*, *no* –» Was ich manchmal als «I don't know» – ich weiß nicht – verstehe: meistens verstand ich ziemlich genau, aber ohne zu wissen, was ich mit dem, was ich hörte, anfangen sollte. Sie ist trotz ihrer Verrücktheit vernünftig. Sie probiert den Ton noch einmal aus und hält dann inne und atmet. «Ja, *yes*, *oui*», sagt sie.

Ja-das-gefällt-mir, *nein-es-gefällt-mir-nicht*, ja, ich glaube (ich tue es wirklich), nein, ich glaube nicht (ich will

Die Musik des Kindermädchens   333

nicht). Dies ist mein heiligster Zustand – sehr klar sein, sehr klar definiert sein, ein einfaches Wesen von *ja oder nein*: dieser Zustand ist für das Zusammensein mit Erwachsenen.

Sie sieht mich in meinem Ja-Zustand. Ich sehe, daß sie ihre Kehle in Ruhe läßt – für den Augenblick ist sie mit ihrer Kehle zufrieden. Wir schauen einander auf zwei einander schneidenden Schrägen und mit wahlloser Direktheit an – wie schon gesagt, schaffen wir es nicht, einander ohne weiteres anzusehen – und jetzt beginnt sie ein deutsches Gelächter herauszubellen. Sie wendet sich ab – Gesicht und Rumpf. Sie beugt sich ein wenig vor. Gewöhnlich ist ihr Lachen anständig, akzeptabel – ein bloßes unkontrollierbares Blubbern unter einer kontrollierten Oberfläche. Jetzt bricht es aus und ist für einen Augenblick verrückt – *amerikanisch*.

Sie ist ein schreckliches – furchterregendes, keuchendes, gähnendes – *Chaos von Amüsiertheit*, sie ist ein wirbelnder und brennender Körper – ein Feuerwerk, ein innehaltender Asteroid – ist herrliches, anarchisches Amüsement, ist eine Schönheit: Sie ist im Begriff, sehr ernst zu werden – aber vorher verfängt sie sich keuchend in einem amerikanischen Gelächter, in einem mädchenhaften Ausbruch – weil sie schon einen Augenblick zuvor gelacht hat, über meine Zwergenhaftigkeit zum Teil, über mein Erbrechen und so weiter. Ich kann nicht mit der Schönheit der darin liegenden Bedeutung umgehen, mit ihrer Zuversicht, daß ich am Leben bleiben werde, ihrem Eigenlob und ihrem Glauben, ihrem Spott, ihrer Langeweile . . .

Sie faßt sich auf eine ruhige, pflichtbewußte Weise, aber als sie sich dann fast wieder unter Kontrolle hat, macht sie das letzte Sich-am-Riemen-Reißen zu etwas Plötzlichem. Sie sagt zu mir: «Mit Freiheit und Gerechtigkeit für alle – hm? *Isss true, dear Waheiiiiliii?*» Sie meint damit, daß das

Lachen zu einem richtigen amerikanischen Feiertag gehört. Sie ist ernsthaft, und sie ist spöttisch, und sie ist gigantisch – alles zugleich.

Ann Marie ist trunken vor Verspieltheit, und das geht
über in Besorgtheit um ihre Stimme, gar in eine Paranoia
deswegen, wie die Leute sie ansehen, wenn sie singt, wie
die *Amerikaner* sie überhaupt sehen. Aber sie wäre auch
unglücklich darüber, wie die *Pariser* sie sehen. Ihr kurz-
lebiges, abruptes Gelächter ist in eine paranoide, gespielte
Prahlerei damit übergegangen, daß die Leute finden, sie
sei dick und sehe anders aus – sie prallt emotional an innere Grenzen. Ihre unerkannte Macht, ihre Größe, ihr Status in der Welt bewegen sie nun dazu, ihr Gesumm, ihren
halben Gesang zu unterbrechen und zu sagen: «Die Leute
lachen mich aus, lach du mich ja nicht aus.» Es stört sie
nicht, daß wir gelacht haben, aber sie billigt es auch nicht
mehr.

Ich verstehe sie nicht, deshalb versuche ich es mit einem
weiteren kleinen Lachen, stumm, aber mit glücklichen
Augen.

Und diese schwergewichtige Deutsche in Amerika, sie
wendet sich von mir ab – ich vermute, weil sie geknickt ist,
und zwar sorgfältigst – ihr *Glück* schmerzt sie jetzt; sie ist
verletzt; vielleicht war sie wirklich immer unzufrieden, wie
Mama später sagte.

Sie versucht sich an einer Wendung – einer musikali-
schen. Sie ist (auf unbestimmte Weise) davon enttäuscht.
Sie macht eine Pause, seufzt, ist traurig und empört – sie
hört sich jetzt einige Male zu, sie geht innerlich zurück und
horcht, sie seufzt, und dann seufzt sie noch einmal: diese
königliche Traurigkeit – diese Unzufriedenheit mit dem
Gelächter und sich selbst und diesem und jenem ist Teil
dessen, was sie dazu treibt zu singen.

Sie wiederholt einen der schlechteren Töne, und sie hält

Die Musik des Kindermädchens   335

inne und horcht – und dann schaut sie mich an und zieht ein Gesicht, als müßte sie sich gleich übergeben; es ist nur Theater.

Sie singt einen ihrer besseren Töne, dann noch einen, und dann einen Lauf. Ihre Augen hellen sich sehr schön auf und sind dennoch düster und bekümmert, aber mit Willen und Macht umrandet. Ann Marie will gar nicht so individuell sein, wie sie ist – es ist zu schmerzlich, an der Welt und dem eigenen Geschick so persönlich beteiligt zu sein. Der Weg zu Gott und in den Himmel führt über die Zugehörigkeit zu einem geistlichen Heer, über eine gewisse Gesichtslosigkeit – es verlangt sie nach jenem herrlichen Ich-Entzug, den Geld einem ermöglicht. Sie mochte das Tageslicht in jener Kleinstadt; und die Nachtgeräusche des Windes und der Zikaden; vielleicht wurde die Abwesenheit von Schmerz, von bestimmten Qualen, für sie zu einer Art Lieblingszustand, zu *der* zu kultivierenden Sache in ihrem Leben mit seinen bunt zusammengewürfelten Umständen und zusammengepferchten Tragödien und bitteren, sich einbrennenden Augenblicken, vielleicht diente sie zur Flucht vor ihren Nerven, vor allen empfindlichen Punkten, die sie besaß – vielleicht war sie zugleich rauhbeinig und empfindsam: «Sie konnte Schweine schlachten, sie hatte keine Angst, ein Messer oder eine Axt in die Hand zu nehmen, sie schlachtete Tiere auf dem Bauernhof, ich schwöre dir – da kannte sie nichts.»

Ich hänge an meinen Gefühlen für sie – je mehr sie angegriffen wird, desto mehr verteidige ich sie.

Sie ist undeutlich auf der weißen Lackoberfläche der Küchenschränke zu erkennen, ein schlaffes und schwankendes graues Spiegelbild, das sich in einer weicheren Fassung dessen bewegt, was ich direkter sehe: wie sie die Schultern strafft und mit komischer und engelsgleicher Dringlichkeit die Brust hebt.

Sie wird intensiver singen, sie wird richtig intensiv singen, sie hat vor, jetzt wenigstens für ein paar Minuten das Wahre und Schöne in unser Leben zu bringen, denke ich.

Urplötzlich singt sie jetzt ein Volkslied. Sie schlägt einen ziemlich entschlossenen Rhythmus an, energisch. Sie geht ein wenig umher, und sie kommt in meine Nähe, und sie glättet mir das Haar. Wie Carmen schaut sie beim Singen schalkhaft hier und dort in der Küche herum. Die rhythmische Entschlossenheit hämmert gleichsam auf mich ein – der Wille in ihr schüttelt mich, ich bin klein, ich habe es lieber, wenn sie passiv und ein bißchen verletzt ist; jetzt ist sie nicht verletzt; und was sie tut, durchschauert mich gewittrig, es läßt mich auffahren, als gingen in meinem Gesicht Blitz und Donner los.

Sie bewegt sich rückwärts, sie bewegt sich fort von mir, fort von meinem zwinkernden und taumelnden Gesicht, sie beginnt, in der Küche umherzugehen. Ihre Zunge trommelt Wirbel taktgenauer Töne heraus – diese rasselnde Trommel schüttelt mich. Meine Augenlider hüpfen in diesem Rhythmus auf und ab. Ich *klappere*, meine Augen zwinkern, starren, *klappern* – sie dämpft und arrangiert die Stimme und wird flexibler und im Stil *hübsch*; und dieser Wechsel ist wie Gras im Schatten bei heißem Wetter, wenn es kühl ist und ich feucht bin und nicht kitzlig, wenn das Gras mich nicht kitzelt.

Licht hat sich in ihrem Haar gesammelt, auf ihren Schultern niedergelassen.

Fertigkeiten – gefangen, gehäutet – werden aufgehängt, präsentiert wie Wild fürs Abendessen, und sie wendet sich anderem zu: ein trauriger, aber blubbernder Ton zieht sich in beständiger Todesagonie dahin, ein diminuendo – ich beuge mich vor, besorgt, fasziniert – es ist das kommende Ende, es ist das Ende.

Die Musik des Kindermädchens 337

Ich habe keinerlei tiefgreifende Kontrolle über sie.

Sie tut etwas an einem Schrank, und ich blinzle langsam und atme irgendwie erleichtert, und dann wird ihre Stimme kräftiger, und ich werde starr unter diesem Druck – es ist ein weiterer Vers oder eine Verszeile.

Sie kommt nahe an der Stelle vorbei, wo ich am Tisch sitze, und sie nimmt meine Hand und legt sie auf den Löffel und biegt meine Finger um den Löffel, während sie singt.

Ich halte den Löffel. Sie sieht mich absichtlich nicht an, aber sie weiß Bescheid. Ich meine, sie beobachtet mich trotzdem. Und auf einen Nebenbereich ihrer Stimme wirkt ein Gefühl für mich und meine Liebe ein, *meine* Liebe – die Liebe eines Kindes, aber sie hat eine besondere Eigenschaft, es ist eine ganz besondere Liebe.

Sie jubiliert und zirpt mit sanfter Stimme dem Kind auf dem Stuhl mit dem Löffel in der Hand zu, als sei es ein deutsches Kind, als sei es Gott-weiß-was. Ihre Stimme ist jetzt leise genug für mich – eine der merkwürdigen Seiten der Musikalität ist das damit verbundene Feingefühl: Musik wird nicht oft für private Gedankenspiele benützt, wenn überhaupt je; es ist bekannt, daß sie einen Zuhörer braucht. Ich glaube, sie hieß das Kind, sich einen Ziegenbock vorzustellen; davon, glaube ich, handelte das Lied.

Der Ziegenbock fraß einfach alles.

Es ist der Entschluß dieser Frau, daß ich gerettet werde, daß ich leben soll.

Sie hält inne und streicht sich den Rock glatt. Der Junge ist ein oszillierender Punkt nervösen Lebens in der Küche. Er ist zerbrechlich wie Glas – *du bist eine arme gesprungene Glasvase voller Rosen, die auseinanderbricht* (Papas merkwürdige, vielleicht sinnlose Poesie) – *er ist wie eine Straße voller Lichter, wie der Broadway*, das sagte Papa – und dann, weil ihm das Vulgäre daran leid tat, sagte er: *In einem*

Städtchen hier in der Nähe, auf dem flachen Land – aus der Dunkelheit gesehen, von einer dunklen Straße aus, quer über Felder, die tröstlichen und verlockenden Lichter einer Stadt.

Ann Marie sagt: «*You are a* (?) wie (?) *light* – er *is a* flooor (*flower?*) wit' Augen, *eyes* –»

Sie sang das Lied nicht ganz zu Ende. Sie sagte etwas Erklärendes zu ihrem Lied.

(Lila sagte einmal: «Bei dem Aussehen kriegt er schon von allein die Fürsorge, die er braucht – *ich* brauche nicht die ganze Zeit zu Hause zu bleiben ... ich kann ihn den meisten Menschen anvertrauen: er ist so hübsch und so *mitleiderregend...*»)

Ann Marie singt eine Note und erklärt mir dann, ich «masst jusen deinen sp-uuu-uuun –»

Sie ist schelmisch, gleichmütig, firm, fromm – ich führe den Löffel zum Mund, ich achte auf den kalten Geschmack von Silber und die gewundenen Wurmstückchen von zerdrücktem Apfel hinten in meiner Kehle, ich achte auf die Übelkeit und die Krämpfe und so weiter und halte den Löffel an die Lippen. Ann Marie gibt einen Ton von sich, einen klaren, süßen Ton – sie gibt eine absurd klare und merkwürdige Tonfolge vom Anfang eines Wiegenlieds von sich, so daß mir vom Essen schlecht wird und ich würge, und trotzdem wird mir fröhlich und friedlich zumute vom Zuhören, und ich bin geschmeichelt, und ich bin schutzlos ohne Verbindung zu irgendeinem Innenleben – all das zugleich. Ich halle wider und töne hohl, wie Marmor es tut, während Ann Marie weitere Töne hervorklingelt. Sie deutet auf meine schlaffe Hand, die den Löffel hält. Langsam mache ich die Hand steif, dann das Handgelenk, ich hebe den Löffel und führe das giftige Zeug ein Stück weit in den Mund; ich sauge an dem Apfelmus am Rand der kleinen Pfütze auf dem Löffel, den ich halte.

Die Musik des Kindermädchens 339

«Ah» (oder *Ach*), singt sie und fügt hinzu: «*More* mehr – *more* mehr –» Der Klang gefällt ihr, und sie geht schlapp-papp-trapp rum-bum-rundlich in der Küche herum, so brustraus-prahlerisch, wie es ihr Stolz und ihre Gesetztheit zulassen, während ich fast einen ganzen Löffel voller Apfelmus oben an meinen zweifelnden, aber noch nicht wild empörten Gaumen halte.

Auch sie schenkt ihrem Gesang Aufmerksamkeit.

Der schnelle Teil des Wiegenlieds wird langsamer.

Mir ist schon im voraus schlecht, schlecht vor Angst – nein: stimmt nicht. Sie bricht bei einem falschen Ton ab. Sie sagt: «Essen – *iiiiiiittt* (ah), Liebchen, swoelll-ohhhhh–»

Das ohhhhh ist ein hübscher Ton.

Ich fange an zu schlucken – *swallow* –, und sie überspielt das Drama mit den Tönen eines Dankchorals. Ihr Gesang ist wie besessen, behende, geschickt und – wie ich finde – glatt, aber auch schmalzig und vordergründig.

Und doch auch wieder nicht.

Sie schaut mich um und über ihre runden weißen, mehlig-bleichen Wangen hinweg an – trotzdem die Wangen einer Sängerin; fest und wabbelig zugleich. Eine Art Glaubenswind kommt in ihrer Stimme auf, blind improvisierter Glaube und Hingabe an ihren Gesang. Ich halte meinen Löffel und habe den Mund voll Apfelmus und schaffe es nicht ganz, im Sturmwind des Glaubens und der Klänge und der allgemeinen Verwicklungen und Banalitäten meines Bewußtseins und des Augenblicks die Augenlider zu heben; ich sehne mich gewissermaßen auf eine Höhe mit Ann Marie, aber nicht wirklich. Die Musik hängt und klettert und windet sich girlandenartig über alles, meine Nase, meine Augenlider. Ann Marie triumphiert vage. Die kluge, stolze Stimme ist Beweis von Vernunft, die Grundlage ihres Rechts zu glauben, daß Gott sie (ganz besonders) liebt – dies ist jetzt ein Teil der *süßeren* Schwingungen der Melodie.

Der sofortige Gehorsam der Gegenstände gegenüber Ann Marie (sie hat jetzt einen Spüllappen in der Hand und wischt; ich habe sehr langsam, mit tragischem Ausdruck, begonnen zu schlucken) und das-was-Gott-ihr-zu-erkennen-gegeben-hat, will heißen, ein großer Teil des Fundaments und des *Oberbaus* meines Denkens, ihre Klugheit, ihr Temperament, ihre Musik, verbinden sich jetzt – sie hat kein Kind, nur mich, durch Jungfräuliche Geburt: und sie wird mich verlassen (Lila sagte: *Ich bin diejenige, die dageblieben ist, wußtest du das nicht?*) ... Es ist möglich, daß sie mich liebte, obwohl sie mich verließ.

Ann Marie ist erhitzt, ihr ist heiß, und sie singt – aber mit eher zarter Stimme und gepreßt, wenn auch viel viel freier als zu Beginn.

Sie singt, und ich bespitzele uns; die Urteile und Eifersüchte anderer Menschen, ihre Forderungen entstellen uns im Augenblick vielleicht gerade nicht – trotzdem spüre ich, daß große Mysterien ihr Denken leiten, während sie singt – christliche Mysterien? Vielleicht. Das was Papa das *süße Mysterium des Lebens* genannt hat? Vielleicht auch das. Die Welt hängt von ihr ab, egal was mit ihr nicht stimmt. Ich betrachtete Ann Maries dicken Arm und ihre Gefühle mir gegenüber als den Arm des Herrn – später nur noch als den Arm eines günstigen Geschicks: eines günstigen Zufalls.

Ann Maries für-mich-enormer Busen biegt sich fleischig. Meine Beine und mein Bauch sind schlaff, halb wund und erhitzt. Alle unsere Geschichten hören auf, ich möchte, daß sie aufhören, ich bin ihr nahe, ich bin in der Nähe ihrer Zucker-in-Jutesäcken-großen Brüste: sie fließen, hängen, schieben sich in die Nähe meiner Augen, zu einem Viertel gesehen, stark empfunden, unsicher in die

Die Musik des Kindermädchens 341

Luft plaziert, nie mit den Mitteln der Geometrie zu verstehen, groß, weiß, wabbelig für mich und klein für Lila, deren Brüste berühmt waren. Ann Maries dicker-Kirchen- und-*Trapez-und-Kruzifix*-Arm rückt ihre Brust zurecht – sie schaut mich einigermaßen scharf an, sie beäugt mich opernhaft. Jemand liebt mich.

Jemand liebt mich.

Diese Frau hat ein schnell schlagendes Herz, sie ist Dilettantin, aber ein Genie im entzündeten Phosphor weißer Luft. Ich schwimme in der Welt – ein Dichter sagte das einmal über eine Kirche – ein Seil, eine Kette hat die Hoffnung und diesen architektonischen Pomp vom Himmel zu uns heruntergelassen.

Entscheide dich, entschließe dich, gesund zu werden, dann wirst du auch gesund und hast die ganze Welt zum Spielen... um darin zu spielen – zumindest das...

Der Lärm im Theater meines Bewußtseins schließt das Geräusch von Regen ein, der dick an die Fenster und Wände klatscht, an die Hausseiten und den Flur hinunter draußen vor die offene Haustür. Ich werde nicht sprechen; Sprache wird mich zum Schreien bringen. Die grauen, schaudernden Kiefer und Nasen des Regens bewegen sich und schlüpfen über die Fenster. Sie singt. Sie ertastet sich unbeholfen den Weg auf Pfaden der Selbstvergessenheit und des Wissens um Noten und Töne. Der gesungene Ton – Ann Marie steht anfängliche Verwirrungen und halbgeschehene Beinahe-Ausbrüche von Befreitem und Verstoßenem durch, einen strahlenden Klangwirbel, den sie zurückhält, während ich, noch immer strotzmundig und den Löffel in der Hand, sie anstarre. Ich schwimme in ihrer Musik – und in ihrer Barmherzigkeit gegenüber der Welt.

Ihre Geräusche sind Bogengewölbe, bunte Schnürsenkel, nicht endende Bänder architektonischen Lobpreises, ein Volksmärchenwunder, das aber an helle Freude an Gott und Jesus grenzt. Ihre Versuche zu atmen, ich bemerke sie. Ich kichere ein bißchen. Sie schließt die Augen. Prompt ist mir feierlich und blinzlig zumute. Einiges davon geschieht mit Unbehagen: ihre Töne sind so hoch, so hoch und voll, daß die Küchenschränke vibrieren. Melodien, die auf dieser Höhe und so laut gesungen werden (eigentlich gar nicht sehr laut), haben etwas Klapperndes an sich, sind schneidend und an den Grenzlinien gebrochen.

Jetzt beginnen die Töne zu jammern. Sie ist die Barmherzigkeit leid – ihr Gesang ist jetzt ungeschliffen und schwach, wird aber kräftiger und entfernt sich aus meinem Hörbereich; sie will EINE RUHMREICHE BARMHERZIGKEIT. Der Ruhm winkt ihr – sie ist eine schüchterne Frau mit rotem Gesicht, ein Mädchen. Rings um das anschwellende dis murmelt die Küche. Ein Teil der Farbe der Musik besteht darin, daß es jetzt richtige Musik ist, ein greller Schein und ein Schatten von Bedeutung – und dieses eine Mal kann ich erkennen, daß sie gut ist – ich höre etwas, ich höre einen Teil der Musik . . . Sie verlagert die Antriebsmaschinen der Musik hinunter in ihren Brustkasten, hinter ihre Jutesackbrüste; dort lassen sie sich pulsierend nieder. Dies ist voller Gesang, und man sieht, inwieweit sie nicht so gut ist. Man sieht den Schmerz in ihr, als sie erkennt, daß sie nicht so gut ist. Sie kneift die Augen zusammen und sieht angespannt aus.

Jetzt öffnet sie große, weiche Türen in sich. Ich kauere mit geschlossenem Mund da, auf meinem Stuhl, und das Strotzende, das in mir brennt, in meinen Augenhöhlen und in meinem Mund, ist eine Art Hysterie und ein grausames Wissen darum, daß ich sie beobachte, ist nur zum Teil Komplizenschaft und Liebe; ihr Versuch, Kunst zu schaffen, trennt uns wie gewöhnlich.

Die Musik des Kindermädchens 343

Sie schwitzt. Ihr Gesicht ist feucht. Ann Marie!

Sie drückt mit dem Magen, sie spannt unsichtbar die Muskeln an, im Mund und in der Kehle, sie schaut mich starr an. Sie möchte oder hofft, daß meine Erscheinung sie inspirieren wird.

Dann kommen ohne Warnung einige Legato-Phrasen in einer heiklen Tonart, die voller Liebe zu sein scheinen und ihr abrupt Befriedigung verschaffen. Sie ist selbst überrascht. Sie ist schweißbedeckt; sie hat einen verrückten, aber vollkommen normalen Blick. Angesichts einer Erinnerung an Apfelmus samt Fäden, grober Konsistenz und Gerüchen verhandle ich mit vorübergehender Übelkeit über ein Zittern.

Sie wird besser: sie läuft wie wahnsinnig in der Küche herum; ihre Augen beginnen immer mehr zu glänzen; mal das eine, mal das andere (da ich eines nach dem anderen sehe) in ihrem liedverzerrten, liederschütterten Gesicht. Ich mag ihren Gesang. Ich mag ihn gerade jetzt besonders. Sie balanciert mit einer Art Vergnügen auf den buckligen, lichtbeschienenen Fenstersimsen ihres Lieds. Ich höre ein begleitendes Insektensummen ihres Atems, und ich höre ihre raschelnden Kleider. Heroisch rückwärts singend, ihre Töne in mich aufnehmend, höre ich ihr zu. Sie faßt mich ins Auge. Ihre Lippen sind zu beschäftigt, um zu lächeln. Sie hat schon mehrere Takte lang nicht mehr unrein gesungen.

Zärtlichkeit und eine Art Befangenheit lassen den Tonumfang meines Kindermädchens anschwellen. Das ein bißchen kranke und noch immer nicht sprechende Kind lacht nicht über die vielleicht verrückte, vielleicht gnadenlose dicke Frau; Unbescheidenheit verwandelt sich bei ihr vielleicht wirklich in Göttlichkeit oder Besessenheit. Sie ist im Reich der Heiligen Narren, nacktstimmig, schamlos. Schamlosigkeit ist bei ihr schließlich ein Wunder und stellt sowohl ein Wunder des Glaubens als auch Exhibitionismus dar. Der Lärm der dicken Frau ist, auf gewisse Weise, eine offenbarte Gnade, glockengleich und verschwitzt. Ihre Stimme schmettert dahin. Sie kreißt. Es ist eine glanzvolle Albernheit. Dann schüttelt sie den Kopf. Nein.

Ich hebe meinen Löffel – ich starre sie sehr verrückt, wahrhaftig wahnsinnig an; ich werde von den verschiedenen Messerklingen und Pfiffen im Chorgebrüll dieser Frau unaussprechlich zum Wahnsinn getrieben, unaussprechlich beruhigt. Das Gebrüll hackt auf unserer Einsamkeit herum, auf ihrer und meiner, auf unserem Alleinsein auf der Erde, es ist überall an mir, von außen und von innen, dieses Gebrüll. Es überspült und begleitet einen übriggebliebenen Geschmack von Übelkeit erregender Galle in meiner Kehle. Manche Leute haben richtige Musiker als Eltern – man stelle sich nur die filigranen Klänge in ihrem Kopf vor.

Diese Frau singt die Anrufungen hübsch: *Herr im Himmel, o mein Gott, erhöre mich,* Anruf und Ausruf, Anbetung, wahres Gefühl – ich ziehe den Kopf ein, ein amerikanischer Dilettant.

Ist es wahr, daß eine Seele dilettantisch sein kann? Ann Maries verunstaltete Darbietung erfüllt mich innerlich und umfängt mich äußerlich, umfängt meinen oszillierenden Schädel und mein Gesicht samt all seinen Öffnungen mit einem Nebel weißgesichtiger, warmer, schenkelschlagender Musik. Sie ertappt mich; ich hasse sie, nein, ich mag sie; ich liebe sie, vermute ich. Ich lege meinen Löffel auf den Tisch; ich lausche mit dem ganzen Kopf, der blinzelt, sogar dort, wo er nur Knochen ist. Ich blinzle in die pulsierende Luft. Die Töne, von denen einige klebrig und andere flüssig sind, sind mit benebelndem Nachdruck rhythmisch. Wenn ich wirklich zuhöre, wenn ich mich der Erinnerung an das tatsächliche Lied unverstellt wieder zu-

Die Musik des Kindermädchens

wende, kommt mir, ist in mir ein nicht-zu-überprüfendes Verständnis; und das, obwohl meine Sinne verdreht sind und euphorisch von dem gutturalen Rumpeln, Krachen und Aufschreien. Sie ist eingebildet und schlau, heilig und gewöhnlich, eine verrückte Kuh und Möwe und Lärmmaschine.

Hier kommen noch mehr Töne. Die besten hopsen und hüpfen. Und sie zupfen an mir. Die Anstandsregeln und Unlauterkeiten einer singenden Frau berühren unbegreifliche Oberflächen in mir. Auch dies schulde ich ihr: sie war eine Künstlerin, nahe daran, eine gute zu sein, jedenfalls zeitweise.

Ich bin von dieser Musik umfangen. Die Berührung ihrer Hand ist jetzt weniger kräftig als der Zugriff ihrer Stimme. Ihre Stimme umfängt meinen Vorgebirgskopf, meinen Dammhals, meine halbinselförmigen und zitternden Arme. Ich bin überzogen mit einem grellen Schein hörbarer Bedeutungen; das freut und ängstigt mich; ich öffne den Mund und schließe die Augen. Der silberne Schall eines Tons wird zur Platinflutwelle eines folgenden Tons, und dann wird der wiederum zum schnellen weißen Pulsieren einer Kadenz. O Gott, ihr liedangespanntes Sein bringt mich dem Wahnsinn so nahe, daß ich versuche, mich vom Stuhl zu werfen und mich flach auf dem Boden auszustrecken, um anzuzeigen, daß ich tot bin oder bereit, ein Schläfchen zu machen, vor lauter Anerkennung.

Ich starre nach oben, um kundzutun, daß ich mein Menschsein in dem Hurrikan der Musik nicht aufrechterhalten kann, sondern Gras sein muß, ein Vogel, die Erde. Sie weiß Bescheid. Sie geht um mich herum, sie singt. Ich höre den Regen, ein blechernes und trommelndes Wabern rings um den geschwächten Alt von Ann Maries ermüdenden Tönen. Ich liege auf dem Boden und sehe ihre massigen Beine. S. L. sagte von ihr: «Sie war verrückt, alles in allem, aber sie hatte ein gutes Herz. Sie hat nie was Böses getan, wenn ich das recht sehe, außer daß sie mit mir gestritten und dir das Leben gerettet hat.»

Bedenkt man den Wohlklang dessen, was er meinte, dann ist das, was er da sagte, gar keine so große Übertreibung.

Die Zweikämpferinnen

Der harte Regen klingt wie Herzschlag. Die schweren grünen Segeltuchmarkisen um die nach drei Seiten offene,
abgeschirmte Veranda schlagen knatternd aus, grunzen
und ächzen; sie wölben sich unter dem harten Regen, und
sie tropfen; dann auf einmal blähen sie sich nach oben und
winden sich, Wasser spritzt heraus. Im Hallraum dieser
leidenschaftlichen Klänge quietscht die Hollywoodschaukel auf der Veranda, und der Rohrstuhl knarrt. Ida Nicholson, Mamas Gast, in teuer grobem, schwer wirkendem
zerknittertem Leinen und mit stilisiert majestätischen
Locken beidseits des Kopfes (ihr Haar riecht selbst im Regen nach dem Lockenstab) sitzt herrisch nervös auf dem
Rohrstuhl.

Mama trägt Rouge und Lidschatten; und ihr Lippenstift
ist so grell in der feuchten Luft, daß er mir ins Auge sticht.
Mamas Veranda-Grandezza. Sie ist richtig herausgeputzt.
Ihre Augen liegen nicht ganz im Licht; sie agieren wie
halberleuchtete Theater. Die Lichter gehen nie an, die
Szenen werden nicht erklärt. Die Blöße ihrer nur halb erleuchteten Seele sorgt für Aufruhr in der Luft – ich fühle
mich auch dadurch verletzt. Ihre Kunst ist in Dunkelheit
getaucht. Der Boden der Veranda – Beton mit einem ovalen Strohteppich – riecht nach Regen. Lilas Stimme: «Ida,
alles was ich diesbezüglich tue, mache ich, weil S. L. die-

ses Kind liebt – es ist hübsch, nicht? Man würde ja nicht denken, daß es im Grunde ein Wrack ist. Du kennst mich: Vielleicht wähle ich ja noch mal die Rechten; aber ich bin bestimmt nicht der mütterliche Typ – das Kind ist S. L.s Privatvergnügen. S. L. fällt die Entscheidungen; wenn er keinen Arzt ruft, weil das Kind nicht spricht, dann aus vorzüglichem Grund: S. L. hat nämlich darüber nachgedacht: Wenn das Kind wirklich krank ist, was tun wir dann? Wie lange können wir es behalten? Im Augenblick geht es ihm gut. S. L. hat keine Eile: es ist schon genug Unheil angerichtet. Ich kann keinem sagen, was er denken soll, aber mit Rat kann ich dienen. Ich rate jedem: Lebe und laß leben. Als Mensch, Ida, bin ich ja nicht unerfahren; in manchen Schlachten tauge ich mehr als ein Mann.»

Ida ist zart gebaut, aber reizlos – das ist eine Art sexuelles Signal. Zeugnis ihrer Willensstärke. Ihre Bewegungen und Blicke dienen eher der Ausstrahlung sozialer, politischer und intellektueller Botschaften als *sexueller* – es ist eine Frage von Stolz und Trotz, eine nützliche Groteskerie. Ihre Wachsamkeit hat etwas Einpeitschendes – nicht unüblich im Mittelwesten, aber doch unüblich im Hinblick darauf, wie weit sie es damit treibt, wenn sie mal nicht volkstümlich oder mittelwestlich tut. Ihr Kleidungsstil, teuer, *sportiv*, französisch, ist indirekt sexuell nach dem Vorbild der Sportlerinnen der Epoche, Golf- und Tennisspielerinnen, und ihm fehlt die Frechheit, die der Absicht, einen Mann zu erregen, innewohnt: sie ist ernsthaft, ja ganz überzeugend schick, und das schließt einen zum Schein schäbigen Aufzug mit ein.

Lila versucht nicht, damit zu wetteifern: Lila mit den großen Brüsten, in Weiß, mit Tupfen und einem breiten Kunstledergürtel, sie ist trist heterosexuell – und dabei theatralisch –, doch glaubwürdig wahrhaftig, nicht einmal entfernt angeberisch. Sie verfügt über die Gabe oder die

Die Zweikämpferinnen 349

Kunst oder die Aufdringlichkeit, offensichtlich authentisch zu sein.

Idas Beine sind dünn – fast spielzeugartig – über flachen Schuhen mit gerahmten Lätzen über den Schnürsenkeln. Lilas Beine sind die einer Nachtklubsängerin, in hochhakkigen Kunstlederpumps, sehr gewöhnlich, doch durchaus bemerkenswert. Ida trägt eine blau-weiße Schleife, Lila einen schwarz-weißen getupften Schal, den eine Diamantnadel hält. Idas «höfliche» Ausdruckslosigkeit, eine ihrer starken Eigenschaften, und ihre soziale Position (ihre Stellung bezüglich dessen, was andere von ihr wollen) machen sie zu einem *trockenen Menschen, zu jemand mit einem trockenen Witz, einem wunderbaren Menschen, unverfälscht, und* (um weiter Mamas Ausdrücke zu verwenden), *sie wußte, wo es langgeht. Wer ich war? Vor ihr waren wir alle niemand.*

Ida hat eine ausgeprägte Fähigkeit, das Kommando zu führen – doch nicht nach Art der weiblichen Lokalmatadore – sie ist *gleich reizvoll im Gewinnen wie im Verlieren – mal dies, mal das, fair im Spiel* (Idas Ausdrücke) – *aber* (so Lila) *sie war immer Unparteiische und Richterin* (über das, was als fair galt) *zugleich.*

Ida findet, daß ihr in puncto Gefühl oder Intellekt nichts ein Rätsel ist. Ihre Allwissenheit kannte Unterbrechungen, doch sie gestand sie sich nicht öffentlich ein: sonst hätte sie ihr Königreich nicht regieren können. Ihr Selbstvertrauen kam von ihren Triumphen: Ihre Schwester heiratete einen Zeitungsmagnaten im Osten (mit Schwerpunkt im Raum Boston). Sie mag die Politik der Zeitung beeinflußt haben. Ida behauptete das immer. In öffentlichen Debatten war sie eine dilettierende Philosophin und gut darin. Dann waren da ihre Erfolge in Europa – gesellschaftliche, bei Frauen: die am schwersten erreichbaren. Sie teilte Gefühle in solche des Vergnügens – womit sie das Empfinden von

Eigenliebe, von Anerkennung von Verdienst und Stellung sowie von Ichstärke meinte – und in solche bei Notlagen ein: Verletzung, Wut, Selbstmitleid, den Zwang zum Kampf.

Ida zu kennen hieß mit dem Feuer spielen. Für Ida läuft Zusammenhanglosigkeit auf Gesundheitsverlust hinaus: Sie wird zum Krüppel bei Widersprüchen – bei solchen in der eigenen Brust oder bei von außen an sie herangetragenen. Das Hin- und Herschwanken anderer im Widerspruch, die fremdartige Präsenz der Gedanken anderer, und dazu die Nichtbeachtung ihrer eigenen Gefühle im Fall, daß andere ihren seltsamen Gedanken Ausdruck verleihen – all das macht sie *nervös.* Als vornehme Christin (und Dame) findet Ida, daß historisch gesehen alle *ernst zu nehmende* Arbeit getan ist und daß für Torheit beinahe ein gewisser Ablaß gewährt wird – alles wird nachgesehen und akzeptiert: ein Waffenstillstand. Für sie ist Religion zu *Brauchtum* geworden – über das Brauchtum schlägt sie eine blitzschnelle Brücke zu dem ihrer Ansicht nach Tragischen; und sie bleibt mit taktvoller Anhänglichkeit der Torheit verbunden (allem was nicht tragisch, nur trist ist). Sie hungert nach Transzendenz. Das verleiht ihr eine Schönheit, die Lila wohl bemerkt, eine gewissermaßen häßliche Schönheit, *eine echte Schönheit, von der Männer nichts wissen: Ida ist eben jemand.* Idas moralische Unbelecktheit, ihre Dummheit in ethischen Belangen sind nichts Besonderes – eben die üblichen menschlichen Begleitumstände der Macht.

Wenn Ida richtig in Fahrt kam, konnte man vergessen, daß sie jedermann haßte und alles tun durfte, was sie wollte, und daß sie sich dabei nicht entschuldigte: Sie hatte es faustdick hinter den Ohren. Wäre das Glück ihr hold gewesen, wer weiß, wie weit sie es hätte bringen können? Eine glänzende Figur war sie, und zugleich taugte sie nichts.

Die Zweikämpferinnen   351

Ida – dies in einem Augenblick, in dem keine Männer auftreten – stellt eine Frage, indem sie versuchsweise ihren ganzen Rang in Torheit ummünzt, mit viel ruhiger und doch etwas nervöser Musik in der Stimme: «Na, Lila –» Pause. «*Was* hältst du vom Regen?»

Lila sitzt plötzlich still auf der Hollywoodschaukel. Ihr Gesicht scheint in der Frage zahlreiche Untertöne und Möglichkeiten zu wittern – es ist eine Art Witz –, und sie antwortet, als wäre sie auf der Hut, und die gespielte Vorsicht sorgt für einen vieldeutigen Klang: «Mir macht Regen nichts aus; mein Haar behält im Regen seine Form. Ich habe Glück: Es fällt nicht in die Naturlocken zurück.»

Ida schmaucht eine Zigarette. Mama posiert plötzlich – und naiv – wie jemand, der an Ida vorbeiblickt.

Ida schaut Mamas Haar an – schaut ihr auf die Haaransatz-Spitze, auf den Glanz darüber und darum herum, über den getupften Schal (und dessen Zipfel) hinweg; und sie sagt: «Ich bin eine Tochter der Pioniere, Lilly. Ich hab Präriehaar – bei mir kommen die Naturlocken durch; es ist ein Elend. Ich bin nur ein Dutzendmensch, Lilly –»

Es handelt sich um ein spezifisch mittelwestliches Gespräch, inklusive Mamas Namen aus der Grundschule.

Mama hat die beringte Hand um einen Drink gespannt; sie hält die Augen gesenkt, selbst wenn ihr alter Name fällt. Ida hält auch einen Drink und eine Zigarette. Mama seufzt: So viel ist zu deuten – Idas Kleider und Geld, ihre Stimme und der Augenblick –, und dann ändert Mama ihre Haltung und «gibt» plötzlich «auf», als wären Unschuld, Naivität und Ignoranz besiegt: es ist ihre geläufigste Taktik im Umgang mit einer starken Frau; nachzugeben, aufzugeben, ohne es wirklich zu tun: es ist eine Art Witz – eine Art Sexualität. Mamas Gesicht verrät, daß sie beschließt, die *Gastgeberin* zu spielen – das Übliche. Die Frage ist, ob Ida es zuläßt. Wird Ida darauf bestehen, sich in Lilas Haus zu Hause fühlen zu wollen? Wird sie es behandeln wie *einen Schweinestall?* Das besondere Getön – der Ausdruck der Stimme, des Gesichts –, mit dem Mama sich auf ihre Rolle vorbereitet, zeichnet sie als beachtenswert, als Nichtnovizin aus, als Trägerin sozialer Verheißung: «Ida, wir haben ein paar kleine Sandwiches; Annemarie hat sie für dich zubereitet: sie hat den aufdringlichen Salat weggelassen, den du nicht magst – ich habe ihr erzählt, was du damals beim Mittagessen des Gouverneurs gesagt hast. Sie hat sie eigens für dich gemacht – ich habe ihr gesagt, du kommst. *Du machst ihr – Eindruck.*» Mama erhob sich und ging über die Veranda – eine Art Dutzend-Gastgeberin: die Dutzendversion eines Sandwichtablett-Angebots an Ida. Mamas Kleid hat vogelartige Pailletten und gibt ein Rascheln von sich: sie ist eingeschlossen in einen fließenden Vogelbauer von kleinen Lichtern und kleinen Geräuschen. Sie hat einen süßlichen und etwas verschwitzten, vollkörperlichen Geruch – aufreizend. Das ist auch ihr roter Mund.

Ida blinzelt, nimmt sich ein Sandwich und wiegt den Kopf wie eine zerbrechliche, doch mit sehnig starkem Intellekt ausgestattete Königin. Sie sagt in wohlerzogenen, schnellen schlauen Tönen, wie Lila sie noch nie von jemandem gehört hat, auch nicht im Kino oder auf der Bühne: «Und du, mach ich *dir* Eindruck?»

Lila erkennt die *Macht* und ist fasziniert, gespannt. Sie sieht in allem, was spezifisch «Klasse» ausmacht, Schönheit und Feindschaft – die Möglichkeit, daß sie verletzt werden wird; sie ist zu allen Schandtaten bereit.

Aber (in Idas Worten) sie ist *unendlich schlau* – Mama verfügt über ihr eigenes, recht umfassendes Reich des Wissens, und sie verfügt über ihre eigene Macht: Sie lauscht keiner *vollendeten Frau* (Lilas Ausdruck), sondern *einem weiblichen Bücherwurm* und *einer Frau, die nichts auf ihren*

Rang gibt: Jemand Einsames, Hölzernes, Undemokratisches, in dieser Gegend Einzigartiges – das macht der christliche Snobismus aus Ida: diese Mischung von *Wahrheit* und *dem Ideal* (Mamas Dichotomie), *Wahrheit:* bestehend aus Einsamkeit sowie einer Art Kargheit des Lebens und der Seele, und *das Ideal:* bestehend aus einer sozialen Realität, die von Idas Pariser Kostüm mit seiner männlich geschnittenen Jacke und der Rüschenbluse symbolisiert wird, dann das *echte Ideal* (Mamas Ausdruck): tief im Ideal selber gelegen, bestehend aus der Befriedigung von Impulsen einer Frau von Rang (in Amerika, also in diesem Fall einer Nachahmung europäischen Beispiels): Befriedigungen, Tröstungen, *und Rang.* Was Lila unter *dem Ideal* verstand, war nichts Hochfliegendes, aber es war wie in hochfliegenden Romanzen: Selbstverlust – selbstmörderische Ausbrüche von Liebe und Extravaganz, gekoppelt mit Geld, um eine *wirkliche Geschichte, eine lokale Legende* entstehen zu lassen. Nicht daß sie diese Art von Selbstmord praktizierte, aber sie spielte flüchtig damit herum. Sozusagen. Was Mama unter *dem Ideal* verstand, waren die vorteilhaftesten *menschlichen* Lebensumstände für eine Frau. Um nicht deprimiert oder verrückt zu werden oder aufzugeben: Wenn Mama sagt, sie sei nicht jung, nicht mehr neunzehn, so ist das ein Teil dessen, was sie damit meint.

Ida empfindet sich als *christliche* Kriegerin, Ida empfindet sich durch Blut und Abstammung als ein Werkzeug der Erleuchtung und Heldenhaftigkeit, dieser Elemente der Konkurrenzsituation, als ein lebendes Totem des Sieges – das heißt der Dominanz. Sie ist diesbezüglich sehr aggressiv.

Lila denkt, das sei Quatsch.

Aber in Wahrheit ist Ida zeitweise ihr Ideal.

Ida weiß, daß Die Ideale Figur jene ist, *die geliebt wird,* nicht aber notwendigerweise ins Herz geschlossen.

Ida hat keine Geduld mit der Wirklichkeit und stört sich

daran, daß man, wenn man ein Problem löst, nicht alle Probleme löst.

Sie glaubt ganz fest an persönliche Größe; sie scheint ihr eine soziale Tatsache sowie Teilansicht und Belohnung eines tiefempfundenen transzendentalen Glaubens zu sein.

Demnach fürchtet Ida oft, man könne über sie lachen – in mittelbarer Entfernung tauchen dann Schrecken und Wut auf – plötzlich, abrupt läßt sie sie zu und ertränkt sie dann in ihrer üblichen Tapferkeit und Willensstärke: deswegen vibriert sie und ist nervös; das erfüllt sie mit Ekel und Zuvorkommenheit. (Je stärker sie von jemandem angezogen wird, desto mehr Ekel empfindet sie. Ich denke, das ist fest genug eingerichtet, daß sie nicht von ihren Gefühlen gebeutelt wird.)

Mache ich dir Eindruck?

Lilas Gefühl bei Idas Frage rührt sich tief drinnen: *Warum Ida das fragte, war die Frage.* Lila sagt: «Es würde meinen Stolz verletzen, darauf zu antworten –» Lila legt eine Pause ein. In der Tat, wenn man Zeit und ein hinreichend feines Nervensystem hat, kann man studieren, welch ausgearbeitete Pause es ist, wieviel Detailarbeit darin steckt. Sie sagt, als hätte sie nicht pausiert: «Es wäre ein Risiko, darauf zu antworten.»

Ihr Ton ist unsäglich erstickt, *respektvoll* kühn, enthält viel heterosexuelle Kumpanei. Homosexuelle Frauen ersetzen nach Mamas Erfahrung Kumpanei durch Galanterie, und Mama mag das nicht. Und Mama meint, sie sei für Ida in dem Maße attraktiv, wie sie, Mama, nicht homosexuell sei. Darum betont Mama vielleicht diese Seite sehr.

Ida schaudert. Idas Gesicht läßt mädchenhaft (aber nach Art eines wilden Mädchens) durchblicken, daß sie Lilas Mut *bewundert*: das ist nicht *festzumachen* (Lilas Ausdruck): *nichts wird ausgesprochen.*

Ida läßt nie – niemals – von Betrachtungen der Macht-

Die Zweikämpferinnen 355

verteilung ab; Mama ebensowenig, doch anders, vor einem anderen Hintergrund. Ida bringt Macht nie mit dem Bösen in Verbindung, wenngleich sie behauptet, es zu tun, aber Mama tut es wirklich. Mama meint, «Güte» sei der Trost dafür, daß man nicht das Risiko eingeht, schlecht und ein Anführer – das heißt, böse – zu sein; *ein gutes Gewissen, wenn du mich fragst, ist die Belohnung, wenn du keine Führerschaft anstrebst...*

Beide Frauen können komisch sein. Ida findet den Gesprächsstoff bis hierher entzückend: Sie sagt: «Ich hätte einen Hut und Handschuhe anziehen sollen.»

«Haha», sagt Mama. «Was für eine Aufschneiderei – Hut und Handschuhe und Perlen.» Aber ihr Lächeln zeigt an, daß es ihr auch gefällt.

So weit, so gut, findet Mama.

Idas sexueller Mut ist begrenzt – diese dunklen Bereiche in den Lüsten und Gefühlsausbrüchen anderer – die roboterhafte Courage, die Demut eines Knaben sind ihr fremd. Ida hat zuwenig Geduld mit derartiger *Gewöhnlichkeit*, um solchen Kram zu kennen – ihre Liebe zur Macht verbietet es ihr. Lila schämt sich ihrer Physis zu sehr (in ihrem Alter), als daß sie sich sexuell wohl fühlte: sie wäre gern wie Ida.

Sie lächeln, beäugen einander, lächeln unabhängig voneinander und in einem Winkel zueinander, ohne einander anzuschauen; sie sitzen und trinken und rauchen: eine Art physischer Satzzeichenfolge.

Ida kann die Präsenz *des anderen* in Lila fühlen – dieser alternden sexuellen Macht – diese Macht *fasziniert* Ida und macht sie zu einer Schülerin: fügsamer wird sie nicht: zu einer widerspenstigen Schülerin von Lilas sexueller Wahrhaftigkeit, die, Mamas Gehabe nach, die eines Menschen ist, der die Pflicht hat, sexuell zu sein – sexuell großzügig.

Lilas Streitsucht ist die jüdische *«moquerie»* hiervon, nicht einfach und für Ida unverständlich. Es handelt sich um äußersten Hohn: ein (jüdisches) Sakrileg. Ida vertraut darauf, daß Lila *wie jedermann* mit Erniedrigung arbeitet, daß Lilas *Hohn* der einer Jüdin ist.

Ida schmauchte rastlos an einer neuen Zigarette. Sie sog den Rauch auf französisch ein. Sie sah nach Lila, um auszumachen, ob Lila das Wunderbare an Idas Gehabe bemerkte. Sie biß in ein Sandwich. Sie sagte: «Aber Lila, diese Sandwiches sind *gut.*»

«Ein Lob von *dir* ist mindestens fünfzig Prozent Lob mehr – hast du beide Sorten probiert? Die Krabben hast du noch nicht versucht. Die Krabben kommen aus New Orleans. Meine Mama sagt, Gott wird uns dafür strafen, daß wir Krabben essen.» Sünde. Jüdische Frau läßt sich auf das Säkulare ein.

«Das ist ein perfektes *Gurkensandwich*. Ich *liebe* Gurken*sandwiches*.» Ida macht dem Säkularen Mut, zollt aber der Religion Respekt und erwähnt die Krabben nicht mehr.

«Ach, ich bin eben eine göttliche Hausfrau», sagt Lila, als wäre sie nicht schockierend in dem, was sie eigentlich sein sollte. «Ich weiß, wen ich anstellen muß. Hast du schon unsere Annemarie getroffen? Sie ist etwas dick. Aber sie ist ein sehr netter Mensch – sie legt unsere Gurken in Milch ein. Das hat sie in Frankreich gelernt; sie kommt aus Frankreich. Sie sagt, dadurch geht die Säure raus – ist das wichtig? Ich weiß nicht, was *ich* von Gurkensäure halte; wahrscheinlich ist es wichtig, die Säure rauszukriegen –»

«Lila, diese Sandwiches: Ich bin deine Sklavin.» (Das heißt, *zieh mich ruhig auf deine Bauernebene herab; wälzen wir uns mal ein Weilchen im Rinnstein:* Keine religiösen Themen mehr. Keine gesellschaftlichen Themen mehr. Lila sorgt sich, sie könne sich ein zu düsteres Bild von anderen Leuten machen; aber sie denkt, daß Ida mit ihrer Bemerkung genau das ausdrücken will – Ida meint nicht, daß sie fortan gehorsam sein wird.

Die Zweikämpferinnen

Ida sagt, als Lila blinzelnd und pointiert nichts sagt: «Dein Hausmädchen legt Gurken in Milch ein? Das ist mir ja das Allerneueste.»

Lila sagt vorsichtig, ohne im geringsten den Doppelsinn zu leugnen: «Mir auch. Aber ich denke, ich komme damit klar.»

«Tatsächlich?» fragt Ida und sieht triumphierend der Tatsache ins Gesicht, daß Mama in Rätseln spricht.

«Ich schwindle nicht – ich bin keine Schwindlerin. Ich bin ehrlich – du kannst mir vertrauen. Ich bin immer beeindruckt, wenn eine Frau ehrlich ist, ich mache auch gern Eindruck», sagt Lila melodiös, unspöttisch (vielleicht) oder spöttisch.

Ida atmet langsam und ißt so, daß sich beträchtliche Delikatesse mit zynischem Zweifel mischt – vielleicht Essen und Kauen allgemein betreffend, aber der Zweifel wird womöglich durch das *Glück* des Augenblicks gemildert.

Lila sieht Ida beim Essen zu, und sie sagt: «Du wärst überrascht, wie ehrlich ich bin. Ich muß aufpassen – weißt du, was die Leute so reden? Warum zum Märtyrer werden? Ich gebe zu, daß ich jede Gelegenheit zu glänzen liebe. Ich zeige gern, was in mir steckt. Ich habe gern mal eine Chance, mich den Umständen gewachsen zu zeigen.» Ihr Gesichtsausdruck mag bedeuten, daß sie sagt, sie könne lügen, sie könne den Mund halten, sie könne sich jedem weltlichen Umstand gewachsen zeigen, oder er mag sonstwas bedeuten: Vielleicht denkt sie zwei Sachen zugleich, und das verleiht ihr die Fähigkeit, Dinge zu sagen, die zumindest doppeldeutig sind. Sie sagt: «Aber ich möchte diesbezüglich nicht gern zitiert werden.» Sie lächelt – Mama beherrschte so viele Arten des Lächelns, daß man, wenn man die Kontexte zählte, behaupten könnte, es seien unendlich viele. «Die Leute verstehen nicht immer, was Ehrlichkeit bedeutet, wenn eine *Frau* ehrlich ist.»

«Ich find mich ehrlich», sagt Ida mit einer gewissen überlegenen Dehnung der Stimme; und nun, da sie zu essen aufgehört hat, sieht sie Lila durch den Rauch einer weiteren Zigarette an.

«Du kannst so was sagen – wo immer du sprichst, sprichst du aus einem Thronsaal», sagte Lila, ließ das Thema offen und sprach doch zugleich direkter als zuvor. «Eine Frau, die nur eine Veranda hat, kann so was nicht sagen. Wenn *du* Farbe bekennst, macht das den Leuten nichts aus: nach deiner Familie sind schließlich in dieser Stadt zwei Straßen benannt.» Ida falle es zu, zuerst vom Glück des Augenblicks und von menschlicher Zuneigung zu sprechen, findet Mama – vielleicht.

Die Stellung ihres hübschen Mundes und ihrer unbeleuchteten Augen bedeutet, Lila ist ebenso traurig wie froh darüber, daß die Leute sie manchmal für eine Schurkin halten (im Sinne von *nicht ehrlich*).

Ida hat von Mama den Eindruck einer hübschen *Jüdin*, einer Schurkin gewonnen: clever, rücksichtslos, unehrlich – fremdartig. Was bedeutet es, daß Mama das nichts ausmacht? Heißt es, daß sie Ida mal richtig in ihre Schuld geraten läßt und es ihr dann später heimzahlt?

Ida ist – naiv – *erfreut*, daß Lila weiß, Juden sind wurzellose Opportunisten, schlaue Satiriker, eine Art Diebe – sie stehlen einem die Zufriedenheit mit sich und den eigenen Gedanken.

Und oft auch Geld.

Ida sagt vorsichtig, blinzelnd, herablassend freundlich: «Jedermann in der Stadt hebt dich auf den Sockel, Lila.»

«Ach, *diese* Art Sockel ist *nichts wert*», sagt Mama in einem altklugen Ton und beobachtet Ida.

«Nein, ehrlich», sagt Ida.

Ihre Stimme ist fest – weniger ihr Urteil, eher ihre Laune, ihre Nervosität dominieren im Augenblick.

Die Zweikämpferinnen 359

Die Intelligenz und die Schlauheit, die es braucht, um aus der eigenen Nervosität ein Zeichen sozialer Schichtzugehörigkeit und eine Ebene des Diskurses und ein emotionales Zeichen zu machen, sind die Kennzeichen eines *Anführers* – dies denkt Mama, und *Anführer* ist Mamas Ausdruck.

Lila sagte: «Wenn eine Frau blitzende Augen hat, kann sie nicht scherzen, sie kann keine Witze reißen, aber benenn eine Straße nach mir, vielleicht ergibt sich dann eine kleine Komödie – findest du, eine Frau wie ich darf scherzen? Ich gelte als bedrohliche Figur. Ich vermute, du kennst mich überhaupt nicht.»

Sie sagte das in solch einem Tonfall, daß die Absicht deutlich wurde, der *Raffinesse* der anderen Frau zu schmeicheln und zugleich ihre lokale Stellung in der Politik (die Stellung einer Schönheit, der zuzuhören sich lohnte) abzuwerten.

Ihre Stimme war melodiös. Die Stimme war bis zur äußersten Blöße entkleidet; sie sang freundlich vor sich hin.

Ida ist plötzlich amüsiert – es ist eine Frage, ob man, ob Mama, gesellschaftlich annehmbar ist. Kopf, Schultern und Rücken angenehm entspannt, sagt Ida: «Die Frauen in meiner Familie haben ein Motto: Es gibt nur eine Dummheit: Angst zu haben.» Will sagen, Klasse gleich *Tapferkeit.* Also sollte Mama, um Klasse zu beweisen, erst Zuneigung zeigen.

Mama schürzt die Lippen und sagt leise: «Na, in unserer Familie sagen wir, nichts gewagt ist nichts gewonnen; erst schau, dann spring.» Das heißt, fang *du* an: *Du* tust doch so überlegen.

«Ich glaube an *echten* Mut», sagte Ida. «Meine Urgroßmutter sah zu, wie ihre Schwester skalpiert wurde; sie ließ den Mut nicht sinken; sie blieb da, wo sie war, verborgen im Holzstapel; keinen Mucks machte sie.»

Mama versuchte es mit folgendem: «Meinst du, die Welt bessert sich? Meist war sie doch wohl schlimmer. Oder ist es noch dieselbe alte? Meine Mutter glaubt, sie sei eher noch auf dem absteigenden Ast – sie hat sich in einem Keller unter Lumpen verstecken müssen, während die Kosaken ihren Vater getötet haben. Und fünf Brüder. Aber sie hat hinausgelinst. Ich kann es nicht erzählen: Ein paar Worte, und der Gestank der Erinnerung steigt mir in die Nase, und mir wird schlecht. Diese Kosaken haben Mamas Vater und die fünf Brüder bis zum Hals eingegraben. Warte einen Augenblick: Ich muß erst Luft holen.» Mama keucht matt. «Sie buddeln Beine und Arme ein, damit sich die Männer nicht bewegen können; die Bärte stecken im Dreck. Dann lassen sie ihre Pferde darübergaloppieren. Sie sah, wie ihnen die Pferde die Hufe gegen den Kopf schlugen. Das Gehirn lief aus. Mama sagte, die Augäpfel seien auf den Boden gekullert.»

Ida lauscht der Anekdote mit einem klugen Blick – untätig, aber angespannt, bereit zu reagieren, wenn auch ohne den ersten Schritt zu tun, indem sie Mama ihr Interesse oder den Grad ihres Interesses bekundet.

Lila sagt ohne Übergang, aber leise, verletzlich: «Redest du denn immer so vorsichtig? Auch wenn alles erlaubt ist? Wenn du unter diesen Geistesgrößen bist?» Dann: «Falls es überhaupt welche gibt.»

Ida sagt – langsam – ihre Stimme kommt in dekorativen Mäandern *klarer* Modulation daher – «Ich bin einfach vorsichtig beim Reden. Alte Gewohnheit. Ich wüßte nicht, daß ich so was Besonderes sein soll.» Will sagen, sie *war* es, da sie bescheiden war; will ferner sagen, Mama mit ihrer Geistesgegenwart hat auf ihre Art (sozusagen) einen Pluspunkt verbucht.

Lila verstand nie, warum Frauen eigentlich bescheiden sein sollten. Sie sagte energisch, aber melodiös: «Wenn ich

Die Zweikämpferinnen 361

so redete wie du, was würdest du dann denken? Würdest du denken, ich solle so reden wie du? Würde dir das passen? Findest du, wir sollten gleich reden?»

Mama kombinierte Raffinesse mit Naivität – eine gesellschaftlich brişante Mischung – und *übernahm die Führung*.

Ohne sich als Mamas Mentorin aufzuspielen oder sich anzubiedern oder unumwunden nein zu sagen, sagt Ida nun elektrisiert, aufgeklärt: «So wie wir Leute in diesem Land daherreden, müßten wir wirklich mal zur Ordnung gerufen werden.»

Mama lächelt bescheiden, kühn: «Ich bin wohl einfach kühn, ich bin den Leuten zu hoch. Ich gehe gern ein Wagnis ein.»

Das Regenlicht wird gelber, als wäre es auf dem besten Weg, sich aufzuhellen, doch der Regen hält ohne Wind an und schwächt sich in der plötzlichen Helligkeit kaum ab.

«Ich meine, ganz allgemein», sagt Ida und verschleiert ihren Blick.

Lila sagt: «Ganz allgemein tue ich, was ich muß; ich wirke lieber wie eine, die auf der Siegerseite steht. Ich bin keine, die sich aufs Betteln verlegt.»

Ida starrt Lila an und hört dann schnell damit auf. Sie ist vermögender, freier und «schlauer» als Lila – sie führt das Kommando. Sie ist eine, die weiß, was es heißt, *im Haufen zuoberst* zu liegen: für sie, für beide Frauen, bedeutet Siegen soviel wie unschuldig sein; Sieg bedeutet Tugend, Tadellosigkeit.

Königlich und bescheiden, als wäre das ganz einfach und charakteristisch für sie, *tut* Ida einen *Schritt* (Mamas Ausdruck). Ida lächelt – gewöhnlich ist ihr Lächeln eher starr, grammatikalisch – aber der Ausdruck in ihren Augen wechselte von Interesse und Einschüchterung (oder Manipulation) zu Schönheit.

Und Ida sagt: «Lila – » jede Silbe verkürzt, ein Lächeln für jede Silbe, ein jedesmal anderes Lächeln, und ein niedergeschlagener Blick für jede Silbe und eine Pause dazwischen. Und dann eine Starre im Gesicht, fast ein Lächeln. Es wirkt sehr intelligent, vielleicht ist es einstudiert. *(Du kannst nicht jemandem den Kopf abreißen, nur weil er deinen Namen falsch ausspricht...)*

Mama saß ganz still, und dann – sie machte die Situation geheimnisvoll – sagte sie in einem größtenteils undurchschaubaren *Ton*: «Ida», indem sie dabei langsam den Atem aushauchte.

Die gewisse Ironie – Kennenlernen der Welt als Selbstschutzmaßnahme – in Idas Gesicht ging in Freundlichkeit über; und sie sagte: «Lila, du *bist* entzückend, du weißt, daß ich dich anbete, ich hoffe, du weißt es – du weißt es – Lila – du weißt, auf mich kannst du zählen – ein Leben lang – Lila –»

Weil sie – Idas Rede – etwas Einstudiertes an sich hatte, glaubt Mama alle Anzeichen für eines der örtlich zur Gepflogenheit gewordenen Kämpfchen mit Lila vor sich zu sehen. Mama ist rücksichtslos, hat aber Anflüge von *Scham* (ihr Wort).

Mama sitzt in zurückgenommener, blasser und wachsamer Haltung da, leugnet das Sexuelle. Sie will Romantik und Gefühl – will Ida am Fädchen ziehen. Überdies wird beim Gefühlsaustausch zwischen Ida und ihr nur Ironie und Subtilität und Geistesschärfe übermittelt, nur das – Ida übt auf Leute oft diese Wirkung aus, und darum denkt sie, der Welt fehle Sexualität schlechthin.

Lila sagt: «Ach, ein Leben lang ist gar nicht nötig: vierundzwanzig Stunden genügen mir. Was Menschen angeht, stelle ich keine Ansprüche.»

Ida sagt mit einer gewissen gewundenen Hochnäsigkeit und in einem handfesten, bekümmerten Klageton: «Unter

Die Zweikämpferinnen 363

ernsthaften Menschen, liebe Lila, gilt Freundschaft in der Regel als etwas, worauf man sich verlassen kann.»

Lila sagt: «Ich gehe gern ein Wagnis ein, aber ich bin nun mal nicht der große Hecht im Teich. Wenn ich hier jemanden ernsthaft frage: ‹Was tust du?›, dann hören sich die Leute nicht mal die Frage an; ich falle einfach auf die Nase. Ich wette, dir passiert das nie. Ich habe das College nicht abgeschlossen, ich war zu wild, aber ich weiß doch ein, zwei Dinge, auch wenn mir das keiner dankt. Na, nimm den Spatz und laß die Taube auf dem Dach – erwartest du nicht, daß eine *Jüdin – eine Frau und Jüdin* so spricht?»

Ida sagt – vielsagend, lyrisch: «Wäre Ida Nicholson Lila Silenowicz, würde sie jetzt sagen: ‹Ich muß erst Luft holen...›» Sie gab eine Imitation von Lilas Stimme – einer von Lilas Stimmen – zum besten; sie traf Lilas spöttische Höflichkeit.

Lila setzte zu einem sanften, gleichsam gefiederten Lächeln an – friedenstaubenhaft. Dann sagte sie: «Ich würde das nicht sagen, Ida; ich würde sagen, *Ida, vielleicht bin ich dir nicht gewachsen.*»

«Als Lila Silenowicz dilettiere ich noch», sagt Ida in einem Anflug von Bescheidenheit, von Geistesgegenwart, die nicht bescheiden ist: sie erstickt an ihrem Selbstvertrauen – an ihren selbstsicheren Äußerungen.

Mama will nicht der süße Liebling sein; sie sagt düster, gehetzt: «Ich meine, vielleicht bin ich im Grunde meines *Herzens* eine Straßendirne.»

«Lila!» Ida wartet.

«Schau uns nur an – wie wir trinken und rauchen. Würde deine Mutter nicht sagen, wir seien wie Prostituierte?»

Ida ist ernsthaft erstaunt, aber sie ist auch ernsthaft kampfbereit – nicht so leicht abzuspeisen. Doch sieht sie vor sich jemanden, der, zunächst einladend, auf mehr oder weniger tiefe Schuld zu sprechen gekommen ist. Lila scheint in Idas Augen keinerlei moralische Raffinesse zu besitzen (so denkt auch Lila über Ida). Ida weiß nicht, ob sie auf der «gesellschaftlichen Ebene» bleiben soll oder nicht. Sie sagt mit einem verächtlichen Hang zur *Schlagfertigkeit* (ein weiterer Fehler in puncto Sinnlichkeit): «Ach, Lila, du? Wie du dich verwandelst, bei dir geht's ja zu wie im Leben einer Kaulquappe.»

Lila merkt, daß Ida ihr mit männlichen Verführungsstrategien kommt – Lila war nie sehr männlich. Sie spricht nicht – sie wartet ab, was geschieht (um zu sehen, wie ihre *Macht* hier zum Ausdruck kommt).

Ida hebt den Kopf und bewegt ihn irgendwie wie eine Krankenschwester, stolz, mental energisch, gedanklich helle. Sie ist überzeugt, daß ihre Sexualität ein zwingendes Argument ist, egal was andere davon halten.

Lila hat einen starken eigenen Willen und ist ungebildet, grausam und wankelmütig. Rivalität und launische Anwandlungen erfüllen sie jetzt.

«Ach, Lila, du bist unmöglich, du bist so wunderbar, du bist entzückend», sagt Ida. «Ist sie nicht entzückend?» fragt sie in die regnerische Luft. Sie gibt Mama die Sporen. Ihr ist bewußt, daß Mama auf sie eifersüchtig ist.

«Meine Mama hat *dich* immer bewundert», sagt Mama. «Sie meint, ihr hättet wohl einen ähnlichen Geschmack; Mama findet Männer entsetzlich – alle bis auf S. L. Meinen Mann. Du kannst dich nie an seinen Namen erinnern.»

«Seine Initialen», korrigierte Ida sie.

Ida will, daß Mama Idas Autorität anerkennt.

Mama will die Autorität sein.

«Samuel Lewis – S. L.» Mama findet, daß auf diesem Gebiet sie die Autorität ist.

Die Zweikämpferinnen

Ida zieht ein Gesicht. Der Ausdruck auf Lilas Gesicht ist schnippisch und nicht von Idas Macht durchdrungen und adjustiert. Ida neigt zu der Annahme, mit der angeblichen Intelligenz der Juden sei es nicht weit her.

Ida hebt die Augenbrauen und stößt langsam Zigarettenrauch aus. Ihre Nase und ihre Wangenknochen wirken schick. Sie hat eine Hühnerbrust, ist aber dennoch körperlich anziehend, sauber, keineswegs dirnenhaft – eben reizlos. *Sie ist zu stolz, um schön zu sein.*

Die Feuchtigkeit verleiht Lilas Haut und ihren Lippen und dem Lippenstift und ihren Augen Glanz. Sie sitzt da und beurteilt das Schweigen. Dann schürzt auch sie die Lippen – um irgendwie nachvollziehen zu können, was Ida fühlt. Lila sagt: «Ach, ich bin doch nicht entzückend; du bist bloß nett; du bist zu nett; du bist viel, viel, viel zu nett zu mir.» Mama empfindet Vergnügen und Macht, die in momentane Wildheit übergehen: «Ich will ehrlich sein, heute will ich mir was gönnen, also wenn du so empfindest, dann bin ich dadurch schon belohnt genug. Es ist wie ein freundliches Wort oder drei; ich bin ja leicht zufriedenzustellen; aber jeder hat eben seinen Stolz; ich jedenfalls ganz bestimmt; jetzt weißt du alles: Vermutlich wolltest du gar nicht so viel wissen.»

Mama senkt besiegt den Kopf – *entzückend.* Mama ist so tapfer wie ein tapferes Kind. Sie ist entschlossen – energisch. Mit gesenktem Kopf zieht sie den Rock tiefer über ihre schönen Beine. *Die Welt ist kein schlechter Ort, wenn man sich amüsieren will, solange man nur seinen Kopf benutzt. Spiel einfach mit dem Feuer und schau, was geschieht.*

Als sie hochschaut, hat sie einen befreiten, sanften, glutäugigen Gesichtsausdruck. Sie fühlt, daß sie sich selbst ins Messer stürzt – sie ist verletzt – inwendig verstört. Verführerische Mama. Mamas *stürmische* Attacke auf die andere Frau: «Ich bin das, was man vernünftig nennt, falls du es dir noch mal überlegen willst; ich bin eine *vernünftige* Frau, aber das verpflichtet dich zu nichts, obwohl ich Loyalität zu schätzen weiß.»

«Ich auch», sagte Ida in einem unbesonnenen Diesen-Streit-gewinne-ich-Ton. Dann, als hätte sie gedacht: *Sie sieht nicht gut genug aus, um so viel von mir zu verlangen* (die Abwehr des sadistischen Verstands): «Ich glaube nicht, daß jemand dich für vernünftig hält, Lilly. Findest du, die Leute tun das? Findest du, man hält dich für den Typ, den vernünftigen Typ?» Sie ist komisch schlau – Lila nennt das *Idas trockene Art.* «*Ich* bin vernünftig», faßt Ida bescheiden zusammen. Ein trauriger und bescheidener Sieg. *Ihr Verstand ist sehr schnell, aber sie hat nie was damit angestellt, außer schnell zu sein.*

«Ich weiß nicht», sagt Mama. Mama zielt mit ihrem Kopf, einem komplizierten Gewehr, auf Ida: «Ich bin beliebt. Du weißt, was die Leute sagen – ich habe es schriftlich, ich habe schriftliche Belege dafür; du kennst die Statistiken. Ich bin vernünftig genug. Ich sollte das ja nicht sagen, aber ich nehm das Risiko auf mich: Erzähl bloß nicht weiter, daß ich's dir gesagt habe, laß niemand wissen, daß ich so dumm war, einen guten Eindruck auf dich machen zu wollen.»

«Mutig! Mutig!» schreit Ida womöglich mädchenhaft.

Ein plötzlicher, flüchtiger Ausdruck zieht über Mamas Gesicht: *Man kann nie jemand die Wahrheit auf den Kopf zu sagen oder sie von ihm erfragen.* Mama möchte Ida gern gehören, *mit Leib und Seele – aber in gewissen Grenzen: Abwarten und Tee trinken.* «Ja? Na, wer weiß, woher der Wind morgen weht?» Meine Mutter hat sich tief reingeschafft. Sie ist dort, wo die Löwen und Tiger brüllen. Vielleicht ist das, was sie sagt, klarer, als ich es verstehe.

Daß Ida von Frauen angezogen wurde, zog Frauen an. Frauen sahen in ihr eine eindrucksvolle Freundin, die sich

Die Zweikämpferinnen 367

erniedrigen ließ, indem sie sich mit ihnen abgab. Das weiß sie. Ida sagt in sehr bravem Ton, der ironisch *moralisch* ist: «Lila, ich bete dich an.» Sie grinst, offen töricht, als erkläre sie jeder Bedeutung den Waffenstillstand. «Und das ein Leben lang.» Sie meint das nicht so. Sie schlägt Zuneigungsgesetze vor, die sie dann anzuwenden beabsichtigt.

Mama sagt: «Ich weiß, daß immer zurückgekeilt wird.» Sie meint nicht *zurückgekeilt*: Sie hat bloß ein Wort gebraucht, das Ida nicht verwendet. Sie meint: zurückgeschlagen. Sie meint, die Menschen enttäuschen einen. «Ich mache gute Miene dazu, aber es verletzt mich. Wenn du mich hassen willst, dann haß mich dafür, daß Ernsthaftigkeit für mich ganz weit oben rangiert.» Sie will festlegen, was hier Gesetz ist und was Strafe. «Ich bin dumm, ich weiß, aber wer weiß, wieviel Zeit einem bleibt? Ich kann keine Zeit damit verlieren, verletzt zu sein.»

Ida sieht drollig, aber entschlossen aus: Sie weiß, daß Mama von ihr geliebt werden will: Ida denkt: *Na, das hier ist Krieg, das ist Krieg, und Ich bin zu Gast hier.* Sie sagt, größtenteils in einem komisch clownesken und schlau törichten Ton – nämlich höchst überlegen nach dem Motto: *Hier bin ich es, die die Gesetze macht –:* «Na, ich weiß nicht, was ich davon halten soll. Ich bin *immer* loyal.»

Mama spürt, daß Ida *die ganze Zeit über* lügt. Mama ist trunken vor Wissen. Und vor Zielstrebigkeit. «Ich suche immer, ich glaube nicht, daß ich je fündig werde. Weißt du, was die Leute sagen? Stille Wasser sind tief. Aber ich rede zuviel von mir selber. *Gleiche Chancen* für alle. Ich möchte dich einfach nur bitten, netter zu mir zu sein. Du brichst dir nichts ab, wenn du nett bist, du bist eine Frau aus bester Familie, und ich weiß, ich bin es nicht, aber auch du kannst noch was lernen.»

«Das ist schon meine netteste Art, Lilly. Ich bin nie netter als jetzt –»

«Ist das alles? Mehr ist da nicht? Dann bist du aber langweilig – wenn du so schnell an Grenzen stößt.» Mama sagt das mit unscharfem Blick. Sie denkt, *ist mir doch egal.*

Ida sagt: «Jetzt geht der Tanz los.» Sie sitzt steif aufgerichtet da, eine nervös-elegante Frau mit schmalem Rükken, mit Zigarette, auf der Hut – schlicht. «Nun, das ist – bedauerlich», sagt sie. Ihr Blick ist scheu und seltsam, dann plötzlich kühn und starr.

Mama zuckt zurück, weil sie Ida um ihre Fähigkeit beneidet, ein Wort wie ‹*bedauerlich*› unbefangen zu gebrauchen. Nerven zerren an Mamas Gesicht, an ihren Augenbrauen, an ihren Augen – ihr Blick nimmt eine erregte Schärfe an. *In mir ist keine Trägheit, da ist nichts Träges und auch keine Ruhe: Ich beschreite immer den Schwierigen Weg.* Sie sagt: «Na, vielleicht ist es jetzt an der Zeit, daß ich sagte, ich hätte Kopfschmerzen.»

Idas Gesicht ist ein hohles Ei – mit darauf verstreuten Zügen. Eine kräftige Dosis Häßlichkeit. Nun bekommt sie in aller Form vorgeführt, wie stolz Lila ist, wie *feurig* (Idas Wort), und das bricht Ida das Herz. Plötzlicher Schmerz durchzuckt sie – Mitgefühl – ein Gefühl des Begnadetseins – Leere löst sich auf – aber sie ersetzt sie durch Selbstmitleid anstatt durch Mitleid mit *Frauen* oder mit Mama, weil sie einsamer ist als Mama; darum kehrt die Leere wieder, aber sie ist nicht ganz leer: brennende Dramatik steckt darin. Mama ist ganz fertig von der Mühe ihres Schauspiels und des Erweckens von Gefühlen in Ida, aber Ida empfindet *Schmerzen,* was schlimmer ist, doch beide *freuen sich ganz schrecklich darüber,* wie Ida es in ihrer halb kindlichen Art beschreiben könnte.

«Lilly, es regnet zu stark, als daß ich jetzt gleich heimgehen könnte», sagt Ida mit einer Art freundlicher Grandezza. Dann läßt Ida Lila zum erstenmal an ihrem Witz teilhaben, nimmt sich Lila für gewisse Unternehmungen

Die Zweikämpferinnen 369

zur Partnerin, indem sie das «Was hältst du vom Regen, Lila?» von vorhin wiederholt. Und sie verschenkt ein hastiges Lächeln und senkt den Blick zum Verandaboden, innerlich aufgerüttelt von der jähen Erregung ihrer eigenen Großzügigkeit und davon, daß sie sie als eine Art Liebe empfindet.

Mama befeuchtet sich die Lippen und sagt in einem aufs Geratewohl angeschlagenen Ton: «Weißt du, gewisse gläubige Menschen sehen im Regen ja einen Fingerzeig, aber man versucht sich – und andere – eben trotzdem zu amüsieren – hat eigentlich der Regen Sodom und Gomorrha fortgespült, erinnerst du dich? Natürlich erinnerst du dich, du magst doch die *Bibel*. Ich kann mich an solche Sachen nie erinnern. Du weißt, was die Leute sagen, Sünder, die sich gut benehmen, sollten einen kleinen Ablaß kriegen. Ich glaube nicht, daß ich weiß, was gutes Benehmen ist. So, das genügt: Ich habe kein Talent, die Dumme zu spielen: ich will nicht vor *dir* dumm dastehen.»

«Dumm bleibt dumm», sagt Ida – von oben herab.

Mama sagt: «Heute regnet's keine roten Rosen – eher Hunde und Katzen. Der Regen – tja, der Regen – du weißt, daß diese alten Häuser wie die Arche Noah sind. All die Tiere, zwei und zwei – in einer Stunde kriege ich ein Haus voller Leute zu Besuch.»

Von zentraler und entscheidender Bedeutung in Mamas Leben ist, daß bei Zuspitzung einer Lage, in der es für sie wirklich darauf ankommt *und der Beweis dafür vorliegt*, Selbstgefälligkeit sie ganz und gar durchdringt wie bei einer Mondsüchtigen, wie Mondlicht, als wolle sie der Welt schmeicheln wie Mondlicht im Sommer. Ihr Vergnügen an sich wird zu einer bewußt eingesetzten sexuellen Macht – zur reflexiven Selbsterkenntnis einer Frau, die magnetisieren will. Im Augenblick ist Mama durchaus gewillt, in puncto Sexualität ein wenig entgegenkommend zu sein.

Für Ida ist Mama das *Wahre* – als wäre sie berühmt und Europäerin; auf diesem Niveau, aber doch ein Schlag für sich: exhibitionistisch, in gewisser Hinsicht diskret; aber geschwätzig. Mama – Brüste, Kleider und Gesicht – kann einen Eindruck von geschmeidiger Kraft und lauerndem Willen und endlosem Gelächter und Verstand und Märtyrerqualen vermitteln: ein Zwanziger-Jahre-Effekt, ein Film-Effekt. Das sich wie unter Drogen und katzengleich bewegende Schattengewebe auf Mamas Bauch, ihre äußerste Zerbrechlichkeit und geschmeidige Pirsch – Ida sieht darin äußerste Schönheit und den Willen, die Schwermut, die Langeweile und den Überdruß zu zerstreuen, die allesamt von der tödlichen Art sind.

Ida ist aus vielen Gründen hier. Ida ist eine nervöse Menschensammlerin und -richterin, doch wenn sie in Paris ist, geht es ihr wie Mama: dort muß *sie* für die Frauen, die sie bewundert, Theater spielen. Sie glaubt, daß sie dort ebenso viele Menschen für sich einnimmt wie Lila hier – Ida nimmt es mit jedem auf.

Du hältst ja ganz schön viel von dir, denkt Mama. In ihrer Zurückhaltung wirkt Ida auf Mama schön – weibliche Schönheit und Fähigkeiten wirken auf Mama furchteinflößend und hochgradig interessant.

Der Anblick und die Gegenwärtigkeit von Idas «*Schönheit*» (Willen, Mut und Freiheit) erregen Mama, die nun das verrückte Opfer eines hingebungsvollen Blicks darbringt – Mama, die schmerzhaft und hochfliegend hellwach ist vor Hoffnung und Zynismus.

Ida bekommt eine Gänsehaut.

Mama sagt: «Ich will aufrichtig sein; ich will brutal aufrichtig sein: Ich bin nervös, und zwar deinetwegen. Du bist intelligent, du magst Bücher, doch schau, ich platze nicht vor Neid. Wenn ich eine Närrin aus mir mache, mußt du wissen, daß du es dir selbst zuzuschreiben hast; *du* kennst

Die Zweikämpferinnen   371

deinen Rang in dieser Stadt, *du* bist hier die Frau von *Format*. Mehr als das: Was du sagst, zählt. Wenn ich jetzt also angespannt bin, dann ist das deine Schuld ... schieb es auf dein ... *Format*. Würdest du mir den Gefallen tun?» Sie spielt nun *So-tapfer-wie-Ida-Sein*.

«Lila, gäbst du eine gute Freundin ab? Ich merke, du könntest eine sein. Oh, es ist unerträglich.»

«Ich bin eine gute Freundin. Laß dich nicht von meinem Verhalten täuschen. Im Grunde meines Herzens bin ich eine gute Freundin.»

«Du bist ein Schätzchen!»

Aber die Welt ist unerträglich; Mama durchrieselt es kalt: In Idas Stimme schwingt ein Beiklang unnachgiebiger Rechthaberei in der Sache mit: *Ida ist jemand, der das Kommando führen muß – ich war ihr nicht gut genug, daß sie sich zurücknahm und auch mich mal zu Wort kommen ließ*. Ich vermute, Mama sieht, daß es für Ida kein hinreichender Triumph ist, wenn Mama sieht, daß Ida eine natürlichere «Schönheit» besitzt – Ida will Mama verletzen, damit sie, Ida, befriedigender als durch Mamas zeitlich begrenztes Entgegenkommen erfahren kann, daß sie ein Prachtstück ist, die prachtvollere Kreatur. Man kann Mama nicht «Schätzchen» nennen, ohne mit ihr aneinanderzugeraten, wenn man es nicht im Tenor der Unterwerfung oder Verschwörung tut. Mama erscheint das, was Ida da tut, als romantisch naiv.

Folgendes, denke ich, hat Mama eingesehen: *Ida belegt jeden mit Beschlag, der ihr unter die Augen kommt*. Mamas Sex ist *ärgerlich und unwissend*, und geschlechtlich wird sie durch Neugierde entflammt. Und sie hat nicht wegen Geld geheiratet. Manchmal scheint Ida für Mama nur den Glanz, die schneidende Kantigkeit und Schärfe monetärer Berechnung an sich zu haben und kaum noch aus Fleisch und Blut zu bestehen. Mama findet, daß Ida wie sie ist, wie

Mama, nur in der Liebe weniger gebildet, da befindet sie sich in einer früheren und gefährlicheren Phase: Idas Sex ist knauserig wie der eines Schulmädchens.

Mama empfindet ihre romantische Haltung nicht als «sichere» Sache. *Frauen wie ich finden irgendwann raus, daß Liebe ein anderes Paar Stiefel ist – ich hätte Prostituierte werden sollen.* Derlei köchelt in Mama; es macht ihr sexuelles Temperament aus – es sorgt für die Dynamik in Mamas düsterer, rachedurstiger Schönheit. Stürmischkeit und Berechnung – Mama verdächtigt jedermann der Schäbigkeit, was die Liebe angeht – bis auf S. L., ihren Mann. Dessen emotionale Ausschweifungen, dessen Gleichgültigkeit romantisiert Lila – vielleicht ist er romantisch.

Sie ist lebendig und rücksichtslos und glüht jetzt und scheint nicht auf Häuslichkeit und Respektabilität festgelegt – das aber war sie bisher in ihrem Leben; und sie fühlt sich schlau in ihren Entscheidungen. Ich meine, sie ist moralisch genauso ungebildet wie Ida und bislang ebenso unverletzt, unvernarbt: das jedenfalls behauptet sie, indem sie sich so willensstark gibt – daß sie normalerweise recht behält, ungestraft davonkommt. Darin wurzelt ihr Zerstörungswille.

Beide Frauen finden, daß Frauen einen einschränken und in der Intimität grotesk einsam und grotesk mächtig sind. Ida sieht nun vulgär aus. *Es geht letztendlich doch nur darum, daß Ida ein Star sein muß.* Idas Mut ist eine Mischung aus Selbstkasteiung und Selbstzufriedenheit.

Mamas Theater ist schlecht inszeniert, da es darauf baut, daß *Ida ein Herz hat.* Mama ist aus dem Nichts von Alltäglichkeit und Niemandschaft aufgestiegen, um inmitten ihres weißglühenden Feuers zu flattern, doch flattert sie brennend in einem Nichts der *Herzlosigkeit*: *Es ist nichts wert, eine hübsche Frau zu sein, aber alles andere ist noch schlimmer.*

Die Zweikämpferinnen

373

Ida beherrscht sich geschickt.

Mama sieht erregt aus: sieht bewußt aus, lebendig, ebenmäßig – entflammt.

Ida «liebt» Lilas zeitweilige *Brillanz* – vielleicht nur zur Zerstreuung. Aber Ida wirkt und ist vielleicht *glücklich im Augenblick* – aber auf die grimmige Art: *Hier und jetzt findet die Party statt.* Ida ist zu allen Schandtaten bereit. Sie sagt: «Ach, Lila, bin ich glücklich, hier zu sein, Sintflut hin oder her. Ist es nicht nett, daß wir *Nachbarinnen* sind? Was wäre das Leben ohne Nachbarn? Eine Wüste? Eine *miese* Sahara?» Sie lächelt nervös – frech. So etwas wie Schweiß tritt ihr aus der Oberlippe; es ist ihr egal.

Lila, die so schön ist, hat unter solcher Dramatik seit früher Kindheit gelebt, und sie sieht gewissermaßen so aus, als fühle sie sich darin heimisch: Mamas Augen und Lider stellen Betrachtungen über die Rede, das Lob an. Mama macht einen eher *egoistischen* als resignierenden Eindruck – das heißt, sie ist unbefriedigt, als sie Idas Angebot mit seinen ganzen Fallstricken geprüft hat. Es zeigt sich, daß Ida vor allem eben doch *vorsichtig* war. Sie hätte übertreiben sollen, aber sie ist sich allzu sicher, daß Mama um einen *vernünftigen* Preis zu haben ist. Mama ist ein Wunder an Ungehorsam, meisterhaft vertraut mit den örtlichen Gepflogenheiten, die sorgsam gelernt und voll nachempfunden werden. Ihr Gesicht ist eine leicht herablassende Wunde: Verständnis und Expressivität zerreißen ihr das Antlitz, als sie *merkt*, daß Ida hingerissen ist, aber unzugänglich, *eisern* bleibt, als das offenkundig wird. Es wird offenkundig, daß *Ida mehr Klasse hat als ich; genau da verlaufen die Fronten, obwohl ich für mein Teil sage: Ehre, wem Ehre gebührt.* Oft ist das gelogen. Oft ist sie destruktiv und bekämpft anderer Leute Wert. *Hier herrscht Demokratie, und wer will mich daran hindern zu tun, was mir das Beste für mich scheint?*

Ida ist fasziniert und doch *immun* ihr gegenüber, *überlegen, la-di-da und so fort.*

Lila legt sich einen Tonfall zurecht: «Ich bin froh, daß du mich besuchen gekommen bist.» Nicht daß sie die *Femme fatale* spielte oder so, oder daß sie nicht mehr amüsant wäre – sie nimmt sich jetzt zurück. Sie klingt ein bißchen wie Ida.

Ida hebt den Kopf, blinzelt, stößt den Rauch ihrer Zigarette aus – sieht Mama an, Augen auf gleicher Höhe, sieht weg.

Wie verflochten damit verlagert Mama ihre Beine, dann den Oberkörper mit der Last der Brüste auf den schlanken Rippen.

Beide Frauen sind beherrscht – und strahlen Signale aus – so viele, daß ich nicht sehe, wie sie den Überblick über das, was sie alles treiben, behalten können; bei dem Tempo, das sie vorlegen, bei ihrem Wissen und den Empfindungen und all den Atemzügen, die sie machen müssen.

Länger als eine Minute vermeiden sie es, einander in die Augen zu sehen, es sei denn flüchtig – das ist ebenso intensiv wie Reden. Dann sind sie still. Beide lächeln verhalten. *Hier ist der Ort, wo die Löwen und Tiger brüllen.*

Aus Mama strahlt ein dunkles Licht. Sie ist ein nervöser Star, der *selbst noch zu dieser späten Zeit* ein träumerisches Licht ausstrahlt.

Sie fragt: «Bist du aus einem sentimentalen Grund im Regen zu mir gekommen? Wolltest du mich mal richtig rausgeputzt für eine Party sehen, und ganz nervös? Eine Närrin nach Maß? Wie bestellt und nicht abgeholt?»

Ida sagt plötzlich: «Ach, Lila, nein – kein Geschnäbel.»

Sie trampelt auf Lilas Arrangement herum – auf dieser Bitte um *Mitgefühl.* «Ich hasse Geschnäbel – *Schnäbeln* ist brutal. *Entsetzlich.*» Eine Liebeserklärung, dominant, gezielt, tief empfunden: Idas Sorte von tiefem Gefühl.

Die Zweikämpferinnen 375

Mama ist perplex von so viel Intensität, so viel *Stil* und der ganzen Energie, die doch nicht zu ihr selber vordringt – sie allenfalls herablassend streift –, sondern vielmehr gegen Mamas spöttische Koketterie gerichtet ist. Es war eine Liebeserklärung, die Schonungslosigkeit verlangte.

Idas körperliche Feuer brennen tief in den Knochen. Sie sind nicht wie die ausgreifenden Flammenwirbel und Feuer, in denen Mama sich fängt und verzehrt wird; Idas Feuer brennen mit scharfer Flamme und großer Eleganz. Mama empfindet Idas Erbarmungslosigkeit als Charakter und Stärke, aber diese Erbarmungslosigkeit richtet sich gegen das, was Lila verkörpert – eine sehr spezifische Schönheit, eine eigenwillige Kokette, eine Jüdin –, und das ist unverzeihlich. Aber so ist es nun mal. *Man muß es in der Liebe nehmen, wie's kommt.*

Mamas Toleranz und ihr besitzergreifendes Wesen sowie Idas Feinnervigkeit – und ihr Mut – sind die entscheidenden sozialen Faktoren, die starken Antriebe bei diesem Brettspiel, diesem Schauspiel: darüber herrscht schweigendes Einvernehmen zwischen den beiden Frauen. Das *sanfte Nachgeben* (Lilas Ausdruck), das zu *einer funktionierenden Liebe* gehört, hat sich Ida in ihrer Liebeserklärung verbeten.

Mama denkt an *zwei Herzen, die sich küssen* und versteht, wie das, was als Gefühlsregung schmerzhaft ist, zugleich als banal erscheinen kann – oder als ärgerlich – als *dick aufgetragen* – und daß man *ungestraft* lieben und doch die Liebe langweilig nennen kann. Sie ist sich nicht wirklich sicher. In ihr brennt ein lebhaftes Feuer aus Elan und Laune, aus Absicht und Willen, und sie schafft es nicht wirklich, die Liebe leichtzunehmen.

Lila weiß, *wie man den gesellschaftlichen Schein aufrechterhält, wenn es schonungslos zur Sache geht.* Es ist keine neue Erfahrung für sie, daß im Augenblick *tragischer*

Haß aufwallt; das heißt Verliebtheit und Rivalität, große Versagensangst – *eine Art Liebe, alle Arten von Liebe*... Frauen, die mit Liebe handeln. Gemäß Mamas Ego-Theorie *(daß alle Welt sich für die Königin der Erde hält)* kann Ida es jetzt, in diesem hochfliegenden Augenblick, nicht ertragen, daß sie weder in diesem Raum noch global gesehen ein Musterexemplar an *Schönheit* ist. *Sie geht doch nur auf mich los, damit sie jemandem wie mir überlegen sein kann: Sie muß der Star sein; Ben, ihr Mann, ist auch so, aber bei ihr kuscht er, weil sie das Geld hat, während er mit allen anderen rumstreitet.*

Mama sagt in einem Augenblick wie diesem, so beschaffenen: *Wir schaffen uns tief rein.* Es ist ihre Form des Bergsteigens: Erschöpfung, Gefahr, Verzweiflung. Die Feuer des Verstandes und des physischen Mutes schaffen eine Glut, die bewirkt, daß *es nach ihrem Willen geht* – gemäß ihrer Ego-Theorie –, aber mit einem so übertriebenen Theater, daß es ihr nicht zu demselben Genre zu gehören scheint wie Idas Theater, das gemessener, zielstrebiger und gemeiner inszeniert ist, hammerartig tapp, tapp, tapp ... *Sie ist wie eine Maschine. Sie hat eine Stellung zu verteidigen – den ganzen Tag werden Ansprüche an sie gestellt – sie kann sich nicht ganz einer einzigen Sache widmen –* so Lila, wenn sie *fair* ist ... *Aber sie ist ein falscher Fünfziger:* so Lila, wenn sie Lila ist.

Für Ida bedeutet physische Begierde das Zittern der Nerven im häufig verleugneten Körper einer starken Frau. Ida ist warm – oder heiß –, aber *würdelos* in der körperlichen Verhandlungsführung, eben *eine vermögende Frau.* Sie verteidigt ihren Wert neben Lilas immer unbescheidener wirkendem äußerlichen Glanz: Warum hat diese Frau in ihrem Alter noch immer eine solche Ausstrahlung? (Papa würde sagen, Mama tobe wieder mal rum). Wildes Pathos und Selbstmitleid verleihen Ida in ihrer Begierde

Die Zweikämpferinnen 377

eine Aura von Bedrohlichkeit – sie meint, daß sie jetzt erotische Belohnung *verdient*. Idas Klasse, ihre Überlegenheit über Mama in Sachen Konzentration und Selbstkontrolle, ihre *zeitweilige* Verleugnung des Geschlechtlichen, ihre Härte im Zufügen von Niederlagen und Verletzungen bedrücken Mama, weil sie anzuzeigen scheinen, daß Ida *nicht* in sie verliebt ist, denke ich. Ida hingegen findet, daß die Liebe eine immergleiche Substanz ist – daß die Verformungen keine Rolle spielen sollten, die diese Liebe im Namen des Willens, des sozialen Privilegs und der Torheit den weicheren Geweben des Ichs aufdrückte, derweil man lebte, wie man lebt, wenn einen jemand liebt.

Mama findet, daß die Liebe täglich neu erfunden wird und daß jeder Mensch sie anders ausübt. Mama ist sich in diesen Dingen *wortlos sicher*. Sie ist darin zu Hause.

Keine der beiden Frauen will sich zum Narren machen – nur Männer machen sich zum Narren.

Natürlich wird bei Betrachtung dieser Attitüde und der damit verbundenen Gefühle klar, daß Mama Ida und Ida Mama im Augenblick haßt. Aber sie kommen miteinander aus.

Lila denkt so darüber: Ida *würgt rasch alles ab, wo sie nicht das Kommando führen kann*. Ida weiß nicht, wie zweischneidig die Sache mit dem Sex ist – oder wie improvisiert. Mama findet, daß Ida jetzt «hübsch ist», auf ihre Weise attraktiv, ja ein richtiges Prachtstück – aber nicht auf die romantische Manier. Mama sagt oft: *Worauf man sich bei mir verlassen kann ist, daß ich zurückschlage.* Mama ist ein Tier. Sie würde Ida gern die Knochen brechen.

Um auf Mamas Brutalität einen Schimmer Vernunft zu werfen: Sie will Ida weh tun, um ihr Angst einzujagen, damit *sie mich nicht bei lebendigem Leib auffrißt*.

Mama sagt: «Ich bin immer am Schnäbeln. Ich denke,

ich bin schon von Geburt an so. Lach, sagen die Leute, und die Welt lacht mit dir, aber manchmal, wenn du allein lachst, wird das Leben sehr finster. Schau nur, wie finster es wird – ein Gewitter zieht auf.»

Der Regen wird tatsächlich stärker, schmutzig und drohend; und der Wind schleudert die Feuchtigkeit umher.

Es tat Ida ernstlich weh, in die Ecke gedrängt zu werden – aufrichtig sein zu müssen – zu ihren Gefühlen stehen zu müssen. Ihr Schmerz ist im Augenblick ein *kalter* Sturm.

Aber sie sieht Mama ins Gesicht, setzt eines ihrer intensiven, freundlichen Breitwandlächeln auf und sagt auf die unheilvoll zurechtweisende Art: «Du trägst deine Diamantarmspangen – das heißt wohl, daß du heute aufs Ganze gehst.»

Mama sagt trotzig: «Bist du naß geworden? Hast du dir die Schuhe ruiniert? Als du durch den Regen gelaufen bist, um mich zu besuchen? All das mir zu Gefallen?»

Ida sagt: «Du scheinst gar nicht unter dem Regen gelitten zu haben – du hast überhaupt noch nicht gelitten –, Lila.»

Mamas Glanz ist in diesem Licht so flüchtig. *Ich halte ewig und drei Tage durch.* Aber das stimmt nicht. Ein elementarer Bestandteil des Menschseins wird in diesen Scharmützeln aufgerieben. Warum *lügt* Ida? – das heißt, *warum weicht sie so vielem aus? Weiß Ida Dinge* (von der Welt), *die ich nicht weiß?* Darum ist Mama schwer von sich enttäuscht. Das bewirken Idas Willen und Stil. Wenn Mama so etwas zustößt, wird sie krank. Sie kommt um. Sie wird ganz hart. *Vielleicht kommt ja alles wieder ins Lot, ich kann damit umgehen, ich bin nicht mehr neunzehn.*

Ida ist erbarmungslos entzückt, sie schweigt rücksichtslos und macht keine Versprechungen, nicht einmal mit den Augen; daß sie sich aus der Affäre zieht, wird Teil von Lilas wohlverdienter Strafe sein.

Die Zweikämpferinnen

Aber auch dies: Die Schönheit, die Ida fühlt (und zur Schau stellt), ist verflogen und eher Erinnerung als unmittelbare Tatsache, und das beengt Ida, die sich gequälter nostalgischer Gefühle im Hinblick auf ihre großen Momente nicht so enthalten kann wie Mama. Einen Augenblick lang kann Ida überhaupt kein Theater spielen. Ida ist nicht erschöpft, aber sie ist *erschlagen: Lila, du hast mich umgebracht.*

In der Erschöpfung ist Mama teilweise von ihrer Ausstrahlung befreit. Mama *kümmert sich um rein gar nichts mehr,* und Ida ist in gewisser Hinsicht beruhigt, aber gleichwohl geistig rastlos, so hart wie je und sitzt in der Falle. So ist aus der schlauen Starken die dumpfe Kraftlose geworden.

Gegensätze flattern und tanzen *im märchenhaften Licht:* weibliche Verwünschungen haben etwas Umheimliches an sich. Die Geschichte erzählt sich in ihren Augenlidern und den dunklen oder klaren Blicken, die sie wechseln. Sie atmen auch vielsagend. Es scheint, als ließe Ida im Augenblick *keine ohne viel Bildung und Lebensart, keine Wilde und Unbekümmerte* das Kommando führen. Die Haltung der dünnen Ida drückt einen *Mach-mich-nicht-runter-Stolz* plus Sehr Gute Manieren und eine Prise christlicher Fröhlichkeit aus. Einen christlichen Sinn für säkulare Torheit, zwar jetzt gerade zart, doch auch mit Schwielen an der Seele.

Lila denkt, *Ida hat mich nicht kleingekriegt. Habe ich ein Glück. Ida ist ja eigentlich doch sehr zugänglich – allerdings muß man sich ihr auf Händen und Knien nähern.*

Die beiden Frauen atmen vielsagend und in trauter Gemeinschaft weiter – das geschieht mehr oder weniger auf einer Ebene des Glücklichseins, aber *man kann nie wissen* (Lilas Ausdruck).

Ida sagt: «Der Regen – man muß dem Wasser seinen

Lauf lassen.» Sie verspürt eine kreatürliche Spannung, *wie eine Zuchtstute*. Sie meint: *Laß uns einander vergeben.*

Lila ist dem sexuellen Taumel noch nahe genug, um in allen Farben zu erröten. «Aber man sollte es niemandem abgraben», sagt Mama. «Schau her, sagte der Blinde zum Tauben –» Mama gibt eine Kurzfassung dessen zum besten, was ihrer Meinung nach die Verrücktheit einer vermögenden Christin ist, die sich in Form von unsinnigem Gerede und Gelächter entlädt.

Unbekümmertheit scheint Ida gut anzustehen, nicht aber Mama – Ida haßt Mama *genüßlich, wollüstig.* Der Haß in Ida ist *elegant.*

Mama *fühlt sich ebenso skrupellos.* Insgeheim empfindet Mama Besorgnis, aber sie zeigt sie nicht.

Die beiden Frauen lachen einvernehmlich.

Lila sagt: «Und nochmals: Schau her – du kennst mich, Ida, ich bin eine verheiratete Frau und Mutter und eine Teufelin, eine jüdische Teufelin!»

Ida sagt: «Jaja. Sei doch nicht so hart gegen dich, Lilly. Es ist so schon hart genug. Wir wollen keinen Ärger – stimmt's!»

Mama sagt: «Ja, stimmt! Stimmt genau!»

Die leicht betrunkene Ida sagt sich: *Lila ist eine schwarze Seele von einer Frau.* Laut sagt sie: «Du warst immer recht hübsch...» Nach ihren Regeln – das Ich, die Selbstsucht und Loyalität betreffend – ist es ein Zeichen der *Liebe,* daß sie Mama nie ein tiefempfundenes Kompliment macht. Das läßt die Dinge ausgewogen in der Schwebe. Ida lebt tief in ihrer eigenen Biographie.

Aber Mama findet, daß es ihr an Geld, sozialem Rang und gegenüber Ida an Kraft fehlt, um sich damit zufriedenzugeben. Mama ist vernarrt, aber verstimmt; sie ist berauscht – vor allem von der Leichtigkeit, mit jemandem zusammen zu sein, der schnell denkt und nicht männlich

Die Zweikämpferinnen 381

ist. Sie will Ida zeigen, wie unwiderstehliche Koketterie aussieht: «Oh, glaub mir, ich möchte hiermit festhalten, daß du besser aussiehst als ich, und zwar dort, wo's zählt. Dort, wo's wirklich zählt. Dort, wo's wirklich zählt, siehst du bewunderswert gut aus. In meiner Liste der Gutaussehenden stehst du an vorderster Stelle.»

Ida nimmt das als selbstverständlichen Tribut entgegen. Sie erkennt nicht, daß Mama wütend ist und ein Exempel statuiert. Sie sagt steif: «Und du siehst interessant aus, Lila.» Ida empfindet das als eine geistreiche Art, romantisch zu sein. Lila meint, daß Ida weiterhin *nicht romantisch, nicht überschwenglich* ist. Sie liest Idas Gedanken: Sie glaubt zu erkennen, daß Ida es als Verschwendung empfindet, sich überhaupt mit Mama, *dieser mittellosen Unperson,* abzugeben.

Diese Art *selbstsüchtiger Mumpitz* laugt Mama physisch aus, aber im großen und ganzen gefällt er ihr. Mama lacht melodiös und ist trotzdem verärgert. Sie sagt zornig: «Das ist ja lachhaft: Weshalb denn dann deiner Ansicht nach die ganze Aufregung? *Warum* bist du mich nur besuchen gekommen?» Mama empfindet es als ein Zeichen von schlechtem Geschmack, daß Ida nicht ehrlicher ist – *herzlicher.* Von gewissen Leuten wird Mama Die Schönste Frau Im Herzen Von Illinois genannt. Mama fängt wieder Feuer, doch das ist nur Zorn, ein Donnerwetter des Willens. Auf eine ängstliche, sorglose und ungehorsame Art und Weise und auf eine hysterische, kalte und erfahrene weiß Mama, daß Ida im Kampf um persönliche Macht der lokale Champion ist; Mama fühlt Idas Kämpfernatur. Mama sagt nochmals – seltsam, spöttisch und liebevoll: «Ich möchte festhalten – dort, wo's zählt, siehst du besser aus als ich. Ich wünschte, ich sähe mehr wie du aus.»

Sie meint das tatsächlich so, sagt aber damit, es sei besser, es sei sicherer, nicht wirklich gut auszusehen.

Sie lobt Ida und sagt zugleich, Ida sei ein Flittchen.

Ich ziehe nicht einfach den Schwanz ein und gebe auf; ich bin eine, die mit beiden Füßen fest auf der Erde steht.

Ida versteht nur halb, in welche Kategorie sie da gesteckt wird und denkt: *Dafür ist sie mir was schuldig.* Sie beugt sich hinunter und berührt mit einem Finger Mamas Schuh, Mamas Fuß. Dann setzt sie sich wieder auf.

Mamas genervtes, häßliches Gesicht mit den nervösen Linien darin entspannt sich jetzt mit steigender Sensitivität und Geschwindigkeit auf Grund von Mamas Reserviertheit und auf Grund ihrer Kraft – und vielleicht auch auf Grund ihrer Bosheit und Barmherzigkeit – wie eine Seele im Kosmos.

Ida macht große Augen in einem ruhigen Gesicht – aber sie schwitzt – sie ist ganz fasziniert von ihrem reichhaltigen Repertoire an nervöser, fanatischer Selbstgefälligkeit. Sie schlägt die Beine – *allzu deutlich* – vor Mamas jetzt ausdruckslosem Gesicht übereinander. Sie würde anführen: *Das habe ich nicht verdient, ich habe nichts getan, um das zu verdienen.*

Mamas Blick schweift von Idas Augen zu Idas Handgelenken (feinknochig) und Idas Fingernägeln (abgekaut). Mamas Trick, während sie, umhüllt von ihrer Anziehungskraft, ein bißchen lächelt, besteht im Augenblick darin zu zeigen, daß sie eine klare Vorstellung davon hat, was Ida als Mensch *wert* ist. «Hin und wieder amüsiere ich mich», sagt Mama, unfähig, die Unschuldige und tief Beeindruckte zu spielen. Sie sagt das mit seitlich geneigtem Kopf.

Die Kraft in Idas Seele bringt die Oberfläche ihres Körpers mit ungeduldigen Schlägen leicht zum Erzittern. «Wir haben es verdient, uns zu amüsieren», sagt Ida und schaut Mama nicht an, um ihr dann voll ins Gesicht zu sehen. Ida sinkt auf ihrem Stuhl in sich zusammen. Dann

Die Zweikämpferinnen
383

richtet sie sich wieder auf. *Wie eine Gräfin* – das erforderte Willenskraft.

Mama sagt in einem anmaßenden und dringlichen Ton: «In dieser Gegend muß man ja in gewisse Städte fahren, wenn man sich amüsieren will. Ich komme aus der Provinz. Aber im Augenblick amüsiere ich mich auch hier – und zwar deinetwegen.»

Ida seufzt verkniffen und sagt: «Sehr jüdisch bist du nicht; du bist gar nicht wie Hamlet.»

Nicht nachsichtig? Nicht maßvoll?

Mama ist entschlossen, einen Triumph einzufahren. Sie sagt: «Ich finde es immer interessant, mit dir zu reden, ich bin immer interessiert an dem, was du zu sagen hast.» Nachsichtig. Maßvoll.

Ida sieht sie an, schräg, lächelnd – eigentlich ist es ein Grinsen; wäre Ida weniger schlau, wäre es eine Grimasse.

Mama sieht Ida von der Seite an und sagt im Bewußtsein, daß Ida verunsichert sein wird: «Du wärst überrascht, wenn du wüßtest, was ich von dir denke, du wärst überrascht von dem, was ich sage, wenn ich mich mal nicht davor fürchte, wie es sich anhört, von dem, was ich hinter deinem Rücken sage – ich glaube nicht, daß du dir das vorstellen kannst.»

Ida, die Manipulierte, Mädchenhafte – das heißt das kleine, weil manipulierte Mädchen –, sagt mit Kleinmädchenstimme: «Erzähl mir, was du über mich sagst. Was sagst du hinter meinem Rücken? Ich muß es wissen. So was muß ich wissen – es ist so interessant. Es ist mir wichtig. Sag es mir, sag's mir unbedingt, das, was du da tust, ist unfair – ich muß es einfach wissen.»

Idas Ausdrucksweise hier ist Mädchenschulkram aus einer sozialen Schicht, zu der Mama nicht gehört. Mama zuckt zurück, weil sie gemeinhin annimmt, Leute aus dieser Schicht verletzten sie, so sehr sie könnten, so sehr sie es wagten (sie ist hübsch) – sie erwartet *Schmerz* aus dieser Ecke.

Mama weicht aus: «Ich laß die Leute wissen, daß du mich Dinge in einem neuen Licht sehen läßt: du hast richtige Macht über mich – davon red ich immer ... Dann muß ich darüber nachdenken, ob ich das will oder nicht, ob du einen solchen Einfluß auf mich haben sollst oder nicht, ob ich mir das leisten kann – meistens weiß ich es nicht. Du bringst mich zum Nachdenken, aber dabei ist mir zum Heulen zumute. Das jetzt zu sagen ist zu schwer. Ich sag dir eins: Ich bin keine von denen, die an dir herummäkeln – nein, ganz *bestimmt* nicht –»

«Lila, du bist einfach unmöglich – du machst mir angst –» Dann: «Erzähl mir, was du über mich sagst. Erzähl's mir in genau den Worten ...»

»Ach, ich zitiere dich oft – du bist *interessant* ...»

«Lila, sag mir, *was du sagst.*»

«Und ich gebe genau wieder, was du sagst. Ich höre dir genau zu. Ich finde, daß ich dich verstehe. Ich finde, daß du mich verstehst.»

«Das find ich auch», sagt Ida entschieden. Sie hat beschlossen, daß Mama damit angibt, wie gut sie sie kennt. Ida beschließt, das zu akzeptieren. Aber Blick und Benehmen tragen alles aus dem privaten Bereich in die Weite Welt hinaus, wo sie die vermögendere Frau und Lila die schwächere von beiden ist. *Immer entscheidet sie – besonders, ob ich gut aussehe –* im Zusammenspiel zwischen den beiden. Mama glaubt, daß Ida nicht weiß, *wie man sich dabei abwechselt.*

Mama sagt: «Ich bin ganz schön ausgefuchst, nicht?»

Ida bedenkt Mama mit einem breiten, einschmeichelnden, flink kindlichen (bittenden) Lächeln: Es ist konzentriert, ironisch, *aufrichtig* und klug – es scheint sagen zu wollen, daß Ida Mama *gewissermaßen aufrichtig* liebt,

Die Zweikämpferinnen 385

selbst wenn sie sich und die ganze Angelegenheit trotz Mamas hart erkämpfter zeitweiliger Überlegenheit im großen und ganzen unter Kontrolle hat. In diesem Augenblick zuckt Mama zurück. Dieses Lächeln ruft in ihr gewisse Gefühle hervor. Darum ist Mama empfindlich, gereizt, angestrengt – eben lebendig – leistet Widerstand; gewöhnlich läßt sich Mama verführen, wenn sie sich gut findet – und sie ist stolz auf sich gewesen, weil sie dieses Lächeln verursacht hat; aber sie ist noch nicht verführt. Auch sie hat die Oberhand – im Augenblick.

Mama mag die Reaktionen von Frauen. Die Lebensregungen von Männern interessieren sie nicht – sie sind außer Reichweite, dunkel, dumpf, langsam und hölzern.

Mama atmet und rückt ihre Brüste zurecht, und ihr Gesicht schimmert blank und hat einen wissenden Ausdruck – eine seltsame Sache. Ich vermute, dies ist für die beiden Frauen ein Augenblick real erlebter Zuneigung. Mama hat es noch nicht vielen Leuten gesagt, fühlt es aber vielleicht: *Ich bin dreizehn Jahre über meine besten Zeiten hinaus, als die Party noch um mich herum stattfand und sonst nirgends; aber noch geht's.* Der Herzschlag meiner Mutter war ein unausgesetzter lyrischer Ruf von Ignoranz und Blasphemie, Erregung und Gereiztheit, Schönheit und einer Art Amüsement. Mamas «gesunder Menschenverstand» sagt ihr, daß Ida findet, *letztendlich kann nur eine christlich getaufte Seele zählen.*

Bei ernsthafter Betrachtung ist Mama für Ida wie ein dummes Tier, ohne Zugang zur Wahrheit, aber zugleich auch eine vergnügliche Frau, feurig, ein richtiges Wunder – grob durchgeistigt und naiv – eine Jüdin. Mama, vom Leben gepiesackt und gequält, ist auf mancherlei unerforschliche Weise davon fasziniert, so definiert zu werden.

Ida ist versucht, entschlossen und ganz unverblümt die Regie über das verführerische Schauspiel des an- und ab-

schwellenden Leuchtens in Mamas Gesicht zu übernehmen. Sie springt auf, geht wie ein französisches Schulmäd-
chen – befangen und gekrümmt – zu Lila und setzt sich
neben sie auf die quietschende Hollywoodschaukel. Ida ist
ein Großstadtmensch und kann die Augenblicke nicht so
auskosten wie Lila. Sie küßt Lila abrupt auf die Schläfe,
fügt dann rasch dem ersten Kuß einen zweiten hinzu, zieht
sich zurück, sieht Mamas Profil an, setzt sich dann aufrecht
hin und gibt ein wachsames Guter-Hirte-Gelächter von
sich. Dieses Verhalten verrät auf nervöse Art und Weise die
als Zärtlichkeit deklarierte Gesetzlosigkeit einer Frau. Ein
delikater Scherz. *Du störst dich doch bestimmt nicht daran?*

Das Wagnis selber und der Nihilismus seiner Stilisiert-
heit lösen in Mama ein aufrüttelndes Vergnügen und ein
Gefühl des Nahe-am-Abgrund-Stehens aus. Ich meine,
Mamas Leben beruht auf Verträgen unter Frauen, auf Sa-
kramenten zwischen Frauen, und alles was Ida tut, ist ein
Zeichen dafür, daß sie davon frei ist. Ida gibt nicht zu, daß
sie eine solche Freiheit besitzt. Mama meint wegen etwas,
das nichts als ein verlogenes Geplänkel ist, auf einen Abgrund zuzustürzen.

In seltsamer Verderbtheit, mit getragener Stimme, sehr
melodiös und undramatisch und ohne den Körper zu bewegen, doch etwas besänftigt, aber nicht genug, als daß es
wirklich herzlich werden könnte, sagt Mama: «Du bist ja
so nett zu mir, ich fühle mich wie die Schöne vom
Lande...»

«Lila, Schätzchen», sagt Ida beleidigt, aber die Lippen
noch immer für einen weiteren Kuß geschürzt: «Und ich,
ein Handlungsreisender?»

Die Eleganz beeindruckt Lila, die daraufhin, wie Ida,
ihre inneren Reserven mobilisiert – das heißt zum Großteil
Zorn: «Na, du kommst ja auch nur mal auf einen Sprung
vorbei – so zwischen zwei Reisen.» Doch in Mamas Zorn

Die Zweikämpferinnen 387

schwingt ein Mitgefühl mit, das fehlt, wenn sie zu Männern spricht, und ich bezweifle nicht, daß Frauen für Mama auf eine Weise real und plastisch lebendig sind, wie kein Mann es ist. Mamas Nerven und ihr Verstand und ihre Erfahrungen wissen, was eine Frau tut, kennen die Tonarten und Ticks samt dem, was sie implizieren – was sie bedeuten. «Wer lebt schon so wie du?» sagt Mama. «Du packst die Koffer und gehst, wenn du willst. Es gibt Leute, die würden morden, um dein Leben führen zu können.»

Es ist seltsam, wie Ida jetzt aufblüht: zuerst zeigt sich das Träge, Vorsichtige und Schlaue ihrer kleinstädtischen Herkunft in ihrem offenen Gesicht, als nächstes dann die gute Privatschulbildung ihrer Manieren, und dann kommen Idas Aufsässigkeit und der *gute, scharfe Verstand* (ihre Worte), und dann wird all das zusammen mit den Raffinessen aus *New York und Europa* (Mamas Worte) zur Schau gestellt – alles im Bruchteil eines Augenblicks der Stille, der Einkehr, während ihre äußere Erscheinung von dieser nervösen Zurschaustellung glänzt und glüht.

Doch sie hat schnell eine Entschuldigung zur Hand (um Neid zu ersticken): «Es ist leer, Lila. Solch eine Leere...»

Mama sagte – solch eine automatische Reaktion, kraß ins Gesicht dieses töricht selbstsüchtigen Egos –: «Das erzählen mir alle.» Das heißt: *Sie kommen alle, um ihre Leere bei mir abzuladen.*

Jetzt zuckt Ida zurück, sitzt gespannt da; dann berührt Mama, die Ida ziemlich offen ins Auge blickt, Ida am Arm, wie nur jemand körperlich Leidenschaftliches es kann: jemand, der sich von einer stark gefühlsbetonten Doktrin der Behutsamkeit leiten läßt, die alle Mechanismen, die Schmerzen und die unnütze Öde menschlicher Reaktion mit einbezieht – und diese Berührung ist auf ihre Art anmaßend, vielleicht schuldbewußt, wie Idas Eleganz.

Dann legt Mama ihre Hand auf den eigenen Schoß zurück und sieht starr geradeaus und nicht zu Ida hin. «Schau nur, wie wir hier sitzen, wie auf diesen Fotos von Landhochzeiten.» Wie auf einem Hochzeitsfoto vom Lande.

Lila sagt damit quasi, daß sie keine Liebhaberinnen sind, sondern auf Grund einer amerikanischen Kodifizierung von Frauen als Nachbarinnen irgendwie entfernt miteinander verheiratet – diese Idee mit den Nachbarinnen hat sie irgendwann einmal von Ida übernommen, aber daran erinnert sie sich nicht. Sie findet, daß sich ein Sakrament in der schönen Subtilität der flüchtigen Berührung verbarg, der menschliche Aufrichtigkeit und die Kennzeichen individueller Sinnlichkeit anhafteten, was sie zu einem Sakrileg stempelte – es war keine Berührung einer Frau oder einer Tochter oder einer Liebhaberin: es war eher eine *Berührung-von-Lila-unter-diesen-Umständen.*

Ida hat es zu eilig, ist zu ungeduldig, um sich damit mehr als bloß flüchtig zu befassen, um mehr zu tun als zu einem zusammenfassenden Eindruck zu kommen: Sie weiß, daß Lila oder Lilas Berührung wenig von klassischer Tugend oder Keuschheit anhaftet – die Berührung ist ihr zu flüchtig, wenngleich sie den darin mitschwingenden Stolz und das Wissen erkennt und gesehen hat, daß sie innerhalb gewisser idealer Grenzen des Subjekts blieb. Mama möchte, daß Ida aufrichtig ist und ebenso durch Berührung zu manipulieren, wie das auf Mama zutrifft. Was Mama als Idas zusammenfassenden Eindruck empfindet, ist: *Sie hätte mich gern als leidenschaftliche Idiotin.* Ida möchte, daß Mama flinker und anspielungsreicher ist – *Ich wollte, sie wär schlauer.*

Ida kann buchstäblich nicht mit einem realen Augenblick umgehen, sondern durchläuft ihn auf flinken Gedanken: auf Schlüssen. Sie entdeckt das Sakrament des Gesetzlosen, Subversiven, das Lila ihr da anbietet, und es bricht ihr – sozusagen – das Herz, aber sie kann sich weder

Die Zweikämpferinnen 389

damit aufhalten noch damit umgehen. Gewöhnlich sagte
sie: *Ich kann einfach nicht anders.*

Lila fühlt sich nur unter Frauen zu Hause, aber es ist für
sie immer, als stecke sie mit ihnen in einer Fallgrube. Lilas
reaktionsschneller Verstand, ihr Ungestüm und Idas Intelligenz erweitern den Raum – in der Fallgrube mit ihren
Freiheiten – durch gegenseitiges Mitgefühl, aber auch
durch Rivalität und eine Art Frieden, der sich nicht durch
Abwesenheit von Schmerz oder Wettbewerb auszeichnet,
sondern durch deren Existenz in einer femininen Dimension, und erfüllt mit femininen Bedeutungen.

(Das Gespräch unter Frauen, das ich da mithöre, bleibt
gemeinerweise, bis auf die Musik in ihren Stimmen und
Gesten, im dunkeln für mich. Vielleicht verstehe ich alles
falsch.)

Der Regen scheint vorhangdicht in meinem Kopf zu fallen. Man muß sich die Unmittelbarkeit von Mamas nassen
Hüften nach einem Bad vorstellen, die Brüste ohne Halter,
unaufgesteckte Haarmassen – darauf wird jetzt angespielt:
«Setz dich neben mich, ja?» sagt Mama zu der Frau, die
bereits dort sitzt. Mama verspricht ihr etwas, das schon getan ist. Das stellt nur insofern einen Trick dar, als es die
Dinge erleichtert, als es Frieden suggeriert. Sie sagt das zu
dieser Frau, die einfach nicht anders kann als zu denken,
Mama sei eine *leidenschaftliche Idiotin.* So geduldig ist
Mama nicht einmal mit mir.

Nach Mamas Willen soll *das Ideal* im Zusammensein
zweier Frauen bestehen. «Zwei Frauen zusammen sind
wie Schule und Geld», sagt Mama mit ihrer melodiösesten
Stimme – die Musik bedeutet, daß sie sich *tief* reinschafft.

Mama meint damit, die Welt der Männer, die Oberfläche des Planeten, die Topographien der Gewalt und des
politischen Umsichschlagens und Streitens seien null und
nichtig und man sei wie in einem Schulzimmer mit einer

geliebten Lehrerin oder wie eine reiche junge Frau mit einer gutgelaunten Haushälterin oder mit einer intelligenten, wohlmeinenden Tante.

Ida mit ihrem tigerhaften Verstand (Mamas Bild: *Sie hat einen Verstand wie ein Tiger*) erfaßt, was Lila sagt (und tut); was Ida – in ihrer zusammenfassenden Betrachtungsweise – denkt, ist, daß Lila sie mag.

Mama ist daran gewöhnt, daß man ihr nicht zuhört. Und wenn ihr Kopf vornübersinkt, während Ida jetzt einen Haufen schnelle, aber sexuell nicht auf Tempo gebrachte Küsse anbringt, *sichere* Küsse, Küsse einer Privatschulabsolventin, zeitlich begrenzte, nicht solche ewiger Liebe – dann geschieht das nicht aus Traurigkeit, sondern aus Wut und Verderbtheit.

«Jemand wie mir hörst du wohl nicht zu», sagt Mama verzweifelnd – doch als wäre es ein Witz, eine Parodie auf etwas –, und sie versetzt Ida einen Stoß, aber nur mit dem flachen Arm. Selbst dieser plumpe Stoß läßt Mama vibrieren. Mama will keine Kinderküsse von einer Frau, die älter ist als sie selbst.

Ida ist es gewohnt, für ihre *Tugenden bestraft* zu werden – ihre Worte – und für ihre schnelle Auffassungsgabe, ihre Kühnheit, ihr Geld, ihre soziale Stellung. Mädchenhaft und manipuliert, die Naturlocken jetzt noch gekräuselter durch Erhitzung – so versteift sich Ida jetzt, fährt aber kühn mit dem Küssen fort.

Mamas Lippen zucken, als sie sich fügt – sich *Idas* Kühnheit fügt –, als sie den Kopf so verlagert, daß Ida sie auf Wange, Schläfe, Braue und Auge küssen kann.

Ida plaziert rhythmische kleine, babygestammelartige Küsse – wie Stiche beim sauberen Nähen im Klassenzimmer – eine sexuelle Babysprache, Parabel der Unschuld – hygienische und gebieterische Küsse. Die Küsse bewegen sich auf Mamas Mund zu.

Die Zweikämpferinnen

391

Mama fühlt, daß die Unschuld mit Bestechung zu tun hat; sie hängt zusammen mit Geld und sozialem Rang, mit falschen Ansprüchen: Dies ist eine Romanze; und das veranlaßt Mama, sich auf traurige Art von Ida, die *wirklich Geld und Rang* besitzt (was Mama nicht hat und eifersüchtig begehrt), rupfen zu lassen.

Die flüchtige Annäherung an ihre Lippen erregt sexuellen Zorn, weil sie nicht ernsthaft, nicht physisch phrasiert ist. Es ist eine Attacke – blindes Gebettel – Kinderkram. Mama haßt es, ungekonnt berührt zu werden – und haßt es letztlich, wenn es nicht ums Letzte geht: um Leben und Tod.

Wäre es unschuldig und dafür *verläßlich*, könnte Mama es ertragen. Aber sie hegt den Verdacht – ganz elementar, im Bauch –, daß Ida den tatsächlichen Vorgang rasch hinter sich bringen und herabwürdigen will; der Beweis dafür ist die Verdichtung, die ausgebildete Logik von Idas Denken, die eindeutig findet, daß *ein Kuß ein Kuß ist*, was schon physisch betrachtet natürlich nicht stimmt. Mama ist dankbar, aber irritiert – und Ida wirkt auf Mama durch und durch böse, wie ein böses Kind, blind und niederträchtig – *die gemeinste von der ganzen Brut.*

Mama verfügt über keinerlei frivole Lässigkeit. Ihre Blasphemie, ihre Rücksichtslosigkeit sind nicht frivol; sie sind kostspielige und ernsthafte Konstruktionen. *Fürs ganze Leben...* Durch Ida und deren Küsse werden in ihr soziale Versuchungen geweckt, und zugleich ist sie abgestoßen von der zeitlichen Begrenztheit des Vorgangs und der Weltanschauung, die Ida in diesem Augenblick mit diesem Kuß offenbart.

Ida ist wütend. Die Unverhülltheit ihrer Zuneigung wird mit der Wut einer Attacke vorgeführt: sanfte Vergewaltigung. Immerhin Vergewaltigung. Ihre Nerven, ihr Geld, ihr natürlicher Witz unterstützen sie darin.

Mama windet und bewegt sich unter innerlichem Geschrei – der Saat der Wut, ihrer eigenen Wut – und denkt daran, ihren Mund zu Ida hinüberzudrehen. Aber dann kann sie es nicht. Sie sagt: «Ach, du bist so schick. Du bist jemand, der herumreist. Ich muß erst Luft holen –»

Ida keucht ein bißchen – *komisch*.

Mama ist in ihrer inneren Kleinstadtprivatwelt entsetzt, aber resigniert. Sie ist noch nie jemandem sexuell nähergekommen, der ihr nicht Grund zum Staunen gegeben hätte – und in gewisser Weise ein deprimierend seltsamer Kauz gewesen wäre – tierhaft, kindlich, verhätschelt – und in diesem Keuchen sieht sie die offen animalische Verhöhnung des intimen Augenblicks. Das heißt, sie sieht, *wie Ida ihre Romanzen beendet*: ihre Unzufriedenheit kostet den Partner den Kopf.

Ida will Mama rauben – sie entführen – sie möglichen Rivalen abspenstig machen, ihre Aufmerksamkeit mit Beschlag belegen – aber es geht nicht nur um Mama – ich meine, Ida hat diesbezüglich eine allgemein gültige Theorie – darum haftet dem Augenblick für Mama ein *öffentlich* romantischer Odem an.

Mama bedenkt Ida, die neben ihr auf der Hollywoodschaukel sitzt, mit einem bittenden, lieben, *jungfräulichen* Blick. Mama kann Geschwisterliebe fordern, wenn sie will: «In mancher Hinsicht sind wir fast Zwillinge.»

«Aber ja», sagt Ida, als wäre sie entzückt. «Zwillinge, sicher.» Sie ergreift Lilas Hand. Solcher Wille, solch feinknochiger Wille steckt in Ida, daß Mama lächelt – tief in ihren anderen Stimmungen meint sie, wieder auf einem Pausenhof, ein Mädchen zu sein.

Idas Sinn für Romantik schreitet über Feinheiten der Parodie – das heißt, sie ist immer zwei Schritte von der Realität weg – zu handfesteren Implikationen voran: zum Befehlen und Ausnutzen, zu Geheimnissen, Bündnissen,

Die Zweikämpferinnen 393

Hörigkeiten und Wutanfällen: zur Selbstdarstellung, zum Ausbruch des Bösen; sie will als Blume, Frau, Mädchen, Knabe und Mann aufblühen. (Mama will das auch.) Ida ordnet sich parodistisch selbst ein: «Ich küsse wie John Gilbert, nicht? Findest du nicht auch?»

Mama soll *Aber ja* sagen und sich zurücklehnen und so.

Aber Mama ist nicht gezähmt, sie ist nur masochistisch und fügsam, was sie beim Kontakt mit Männern beschämt, und auf Grund dessen ist sie wahnsinnig rachsüchtig. Jedesmal wenn ein Unrecht geschieht, ist Mama von neuem wahnsinnig rachsüchtig. Sie tut folgendes: Sie *blüht auf* als jemand, der von dieser Ida mit dem Schweißflaum an der Oberlippe nicht zu zähmen ist.

Sie kann so tun, als wäre sie eine Dame, als habe sie Distanz zu den Dingen, und sie kann so tun, als führe sie das Kommando – diesbezüglich kann sie Ida imitieren. Zu leugnen, so zu tun als ob, wirkt angesichts ihres Gehabes komisch. Sie sitzt mit nach vorn gerichtetem Gesicht da und weigert sich, ihre Haltung zu ändern.

Eine leidenschaftliche Frau, die unbewegt bleibt, ist komisch.

Ida bebt.

Mama mag ihrer Empfindsamkeit wegen keine Komödien – der Ekel, die innere Gestimmtheit: heiße Erregung: Mißtrauen – all das wird für sie nur um den Preis der Verachtung erträglich witzig – Verachtung gegen sich selber, gegen jedermann – und sie hat physisch noch immer zu viele Meriten, um, wenngleich nicht mehr ganz so selbstgewiß, sich selbst oder das Romantische oder die einem Augenblick des Verehrtwerdens innewohnenden Möglichkeiten geringzuschätzen.

Mamas empörende und vom seelischen Standpunkt aus jämmerliche Komödie stellt eine Verhöhnung Idas dar, die Mama daraufhin wie ein Kind an der Schulter zupft.

Aber das Zupfen ist elegant – und erschreckend. Wie erschreckend Ida doch sein kann. Ihre Geste ist eher selbstverliebt als eine, die Mama wirklich mit einbezieht: Ida will als das brave Kind geliebt werden, das mit jeder Bewegung von Unschuld und hübschem Aussehen kündet, und nicht als der Tunichtgut, der sie ist.

Mama leistet jeglicher auf sie einwirkenden Kraft Widerstand. «Nein», sagt Mama. «Unbedingt nein.» Sie atmet überhaupt nicht. Dann atmet sie leicht. Schließlich schwer. Sie sagt mit wohlmeinender Schärfe: «Aua au, aua weh, *'ne Lila packte ich am Zeh* – ach, Ida ... Sodann, indem sie sich mit steifem Rücken schräg seitlich von Ida wegneigt, eine zusammenfassende Bemerkung: «Niemand kann auf dich zählen.»

In ihrem Schwung macht Ida kokette Kapitulationsofferten: «Jedermann kann auf mich zählen. Ich bin deine Sklavin – Lilly – das weißt du.» Dann, eulenhaft: «Du weißt, daß du ein Leben lang auf mich zählen kannst.» Dann: «Aiiin Lehhh-benn-lang –» Die Länge, in die sie das Wort zog, entsprach in etwa der Wartespanne, bis es mental blinkt und man registriert, was gesagt wird – sie war das Äquivalent zu fünf oder sechs Silben. Ihre Stimme ist nicht von der Liebe, vom Verlangen verzerrt – das heißt, vom Wahn. Kein einziges Gefühl schwingt darin mit, außer einem, raffinierten – das heißt einem, welches das Wissen einschließt, daß *Anhänglichkeiten kommen und gehen*. Ihr Versprechen ist eine Parodie von Versprechungen, es fehlt ihm die menschliche Gewöhnlichkeit. Hingegen zeugt es von Intelligenz, Grausamkeit und Sehnsucht.

Mama reckt den Kopf und tut dies und das, und dann stellt sich wie bei einer Scharade heraus, daß sie auf die gewöhnliche menschliche Art *zuhört*: sie *lauscht* dem Versprechen – das jetzt als Erinnerung in der Luft schwebt. Sie lächelt düster, rätselhaft, schön.

Die Zweikämpferinnen

Im leichten Nebel der Illusionen und Realismen verflüchtigen sich offenbar weibliche Gesetzlosigkeit und deren Codes, weibliche Parodien und weibliche Wahrheiten, und Mama wendet den Kopf und hört lächelnd, stillschweigend zu, mit jenem ruhigen, mütterlich-unschuldigen Gesichtsausdruck, der sich dann in den bösen Blick der Liebhaberin verwandelt – anklagend und rücksichtslos.

Dieser versteckte Hinweis auf die Erniedrigung meiner Mutter durch Ida, diese lügende Verführerin mit Privatschulabschluß, ist gleichfalls eine Parodie; daß sie aber eine Liebhaberin ist und Ida herausfordert, diese Rolle ist keine Parodie, darum ist jetzt alles anders: Es ist physisch und grausam wie gewisse Affären von jungen Leuten in der Oberstufe.

Das macht sie *vulgär* – das heißt plump, leicht durchschaubar – und sexuell. Daß sie Ida so gemäß örtlichen Gepflogenheiten behandelt, das bedeutet Rebellion im großen Stil. Indem sie diese handfesten Dinge so kämpferisch ins Spiel bringt, erhebt Mama den Anspruch, ein ernsthafterer Mensch zu sein als Ida.

Rebellion ist Ida nicht mehr wert als einen Scherz. Ida behandelt alle Ansprüche auf Führerschaft als kindisch, sogar ihre eigenen. Ida plaziert – scheu – einen kleinen Kuß auf Mamas Kiefer.

Ein Gefühlsschwall wirbelt Mama umher. Aber sie ist keine Mutter, kein Kind – das sind asexuelle Wesen. Bei diesem Stelldichein ist Mamas Gefühl für das, was zu tun ist, real; Idas Geschmack und ihr Gefühl für die Dinge bevorzugen das *Symbolische*: die Zusammenfassung.

Mama findet, daß sie, wenn sie *ehrlich mit sich* ist, als Mensch (geschlechtlicher Körper und schneller Verstand) mit Idas Verständnis kaum besser fährt – wenn überhaupt – als mit dem von S. L.

Mama zupft am Ende ihres Schals. «Kann sein, daß S. L.

im Haus ist», sagt sie in fast wütendem Kummer: diese
Hürde baut sie für Ida auf, sie soll hinüberspringen.

Ida zieht eine Grimasse – es ist ein Zähnefletschen: es
galt damals als stilecht, daß eine Frau mit Stil einen Gangster oder so nachmachte. Sehen Sie, Mama bestraft Ida unter Berufung auf «ein Gesetz», das dafür sorgt, daß Ida sich
anständig benimmt. Ida packt Lila an den Ellenbogen und
sagt: «Du Garbo!» Ungreifliche Frau. Die Garbo ist nicht
verheiratet. Mama ist sozusagen eine *Minus-Garbo*. Das
steht Ida ins Gesicht geschrieben, als sie zu ihrem Stuhl
zurückgeht, gescheitert, wahrscheinlich erzürnt.

Lila fühlt sich indes etwas plebejisch. Mama sagt: «Ich
habe in der Schule nie aufgepaßt, darum bin ich so leicht
durchschaubar.» Sie sagt: «Willst du noch einen Drink?
Noch ein Sandwich?»

Ida sagt: «Trinkt S. L.?»

«Er ist trocken – sobald er mal die Finger vom Schnaps
läßt.» Es ist wirklich zum Schreien, wenn Mama ihre eigene Maske fallen läßt und Papa mit all ihrem sinnlich
erfahrbaren Wissen über ihn imitiert.

Ida starrt sie an.

Lila sagt: «Ich kann deine Gedanken lesen. Ich weiß,
was du denkst.» Sie wippt mit dem Fuß.

»Was denke ich denn?»

«Ich weiß es, und du mußt es herausfinden.» Mama sagt
das ganz ernsthaft, mit melodiöser Stimme. Mama weiß
nicht, wie sehr sich das nach Kleinstadt anhört, aber dann –
mit Gänsehaut und einem flauen Gefühl im Magen und
kleinen Schweißperlen auf dem Rücken – merkt sie, was
für ein mißlungener Trick es Idas Ansicht nach ist.

So wie das Erotische und das Spirituelle sich in Mama
mischen, ist es homerisch und nicht tantrisch; aber wenn
man sich ihm mit schulmäßigen Vorstellungen von Dingen
nähert, ist das Erotische eine Frage von geistiger Fas-

Die Zweikämpferinnen 397

sungskraft und Vorstellungsvermögen – will heißen, eine Demystifizierung der Gefühle zugunsten der Erregung –, und es ist überhaupt nicht spirituell: es ist dann nur modern. Gefühle gibt es in der Kunst und im Sex, aber nicht in der Schule, es sei denn, man zählte Vorstellungen und Illusionen unter die Gefühle, was Ida tut und Mama gern täte – sie hätte es gern, wenn die Dinge aufgingen, die Lösungen stimmig wären und sie selbst perfekt: Ida will, daß dies alles, der Sinn dafür, das Verlangen danach als Gefühle gelten. Mama ist ein anderer *Typus*, aber sie sehnt sich durchaus nach dem Schulmäßigen.

Die Schule ist darum so, wie sie ist, weil es im Klassenzimmer nur einen Lehrer, eine Macht gibt: Tyrannei . . .

Im Leben gibt es immer mindestens zwei Menschen, sonst kann man es nicht Leben nennen.

«Wenn ich jetzt sagte, Ida, du bist meine Freundin, wärst du einverstanden, aber wenn ich mich entsprechend verhielte, dann wehe, und da fängt die Schwierigkeit an.» Mama sagt das hastig, als könnte S. L. jeden Augenblick hereinkommen, doch dann wird sie langsamer und endet majestätisch melodiös. Doch ihr Mund und ihre Augen verraten, daß sie geladen ist – verraten ungestüme Gefühle; sie ist jetzt so kompliziert, daß keine wissenschaftliche Theorie so schwer zu deuten sein dürfte wie ihre Stimmung. Sie ist, so wie sie ist, zu epischer Größe erwachsen.

Ida nimmt mit einer seltsam zuschnappenden Bewegung ihre Knie zusammen; sie kommt Mama an Komplexität gleich: sie ist jetzt gut und gern der erwachsenste Mensch auf der Welt. «Kümmern wir uns doch einfach nicht darum, was falsch läuft. Ich glaube nicht an Aufrechnungen», sagt Ida. Leichthin.

Mama sagt: «Wenn wir Freundinnen wären, würde ich das vielleicht als selbstverständlich betrachten, und damit fändest du dich keine Sekunde lang ab.»

Ida säumt beim Denken nicht. Sie überspringt die Hürde. «Brillant. Daß du das siehst. Hör mal: Du *kannst* es auch gleich als selbstverständlich betrachten.»

«Jetzt?» *Jetzt, wo ich gerade so brillant bin.* Mama meint, Ida solle und werde sie nach dem heutigen Tag *noch mehr* lieben.

Ida «liebt» sie schon – das ist alles ausgemacht. Ida sagt würdig, leicht angeekelt: «Ich *bin* deine Freundin.»

Mama sagt: «Dann hab ich dabei nichts mitzureden –» Jetzt sieht sie die Falle deutlich.

«Lilly –»

«Ich sage, jemand ist meine Freundin, wenn *ich* es sage. Wenn du auch nur ein Wort davon ernst meinst, dann erzähl mir – du bist doch mit Colleen Butterson in die Schweiz gefahren – so hieß es – und was war da los? Erzähl's mir, wenn wir jetzt gute Freundinnen sind.»

«Lilly –» sagt Ida in einem ganz anderen Ton. *Sei nicht blöd. Brich nicht das Gesetz* (der Diskretion).

Mama bricht in ärgerliches Gelächter aus – ärgerlich, weil sie nicht will, daß man ihr *ausweicht.* «Ich soll dir Blankovollmacht geben. Hier existieren Regeln – und niemand denkt sie sich einfach aus.» Das bedeutet, *sie* denkt sie sich aus.

Mama weiß *aus Erfahrung*, daß die momentane Wahrheit in bezug auf sie und Ida (die Atmosphäre *fruchtbarer* Ebenbürtigkeit) so aussieht: Mama ist eine Närrin, wenn sie einer so unnachgiebigen Frau wie Ida ihre eigene Auffassung von der Wahrheit aufzudrängen versucht.

Ida sagt mit einsichtsvoll drohender (und traurig desillusionierter) Stimme: «Wir brauchen keine Gelübde, Lilly. Wir vertrauen einander doch.» Ein anderes Gesetz. Ein Regelverständnis, das von Lilas abweicht. Dann: «Sind wir denn wahnsinnig?» fragt Ida zusammenfassend und das Kommando übernehmend. «Nein. Ja.» Ein treffsicherer

Die Zweikämpferinnen   399

Witz. Eine Partyatmosphäre. Es ist klar, daß Ida in mancher Hinsicht ein netterer Mensch ist als Lila. Als meine Mutter.

Mama lacht: «Ich *mag* den Regen», sagt sie boshaft – es ist eine absichtlich plumpe Imitation von Ida.

Ida lacht nicht gleich mit. Mama fängt an, *trotzig* zu atmen; und sie sagt bedeutungsvoll (auf ihre Weise): «Er bringt in meinem Pionier-Haar die Naturlocken hervor.»

«Ach, Lila», sagt Ida erleichtert. Dann lacht sie.

Lilas Selbstzufriedenheit fängt wieder an zu glühen. «Ich kann einfach nicht mit dir mithalten», beklagt sie sich. Vielleicht ein Anflug von Geistesgegenwart.

Keine hat beim gegenwärtigen Stand der Dinge die ersehnte Herrschaft über das Erotische, aber das wirkt sich zu Mamas Gunsten aus, da Mama im erotischen Chaos leben kann und Ida nicht.

Mamas Schwung trägt sie weiter: «Ich habe mein Leben lang in Kleinstädten gelebt. Du hast Paris und St. Louis.»

Ida starrt ein Sekündchen lang vor sich hin, um herauszufinden, wie das gemeint ist, kapiert dann. Ida sagt: «Was in Alton fehlt, ist ein bißchen Ungezogenheit – Verrücktheit –, aber in St. Louis gibt es davon auch nicht viel mehr. Du würdest es langweilig finden, Lila.»

Lila denkt an Idas Reize und an die Ungezogenheit, zu denen sie jetzt Zugang hat, sobald *ich die Paßworte lernte, falls es mir die Mühe wert ist.* Mama lächelt matt – mütterlich. Sie keucht: *Es ist ein Versuch, mit Ida mitzuhalten – sie schwebt immer über allem.* «Ich bin keine Träumerin», sagt Mama laut, beinahe ungerührt den Zweikampf kommentierend...

Ida sagt: «Es muß entsetzlich sein, keine Tagträume zu haben. Wir würden umkommen in dieser Stadt ohne unsere – sag das nicht weiter – *Bosheit.*»

Mama haucht Ida plötzlich einen Kuß zu. Jedermann

weiß, daß Ida es einem immer heimzahlt. Dann steht Mama auf: ein Hitzeschwall – die schlanken, feingeschwungenen Beine, das bleiche, nachtumrahmte Gesicht, der verblaßte, verbrauchte Lippenstift (vom Trinken und Rauchen), die äußerste frauliche Schönheit – ein Hitzeschwall wirbelt über die Veranda. Mama hört ein dumpfes Geräusch wie von einer Autotür – sie hebt den Kopf zur Verandadecke – dann beugt sie sich flink vor und küßt Ida auf den Mund: leicht, schnell und richtig. Ein richtiger Kuß, welcher derjenigen, die ihn empfängt, das Herz brechen kann, und auch jedem, der zusieht. «Lila, du bist eine Heldin», sagt Ida.

Scharf fährt ihr Rock durch die Luft – Mama macht kehrt, geht zur Hollywoodschaukel zurück und setzt sich. Sie sagt: «Na, also jetzt fühle ich mich nicht unterlegen, Ida, da kannst du es so schlau anstellen, wie du willst.»

Ida befeuchtet sich zum erstenmal die Lippen. Sie lächelt gedämpft – ihre Augen sind von einem Film oder Vorhang überzogen.

»So siehst du jüdisch aus», sagt Mama.

Ida lächelt breiter, komplizierter. Ihr Blick ist scharf. Mama sagt: «Mal abwarten, ob das Haus erzittert.» Sie meint, von S. L.s Schritten auf den Holzdielen. Sie findet die von Männern gemachten Geräusche bedrohlich: Sie zerren ihr an den Nerven.

Der Regen fällt schwer.

Mama sagt: «Wir haben noch ein, zwei Minuten, um Freundinnen zu sein.»

Die Jungen
auf ihren Rädern

Zum Beispiel ich und Jimmy Setchell.

Ich bin fast vierzehn, James S. ebenso, aber er ist trotzdem zwei Klassen unter mir, weil er im falschen Monat Geburtstag hat und weil ich es eilig habe, die Schule hinter mich zu bringen. Wir sind amerikanische Juden, und in der Kategorie «Fall und Aufstieg» kommen wir im wesentlichen nicht vor.

Jimmy schreit: «Juu-huu! Ab die Post…» Wir fahren auf unseren Rädern; der Wind verdreht und beschneidet die Silben. Die Worte klingen seltsam und jung. Er will, daß sie erwachsener klingen, und darum sagt er, in einem barscheren Tonfall: «Ab die Chose…» Das taugt nichts; also noch einmal: «Los geht's…» Noch immer nicht so, wie es klingen soll. Er probiert es mit «Juppieee» und «Zackenfletsch». Das letzte findet er in Ordnung. Er lächelt wie ein flügge gewordener Fallschirmjäger, segelt den Abhang hinunter und fährt den Hügel hinauf.

In diesem Augenblick sehe ich aus meinen Augen hinaus. In diesem Augenblick. In meinem reichlich großen, mageren Körper und am Rande des unkrautüberwucherten Feldes, als das sich dieser ganze Moment darstellt, sitze ich zusammengekrümmt da.

An jenem Tag hatte ich vor, einen Rest von Unschuld, der mir aus meiner Kindheit geblieben war, loszuwerden.

Ich hatte vor, mein Gelübde zu brechen, daß ich nichts töten, niemandem weh tun würde, wenn Gott die Dinge für
meinen Vater – meinen Adoptivvater –, der damals ein re-
lativ junger Mann war, Anfang Vierzig, einigermaßen zu-
friedenstellend regeln und ihn eine Weile ohne Angst und
Verzweiflung, ohne ein Gefühl der Schande leben lassen
würde. Darum war es bei dem Gelübde gegangen. Jetzt
war mein Vater tot, aber darauf kam es nicht an: Ich war
froh, daß er tot war, und hätte wahrscheinlich nicht viel
getan, um zu verhindern, daß er starb – inzwischen waren
seit dem Gelübde fünf, fast sechs Jahre vergangen, und ich
hatte mich ziemlich genau daran gehalten. Nein, es war so,
daß ich diese Art des Bravseins satt hatte; es war ein ekel-
haftes Leben gewesen. Darum hatte ich vor, im Laufe des
Tages etwas zu töten. Ich hatte ein zerlegtes Kleinkali-
bergewehr mit, geborgt, erpreßt von einem anderen Jungen. Jimmy transportierte es für mich in einem Segeltuchsack auf dem Gepäckträger hinter sich.

Vielleicht beschloß ich auch, nichts zu töten. Vielleicht
entschloß ich mich, einsam und rein zu bleiben, unge-
schützt, auch wenn dieses Manöver des Rückzugs, des
Rückzugs in mich selbst, angesichts des Versagens der
Welt und meiner Väter so schiefgegangen war, daß es die
Kurve meines inneren Falls – oder Aufstiegs – für lange
Zeit völlig verbog. Daß ich nun mit dem Gewehr schießen
will – also, in meinen Augen befördert mich das ins Leben
zurück: vielleicht in ein unechtes, vielleicht aber auch ins
wirkliche Leben. Der Kameradschaft beraubt, arbeite ich
mich in Richtung Kameradschaft vor. Die Jahre meiner
Kindheit sind vorüber, und ich betrachte Kameradschaft
als etwas Tätiges, bei dem Blut im Spiel ist. Heute also
habe ich vor, mit diesem Gewehr herumzuspielen – ein
Schritt zur Erschließung gesellschaftlicher Ressourcen
und sozialer Fertigkeiten. Her mit der Wirklichkeit – so

Die Jungen auf ihren Rädern 403

ähnlich war das. Von dem jungen Mann, der ich war, kann man sagen: *Er ist so kantig wie ein Stein.*

Das soll meine Stimmung umreißen: etwas töten; und im Verlauf dieser Schilderung wird das Problem nicht gelöst werden.

Ich trete in die Pedale und grinse, verziehe das Gesicht. Ich bin sehr belesen: Ich nenne die Nicht-Transzendenz, die Nicht-Gedanklichkeit dieses Ausflugs einen *freien Tag*, einen Nicht-Tag, der doch ganz wirklich ist, nichts Besonderes, ein bißchen verschoben (im Verhältnis zum gewöhnlich Moralischen und Geschäftigen, im Verhältnis zur Ahnung einer Zukunft, die *nicht* im verborgenen liegt). Das ist eine Form innerer Ausgelassenheit. Meine Stirn, mein Mund und meine Gedanken, meine Beine und Genitalien treten in den nächsten Augenblick ein. Ich erinnere mich an ein Gefühl der Dienstverpflichtung. Ich erinnere mich an den brutalen Rausch der Unwiderruflichkeit.

Ich fahre ebenfalls den Abhang hinunter und schreie mehr oder weniger «Zak-ken-fletsch». Dann trete ich wild in die Pedale, wie ich es, glaube ich, Jimmy habe tun sehen. Während des vergangenen Jahres ist mein Herz um das Doppelte, Vierfache gewachsen, und jetzt ist es eine neue und laute Trommel, eine Art erst seidenweich laufender und dann geschundener Motor. Es überraschte mich, daß ich jetzt neue Teile in mir hatte, richtige Sektionen. Als Kind hatte ich keine Abteilungen in mir gehabt.

Meine Hände und Handgelenke waren neu und breit, mein Mund war wie ein Lachs in meinem Gesicht, sowohl was das Aussehen betraf, als auch wie er sich anfühlte: Er sprang und zeugte: manchmal Worte, manchmal Wendungen, in seiner Erregung, in Zuckungen; einen Großteil meiner Zeit verbrachte ich nun in einem chemischen Hoch, berauscht, auf dem Sprung, und in chemischen Tiefs, in geheimnisvollen Verfolgungsängsten.

An einem steilen Stück, wo die Straße wie eingesunken war, weil sie zwischen aufragenden, schattenspendenden Böschungen bergauf führte, wo Büsche und eine Menge sehr spilleriger, sehr hoher Bäume mit gebogenen Stämmen sich hoch über mir reckten, hier in dieser schattigen Unterwelt fahre ich, lange nachdem Jimmy angefangen hat, zu Serpentinen überzugehen, geradeaus weiter, um zu sehen, ob ich, wie ich halbwegs glaube und gern beweisen möchte, viel stärker bin als er und außerdem eigentlich sportlicher. Das Fahrrad wird langsamer und langsamer. Es krallt sich in die schlierige Rhythmuslosigkeit des Nichtvorankommens. Es ist ein wenig so, als würde das Vorderrad faulen oder als würde das Fahrrad eine schüttere Hecke durchpflügen. Ich beharre. Und dann gebe ich, atemlos und zum Teil geschlagen, nur meine luftige, halb gebückte Haltung auf, bevor ich umkippe (falle), aber ich gebe aktiv auf, heroisch, eher so, als würde ich dagegen ankämpfen, ich, der momentan Unterlegene – aber dennoch Starke. Ich richte es auf, das Fahrrad; ich reiße das Fahrrad mit den Armen hoch, lasse mich vom gespannten Bogen meines Körpers, meiner Beine halten: wadenlose, auf ihre Art schöne Beine, ziemlich kräftig, aber im Augenblick unbeholfen (meine Arme sind auch nicht gerade wohlgeformt, aber trotzdem sehen sie ebenfalls gut aus – und sie sind kräftig), und ich stoße einen Fluch aus, um mich anzutreiben. Ich drohe dem Hügel mit Hölle und göttlicher Verdammnis; das Fahrrad – der Rahmen ist ein beschnittenes, zweidimensionales Diagramm, limonengrün – geht hoch (das Vorderrad löst sich vom Boden); ich lenke es in eine Diagonale, eine sanftere Steigung, und der elektrisierte halbe Sprung, das halbe Vorwärtsgleiten, das nun folgt, sagt mir, daß ich das Richtige getan habe. Ich bin, vom Knochenbau her, ordentlich athletisch.

Dann mache ich mich daran, schwankend und krumm

Die Jungen auf ihren Rädern 405

im Zickzack hinaufzufahren, eine Steigtechnik: manchmal rutscht das Fahrrad weg wie etwas Lebloses, Kraftloses.

Der Morgen springt jetzt verschwommen, verschwitzt vor mir hin und her, und ich sehe postkartenartige Rechtecke – Straße, Böschung, Straßengraben, Zäune, Rasen, Häuser, Fensterrahmen, Kutscherlaternen, Fassaden. Die Postkarten-Rechtecke, die Abbildungen des Morgens, werden nicht bewußt betrachtet, sondern indirekt wahrgenommen und sogleich im Gedächtnis gespeichert, während ich in die Pedale trete und schwitzend blinzle. Sie schneiden, sie schlagen papieren nach mir. Hinter meiner Stirn, in meinem summenden Schädel zuckt mein Geist in regelmäßigen kleinen Rucken zusammen. Aber meine Beine pulsieren nicht und schwellen nicht an, und meine Augen quellen nicht vor, und mein Mund steht nicht mit hängenden Lippen offen wie früher, wenn ich als kleines Kind mit meinem Fahrrad, diesem Fahrrad, bergauf fuhr; der Sattel ist inzwischen höher gestellt.

Ich ärgerte mich, daß ich mich erinnern mußte, um zu wissen, was ich sah; ich muß einen Schritt, einen Distanzhalter, einen Abstand dazwischenbringen, wenn ich wirklich *wissen* will, was ich vor mir sehe. Wenn ich spontan sehe, weiß ich es so ungefähr, aber ich kann mir nicht sicher sein.

Die geriffelten Kanten des Morgens schlagen nach meinen inneren Augen, die weniger scheu sind, weil sie nur sehen, wenn ich blinzle oder wenn der Distanzhalter angebracht ist, wenn auf den Sichtkorridoren patrouilliert wird und die Wahrnehmungsgeschwindigkeit reguliert ist – sie sind auf elegantere Weise aufmerksam als meine äußeren Augen.

Ich setze mein Gewicht ein, um das widerspenstige Pedal niederzutreten, erst dieses, dann jenes, und auf der anderen Seite kommen sie wieder hochgesprungen. Das antreibende oder befähigende Motto – der Motto-Motor – ist: *Sieh zu, daß du den Hügel raufkommst.*

Das Licht, die Strahlen der Sonne, die in einem morgendlichen Winkel einfallen, knallt auf meine Augen und dann auf meine hin und her pendelnden Ohren und die Seite meines Halses, während das Fahrrad langsam, schwerfällig auf einer gewundenen Linie vorankommt und wieder und wieder die Richtung ändert. Gleißende Blumen erblühen auf meiner Lenkstange und den Speichen von Jimmys Fahrrad. Jimmy ist etwa fünf Meter voraus. Ich krümme mich wieder mehr zusammen, ich werde immer kleiner, weil ich zugeben muß, daß ich unbeholfen bin, daß ich gewisse körperliche und geistige Mängel habe, Defizite an Erfahrung, Körpertraining und Wissen, weil mein Vater krank und ich sehr eingespannt gewesen war, und daß ich Jimmys Vorsprung nicht aufhole und kein besserer Sportler bin als er – jedenfalls im Augenblick nicht.

Alle Welt mißt mich und andere Männer und vergleicht mich mit ihnen. Ich versuche, meine Pflicht zu tun. Als achtsames Kind versuche ich auch, über das, was vorgeht, «Bescheid zu wissen». Das heißt mit einem Gefühl für Kontinuität an dem, was im Fluß der Zeit geschieht, dranzubleiben: das heißt an dem, was aktuell ist. Nach einer Weile erinnere ich mich dann an zu vieles und wirke auf manche Leute seltsam einschüchternd – ich wirke und bin so. Manchmal bedrückt mich dieses Übermaß geradezu, und dann zerbröckelt das ganze Zeug zu einem Haufen mit einer oder zwei interessanten Einzelheiten oder Hinweisen: *Hier bin ich nun ... Irgendwie ... bedauerlich ... Das ist ein Scheiß-Hügel.* Zu diesem Zeitpunkt kann ich das noch nicht formulieren, und so rutscht es in mir hin und her wie etwas nicht Festgebundenes im Kofferraum eines Autos, aber ich lebe damit, in einer eigenartigen Dickköpfigkeit.

Die Jungen auf ihren Rädern 407

Ich will auf diesen verdammten Hügel.

Ich ziehe die Idiotennummer des *Vielleicht ist es ja gar nicht wahr, daß ich hier bin* ab. Das zerstört den brutalen Rausch der *Unwiderruflichkeit*. Es zerreißt das Material, aus dem die Wirklichkeit gemacht ist – ich meine, für mich, der ich das Publikum meiner Mühen an diesem Hügel bin. Meine Identität als heranwachsender Mann, der Raum rings um meine Sinne, schwankt jetzt und zieht der *Wirklichkeit* eine böse Schnute: Ich bin ein Mann, gewissermaßen, und kann tun und denken, was ich will: Ich bin nicht abhängig wie eine Frau oder ein Kind: Ich bin, und ich bin nicht.

Ich gerate in einen Zustand wie in der Schule, leide unter heftigem Schmerz, unter Ratlosigkeit, unter halsbrecherisch unbekümmerter Langeweile: Ich werde drangsaliert, mit kundiger Hand unterdrückt: *Gott – was für ein Mensch bin ich, und warum tue ich das hier?*

Als kopflastiges Kind suche ich Zuflucht, ich fliehe aus dem Land, in dem Dinge wie Männlichkeit eine Rolle spielen, und ich denke an Bücher, sauge mich voll mit vorgespiegelter Rationalität und entziehe mich der Anstrengung des Radfahrens.

In der Schule lüge ich *immer*, denn ich will als korrekt durchgehen und nicht das Risiko auf mich nehmen, als Exzentriker oder doktrinärer Zeitgenosse zu gelten, und darum erzähle ich der Lehrerin oder der Klasse, wenn ich über ein Buch referiere oder eine Frage beantworte, nicht, daß ein Buch oder eine Seite oder Gedichtzeile bei zweimaligem Lesen nie gleich ist, nicht derselbe Satz, dasselbe *Wort* ist. *Spiel nicht den Philosophen; du gehst bloß allen auf die Nerven, Wiley.* (Wiley Silenowicz, Ulysses Silenus in einer jüdisch-amerikanischen Version, und zwar seit meiner Adoption im Alter von zwei Jahren, als meine leibliche Mutter starb.) Das zweite Lesen, welches das erste vertiefen soll, verändert die verschneiten Landschaften des ersten Lesens und meine Eindrücke und Anmerkungen dazu so sehr, daß ich verstumme: Es ist, als hätte ich, wenn ich jetzt recht habe, vorher immer unrecht gehabt. Ich hasse mich, weil ich diesbezüglich nicht die Wahrheit sage und so tue, als seien das Verrücktheiten, während ich doch in Wirklichkeit finde, daß es offensichtlich und wahr und im Grunde nützlich ist. Aber ich versuche mich anzupassen, auch wenn das auf Kosten der Wahrheit geht. *Verrat den Leuten nicht, was du denkst; das ist verrückt.* Also lasse ich es. Und ich habe Tagträume, daß ich eines Tages einmal beichten werde, was ich wirklich sehe. Aber ich bin bloß ein Junge.

Ich bin kein Guter Junge, der sich einfach mittels Doktrinen und Charakter aufrecht erhält. Ich bin, wie gesagt, *rastlos* geworden; andere mochten vielleicht sagen, ich finge an, nervös zu werden – oder sie sagten: Wiley ist drauf und dran, sich zu produzieren, wieder mal; er macht immer dummes Zeug, er macht gern Ärger, er reagiert zu extrem. Wenn es mir gutgeht, urteile ich nicht sehr viel, außer daß ich etwa sage: *So leben die Leute nun mal; seien wir doch verständnisvoll,* aber wenn mir etwas auf die Nerven geht, bin ich, wie jetzt, angesichts der ordentlichen Häuser aus Holz und halbierten Ziegelsteinen, dieser mittelstarken Verdünnung der Idee eines *Bauernhauses,* dieser Prärie, die in einen gemütlichen und befangenen Winkel verwandelt worden ist, peinlich berührt: Das Leben all dieser Leute, der Kummer in ihrem Leben, der Mittelwesten – das alles ist mir peinlich; und ich weiß, daß das eine Menge Leute verärgern würde – ich meine, wenn sie es wüßten.

Ich verstehe es nicht, aber ich bin plötzlich wirklich unglücklich, und darum, um mich bei Laune zu halten, um mein Interesse anzustacheln, um kein Spielverderber zu sein und um wieder mit der Wirklichkeit auf Tuchfühlung

Die Jungen auf ihren Rädern 409

zu kommen, während ich schwitzend im Zickzack hügelan strampele, schreie ich: «Hee, Dsch-(keuch)-IMMY!»

Meine Laune bessert sich nicht, wird vielleicht noch schlechter. Ich empfinde sie nicht als etwas gleichbleibend Merkliches, sondern sie lauert zwischen Gekeuche und Geschnaufe. Jedenfalls wirken die vergrößerten Bäume und Büsche auf den Rasenflächen fehl am Platz in diesem mittelwestlichen Licht, das ja immerhin die Beleuchtung für eine Prärie ist, für ein Meer von Pflanzen, die im Sommer Woche um Woche wachsen, den ganzen Sommer lang, eine sich kräuselnde Brühe aus Unkraut und hohem Gras und langstieligen Blumen, die sich drängen und vorneigen und verbeugen, und all das gipfelt in den Sonnenblumen, die bizarr sind und gewaltig, richtig giraffenartig, wie Kirchtürme im August, riesige Scheiben, sonnengleich, grob und gelb, die pragmatische und fast absurde Klimax der Natur vor ihrem Zusammenbruch in einem braunen Kältesturm.

Früher war der Hügel ein Grabhügel. Jetzt stehen da diese Häuser. Der Grabhügel war eklig, fies – Wilde sind nicht besser als wir. Wilde und alle und alles andere – alles im Universum, ob es ein Bewußtsein besitzt oder nicht, verfolgt eine Absicht; ungebändigter Wille ist ein blutbesudelter Tyrann: Ich meine, alles und jeder versucht zu herrschen, seinen Willen zu bekommen. Alles ist herrschsüchtig – alles ohne Ausnahme. Alles zerrt an einem. Dies ist ein Universum von Dreigroschentyrannen. Um zu beweisen, daß es Güte gibt, muß man sein Leben opfern. *Glaubst du, daß es die Dinge angenehmer macht, wenn man seine Pflicht tut?* – ungefähr diese Frage stellte ich Jimmy in Gedanken. Ich weiß ein Geheimnis: Wir sind den Gesetzen nicht ganz und gar ausgeliefert. Man kann bei allem eine Weile lang schummeln; man kann «eine alternierende Unwiderruflichkeit» in das System eingeben; man kann zum

Beispiel etwas ganz *schnell* verschenken, gegen den eigenen Willen.

«Hee, Dsch-immy – GLAUBS DU, GÜTE GIB(T)S?»

«Hä?»

«GLAUBST DU, WIR MACHEN DAS UNNIVERSUM BESSER?»

«WOZU WILLS(T) DU (DEN)N DAS WISS(E)N?»

«WEISS NICH, HABS VERGESSEN, BIN AUSSER PUSTE.»

Das also schrie ich, mit diversen langen Pausen oder Schallöchern dazwischen. Aber eigentlich redete ich gar nicht mit ihm und auch nicht so recht mit mir selbst: Es war eine frühpubertäre Art des Weinens und Schwitzens und Rot-Anlaufens-im-Gesicht.

«WIR SIND ALLE TÜRANNEN...» Ich weiß, er wird das nicht kapieren: Keiner versteht, keiner durchdringt mit dem Gehör den technischen Nebel der Probleme, die der Sprache innewohnen.

Ich trete in die Pedale und verspüre unbändigen Willen. Außerdem bekomme ich eine Erektion, wie so oft, wenn ich verzweifelt bin: Das ist eine Quelle weiterer Verzweiflung. Ich werde wahnsinnig vor sinnlicher *Rastlosigkeit* – eine Form von Verzweiflung; aber selbst wenn ich ein schlechter Mensch sein sollte, will ich es klar und deutlich und als ein *enttäuschter guter Mensch* sein, wenn Sie verstehen, was ich meine. Als ich spüre, wie das Pedal bei einer meiner wackligen Kurven über den Teersplit kratzt, steige ich ab. Gut oder schlecht, ich bin ein freier Mensch.

Ich *will* das nicht mit Worten beweisen, ich will nicht lügen. Ich will nichts in Frage stellen, ich will frei *sein*. Jetzt beobachten uns die gepflegten Rasenflächen, die schwachsinnigen, *netten* geduckten, primitiven Häuser, die nicht nur anständig sind, sondern auch käuflich – wie unerfahrene und noch immer nicht ganz überzeugte Huren. Des-

Die Jungen auf ihren Rädern   **411**

gleichen ein neunjähriges Mädchen mit irren Augen, das auf einem wasserköpfigen Dreirad sitzt; das Dreirad ist so aufgedonnert, daß es meinen Verstand übersteigt, eine Plastikmaschine.

«Hee, Weilii ... wassis ... machs du?»

Er hat mitten im Satz die Syntax gewechselt, von *Was ist los mit dir?* zu *Was machst du?*, und darum schwingen in dem, was er ruft, eine Menge wechselnder Untertöne und möglicher Sätze mit. Ich kann die Töne enträtseln, diese hellen, verbogenen, gleißenden Drahtkleiderbügel von Silben: Es sind irgendwie bedeutsame Töne.

Die ehrliche Antwort, die ich ihm, beinahe geistesabwesend, gebe, ist: «Äär? – Was hasdu gemwuuult?» Ich betone das letzte Wort, weil ich *gleichzeitig* «gewollt», «gemeint», «gesagt», «getan» und so weiter sagen (und damit mein Interesse und meine Zuneigung kundtun) will.

Ich trage abgeschnittene Levi's und habe kein Hemd an. Die Straße verströmt einen gewissen Gestank nach Teer und Reifen und Draußen. Mein T-Shirt ist um die Stange unter dem Sattel gewickelt. Ganz klar: Für das, was ich, wie ich glaube, tun werde, brauche ich es nicht abzuwickeln und anzuziehen. Meine Augen blinzeln. Ich bin halbwegs unglücklich. Ich *verstehe* das, was ich tue, genausowenig, wie ich an diesem Punkt meines Lebens *verstehe*, warum die Häuser an dieser Straße auf mich im einen Moment so anständig und sehnsuchtsvoll und im nächsten wie von Gespenstern und Wahnsinn durchgeistert wirken und mich dann mit den gefüsterten Wünschen der darin lebenden Menschen heimsuchen, mit den Hoffnungen, die sie in bezug auf sich selbst hegen, mit ihren langfristigen Lebensplänen (manche Existenzen innerhalb dieses Systems von Straßen und Häusern sind *gut*), und dann wieder scheinen die Häuser verschlagen oder, wie beim Abendmahl, voller Liebe und, im nächsten Moment, völlig verhurt zu sein. Dieselben Häuser. Wahnsinnig rührend, dann geheimnisvoll, schließlich bloß noch käuflich.

«Ich bin ein Feuaweak . . .» schreie ich; man kann nicht *Feuerwerk* schreien und erwarten, verstanden zu werden: Es ist zu weit hergeholt, es sei denn, man hat sich schon vorher was über Feuer zugeschrien.

«Waa . . . has . . . du . . . ?? äie?»

Er ist, äh, dreißig Meter voraus, über mir, halb ausgelöscht vom gleißenden Licht.

Wir sind solche Vorstadtbewohner, er und ich, daß wir nicht einmal bei einem Mord wirklich aufschreien würden, ohne rot zu werden oder andere Anzeichen der Scham erkennen zu lassen. Wir sind bestochen (und eingeschüchtert) worden, bis wir uns in die leise sprechende, aufgeblasene, herausgeputzte, speerspitzige Phalanx eingereiht haben: Wir halten das für die höchste Form menschlichen Benehmens und werden das wahrscheinlich immer tun.

Er spricht fast so mit mir, als stünden wir am Spielfeldrand: durch die Luft, die Straße hinunter, in diesem Licht und mit einer Verlegenheit, die von der Anmaßung der Häuser an dieser Straße herrührt und von den Frauen darin, Müttern, die uns vielleicht beobachten, uns beurteilen, unser *Benehmen* beurteilen.

Ich sage: «Ich warte darauf, daß mir einfällt, was ich machen will . . .»

Meine Worte hatten einen freundlichen Charme, ortsüblich, aber wirklich; mit ortsüblich meine ich die Art, wie sie ausgesprochen wurden: *einem Freund gegenüber*. Ich nehme an, er hört den *Charme* heraus – männlichen Charme, liebenswertes Wesen. Er hört mich wohl so, wie er zum Beispiel seinen Bruder hört; sein Bruder ist im Umkreis dieses Großstadtvororts ein bekannter Frauenheld. Jimmy hat etwas dafür übrig; ich ebenfalls. Er spürt, daß ein solcher «*Charme*» Macht bedeutet – natürlich nur, wenn er wirkt: Man kann sich immer darüber lustig machen oder versuchen, ihm die Spitze zu nehmen, oder sich dagegen abschotten, oder ihm den eigenen *Charme* entgegensetzen.

Ich setze mich – und lasse dabei das Fahrrad auf den Boden sinken – und dann lege ich mich hin, ziemlich genau auf der Mitte der Straße.

Das ist jetzt zum Teil *Charme*, wie wenn einer in einem Film oder einem Schlager seine *Freiheit* demonstriert, und zum Teil ist es der düster brütende göttliche Akt, der es in meinem Kopf von Anfang an war: ich liege lang ausgestreckt – und verzweifelt – und bebend von der Anspannung der Nerven und einer Art qualvollem Glauben an eine ganze Reihe von Dingen, und willens, Sinnlosigkeit-und-Zufall als abschließendes Fazit zu akzeptieren, irgendwie, aus einem Überfluß an jugendlichen Kräften heraus, aber dennoch verzweifelt oder jedenfalls mit einer dunklen, ja schwärzlichen Hohlheit in mir, einem Gefühl bebender Leere, von der, so scheint mir, andere Leute reden, wenn sie sagen, sie seien verzweifelt.

Da bin ich also, mit ein paar sorgfältig in Druckbuchstaben beschriebenen losen Blättern im Kopf, auf denen steht, was ich warum zu tun glaube, und mit der Erinnerung – so klar wie das Hauptschiff einer Basilika – daran, wie ich sage: *Ich warte darauf, daß mir einfällt, was ich machen will. Ich warte darauf, daß mir einfällt, was ich machen will,* und das Wollen entpuppt sich als öde und zugleich hektisch überfrachtete Angelegenheit, und es endete alles hier oben. Vielleicht wird sich die Tatsache, daß ich hier auf dieser Vorortstraße liege und dabei, auf so spillerige Art männlich, mein Fahrrad mit einer Hand an der Lenkstange festhalte, in einen Witz verwandeln.

Ich wollte gar nicht auf der Straße liegen. Sie ist grobkörnig, sie ist schmutzig. Ich bin penibel und habe intellektuelle Ambitionen (Mittelwesten, Mittelschicht).

Ich greife hinüber und mache mein T-Shirt von der Stange los.

Jimmy ist in mancher Hinsicht ein schrecklicher Kerl – in *vieler* Hinsicht. Beachten Sie, daß er nicht gleich gerannt kommt, um nachzusehen, ob mit mir alles in Ordnung ist; er wittert eine Falle. Er hat genug mit seinem eigenen Leben zu tun; er ist ganz schön rebellisch und selbstsüchtig. Er sieht, daß ich daliege und einen tödlichen Schlag oder einen Nervenzusammenbruch erlitten habe oder mich gerade davon erhole; aber er wartet ab und schaut, ob er gefahrlos Besorgnis oder auch nur Neugier empfinden kann: Wird er sich zum Narren machen, wenn er mir Hilfe anbietet, wenn er zeigt, daß er beunruhigt ist – verschaukele ich ihn?

Mich ärgert das, weil es meiner löblichen Mühe zuwiderläuft, Freiheit und Herzlichkeit oder dergleichen zu dekretieren. Auch die *Verehrung* von etwas – Güte, wahrscheinlich. Das war nämlich zum Teil meine Absicht, und außerdem: lieber dem Teufel gehören als zu den bigotten Frömmlern, die an dieser Vorortstraße wohnen, und so weiter. In einem Anfall von Verärgerung und Traurigkeit denke ich über Jimmy nach: Warum sind Mittelschichtkinder so *gerissen*? Rings um mich her steigt der Gestank der Straße auf; der Teer drückt würgend gegen meinen knochigen Rücken. Jimmy traut mir nicht – meinen Stimmungen, meinen Ideen und Denkschemata, meinen Argumenten und Glaubenssätzen. Sein Leben spielt sich innerhalb klarer Richtlinien ab. In seiner aktiven Intelligenz gibt es nur ein paar wenige Anzeichen für Friedensliebe oder Hilfsbereitschaft. Was liebevolle und hilfreiche Worte und Gedanken angeht, ist er ein ebenso romantischer Abenteurer wie jeder durchschnittliche Pfadfinderführer.

Ich hasse es, auf der Straße zu liegen. Ich hasse die meisten meiner pseudo*bedeutsamen* Handlungen und großar-

tigen Gesten. Und überhaupt hasse ich es, in irgend etwas
gefangen zu sein. Also setze ich mich auf und ziehe mein
Hemd an und verschränke die Beine zum Lotossitz: Dann
strecke ich sie wieder aus und sitze einfach so auf dem
Teer.

Das neunjährige Mädchen und seine hinterhältig und
gut aussehende, kleinbusige, schwachsinnig süße und
mißtrauische Mutter halten sich an der Hand und beobachten *mich.*

Vielleicht machen sie sich Sorgen, über mich und um
mich: Ich könnte eine Bedrohung darstellen oder jemand
sein, um den man sich Sorgen machen muß, weil man ihm
bald helfen müssen wird, wenn man sich in dieser Situation als *netter* Mensch erweisen will.

Jimmy läßt sich quer über die Straße in eine Mulde rollen.

Meine Stimmung ist ein Heerlager. Er ist bloß ein Kar-
thager – nein: ein Gallier.

«Jimmy, wohin sind wir unterwegs?» sage ich. «Was ist
der Sinn meines Lebens?» Er überhört das, oder vielleicht
habe ich zu undeutlich gesprochen, und er wird nicht
schlau daraus; es ist zu verschwommen ausgedrückt.

Er ist jetzt näher, hält aber immer noch vorsichtig ein
paar Meter Abstand. Er rollt auf dem Fahrrad heran,
hauptsächlich rückwärts, bremst mit den Füßen, sieht
mich an, sieht hinauf zum Himmel, zögert. Wie kann einer, der keine Wahrheit ausspricht, die Wahrheit erkennen? Er kapiert nie, warum ich so reizbar bin. Er findet
mich merkwürdig.

Mein Tatendrang, mein Gefühl, ein Mann (ein Männ-
lein) der Tat zu sein, läßt nach, und weil Jimmy mir so miß-
traut, zieht sich mein Geist wieder in die Abgeschiedenheit
zurück. Von neuem werden alte Bilder heraufbeschworen;
sie kehren hauptsächlich in Form von Willensschwaden

zurück, die nie lange gleichbleiben, aber hier draußen ist es mit dieser Wandelbarkeit schlimmer, beinahe ekelhaft – und doch schön. Wenn ich etwas anderes behauptete, wäre es gelogen. Ein Krüppel zu sein und im Haus behalten zu werden, wäre intellektuell ehrenhafter. Zum Beispiel sind die Motive und Launen, die mich eben noch antrieben, wie weggeblasen, und ich weiß nicht mehr, warum ich hier auf dem Teer sitze, in diesem feuchten, smogdunstigen Sonnenlicht, in kurzen Hosen und T-Shirt. Ich martere mich nun, indem ich an einem Willensakt festhalte, dem zuvor eine kampfeslüsterne Wildheit (und Frische) anhaftete; ich habe diesem Willen inzwischen ein gutes Dutzendmal nachgegeben; das Ganze nimmt sich mittlerweile schal und abgeschmackt aus; es wäre an der Zeit aufzugeben, aufzustehen, aber dieser Gedanke (ans Aufstehen) wird gleich wieder etwas Trauriges, etwas Auferlegtes. Der Teersplit stinkt und klebt; kleine Steine nagen an meinem schmächtigen Hintern und den mageren Waden; meine Vorstellung von der Freiheit hat sich in einen geometrischen, mit dem Bleistift gezogenen Umriß verwandelt, der ausgemalt oder bemalt und dann als etwas betrachtet werden kann, das *Leben* enthält – also in ein Symbol. Hauptsächlich. *Inzwischen* fließt und rauscht mein Leben gefiltert dahin; ich bin ein Gefangener dieser Zeichnung, und mein Leben ebenfalls. Ich meine, ich glaube an die Freiheit, und wenn sie nur darin besteht, daß man sich die Haltung aussuchen kann, in der man fällt.

Er sieht mich an: Ich habe das Gefühl – und vielleicht täusche ich mich –, daß er *amüsiert* ist. Irgendwie *entzückt*. Das ist nicht in Ordnung. Es lenkt ab. Die Landschaft, der Hügel, die Mauer und der Baum, die starrenden Frauen, James, mein Kamerad – in gewissen Grenzen jedenfalls liegt alles über den Abgründen der kaum wahrgenommenen *Wahrheit* in einer Geste, ganz zu schweigen von der

Die Jungen auf ihren Rädern 417

Wahrheit in meinen Taten und Tagen, im Sonnenschein verborgen. Das entspricht der Wahrheit meiner visuellen Wahrnehmung oder simuliert sie, jene Wahrheit, die sich aus dem zusammensetzt, was ich über den Abgründen oder an ihrem Rand flimmern sehe: das *von mir kaum Wahrgenommene* – das buchstäblich *halb* Gesehene. Ich sehe es in Schüben und Anfällen, manchmal hervorgehoben – nahe Abgründe voller Schatten und zurückgeworfener glimmernder Lichtstrahlen: *die Peripherie:* augenblicklang aufscheinender Kleinkram – in dem sich vielleicht die Wahrheit finden läßt. Es ist so, daß ich etwas sehe – zum Beispiel Jimmys Mund – und hoffe, daß der Rest auch da ist.

Ich erhebe mich jetzt und habe mich halb auf einem Knie aufgerichtet, ganz und gar unentschlossen; eine Hand liegt noch auf dem Teersplit.

Mein Mund fühlt sich an wie ein Lachs, muskulös, zukkend; Jimmys Mund sehe ich in diesem Licht und aus der Entfernung, wenn er mir den Kopf zuwendet, als einen großen Punkt, oder vielleicht auch als einen großen Gedankenstrich in seinem Gesicht, aber ich erinnere mich, ich stelle ihn mir als einen Mund vor, mit Umrissen und Farben, wie ich sie in einem anderen Licht und aus anderen Blickwinkeln gesehen habe; er ist, so scheint es, frei wie ein Staubkörnchen im Wind.

Ich lege mein Fahrrad auf die Straße: Es hatte keinen Ständer, und ich hielt noch immer die Lenkstange fest. Ich falle schlaksig hintenüber, weil Freiheit auch bedeutet, sich keine Gedanken darüber zu machen, ob man sich sozusagen den Hals oder das Kreuz bricht. Keuchend liege ich da. Jimmy ist jetzt näher gekommen, so nahe, daß ich aus dem römischen Heerlager einer Art Einsamkeit entlassen bin; ich bin meinen Dickkopf los und bin mir Jimmys, Jimmys Gegenwart bewußt, ja sogar bedrückt davon; ich sehe, daß er mir einen Blick zuwirft und es nicht glauben kann: Das heißt, er glaubt nur teilweise, daß ich tue, was ich da tue. Er läßt sich jetzt noch ein bißchen rückwärts rollen, diagonal, ein Stück den Hügel hinunter auf mich zu, auf den glimmernden, Schatten werfenden und sich seltsam benehmenden Körper zu, der ich bin. Der ich ist. Was auch immer. Er hält an, die Beine gespreizt, das Fahrrad in Heldenpose zwischen den Oberschenkeln. Unter meinem vom Hemd bedeckten Rücken ist der Teer ein Bett aus gewölbten, saugenden, halb geschmolzenen, tödlich haftenden Tintenfischarmen.

Ich habe eine Art Wut wegen meiner fehlgeschlagenen Geste und will, daß er mich «liebt» und bewundert. Liebe und Bewunderung überschneiden sich so, daß sie in mir fast dasselbe Gefühl sind, getrennt nur durch eine oder zwei Sekunden mentaler Zeit, Sekunden, in denen ich blinzle und mich anstrenge und mit dem Schmerz der Bewunderung mein Bestes gebe und versuche, mich einzupassen. Im Hier-liegen bin ich verzweifelt, aber auch störrisch, und ich bin einsam, denn das was ich da mache, sieht ja ziemlich – nicht ganz – nach einer metaphysischen Kinderei aus, aber ich will, daß er mir irgendwie hilft, diese Sache so lange fortzuführen, bis sie in Ordnung ist. Mir kommt der Gedanke, daß man dieser Art des Handelns (und Denkens) fast ein ganzes Leben widmen muß, bis sie ausgereift und wirklich gut (aufrichtig) ist. Ich sollte jetzt in eine Starre verfallen und mich dem hier überlassen und wirklich leiden. Nur Schmerz kann dies, kann mich aufrichten, und das zu wissen, ich meine: es zu vermuten und zu leben, ist die Hölle. Darum ist es, selbst wenn es in meinen Augen aufrichtig ist, kindisch zu wollen, daß Jimmy mir hilft – aber ich bestehe darauf, *manchmal glücklich* zu sein. Und Jimmy kann mich glücklich(er) machen. Aber es ist seicht und oberflächlich, nicht an den eigenen Wahr-

Die Jungen auf ihren Rädern 419

heiten zu leiden; sie sind reale Handlungen, und in den realeren Augenblicken des Lebens setzen sie einem mächtig zu, und es ist dumm, nicht zu erkennen, daß sie wahr sind. Aber es ist auch seicht und oberflächlich, die ganze Zeit zu leiden; die Dinge können sich ohne Vorankündigung, ohne jede Vorankündigung zum Guten wenden.

Mit feuchten Augen sagte ich: «Ich bin ein freier Mann – Junge – Mann.» Dann sagte ich gestelzt, aber murmelnd und im örtlichen Umgangston: «Es gehört zu meinen Vorrechten, daß ich nicht darauf achten muß, mich so auszudrücken, daß du mir folgen kannst, wenn ich etwas sage.» Ich will ihn daran erinnern, daß ich ein schlaues Kerlchen bin und daß man mir... na ja, vertrauen kann. Darum hatte ich das mit einem wirklich sorgfältig formulierten Satz ausgedrückt. Um zu zeigen, daß man mir vertrauen kann – es geschah aus Einsamkeit, aus einer momentanen Laune heraus, ich betrog mich selbst, ich sagte es, um mich zu erklären, wie mit einer Fußnote in der Schule. Ich meine, ich hörte einen Dialog in meinem Kopf – wie er sagte: *Wiley, was machst du da? Was redest du? Warum gibst du so an? Spielst du den Idioten?* Ich sah es ihm am Gesicht an – an den scharf umrissenen, gewölbten und stechenden Augen und am Mund, und ich beantwortete die Fragen mit diesem langen und sorgfältig formulierten Satz, den er kaum hörte. Er dachte darüber nach und gab schließlich vor Anstrengung, sich so viele Worte merken und auch noch verstehen zu müssen, auf.

«Wiley, was ist los?» sagte er – als hätte ich nicht gesprochen, sondern gestöhnt.

Das war zärtlicher, als ich erwartet hatte.

Ich lenkte ihn subtil, mit Willenskraft, aber zum Teil kam es auch darauf an, was er tun würde, wenn er näher kam.

Dann sagte er: «Ist alles in Ordnung?»

«Ich bin – ein – freier – Mann.»

«Hattest du einen Asthma-Anfall?»

Er war nicht wirklich besorgt. Ich meine, wer braucht denn schon *medizinische* Fürsorge?

Er spöttelte auch nicht – er war bloß gelangweilt und distanziert und von sich selbst entzückt in seiner Sorge.

«Hör zu, du Idiot, ich glaube nicht an mannhaftes Gebaren», sagte ich.

Natürlich kannte er den *Zusammenhang* nicht, darum wurde Jimmy daraus nicht allzu schlau.

Er blinzelte: «Warum gehst du denn *jetzt* schon wieder auf mich los?»

«Ach, hör schon auf mit diesem Unbeteiligter-Zuschauer-Mist.» Dann sagte ich: «*Du* existierst, du löst alles mögliche bei den Leuten aus, du Idiot: Mein Bedürfnis nach *menschlicher* Freiheit macht *mich* jedenfalls nicht zum Idioten, Setchell, ganz gleich, was du denkst – um deine eigenen Ziele zu verfolgen.»

Ich füge seinem Gefühl, etwas nicht mitbekommen zu haben, noch ein paar metaphysische Obertöne hinzu, während er sein gerissenes Treiben fortsetzt.

Wenn ich spreche, gräbt sich das, was ich sage, als Versagen und Einsamkeit in mich ein.

Ich falle dann, verfalle in einen an- und abklingenden, vage melancholischen Freiheitstaumel oder was auch immer; und daß er mich jetzt mit einer gewissen Zuneigung oder Verwirrung oder Interesselosigkeit oder Sehnsucht oder aus sonst irgendeinem Zustand oder einer Mischung von Zuständen heraus ansieht, hilft mir nicht – er hat die Sonne, den blassen Himmel im Rücken; und er ist wie der dunkle Kern im Zentrum.

Wir haben die Hemden wieder ausgezogen, unsere Beine und Knöchel sind nackt: Meine Füße stecken in zerrissenen Turnschuhen, seine in Fahrradschuhen.

Die Jungen auf ihren Rädern 421

Ich verstehe, daß er mich nicht versteht, wenn ich etwas sage. Ich bin kein klardenkender Mensch.

Er zittert; er ist nicht gelassen; und als ich das sehe, schäme ich mich, für den Fall, daß ich mich bloß aufgespielt und ihn durcheinandergebracht habe; aber in Wirklichkeit, müssen Sie wissen, habe ich keine Ahnung, warum er zittert, und bin irgendwie zu feige, ihn zu fragen, aber sein Leben ist heute, für diese paar Stunden, mit meinem verbunden: Ich bin gegen gar nichts gefeit.

Ich bin kein barscher Flegel – bloß manchmal gemein. Ich stehe in schnellen Bewegungsabläufen, *Segmenten*, auf. Ich zerre mein Fahrrad hoch.

Dann streckte er die Hand aus, und ich achtete darauf, mich nicht zu versteifen, und er berührte mich mit zwei Fingern am Nacken, am Haaransatz, und klaubte ein Stück Teer ab. Der Teer klebte an mir, und dann löste er sich; und danach war auf meiner Haut ein Brennen, nicht genau zu lokalisieren, aber an eine Emotion grenzend.

Seine Finger bewegten sich auf eine Weise, die mir Jimmy-typisch vorkam, wie ein Erstkläßler, der bemüht und deutlich vorliest, so daß einen die Bedeutung der Worte nicht erschreckt.

Aber sie erschreckt mich trotzdem. Ich bin unglücklicherweise in mancher Hinsicht ein herrlicher Spiegel für andere – für ihre heroische Existenz in der wirklichen Welt. Ich habe oft das Gefühl, daß ich in der ererbten Welt der Eltern und so nicht wirklich physisch existiere. Manchmal ist das in Ordnung. Ich stand reglos da, und er machte sich über ein paar Steinchen her, die mir unter dem losen T-Shirt am Rücken klebten; ich habe einen mageren Rükken. Es ist seltsam, einmal kein wertloser Mensch zu sein. Ich wurde innerlich still, wie ein Teich, richtig *mädchenhaft* – und damit meine ich mädchenhaft in meiner Schuld und Empfänglichkeit. Eigentlich meine ich mädchenhaft in meiner Gier und auch in einer Art aufkeimendem Verdacht, und dann in steifer Dankbarkeit, steif vom Widerstreben gegen den Verdacht, aber andererseits war ich auch irgendwie von wilder Großmut erfüllt, wie ein Kind, aber ein Kind von meiner Größe – eines wie ich wahrscheinlich. Gemessen an seiner Größe sind seine Finger *klein*. Ich bin einsachtzig, er ist einsdreiundachtzig. Seine Finger laufen spitz zu und sind an den vorderen Gelenken wie die eines Kindes. «Das ist ja nicht auszuhalten, wie zärtlich du bist», sagte ich, und er keuchte oder vielmehr stöhnte wie mein Vater – wie mein Vater es früher tat, wenn er wollte, daß ich den Mund hielt. Ich würde sagen, die Zärtlichkeit war echt, aber es ist seine, und ich weiß nicht, was sie bedeutet im Hinblick darauf, wer ich bin und was ich tue und was ich gerade getan habe. Ich war überwältigt von den geheimnisvollen chemischen Feuern, die er entfachte, indem er damit anfing und – voller Zärtlichkeit – damit fortfuhr, indem er mich nach meiner blöden Geste – oder wie ich das nennen soll – vom Dreck befreite. Worauf ich hinauswill ist, daß diese Finger-Sache, diese zärtliche Finger-Geschichte, ebenfalls in die Kategorie des Unwiderruflichen fällt – des männlichen Unwiderruflichen.

Wenn er mich so gern mag, warum hat er sich dann nicht neben mich gelegt?

Warum hat er nicht gesagt: *Du lieber Himmel, du lieber Himmel?*

Wie kommt es, daß er so hartnäckig daran hängt, alles auf seine Art zu machen, seiner eigenen Art, seinem eigenen Leben gemäß?

Warum hat er nicht seinen Willen und seine Sprache aufgegeben? Sehen Sie, er ist so – *nett*. Gleichsam medizinisch großzügig. Jede Berührung, jede Bewegung seiner Finger war ein kleiner Bausch, getupft in Seelentiefe und Geistesabwesenheit, war wie ein Vogel im Staub oder zwi-

Die Jungen auf ihren Rädern 423

schen den Blättern eines Baumes, der alles um sich herum vergißt und sich vorneigt oder aufplustert oder beinahe still sitzt: ein regloser Vogel im ersten Licht der Sonne. Oder dergleichen.

Wie kann ich nur seinen verdammten albernen Fingern gerecht werden?

Wie kann man nur einer Sache gerecht werden, die auch nur halbwegs anständig ist?

Wie kann man nur mit einer Sache leben, die wirklich fast durch und durch anständig ist?

Die Menschen bleiben nicht anständig. Was er da macht, führt in eine Falle.

Es ist so schrecklich, wenn Menschen einen irritieren. Wie kann man nur mit Menschen auskommen?

Und schon verwandelte sich die Zärtlichkeit in etwas Unangenehmes. Seine Finger wurden spitz, bewegten sich schneller, pieksten. Natürlich würde es nicht so bleiben, aber im Augenblick waren seine Berührungen grob und zurechtweisend.

Dann fing er an, so zu tun, als wäre ich etwas Unbelebtes und als wäre mein Rücken sein Teddybär oder sein Fahrradreifen; das war in Ordnung und doch auch wieder nicht. Offen gesagt: Ich bin normalerweise nicht in ihn verliebt – nur hier und da ein paar Augenblicke lang –, aber einige Sekunden lang war ich es gewesen: gelähmt, erstarrt, still, oder was auch immer, einen Moment lang.

Wenn er bewußt *körperlich* an die Sache herangegangen wäre, ungebändigt sexuell in einer Art nostalgischem Rückbezug auf die Kindheit, aber mit klar gesteckten Zielen und innerhalb der Grenzen der Züchtigkeit und eines züchtig-unzüchtigen Wissens, wie ein schlauer Junge, dann wäre es leichter gewesen. Anders. Also, um die Wahrheit zu sagen: Er war auch so daran herangegangen, aber auf eine verschlagene Art und mit mehr Eitelkeit als

Selbstvertrauen. Mit jeder Sekunde veränderte er sich mehr, oder zumindest sah ich eine Veränderung oder bildete sie mir ein. Manches von dem, was er tat, war spöttisch gemeint. Außerdem hasse ich es, angefaßt zu werden.

Schließlich riß ich mich von ihm los, sah ihn an. Vermutlich fand er das völlig idiotisch, aber ich ging weiter davon aus, daß klar sei, was ich meinte, und daß er alles verstünde – *jede kleinste Kleinigkeit.* Und auf seine Art verstand er es auch. Schließlich ist alles, was ich tue, durchschaubar und sehr, sehr *logisch.*

Überall auf meinem Rücken und in meinem Geist – meinem Bewußtsein, meinen Gefühlen – sind seine Finger und die Untertöne und Vorahnungen dessen, was möglich wäre, und anderer Dinge, kleine, wunde, lebendige Stellen, nicht unbedingt gesunder Kram – vielleicht bloß Kinderkram. Ich drückte ihm die Lenkstange meines Fahrrads in die Hand – eine Art Situationskomik, eine Art *Hier hast du was zum Spielen. Ist das Leben nicht ekelhaft?* Und ich sah ihn wissend an, zurechtweisend. Aber wahrscheinlich kapierte er nicht; er erinnerte sich nicht mehr daran, daß *er* mich zurechtgewiesen hatte; an solche Sachen erinnerte er sich nie. Und dann, weil ich nicht tun wollte, was ich dann tat – das war erstens; zweitens, weil mein Sinn für Komik und all die drückenden und klebenden Stellen, die zum Großteil immer verschwommener und schwerer lokalisierbar wurden, aber auch stärker brannten, mich dazu anstachelten; drittens, weil ich ihn *vielleicht* doch liebte, mich selbst mit meinem ziemlich guten Aussehen und meiner Jugendlichkeit hingegen noch nicht, es aber lernte, indem ich mich seiner und seiner Gefühle mir gegenüber bediente; und viertens, weil es mich erregte, dieses ganze Zeug nicht zu *verstehen* –, legte ich mich wieder auf die Straße.

Jetzt konnten er und ich die Tat *eines freien Mannes* sozusagen ein zweites Mal begutachten, und vielleicht war sie ja überflüssig geworden und nicht mehr gefährlich, es sei denn natürlich, er verstand und unterstützte mich irgendwie darin, ich zu sein und dies zu tun, in welchem Fall alles explosiv wäre, die Tat selbst, ihre Mannhaftigkeit und Bedeutung und auch wir, die wir verliebte Männer waren, wer weiß.

Darum tat ich es.

Darum liege ich lang hingestreckt da und sage: «Siehst du – ich bin ein freier Mann – *Junge* – *Mann*.»

Das letzte war bloß eine automatische Gedächtnisreaktion.

Er sagte: «Willst du, daß ich dir die Steine abmache – oder nicht(tt)?» Er war immer noch in der vorherigen Phase, mit seinen Gefühlen immer noch weit hinterher; ich glaube, das kann ich sagen – und die Tatsache, daß ich jetzt wieder lang hingestreckt auf dem Teer lag, war eher eine Unterbrechung als ein weiterer Schritt in Richtung auf das *Unwiderrufliche* – und so weiter. Das mehrfache *t* in dem *nicht*, mit dem seine Frage endete, verzog seinen Mund zu einer häßlichen Grimasse: Das heißt, daß er verärgert ist, gelangweilt, mich jetzt nicht ansieht, nicht *bei der Sache* ist – was immer *bei der Sache* heißt.

»Ist die Luft raus aus dem Witz?»

Ich liege da und sehe zu ihm auf – der Teer fühlt sich beschissen an.

«Aus was für einem Witz?»

Ich kann es nicht erklären, denn ich meine *Witz* und doch auch wieder nicht, und so sage ich: «Uuummmhhaaa» – ein ausdrucksstarker Laut, vielleicht zugleich ermahnend und ausweichend – ich meine, er ist unklar, aber ausdrucksstark.

Lange Pause. Dann sagt er: «Ich glaube, du hast keinen besonders gut entwickelten Humor, Wiley» («Wu-ai-lie.»).

Ich wandte das Gesicht ab, legte die Wange auf den Teersplit. «Das bekomme ich oft zu hören», sagte ich, Mund und Augen knapp über der geteerten Fläche.

Ich fühlte mich elend unter Zwang durch diesen Beinahe-Kuß, den ich dem Teer gab, und durch die *Bedeutung* der Tatsache, daß ich da etwas tat, bei dem Jimmy nicht mitzog und das, wenn ich darauf beharrte, eine andere Bedeutung bekommen würde, von der ich mir nicht so sicher war, ob ich sie herbeiwünschte: Wenn Bedeutung ein Ort ist, dann war es ein Ort, den ich nicht kennenlernen wollte, ein sonderbarer, planetenferner Ort mit schlechtem Ruf. Also rappelte ich mich schnell wieder auf und sagte: «Siehst du, mir hängt das *auch* zum Hals raus. Ich habe keine Lust mehr auf blöde Gesten. Würdest du mir jetzt bitte diesen verdammten Mist vom Rücken pulen? Und kneif mich nicht, und sieh zu, daß du bald fertig bist...»

Ich wandte ihm den Rücken zu. Es ist wie bei einem idiotischen Befehl: Man versucht, damit durchzukommen; oder aber man bettelt – einigermaßen verlegen, schätze ich – um ein bißchen von dieser Zärtlichkeits-Scheiße. Herrje, ich dachte, es wäre klar, daß ich mich damit bloß für seine Bemerkung über meinen mangelnden Sinn für Humor revanchieren wollte.

Meine Stimme blieb tief, und das ist ein gutes Zeichen dafür, daß ich dabei bin, es ganz allgemein im Leben zu etwas zu bringen: Ich lerne, meiner Stimme einen erwachsenen Klang zu verleihen.

Dann wurde seine Zärtlichkeit, die wie Blätter vibrierte, wissend und traurig, und er versetzte mir – weil ich so *launisch* war – mit der Hand einen harten Stoß gegen die Schulter. Angesichts meines elenden Lebens ist es in gewisser Weise schwer zu glauben, aber ich bin verzogen und sehe (irgendwie) sehr gut aus – und er gab mir einen Stoß, um mir *seine* Freiheit zu demonstrieren, aber für eine

Die Jungen auf ihren Rädern 427

Geste, die ein Besitzrecht oder eine Werbung oder was auch immer andeuten sollte, war das flach. Flach in bezug auf den Stil, den Ton, der darin mitschwang. Die Geste brachte Dinge ans Licht. Eines davon war, daß er Angst vor mir hatte.

Er war ein trauriger Junge, aber wir befanden uns nicht in einem traurigen Alter. Ich sagte: «Du hast wahrscheinlich einen freieren Willen als ich, weil du gut mit deiner Mutter auskommst.» Ich sagte auch: «Es kommt mir immer so vor, als würde ich zuviel planen; aber was Willensfreiheit betrifft, spiele ich ganz gern den Unbekümmerten.»

Er *klopfte* ein bißchen Dreck vom grätigen Teil meines Rückens – das heißt vom Rückgrat – und auch vom Bereich des oberen Trapezmuskels. Ich war ihm nah und sprach entweder von ihm abgewandt oder in seine Richtung und hatte ein Gefühl, als wären die Silben Röhren oder Beinahe-Küsse; ihre Formen sind ganz sonderbar und *segmentiert*. Als ich *spiele* sagte, wandte ich mich ihm zu, um sicher zu sein, daß er es auch mitkriegte, daß er das Wort verstand. Ich sehe mir seine Augen an, aber ich kann nicht sehen, ob er es gehört hat. Also wende ich mich ab, so daß, als ich *Unbekümmerten* sage, das Wort wie ein Halm von ihm weg durch die Luft schießt.

Ich hatte meistens das Gefühl, er wollte, daß ich mich ihm erklärte, aber wenn ich es tat, hörte er nicht immer zu – daher kommt ein Teil meiner Abneigung gegen ihn. Meistens hörte er überhaupt nicht zu. Indem er nicht zuhörte, brauchte er nicht zu urteilen und seine Einstellung zu ändern, wenn ich mit der Wahrheit oder etwas Interessantem aufwartete. Wenn er seine Einstellung nicht zu ändern brauchte, dann stand nicht genug auf dem Spiel, um die Dinge aufregend und wirklich für uns zu machen. Für mich. Ich meine, um etwas im Einklang miteinander zu ändern, anstatt allein und trübsinnig: Es war aufregend, miteinander im Einklang zu sein und so weiter. Ich hasse es, mich ganz allein zu ändern: Man weiß, daß es eine einsame Sache werden wird, daß es schlimm werden wird. Man stochert dann bloß so herum, man hat keine Koordinaten, mit deren Hilfe man geistige Gesundheit definieren kann; es erscheint unmenschlich. Er hatte dieses störrische Jungfrauen-Ding drauf: dem Augenblick die Spitze nehmen, indem man ihn zu einer Sache macht, die nicht wichtig ist, weil ja nichts wirklich wichtig ist. Die Jungfrauen-Lüge.

Wenn du alles bemerkst, wirst du niemanden mögen – das habe ich oft zu hören bekommen.

Alles bemerken: das ist ein starkes Stück. Ich ignoriere das meiste von dem, was ich bemerke, wie alle anderen auch.

Die außerordentliche, für mich so quälende Wahrheit, daß das wirkliche Leben ein Feuer der Leidenschaft ist, diese Wahrheit, die in gewisse Augenblicke eingebettet ist und auf die man sich kaum je bezieht in der Aufregung der Taten, die bei unserem Flirt mit so großen Fragen, wie ob wir einander wirklich treu sein sollten, erforderlich werden – dieser ganze Kram ist mir unbegreiflich, aber ich habe das Gefühl, als sei das Verständnis immer ganz nah, ich kann nicht anders: Ich schwöre, so haben wir damals gelebt. Beinahe tugendhaft zu leben anstatt voller quälender Gerissenheit, das geht knapp über das Denkbare hinaus, und dann umschwebt einen, wie gesagt, das Verständnis und erscheint sehr nah – meist bei solchem Zärtlichkeits-Kram, wenn er vermischt ist mit mehr oder weniger überwältigender Bedeutung und wenn man nicht kalt und selbstsüchtig ist, sondern nur den Eindruck macht, als wäre man, was einen selbst betrifft, unbekümmert. Freizügig, ein wunderbarer Mensch. Ein Dummkopf. Das Ver-

Die Jungen auf ihren Rädern   429

ständnis kommt mir immer so vor, als würde es irgendwann deutlicher werden, als würde es im Verlauf der Geschichte schon noch deutlich werden oder überhaupt heraufdämmern, als würde ich hinter diesen ganzen Kram kommen, wenn ich erst älter bin. Manchmal will ich die Dinge überstürzen.

Ich strebe nicht nach jenem festgelegten Verständnis, das so befriedigend ist, sondern nach der anderen Art, die eine Art Antwort ist und doch ein Verlust von allem außer der Antwort im Aufflackern der Augenblicke, in den explodierenden Novas der Augenblicke, der neuen Wendungen, welche die eigene Geschichte nimmt, wenn man (entschuldigen Sie) Liebe für einander empfindet.

Das heraufdämmernde Verständnis sagt einem, daß man den Kram ausleben muß, der hochkommt, wenn man sich jemandem zugehörig fühlt. Wenn man mittendrin ist im Lieben, weitet einem dieses unverständliche Verständnis, das so gefährlich und rein und nie ganz angebracht ist, jedenfalls eine Weile lang fast durchweg den Atem und die Augen und die Brust, allerdings ungleichmäßig. Und selbst ohne das habe ich, und zwar seit meiner frühen Kindheit, das Gefühl, daß wir in jedem Augenblick mit dem Leben der anderen schwanger gehen, mit dem, was ein anderer fühlt und tut, und das erfüllt mich manchmal mit einer törichten Liebe und läßt mich geradezu abstoßend fröhlich und irgendwie gut werden, ganz gleich, was ist. Ich handle dann mit unnötigen Mengen von jedermanns Glück – meine kranken Eltern und ich lebten jahrelang mit einem Glück-im-Konzentrationslager-Gefühl; zwischendurch gab es natürlich Zeiten, in denen wir nicht miteinander auskamen und das Zusammenleben schrecklich war. Wenn ich also mit einem Menschen rede, der mir nicht bloß leid tut, von dem ich mich nicht bloß zurückgestoßen fühle – und wenn ich ehrlich bin, sogar dann –, habe ich sein Glück, sein Leben in mir, und er hat meins in sich, und er läßt mich abblitzen oder tut mir etwas Gutes.

Die Notwendigkeit, die ich spüre und die mich überkommt, die Notwendigkeit der unmöglichen Rückkehr, der annähernden Wiederholung gewisser nebulöser Augenblicke oder Bilder, die nur in Gesellschaft von diesem oder jenem bestimmten Menschen erscheinen – was hat sie zu bedeuten? Ich nehme an, das ist es, was ich mit Liebe meine. Hier sind wir, hier und jetzt sind wir zusammen, und da ist diese eigenartige Mischung von Vertrauen, Verrat, Tyrannei, Gefühlschemie und Waffenruhe, zu der noch die Verführungen der Sprache kommen; und außerdem sind da die armseligen Bindungen der *Freundschaft*, die nicht ganz *Liebe* ist, die nicht einfach unterwürfig zugeben kann, daß wir es nötig haben, unsere Bilder und die Realität gemeinsam zu erfahren, er und ich, Seite an Seite, einer in Gesellschaft des anderen. So lebe ich, aber es gefällt mir nicht wirklich – vielleicht ist es irgendwie eine unwiderrufliche Art von qualvollem und ekstatischem Flirt mit dem Glück. Ich kann das nicht ertragen. Ein Wohlgefühl in unserem Zusammensein ist beinahe eine Belohnung dafür, daß wir der Zuneigung erfolgreich ausgewichen sind – so sah ich das. Ich spürte es. Ich war so überbeansprucht von der Realität des Augenblicks, daß ich eine Art Todeserlebnis hatte. Ich würgte daran, an der Steinigkeit, der Wildnis, dem Meer und den Feldern der *Möglichkeiten* realer Emotion. Ich verspürte eine Art ernster Verzweiflung darüber, daß ich über keine solche Emotion verfügte – höchstens in Schüben, wenn sie gezeugt wird von unserem Mut, füreinander – ach – anziehend zu sein: Unser Mut ist der Lebensgefährte der Unmöglichkeit. «Unmöglichkeit» ist ein komisches Wort. Wir sind eine ungehorsame und erstaunlich erfolgreiche Spezies. Ich weiß nicht. Vielleicht ist das einfach amerikanische Romantik, Sie wissen schon.

Die Jungen auf ihren Rädern
431

In dieser Landschaft voller ordentlicher Häuser, voller Liebe und Schönheit, beziehungsweise dem, was man unter Schönheit – unter den damit verbundenen Grausamkeiten und der Knappheit all dessen – versteht, ist in einem nahe gelegenen Garten eine Fliederhecke zu sehen. Der Augenblick ist (höllisch) *flüchtig*. Ich bin nicht imstande, irgend etwas zu verstehen oder zu ertragen. Ich bin so launisch und angespannt, als wäre ich ein schönes Pferd oder ein schöner Junge, was ich irgendwie für eine Weile auch bin. Meine mittelschichtstypische Dummheit und Taktlosigkeit stacheln mich an. Ich sage: «Laß den Dreck auf meinem Rücken; er gefällt mir; er ist ein Ehrenzeichen; du brauchst einfach zu lange; du hast Finger wie ein Metzger.»

Er hielt inne – seine Finger ließen von meiner Haut ab. Meine Theorie ist, daß er erleichtert war. Er empfand die Liebe als eine tragische Liebe oder als etwas Erstickendes – *empfand* heißt, er brauchte es nicht in Worte zu fassen; er konnte «es wissen» und es dabei belassen. Aber auch das ist bloß eine Theorie.

Ich gehe auf Abstand zu Jimmy, nicht weil ich im Umgang mit Leuten gerissen oder schlau bin oder so, sondern weil er sich auf eine Art über meine Sinne und meinen Geist stülpt, die ich nicht will. Ich will nicht mehr wie er oder mehr er sein, als ich es schon bin.

Na bitte: Ich bin durch eine Reihe ziemlich einfacher Schritte vom Ihn-Lieben losgekommen.

Er sagte: «Du bist unbekümmert.» Will heißen: *rücksichtslos*. Er sagte: «Damit hast du gar nichts bewiesen.» Das heißt, wozu dieses Trara um deine Darbietung, wozu brauchst du meine Aufmerksamkeit?

Er ist in mancher Hinsicht schwach.

Ich huste wie in der Brandung, wenn man Salzwasser geschluckt hat. Ich liebe und liebe zugleich nicht in einer

Art von Faltenwurf von Aufmerksamkeit und Stimme – ich meine, es gleicht einem plötzlichen Raffen und Versammeln – es sei denn, ich bin sanft und verführerisch und *vernünftig* wie in Gegenwart von Frauen, wo ich einen im voraus festgelegten Weg einschlage, so daß die Frau mit ihren körperlichen und anderen Unterschieden die Möglichkeit hat zu wissen, wo ich stehe, und nicht geblendet ist und nicht überwältigend schlau und scharfsinnig zu sein braucht – das heißt, konventionell, mit einem gewandten Wissen um die Dinge, die außerhalb ihrer selbst liegen, voll von kleinen, ich würde sagen: Inspirationen – sondern sich ein Bild von mir machen und sich für mich entscheiden kann, wenn sie will.

Ich glaube, alles andere funktioniert bei Frauen nicht – sie sind so halsstarrig.

Ich sagte: «Das hoffst du bloß. Du hättest keine Ahnung, was ich bewiesen habe, selbst wenn ich es dir auf den Kopf zu sagen würde.»

Er ist gekränkt, wie betäubt: «Wah-hah-*ai*-lie . . .» Sein Protest ist im einzelnen unglaublich vage, aber als Drohung ist er klar: Gehorch diesen vagen Gesetzen, hüte dich vor diesen vage formulierten, möglicherweise *immensen* Strafen, die in meinem Gekränktsein lauern, SONST . . .

Kalt, mit sorgsam intonierten Silben, sage ich: «Du hast noch keinen nennenswerten Verstand.» Das stimmt nicht, aber er ist sich nicht sicher, und er leidet, als wäre es wahr. Seine Augen nehmen einen seltsamen Ausdruck an.

Bevor mich das traurig und vielleicht wirklich schuldbewußt machen kann, sage ich: «Du siehst bloß sehr, sehr gut aus.» Das ist wie ein Witz; es soll ihn aufmuntern. Aber erst einmal leidet er unter der scheinbaren Negierung seines Geistes, und dann kommt das Lob an, und seine Augenpartie entspannt sich. Ein bißchen.

Was mich betrifft, so setzt sich in mir das Gefühl fest,

Die Jungen auf ihren Rädern   433

eine Puppe zu sein, die von halbautomatischen früheren Entscheidungen bewegt wird, wie zum Beispiel, daß ich mich höflich verhalte, daß ich mich berechnend verhalte oder was auch immer. Was immer es ist, ich bin nicht frei im Umgang mit Menschen, frei, etwas zu riskieren, frei im Hinblick auf ihre Verletzlichkeit, ihre Rechte. Ich bin weniger befreit oder frei als ein halsstarriges Mädchen. Die Tatsache, daß ich reizbar bin und nicht allzu viele Freunde habe, ist ein Zeichen dafür, daß ich in der Falle sitze und mich von den Menschen distanzieren will, selbst wenn ich dann einsam bin... Ein weiteres Zeichen dafür ist der Umstand, daß die Leute mich oft lieber mögen als ich sie. Tja, das ist ein hartes Brot... Um also frei zu sein, sage ich in sehr verbindlichem, unberechnendem, unaufgewecktem, unbelebtem, *nettem* Ton – ich bin moralisch; ich bin so frei, mich ethisch zu verhalten, wenn ich will –: «Es stimmt nicht, daß du noch keinen nennenswerten Verstand hast. Dein Verstand ist sogar sehr bemerkenswert...»

Jetzt sagt er zu mir: «Herrje, du bist wirklich ein Dr. Jekyll und Mr. Hyde.»

Er meint damit nicht wirklich, daß zwei Wesen in einem Körper wohnen; er meint mehr als das: Zum Teil meint er, daß ich ein Verwandlungskünstler bin, in dem auch jemand Grausames steckt, der sich von Zeit zu Zeit zu Freundlichkeiten, zu einer Schmeichelei herabläßt.

«Du weißt, daß ich dich mag, du weißt, daß ich glaube, daß du Köpfchen hast. Du weißt, daß ich gern mit dir zusammen bin, wenn du in Redelaune bist. Du kannst verdammt kultiviert sein.»

Ich glaube, er ist innerlich, menschlich zutiefst *verletzt*, ganz gleich, was passiert.

Wir sind zur Freundschaft verpflichtet: Ich sagte: «Es tut gut, mit dir zusammen zu sein. Du bist kultiviert.» Ich wollte sicher sein, daß er einen Beweis dafür bekam.

«Ich achte sehr auf mein Benehmen; ich glaube, ich weiß schon, wie man sich benimmt.» Er sagte das zufrieden – auch wie ein Wissenschaftler, der ein Untersuchungsergebnis bekanntgibt.

«Machst du darum so lange Pausen zwischen den Sätzen? Überlegst du dir dann, was du tun sollst?»

«Hör auf damit», sagte er, schmerzerfüllt – vielleicht auch drohend.

Er hat kein echtes Bedürfnis nach Aufrichtigkeit, und das überrascht und langweilt mich. Seine Mutter, sein Bruder und sein Vater haben ihn wahrscheinlich auch schon damit aufgezogen, daß er bei Unterhaltungen so langsam ist. Insgesamt lief es darauf hinaus, daß er berechnend wirkte, leblos: Es steckte nicht so wahnsinnig viel Spontaneität, Aufrichtigkeit oder Improvisationstalent in ihm.

Keiner von uns verstand die sehr persönliche Diktion des anderen.

Also, ich war das leid, was da ablief, ich war hibbelig, ich war genervt von diesem Hin und Her und wollte auf einen anderen Schauplatz der Realität wechseln, auf einen mit weniger Gerede, mit weniger Vertracktheiten – ich meine, es gibt ja schließlich mehr als eine Möglichkeit, wortkarg zu sein –, und darum begann ich, wieder auf mein Fahrrad zu steigen.

«Ich hab eine ganze Menge bewiesen», sagte ich, während ich das tat – auf mein Fahrrad steigen. «Übrigens, meine ich, würdest du sehen, daß ich eine ganze Menge bewiesen habe, wenn du deinen kultivierten Verstand benützen würdest.»

«Äh, hm, Wa-ai-lie, hast du mir eine Falle gestellt?»

Soll heißen, ob ich ihm (ich glaubte, daß er das meinte, irgend etwas in der Art) geschmeichelt und ihn dann beobachtet habe, um zu sehen, ob er selbstsüchtig war? Und kein guter Junge?

Die Jungen auf ihren Rädern

Ich war nicht in die Pedale getreten, hatte mich bloß mit den Füßen am Boden abgestoßen, und jetzt bremste ich schwankend ab und blieb wieder stehen.

Ich stand da und sah ihn an. Ich stand? Hauptsächlich saß ich auf dem Fahrrad und rollte vor und zurück, vorwärts und rückwärts. «Nein, hab ich nicht. Ich plane so was nicht. Ich sag dir bloß, daß ich *eine ganze Menge* bewiesen habe. Auf der Straße liegen hat bewiesen, daß... Herrgott.»

Er hatte mich dazu gebracht, daß ich mit Erklärungsversuchen anfing: Erklärungen sind erniedrigend; man liefert sich dem Verständnis eines anderen aus; man darf nicht einfach leben, sondern muß im Rampenlicht stehen und nur erklären. *Er* hatte mir eine Falle gestellt: Das war sein System: Er hatte mich überrumpelt, indem er mich einer Sache beschuldigte, die er selbst vorhatte, und ich ging ihm naiv auf den Leim und versuchte, ihm zu beweisen, daß er falsch lag. Jetzt ist sein Gesicht unbewegt, aber es ist, als würde er grinsen.

Ich habe ein Bein über die Lenkstange gelegt: «Grinst du?»

Er ist in gleißendes Sonnenlicht gehüllt und schüttelt den Kopf, oder zumindest bilde ich mir das ein, denn sein Gesicht ist insofern unbewegt, als man dieses Mienenspiel im normalen Leben, bei normaler Beleuchtung, ungefähr erkennen kann.

Er hört aufmerksam zu; er sieht mich an. Ich schneide ihm eine Grimasse. Ich verrenke mich, kratze mich immer wütender am Rücken.

«Du verdammter Verstandeshasser», sage ich sanft, abwesend, aus meiner Verrenkung heraus; ich mag zwar seine Art nicht, ich hasse und verachte ihn ziemlich, aber natürlich weiß ich nicht *mit Bestimmtheit*, ob er mir eine Falle gestellt hat, es sei denn, er sagt es mir.

«Wiley.» Die Intonation sagt: *Hör auf damit;* aber das war noch nicht genug: In einem weiteren Anfall von Gekränktheit oder was auch immer, von etwas, das in Wirklichkeit die Wut in ihm ist, sagt er: *«Hör auf damit.»* Seine Wut ist anders als meine: Er *spricht* Dinge *aus,* die mit Wut zu tun haben; mich bringt Wut zum Schweigen. Er droht, mich eine Zeitlang aktiv zu *hassen;* das ist es, was *Hör auf damit* bedeutet, wenn man keine wirkliche Macht hat. Er weiß, daß ich ihn jetzt endlich hasse, aber er will mich mit Finesse da herausmanövrieren: Ich meine, er will sich nicht ändern und mir zuhören oder Verständnis aufbringen.

Was emotionale Dinge betrifft, besitzt er nicht die Gabe der Prophezeiung, und seine Wut bringt ihn nicht auf Gedanken an ein Leben voller Schuldgefühle oder Kummer und gibt ihm keinen Hinweis darauf, daß er mich auf Lobeshymnen auf ihn festzulegen versucht, die seine etwaige Bewunderung oder Sehnsucht, soweit sie mich betreffen – oder meine *Methoden* oder meine Fähigkeiten – beziehungsweise sein Verlangen mitzuerleben, wie die Leute mich behandeln, ausgleichen sollen ... Irgendwie will er, daß mein Leben ihm gehört. Das ist Liebe.

Konkurrenz – und Neugier – schwingen da immer mit. In geringerem Maße, wenn es sich um Inzest handelt – oder wenn der andere mein Zwilling ist.

Oder wenn es für Geld geschieht.

Da Jimmy langsam ist und Wut gleichsam unbewußt spürt, bringt sie ihm lediglich Erlösung in Form von Gerechtigkeit: Sie ist ein Happy-End – was allerdings noch zu *beweisen* wäre, wenn Sie verstehen, was ich meine ...

Ich hörte auf, mich am Rücken zu kratzen, und fing an, in die Pedale zu treten, und war nach ein paar Sekunden überrascht und gekränkt, daß wir uns immer noch an dieser Steigung befanden. Binnen kurzem würde ich außer

Die Jungen auf ihren Rädern   437

Atem sein: «Dieser verdammte Hügel ... hört ja *gar nicht mehr* auf ...» Und ich benutzte die förmlichste Version seines Namens: «James.»

Er hatte mich auf seinem Fahrrad eingeholt und war übergroß, ja, auf eine selbstbewußte Weise riesenhaft – und athletisch –, genau rechts von mir, warf seinen Schatten auf mich, tauchte mich völlig in Schatten: Das ist eine Art Erpressung – und auch eine Art physischer Drohung, und dies – und anderes – macht es tröstlich für ihn oder zweckdienlich oder was auch immer. Er ist ein wahres Wunder an Kraft und Vernunft und an *Sportlichkeit* und Auf-*seine*-Weise-Gewinnen.

Ich sagte: «Merk dir eins: Wenn du mich verletzt, bring mich besser gleich um, denn wenn ich es überlebe, werde ich dir eines Tages den Schädel einschlagen, und wenn es das letzte ist, was ich tue. Hast du mich verstanden? Merk dir das, sonst wird dir sehr, sehr weh getan werden.»

Jetzt zieht er an mir vorbei. «Versuch nicht, mich einzuschüchtern. Wir haben noch einen ganzen *Tag* dieser Scheiße vor uns.»

Dann sagte ich verbindlicher, ein bißchen verbindlicher: «Warum ist ... muß *Freundschaft* ...» Ich hatte die Satzstruktur verändert: Das tat ich oft: Verben sind sowieso blöd – sie sind so allgemein; man denke nur an all die Arten, wie Menschen gehen und wie unterschiedlich verschiedene Leute gehen, je nach ihren Stimmungen und ihrer inneren Verfassung und alldem; und dann denke man an das Wort *gehen*, aber so, wie man gewöhnlich daran denkt, nämlich im Sinne von *nicht rennen* oder so oder sogar noch verschwommener und allgemeiner: Es ist einfach blaß ... «Warum ist ... muß *Freundschaft* eigentlich immer mit dieser Streitscheiße einhergehen? Meinst du eigentlich, wir sind vulgär? Glaubst du, bei Christen ist das anders?»

Er hörte nicht zu.

Er war vielleicht zehn Meter voraus, und sein Vorsprung vergrößerte sich.

Eigentlich hörte er mich, aber auf eine komplexe Weise. Nicht nur daß wir auf Fahrrädern sitzen und uns bewegen, so daß die Luft die Silben dehnt und verschleift und Dickichte schafft, in denen sie verlorengehen – er ist jetzt zudem ein armseliges und einsames Opfer und *muß* nicht zuhören – es sei denn, wenn es um Verschwörungen gegen seinen Thron geht ... Im Augenblick gibt es für ihn nichts Interessanteres.

Darum habe ich das Gefühl, daß etwas an der Art und Weise, wie er zuhört, nicht stimmt, und das bedeutet, daß es für mich nicht akzeptabel ist.

Aber es ist in Ordnung. Wir sind jung. Wir haben eine Menge Energie.

Ich bin also bereit, ich kann weitermachen, ich weiß, daß Jimmy sich auf einen Kampf – einen vagen, aber heftigen Kampf – gefaßt gemacht hat, der sowohl innerhalb als auch außerhalb der Grenzen seiner gewöhnlichen Taktik, einer Familientaktik (der Taktik seiner Familie), geführt werden wird, auch innerhalb und außerhalb der Grenzen seiner *Liebe* zu mir, oder wie immer man dieses Gefühl nennen soll – er mag es nicht, Menschen – oder mich, denjenigen, den er sich erwählt hat – zu lieben, obwohl ich ihm geholfen und ihn eigentlich nicht so zurückgewiesen habe, wie ich das bei manchen Menschen tue.

Er sagte – er sitzt eigentlich nicht mehr auf dem Sattel, sondern tritt kräftig, halb stehend, in die Pedale – er rief eigentlich: «Sei vernünftig.»

Er meint, ich soll seine womöglich lächerliche Überlegenheit nicht ankratzen.

Sein Ton verrät, daß er sich mir in gewisser Weise zugehörig fühlt, daß ich mich aber in eine Rolle fügen muß,

Die Jungen auf ihren Rädern 439

wenn ich *seine* Ergebenheit (so wie sie ist) will, mit ihm als Anführer, und so weiter...

Ich bekomme Angst, weil ich es mir nicht leisten kann, ihn oder diesen Tag zu hassen: Was mein Leben betrifft und meine Freude daran, *wenn sich mal die Gelegenheit dazu bietet,* ist meine Lage ziemlich verzweifelt. Mein Familienleben ist armselig. Es ist eher ein Familientod, dies Zuhause.

Sag etwas FREUNDLICHES. Öffne die Büchsen in deinem Kopf, in denen die Worte und Wendungen für jene geschäftsmäßig gebrauchten Dinge aufbewahrt sind, die auf eine sehr gebräuchliche, ziemlich gleichbleibende Art *verstanden* werden müssen, und gebrauche sie geschäftsmäßig, um so jene Art von Geplauder zu erzeugen, das sich dem am Geschäft orientierten Teil der Menschheit blaß im Kopf ablegt. Mein Kopf ist der Maßstab oder was auch immer. Greif zu ein paar höflichen Floskeln. Setze, um die Konsequenzen zu mildern, sinnliches Zeug unsinnlich ein; das gilt als Esprit, als *vernünftig*: Man nimmt dem, was den Sinnen vernünftig erscheint – was man in den erreichbaren Bereichen der Wirklichkeit sieht und fühlt –, die Bedeutung; das dämpft die Dinge und sorgt dafür, daß sie heil und unversehrt bleiben.

Irgendwie.

Vielleicht.

Ich sage: «Dieser Hügel ist achthunderttausend gottverdammte Meter lang – und steigt immer gerade an. Vielleicht sind darum die flachen Wüstenlandschaften eher was für Religionen. Die machen einen nicht so fertig mit diesem ermüdenden Rauf-und-runter-Scheiß. Man zeigt mit dem Finger auf das Ende, und schon ergibt alles einen Sinn... Heh, munter mich mal ein bißchen auf: Wir sind doch sicher, daß das hier kein Himalajaberg ist, oder?»

Jimmy ist mir ein ganzes Stück voraus, aber jetzt, da ich

diese Dinge sage, sie eigentlich rufe und Witze mache, wird er langsamer, bis sein Hinterrad auf einer Höhe mit meinem Vorderrad ist: Außer uns ist niemand auf diesem Teil der Steigung. «Im Himalaja gibt's eine Menge Religionen – hab ich mal gehört», sagt er und dreht den Kopf vor und zurück, so daß die Worte zu mir nach hinten schweben. Das schenkt er mir: er gibt gesprächsweise nach und ist nett.

Aber er manipuliert auch und will den Ton angeben: Er korrigiert meine Bemerkung und beurteilt alles von seinem Standpunkt aus, anstatt mir zuzuhören; er eliminiert den Sinn dessen, was ich gesagt habe, und lenkt das Gespräch in eine andere Richtung, versucht ihm etwas von einem Reisebericht zu geben. Außerdem tut er *freundlich*.

«Aber das hier ist nicht so grenzenlos wie der Himalaja», sage ich – ich bin jetzt auf *seinen* Gesprächsstil eingeschwenkt.

Ich will nicht mit dem Machtmanipulator sprechen, der er ist – er lebt in einer Welt, in der es keine festen Formalitäten gibt; dafür sind seine Erinnerungslosigkeit und seine beträchtliche *Dummheit* da: für Rechthaberei, Tyrannei, mangelnde Verbindlichkeit im Umgang mit anderen – aber für heute kann ich mir keinen anderen Kameraden mehr aussuchen; wenn ich das wollte, könnte ich den Tag abschreiben.

Also sage ich: «Na ja, aber trotzdem hat die Straße hier diese *Steigung*, diese gottverdammte Steigung...» Aber ich habe es mir zur Regel gemacht, keine Selbstgespräche zu führen und niemanden auszulachen, und darum sagte ich, um mich nützlich zu machen und dem Tag ein wenig rhetorischen und frommen Glanz zu verleihen, zu ihm: «Gottes Bedeutung als guter Hirte hat sich in Luft aufgelöst.» Ich murmle das, und er weiß, daß ich mich über ihn lustig mache, aber ich bin besiegt und werde mich wegen

Die Jungen auf ihren Rädern 441

dem, was ich vorhin getan habe, fortan gut benehmen, und außerdem bin ich sowieso nicht *der große Sieger...* Weder lasse ich andauernd mein Schulterhalfter sehen, noch erwähne ich beiläufig meine Armeen und sage: *Paß bloß auf;* ich bin dämonisch und nett zugleich; ich lasse die, mit denen ich zusammen bin, ihren freien Willen haben und akzeptiere die Verurteilung durch die verschiedenen Tribunale in ihnen und mir. Ich komme schon irgendwie zurecht und kann mich sogar, wenn auch unangenehm berührt, in der unheimlichen, schrägen, nervösen Demokratie der Forderungen anderer heimisch fühlen.

Eine harte Politik, die Politik des glückverheißenden, glückverheißenden Charmes.

Ich habe beschlossen, mein Gelübde zu brechen, und werde heute beweisen, daß ich weder Gott noch den Teufel fürchte.

Ich stehe in den Pedalen. Meine linke Seite befindet sich zufällig im Schatten, ist kühler und am durchgerüttelten Rand meines regenbogenfarbenen (von Salzprismen gebrochenen) Sichtfeldes teilweise schwarz. Auch Jimmy hat sich aus dem Sattel erhoben.

Mein Gott, wir sind groß, wir sind riesige Schattenwerfer.

Er hat mich heute gefragt, ob ich Lust dazu habe – Fahrrad zu fahren. Immerhin bin ich wegen ihm hier – ich meine, auf Grund seiner Einladung.

(Meine Mutter hat mich gefragt: *Wie lange hast du vor wegzubleiben?* Sie ist krank: sie hat Krebs.)

Die feuchten, schwitzigen, erdigen *Schatten* zu meiner Linken weichen der Sonne, als die Straße sich auf der Vorort-Hügelkuppe nach Westen wendet, und mein Gesicht ist zum erstenmal seit einiger Zeit in einen eigenen, fließenden Schattenschleier gehüllt.

Das merkwürdige Murmeln der Geräusche, der Geräusche aus dem Tal, von denen keines deutlich ist, klingt in dieser beachtlichen Höhe wie der Lärm aus einem niederen Gestrüpp. Die Geräusche sind gedämpft, teilweise von der fetten, verschmutzten Luft erstickt.

Es ist die Sinnlosigkeit selbst, den Geräuschen Aufmerksamkeit zu widmen, nachdem sie identifiziert und als häßlich eingestuft sind.

«Sieh dir den Tag gut an und urteile über Gott, sieh ihn dir gut an und verlier Gott aus den Augen – was hältst du davon?»

«Ja? Ich weiß nicht. Was meinst du damit, Wiley?»

Ich bin mir nicht sicher, ob wir merkten, daß seine *Überheblichkeit* verflogen war. Vielleicht war es nur ein Waffenstillstand.

«Vielleicht war's ein Zitat. Ich weiß nicht. Wenn man genau hinsieht, wird man berechnend – das ist alles, was ich sagen wollte. Einzelheiten bedeuten, daß Gott nicht da ist – das ist alles. Einzelheiten sind mir lieber als Gott: aber das nur nebenbei, ganz nebenbei.»

«Ja? Ich weiß nicht; ich weiß nicht, ob ich finde, daß du damit recht hast.»

Er hält mit beiden Händen seine Herrscherkrone fest.

«Ich muß ja nicht recht haben. Du schon: Wenn du etwas sagst, muß es mehr Hand und Fuß haben als bei mir. Ich habe einen Ruf: Ich habe bewiesen, daß ich gelegentlich weiß, wovon ich rede. Ich kann es mir leisten, mich unklar auszudrücken...»

«Das stimmt.» Dann: «Warum gehst du andauernd auf mich los, Wiley?»

«Eine Zeitlang hattest du die Oberhand.»

«Du läßt nie jemanden die Oberhand haben.»

«Herrje, du redest eine solche Scheissse mit drei *s*, daß ich kot-zzzen könnte...»

«Hör auf damit, Wiley.»

Voll jungenhafter Scham über die Unvollkommenheit meiner Ausdrucksweise und meiner Zuneigung öffnen sich meine Sinne dem Morgen: Ich sehe hinunter, an meinen Armen und Händen, der Lenkstange und dem wirbelnden Vorderrad vorbei, auf die dahinjagende oder -ziehende oder nach hinten weggezogene Straße unter dem Rad.

Nach ein oder zwei Sekunden neigt sich die Straße zu einem steilen Gefälle.

Ich fahre in etwas hinein, das wie ein Tunnelloch ist, winddurchweht und anziehend, sause immer rascher bergab, halbkreisförmige Böen zerren an meinen Haaren. Die Vektoren von zunehmender Geschwindigkeit und sich stabilisierendem Gleichgewicht bildeten durchsichtige Zelte und unsichtbare, von Echos erfüllte Korridore und Kuppeln.

Und etwas wie die Hände, die Finger, die Zungen, die Füße und Zehen des Windes schiebt und treibt mich zu einer luftigen, aber halb atemlosen Schußfahrt, zu einem kindlichen Wer-zuerst-kommt an, verführt mich mit den Mitteln des freien Falls, und zugleich scheine ich doch seltsam überdacht und ummauert zu sein von dem Zauber oder der Konzentration der Sinne oder was auch immer, auf das Gefühl, am Leben zu sein und gefährlich abwärts und abwärts und abwärts zu schießen...

Ich bin überrascht, wie schön die Melodien der Bewegung manchmal sind.

Jimmy überholt mich, ohne in die Pedale zu treten – jedenfalls tut er so, als würde er es nicht tun.

Er kann mich nicht mehr sehen: Er ist mir voraus.

Das animalische Gefühl in diesem Augenblick kitzelt, es peitscht das Blut auf. Ich sehe mit der schrecklichen Wachsamkeit einer läufigen Füchsin zum Himmel auf, bin raubtierhaft versunken in die ungestüme Geschwindigkeit, die einsetzende Fiebrigkeit, in das Gefühl, den Tag mit James Setchell (Jimmy) zu verbringen, in die ungleichmäßig geschichtete Morgenwärme, in das Am-Leben-Sein, das Abwärtsschießen, das freihändige Fahren, in mein beiläufiges, halblautes Jubeln, in den Luftstrom an meiner Brust, an meinen hervorstehenden Rippen; und mit nach oben gewandtem Gesicht sehe ich einen Falken mit weit ausgebreiteten Schwingen; er gleitet, wie an Fäden aufgehängt, auf einer ovalen Bahn durch den offenen Himmel, nicht weit hinter ein paar Bäumen, nicht weit entfernt, nicht hoch: er ist nicht mit Kerzen besteckt und leuchtet doch weiß im gleißenden Licht. Ich sehe hinunter auf die Straße vor mir und dann noch einmal hinauf und finde den geduldigen, blutgierigen, seltsamen Kronleuchter am bleichen Himmel wieder. Mit seinen Runden, seinen Kreisen zeichnet er, wie an Fäden, an einer vom Himmel heruntergelassenen Kette aufgehängt, die Konturen der hügeligen Erde nach. Ich sehe abermals hinunter und entdecke Schlaglöcher und lenke ein bißchen hin und her auf der abschüssigen, beschatteten Straße, und dann blicke ich wieder hinauf und orte, allerdings nicht mehr so leicht, den Falken: er hat sich gen Osten abtreiben lassen. Obwohl ich mir Mühe gebe, kann ich seine Gefiederzeichnung nicht erkennen; er ist hauptsächlich ein weißer Fleck mit einer gezackten, pendelnden schwarzen Linie mittendurch: die fedrige Kante eines Luftpaddels, das sich zumeist nicht von sich aus bewegt; und doch bewegt es sich. Der Falke. Ich weiß kaum, wie ich ihn ansehen soll: Mannomannomann: die schwarzen Schwungfedern sehen wie die Finger eines dikken Jungen aus, der sich an einen Fensterrahmen aus Luft krallt. Sein Kopf ist ein verschwommener Schleier; ich fahre und kann ohnehin nichts sehen – der Fahrtwind drückt auf meine Augen. Die Straße hat ein *Gefälle* wie ein Zaubertunnel. Als ich wieder aufsehe, ist der Falke ganz

Die Jungen auf ihren Rädern   445

verschwunden, der Himmel ist leer; der dahingeleitende Falke und ich mit meiner Bewegung haben ein größeres Territorium durchmessen, als die Zeit in einem einzigen Augenblick gestattet. Somit ist dies ein anderer Augenblick und neues Territorium. Und dort behindert mehr die Sicht, als ich angesichts dieses Himmels gedacht hätte: Dächer, schroffe Felsen am Straßenrand und Bäume, die an diesem Hang größer sind als an dem anderen, beim Hinauffahren. Somit ist der Himmel hier nicht weit, er ist kein weites, weitdimensioniertes Feld, sondern besteht aus einer Reihe von ansteigenden und abfallenden Schneisen oder Lichtungen mit spärlich blätterumrandeten tiefen und hohen Ausblicken, und dazwischen beinahe explosionsartig heranrasende Schirmdächern, die sich hier und da über mir wölben, weil es die Bäume an dieser Straße nicht verstanden haben, üppig zu wuchern.

Dieser Abhang ist bewaldeter und eleganter als der, den wir hinaufgefahren sind. Die Gärten der Häuser unter den Bäumen sind kostspieliger angelegt; das hier ist wirklich größtenteils noch Wald.

Immer wieder gleicht mein hochtauchender Blick einem schnellen hohen Sprung in blaue Partikel, in etwas, das nichts ähnelt, sondern nur über eine verschwimmende Schönheit verfügt – die Tiefe und die leuchtendblaue, luftige Substanz des Tages. Dann senkt sich mein Blick wieder und richtet sich auf die gestreifte und mit Lichtkonfetti übersäte Straße, und ich blinzle gekonnt bei meiner luftigen Schußfahrt.

Und dann läuft mir ein sexueller Schauer die Rippen hinunter, und es folgt eine Erinnerung an weißes Licht und Atemlosigkeit: ein Ruck, ein Zucken, das nur der Anfang eines weit umfassenderen Gefühls zu vergehen ist, jenes Zuckens des Orgasmus, den ich beim Masturbieren habe.

Es ist wieder weg; ich habe eine Erektion, die weh tut.

Ich bin ich, ein Radfahrer, und da ist Jimmy: Ich habe einen vielleicht brutalen Sinn für Romantik.

«James ...»

«Mmmmhhh ...»

»Gott ist Der Große Pornograph.»

Er macht noch einmal so etwas wie *Mmmmhhh*, unverbindlich, nicht tadelnd, vielleicht aufmunternd. Der Wind verschiebt die Tonhöhe.

Ich kann diesen Augenblick nicht ertragen. Manchmal glaube ich zu wissen, wie Luzifer sich fühlte, als er am ersten Morgen die Schöpfung sah und Rührung und Widerstreben empfand – und dann fiel.

«Der Große Pornograph Im Himmel – schickt Er dir deine Wichsphantasien eigentlich in Farbe oder in Schwarzweiß?»

Jimmy lauscht dieser Blasphemie mit Bedacht: «Mmmmhhh ...» Dieses *Mmmmhhh* zeigt an, daß er nachdenkt. Er wird ein wenig langsamer.

Ich hasse ihn.

Ich hole auf und keuche und schnaufe die Silben eines ähnlichen Satzes hervor – eine zweite Version.

«Ich weiß nicht», sagt er. «Ich hab noch nie darüber nachgedacht.»

Er fürchtet die düstere Erhabenheit dieser Stimmung, dieses Themas – wir beide sind plötzlich in einer Art Geheimer und Beglückender Hölle.

«Na, dann tu's jetzt mal ...» Ich weiß, daß das wie ein Befehl klingt, aber so, wie ich es sagte, verriet ich damit, daß ich traurig war und ganz und gar kein Tyrann, sondern bloß ein Junge, der irgendwie Aufmunterung brauchte – das war teils ein Witz, teils eine Technik, die wir alle, viele von uns, einsetzten, wenn wir über Sex reden wollten.

Die Worte und das Thema erweichen und erregen Jimmy. Er gibt ein bißchen nach.

Die Jungen auf ihren Rädern 447

Der Wind bläst ihm durchs Haar, bläst mir durchs Haar.

Er dreht sich auf dem Sattel um und sagt: «Sie sind ein bißchen farbig – manchmal.»

«Aber wann?»

Er zuckte – *schüchtern* – die Achseln.

Ich machte einen Anfang: «Meine fangen farbig an und werden dann schwarzweiß.» Ich breitete den Gedanken, das Gefühl einer diesbezüglichen zeitlichen Komponente vor ihm aus.

«Ja, meine auch», sagte er schüchtern, und vor überkandidelter, ja fast intimer Anteilnahme begann mein Herz heftig zu klopfen: Wir stehen in einer der dunkleren Vorhallen der Zuneigung.

Ich überzeichne die Klarheit, mit der wir sprachen, aber bei diesem Thema war die Sachlage einfach klarer. Wir waren aufmerksamer, obwohl wir uns zugleich gewissermaßen innerlich abwandten und in mancher Hinsicht nervös waren.

Die Worte, einfache, einsilbige Worte, waren leicht zu verstehen, jedenfalls erforderte das Erraten ihrer oberflächlichen Bedeutung kein großes Risiko, keine große Anstrengung.

Ich sagte: «Wenn ich mich an etwas Erotisches erinnere ... dann ist es richtig in Farbe, wie im richtigen Leben, aber ich achte nicht so sehr auf die Farben. Wenn sie nicht da sind, fehlt mir was, aber ich achte nicht besonders darauf», sage ich.

«Ich mache mir viel Gedanken über Farben.»

«Tatsächlich?»

«Ja.»

«Oh.»

Wir lächeln uns an im raschen Dahinrauschen der Zeit, der Bewegungen, des leichten Windes, der Morgenluft.

«Wenn ich versuche, mir mich beim Radfahren vorzustellen – wenn ich mir eine Vorstellung davon mache – dann glaube ich zu spinnen, wenn mir Dinge auffallen, weil zum Beispiel das Fahrrad, auf dem ich in meiner Vorstellung sitze, vielleicht nicht dieses Fahrrad ist – es kann auch dein Fahrrad sein – und dann hänge ich in der Luft, bis ich weiß, auf was für einem Fahrrad ich sitze. Dann, wenn ich das mit dem Fahrrad klar habe – wenn mir das mit dem Fahrrad aufgefallen ist und ich meine Vorstellung davon adjustiert habe» – Wenn ich mal einen Satz halbwegs klar hinkriege, fange ich oft unversehens an zu spielen oder mit hehreren Begriffen und einer ausufernden Grammatik herumzubasteln – «dann fängt die Erinnerung an, mir zuzusetzen – weißt du, was ich meine? Wie geträumter Schmerz.»

Ich gebe vor ihm an. Er läßt mich oft angeben.

Vielleicht sogar *in aller Regel.*

Die Bäume sind verschwunden, und die Straße liegt wieder im vollen Sonnenschein.

Zwei Adern liefen über meinen rechten Unterarm, und eine davon schlängelte sich über die Seite und die andere über den Rücken des Handgelenks und gabelte sich dann, und da ist nun mein Handrücken über dem Griff der Lenkstange, die schrecklich weiße Haut, da sind die ziemlich großen Finger, die verchromte Lenkstange und ihre Krümmung. Da ist der Wind auf der neuen Haut. Mein Rücken fühlt sich jetzt an wie eine Sperrholzplatte, eine große Platte, so groß, daß man sie kaum mit dem Arm umfassen kann – *umarm mich, du Scheißkerl.* Der Sattel reibt an meinem Hintern und an den Höhlungen meiner mageren Oberschenkel – besonders an meinem rechten.

«Wie geträumter Schmerz – tüt-tüt, tüt-tüüt – hörst du mir eigentlich zu? Hier ist Silenowicz mit dem wunden Arsch. Herrgott, ich hoffe bloß, daß es da, wo wir hinfahren, einen halbwegs *anständigen* Wald gibt...»

Die Jungen auf ihren Rädern 449

So ich zu Jimmy, weil ich nicht imstande bin, diesen sexuellen Kram zu ertragen, und dabei keuche ich ziemlich und trete neben ihm in die Pedale auf diesem breiten, leeren Stück Straße. Das Ganze vor den im Augenblick verlassen daliegenden Ausschachtungen und Tragbalken eines im Bau befindlichen Einkaufszentrums. Erdhügel, aufragende Stahlträger, riesige weite Flächen, die sich in einen Asphaltsee verwandeln werden, in ein schwarzes Mittelmeer von einem Parkplatz.

Ich möchte nun weiter herummäkeln – ich mag es herumzumäkeln – mag diese jungenhaft angestrengte Art herumzumäkeln. Ich experimentiere damit. Ich sollte erwähnen, daß ich aus diesem oder jenem Grund weder zu Hause noch in der Schule besonders *viel* rede; darum lade ich alles auf Jimmy ab, einen Haufen Worte und Elaborate, das heißt Ideen.

«Das ist ja eine Riesenmühe, die man da auf sich nehmen muß, bloß um mit einer Knarre in irgendeinem Scheiß-Wald herumzulaufen...» Ich schlüpfte zum Teil in die Rolle oder das Klischee eines *richtigen* Jungen, der kein Saftarsch ist. *Richtig* will sagen: naturverbunden, männlich, stärker als manch anderer Junge, tonangebend und fähig, seine Altersgenossen zu beurteilen.

Der Wind unterbricht den Fluß meiner Worte, er dämpft ihren Klang und verschließt Jimmy schützend die Augen, die er sonst dazu benutzen könnte, im Wind ein bißchen amateurhaftes Lippenlesen zu betreiben. Wir treten in die Pedale; er schnuppert, er lächelt: er riecht meine Worte, er lächelt, als würde er sie innerlich belecken; ich meine, es ist ein schlaffes, vages, antennenartiges und verschlingendes Lächeln. *Ist er, der Sprecher, freundlich gesonnen?* fragt das Antennenartige des Lächelns unschlüssig. *Sind seine Motive ehrenwert?* fragt es. Wenn er sich bei diesem Lächeln unwohl fühlte, dann hieße das, daß ich mich ekelhaft benommen habe und er es schnell gemerkt hat. Mit seinem Lächeln lotet er meine nur halb oder kaum verstandenen, erratenen Worte aus, die Geheimnisse ihrer Intonation, die Geheimnisse der Zukunft und dessen, was ich vorhabe und was ich mit meinen Worten, mit meinem augenblicklichen Gesichtsausdruck, mit den Satzungetümen und verschiedenen Intonationen und mit der Schroffheit, der teilweise gespielten Schroffheit sagen will, hinter der ich jene sopranstimmige und harmlose *Nettigkeit*, die in mir überlebt hat, verbergen will.

Als sein Lächeln dann verschwindet, heißt das nicht wirklich, daß er die Art, wie ich mit ihm rede, nicht gutheißt, sondern vielmehr, daß das Zuhören für ihn in diesem Augenblick eine ernste Angelegenheit ist, ernster als alles andere — das heißt, er will diesem Thema eigentlich nicht wirklich ausweichen, und darum versucht er, in Etappen zu hören, je nachdem, wie sehr es ihm auf die Nerven geht, mir nun, da wir zum erstenmal an diesem Morgen auf Sex zu sprechen gekommen sind, zuzuhören.

Wir bewegen uns auf unseren schmalen Fahrzeugen unter den Bedingungen dahin, die das Unterwegssein nun einmal mit sich bringt: die Schlaglöcher, die gewundene und sich schwingende, zu beiden Seiten hin abfallende Straße aus Teersplit und Kies; wir schleudern und schlingern in Luftwirbeln und Nervenschauern, als uns so eine vorbeihastende, -rasende, mit Wind beladene und Wind verlierende, borstige und schnaufende Schweinemaschine, ein Automobil, überholt. Herrgott, dieses merkwürdige Zischen, dieses — neutrale — holpernde Zögern vor dem Überholen; und danach dann das staubige und überlegene, motorgetriebene, gleichmäßige, mit erstaunlicher Geschwindigkeit erfolgende Verschwinden im schimmernden und staubigen Glanz der Ferne: Um diese Tageszeit, in diesem Teil des Landes, in diesem Teil der Welt glüht die Ferne golden...

In den sonnigen Augenblicken erwärmt die Sonne die Luft, die sich sodann wie der Geist einer riesigen Melkerin erhebt, grau und gelb, wie aus einem anderen Jahrhundert, und im gewaltigen Rascheln ihrer Kleider gehen alle anderen Geräusche unter.

Zum Teil stelle ich ihn auf die Probe. Wenn er sich jetzt wirklich bemüht, mir zuzuhören, dann heißt das, daß er Zuneigung, ja Hingabe empfindet. Was mich betrifft, so ist dieser Test zielgerichtet und zugleich doch nicht. Ich will mit ihm reden: Ich bin es gewohnt, mit ihm zusammen zu sein: ich meine, seit wir losgefahren sind; ich bin jung und, was meine Gewohnheiten betrifft, flexibel; das habe ich mir im Lauf der Jahre angeeignet: dergleichen zu tun, Leute auf die Probe zu stellen, wie jetzt Jimmy, auch wenn ich dabei ein wenig unaufrichtig bin; es schafft eine gewisse Vertrautheit: doch eigentlich will ich sehen, ob er Ein Guter Mensch ist. Er ist Ganz In Ordnung (in gewisser Hinsicht), aber er ist nicht gut. Ich wiederum bin um diese Uhrzeit – an diesem Ferientag in meinem Leben – so wenig Herr über mich, quelle so über vor Energie und polternder Rastlosigkeit, daß mich sein Nicht-Zuhören, diese Art blinder Fleck in seiner Freundschaft, beinahe ebenso zufriedenstellt wie das andere. Ich bin beinahe so zufrieden, als wäre dies, seine Schlechtigkeit oder was auch immer, ein Zeichen seiner Güte. Jedenfalls ist diese Güte wohl nicht vorhanden. Und wenngleich ich ohne sie nicht wirklich leben (oder lieben) kann, kann ich sie jetzt nicht herbeiwünschen. Wahrscheinlich bin ich in Sicherheit. Er lehnt sich zurück und tritt einfach bloß in die Pedale, was seine Eitelkeit und meine Unwichtigkeit verdeutlicht. Empfände er große Zuneigung, dann würde er vielleicht zuhören und noch mehr Zuneigung empfinden, und der

gesunde Menschenverstand würde ihm abhanden kommen, und er würde vielleicht hergehen und mich in die
Arme schließen und mich umsorgen, hier, auf diesen ent-
legenen und erodierenden Hängen der Kindheit, und ich
weiß verdammt gut, daß ich das niemals ertragen könnte.

Engel

Heute erschien DER ENGEL des SCHWEIGENS und der INSPIRATION (zur WAHRHEIT) einer Reihe von uns, die auf dem Trottoir vor der Harvard Hall entlanggingen – das war kurz nach drei Uhr: heute ist der fünfundzwanzigste Oktober neunzehnhunderteinundfünfzig.

Zuerst fiel der Schatten. Ich für meine Person blickte auf, um zu sehen, ob sich der Himmel bewölkt hatte, und sah statt dessen mit erstaunlicher Entgeisterung ein angedeutetes großes Gesicht, nicht irgendwie perspektivisch, sondern ein gesichtähnliches Ding, das zugleich Gestalt war, nicht mir mit Füßen am nähesten, dann Beinen und so fort, und nicht frontal, sondern gerundet und doch unvollkommen gegenwärtig in jeder visuellen und mentalen Hinsicht wie manchmal die Gestalten und Gesichter in meinen Träumen.

Es glich in seiner Veränderlichkeit Traumgegenständen, war auf mannigfaltige Weise zu sehen und zu erfassen; und vorherrschend war eine beobachtende – und freundliche, doch nicht dreiste – *Angesichtigkeit*, ein Bug von SICH kundtuendem Wissen – ein ANTLITZ, nicht menschlich, nicht eindeutig – oder nicht ganz und gar – unmenschlich, als menschenverwandt denkbar, doch eines, das nicht nahelegte, ES kenne Unbewußtheit oder Irrtum – oder Verschlagenheit – und ich war verstört, doch nicht außer mir, sondern lernwillig, aber nicht sogleich vor Ehrfurcht gänzlich bereit, mich bis ins Letzte transformieren zu lassen, doch das geschah dann binnen Sekunden, während deren die Welt, die sichtbaren Ziegel und Dächer, Bäume, Blätter und Menschen an Farbe verloren und – vergleichsweise – kleiner wurden.

Bislang herrschte prickelndes Apfelweinwetter, und die Gesichter ringsum sind noch nicht so erbärmlich angestrengt, wie sie es in ein paar Wochen sein werden, in den kürzeren Tagen und unter dem realen Druck von Studium und Wettbewerb hier (Harvard). Die gespenstische Gruftblässe von Ehrgeiz und intellektueller Hybris hat uns bereits etwas von dem Mottenaussehen verliehen, das uns, die wir von gespeichertem emotionalem Gewebe zehren, eigen ist, jedoch nur wenige von uns sind vorbildlich bleich – das heißt, die Gesichter sind noch mit Überresten von Gesundheit gesprenkelt, aber der rosige Hauch auf ihnen rückt immer mehr in die Ferne, es ist der Teint von verschleiertem Feuer – von als Braut für einen unbekannten Bräutigam gekleidetem Feuer –, und DIE NEUE GESTALT war in der Tat weiß, doch von dem Weiß, das sämtliche Farben enthält, wie in Spektren gehüllt.

Menschen sind irgendwie tolle Ensembles chemischer Feuer, nicht? Zellen und Organe brennen und schwelen, jede und jedes von ihnen, und heiße Elektrizität strömt und erzeugt stürmische Entladungen weiterer Ströme, dazu Magnetismen und Formen von Schwerkraft – wir sind Türme aus vielfältigen Feuern, bis in unsere winzigsten Bestandteile hinein, aus was die auch bestehen mögen; diese Dinge verglühen wie Sterne im Raum, in hilfloser Mimikry der endlosen Öde dort draußen, Elektronen und Neutronen, Planeten und Sonnen, so daß wir aus Universen von Feuern bestehen, enthalten in Haut und in Drehung befindlich innerhalb eines sich wabernd drehenden

Universums von Feuern, welches DIESE GESTALT offenkundig durchreist hatte und um das SIE wußte, das fühlte man oder nahm man an, und dem gegenüber SIE eine Verbesserung darstellte, da SIE nicht-chemisch, nicht-erdacht, entschieden einheitlich war, als wären IHRE Feuer nicht weit verstreut wie alle anderen, als wäre SIE ein stetiges, nicht fragmentiertes Feuer, oder als wäre SIE unverletzlich (nach Menschenermessen) und weiß und doch farbenreich und ganz und gar ohne Feuer.

Jedenfalls breitete sich etwas Weißes aus, und alles und alle sind Kreide und Tafel, sind Wille und Grammatik wie dürre, entlaubte Äste im unheilvollen Licht eines Dezembertags, doch zugleich herrschte reinigende Wonne. Die nachlässigen Endkämpfe der Vögeleien mit Mädchen kommen einem in den Sinn: die Luft ist feucht und kühl und fahl und weiß, ein vielgepriesen totes Licht für Puritaner, kein strafendes, aber vielleicht eines für Narren, kalt, fahl und wie aus Trotz strahlend; und dann wird es trocken – und schonungslos –, bleibt jedoch ein totes Licht.

Ich bin nicht auf Paradoxien aus, aber ich nannte das GESCHÖPF AUS LICHT damals bei mir DEN SCHATTEN, vermutlich, weil ES von einem HELLEREN LICHT geworfen wurde – ES war ein MECHANISMUS oder APPARAT, kein Lebewesen wie wir, die Betrachter.

DER SCHATTEN schien vielleicht ein halbes Hundert Leute zu berühren und zu fesseln, eine zufällige Mischung von Männern und Frauen aus Cambridge, einige wenige Kinder, Studenten, einen uninteressanten Querschnitt durch die ehrgeizige, geplagte Schicht der Privilegierten Amerikas, und dann wurde die Welt außerhalb – das heißt, Cambridge – ausgeschlossen und ging unerleuchtet weiter ihren Geschäften nach, obwohl man zu diesem Zeitpunkt noch nicht wußte, ob die übrige Welt vernichtet worden war oder nicht.

Man fühlte sich wie in einem träumenden Schädel. Die GESTALT besaß zunächst keine GEWALTIGE LEUCHT-KRAFT oder KLARHEIT oder DEUTLICHE AUSDEH-NUNG oder ERKENNBARE PERSPEKTIVE, abgesehen davon, daß SIE auf logisch einleuchtende Weise um eini-ges höher zu sein schien als die Harvard Hall.

Das veränderte Licht gab sich sogleich in lautem Den-ken und seltsamer Seelenverwirrung den Namen *Welt-gerichtslicht*; ich bin, meiner eigenwilligen Selbstdefinition nach, Jude; aber vielleicht ist mein Judentum längst schon vermodert bis auf eine Wurzel – das wurde mir oft vorge-worfen; gleichwohl fehlen meinem Judentum auch heidni-sche Schwere, heidnischer Detailwust und heidnische Trübsal sowie christlich-diesseitige Leichtfertigkeit und religiös-politische Volkstümlichkeit: das wurde mir auf dem College oft genug vorgeworfen.

Aber ich bin kein Christ. Ich spüre in meiner Seele weder ein Recht noch ein Vorrecht auf unmittelbaren Zugang zum GÖTTLICHEN, dem GÖTTLICHEN, das einst *Men-schen*gestalt annahm und qualvoll litt wie wir. Auch glaube ich nicht, daß Gebete von GESTALTEN erhört werden, die Qualen erleiden. Genauso wie ein Mann, der gehängt wird, oder eine Frau, die gebiert oder gefickt wird, so voll-ständig den Gepflogenheiten unserer Wahrnehmung, un-seres Denkens und physischen Handelns ausgeliefert ist, falls wir dies wünschen, falls wir nicht daran gehindert werden, so ist auch die GOTTHEIT am Kreuz ausgeliefert und ist es noch als DULDENDE MUTTER oder VATER oder SOHN oder WEISHEIT. Dieses so geartete GÖTT-LICHE erzeugt im Denken des einzelnen eine kuriose Mi-schung von unfrommen und frommen Benimmregeln, von Anmaßung und Stolz, von guten und pietätvollen Taten, ein ganzes Gewebe aus Schrecken, aus Rechtmäßigem und Erlaubtem, das auf Grund dieser religiösen Überzeugungen und nur auf Grund dieser besteht, und weil kein anderer vorstellbarer Umstand jenem christlichen Gewebe, das ich als das *christliche* ansehe, Autorität verleihen könnte, bin ich davon ausgeschlossen, wenn auch nicht vollständig: ich bin ein Grenzfall, ein Abtrünniger oder Trittbrettfahrer. Oder Verkünder. Bisher ist über mich nicht bekannt, was ich bin – die Geschichte und das Leben haben noch nicht entschieden.

Ich war Christ genug, um mit dem Anblick weiterer GE-STALTEN zu rechnen, vieler Gestalten mit Posaunen und Schwertern, in Spiralen aufsteigend oder zur Stufenpyramide angeordnet, dem HÖCHSTEN GLANZ entgegen, der sich bald offenbaren sollte, zu GOTTVATER hinauf, und ich empfand dies, gestehe ich, als Niederlage des Judentums – doch da ich in der Tat das ENDE DER WELT gekommen glaubte, verstummte dieser quengelige Lokalpatriotismus und ging endlich in Erwartung von Gerechtigkeit, Logik und wie immer gearteter göttlicher Ordnung auf.

Geboren worden war und gelebt hatte ich bisher unter Menschen, die es als Lebensaufgabe betrachteten, gegen jenen bedrängenden Schauder – den der Apokalypse – anzukämpfen, gegen jenen letzten Koller des vorgeblichen und gewiß grauenvollen Erklärens und Bedeutens, doch nun fand ich in mir ein faschistisches oder eigensinniges oder dämonisch stolzes Element, das diesen Schauder willkommen hieß – halbwegs willkommen hieß, um ehrlich zu sein.

Keine pauschalen Hosiannas brachen aus mir – oder den anderen dort – hervor oder erschallten im Innern meiner Seele, es sei denn als eine Art Versuch, wie es wäre, so zu denken.

Aber auch das ist nicht wahr, nicht ganz, und einige Hosiannas erschallten doch in mir, in seltsamen Tonarten –

und, wie angedeutet, bestanden manche, oder vielleicht die meisten davon, aus inneren Einflüsterungen und Zweifeln.

Offenkundig war unter den Betrachtern eine große Vielfalt von Glaubenslehren und geheimen Überzeugungen vertreten, und ich wurde dessen gewahr – daß ich mehr gewahrte als DEN ENGEL und mehr als mich selbst, und daß nun unter dem Druck von Bedeutungen und von Möglichkeiten, auch dem der Verifizierung – oder des *Beweises*, wie manche Anwesende es auffaßten – viele Anwesende schwach wurden, jedoch aufrecht stehen blieben (nur ein paar fielen um); und manche brüllten oder setzten dazu an; andere wandten der Erscheinung den Rücken zu, als wären sie desinteressiert (um einen angestammten Glauben zu schützen); von denen schrien dann einige auf; einige warteten ab oder spähten angestrengt hinauf; andere waren skeptisch interessiert und nahmen Gebetshaltungen ein; die anwesenden Frauen waren zaghafter – das heißt, weniger vertrauensselig, vorsichtiger; die Männer waren eher von dieser oder jener christlichen Furcht überwältigt oder von jüdischer Begeisterung, von jüdischem Stolz und der Bereitschaft zu feiern oder von jüdischer Furcht und Resignation, zumindest schloß ich das aus ihren Haltungen; dies gewahrte ich, und nun vermehren sich die Wörter auf Papier, diese Wörter hier, zum Teil aus zuvor unbemerkten Einzelheiten und in unerhellten Regionen meines Kopfes von selbst, gemäß der merkwürdigen Wirkung, die sie als geäußerte aufeinander ausüben, sobald die Äußerung getan ist.

Und ich finde – in diesem Fall – die extreme Aufgeblasenheit der Sprache niederschmetternd.

Die Katholiken waren die am meisten bestürzten – die Leute, die ich für Katholiken hielt, prompt die bleichsten, oder weißesten, mit dunklen Ringen um die Augen und

Engel

Mienen, die auf Wissen, Bekennen, Hingabe und DIE IDEE DER HÖLLE hindeuteten.

Blaß, wie schlechte Spiegelungen DES SERAPHEN, in seltsam verschobenen Haltungen, oft zurückgebeugt und einen oder beide Arme erhoben, starrten wir zumeist direkt ins Gesicht DES SERAPHISCHEN BOTEN – an dem alles, samt Licht und zu erahnenden Armen und scheinbaren Füßen, Gesicht war –, und die meisten von denen, die Rufe ausstießen, taten dies in mattem Ton, und viele waren zunächst überwiegend nicht bei Bewußtsein, obwohl sie mehr oder weniger aufrecht standen. Sehr wenige knieten nieder oder verharrten auf den Knien – es gab sehr viel Reglosigkeit als Reaktion, aber nicht die mindeste Reglosigkeit in der Reaktion, wenn Sie verstehen, was ich meine – manche starrten zu Boden, und nur auf wenigen Gesichtern drückte sich irgendein Vertrauen, irgendein wahrer Gehorsam der Seele aus: jener unbeugsame Masochismus, der so viel Übung erfordert. Wir schauten lediglich, schauten halbwegs zu IHM hin – jemand kniete in einem bestimmten Moment langsam nieder, und viele andere taten es ihm daraufhin langsam nach; und dann erhoben sie sich zumeist wieder, doch manche, zwischen den Bäumen, in JENEM WEISSEN, TOTEN LICHT, taten es nicht.

Ich gestehe, daß ich vornehmlich Schock und Zweifel empfand; ich war auf augenzwinkernde, rebellische, ehrfurchtslose, ungehörige Weise respekt- und rastlos, allerdings auch von Beginn an für Momente von tiefer Ehrfucht erfüllt; ich war entrückt, dann aufmerksam, dann wieder auf andere Weise entrückt. Meine Aufmerksamkeit, meine Achtsamkeit, meine angestrengte und anstrengende Offenheit, meine schmerzhafte Offenheit, mein Bemühen, ohne Abwehr offen zu sein, waren nicht aufrichtig – ich sträubte mich gegen DIE VERKÜNDIGUNG, DIE ERLEUCHTUNG, DEN ENGEL, DEN SERAPHISCHEN

BOTEN; nicht daß ich bezweifelt hätte, daß die Seele (die in gewisser Weise alles von uns Getane im Lichte alles uns Angetanen ist) in ihren Formen der Glaubensferne – Philosophie und Ehrfurcht – im Grunde *kindlich-fromm* ist, doch ich konnte das Kind in mir bis zu einem gewissen Grad sogar dann noch ignorieren, als mir, wenn mir das zu sagen erlaubt ist, GOTT in dieser Gestalt entgegentrat.

DER GROSSE SERAPH schien in keinem Sinne *kämpferisch* zu sein – nicht im mindesten *kriegerisch* – übrigens auch nicht musikalisch. ER war weder abweisend noch gütig, ER war nicht gebieterisch, nicht verführerisch; als Erscheinung stand ER für rare Fähigkeiten nicht-menschlichen – doch damit verwandten – Ursprungs, hier zu einer annähernd erkennbaren GESTALT verdichtet, annähernd erkennbar und beträchtlich größer als ich, unbestreitbar feiner als alles, was ich je gesehen hatte, bewußter, doch darin irgendwie sonderbar, so daß ich nicht weiß und damals nicht wußte, es nicht wußte und nicht anhaltend in gläubiger Gewißheit spürte, was SEIN Bewußtsein umfaßte – ob Liebe vielleicht oder distanzierte Geduld oder was. Bereits damals war mir deutlich, daß andere anderes in IHM sahen – GEDULD vielleicht oder LIEBE oder den Inbegriff des KÄMPFERISCHEN –, aber für mich verwies ER auf nichts, nicht einmal auf den Grad SEINER Willensbestimmtheit und auf das, was ER sagen oder nicht sagen würde: ER repräsentierte nur SCHÖNHEIT und BEDEUTUNG, also Wahrheit, doch bisher noch nicht meine Wahrheit, deshalb also: NEUE WAHRHEIT – unfaßbar zunächst und vielleicht für immer; und zum Teil war ER die ALTE WAHRHEIT, der ich abtrünnig geworden war; doch die WAHRHEIT würde stets so neu sein, so neu wie DIESE GESTALT, so daß man sich am Ende vielleicht – oder gar wahrscheinlich – zu Leichtfertigkeit IHR gegenüber veranlaßt sehen konnte.

Engel 461

Zu Ehrfurchtslosigkeit. Selbstschutz. Rebellion. Zu was auch immer.

Sie waren mir klarer, diese Formen des Widerstehens, als der Schrecken vor den Folgen der HINGABE.

Es kommt mir nun mehr wie Ehrfurchtslosigkeit oder Selbstsucht meinerseits vor, daß ich meinte, DIE GE-STALT wäre für Menschen nur als das Ende aller Dinge bedeutsam. SIE war bedeutsam durch IHRE Aussage allein.

Ich bemerkte, daß SIE überwältigend *stimmig* erschien – ich wollte plötzlich so sein wie SIE; in der Sekunde, in der ich es verspürte, als es sich bildete, dieses Verlangen, ging mir auf, daß dies fortan das entscheidende Faktum meines Lebens sein würde, diese Ästhetik, dieses Beeinflußtwerden von einer Wirkung, die Der ENGEL ausübte – *Liebe* war das, nehme ich an, Liebe zu einer Erscheinung, die meine Sinne anstachelte, einer Realität, einem Phänomen.

Die Abwesenheit von Rachsucht in IHRER Haltung und IHR Verzicht auf alle mythischen Requisiten – SIE trug keine Symbole, war in nichts als Unbestimmbarkeit gehüllt, war weder bekleidet noch unbekleidet, SIE war nicht nackt, SIE war auf neutrale, einleuchtende Weise klar und unklar, SIE war genügsam und über das Bedürfnis nach weiterer Sinnstiftung hinaus, nie würde SIE abgewandelt oder ergänzt, angegriffen, verbessert oder bewegt werden – das heißt, SIE war nach-apokalyptisch: Ich verliebte mich in SIE als *das allumfassende Ende;* ich verliebte mich in das Schweigen – in IHR Schweigen jedenfalls.

Doch der Verstand, ob betäubt oder geheiligt oder nicht, verliebt und beflügelt und nach Unterwerfung verlangend, hört nicht auf zu fühlen und zu wackeln – Wackeln heißt Denken –, er verwirft Gedanken und Gefühle, sobald sie sich bemerkbar machen, sobald sie auftauchen, werden sie abgetan. Aber auch dann vibriert noch das Herz zwischen

Beachtung und Nichtbeachtung, oder vielmehr zwischen niederem Verlangen – körperlichem Verlangen – und dem Wunsch, *bewußt* (das heißt, sündenfrei) zu wissen – ohne körperliches Wollen; und doch gibt man dem körperlichen Verlangen nach, in seinen Empfindungen, wenn schon nicht im Handeln: Ich ging nicht auf DEN ENGEL zu – nicht mehr als einige Schritte, wenn überhaupt; vielleicht bildete ich es mir ein. Ich verging in einer Art Licht. DER ENGEL war stimmig, und ich war es nicht, doch ich stellte mir da eine Verschmelzung vor, mein Wille setzte sich durch gegen diese LICHTE *Stimmigkeit,* welche die Geschichte verändert hatte und sie auch jetzt veränderte, anscheinend ohne davon im mindesten selbst verändert zu werden. *Mein Gott, mein Gott.* Ich dachte, DER ENGEL habe die Geschichte beendet. Ich dachte, ich sollte in DEN WEISSEN OFEN SEINER HERRLICHKEIT eingehen – die großen Kriege Gottes, die Kammern des Holocaust, Daniel und Joseph – ich weiß nicht, woran mein Ego, mein Herz und meine Seele dachten: ER war da, DER ENGEL, und durch SEINE bloße Anwesenheit machte ER Lügen zu Torheiten; und das verhielt sich so, ob ER nun ein ENGEL war oder ein Schwindel, oder vielmehr: ER konnte gar kein unnützer Schwindel sein, da er aufs authentischste, regelwidrigste und eigenartigste Freude und Ehrfurcht vorstellte und von so gebieterischer, herrlicher Gestalt war. Ich sehnte mich danach zu erfahren, wie die anderen DIESE ERSCHEINUNG empfanden, aber das schien letztlich unwichtig zu sein, da es auf unsere Ansichten nicht ankam und wir, solange SIE gegenwärtig war, nicht von uns selbst, von unseren Ansichten oder voneinander gelenkt wurden, sondern einzig und allein von IHR, von IHRER Gegenwart.

Nie vor diesem Moment war mir aufgefallen, daß wir eine ständig urteilende Spezies sind, aber nun, da diese

Kraft des Bewußtseins nutzlos war – Lob und Zustimmung wurden wohl kaum verlangt –, dachte ich, einigermaßen vage, daß der Tag des Jüngsten Gerichts, heute zum Beispiel, eine Gelegenheit wäre, uns das Urteilen auszutreiben. Das kam mir ungeheuer sexuell vor. Es war furchtbar zu wissen, daß sich mein Leben in einem Maße ändern mußte, welches meine Kraft, Einfluß zu nehmen, zu urteilen, zu analysieren oder Einsichten zu gewinnen, überstieg – ich konnte diese neue Bewußtheit nicht anders einschränken als durch Bewußtlosigkeit, durch Ohnmächtigwerden. Der Verstand würde sich im Licht des MÖGLICHEN verwandeln, das DER SICHTBARKEIT DES ENGELS innewohnte – SEINER GÜTE, SEINER NACHSICHT: ER tat Nichts MENSCHLICHES. Wir sahen DIESEN ENGEL, und ER tat nichts, DIESER BESTIMMTE ENGEL, in DIESER ERSCHEINUNGSFORM, ER war ein einzelner ENGEL und nicht ein *Beispiel* für irgend etwas – ER ließ sich nicht multiplizieren oder teilen, nicht von uns, von unserem, meinem Verstand. ER war *ein Ding*, eine Art SCHWEIGENDER GÜTE, aber kein Beispiel. Von der OFFENBARUNG in dieser Form beherrscht zu werden, ist etwas Ungeheuerliches und Entmannendes, ähnlich wie wenn eine Frau sagt, *Also gut, jetzt sag ich dir mal ein paar Dinge*, und damit meint, daß sie Regeln festlegen will, und was sie dann sagt, betrifft einen wirklich; und wenn es das tut, wenn die Offenbarung die Art des Denkens verändert, dann macht sie einen vielleicht verrückt und schwach: man gerät in eine unbekannte Ecke oder Facette des Bewußtseins; so war es, nur sehr, sehr viel stärker. An diesem Punkt angelangt, kniete ich nieder, und eine Sekunde später erhob ich mich wieder, entschloß mich dazu, DIESER ANDROGYNEN MACHT, die mir trotz solcher Größe und solch mütterlicher Eigenschaften doch männlich erschien, aufrecht gegenüber zu stehen.

Natürlich wurde SIE von anderen gemäß unterschiedlichen, ihren jeweiligen Existenzen und Träumen entstammenden Symbolsystemen wahrgenommen: Sie sahen SIE als kriegerische oder jungfräulich-mädchenhafte Gestalt, oder als jungfräulich-mädchenhafte *und* kriegerische, oder als vatergleiche und ganz und gar nicht so, wie ich SIE sah. Für manche war SIE nur REINE STIMME und STRAHLENDER GLANZ und überhaupt nicht Gestalt, aber für jeden, mit dem ich sprach oder den ich ansah, war SIE eine Gegebenheit – und konnte ignoriert oder gedeutet werden, wie man wollte, doch nur auf eigene Gefahr: dies galt für jeden.

SIE strahlte finster innerhalb einer sich weitenden Glocke verwandelten Lichts: nicht Traumlichts, sondern Gedankenlichts. Vielleicht war es das Licht unhinterfragten, unglaublich RICHTIGEN DENKENS, wie es noch niemand gedacht hat, eines so RICHTIGEN DENKENS, daß ich ES mir nicht auf mich übertragen vorstellen kann, ohne daß ich imstande wäre, ES festzuhalten: das heißt, IHM gleichrangig, IHM ähnlich zu sein – IHM Mann oder Frau zu sein. ES war, was meine Lehrer und Geliebten und Bekannten in Auseinandersetzungen zu besitzen behaupteten: eine unanfechtbare WAHRHEIT, ersichtlich für jeden – innerhalb des Radius IHRES Lichts. SIE verstanden zu haben hätte aus mir ungefähr in dem Maße einen Engel gemacht, wie ER einer war – so wie Gelehrte, besonders an Colleges, meinen, die Männer und Frauen, deren Werke sie interpretieren, besiegt und damit übertroffen (und auf den neuesten Stand gebracht) zu haben. Wirklich empfundene DEMUT ist eine sehr schwierige Befindlichkeit, schwierig zu bewahren. Sie zu bekunden oder in Anspruch zu nehmen, sie ständig zu beteuern ist ziemlich leicht. Aber unter dem Gesichtspunkt der Verletzlichkeit war DER ENGEL nicht wie Christus oder sonstwie menschlich; ER war

Engel

in keinem Sinne gleichrangig; ER schwächte SEINE Autorität nicht für einen Augenblick ab. Nicht selbstgewählte Demut ist etwas sehr Sonderbares – sie durchdringt die ganze Person und untergräbt das Gerüst der Identität – das Fundament der Persönlichkeit ist der Stolz. Der Stolz aber schwand – für Augenblicke – in der Gegenwart DES ENGELS: es war SEHR SEXUELL, wie ich schon sagte. Ich möchte annehmen, daß der Liebende alle Hoffnung aufgeben muß, seine Anteilnahme könne ein Ziel oder eine Grenze erreichen, es gibt keine Grenze für diese Skrupellosigkeit außer jener, die der Wille zum Ungehorsam errichtet. Endgültig recht zu haben würde einen sprengen – das Rechthaben DES ENGELS war nicht endgültig. Wenn die Wahrheit nicht endgültig ist, dann ist sie nicht unerträglich viel größer als ich – DER ENGEL setzte meinem Leben kein Ende. Ein Glaube, der Fragen zuläßt, ist menschlich. Jeder ganz und gar wahre Glaube setzt jedem Willensproblem ein Ende. Ich glaubte nach den ersten wenigen Sekunden nicht mehr, daß DER ENGEL eine so geartete Autorität darstellte – vielleicht glaubte ich es insgesamt eine Minute lang. Das Licht DES ENGELS fiel zwischen Bäume, die einzelne Blätter und Blätterbüschel im vertrauten, regulären Maßstab aufwiesen, doch verkürzt, was die lastende Tiefe ihrer realen Dimensionen anging, durch SEINE Gegenwart in dem starken, verstörenden Licht, dem unsagbar seltsamen, aber sehr schönen Strahlen des unheimlichen SERAPHEN.

Will man überleben – wie wenn ich in meinen Träumen vom Tod bedroht bin –, darf es für einen nicht glaubhaft sein, daß man am Leben bleiben wird, und man lebt auch im Traum nicht weiter; man erwacht in Zynismus, in Morgenluft, in irgendein Vertrauen hinein.

Doch die nahen Gebäude, Wege und Gesichter glichen nicht denen in einem Traum. Der Himmel jenseits DES

SCHATTENS und DER GESTALT war ein wirklicher Himmel. Nichts wurde weniger wirklich in diesem Licht, nur *für den Augenblick* weniger wichtig. Alles wurde weniger interessant als das Licht selbst, als das, was da so großartig und wandelbar und still im Zentrum des Lichts stand – in gewissem Maße war die Zeit für DEN ENGEL stehengeblieben, obwohl mein Atem und mein Herzschlag weitergingen –, als das, was da so geduldig und aufreizend und schweigend stand...

Diese Manifestation von Bedeutung und Schweigen machte – schon damals ein komischer Gedanke – etliche Studiengebiete, Lebenswerke, Begriffe von Schuld, etablierte Vorstellungen von Sünden und Sündenfreiheit sowie die meisten bisher aufgestellten Theorien zunichte, insgesamt eine gewaltige Menge – aber nicht alle Anwesenden betrachteten SIE als DEN ENGEL DES SCHWEIGENS. Viele meinten, ER spräche, aber nicht zwei waren sich über die Aussagen einig, die sie IHM zuschrieben. Wie üblich wurden die Visionen hörbarer, geschriebener oder gesehener Gnade einzelnen zuteil – nur daß DER ENGEL einer Reihe von uns gegenwärtig war, allen, die sich am Schauplatz des Geschehens befanden und weder sonderlich klug noch durchtrieben waren. Alles war verändert, war unterhöhlt.

Als Student, weitgehend ohne Familie und feste Liebesbeziehung – wenn ich auch ein paar Menschen liebte, wie gewöhnlich eine törichte Auswahl –, war ich empfänglich und bereit für die Auslöschung des ALTEN DENKENS duch diese erregte Bangigkeit, die so erstickend war wie Asthma, durch die WAHRHEIT DES SCHWEIGENDEN ENGELS, SEIN durch SEINE Anwesenheit und SEIN Schweigen abgelegtes ZEUGNIS – eine individuell unbezweifelte Gegenwart, zweifelhaft nur aus der Sicht der Gruppe, obwohl jeder, der sich in der Glocke aus Licht be-

Engel

funden hatte, angab, ETWAS AUSSERGEWÖHNLICHES sei gegenwärtig gewesen: wenn sie es nicht für schlauer hielten, sich bedeckt zu halten, sich im nachhinein mit ihrem feineren Gespür für menschliche Manipulationen herauszureden. Es war etwas Außergewöhnliches – und von außergewöhnlichem Wert für uns, für mich.

Das ist zu schwach ausgedrückt, aber ich versuche, Irrtümer zu vermeiden. Ich habe zugegeben, daß ES ein Engel war. Wenn ER eine Täuschung war, dann eine so beeindruckende, daß sie mich zu dem zu bekehren vermochte, wofür ER stand, obwohl ich noch nicht wußte, was das war, aber ich würde mein Leben mit der Suche danach verbringen, nicht monoman vielleicht, doch mit recht beharrlichem Forschen nach SEINER BEDEUTUNG. Aus dieser Bereitschaft in mir, dieser Leichtgläubigkeit, wenn man so will, die nacheinander unterwürfig und mutwillig, gewaltsam und pazifistisch und teilweise rebellisch war, entstand meine Respektlosigkeit, die brannte wie eine titanische Schande – ein entsetzliches und doch naives und vorbehaltloses *Amüsement,* vielleicht von lebenslanger Dauer. Es schien da kaum um eine ausgefallene spirituelle Sache und um eine Glaubensfrage zu gehen, eher um etwas mir gewissermaßen anekdotisch Anhaftendes, das mich in die Nähe des HEILIGEN – und DER HEILIGEN SCHAU – zerrte, in dem ich nun eine ungeheure, meinem Urteilsvermögen entzogene und in keiner Weise meine Zustimmung erfordernde Stimmigkeit sah. DAS HEILIGE manifestierte sich, hüllte sich in Schweigen und schloß mich – meinen Verstand, Geist und Körper, aber nicht meine Gefühle – aus und zugleich in eine Gewißheit von etwas ein, dessen Abgesandter das LICHTWESEN war, wovon ich jedoch kaum sprechen konnte.

Es war weder widernatürlich noch falsch – es war *stimmig,* schicklich: *Ich* war widernatürlich und falsch.

Nur war die Richtung der ANGEDEUTETEN LEHRE und des umfassenden Wandels, der mit der Erscheinung DER GESTALT verlangt wurde, einfach nicht klar. Menschliche Werke, menschliche Verbrechen erschienen in keinem bestimmten Licht. Auch schien DER ENGEL in keiner Weise ein absolutes Beispiel für irgend etwas zu sein – nicht einmal für die Ewigkeit. Die Ehrfurcht, die ich zu Beginn DER ERSCHEINUNG empfunden hatte, trug die aufrüttelnd eindringliche Wahrheit eines Films über das monatelange Wachsen eines Sämlings in sich; der Film verzeichnet den fortlaufenden Vorgang; dann wird der Film geschnitten und zeigt im Zeitraffer, wie der Sämling durch Pflastersteine nach einer scheinbar ewigen Sonne strebt, und der Film ist wahr, obwohl man diesen Vorgang, so wie er ihn zeigt, niemals sehen wird.

Zum Teil war die *Wahrheit*, die ich als gegenwärtig empfand, waren sie und ihre Bedeutung falsch, insofern nämlich, als die Erwartung trog, daß meine Ehrfurcht bald nicht mehr nur in bestimmten Grenzen gültig sein würde, sondern weltweit, universell, dann ewig, daß sie mehr sein würde als eine Welteroberung, nämlich eine Eroberung von Raum und ZEIT. Dies war nicht der Fall. Ich war *passiv*, erwartungsvoll auf Verkündigung eingestimmt – wie es vielleicht für eine Mittelschichtseele typisch ist –, aber nichts dergleichen geschah.

Ich war nicht traurig. Meine Ewigkeitserwartung – in diesem Moment mein OFFENBARUNGSGEFÜHL – läßt auf erschreckende Weise meinen Glauben zutage treten, der mir bis zu diesem Moment (als die EWIGKEIT oder etwas auf SIE Zustrebendes SICH zeigte, mich jedoch nicht adoptierte und in SICH aufnahm) verborgen geblieben war, meinen Glauben an eine allgemeine, dem Willen des einzelnen unterworfene, aber universelle Respektlosigkeit in uns, weil die Macht – die Liebe oder die Gewalt – in der

Tat niemals absolut – also unwiderstehlich – endgültig gewesen ist. Ich weiß nicht, warum ein so absolutes Objekt – das mich erdrücken würde – wünschenswert war; und vielleicht war es das gar nicht; vielleicht weiß man lediglich, daß man die absolute Macht auch würde absolut lieben müssen – die Seele ist zu merkwürdigen Einsichten und taktischen Kehrtwendungen fähig. DIE GOTTHEIT gab sich in Form einer maßvoll endgültigen Kraft zu erkennen, gab zu erkennen, daß SIE auch diesmal nicht die ungehorsame und spirituell inkonsequente Menschheit zu zügeln gedachte. Nichts Endgültiges – wie die Auferstehung der Toten – ereignete sich und machte dies zum eindeutig letzten Moment. Respektlosigkeit und ihre unvermeidliche Gefährtin, die Sentimentalität, kamen damals sofort ebenso deutlich in uns (mir) zum Vorschein, wie das Schweigen DER ERSCHEINUNG ein Aspekt DES GÖTTLICHEN war – wenn man die Berichte verglich.

Sehr viele der Anwesenden müssen den Wunsch gehabt haben, DIE ERSCHEINUNG zu leugnen. Ich nicht. Respektlos – und sentimental –, wie ich war, fand ich mich von Beginn an dazu bereit, auf SIE einzugehen (selbst wenn SIE ein Irrtum, ein Schwindel war), teilweise, glaube ich, weil SIE nicht in Gold gekleidet war, vor allem aber, weil SIE so liebenswert war in ihrer *Stimmigkeit*; freilich bin ich eine Art Waisenkind; und andere müssen den Wunsch gehabt haben, sich ihre Investitionen und Wahrheiten, ihre Halbwahrheiten und ängstlichen Lügen und ihre Respektlosigkeit zu bewahren, nicht als Symbole, sondern als WAHRHEITEN. Sie wollten die Kraft der Lügen, die Verstandeskräfte zu zerstören, nicht entschärfen; ich muß sagen, daß mir unbehaglich und übel davon war – vom Denken an Wahrheit, *Wahrheit*, Wahrheit, WAHRHEIT. Das tiefe Wertempfinden, das sie im Leben besaßen, ließ sie nach einer emotionalen oder sexuellen Bot-

schaft suchen, die sie intakt belassen würde, die quasi ihr
verbleibendes Erbe sein würde; wohingegen ich wußte,
daß man sich ganz und gar würde fortwerfen müssen –
ganz und gar–, wenn man so weit kommen wollte, daß
man die WAHRHEIT ertragen konnte: Natürlich würde
man dann nicht die gewöhnliche Wahrheit kennen, die
Wahrheit der meisten Leute, und somit auch nicht sprechen können: man würde sich sozusagen rückwärts bewegen müssen. Die WAHRHEIT lag in den Mythen und Metaphern: ich hatte davon gelesen, ich hatte davon geträumt.
Dies zu respektieren war mir nie schwergefallen, aber damit zu beginnen, es zu durchleben, war widerwärtig; und es
gab kein Zeremoniell der Verleugnung oder Übereinkunft,
kein Fragen, ob man DIES sehen wolle, kein Prüfen des
realen Einwirkens DER ERSCHEINUNG, kein förmliches
Brimborium um die EIN STÜCK WEIT ENDGÜLTIGE
WÜRDE DER TATSÄCHLICHKEIT DES SERAPHEN,
um IHN erträglich zu machen – oder was auch immer.

ER sprach nicht. ER verschonte uns. Ich kann über das
Heilige Sprechen theoretisieren, über das ZEITLOSE, das
sich auftut, um eine einzige, ziemlich geschäftsmäßige
Silbe zu äußern – nur eine Silbe bräuchte ER zu sagen,
wenn ER sich überhaupt zum Sprechen entschlösse und
nicht nur von allen Köpfen und allen Dingen Besitz ergriffe
– ich kann darüber leichter theoretisieren, als ich mich
über das mögliche Sprechen des TATSÄCHLICHEN EN-
GELS äußern kann. ER würde gestammelt haben, ER
würde laut getönt haben, wie himmlische Trompeten und
ein Erdbeben, in einer bekannten Sprache, einer Mischung aus dem schier unendlichen, wütenden Willen
eines Löwen und dem erschöpften oder herausfordernd
unverbrauchten Wiegenlied einer Mutter. IHM zu lau-
schen wäre eine jener heroischen Angelegenheiten – *Hör
zu, begreife rasch, begreife sofort oder stirb oder stirb fast –*

Engel

wie in der Kindheit, oder wie wenn man verliebt ist oder, wie in der ersten Klasse, lesen lernen muß, um sich in Hinblick auf die MITTELSCHICHT, auf Geld und NORMALITÄT nicht zum Untergang zu verdammen; oder wie in einem Faustkampf oder einer Schlacht. In solchen Situationen ist man sehr aufmerksam. Nichtsdestoweniger ist es schwer, den Sinn des Geschehens zu erfassen. Man versucht es, und der Augenblick erfährt durch den Versuch Überhöhung, falls es einem überhaupt glückt, der Gnade des Hörens teilhaftig zu werden. Womit ich meine, daß DER ENGEL uns vorbereitet oder uns einfach Wissen eingepflanzt haben könnte, wenn er es gewünscht hätte, ohne sich zum Sprechen herabzulassen. Doch selbst in diesem Sinne war DER ENGEL stumm, als wäre er allzu demokratisch gesinnt, als wäre sein Wissen um die Gerechtigkeit so groß, daß er es nicht in Betracht zog, einen solchen Druck auszuüben.

ER sollte in der Tat nie sprechen, aber im gegenwärtigen Moment war es sehr seltsam, weder zu wissen noch raten zu können, was ER sagen würde, wenn er, wie man es erwartete, bald spräche. Ich hatte in meiner Kindheit einige Male an die Töne des TAKTVOLLEN SCHWEIGENS DER GOTTHEIT gedacht, sie notiert und mir sogar vorgestellt – mir vorgestellt, DIE GOTTHEIT höhnisch dazu herauszufordern, sie von sich zu geben, oder ein Omen, ein ZEICHEN von IHR zu erlangen. Ich war einmal der Ansicht gewesen, ein ENGEL müsse und wolle nicht sprechen. Doch im Augenblick hoffte ich furchtsam, auf die Probe gestellt zu werden – ich würde versuchen, SEIN WORT zu erfassen, und in der Folge dafür beurteilt werden. Unter dem Gewicht der Wahrheit SEINER ERSCHEINUNG, in der Gegenwart des WUNDERBAREN, würde man sich, wenn ein SERAPH sprach, unendlich, entsetzlich bemühen – sich auf gleichsam homosexuelle

Weise bemühen, nähme ich an –, ganz OHR zu sein, gewissenhaft verständig und empfänglich zu sein, sich als gelehrig zu erweisen. Man würde wieder sein wie ein Kind, ewig, unwiderruflich verletzbar, man würde hoffen, der Lieblingssohn zu sein, der vom GÖTTLICHEN am meisten gesegnete, was am Erkenntnisvermögen deutlich würde, das man an den Tag legte, an der Empfänglichkeit für und der Einsicht in die Strahlkraft der Botschaft, für und in das Unerhörte am Sprechen des ENGELS. Ich deduziere, indem ich dies sage. Ich sehe ein, wie jüdisch oder mönchisch christlich oder anmaßend christlich es ist. Ich sehe ein, daß ein wahrer Christ anders empfinden würde, sogar ein vager Christ – ein solcher würde sich nicht einbilden, er habe die Chance, sich zu bewähren, oder es käme überhaupt darauf an, sich zu bewähren, es sei denn, indem man die Etikette wahrte, sich innerhalb eines komplexen Gefüges aus Respekt und dem halben Eingeständnis bewegte, daß man imstande ist, durch Respektlosigkeit und eigene Torheit der Verdammnis anheimzufallen; indem man ein Gefühl hat für die eigene, verquer komplexe Position als Figur in Dutzenden von Hierarchien, sogar für die Unsterblichkeit, betrachtet als die gesammelte, auf vielfältige Weise – in Kunst und Macht – gespeicherte Anstrengung des riesigen Menschengeschlechts.

Vielleicht spreche ich hier auch als Prophet, als Niemandssohn – das heißt, als Weltabtrünniger, als Anhänger des Glaubens, der dies hinter einer Vorstellung vom *Christlichen* verbirgt und dann sagt: Ich bin kein Christ.

Es ist traurig zu wissen, wie sehr ein schriftlicher Bericht, mit seinem Abstand von der physischen Gegenwart, mißlingt. Es gibt in der Sprache kein Äquivalent zu dem Erscheinen des SERAPHEN, kein Schweigen oder Stillsein, auferlegt von der Würde des Geschauten und vom eigenen Staunen. Die Erscheinung von Wörtern auf Papier besitzt nur die unbeweisbare Gegenwärtigkeit einer nicht hierarchisch geprägten Musik und einer schwarz-weißen Freiheit der Entgegnung; wir sprechen zueinander – aufrichtiges Zuhören ist eine Form des Sprechens – in einer schwarz-weißen Republik voller Geheimnisse und Winkel und Schweigen, in welcher das, was an jenem Nachmittag gegenwärtig war, in der Sprache nur gegenwärtig ist, wenn man aufmerksam und bereit ist, sich beeindrucken zu lassen, oder wenn eine das Thema und seine Bedeutung betreffende innere Gewißheit einen geduldig macht, oder wenn einen der Ruf bei anderen, erfolgreich und pflichtbewußt zu sein, sowie das eigene Vergnügen zu dem Versuch bewegen, dem Zeremoniell der Musik zu folgen – sonst entgeht einem anscheinend das Faszinosum des Augenblicks; und wenn es einem nicht entgeht, hat man den Eindruck von solcher Gegenseitigkeit, daß angesichts des Versagens der Sprache, gegenwärtig zu werden, der Zuhörer sie in wahrerer Form gesprochen, der Leser sie getreuer und gewissenhafter – auch kunstfertiger – geschrieben hat als der Schriftsteller, obwohl dieser es versuchte, aber vielleicht nicht inbrünstig genug; oder vielleicht haben die Bemühungen um Schriftlichkeit die Dinge beschmutzt, und das Lesen, oder das Zuhören, ist der reinere und wahrhaftigere Akt, der bessere Teil der Aufmerksamkeit für das Ereignis.

Ich versuchte, mir meinen Humor zu bewahren, damit ich nicht ohnmächtig wurde. Ich war nicht willens, nicht gegenwärtig zu sein und den Moment zu verpassen oder ihn als dunklen Moment und als so weit entfernt zu erleben, als sähe ich ihn durch einen Schleier von Fieber oder sonstiger Nervenschwäche, wie sie einen bei der körperlichen Liebe oder beim Schreiben oder in anderen Gnadenzuständen befällt. Ich hatte den Verdacht, daß die anfängliche Kühnheit, nicht ohnmächtig zu werden, zu zweifeln und zugleich nicht zu zweifeln und doch bei Sinnen zu

bleiben, früher oder später einer tiefen, anhaltenden Ehrfurcht würde weichen müssen, was soviel heißt wie einem
Aufmerksamkeitswahnsinn – wovor ich mich mehr fürchtete, als ich zugeben wollte: ich war kaum zwanzig –, aber
ich hatte meine Respektlosigkeit, meine sentimentale Ehrfurcht, nicht die wahre. Nachzugeben käme in diesem Alter
einer schrankenlos sexuellen Hingabe gleich – der Hingabe
eines jungen, noch nicht allzu beschmutzten und miß-
brauchten Körpers von beträchtlichem Wert für die Allge-
meinheit. Doch dieser Körper war der tiefen Hingabe nicht
fähig. Ich war noch stolz. Unter der Folter vielleicht oder in
gewissen Zuständen ekstatischer Aggression würde dieser
Körper der Hingabe – einem Aufschrei, einem Erguß –
entgegengleiten, und ich würde *aufhorchen*. Das Schweigen würde abfließen und voller Klänge sein, darunter der
meiner befreiten Stimme: befreit auf jene andere – nicht
amerikanische – Art. Ich hatte das stürmische, gequälte
Berserkertum der Prügeleien und des ernsthaft betriebe-
nen Sports und des Abenteuers hinlänglich kennengelernt
und war von dort mehr oder weniger rasch zu meinen gewohnten Bewußtseinsformen zurückgekehrt, gleichermaßen vor Abenteuer und mystischem Schweigen gerettet,
könnte man sagen; doch da ich noch keinen körperlichen
oder psychologischen Zerreißproben unterworfen gewesen, weder von Liebe noch von Ehrgeiz gebrochen war und
mich nicht in den Dienst von der Bereicherung, dem Aufstieg oder der Pflichterfüllung dienenden Vorhaben gestellt hatte, kannte ich die Ketten und profanen Schrecken
des ständigen nahen Umgangs mit einer offenkundigen
WAHRHEIT nicht so, wie andere Leute – mehr gebrochen
als ich oder weniger, auf andere Weise – diesen Kram
kannten. Wie jede Jungfrau wollte ich allem, was ich nun
tat, bewußt Grenzen setzen – doch nur mit dem Ziel, stark
genug für alles und jedes zu sein, eine Art von Angeberei,

die nicht auf die Probe gestellt werden sollte. Meine Anflüge von Humor waren eine Form jungfräulicher Unabhängigkeit, Keuschheit, waren vielleicht eigensinnig – daß
ich mich als geringer empfand, stellte ein großes Problem
dar, wissen Sie. Ich sagte, DER SERAPH verschonte uns
und sprach nicht – also, das sage ich zwar, aber wenn ich es
mir nicht als niedergeschriebenes Faktum vorzustellen
versuche, sondern als Wahrheit, sehe ich es Sekunde für
Sekunde vor sich gehen, in wechselnden Formen des Möglichen und Anzweifelbaren, mit den Erfolgsaussichten,
von denen ein Spieler (und ein Sportler) ausgeht, ganz
nahe an jener äußersten Hingabe, nach der sich der Körper
sehnte, die er erhoffte und verweigerte und verschmähte,
und zwar in jedem dieser Impulse oder jeder dieser Phasen mit aller Kraft; und noch leidenschaftlicher im Rahmen seiner eigenen Leidenschaft schwang der Verstand
sich auf und stürzte ab, glaubte und wartete – und hatte
Ansichten, Urteile, auch wenn ich zuvor sagte, man habe
DEN ENGEL nicht beurteilt, man tat es doch; man gab
seine Zustimmung und versagte sie – jedenfalls wurde es
allmählich klar, daß man etwas tun mußte, still stehenblei-
ben und atmen natürlich, dann lächeln, DEN ENGEL grüßen, ignorieren, willkommen heißen, zu erfassen suchen,
lieben, IHM dienen angesichts SEINES sanften Schweigens, SEINER unendlichen Scheu vor dem Realen. Oder
man *sollte* sich auflehnen. Es war (oder wurde) offenkundig, daß ER in dieser Erscheinungsform nicht auf die Un-
terstützung von Sprache oder Geduld angewiesen war. ER
war kein zweifelhaftes Objekt wie die SCHLANGE im
GARTEN EDEN. ER hatte nichts von dem Zweifel an sich,
den die HEILIGE SCHRIFT Engeln zuweilen zuschreibt –
ER konnte uns gebieten, wie immer ER es wünschte, durch
eine bloße Willensregung, oder, falls ER keinen Willen besaß, durch eine Regung SEINES Denkens, durch SEIN

Gebet, SEINEN Gesangston, durch was auch immer. Die Geduld, welche DIE SCHLANGE hatte aufbringen müssen, war ihrer Oberfläche wegen, ihrer kalten, glitzernden, gliedmaßenlosen Oberfläche wegen notwendig; daß sie als Geschöpf eine geschuppte Anomalie darstellte, mußte um der Überzeugungskraft willen überspielt werden; doch die Erscheinung DES SERAPHEN als Beispiel auf der Welt, in SEINEM eigenen Licht innerhalb des gewöhnlichen Bostoner Sonnenlichts, nicht im geringsten vertraut in einem veränderten, unvertrauten Licht, war allein schon Beweis genug für IHN, um es bescheiden auszudrücken, oder ich war so überzeugt, daß ER uns nicht weiter zu überzeugen brauchte – darin lag wohl kaum das Problem: Ich gehe von selbstverständlicher Zustimmung aus: Ich wüßte nicht, wie ich diese überzeugungsschwangere Atmosphäre beschreiben sollte – aber es handelte sich auch um so etwas wie ein Großartig-aber-was-soll's-Gefühl. Wir waren überzeugt – auf jene Weise, möchte ich sagen, wie Licht von sich selbst überzeugt zu sein scheint, Kerzenlicht oder Sonnenlicht –, doch wir erhielten *keine* Anweisungen; und das war ein so extremes, ein so Tiefes Gefühl, daß ich von da an niemals wieder bezweifeln konnte, daß die außerordentliche Kraft der Leere unvermeidlicherweise zugleich viel Raum für Überzeugung – für Glauben – und Respektlosigkeit bietet.

Ich begriff, schwankend, wie Ruhm oder die Manie, einen Palast, eine Pyramide zu erbauen, ein Buch zu schreiben, dieses männliche oder menschliche oder weibliche Verlangen zu sagen: *Dies wird Geschichte machen,* ein Leben beherrschen und diese Mischung von Willen, Glauben und Schweigen hervorbringen kann – und Stimmigkeit und eine Wirkung auf andere, als gälte sie ewig: so lange, wie die meisten Dinge den Menschen wichtig sind. Im wirklichen Leben spürte ich diesen Ansporn zumeist nicht – aus vielerlei Gründen –, aber jetzt *sah* ich ihn:

spürte ihn gleichsam aus der Ferne. Nichts konnte wundervoller sein, als die Erde mit dem Dunst des Ruhms zu erfüllen – aber ich bedurfte der Geduld und der Nachsicht und des Schweigens, des Ausbleibens von schlechter Behandlung, wie es DER SERAPH an jenem Nachmittag in Harvard ankündigte, ich mußte das fühlen, das sehen.

Ich träume oft davon, so zu sein. Ich kann Aspekte SEINER EIGENART aufzählen, in der Reihenfolge, wie ich sie einigermaßen verwirrt wahrnahm: eine Haut oder Hülle oder Bedeckung, die aus Prismen bestand oder mit Schweiß überzogen war, mit prismatischem Schweiß. Eine schwebende Gesichthaftigkeit. Wasserfälle, Elefanten (Geduld und Kraft), alle möglichen Blitze und Blendstrahlen, große und kleine Blumen, Flüsse (sehr verschiedener Art), Kindergesichter im Schatten vornehmer Räume, Spiegel, Explosionen, Gefieder, Gras, Treppen, große (oder monumentale) Türöffnungen, große, berühmte Fassaden – ER bestand ersichtlich aus derartigen Dingen, aber auf *stimmigere, weisere* Art, liebenswerter, ferner, so daß sie wahrscheinlich nicht hätten benannt oder aufgezählt werden sollen, wie ich es soeben getan habe; mir kommt die Liste kindisch vor.

ER war in allem wohlgestaltet, in Größe und Breite und SEINEN Oberflächen, in den Andeutungen von Falten und Federn, Gewändern, Schwingen, Händen, im Winkel zwischen dem zu erahnenden Hals und dem unbeschreiblichen Gesicht, an das mich zu erinnern ich noch nicht den Mut habe und wahrscheinlich niemals haben werde und das ich weitgehend erfunden haben mag, weil das, was ich sah, nicht erschaubar war und ich diese Dinge, diese Formen von anderen Gelegenheiten her in mir trug und hier verwendete.

Der größte menschliche Eigensinn und Eigenwille wurde jäh in gutes Benehmen verwandelt, nicht vollständig, aber doch so weit, daß es einer Bestätigung des Wunders, der zeitweiligen Aufhebung der Naturgesetze gleichkam. Keine Reporter und Kameras trafen ein, niemand rief weitere Zeugen herbei, es war ein sonderbares Ereignis, öffentlich und doch inwendig, letzten Endes privat und ohne Tumult oder Aufruhr, außer natürlich in uns, die wir zufällig anwesend waren, aber natürlich weiß ich nicht, welche rationalen Gründe es angesichts der Natur dieses Ereignisses und des HIMMLISCHEN BESUCHERS dafür geben sollte, von *zufälliger* Anwesenheit zu sprechen.

DER SERAPH versuchte nicht, uns irgend etwas mit Worten oder Gesten einzuprägen, mit neugefaßten oder erklärten Geboten oder Verboten oder Prophezeiungen, mit nichts von alldem. ER rief keine *hörbare* Wirkung hervor, außer einem leisen Zischen oder Flüstern, wie von Feuer. Die Verstrickungen und Verfilzungen in den Gedanken und im Empfinden der Anwesenden, ihre ehrgeizigen Ziele – jeder befand sich natürlich mitten in einer Geschichte, mitten in einem Dutzend Geschichten von Feindschaft und Freundschaft, von Geld und Umständen und Studium, von Liebe und Familie und Politik – in gewisser Hinsicht wurden wir inmitten unserer Geschichten allein gelassen. Wir blieben unversorgt mit Geboten, Ansprachen, Posaunenklängen.

In diesem Stadium, als wir erst einmal über den anfänglichen inneren Aufruhr des IHN-Erblickens hinweg waren und Raum schaffen mußten für den Glauben, daß dies geschah, da schien es unglaublich liebevoll und zärtlich, daß ER nichts sagte und nichts tat, uns in Ruhe ließ.

Innerlich, in unseren Schädeln und Körpern inmitten der diversen *physischen* Ausdrucksformen von Ehrfurcht und Vorsicht (Angst und aufmerksame Beobachtung), waren manche, wenn auch sehr schockiert, so doch wie ich über alle Maßen oder Grenzen der Vernunft, der Alltags-

Engel

vernunft hinaus neugierig, zugleich aber irgendwie unfähig, ungläubig und amüsiert zu sein (obwohl sich in unkontrollierten Sekunden solche Gefühle dennoch einstellten), und in manchen Augenblicken war ich sogar trunken vor Erleichterung, weil ich fortan überzeugt sein konnte von der tiefen Bedeutung meines Lebens, das mir gestattete, als Zeuge in diesem Fall, dem vorliegenden Fall, dem Zufall oder Schicksal oder Glück oder der Vorsehung, bei dieser Offenbarung anwesend zu sein – bei der Offenbarung eines echten SERAPHEN, nachdem in der neueren Geschichte bislang keinerlei Offenbarungen derart die Aussicht auf einen mit dem Holocaust oder der Apokalypse unverbundenen göttlichen Sinn verheißen hatten, obwohl ER uns natürlich mit Feuer oder augenblicklichem Vergessen vernichten konnte, wenn ER es wünschte.

Der Gedanke, daß man eingeäschert oder gestraft werden könnte, führt bei manchen Leuten einen erleuchtenden Ausbruch von Manierlichkeit herbei. Andere, Frauen eher, läßt die damit einhergehende Bedrückung hysterisch werden. Und ein paar junge Männer schlossen sich ihnen darin an. Ich ließ mich von meiner eigenen Hysterie ebenso wie von ihrer in Versuchung führen und kam ihr sehr nahe, aber sie wurde bezähmt, gezügelt von Erziehung, Respekt (der in mir stets mit Respektlosigkeit einhergeht) und Neugier.

Und nach kurzer Zeit legte sich die Hysterie wieder.

Ehrfurcht unterdrückte sie, und die Möglichkeit, man könnte die Kraft nicht haben, die zahlreichen Belastungen durch jenes Ereignis zu ertragen, welches DAS ENDE DER WELT ist, aber nicht ganz. Das ganze Ende, das wäre ein LETZTER SINN. Dieses hier hatte nur einen Hauch von Apokalypse an sich, einen von unserem Willen nicht gesteuerten; und es war insofern ohne das mindeste Bedürfnis nach Zurschaustellung apokalyptisch, als das Ende der

Welt, wie man es für sich verstanden hatte – als den eigenen Tod und den Tod von so gut wie allem, was man kannte, und der Abläufe, die man kannte, als die Auslöschung des Willens im alten Sinne, des Glaubens an die Nützlichkeit des Willens –, ohnehin stattfand: eine Art provoziertes Asthma, Selbstvernichtung, die Geburt der Gehemmtheit aus der Gegenwart des ENGELS und aus dem Schweigen heraus, einem Schweigen, das uns sah, wenn es auch vorzog, nicht zu schauen, doch ein Schweigen, welches – da unbestreitbar gegenwärtig – in einer komplizierten Beziehung zu uns stand.

Viele von uns, stelle ich mir vor, sind solche Kämpfer, daß wir versuchen, zur Bewältigung dessen, was als nächstes kommt, an gewissen Vorteilen festzuhalten, selbst wenn das, was als nächstes kommt, wahrscheinlich aus Flammen besteht oder aus mehr Licht, als man ertragen kann – vielleicht ist es unmöglich, die eigene Natur aufzugeben, jedenfalls zunächst oder vielleicht für immer; man hat seine Strategien und seinen Anschein von Tugend für die Reise durch dieses Leben, man hat seine Schläue, die odysseischen Kräfte im Vorhof zur Nachwelt oder in ihr, im Reich des Todes, wenn man der Dichtung glaubt.

SEINE Gegenwart war, in Anbetracht SEINER Sprachlosigkeit und Macht, wie *ein Tod*.

Aber ich stellte mir all das als mit Bedauern oder gar *Haß* abgelegt vor, doch da man, so man weiterlebt, höchstwahrscheinlich von nun an ein Zeuge sein wird, was braucht man da in sich noch die meisten Aspekte des Willens, die man bisher brauchte, solange man noch nicht Zeuge war? Fast mit Gewißheit kann man fortan erwarten, inspiriert und beschützt zu werden – oh, nicht physisch: man kann zum Märtyrer gemacht, auf verschiedene Weise benutzt werden in der Zeit oder Zeitlosigkeit, die von nun an herrschen soll; man hat eine Seele von ganz anderer Art: dieses

Ereignis wirkt nunmehr in der gesamten Persönlichkeit fort, und man ist anders.

ER war so beeindruckend, DER SERAPH, daß ich in den Momenten, in denen ich IHN sah, nicht den Wunsch hatte zu sprechen, Halleluja zu rufen oder sonst etwas. Es gab ganz einfach nichts zu sagen, und so würde es von nun an für immer bleiben, es sei denn natürlich, dies war ein lokales Ereignis, und man würde den Wunsch haben oder sich getrieben oder inspiriert fühlen, darüber mit anderen zu sprechen, die nicht hier gewesen waren, denen DIESE WAHRHEIT entgangen war. Anfangs versuchte es dieser und jener von uns mit einem beiläufigen *Hosianna* oder *Alleluia* oder *Halleluja* oder *Pax* oder *Pace* oder *Friede*, aber es war wie ein bloßes weiteres Murmeln und Rascheln der Blätter, der Luft. Nach einer Weile rief oder schrie niemand mehr, alle, sogar ein Blinder nahebei, enthielten wir uns der Zurufe, des befreienden Aufschrei und Erstaunens – wir verharrten in einem amüsierten, *unberuhigten* und verzückten Schweigen.

Dann ging auch dies vorüber während der sich dehnenden Pause oder Kluft in der Welt, während dieser Pause unserer Weltlichkeit, in der Urteilsfähigkeit, Billigung und Mißbilligung weiterbestanden, doch nicht wie zuvor, und jene von uns, die bei klaren Sinnen und innerlich unhysterisch blieben, gänzlich unentrückt, nicht mit Wonne geschlagen und wie in Tränen, sondern in diesem sich weit und weiter spannenden Zeitbogen am Kontakt zu anderen interessiert, blickten sich um nach anderen auf den Gehwegen, um zu sehen, ob wir plötzlich verrückt geworden waren oder ob dieser Augenblick nach ungefähr denselben Regeln mit den Augenblicken davor verbunden war, nach denen Augenblicke immer schon mit anderen verbunden gewesen waren. Dies war Neugier und Respektlosigkeit, wie ich schon sagte, und innere Rastlosigkeit, aber keine irgendwie exaltierte Ruhelosigkeit. Natürlich ließen sich Augenblicke jetzt nicht mehr nach *denselben* Regeln miteinander verbinden, nach den Regeln, die dem Augenblick davor innegewohnt hatten, nach den Regeln des Tag für Tag um uns stattfindenden Lebens, mit Frühstücken darin und Verrichtungen im Badezimmer und mit Lehrveranstaltungen – aber einiges davon blieb weiter bestehen. Man wurde nicht mit Gedächtnisverlust geschlagen. Und die HIMMEL hatten sich noch nicht aufgetan, um die Heerscharen der SERAPHIM und CHERUBIM und ERZENGEL zu offenbaren; unser SERAPH hatte nicht gesprochen. Was uns da zuteil wurde, war sogar für einen nach spiritueller Seligkeit Strebenden genug, aber es war nicht das Äußerste. Indem ich den Kopf wandte, um zu schauen, was andere angesichts dieser nicht-endgültigen Herrlichkeit taten, leugnete ich nicht, daß dies ein kostbarer Augenblick war und, im Licht der äußersten Hoffnung, der kostbarste Augenblick in jüngerer Zeit, unvergleichlich und einzigartig, unsäglich und furchtbar, wie ich anfangs sagte, diese WUNDERSAME SCHÖNHEIT und Furchtlosigkeit und Verlegenheit – und ER war kein nächtlicher Traum, keine mittägliche oder spätnachmittägliche Halluzination. Aber wenn ER nicht doch so etwas war, ein Traum oder eine Halluzination, dann sollte ich, da ich noch nicht vernichtet und der Augenblick real war, es wahrscheinlich mit Sprechen versuchen, jetzt gleich oder bald, falls mich nicht Stummheit befallen hatte, mit Sprechen in Form eines Gebets oder Grußes, wie es Männer, von denen ich gelesen hatte, in Notlagen oder angesichts von Engeln taten. Ich konnte zweifeln und Absichten hegen, fromm tun in gewissen Grenzen, lobpreisen, flehen, singen – das sollte ich, schien mir, als nächstes tun. Ich wollte DIE ERSCHEINUNG, DIE NEUE WIRKLICHKEIT ansprechen, und ich murmelte diese und jene Gruß- oder

Engel **483**

Dankesformel, *Höre, O Israel* und *Der Herr ist mein Hirte* und *Vater unser* und, ohne es blasphemisch zu meinen, *Hallo, ich heiße Wiley,* aber das würde ER natürlich schon wissen. Die alte Herrschaftssprache, Latein, kam mir würdiger vor, und ich sagte *Credo, credo.*

Ein Teil von mir war für alle Zeiten von der quälenden Unsicherheit in Fragen der Manierlichkeit, Ernsthaftigkeit und Ehrfurcht befreit. Man konnte mit so etwas wie schroffer Bereitwilligkeit Zeugnis ablegen, denn die Erlösung ist, einmal geschehen, von Natur aus unverantwortlich – das heißt, falls dies hier ERLÖSUNG war und nicht VERDAMMNIS oder etwas ABSOLUT NEUTRALES. Doch nach SEINEM Schweigen zu schließen, nach der großen Schönheit, die IHM eigen war, und nach dem Umstand, daß ich weiterhin lebte (obwohl ich, um ehrlich zu sein, keinen großen Wert aufs Weiterleben legte; ich war jedoch dankbar dafür – und ein bißchen traurig und beleidigt darüber, weil ich weiterhin mein altes Bewußtsein besaß), war das, was da geschah, gutartig, zutiefst gutartig; nun, mithin brauchte man sich auch nicht zu sorgen, es sei denn natürlich auf jene Weise, die einem die Liebe oder die Seele befiehlt. Die aufrichtige und – für den Augenblick und vielleicht von nun an für immer – mönchische und märtyrerhafte Seele, durch eine sichtbare Erscheinung errettet: nur sie ist schlichten Geistes wie ein Kind, man ist eine unmittelbar kindliche Seele mit einem Vater, dessen Urteil man traut und an dessen Fähigkeiten man kaum zweifelt. In diesem Zustand des Vertrauens, in dieser Verfassung bewegte mein Wille – der eines Kämpfers, wenn ich so sagen darf – mich dazu, aus aufrichtiger Verbundenheit mit meiner Identität und meiner Seele versuchsweise *Mein Gott* und *He da* zu flüstern, nicht völlig ohne und nicht ganz voller Ironie. Allerdings sah ich, vielleicht mit Mißfallen, die Unmöglichkeit voraus, später hiervon, von diesem so offenkundig großen Ereignis zu sprechen: Was konnte ich jemandem, der nicht anwesend gewesen war, sagen, es sei denn, dieses Ereignis selbst verliehe mir den für einen solchen Bericht geeigneten Wortschatz?

Doch das Schweigen DES ENGELS lieferte keinen Hinweis auf eine Sprache. Wie künftig das diffizile Gehör und den Intellekt der Leute ansprechen, damit sie mir zuhören? Hier sind die Löcher, in die Wörter fallen und Wörter und Silben kollern, um sich dann zu Bildern zu entrollen; und hier sind die Bildflächen, auf denen Botschaften aufblinken, sprunghaft und so strahlend vorläufig (während sie verlogen größte Bestimmtheit und absolute Zuständigkeit vortäuschen); und hier sind elektrische Felder und Reaktionen, ist Knistern und Fluoreszieren. Man würde eine Bewegung organisieren müssen, mit Jüngern und Ältesten und einer Art Priesterschaft; der Boden, auf den die Botschaft fällt, muß vorbereitet werden, sonst bleibt sie völlig unbegreiflich für Ohren, Augen und Verstand.

DER ENGEL, den ich sah, sprach nicht, weil SEINE Botschaft zu tiefgreifend, zu neu war: SEIN Erscheinen stand in Bezug zu Giganten und Filmen und anderen Dingen. Wie konnte jemand wie ich hinsichtlich der Wahrheit einer solchen Erscheinung den Verständnisapparat ansprechen, wie ihn jeder moderne Mensch zur Aufnahme von Sprache oder Botschaften besitzt? Die Leute haben beharrlich ihr jeweils eigenes Wissen. Worte, ob ausgesprochen oder nicht, werden von den meisten gebildeten Menschen vielleicht in Bruchstücken noch einmal evoziert, innerlich ein zweites Mal aufgenommen und so bearbeitet, daß das, was gesagt wurde, mit dem übereinstimmt, was die Hörer bereits erfahren haben; und dies hier haben sie noch nicht erfahren. Wer mir auch zuhört, ob Mann oder Frau, stöbert seine oder ihre Vergangenheit nach einer

Engel 485

früheren Bedeutung oder nach Systemen alter Bedeutungen durch, die er / sie verwenden kann, statt mir tatsächlich zuzuhören. Oder sie hören mir vielmehr so zu, daß sie in sich nach alten Schnappschüssen und Schallplatten stöbern, um sie sich anzuschauen und anzuhören und dann zu sagen, das hätte ich gemeint. Sie haben nicht erfahren, was ich jetzt weiß – und ich weiß es selbst nur zum Teil.

Und es stand nicht fest, daß dies nicht DIE POSAUNE DES JÜNGSTEN GERICHTS war und daß GOTT SELBST nicht zum Beispiel jetzt gerade über Rom erschien, wahrscheinlicher noch über Jerusalem, und wir hier in Harvard diese periphere, aber beeindruckende Lokalvorstellung geboten bekamen, eine Tourneefassung, EINEN LOKALEN ENGEL, nicht DIE HAUPTGESTALT, aber dennoch EINE MÄCHTIG SCHÖNE, und daß GOTT nicht später zu uns kommen würde: solch eine altmodische Zeit-Raum-Vorstellung wirkte drollig und liebenswürdig zugleich – GOTT, sich wie ein Mensch verhaltend und in Zeit und Raum einem Fahrplan unterworfen. Wie würde man über diese Vorstellung einer PROVINZ-OFFENBARUNG sprechen, ohne bis an die Grenze schmerzhafter Albernheit zu scherzen? Jemand der niemals eine HEIMSUCHUNG erlebt oder sich dergleichen vorgestellt hatte und dem keine Wörter und Formen gegeben waren, mit denen sich darüber nachdenken ließ – was würde der oder die denken, wie konnte man die Großartigkeit eines Augenblicks vermitteln, der so vielen Menschen entging? Einmal angenommen, daß es ihnen entgangen war, daß dies nicht das Ende der Welt war: *Mach nicht so ein Gesicht, Wiley, das ist nicht das Ende der Welt.* Daß so viele ohne Heimsuchung, ohne Erscheinung blieben, was irgendwie unwahrscheinlich, undemokratisch – elitär und selektiv – zu sein schien, ungerecht – wenn dies eine Seite DES GÖTTLICHEN war, wie würde man mit einer solchen Ungerechtigkeit fertig

werden, wie sie hinnehmen? Wir im Yard waren privile-
giert – würde einen das dazu bewegen, sein Leben als Mis-
sionsarbeit zu verstehen, würde man schließlich zum
Evangelisten werden, zum Handelsvertreter in Sachen
Seele, würde man vielleicht die Wahrheit verdrehen, um
DER WAHRHEIT zu dienen? Würde es darum gehen? Ich
hatte von derlei gelesen. Es ist schwer, die eigenen Reaktionen zu kennen, und lächerlich, davon zu sprechen,
wenn sie nicht fortdauern. Gewiß war ich eingebildet, und
genauso gewiß war ich bescheiden. Die tiefen Momente
dauerten nicht fort, und mein Herz und meine Seele gaben
nicht gleichmäßig auf die GESTALT acht, sondern
schweiften oft ab oder verstrickten sich vor Freude über das
Mögliche in allerlei Vorahnungen und hegten große Hoffnungen für die Zukunft, nun da das Schweigen DER GE-
STALT und das Fortdauern meines Lebens darauf hinwie-
sen, daß Sinnfragen Bestand haben würden.

Denn GOTT ist der Sinn hinter allem. Und jede Suche
nach einem letzten Sinn beruht auf Gedanken an GOTT.
Jedes reine, als reine Wahrheit dargebotene Erlebnis
schleudert uns himmelwärts, weit dem alten HIMMEL
entgegen. Wir im Westen beanspruchen für das, was wir
sagen und tun, für unser Fühlen und Handeln GÖTTLI-
CHEN URSPRUNG – nicht so ich, ich nicht –, und in DER
GESTALT und um sie herum lagen Perspektiven, wie Ka-
thedralen und Theologien sie eröffnen, nur daß DIE
GESTALT nichts von Gotik oder von Säulen und kein
theologisches Symbol übermittelte. Schönheit und Einschüchterung ging von ihr aus, ein leises Zischen, Größe
und ein Licht, das trotz seiner Klarheit, Leuchtkraft und
Schönheit geheimnisvoll war – aber jener Beiklang von
Ordnung, man mag ihn mit Tacitus oder mit dem Lateini-
schen oder mit was auch immer verbinden, existierte im
Augenblick nicht. Jene von uns, die DEN ENGEL erblick-

Engel 487

ten, wurden nicht geadelt in dem alten Sinne, daß sie aufgefordert – oder gezwungen – wurden, zu Figuren in einer neuen Regierung zu werden, bestehend aus Vernunftwesen, aus Männern und Frauen; wir regierten über nichts als – Schweigen. Unser Zeugnis würde – ich glaube, das wußte ich bereits – wertlos sein, wenn es nicht mühselig erarbeitet und von Logik durchdrungen wäre, ganz und gar logisch ausginge von einer keineswegs idealen Prämisse und notgedrungen zugäbe, daß DIESES WUNDER, wie schön es auch sein mochte, kein IDEALES BEISPIEL für das GÖTTLICHE oder das Böse oder für das Eindringen von HÖHEREM war – von einem höheren Geist oder was auch immer. Man war klug genug, nicht zu behaupten, daß die Gestalt ohne SINN sei, nichts GÖTTLICHES oder keine Verbindung zum GÖTTLICHEN habe – eine solche Sinnlosigkeitsbehauptung, irgendeine so geartete Behauptung wie zum Beispiel die, man wisse um den Sinn hinter allem oder habe ihn erahnt, kommt der Behauptung gleich, man kenne die GOTTHEIT, und fordert das Dunkel heraus. DER ENGEL schwieg. Warum dann DIE GESTALT der Sinnlosigkeit beschuldigen? Ich entzog IHR meine Aufmerksamkeit nicht lange. Ich hörte nicht auf, SIE zu begehren. Ich fing nicht an, SIE unangemessen zu finden. Ich wandte IHR nicht den Rücken zu und ging davon. Ich blieb solange wie SIE. SIE war HERRLICH. SIE war das Beste, wovon ich weiß, aber SIE war nicht DAS HÖCHSTE.

Und ich verfiel auf törichte Gedanken, um mich von der Ehrfurcht auszuruhen, von der kindlichen Ehrfurcht – vielleicht war sie kindlich –, um mich von der Eifersucht und dem eifersüchtigen Verlangen auszuruhen, DIE GESTALT möge mehr sein, als SIE war, oder sich mehr um mich kümmern.

Ich dachte sogar, vielleicht stehe ein Satellitensystem

über uns und bewirke dies; und von DER GESTALT vor
mir würden nun LICHT und ELEKTRIZITÄT nicht-gött-
lichen Rangs ausstrahlen, zur Unterstreichung IHRER un-
bezweifelten, jedoch offenkundig unklaren Bedeutung als
Probe oder Prüfung für uns: vielleicht war sie auch nur mir
unklar, aber ich blickte nicht umher, um zu sehen, wie andere sich verhielten, ich hatte nicht länger den Mut, standhaft zu glauben, andere seien meine Brüder – ich sagte mir,
daß wir alle Narren seien und genarrt würden und daß
DIES vielleicht einen höhnischen Trick von AUSSERIR-
DISCHEN oder DES MILITÄRS darstelle, doch was für
Wege mein nervöses Denken bei jeder Gabelung, an jedem
problematischen Punkt auch einschlug, DIE ERSCHEI-
NUNG blieb ebenso vorhanden wie meine Überzeugung
von IHREM Wert und IHRER Bedeutung. DER SERAPH
war als Struktur so herrlich, daß ER, selbst wenn er nicht
echt war, uns nicht mehr zu durchschauen, nichts weiter zu
tun oder zu sagen brauchte: ER hatte das Problem, wie
man mich narren konnte, gelöst und war ins Zentrum meines Geistes und Herzens vorgedrungen, und zwar durch
SEIN bloßes Dasein auf Grund eines unglaublichen Zufalls oder Plans, den zu erklären er nicht zu beabsichtigen
schien.

Wohingegen ich sehr wohl etwas tun mußte. Ich mußte
mit mir selber sprechen, wenn MEINE EHRFURCHT oder
MEIN STAUNEN unstet wurden. Die verschiedenen auto-
matischen Reaktionen des Selbsterhaltungstriebs und
Stolzes setzten ein, als DER SERAPH sich weigerte, einen
Befehl zu erteilen, ein Schwert, eine Schußwaffe oder Posaune vorzuweisen, Salven archaischen oder himmlischen
Feuers zu versprühen, als ER mir nicht befahl, demütig zu
sein und SEINEM Schweigen, SEINEM Willen zu lau-
schen, wofür ich dankbar war, da ich SEINE GÖTTLICH-
KEIT oder Macht gemäß meiner Methoden geprüft hätte,

die auf das Leben als Mensch auf dieser Erde abgestimmt sind, und vielleicht noch mehr bestraft worden wäre, als ich es schon durch das Wissen war, daß DER ENGEL sich ohne Erklärung oder Nachweis SEINER GÖTTLICHKEIT oder Absicht gezeigt hatte.

Ich weiß, daß ich sterben muß wie alle anderen, und das mißfällt mir, und ich weiß, daß jeder bisher geborene Mensch gestorben ist mit Ausnahme der jetzt lebenden, und das quält mich und läßt die meisten Unterscheidungen und Lehren falsch oder absurd oder halbwegs absurd erscheinen, aber oft sehne ich mich danach zu sterben, es hinter mir zu haben, und dann finde ich die Lehren in Ordnung, und meine Unbekümmertheit scheint sie zu bestätigen, meine Torheit beweist sie zum Teil, mangels Widerlegung: dies geschieht, wenn ich den Dingen nah bin und nicht von ihnen distanziert; oder vielmehr stellt jeder dieser Zustände, die Furcht vor dem Tod und das Verlangen danach, eine seltsame Mischung aus Ferne und Nähe, aus Unglück und Glück dar.

DEN SERAPHEN zu begleiten, die Auslöschung der Erde – und meine eigene Auslöschung – in seiner Gesellschaft zu erleben, gewaltsam verführt zu werden wie als kleines Kind durch meinen Vater oder mein Kindermädchen oder meine Mutter, ist für einen Erwachsenen ein seltsames Abenteuer. Gerade so wie mein Vater, S. L. Silenowicz, immer sagte: *Wir müssen jetzt reingehen*, wenn wir zusammen im Freien waren, würde DER SERAPH mich womöglich ins All entführen, mich als Erdenwesen zu Staub werden lassen und mich nach SEINEM Belieben in Licht oder Dunkel verwandeln – in welches von beiden, darauf kam es wenig an: Ich konnte mich vernünftigerweise nicht widersetzen, es sei denn in Form von Albernheit oder Unaufmerksamkeit, um mich in gewisser Weise einer der meinen so überlegenen Potenz gegenüber als artig zu erweisen oder (verstockt zu bleiben auf die Gefahr hin, mir eine Strafe einzuhandeln, was auch nichts sehr anderes wäre als) mit ihr zu flirten. Durch SEINE GEGEN-WART kündigte DER SERAPH, da er, ob Schwindel oder nicht, so beeindruckend war, das Ende vielleicht *all* meines irdischen Trachtens an; und das schlicht durch die Tatsache, daß ER DA war. ER war gekommen und dinglich wahrnehmbar geworden, und ER blieb dinglich wahrnehmbar, Sekunde um Sekunde, mochte er nun Schwindel oder Herrschaftstrick oder was auch immer sein, und er machte sich nicht die Mühe, die Erde oder mich, die Zeit oder das Licht zu heilen, wenngleich er vielleicht eine Reihe von Seelen der Gnade und des höchsten Wissens teilhaftig werden ließ, aber wenn dem so war, haben die Besitzer dieser Seelen das strikt für sich behalten – nichts Menschliches ist bislang im Besitz der höchsten Gnade. Allenfalls war DER ENGEL ein Abgesandter DES HÖCH-STEN, aber das blieb uns anheimgestellt, glaube ich. Ich habe nicht vor, mich in den Bewußtseinszustand zurückzuversetzen, in dem ich mich damals befand. ER stand vor mir. ER brauchte mir nur vor Augen zu stehen, als die überlegene Sanftheit und als das entschiedene, fast brennende Zentrum meines Wahrnehmungsfeldes, ER brauchte nur DA zu sein in SEINER SEHR REALEN ER-SCHEINUNG *vor mir*, um mich mit SEINEM BUCHSTÄB-LICHEN VORHANDENSEIN, SEINER WAHREN ER-SCHEINUNG in einen Zustand zu stürzen, in dem ich ich auf wandelbare und wechselhafte Weise von vielem überzeugt war, und in einen Zustand GROSSER LIEBE zu IHM, und DIESE ÜBERZEUGUNG und DIESE LIEBE, diese ungeheure Bürde von Sinn und Ehrfurcht, lockerten alle paar Sekunden heftig meine Selbstbeherrschung, so daß sich in mir verschiedene inbrünstige Frömmigkeitswellen, Phasen des Wahnsinns, der Katatonie, Momente des Friedens, der Gnade, Augenblicke schwankenden Überzeugtseins von einem HÖCHSTEN oder WIRK-LICHEN SINN mit dem Ringen meines Willens darum abwechselten, keine weiteren solchen Momente zu erwarten, und mit erneuten Anwandlungen von Albernheit, Zweifel und Leere: das heißt, mein Wille kämpfte noch darum, ein WILLE, DER ZÄHLT zu bleiben und der meine bewußte Existenz beherrschende WILLE zu sein – dies selbst in GEGENWART eines so EHRFURCHTGEBIETENDEN WILLENS wie dem DES SERAPHEN, oder dem DER GEISTESWESEN HINTER DEM SERAPHEN – und sie kamen und gingen, diese einander zuwiderlaufenden Wellen von inbrünstigen Seelen- oder Geisteszuständen, brennend und wandelbar, wie eine Flamme, wie der Herzschlag, ohne anscheinend mehr von einem Paradox an sich zu haben als der normale Herzschlag – ich meine, als das Schlagen des eigenen Herzens, welches, veränderlich und vielkammrig, aus gutem Grund einen Rhythmus übermittelt: weil nämlich ein unveränderlicher oder unveränderter Sinn existiert, solange mein Herz schlägt. Das eigene Herz ist ein wahres Herz, es sagt einem die Wahrheit, der eigene Herzschlag ist wahr, er ist meine Wahrheit. Sehen Sie, mal tobt es, mal pocht es langsamer, doch wenn man erregt war, empfand man seinen Herzschlag, sein Leben, seine Gezeitennatur deutlich, empfand man das salzige Tosen der Blutwahrheit, den Geschmack der Wahrheit im Mund, den erwachsenen Salzgeschmack von Blut und Herzschlag im Wogen von Hitze und Chemikalien, den Chemikalien der Empfindung und Atmung. Ich hielt zuweilen den Atem an, aber ich atmete, ich mußte weiteratmen. Ich wurde nicht in einen ganz neuen Menschen verwandelt, auch wenn ich es, offen gesagt, erwartete. Ich wurde nicht einmal zwischendurch in eine neue Art von *geistigem Amphibium* verwandelt, wenn ich das so ausdrücken kann, imstande, in einem anderen Medium zu atmen und zu leben als in dem alltäglichen meines Ehrgeizes, meiner Feigheit und so weiter, das ich bisher vor allem gekannt hatte, aber ich kannte auch bereits ein anderes Medium der Ehrfurcht und der wahren Gelehrigkeit, wenn auch keines, das so wahre Ewigkeit atmete wie dieser Moment mit dem nicht-atmenden ENGEL. Tatsächlich kam mir mein Atem – meiner und der von einigen wenigen Leuten auf dem Weg über das College-Gelände, *verschärft* menschlich vor, merklich stoßhaft, keuchend und sogar asthmatisch vor Nervosität (oder Ehrfurcht) im Vergleich zu DEM SERA-PHEN, DER pointiert nicht atmete. Und die Seltsamkeit des Augenblicks schien wirklich darauf hinzudeuten, daß wir ohne Atmung auskommen könnten oder nun vielleicht imstande wären, auf eine neue Weise zu atmen, nun da wir erleuchtet waren oder was auch immer, aber das stimmte nicht, ebensowenig wie ich lediglich infolge eines Moments, in dem mein Vater oder ein älterer Bruder in meiner Gegenwart seelische Größe beweisen, deren Eigenschaften annehmen könnte. Ich erwartete, daß SEINE Eigenschaften sich nun auf die ganze Welt übertrügen, und hielt den Atem an, um das zu überprüfen; und ich stellte mich – einmal in einfältiger Geistesverfassung und ein weiteres Mal mit mehr Überlegung – halb auf die Zehenspitzen und schwenkte die Arme, um zu prüfen, ob wir (ich und die übrigen in meiner Nähe) uns nun letztendlich als fliegende Menschenpyramiden in die Luft erheben könnten, als eine gleich Staren aufsteigende Schar von Seelen, Menschengeschöpfe, die in Ermangelung jeglicher Geschichte außer dieser einen nun durch das All zum HIMMEL führen.

Oder, wenn das zu optimistisch ist, zum JÜNGSTEN GE-RICHT.

In SEINER NACHSICHT, SEINER ERLESENEN GEDULD lag für mich so viel Sinn, weshalb ich ich auch nicht wirklich bezweifelte, daß ER eine OFFENBARUNG und keine Halluzination war, ein Phänomen lebendiger Existenz, ein Phänomen lebendiger Theologie und Güte, nicht ein Trick, der aus IHM etwas Sinnleeres hätte machen können, bar jeden Sinnes außer einem so menschlichen, wie ihn List und Trug besitzen.

Tatsächlich hielt ich dies für SEINE Absicht, so daß ich nicht fürchtete, willkürlich von IHM erniedrigt zu werden, ich betrachtete IHN nicht als Polizisten irgendeiner Art oder genaugenommen als Boten, sondern eher als Mahnzeichen. Ich nahm dies hin, meine Erniedrigung im Verhältnis zu IHM, die man willkürlich von IHM herbeigeführt, von IHM zugelassen nennen konnte, und übertraf mich damit (wenn ich mich so brüsten kann) selbst an Höflichkeit: Ich war nicht, was ER war; und es schien mir gemein, sogar blasphemisch zu sein, mich – als Menschenmaterial wie auch dem Göttlichen gegenüber – zur Geltung zu bringen: es genügt, daß ich eine Chance gehabt habe, IHN zu sehen.

Aber das klingt, als hätte ich eine Vorstellung von mir ausgelebt, nach der ich ein noch recht kleines Kind bin oder irgendein Gelehrter mit ausgeglichenem Verstand oder mit dem Verstand zum Ausgleich, und so bin ich nicht, und so war der Augenblick nicht. Ich stand nicht im Zentrum SEINER AUFMERKSAMKEIT, doch das hatte nichts Dramatisches und nichts von einer Prüfung an sich: die Fähigkeit, GÖTTLICH zu sprechen, als jemand zu zählen, welcher der GÖTTLICHEN EINSAMKEIT gewachsen ist, wenn es so etwas in irgendeiner Weise gibt, ist weit entfernt von – und umfaßt weit mehr Formen und Höhen und Tiefen der Metamorphose als – Pubertät und Tod. Absicht ist wirklich etwas Seltsames, etwas sehr Seltsames. DER ENGEL erhob keinen Anspruch auf Zuneigung oder Huldigung. ER diente weder als Beispiel noch zur Bestätigung irgendeines menschlichen Traums im Sinne dessen, was man sich erträumt, außer insofern, als ER nicht war wie wir und DER GROSSEN MACHT oder GROSSEN ER-LEUCHTUNG näher.

Ich konnte nicht wissen, ob ich schlau oder von genügend frommer Intelligenz war oder die allerschwärzeste Seele und der größte Sünder oder was auch immer – wenn ER eine Botschaft brachte, dann bestand sie in diesem Schweigen, darin daß ER niemanden auswählte. Da ER nicht sprach, konnte man leicht das Gefühl haben, ER habe uns nicht ausgewählt – wir waren eine Zufallsauswahl. Schönheit und Güte mögen sehr wohl, von höherer Warte aus betrachtet, eine Frage des Zufalls sein, schützend und gehegt, oder besungen; und sie mögen einen sehr wohl zuallererst dadurch auf die Probe stellen, daß sie ihrem Wesen nach ungewiß sind, und sodann dadurch, daß sie einem keine Antworten geben. Man mimt und singt, so gut man kann, und versucht, jemand zu werden, dessen Leben eine Harmonie ausstrahlt, die man bewundern kann; oder man verhält sich am besten still und ahmt das Schweigen DES ENGELS nach, da man einen Teil SEINER Schönheit und SEINES Schweigens nicht wiedergeben kann.

Ich erhielt nichts und doch alles, ich wurde nicht auf die Probe gestellt, ich wurde zu hart auf die Probe gestellt, die Probe würde nun, da ich DIESE SACHE gesehen hatte, mein Leben lang weitergehen, vorausgesetzt, das Leben ging weiter. Ich war nicht der gerechteste oder beste oder der eigensinnigste oder pfiffigste (oder überhaupt pfiffig in SEINEN Augen, in SEINER Sicht) unter den Anwesenden, oder ich war es, aber *es war nicht bekannt.* Ich lag nicht in der Mitte und war nicht der Schlechteste. Um nichts dergleichen ging es. SEIN Licht blendete mich so, daß ich hinzustarren schien, auch wenn ich die Lider gesenkt hielt – ich meine damit nicht, das Licht wäre grausam oder auf-

Engel **495**

dringlich gewesen oder es hätte mit seinem seltsamen Strahlen das Dunkel aufgehalten: ES hielt durch SEINE Gegenwart alles auf, doch nur auf die Weise, wie man jemandem, für den man Leidenschaft empfindet, nicht entkommt – seinem Geist und seiner Gegenwart nicht –, und so sah es in mir aus, nun da mir der Anblick DER SACHE zuteil geworden war. Ich schaute nun ständig in mich hinein, selbst wenn ich mir innerlich auswich, selbst wenn ich versuchte, von Aufmerksamkeit und Ehrfurcht auszuruhen, ihnen zu entkommen. Wie in jeder romantischen Situation hielten mich mein albernes oder zuvorkommendes oder verwerfliches Flirten, meine immer angespannteren Nerven, mein Gefühl, einen Sinn zu spüren und erwählt zu sein, anerkannt und gleichzeitig im Stich gelassen zu werden, mein Aufstieg in einen neuen geistigen Zustand, meine NEUE LIEBE auf Trab und am Rande des Wahnsinns – aber ich tat nicht, was einige Männer und einige Frauen dort taten, ich begann nicht zu reden und zu behaupten, ich wäre das Sprachrohr DES GEISTES.

Niemand hörte zu – man hatte DIE SACHE SELBST genau vor sich. Man hörte sich nicht mehr als zwei, drei Worte an, man sah es schon den Gesichtern dieser Leute an, daß sie keine Hilfe waren – was nützt es schon, sich hinter dem IRRTUM zu verstecken? Lieber würde ich offen boshaft sein, unaufmerksam, fidel.

Ich will damit sagen, die Redenden waren doppelzüngig, waren Heuchler: sie spielten mit der Verdammnis, nachdem es ziemlich wahrscheinlich geworden war, daß DER ENGEL weder Tod noch Erlösung brachte. Vielleicht indirekt, indem ER uns eine sprachlose Prämisse vorlegte, welche man, wenn niemand mit einer Fernsehkamera auftauchte, wenn nicht zu beweisen sein würde, daß dieser Vorfall sich ereignet hatte, diskutieren und gemeinschaftlich verarbeiten, in sich aufnehmen, gemeinsam verdauen und in ein Problem, ein weiteres Problem würde verwandeln müssen, unser Leben lang und noch nachdem wir gestorben wären, je nachdem, ob es eine weitere Offenbarung geben würde oder nicht. Doch unterdessen redeten diese fiebernden Seelen, unfähig, DIE HERRLICHE SACHE zu betrachten, diskutierten über IHR Wesen, behaupteten, IHR WESEN zu kennen, machten in IHREM NAMEN Angebote – es war traurig, dieses Kapitel.

Einige wenige Leute sagten Kluges: sie bezeugten SEIN Schweigen und SEINE Schönheit, die fragile Normalität des Ereignisses, sie wollten wissen, ob andere etwas Ähnliches sahen wie sie; und ich fand unermeßliche Schönheit in jedem Wort, das sie sagten, doch andererseits fand ich manches von dem Geplapper über HIMMEL und HÖLLE, das DER SERAPH angeblich jenen anderen zugeflüstert hatte, ebenfalls schön; aber diese beiden Leute, ein Mann, eine Frau, die nur Dinge sagten wie: «Es schweigt» und: «Ich weiß nicht, was ich denken soll», und: «Ist es nicht schön? Man könnte nie eine Kirche bauen, die solche Schönheit zum Ausdruck brächte – glauben Sie, ES möchte, daß wir es versuchen?» – diese beiden kamen mir bedeutsamer vor als die Äußerungen über Himmel und Hölle, die ich, um die Wahrheit zu sagen, ebenfalls glaubte, während ich zuhörte.

Während ich zuhörte, spürte ich, aus Sympathie mit dem Sprecher vermutlich, einen Teil meiner eigenen Glaubensbewußtheit.

SEINE GRÖSSE, SEINE FARBEN, IHRE AUSSEROR-DENTLICHKEIT und WANDELBARKEIT und DAS MEHR ALS RAUSCHENDE VERGNÜGEN, das DER ENGEL allein durch SEINEN ANBLICK bereitete, schmückten die Bürde so wirkungsvoll – und erschwerten sie, diese halb liebe, halb qualvolle Last, anzuerkennen, daß dem Ereignis ein Sinn zukam und daß SEIN Sinn uns nicht einfach irgendwie geschenkt wurde: SEINE Schönheit erleichterte es uns, heute zu leben, ohne um den LETZTEN SINN DIESER OFFENBARUNG zu wissen und ohne absolut in der Lage zu sein, Zeugnis davon abzulegen, daß das fast ganz in Ordnung war, aber nicht wirklich.

ER urteilte nicht, ER erhob weder ein Schwert noch sonst eine Waffe, nicht einmal die HAND, ER verschonte uns mit SEINER Rede, und wenn ER zu uns sprach, dann indem ER in uns Gedanken auslöste, und doch waren auch diese Gedanken, wenn mein Fall dem anderer gleicht, unkontrolliert. Und das nach Jahren der Scham über meine unzulängliche Fähigkeit zur Konzentration, über das Schweifen und Springen des Verstandes, in denen er, der Verstand und seine Kohorten, die übrigen Pferde (oder Motoren) des Bewußtseins, Instinkt und Empfindung, wie sie genannt werden, und das was man Herz nennt und was ich den physischen Willen nenne, in denen diese Bewußtseinsformen, in ihrem Normalzustand oder durch Disziplin und Gnade erhöht, ständig zur Seite und rückwärts abgewichen und ausgebrochen waren und sich niemals im *chemischen* oder animalischen Sinn exakt oder mechanisch verhalten hatten.

Und auch jetzt wurden sie nicht erhöht, nicht einmal inspiriert – ein wenig vielleicht, durch Glück und Ehrfurcht: ein zulässiger Übermut und eine anscheinend instinktive Sprunghaftigkeit, eine chemisch bedingte Sprunghaftigkeit, etwas mehr oder minder Teuflisches kam da mit ins Spiel. Tatsächlich waren in mir nun alle geistigen Funktionen am Wirken, jedoch gedämpft durch das Fehlen von Feuer, von Hassenswertem und jedem Hinweis auf Zornesblitze. Das hing nicht so sehr mit der *Sanftmut* DER GESTALT zusammen als mit IHRER *zärtlichen Andersartigkeit*: kein Zwist, kein größerer Widerstreit existierte, nicht einmal in der Liebe, da ich nicht für DIE GESTALT sprechen, SIE nicht umarmen konnte – ein solcher Moment lag in so weiter Ferne.

Ich hatte Augenblicke der Liebe und Güte und Schönheit erlebt, und dieser Augenblick war ein solcher, mit weit weniger Höhen und Tiefen als die früheren, aber nicht sehr gewiß. DIE PURE ANDERSARTIGKEIT warf mich um, ließ mich stutzen. Dies, was ich nun liebevoll betrachtete, war nicht Fleisch noch Stein, weder ein irgendwie reguliertes Licht noch irgendeine bekannte, *menschliche* Anatomie oder Struktur, nichts, was Menschen je gekannt hatten, kein Sonnenuntergangslicht oder Kinolicht. ES war nichts Wiedererkennbares. Abgesehen davon natürlich, daß ES ansetzte – nein, nein – ich meine, ES bot dem Wiedererkennen Ansatzpunkte: wiedererkennbare Lichtteilchen, die Andeutung einer Hand, eines Arms, einer Brust; und davon ging man aus und gelangte zum Wiedererkennen, zumindest tat ich das. Aber ich konnte mich darin nicht erkennen oder ES mir als verwandt vorstellen, allenfalls als höhere Macht oder vielleicht als Inbegriff einer verborgenen PERSONALEN REALITÄT, Ergebnis einer Metamorphose, die sich jedoch in diesem Augenblick nicht ereignete, die mich nicht im mindesten der Möglichkeit näherbrachte, daß DIE GESTALT und ich einander umarmten, und zwar wenigstens teilweise gemäß *meinem* Willen. Ebenso wie mir, als Zehnjährigem, noch vor dem steilen Grat der Pubertät, mein Mannsein verborgen gewesen war, so existierte DER ENGEL jenseits einer Schönheit und Güte, Kraft und Wissen umfassenden Metamorphose, die nie geschehen würde, von der ich nun jedoch träumen oder der ich mich in Augenblicken der Gnade nähern würde, wenn ich auch recht sicher war, daß ich mich an DEN ENGEL nicht würde erinnern können, weil mein Gedächtnis, mein Verstand, nicht die Fähigkeit meiner Sinne besitzt, etwas zu betrachten, zu dessen Deutung und Bewahrung mir die formalen Mittel fehlen. Der Gnade teilhaftig geworden zu sein – oder jemand gewesen zu sein, der sich Gnade erschlichen hat – ist kein endgültiger Zustand: eines seiner wesentlichen Elemente ist, daß man nicht die formalen Mittel besitzt, sein Eintreffen festzustellen oder herbeizuführen, nur die, ihn zu ahnen und später davon zu sprechen. Ich weiß nicht. Da ich mir nun einbildete oder spürte, daß ich in diesem Sinne *keine* Verwandlung erfahren, daß ich IHM nicht gleich und im mindesten gleichrangig werden und fähig sein würde, SEINE Aufmerksamkeit oder Bewunderung zu steuern, wurden meine Gedanken unstet und meine Liebe zu IHM eine solche, wie ich sie einem älteren Bruder hätte entgegenbringen können, wäre er es nur wert gewesen, aber natürlich sehr, sehr viel stärker, doch da ich so deutlich ferngehalten wurde, war meine Liebe – angesichts meiner Bosheit, meines Stolzes und meines praktischen Verstandes – hoffnungslos; selbst im Sinne meiner Träume war es keine endgültige Liebe.

Neben den anderen Dingen, die ich empfand, unstet empfand, wie ich es jetzt zu beschreiben versuche, war dies, ach, ein Faktor, der auf das möglicherweise *universale Vorhandensein von Rebellion* hindeutete – auf Respektlosigkeit, die sich als Wahrheit, sogar als Offenbarung darstellt. Die Offenbarung enthält zwei Grundzüge, Beraubung und Erwerb: Einerseits steht man tief unter dem Ideal und sogar unter dem eigenen möglichen Aufmerksamkeitsniveau, und andererseits verleiht die Offenbarung einem die Anmut oder den Rang eines Souveräns, die Mittel zum Erwerb von GNADE und SINN, oder wenigstens das Wissen um sie, ein Gefühl für ihren Platz in dem Reich, das man regiert, oder in seiner Nähe.

Aber SEINETWEGEN konnte es keinen Frieden geben, kein Ende der geistigen Bewegungen, der Kränkung und

Befangenheit, der schweren Willensanstrengungen und Liebesmühen.

Und da DER SERAPH uns weder organisierte – zum Heer oder, schöner, zum Chor – noch uns auf furchtbare Weise in Flehende verwandelte, mit verzerrten Gesichtern und Feuer und Asche und auferstandenen Leibern und Toten um uns her und Lauten der Zerrissenheit, in Seelen vor dem JÜNGSTEN GERICHT – war zu sehen, daß die Offenbarung keinen Einklang herbeiführte und nur die komplexesten Formen von Einheit, die man sich vorstellen konnte, und daran würde sich wahrscheinlich auch nichts geändert haben, wenn DER SERAPH uns aufgefordert hätte, in Reihen anzutreten und zu singen – es sei denn, er hätte uns zuvor verwandelt. Die Brüderlichkeit, die ich den anderen Umstehenden gegenüber empfand, wurde durch Verlegenheit abgeschwächt, die, schau einer an (wenn ich so sagen darf), mit Konkurrenz- und Schamgefühlen zu tun hatte, mit der Frage, wer sich besser benahm oder zu benehmen schien als andere, denn es gab Leute, die anscheinend wußten, was sie zu tun und zu empfinden hatten, solche, die sich dem Ereignis gewachsen zeigten, und andere, die das nicht taten; es ging um Anstand in dem heidnischen Sinn, den ich mir zu eigen gemacht hatte, und um Konkurrenz in Hinblick auf den gnadenlos höhnischen Egalitarismus und die daraus folgende Verachtung für uns alle mit unserem Stolz und unseren Identitätsgefühlen (da wir austauschbar sind), die zu jener Zeit das besonders Jüdische an mir war – dies führte bei mir zu dem Eindruck, ich befände mich in einem Kampf, den ich in den friedlichen Momenten leugnete, doch ob in dieser Hinsicht geleugnet oder nicht, der Moment der Offenbarung wurde individuell erlebt und nur begrenzt gemeinschaftlich.

Dieser Aspekt daran aber war sehr schön – der gemeinschaftliche.

Doch selbst DAS VERGNÜGEN, das DER ENGEL mit SEINEM ANBLICK bereitete, oder die Furcht, die ER erregte, oder die mit HEILIGKEIT und EHRFURCHT zusammenhängenden Überlegungen und Gedanken – selbst sie stellten sich nicht bei uns allen ein, zumindest nicht erkennbar zur gleichen Zeit. Was für alle achtundfünfzig Zuschauer auf dem Yard und der Massachusetts Avenue laut späteren Studien zutraf, waren Empfindungen, die sich als EHRFURCHT bezeichnen ließen, doch zwei Personen bestritten, etwas Heiliges empfunden zu haben. Die Massachusetts Avenue wurde sofort in Street of Universal Light umbenannt, und die Straße wurde zum Square of The Seraph umgestaltet, aber als der Streit zwischen den irischen und schwarzen Beamten von Cambridge, Boston und Massachusetts auf der einen und denen von Harvard auf der andern Seite zugunsten von Harvard ausging, betrachtete man die ganze Sache nicht mehr als Massenphänomen, sondern als etwas für die gebildeten Schichten – ich spreche hier von meinem eigenen Lebenszeitraum.

Sicher, danach herrschte in Harvard für einige Zeit Religiosität; man könnte es eine Mode nennen, die Religion war wichtiger als der Staat – und der Staat wurde allmählich in eine theokratische Richtung gelenkt; aber das ging von Leuten aus, die nicht dabeigewesen waren.

Was ich sah, war ein besonderes Ereignis, das den Staat tatsächlich als weltlichen definierte. DER LETZTE SINN, nach dem viele von uns lechzten, hatte wenig mit tagespolitischem Kleinkram zu tun. Ich selbst wäre viel lieber HEILIG als WELTLICH – auf dieser Welt, meine ich –, aber in einer anderen Form als der eines Insektenstaats zum Beispiel, oder der einer systematisch organisierten Familie von Söhnen oder von Ehefrauen, oder der einer Vereinigung, in der wir alle, ob männlich oder weiblich, Ehefrauen sind, oder alle Ehemänner, verheiratet mit einer Wahrheit von so unklarer Zielgerichtetheit wie die DER ERSCHEINUNG an jenem Tag.

Manche von uns erwarten eine Vereinigung von Seelen und SINN, die klar und zugleich einfach sein wird, und mehr noch als das eine und das andere ENDGÜLTIG und unanfechtbar – jeder Mann, jede Frau ein Schlüssel, eine Erklärung, ein Werkzeug des HEILIGEN WILLENS – und manche von uns *fühlen* sich heute schon so, aber das ist kein auf Vernunft, auf *Evidenz* beruhendes Gefühl, mehr eine Frage des praktischen Wollens, des Überlebens, der Fähigkeit, einander immerhin soweit zu lieben, daß man dieses Gefühl ohne Heuchelei aufrechterhalten kann.

Dieser Wunsch blutete an jenem Tag in mir und verletzte mich ständig neu. DEN SERAPHEN dort stehen und Schweigen wahren zu sehen, die Komplexität der *Wahrheit* immer offenkundiger werden zu sehen, bedeutete, einen Stich, einen Hieb nach dem anderen zu empfangen. Mir sank der Mut, verwundet und blaß, wie ich war angesichts der gleichsam trigonometrischen Ausmaße, die jegliche Antwort oder Reaktion von Augenblick zu Augenblick, von Sekunde zu Sekunde annahm.

Und angesichts des Schattens, den ich noch immer auf den Gehweg warf und der zwischen mir und dem Boden in der Luft lag, eine körnige, halb lichtlose Zone in Form einer ungleichmäßigen Pyramide, so daß ich, wenn ich mir meine Augen und mein Bewußtsein nah an der Pyramidenspitze vorstelle, an die Abbildung der Pyramide mit dem Auge auf der Dollarnote denke. Das Verlangen nach Einfachheit und einer transportablen, leicht auszusprechenden Antwort warf diesen Schatten meines Willens – diesen Versuch, diesen Bericht zu verfassen – diesen nach Sinn, nach Bedeutung tastenden Versuch.

Ich kann DIE BOTSCHAFT DES SERAPHEN nicht über-

Engel

bringen, ich kann weder IHN noch SIE, SEINE Botschaften, belegen. Hätte ER gesprochen, könnte ich nun SEINE WORTE, SEINEN STIL, SEINE AUTORITÄT nicht wiedergeben. Ich nehme an, etwas in mir hat immer gewußt, daß ein Gefühl der Niederlage mit jedem Versuch, die WAHRHEIT zu erfassen, einhergehen muß, daß Befriedigung niemals in einer Antwort liegen kann, sondern nur in dem politischen Wechselspiel – oder dem Krieg – von Antworten, was die Griechen sehr wohl wußten, wie aus jenen berühmten Dramen hervorgeht; aber dennoch empfand ich eine seltsam tiefe Beschämung, eine zunehmende Verlegenheit: es kam mir vor, als gebe es mehr Scham und Schamlosigkeit, nun da DER SERAPH erschienen war, mehr als ich mir je vorgestellt hatte, und zunehmende Verlegenheit auch bei manchen der anwesenden Studenten, von denen einige mit Stummheit geschlagen waren und einige besinnungslos wurden und einigen schwindlig wurde von der Anstrengung des stetigen, aufrichtigen Wissens darum, wie beschränkt und schweigend das Wissen ist – immer und ewig.

Es ist leichter, eine bescheidene Formulierung zu wählen und sie lügend – und aufrichtig zugleich – als Amulett oder was auch immer zu gebrauchen, das stellvertretend für eine größere Wahrheitsmenge stehen mag, und zu sagen, daß dies DIE GANZE WAHRHEIT sei, als mit all der dazu erforderlichen Mühe eine große Wahrheitsmenge zu nehmen und dennoch zugeben zu müssen, daß sie nur eine Teilwahrheit ist und der Korrektur bedarf.

An jenem Tag sahen diejenigen, denen schwindlig wurde und die zum Kichern neigten und die in dem soldatischen Beharren, dem SOFORT TIEFEN GLAUBEN der ernsteren Starrer und Schauer und gestreng ehrfürchtigen Kopfabwender eine Gewähr für die Realität und den Wert des Geschehens erblickten, daß von den Ernsteren einige ohnmächtig wurden oder sich von den Knien erhoben, als sie anfingen, ihnen weh zu tun. Andere kratzten sich oder schauten sich plötzlich ermüdet oder zweifelnd um. Manche schlugen, ohne daß es unter diesen Umständen schokkiert hätte, aktiv den Weg sexueller Schande, sexueller Entlastung ein, wie Tempelhuren, Männer und Frauen, weil sie mit Kopf und Herz darauf fixiert waren, wahrscheinlich durch gewohnheitsmäßige Keuschheit; die boten sie DEM SERAPHEN dar, oder sie taten es aus Gier, die Erregung dabei zu kosten, oder für den Fall, daß es das letzte Mal wäre, oder als Selbstopfer oder als Akt der Respektlosigkeit, oder um Aufmerksamkeit auf sich zu ziehen, wie manche Kinder es verklemmt obszönen oder verkalkten Eltern gegenüber tun, oder auf Grund von assoziativem Denken zum Ausdruck von Aufrichtigkeit und Abkehr von der Welt mit ihren Schamhaftigkeit und Selbstschutz betreffenden Regeln. Nun, das alles habe ich wirr ausgedrückt. Doch wieder wird klar, daß keine wirklich gemeinschaftliche oder organisierte Reaktion bei uns ausgelöst wurde, nicht einmal bei der kleinen Gruppe der Glücklichen, die an diesem Tag, diesem Nachmittag hier anwesend waren. Wir reagierten äußerst vielfältig, jeder für sich und alle zusammen betrachtet. Irgendwann begannen zwei Leute zu tanzen, weit voneinander entfernt. Ein Mann entkleidete sich und stand mit den Händen auf der Brust und abgespreizten Ellbogen da, und er wirkte sehr verdrossen und von der Heiligkeit dieses Verhaltens überzeugt; und eine Frau mit einer mächtigen Stimme begann zu singen, hörte aber bald auf. Doch dann fingen zwei andere zu singen an, aber verschiedene Kirchenlieder, und dann wechselte einer das Lied und sang das des anderen mit, die Frau mit der kräftigen Stimme fiel ein, und eine Weile lang sangen die drei, kürzer als eine Minute, glaube ich — es war einfach keine von den Situationen, die zum

Engel

Angeben taugen, auch wenn ihr Singen eigentlich gar keine Angeberei war.

Ich versuchte mitzusingen, traf aber wie gewöhnlich nicht den Ton. Ich war schockiert und ein wenig erzürnt darüber, daß ich gesanglich nicht inspiriert war – es ärgerte mich, daß ich nicht in die Luft erhoben wurde. Es ärgerte mich, daß wir nicht zum Chor vereint wurden, daß uns nicht befohlen wurde, eine Gruppe zu sein; ich begann zu weinen und bekam Kopfschmerzen. Und die Kopfschmerzen und Tränen änderten ihre Eigenart, waren abwechselnd reinigend und niederdrückend, klagend und bloß nervös, freudvoll und sinnvoll und dann wieder nicht – all dies, während die Zeit verging.

Zeuge zu sein war exzentrisch, und was wir bemerkten und wie wir angaben, wie wir hinstarrten und nicht hinstarrten, war wenig bewundernswert. Glauben gab es und verschiedene Weisen, auszuharren in dem Versuch, gelten zu lassen, was in mancher Hinsicht dumm war; ES war zu herrlich; ES war zu Anfang angemessen gewesen, indem ES Aufmerksamkeit auf SICH zog und unsere Achtung erzwang, aber wir hatten uns auf verschiedene Weisen angepaßt, oder hatten darin versagt, was zum Teil unerträglich war, und es fand keine weitere Entfaltung von Willen oder von Prunk oder von Wirklichkeit gewordenen Phantasien statt, und viele von uns fragten sich, wie wir weiterleben sollten.

Ich war dafür, daß wir in die Luft erhoben und zu einem wundervollen Chor würden, und wenn das unterblieb, daß wir schwebend ins Zentrum von Boston marschierten, oder wenn das unterblieb, auf dem Boden, im Namen der WAHRHEIT und vielleicht in Begleitung der majestätisch einherwandelnden GESTALT, DIE allerdings vielleicht jede Bewegung verweigert hätte, DIE eben hier in Cambridge blieb, an der Harvard Hall.

Harold Brodkey

Wir hätten sie umkreisen können wie die Juden die Mauern von Jericho oder David die Bundeslade.

Aber nein, wir standen da – ein paar Leute setzten sich nun –, und DER ENGEL verkündete weiterhin keine Botschaft, ER existierte weiterhin vor uns, und das machte das Willensgerüst zwangsläufig biegsam und empfänglich, was zwar schmerzte, aber in anderer Hinsicht eine Ekstase hervorrief, denen ähnlich, die ich anderswo erlebt hatte, wenn auch nie so glorreich wie diese. Eine ernste Ekstase, feierlich und unerwartet, zumindest von mir. Die schnurrende Bescheidenheit und Unbescheidenheit, die DER SERAPH in mir weckte (ich kann es so ausdrücken, als ob diese Wirkung konstant geblieben wäre, wenn ich so tue, als wäre meine Reaktion nicht vielschichtig gewesen), hing mit einem sehr labilen Gefühl der Brüderlichkeit oder Gleichheit zusammen, das ich IHM gegenüber empfand, oder mit einem Stammesgefühl – im Sinne von Blutsbanden oder Abstammung –, wodurch es mir so vorkam, als spiegelte ich IHN wider oder wüßte in gewissem Maße über IHN Bescheid: Dieses Wissen täuschte mir vor, ich würde IHN begreifen – man verliert den Sinn dafür, wie unwissend man einmal war, wenn dieses oder jenes grandiose Wissen knapp unter der Oberfläche des Bewußtseins glüht; und dieses Gefühl des Einsseins mit einer großen Macht, einer größeren Macht als jede, deren Erscheinen auf Erden ich je für möglich gehalten hätte, versetzte mich jäh in furchtbaren Stolz darauf und Entzücken darüber, daß etwas so grandios, so spektakulär Nichtmenschliches dem Menschen zugänglich war, in entzückten Stolz auf SEINE Besonderheit, SEINE – nun da er ein wenig vertraut geworden war – halbe Nichtmenschlichkeit und darauf, wie SEINE Farben und Formen plötzlich alles überlagerten, was man aus eigener Lebenserfahrung und vielleicht aus Darstellungen des Unnennbaren kannte, so daß es war, als *erkenne* man in IHM das Licht an sich *wieder* und die Ausdehnung der Nacht obendrein und die unendliche Zahl der Gestirne und ätherisch erhabenen Perspektiven, und wie ER, SEINE FARBEN und FORMEN dann entschwanden, während ich noch immer dastand, vielleicht nur meine Wahrnehmungsfähigkeit übersteigend, wie ER phänomenal geisterhaft wurde wie die Sprache, als anwesend zu denken und doch nicht anwesend, vorstellbar und ausgesprochen, jedoch überwiegend abwesend, ein Flüstern, ein Echo, ein Hauch – aus alldem erwuchs eine bedrohliche Ekstase, die in meinem Fall zu einer analphabetischen inneren Beredsamkeit wurde, einem Stammeln, einer Glossolalie, einer kindlichen Traumrhetorik: Ich war von gewissen menschlichen Hemmungen befreit, ich war frei, wahnsinnig zu sein – die meisten menschlichen Hemmungen waren in der Gegenwart DES ENGELS aufgehoben, ER stieß sie um, verspottete und zersplitterte sie –, und war doch nicht wahnsinnig in Beziehung zu IHM, dem Licht; nach meinen eigenen oder nach persönlichen Maßstäben war es mir erlaubt, mich von dem Moment adoptieren zu lassen, wenn Sie mir folgen können, und in meinem eigenen Sprachgemisch Zeugnis abzulegen, in Worten, deren Bedeutung ich bestimmte, die ein Teil von mir ganz deutlich verstand und als Poesie und Musik willkommen hieß, auch wenn ich nun weiß, daß niemand in meiner Umgebung viel erfaßt haben kann von dem, was ich sagte, außer daß es ekstatisch und selbstbezogen war, aber an DEN ENGEL gerichtet, zur Entlastung und als Opfergabe.

ER war da, doch auf eine Weise, daß IHN zu sehen einem vorkam, als fände sein vorübergehendes Unter-uns-Weilen (oder das seiner Attribute) in einer Sphäre bloßen SEINS statt, und als wären unsere beschränkten und unwissenden Reaktionen – IHN zu sehen oder nicht zu sehen, IHN anzunehmen, IHN zu prüfen, EINE WAHRHEIT und

NOTWENDIGKEIT, aber den anderen Betrachtern äußerlich und unmöglich von Bedeutung für den ENGEL SELBST.

Es war schmerzlich, schlimmer aber für die gläubigen Christen, nach deren Überzeugung sich GOTT zum Gedenken an SEINEN SOHN mit den Einzelheiten unseres Lebens befaßt. Ich als Jude wand mich vor Ohnmacht, mich peinigte die totale Demut, die SEINE Gegenwart uns in bezug auf den Sinn an sich aufzwang. Wir konnten IHN weder besitzen noch IHN ehren noch IHN ablenken noch IHN uns aneignen noch SEINEN Willen erraten: uns wurde nicht die geringste Macht gegeben – aber auch nicht genommen, außer der Macht eines gewissen Dünkels, der darin bestand, nicht zu wissen, daß DER ENGEL existierte. Gegeben oder gewährt wurden uns Unverantwortlichkeit, Albernheit, gewaltige Chancen gewissermaßen, brave Söhne und Untertanen zu sein, doch wir erhielten keine Spur von der archaischen oder antiquierten Macht, über GOTT mittels SEINES SOHNES oder SEINER VERHEISSUNGEN zu *verfügen*.

Wir waren nicht wie DER ENGEL, wir waren ihm nicht verwandt im Bereich von Materie und Geist und in bezug auf mögliche Seelengröße und Einsichtsfähigkeit, wir waren irdisch, fremd und unmündig, wir konnten IHN spiegeln, wie Kinder manchmal Erwachsene spiegeln, und das bedeutete, sich gegenüber einem in stille Leidenschaft und Sinnfragen versenkten Erwachsenen als wahnsinnig zu erweisen, verrückte Versuche zu unternehmen, private Bedeutungen zu bestimmen, töricht zu sein – nehme ich an.

ER SELBST war über lange Augenblicke hinweg belanglos, grau und transparent, während sich die Befindlichkeit des Betrachters veränderte, während Gedanken einen in langsam abspulende Ketten inneren Erkennens verwickelten und äußerlich von der Welt abschüttelten.

Wenn ich mich an SEIN LICHT erinnern möchte, das eigentlich mehr ein Schatten war, Verdrängung des einzigen mir bislang bekannten Lichts, an SEINE unbestimmbaren Farben, die Farben von Pfau und flammender Sonne und Stern und Mond und Blume und Garten und Winter, dann erinnere ich mich, wie SEINE ERSCHEINUNG als partiell wirkliche meine Gedanken, meine verwirrte Rhetorik und den Schwall aufrichtiger Silben durcheinanderbrachte, wie ich korrigiert wurde, wenn SEINE FARBEN zurückkehrten oder wenn ich meine Sehweise umstellte oder neu schärfte, denn DIE FARBEN DES ENGELS waren natürlich unfaßlich für Verstand oder Erinnerung, für den vielfingrigen, hunderthändigen Verstand. Die fingerlose, aber drängende Erinnerung hatte keine Chance. Die Erinnerung drängt Dinge nach vorn, doch nur der Verstand kann Bilder festhalten oder gebrauchen, kann sie erkunden. Die Erinnerung kann mir Dinge so zeigen, wie ich sie einst verstand, gewöhnlich nicht in ihrer gegenwärtigen Gestalt, sondern in der einer frühen Erinnerung oder eines Tag- oder Nachttraums; mehr vermag die Erinnerung nicht.

In der Brüderlichkeit gibt es merkwürdige Phasen, in denen die Beziehung zu den Brüdern tot ist. Die eigenen Brüder, ein gebeuteltes Publikum – doch nicht ganz so, wenn überhaupt.

Es kommt auf sie an, auf die Brüder; sie beweisen, daß ich bei Sinnen bin, daß dies tatsächlich geschieht – der kollektive Verstand hat dies für wahrnehmbar erklärt.

In Anbetracht SEINES Schweigens, sollten wir IHN anbeten? Nun, uns jedenfalls nicht vordrängen oder aufdrängen oder Dinge von IHM verlangen – es sei denn ganz behutsam.

Ein Anglistikstudent höheren Semesters warf einen Stein nach IHM; und ein asiatischer Physiker versuchte, IHN zu zeichnen, sowohl in SEINEM LICHT zu stehen als auch sicher hinter einem Baum und IHN von dort aus zu betrachten, wie um SEINE HÖHE oder SEINE EIGEN-SCHAFTEN trigonometrisch zu vermessen, was unmöglich war, da ER keinen Schatten besitzt, kein gewöhnliches Verhältnis zum LICHT, folglich auch nicht zu Raum oder Zeit.

In nächster Nähe des GÖTTLICHEN, zumindest des GÖTTLICHEN dieses Rangs, existierte weiter Willensfreiheit, aber es war eine teilweise beschämende Willensfreiheit, weil wir der Mittelschicht angehörten, auf *Wohlanständigkeit* dressiert waren, auf selbstbestimmte Konformität, selbstbestimmte Gesichtslosigkeit, auf das Gesetz, die Demokratie oder auf befleckte Heiligkeit oder Frömmigkeit.

Historisch gesehen passen GOTT und die Mittelschicht nicht zusammen, sonst hätte die Mittelschicht nicht die Theologie hervorgebracht, nehme ich an. Trost und Anstand liegen den Eleganten und Nichtauserwählten, den Aristokraten und Armen wenig. Unser GOTT bot allen Schutz und nahm es mit dem Strafen nicht so genau, da wir uns Mühe gaben, und er war nie eine allzu strenge Instanz und kaum je doktrinär – ich kann mir eine feudale Theologie in einem Vorort einfach nicht vorstellen. Noch weniger in Harvard. Oder in einem Gedicht, es sei denn als komische – aber schöne – Umschreibung des eigenen Erfolgs in der nun immer mehr von der Mittelschicht geprägten Welt – die Welt ist im Grunde die Menschheit.

Viele von uns verlangten DEM ENGEL insgeheim etwas ab, aber wir gehorchten dem Gebot der Höflichkeit, das von dem Phänomen ausging, und einige von uns hielten dem Gebot des *Anstands* die Treue und andere den Geboten von Berühmtheit und Außergewöhnlichkeit – wie es der NEUEN WOHLANSTÄNDIGKEIT gehobener Schichten und der Seelenmode entspricht –, da große Macht

Engel 511

leicht an Zwang denken läßt und aus Respektlosigkeit teilweise etwas Vornehmes, da Teures macht, etwas so Teures wie korrektes Benehmen, von welchem Punkt an sie für ihre SINNHAFTIGKEIT klar Verantwortung trägt.

Bis zu einem gewissen Grad lieferten wir uns weitgehend DEM SERAPHEN aus, wir waren zumeist nicht respektlos – wie Hunde. Daher war die unpassende Respektlosigkeit der anderen keinem sonderlich zuwider, wenn ich es heute richtig beurteile. Der Zeichner hörte sehr bald auf zu zeichnen. Der Steinwerfer blieb ganz still in dem fahlen, starken, geheimnisvollen, veränderten Licht um DEN SERAPHEN stehen.

Dieses gewalttätige, furchtbare und veränderte Licht, welch absonderliche, geometrische Andeutungen von Schwingen und Gliedmaßen DER SERAPH doch unter langsamem, fahlem, dann leuchtend farbigem Semigeflatter entfaltete! Es war mit nichts zu vergleichen – natürlich. GOTT sei Dank.

Ich war voll Demut. Da ist ES-ER. Ich hatte, einer persönlichen Theorie folgend, angenommen, daß GOTT sich nicht die Mühe einer Offenbarung machen würde, und auch nicht DER Teufel – oder irgendein Dämon; warum sollte eine MACHT sich die Mühe der Vermittlung oder Verbildlichung machen, wo SIE doch handeln und DIE SACHE SELBST sein kann? SIE kann unbeschreibliche Seligkeit bringen, unbeschreiblichen Glauben an uns, kann die Seele wie auch die Luft mit Grauen erfüllen, mit Grauen oder tätiger Liebe. Eine MACHT wäre nicht nur größer als Leben und Tod – und wir besitzen solche Macht, manche durch Werkzeuge, manche durch Willen und Glauben –, sondern auch beharrlicher als Leben oder Tod, was noch kein Mann, keine Frau sein kann.

Falls nicht eine MACHT zwar existiert, aber nicht allmächtig ist und den ökonomischen Aspekt IHRER HAND-

LUNGEN, die Taktik rein animalischer Wahrhaftigkeit mit einbeziehen muß, wenn SIE SICH für uns sichtbar macht und wir IHRE Sichtbarkeit entdecken. Ich sah nicht ein, warum DER ENGEL geduldig war. Männer forderten zumeist Anerkennung als Wesen, die angeblich Zugang zum GÖTTLICHEN haben und in seinem Namen sprechen und denen viele oder sämtliche SEINER Privilegien zustehen – die Idee DES GÖTTLICHEN war eine IDEE DER UNGEDULD. Ich «wußte», DASS DER SERAPH Quatsch war – wie daher auch mein auf IHN bezogener Schmerz, meine Ehrfurcht vor IHM und das Verlangen, mit dem ich mich IHM näherte, meine Albernheit, meine Seligkeit: es war wie ein Glückstraum, der sich langsam als Traum zu erkennen gibt. Irgendein menschliches Wesen mußte IHN zusammengeträumt haben. Das Reale und seine Methoden waren dabei, sich wieder Geltung zu verschaffen. Es war reine Schmeichelei zu glauben, DAS ÜBERMENSCHLICHE gebe sich mit uns ab.

Ich beneidete den Spaßvogel um seine Gerissenheit, um sein bösartiges und großartiges Wissen um die Güte und um seine Abwegigkeit – den Spaßvogel oder vielleicht die Gruppe von Spaßvögeln, in deren Einbildung das Bild entstanden war, die es realisiert hatten, dieses EINGEBIL-DETE BOTENDING, und hier in Szene gesetzt, die bewirkt hatten, daß ES mir *und anderen* erschienen war. DAS GÖTTLICHE kann nicht zum Menschlichen hin transzendieren – kann uns nicht benötigen oder für uns sorgen, wenn es nicht ebenfalls endlich ist und somit nicht endgültig. DER ENGEL transzendierte nicht für uns. Auf weniger hoher Ebene transzendierte DER SERAPH, indem er auf die Existenz DES HIMMELS und einer Botschaft hindeutete – auf die Ruhe äußerster Sicherheit, des Freiseins von jeglichem Verlangen. Nur ein Trick würde mich GOTT auf menschliche – oder begreifliche – Weise näherbringen.

Doch DAS GÖTTLICHE, das nicht zu mir sprechen kann, berührt mich. Dieses Fremde, dieses uns so ungleiche Fremde, jenseits von allem, was ich erkennen oder nicht erkennen kann – nichts von IHM ist in den Vorgängen enthalten, in der Abfolge von Momenten jetzt und in den vorausgehenden, den künftigen, auch nicht in den ruckenden, zufälligen Serien der Erinnerungsbilder von ihnen – GOTT und DER ENGEL sind die Endpunkte dessen, was ich anerkennen kann, ich, Wiley, der ich in einem Fall wie diesem nur ja oder nein sagen kann: Ja, ich sehe; nein, ich will mich nicht grämen. Eine binäre Form, eine BINÄRE TATSACHE – vielleicht eine Kette von binären Tatsachenensembles – meine religiöse Überzeugung: ES ist WAHR, oder ES ist NICHT WAHR – aber ich will vieles glauben, was ich ansonsten nicht glaube, wenn Einverständnis darüber besteht, daß ich es um der Brüderlichkeit willen glaube. Doch DAS GÖTTLICHE ist für mich eine Tatsache ohne gegenwärtige Erscheinung, zu der ich JA oder NEIN sage. ES ist gegenwärtig oder nicht gegenwärtig, spürbar oder nicht spürbar, geläufig oder ungeläufig. ES wird immer gespürt und ist doch menschlichem Ermessen nicht geläufig, nur dem Vokabular des Menschen. Diese Form von – wenn sie denn einen Namen haben muß – Agnostizismus bedeutet, daß ich eine TRANSZENDENTE WAHRHEIT nicht denken kann, sondern nur Wahres und Falsches schlampig vermischt – ich kann mir eine endgültige Wahrheit in der realen Gegenwart nicht vorstellen. Die von so etwas sprechen, sagen, es ist nicht sichtbar, es ist farblos wie Glas, es ist ein Strahlen jenseits der Dinge, es läßt sich herbeirufen durch Magie, durch Beschwörung, durch Taten, die tugendhaft genannt werden, es ist dem Gläubigen geläufig. Manche sagen, es sei sichtbar. Es wird mit Wörtern bezeichnet und ist anscheinend im Herzen und in den Leidenschaften zu finden, aber es ist mir über diese Wörter hinaus nicht gegenwärtig, und es ergießt sich nicht in mein Herz und meine Leidenschaften. Ich habe lediglich einen ortsgebundenen SERAPHEN gesehen, der mir Respekt vor dem Wirklichen einschärfte, dem Wirklichen als einer Form von Exil und Ehre und als Respektlosigkeit und Furcht vor jenem Schweigen, das Bedeutungen innewohnt. ER gebot mir, unvollständige Bedeutungen von ganzem Herzen zu lieben, doch nur für eine Weile. Er trug mir auf, wankelmütig zu sein. ER sagte – ER sprach nicht, aber ich sage, ER *sagte*: Du siehst, wie ich lüge, wie ich die Dinge verdrehe; ER sagte, nur neue Standpunkte sind ehrlich und möglich, aber sie verschmelzen mit alten, mit gespenstischen und wirren (eine Tradition ist etwas, woran man sich aus seiner Kindheit erinnert, sagen wir; etwas das von den Großeltern stammt – eine lebendige Tradition ist nie älter als zwanzig bis dreißig Jahre). ER sagte, daß man Unterschieden nicht entrinnen könne, daß Taktik unvermeidlich sei, daß taktisches Festsetzen von Bedeutung in bezug auf wirkliche Macht, wahre Schönheit, wahrhaftes Schweigen oder Sprechen unangebracht sei, aber dennoch ständig vorkomme. ER gebot, der Tyrannei nach Kräften abzuschwören, und wenn das heiße, viele Götter zu haben, solle man sie eben haben, aber zur Kenntnis nehmen, daß Anarchie Schwäche sei. ER sagte, man solle unvollständige und komplexe Bedeutungen und EINEN EINZIGEN SPRACHLOSEN und anscheinend nicht ALLMÄCHTIGEN GOTT lieben und daher um eine neue Idee von der Idee ringen.

DER SERAPH, den ich zitiere, der niemals gesprochen hat, ist über diese Worte hinaus nicht gegenwärtig. ER war niemals auch nur für eine Sekunde gegenwärtig, außer als Offenbarung für die Augen und Sinne, die über großartige, ja traumhafte Macht und Pracht verfügte – und innere Einsamkeit in Hülle und Fülle mit sich brachte. Ich spreche nun von IHM wie sein kirchlicher Stellvertreter in SEI-NER Abwesenheit. Ich tue Dienst im Pfarrhaus der Abwesenheit. Ich bin ein Mann im Dienst einer Wirklichkeit von wechselnd starker Wahrheit und Gegenwärtigkeit.

DAS GÖTTLICHE ist ES SELBST. *Transzendenz* wäre, logisch betrachtet, ein Begriff dafür, daß wir uns an einer HÖCHSTEN EHRFURCHT vorbeimogeln – sie wäre eine Grenzverletzung. Höchste Ehrfurcht, selbst die nicht in Großbuchstaben geschriebene, ist schwer zu praktizieren. Eigentlich war nichts transzendent am Erscheinen DES ENGELS – seine Gegenwart war die reine, oder nicht so reine, Gegenwart von Bedeutung – von komplexen und noch nicht bekannten Bedeutungen und des Wissens darum, welche ohne feststehenden Wert ist und nicht für zwingend erklärt werden kann. Ich war gedemütigt wie schon oft – ich gaffte, ich erhob weder den Anspruch noch die Forderung, Führer oder Messias zu sein, aber das taten in Gegenwart DES ENGELS auch nur ein paar kleinwüchsige Männer. Niemand war imstande, DIE OFFENBARTE BEDEUTUNG falsch darzustellen oder für sie zu sprechen, solange sie gegenwärtig war. Man lügt erst später, um sich Gehör und Triumphe zu verschaffen. Um wie ein guter Gastgeber zu Idioten zu sprechen – heißt DAS GÖTTLICHE dazu eine idiotische Offenbarung gut?

Das war mir zu hoch. Ich dachte, was das Bild wohl kostete. Ich dachte, was solch ein grandioses Bild im Universum wohl kostete. Ich war immer pleite und hatte nicht das Geld, irgend etwas auch nur mäßig Glanzvolles zu tun, außer im Schlaf. Ich konnte nicht anders, als an Geld zu denken. Nie hatte ich von einem so glanzvollen Schauspiel wie diesem auch nur geträumt. Ich konnte einsehen, daß manche Kirchen und Tempel aus Gold zu sein hatten – bedrohlich, meine ich –, wenn man damit wirklich an den Glauben oder die Zuversicht appellieren wollte. Größtes materielles Engagement für das Erscheinungsbild des Sakralen zeigt, daß die Gemeinde es ernst meint mit dem, was sie über Gott sagt – das will ich damit wohl ausdrükken.

DER ENGEL ragte turmhoch empor, ein Lichtgebäude, doch greifbar wie – und doch nicht wie – der von den Nazis in Nürnberg errichtete Lichtdom und vielleicht mehr wie die Statuen von Athene und Zeus, die Phidias aus Elfenbein und Gold in Olympia und Athen schuf und die in überirdischen Fleischtönen bemalt waren, was anscheinend ebenso unheimlich und göttlich wirkte wie ein Traum mit seinen eigenartigen Licht- und Größenverhältnissen und Farben – doch dies rüttelte wach, sehr wach. Zumindest sagten das die Leute, die es gesehen hatten. Die Zeus-Statue war eines der sieben Weltwunder der Antike.

DIESER SERAPH vor mir war nicht das Werk eines toten Künstlers in einem anderen Seelenzustand, einem anderen als dem meinen. Diesen Künstler hier beneidete ich. Liebt oder achtet man irgendeinen lebenden Menschen? Bis zur Ehrfurcht und Selbstauslöschung? Im Gefängnis oder im Krankenhaus, in gewissen Zuständen von Seelenqual, tun manche das, nehme ich an. Jedenfalls beneidete ich den Schöpfer DIESES ENGELS und war noch voll Ehrfurcht, angestachelt von Liebe und dem Wunsch, GUT zu sein – dies war gegen Ende der Offenbarung, und mir machten Kopfweh, beträchtliche Übelkeit und eine Erektion zu schaffen.

Ich konnte mir nicht vorstellen, wer als Lebender eine solche Illusion, diese Realität vor mir, schaffen konnte. Bestimmt würden die Schöpfung und der dazu notwendige Ehrgeiz den Schöpfer manipulieren. Vieles, wovon ich in meinem Leben Zeuge war, alles, wovon ich Zeuge war, habe ich irgendwann übelgenommen, früher oder später. DEN ENGEL sehen zu müssen war schwer zu ertragen;

später in Gedanken zu ihm zurückkehren zu müssen war ebenfalls schwer – vielleicht schwerer. Zeuge zu sein ist eine furchtbare Pflicht, etwas Grauenvolles – besonders Zeuge von Andersartigkeit und Unvollständigkeit zu sein, worin Zeugenschaft, wie wir sie im Leben kennen, besteht. Selbstsucht wechselt sich mit Bekenntnissen der Unwissenheit – und mit Selbstlosigkeit – auf problematische Weise ab. DER ANBLICK DES ENGELS blähte mich auf. Wenn ich mein Wissen um IHN nicht entweihe, indem ich behaupte, eine letzte Wahrheit über ihn herausgefunden zu haben, lade ich mich so prallvoll mit Visionen auf, daß es dem Wahnsinn ziemlich nahe kommt. Und der Schmerz, den das und die fortgesetzte Anstrengung zu sprechen bereiten, bringt mich zum Verstummen, ist überaus stark. Aber ich kann nicht sagen, ich hätte es vorgezogen, nichts zu sehen. Nicht einmal, daß ich das was geschah, lieber indirekt, auf dem Gesicht eines anderen, nicht meinem, gesehen hätte, statt es auf mich zu nehmen, selbst Zeuge dieser Sache zu sein und als Übermittler zu dienen für einen derartigen Scherz oder eine solche Farce wie den mal geisterhaften, mal wie Glasmosaiksteine im Sonnenlicht gleißenden Engel, und schließlich dessen Geistleib in Grau, ein einziges Grau in Myriaden von Schattierungen. Ich kann wirklich nicht sagen, was ich vorzöge: weniger Schönheit, mehr Schönheit – wie hier berichtet, ist es geschehen. Und eindeutig liegt die Wahrheit des Geschehens in den Momenten selbst, nicht in meinen Ansichten. Meine Ansichten lassen jedoch erahnen, was vorgefallen ist, sie fassen in verkürzter Form die Indizien zusammen, aber es sind unvollständige Indizien. Doch es ist beschwerlich und beansprucht zuviel Zeit, jeden Fall, jeden Prozeß neu zu eröffnen. Ich bin so gebrochen und ausgebrannt von der Anstrengung, die unausgesprochenen Botschaften dieses Ereignisses auferstehen zu lassen und weiterzutragen und zu bewahren, obwohl es zugegebenermaßen kein gewöhnliches Ereignis war, sondern in seiner Abstraktheit unendlich leichter als eines, bei dem auf beiden Seiten Menschen beteiligt sind, jeweils mit Macht und Ankunft, Botschaften und Abreise. Die menschlichen Botschaften kommen mir schwieriger vor. Doch was die Ankunft DES SERAPHEN betrifft und die darin liegenden Botschaften und ihre Dauer oder ihre Entstellung zu unbedingt oder sonstwie dauerhaften Botschaften und ihr anschließendes Fortleben in mir, im Gedächtnis auch nur während der Sichtbarkeit der Erscheinung, während der Momente, in denen SEINE Gegenwart real war – was all dies betrifft, kann ich beinahe sagen, bin ich nicht vertrauenswürdiger, als wenn ich als Zeuge darüber aussagen würde, was ich bei einem Streit oder Mord gesehen habe. Ich gebe zu, daß ich oft, während SEINER Anwesenheit, vor SEINEM Verschwinden, sarkastisch und ärgerlich war, gemein und selbstzerstörerisch und dümmlich aufgeregt, verspannt vor Starrsinn und Widerstreben, weil das, was geschehen würde, ein so eindrucksvolles Schicksal darstellte, daß ich lieber böse oder töricht oder verschwenderisch war, um ein wenig frei zu sein. Der Wille ist ein so seltsamer Stoff, so eigensinnig, sich selbst fesselnd, daß ich mich in jedem Fall drangsaliert und gebeutelt fühlte, welchen Weg ich auch einschlug. Aber natürlich kehrten Ehrfurcht und Dankbarkeit – die echte Dankbarkeit, die nicht *ununterbrochen* verlegen macht – nach einer Weile zurück, weil ich immer wieder oder ständig im Verlauf der Offenbarung gemessen an irgendeinem Ideal niederträchtig gewesen war und mir sicher sein konnte, daß ich es von neuem sein würde.

Ich hätte, solange ER gegenwärtig war, nicht fortgehen können. Ich glaube nicht, daß viele Leute währenddessen hätten fortgehen können, ohne über die Fähigkeit zu verfügen, sich unermeßlich zu langweilen; das hätte ihnen die Freiheit zur Selbstbestimmung gegeben. Oder die Überzeugung, ER sei eine glatte Lüge und tyrannisch und höchstwahrscheinlich ein Werk des Mammons, für Geld inszeniert im Dienst eines Gottes, der ein Diener der UNREDLICHKEIT war, jedenfalls von etwas dergleichen: Ich war in SEINE Momente vertieft, in die Dickichte und Ebenen der Bedeutung — der Bedeutungen. Wie ich schon sagte, reute mich meine Anwesenheit — reut mich jetzt meine Zeugenaussage — ich sage mir immer wieder: Wiley, verliere dich nicht, werde nicht zu demütig, du hast die Momente. Als Leitlinien, meine ich. Ich kann fast sagen, daß ich es bedauerte, aber vielleicht würde ich es letztlich doch lieber nicht sagen, weil es womöglich nicht wahr genug ist. Was kann ich angesichts DES WIRKLICHEN bedauern oder IHM vorziehen? In gewisser Weise ist es falsch — oder unmöglich —, vom Verschwinden DES SERAPHEN zu sprechen. Die Beschaffenheit SEINER Anwesenheit wandelte sich, wurde menschlicher, mehr zu Abwesenheit neigend, als beruhe auch mein Menschsein wie das von anderen auf dem Abwesendsein, auf der Erinnerung und ihrer Kunstfertigkeit im Darbieten der Dinge.

Der dramatische Abschied DES WIRKLICHEN ENGELS mit SEINEN SO EIGENTÜMLICHEN FARBEN und SEINEN DÜFTEN nach Glut und Dunkel — und nach Licht — und SEINEM SANFTEN FLÜSTERN, dem leisen Säuseln und Summen, vermischte sich mit dem unerwarteten und vorzeitigen Aufgehen des Mondes, einer Silberrose, die plötzlich in der Dämmerung erschien, voll, entgegen jeder Wahrscheinlichkeit, in Höhe der Baumwipfel — den Tierkreis, die Zeit hatte ein plötzlicher Schwindel ergriffen.Vielleicht eine Illusion, auf falscher Deutung der Tatsache beruhend, daß DER ENGEL sich mir, sich uns entzog, daß diese Energie im All spielte wie auch in der nächsten und nahen Atmosphäre und die Dunkelheit mit engelsfarbenen Strahlen illuminierte. Und diese breiteten sich überall aus, zwischen den Bäumen und über die Gebäude, ob sie uns zugewandt standen oder nicht – man wußte es, weil sich das Licht auch an den Ecken zeigte und auf dem Rasen dahinter – verfließende Lichtbahnen, Schatten, Konturen und Flächen in der Dünung – sozusagen – dieses Lichts, am Ufer eines Meeres mit dem Fassungsvermögen des Alls für weiteres Licht; doch es war, als sei DER SERAPH nie dagewesen, aber nun gegenwärtig in dieser Mischung von Sonne und Mondlicht, Strahlenkränzen und blendenden Glanzeruptionen, als könnten Erinnerung und individuelle Ansicht neue Farben erfinden, um die Außenwelt damit zu färben, und als müsse das arme Auge zwischen seinen Lidern und mit seiner Retina versuchen, damit fertig zu werden, glücklich wie ein Kind am Strand, das sich dumm fühlt, wenn es in den Wellen, in der Dünung etwas Wunderbares tanzen sieht, doch nichts davon versteht, weder das Licht noch den Salzgeruch noch sein eigenes Glück. Erinnerung und Ansicht und die neuen Farben existierten dann flüchtig nach neuen Gesetzen, anderen Gesetzen; und diese Lichterscheinung war zum Teil eine Luftspiegelung, wie sie bei Dämmerung nicht selten ist, aber eben das war eine Halluzination: man sieht in der Abenddämmerung nicht das Morgengrauen, verbindet den Sonnenuntergang nicht hoffnungsvoll mit den Vorstellungen und Empfindungen des frühen Morgens: das eine legt Nachdenken und Ruhe nahe, das andere Taten und Erwachen aus der größenwahnsinnigen Ichbezogenheit der Träume – der Träume und des Irrtums, der Selbstsucht und der Angst. In dieser magischen Dämmerung konnte man sich vorstellen, man versammle sich mit anderen zum abendlichen Essen – als wäre man zu Hause –, aber auch, man wäre soeben erwacht oder stelle sich dem Tag nach einer schlaflos verbrachten Nacht. Zu erwachen, gestrafft von Schlaf und Träumen, von erträumten Menschenmengen und der tatsächlichen Einsamkeit des Schlafs, und in einen Zustand zurückzukehren, in dem zunächst die Familie oder Kollegen im Mittelpunkt stehen – diese intimen, *egoistischen* Augenblicke zählen zu jenen, in denen man sich als vom GÖTTLICHEN begünstigt betrachtet oder als in dessen Ungnade gefallen, wozu in allen möglichen Kombinationen Glück und Willensstärke und Irrtümer und Nichtirrtümer und Zufall und Nicht-GÖTTLICHES beitragen mögen oder sonst etwas, Verantwortlichkeiten, Gesetze, der Tag, die Nacht – irgendwie sehen wir uns teilweise in der Gnade des erleuchteten ALLMÄCHTIGEN. Vielleicht war ich für den Bruchteil einer Sekunde eins mit mir, und in diesem vorbeihuschenden, in diesem stumpfsinnigen, menschlichen, ungehorsamen Moment, in dem ich *mich* beachtete – einem Kind vergleichbar, das sich vorwirft, die Sonnenfinsternis herbeigeführt zu haben, indem es einen Lichtschalter betätigt hat, den es nicht berühren sollte –, verschwand die Erscheinung des von mir visuell bereits vergessenen ENGELS.

Zunächst änderte sich dadurch kaum etwas. Jeder (alle Zuschauer, glaube ich) wartete, nicht wissend, was er als nächstes erwarten oder erhoffen sollte. Was als nächstes kam, war einfach die ein wenig träge Rückkehr des üblichen Nachmittagslichts, Yankee-nüchtern und Massachusetts-grell – etwa um 16.06: es war nicht eindeutig, in welchem Moment DER ENGEL verschwand, und einige Leute weinten, und andere spielten sich ein bißchen auf, und das lenkte ab. Ich war umflossen von dem normalen, nachmittäglichen Strom weißen Lichts, gelben Lichts, seiner schwachen Hitze und der feuchten Kühle in der Nähe des Bodens, der, in unsichtbarer Grobkörnigkeit, bemüht war, sich in vereiste winterliche Flächen zu verwandeln.

Gleich einer stumpfen Klinge liegt Kälte in dieser Luft, herbstlicher Essig – in meinen Salattagen, wie ich meine Jugend im Scherz nenne. Die Kälte ist sanft, diese Mischung von Hitze und Kälte fühlt sich so rauh an wie eine Katzenzunge. Ich empfinde die Feuchtigkeit von Cambridge als fahl, immer als fahl – eine feine, welkende Hitze, nahezu lichtlos. Die Dunkelheit kommt näher. Ich stehe in einem immer feiner, immer brüchiger werdenden Licht. Wie in Fasern hängt leichter Dunst zwischen den Gebäuden, die man von hier aus in der Ferne sieht, und zwischen manchen Bäumen oder in ihrem Umkreis. Die Rastlosigkeit des normalen Zeitverlaufs liegt zwischen mir und dem Abenteuer und dem entschwundenen Licht. DEM SERAPHEN. Nur eine geheuchelte Stille, eine Krankheit vielleicht, eine erstarrte Erregung, eine Leidenschaft für Studium und Konzentration schenken noch andeutungsweise eine Zeitlosigkeit, in die man kriechen oder die man erklimmen kann beim Versuch zu erfahren, was geschehen ist. Gehetzt von der realen Zeit, erfüllt mich unterdrückte Wut, in der ich – überflüssig und stumm, überfließend und rastlos – denke: *Was bedeutet es?* Als ich jung war, lebte ich in einer pulsierenden Flut von Gedanken, von Gedanken wie aus Feuer oder aus Knochen und Blut, es sei denn, ich war in der Sonne oder trieb Sport. Es war eine Art Denkwut. Sie bedeutet harte Arbeit und Konzentration und eine ganz bestimmte Wut. Intellektuelle Arbeit entleert und beschädigt das Gefühl. Ich glaube, daß Sinnhaftigkeit eine Vorstellung des Menschen ist. Nur des Menschen. Wer das glaubt, kann kein Messias sein, klar? Keine Kreuzigung für einen, der das vertritt – klar? Nein.

Eine gewisse Ungläubigkeit befiel einige der Zuschauer, so daß ich glaube, daß keiner einen anderen ansah – fast keiner. Ich allerdings sah mir das Publikum nun genau an: niemand schien aufgeregt oder gesprächig; Worte, selbst

Engel 523

Ausrufe, selbst die Atemsprache – die bewußte Regulie-
rung der Atmungsgeschwindigkeit als Zeichen dafür, daß
man völlig normal zu sehen vermag, daß man dies nicht als
Notlage betrachtet, keine übertriebene Wachsamkeit oder
was auch immer für geboten hält – all dies war nicht ver-
lockend und zugleich als Möglichkeit da. Einige wenige
freilich verharrten für eine Weile in absoluter Ehrfurcht,
möchte ich annehmen – vielleicht auch nicht: die Welt lieferte mir hierzu keine wirklichen Indizien.

Ich glaube, niemand wollte Zeugnis ablegen, ohne erst
Zeit verstreichen zu lassen, wirklich genügend Zeit, damit
man genauer erfuhr, was geschehen war, damit die Zei-
tungen und das Fernsehen zu uns sprechen konnten, wie
es DER SERAPH nicht getan hatte, damit man sein Herz
und sein Leben und seine Träume und Ansichten äußern
und den Wert dieser oder jener Meinung über die Sache
bestimmen lassen konnte, damit man seinen Zeugenehr-
geiz ermessen konnte, und Zeit, um zunächst im Selbstge-
spräch herauszufinden, was man undeutlich und vorläufig
meinte, und Zeit, um herauszufinden, was andere sagten,
Zeit, um herauszufinden, womit man in den auf das Ereignis im Yard folgenden Zeiten durchkäme.

Ich *liebte* DEN SERAPHEN, DEN ENGEL und liebte
IHN zugleich nicht. Etwas so Mächtiges, so Spektakuläres
kommt ohne einen aus. ER sagte keinem, was er tun sollte,
alle Äußerungen zu DEM EREIGNIS fielen höchst unbeholfen und abstrakt und allegorisch aus, woran zu erkennen war, daß ER keinen beriet und keinem IHM geltenden
Satz sprachlich Gestalt gab. ER hatte nichts gesagt und war
entschwunden, und vielleicht bedeutete das, daß man IHN
am besten einfach gehen ließ, daß dies SEIN Rat gewesen
war.

Bestürzend war letzten Endes, daß damals niemand
Zeugnis ablegte. Oder vielmehr taten sich zunächst nichts

als Journalismus und Erschütterung kund. Und dann kamen lyrische Versuche, und immer wieder bezog einer sich auf den anderen, hin und her.

Erst nach vielen Jahren gab es überzeugende, jedoch schwache und wie geflüsterte Versuche, wahrhaftig zu sein, von welchen dieses einer ist.

Die Originalausgabe erschien 1988 unter dem Titel
«Stories in an Almost Classical Mode» bei
Alfred A. Knopf, New York: Aus ihr wurden
acht Stories in den
vorliegenden Band 2 der
deutschen Ausgabe übernommen.
Er enthält darüber hinaus
die Erzählung «The Bullies»
(«Die Zweikämpferinnen»),
die erstmals im Juni 1986
in der Zeitschrift
«The New Yorker» erschien.
Redaktion Thomas Überhoff

Dirk van Gunsteren übersetzte die Stories
«Das Schmerzkontinuum», «S. L.»
und «Die Jungen auf ihren Rädern»;
Jürg Laederach «Die Zweikämpferinnen»;
Helga Pfetsch «Die Musik des Kindermädchens»
und Angela Praesent «Weitgehend
eine mündliche Geschichte meiner Mutter»,
«Verona: Eine junge Frau spricht»,
«Ceil» und «Engel».
Der Verlag dankt Kurt Neff für seine Hilfe.